LA VOLTE
DES
VERTUGADINS

ROBERT MERLE

FORTUNE DE FRANCE

LA VOLTE DES VERTUGADINS

roman

FRANCE LOISIRS
123, boulevard de Grenelle

Édition du Club France Loisirs, Paris
avec l'autorisation des Éditions de Fallois.

22, rue La Boétie, 75008 Paris

ISBN 2-7242-6585-8

AVANT-PROPOS

Quand le cycle de *Fortune de France* fut terminé, je pus enfin me retourner pour embrasser du regard l'œuvre accomplie : neuf années d'un labeur de bénédictin, de longues journées passées à la Bibliothèque nationale, cinq heures d'écriture quotidienne, et surtout, acquise dès le premier volume, maintenue jusqu'au sixième, et poursuivie jusqu'à ce jour, la faveur du lecteur.

Sur l'instant, je me sentis assez heureux d'avoir trouvé pour ma série une bonne fin, bien ronde et bouclant bien la boucle ; l'année 1599 : la dernière année du XVIe siècle, et surtout, l'enregistrement par le parlement de Paris de l'édit de Nantes, par lequel Henri IV imposait en son royaume la coexistence du temple protestant et de l'église catholique : une révolution qui avait autant d'importance que celle de Copernic quand il réduisit au rang de mythe la conception géocentriste dont la théologie s'était nourrie si longtemps.

Pour en arriver à l'édit de Nantes la lutte avait été atroce. Elle forme la trame des six volumes de *Fortune de France* et assure leur unité. Cette lutte, commencée par Henri III, avec une lucidité et un courage d'autant plus remarquables qu'il disposait de peu de forces et qu'il était au demeurant fort dévot catholique, fut achevée par Henri IV, après qu'il eut par l'épée reconquis son royaume et imposé la paix aux fanatiques des deux bords.

Cependant, quelques années après avoir terminé *Fortune de France,* je m'avisai que j'avais été trop optimiste en terminant mon œuvre sur l'édit de Nantes, présenté comme la victoire de la liberté de conscience et l'aube d'une ère nouvelle. En fait, cette victoire avait été partielle et précaire, la lutte reprenant de plus belle à la fin du règne d'Henri IV et les prêcheurs ligueux s'en prenant ouvertement, du haut des chaires sacrées, à l'édit de Nantes et au Roi, parfois même en termes menaçants.

Ces trois dernières années de son règne eurent ceci de particulier que rien ne fut alors plus frénétique que l'appétit à vivre qui se manifestait à la cour et dans le cœur du Roi. Il passait tant de temps à jouer aux cartes, à chasser, à courir le vertugadin qu'on en oubliait presque qu'il amassait un trésor de guerre à la Bastille, conduisait une diplomatie très active et rassemblait de puissantes armées pour en finir avec le roi d'Espagne et, par contrecoup, avec les fanatiques en France de la Sainte Ligue.

Je fus ainsi conduit à imaginer une suite à *Fortune de France.* Ce fut *La Volte des vertugadins,* fresque qui, dessinée à l'image de l'époque, devait être frivole — ce qu'elle est dès le titre — et en même temps souterrainement tendue et dramatique, jusqu'au moment où les haines accumulées contre la tolérance du Roi s'assouvirent dans le sang.

En écrivant *La Volte des vertugadins,* je me suis dit bien souvent que si je devais continuer à décrire la lutte de la liberté de conscience contre le fanatisme, qu'il soit religieux ou idéologique, je devrais poursuivre ma saga jusqu'aux temps que nous vivons et embrasser le monde entier. Comme je ne saurais étreindre un sujet aussi vaste — qui nous propose pourtant le seul problème sérieux de notre époque, puisque selon qu'il sera ou non résolu, notre fragile planète est appelée à survivre ou à disparaître dans le froid et les ténèbres qui suivraient une guerre nucléaire — je m'en tiendrai à ce début du XVIIe siècle et aux trois petites années que j'ai dites.

Comme le lecteur voudra sans doute savoir si je compte donner une suite à *La Volte des vertugadins,* je voudrais lui répondre ici. Il est probable que je le ferai, car en écrivant ce livre, je me suis beaucoup attaché au charmant petit dauphin, sur lequel l'immense et merveilleux travail de Madeleine Foisil, en décryptant et en publiant dans son intégralité le *Journal du docteur Héroard,* a jeté une lumière nouvelle. Et Louis valait bien la peine, en effet, d'être connu et ses mérites, reconnus, en particulier dans la lutte qu'il mena, après la mort de son père, contre la régence d'une mère abusive. Mais cela, comme disait Kipling, est « une autre histoire ».

Robert MERLE

NOTE

La volte *est l'ancêtre de la valse, les pas sautés en moins. Le terme subsiste en équitation : il désigne un tour complet du cheval à mi-manège.*

Le vertugadin *(XVI*e *et XVII*e *siècle) a d'abord été un bourrelet que les élégantes portaient autour des hanches pour faire gonfler la robe à partir de la taille. Il désigna bientôt cette partie même.*

Le vertugadin, *perfectionné, devint au XVIII*e *siècle le* panier, *et au XIX*e *siècle, la* crinoline. *Son ampleur, qui influença la largeur des fauteuils, indiquait aussi la classe sociale. Seules les dames de la noblesse et les bourgeoises fortunées portaient le* vertugadin. *Les filles et les femmes des milieux populaires devaient se contenter du* cotillon *qui, se moulant sur la nature, était moins coûteux et, dans le travail, plus commode.*

On voit par là que courir le cotillon *avait à l'origine une connotation que l'expression n'a plus aujourd'hui. Il s'agissait pour les nobles et les riches bourgeois d'une entreprise plus sûre et plus facile que la course au* vertugadin, *puisqu'elle ne risquait pas de déboucher sur un duel ou un procès.*

Le fait que le cotillon *découvrait parfois les jambes s'ajoutait à cet attrait. Comment ne pas sentir que La Fontaine se délecte à décrire Perrette, balançant son pot au lait sur sa tête ?*

Légère et court-vêtue elle allait à grands pas,
Ayant mis ce jour-là pour être plus à l'aise
Cotillon simple et souliers plats.

Ce qui laisse à penser que le cotillon quotidien, et à plus forte raison hivernal, pouvait être plus long.

Du fait que le vertugadin dérobait en totalité la vue des jambes aux regards, de bons esprits imaginèrent une étymologie optimiste : il s'agissait de « vertu garder ». En réalité, vertugadin *vient de l'espagnol* verdugo, *qui entre autres acceptions désigne un fouet, la marque d'un fouet, une meurtrissure, un supplice, ou un bourreau. On peut conclure de là que sous le rapport de l'aisance et de la commodité, les hautes dames, même en Espagne, eussent parfois préféré être vêtues comme leurs chambrières.*

R. M.

CHAPITRE PREMIER

Si l'on devait préjuger de la destinée d'un homme par son baptême, le mien fut si glorieux que je devrais, sans trop de déraison, espérer atteindre un jour aux plus hautes charges de l'État. Mais je ne sache pas que je doive tant m'en hausser le bec. Si Henri Quatrième fut mon parrain, cet honneur ne tenait assurément pas aux mérites d'un enfantelet vagissant, mais à la faveur dont jouissait alors mon père, le premier Marquis de Siorac, et aux pressantes sollicitations de ma bonne marraine la Duchesse de Guise, qui, même avant que je naquisse, fut à moi si tendrement affectionnée que son fils aîné en conçut de l'aigreur. Il est vrai que le jeune duc, comme devait dire si cruellement Richelieu, n'avait pas « l'esprit plus grand que le nez » ; appendice que la cour jugeait chez lui d'une petitesse ridicule.

A y penser en mon âge mûr, la pompe de mon baptême ne m'éblouit pas davantage. Des trois filleuls d'Henri IV, je fus bien le seul à qui la fortune daigna sourire et davantage du fait de mes fidèles services que de ce glorieux début. Le plus célèbre des filleuls royaux, Henri II de Montmorency, fut décapité sous Louis XIII pour haute trahison. Et la plus obscure, du moins par la naissance, Marie Concini, fille de Concino Concini et de Leonora Galigaï, mourut à huit ans.

J'avais déjà un an[1] quand je fus baptisé — la mode étant alors aux baptêmes tardifs — et le lecteur peut bien penser qu'à cet âge je fus fort peu sensible à l'honneur d'avoir le Roi pour parrain. Bien le rebours. Car d'après le conte qui m'en fut fait plus de cent fois, quand je quittai le douillet giron de Greta, ma nourrice alsacienne, pour être confié aux bras royaux, ceux-ci me saisirent si mal que je faillis être versé à terre et ne fus rattrapé qu'à toute extrémité, et avec tant de rudesse que, très ému par cette violente commotion, je me mis à hucher à gorge déployée.

— Que voilà un fier braillard ! dit le Roi. Nous en ferons un grand orateur, comme notre ami Du Perron...

A quoi tous les assistants se mirent à rire, y compris Monseigneur Du Perron qui devait me donner l'onction, assisté par l'abbé Courtil, curé de Saint-Germain-l'Auxerrois et de ses clercs.

— Ah ! Sire ! dit la Duchesse de Guise, gardez-vous de laisser choir mon fils !

— Votre fils, ma bonne cousine ? dit le Roi. Votre filleul, voulez-vous dire !

Et bien qu'Henri eût dit cela en gausserie, Monseigneur, dit Greta, ne rit cette fois que du bout des lèvres.

— Le *frai*, poursuivit Greta qui, étant alsacienne, prononçait les « v » comme des « f », les « d » comme des « t » et les « b » comme des « p », le *frai*, c'est que le Roi, pendant que le cardinal officiait, n'avait *t'yeux* que pour Ma*ta*me la Marquise de Verneuil qui était *pel*le comme les amours, tout magnifiquement *fê*tue de vert, et pas moins de douze diamants dans ses beaux cheveux noirs.

— Comment Greta ? dis-je, étant déjà grandet, tu les as comptés ?

---

1. Pierre-Emmanuel de Siorac ne précise que plus loin la date de sa naissance en disant incidemment qu'il avait douze ans en 1604. Il est donc né en 1592.

— Nenni, mais en quittant Saint-Germain-l'Auxerrois pour regagner le Louvre où nous attendait une *pel*le collation, *foi*là le Roi qui *tit* à la Marquise : « M'amie, vous n'avez que douze diamants dans les cheveux. Selon la mode qui trotte, vous eussiez dû en avoir quinze. — D'où je conclus, Sire, lui va répliquer la Marquise, que vous allez me bailler les trois que j'ai de moins. » La friponne ! Et que *pien* elle savait jouer du plat de la langue pour appâter son soupirant !

— Et comment belle était la Marquise ? dis-je.

— *Foyez-fous* cela ! dit Greta. A peine sorti de l'œuf et un bout de coquille encore sur la tête, *foi*là notre petit coquelet qui s'intéresse déjà aux poules ! *Pah !* reprit-elle, oubliant qu'elle venait de dire que Madame de Verneuil était « *pel*le comme les amours », ce n'était rien, après tout, qu'une grande brunasse avec le teint un peu jaune et une grande bouche !

Ayant dit, Greta alla, comme à l'accoutumée, chercher mon acte de baptême dans une cassette que, d'ordre de mon père, on cachait dans le tiroir secret d'un petit cabinet en bois d'ébène. Me le tendant, elle me requit de le lire à voix haute, ne sachant pas, quant à elle, épeler ses lettres.

Il était dit, sur ce beau parchemin, qu'en l'église de Saint-Germain-l'Auxerrois Monseigneur Du Perron avait baptisé Pierre-Emmanuel de Siorac, fils de Monsieur le Marquis de Siorac, et de Mademoiselle Angelina de Montcalm, Sa Majesté le Roi étant le parrain et Son Altesse, la Duchesse de Guise, sa marraine. L'onction fut baillée à l'enfant en présence de Sa Majesté, de Son Altesse, de Monsieur le Marquis de Siorac son père, de Madame la Marquise de Verneuil, de Monsieur le Duc de Sully, de Monsieur de Villeroi et de Monsieur de Sillery.

Ce jour-là, je scrutai les signatures des présents plus attentivement que je ne l'avais fait jusque-là pour la raison que je m'appliquai alors à signer moi-même mon nom :

entreprise à laquelle, depuis peu, je donnai tous mes soins, comme si mon caractère, ma bonne ou mauvaise fortune, mon avancement dans l'État, mes futures amours, que dis-je, ma vie entière eussent dépendu d'un paraphe joliment dessiné.

— Mais Greta, dis-je, d'où vient que ma mère n'a point signé ?

— Pour ce qu'elle n'était point là, dit Greta.

— Quoi ? Absente au baptême de son fils ? Était-elle mal allante ?

— Je ne sais, mon mignon, dit Greta, il te faudra le *te*mander à Monsieur le Marquis.

— Et pourquoi m'a-t-on donné le même prénom que mon frère Pierre qui a quinze ans de plus que moi ?

— Parce que la *tu*chesse l'a voulu ainsi.

— Et pourquoi n'est-ce pas ma mère qui en a décidé ?

— Je ne sais.

— Et pourquoi suis-je élevé céans au lieu d'être avec elle à Montfort-l'Amaury ?

— Mon mignon, dit Greta, fort troublée, n'aimez-vous pas *fo*tre père et ne suis-je rien pour *fous,* non plus que Mariette, et nous tous ici, qui sommes de *fous* si raffolés ?

Ce disant, des larmes roulaient de son œil bleu sur ses belles joues roses.

— Ah ! Greta ! dis-je en me jetant dans ses bras, bien tu le sais ! J'aime mon père de grande amour, et toi aussi, et tous en ce logis !

Greta était la *liebchen* du géantin laquais Franz qui se trouvait dans l'emploi de la Duchesse de Montpensier quand mon père le connut. Il serait mort de faim pendant le siège de Paris, si mon père ne l'avait secouru de quelques viandes, car le pauvre en était rendu, et sa *liebchen* aussi, au point de manger en catimini les chandelles de sa maîtresse — laquelle, le siège levé, le lui imputa à crime et le désoccupa. Mon père le prit alors à son service, en fit son *maggiordomo* et en fut fort satisfait, car Franz régnait incorruptiblement sur nos chambrières, sa fidélité à Greta le cuirassant contre les mines et les moues de nos mignotes.

J'étais si proche de Greta dans mes maillots et enfances, buvant la vie à ses mamelles, Frédérique sa fille, à l'une, et moi à l'autre, que je n'aurais su dire si elle était grande ou petite, blonde ou brune. On dira que j'étais trop jeune et que je ne peux guère me souvenir de ce temps-là. Oh ! que si ! Je tétai Greta jusqu'à l'âge de quatre ans. Et bien je me ramentois la ferme, douce et odorante chair dans laquelle je crochai mes menottes, les rondeurs sur lesquelles mon œil ébloui était collé et le sucement, lui-même délicieux, qui amenait le bon lait dans ma bouche. Je ne devins, hélas, conscient de ces délices, que lorsqu'on m'en priva et c'est alors que, prenant par force forcée du recul, je pus voir enfin ma nourrice.

Quelle grande et puissante garce c'était ! Le cheveu blond, l'œil bleu, le teint rose, l'épaule large, la poitrine profonde, le tétin vaste, la hanche ronde, la jambe forte, et une taille, un poids, un volume tout à fait idoines pour être l'épouse d'un géant ! Sans compter le cœur qui battait généreusement sous ses côtes et dans le quotidien de la vie, l'humeur la plus égale, le regard le plus tendre, et bien que sortant de ce monument alsacien, la plus douce des voix.

Trouvant sans doute difficile de prononcer le « gr » de son nom, je l'appelai « Ta » et cette simplification me gouvernant partout, j'appelais mon père « Pa », « Iette », la Mariette du cuisinier Caboche et « Ise », peu respectueusement, la Duchesse de Guise.

Mariette venait immédiatement après Greta dans mes affections domestiques. Comme son mari Caboche et le cousin de ce dernier, Lachaise, notre herculéen cocher, elle avait vu le jour en Auvergne. Brune de peau et de cheveu, petite, potelée, rebondie, mais le muscle ferme sous la charnure, elle était aussi dure et noire que le basalte de

Saint-Flour, et si bien fendue de gueule que pas un bon bec de Paris n'aurait pu lui en remontrer. Raison pour laquelle mon père l'avait choisie pour aller à la moutarde, laquelle lui montait vite au nez, si le boucher, le légumier ou la harenguière essayaient de la tromper.

C'était la coutume alors pour les familles nobles de Paris de s'en remettre à un pourvoyeur du soin de les envitailler quotidiennement de tout. Mais mon père, huguenot « repenti », qui n'avait consenti à aller à contrainte (entendez : à la messe) que pour mieux servir Henri Troisième, était, en bon réformé, trop ménager de ses deniers, pour faire confiance à un de ces intendants dont il pensait qu'il le volerait, y ayant tant de facilités. Il ne courait point ce risque avec Mariette qui n'était pas femme, dit-il, « à ferrer la mule ».

— Ferrer la mule, Monsieur mon père, dis-je, qu'est cela ?

— Petit parler parisien, mon fils ! dit-il en riant, les forgerons qui ferrent les mules en Paris sont tenus pour les plus grands voleurs de la création, surpassant même, en cette capacité, les bateliers de la rivière de Seine, tous mauvais garçons.

— Et deviennent-ils riches à ce jeu ?

— Je le crois ! Et certains jusqu'à s'acheter une terre en province, à en prendre le nom et à trancher du noble.

— Tant bonne est la pratique ?

— Mieux que cela ! Vu que la mule est le cheval du pauvre, qu'il y en a à Paris plus que de chevaux, des dizaines et des dizaines de milliers et qu'en outre la crotte boueuse et nauséeuse qui recouvre les pavés de nos rues suce le fer des bêtes et le leur quitte des pieds, avant qu'il soit usé.

Mon père qui voulait que je fusse instruit de tout, pas seulement aux Belles-Lettres dont je fus nourri dès l'enfance, mais de toutes les choses de l'existence, même les plus modestes, me fit, béjaune que j'étais encore, accompagner

Mariette au Marché Neuf, des galoches aux pieds en raison de l'épaisse crotte des rues et un mouchoir imbibé de vinaigre à la main pour me le mettre sur la face, au cas où les mauvaises odeurs des carrefours me suffoqueraient. De l'autre main, je devais tenir et ne lâcher sous aucun prétexte la gigantesque pogne de Lachaise. Nos deux soldats qui, d'ordinaire, escortaient Mariette au marché, cheminaient, bottés et armés, derrière nous et Mariette avançait devant nous la première, le pas résolu. Ses paniers arrondissant ses hanches des deux parts, elle fendait la foule comme une proue de ses durs tétins auvergnats, et criait : « Gare ! Gare ! Bonnes gens ! Laissez passer ! »

Quelques minutes avant que je partisse avec cette escorte je me souviens que mon père reçut un message du Louvre et aussitôt, le cœur joyeux, apprit à ceux qui se trouvaient là, que la princesse florentine, Marie de Médicis, petite-nièce de Charles Quint, venait de débarquer en France à Marseille pour marier notre bon roi Henri.

— Que Dieu et la Bonne Vierge le bénissent ! dit Mariette.

— Que Dieu le bénisse ! dit mon père, sans mentionner Marie.

Nos deux soldats, Pissebœuf et Poussevent, n'étaient point auvergnats, mais gascons et sur le chemin du marché se trantolaient derrière nous avec une nonchalance terrible, jetant de droite et de gauche des regards aiguisés. Ils escortaient Mariette pour donner, certes, du poids à ses querelles avec les marchands, mais par-dessus tout, pour la protéger, elle, ses monnaies, ses viandes et ses habits, des tire-laine et des coupe-bourses qui rôdaient comme loups autour des étals et vous détachaient votre manteau du cou en un battement de cil, ou vous volaient un gigot jusque dans votre panier.

Avant d'acheter, Mariette tâtait, reniflait, goûtait, flairant la tromperie et la dénonçant à l'occasion d'une voix claironnante.

— Quoi ? disait-elle au boulanger, tu appelles ça du pain blanc de Gonesse ? Veux-tu m'en faire accroire, coquin ? Il vient droit de Chaillot, ton pain, où ces gueux de meuniers mélangent l'orge au froment et le blanchissent ensuite à la craie pour tromper les chalands. Point n'en veux !

Elle ne voulait pas davantage du beurre de Vanves, mais du bon beurre goûteux de Bretagne. Et quant aux légumes, qu'elle appelait « les herbes », il fallait qu'ils eussent crû dans la plaine Saint-Denis et non aux Porcherons qu'elle déprisait. Quant au poisson, c'est leur âge qu'elle suspectait.

— Frais, tes maquereaux ! Rien qu'à voir leur œil, je le décrois ! Haranguière du diable, me prends-tu pour une coquefredouille ? Tu as beau les arroser dix fois par jour d'eau salée, ils ne sont pas plus frais que ton cul !

Et si la haranguière esquissait une réplique, Pissebœuf ou Poussevent s'avançait, saisissait de ses deux mains le rebord de son étal comme s'il allait le renverser et disait d'une voix paresseuse en fermant l'œil à demi :

— Commère, seriez-vous par hasard une grosse mal élevée ?

Le bon produit trouvé, Mariette barguignait sur les prix à rendre fols les marchands et quand enfin elle avait arraché leur accord, elle gardait l'œil sur le poids, la balance et la pesée. Pour peu que ses soupçons fussent confirmés, elle déversait alors sur le coupable un torrent de menaces à lui glacer les sangs.

Qui aurait cru que cette dure Auvergnate, si forte en gueule au Marché Neuf, pouvait être, au logis, si polie avec mon père, si tendre à son mari, si amicale avec les chambrières, et à moi si affectionnée ? Dès que je fus sevré, c'est elle qui prit le relais de Greta et, supplantant Caboche en ce qui me concernait, me garnit en bouillies, en œufs mollets et en agneau coupé menu, et pour le sucré, en crèmes et compotes, lesquelles elle m'administrait au petit cuiller, avec une patience angélique, de doux sourires et des paroles gazouillées.

Greta s'était bien un peu rebéquée à se voir ainsi remplacée, mais mon père, en sa justice seigneuriale, avait tranché : « Qui a le lait, baille le lait ! Qui cuit le rôt, donne le rôt ! » A Greta cependant appartenait toujours le soin de me lever, de me laver, de me vêtir, et d'assister à mes repues pendant lesquelles, tout en me couvrant de l'œil, mes deux nourrices faisaient marcher leurs langues dans des clabauderies infinies.

Dans le cocon de cette douce chaleur féminine, je grandis vite et de corps et d'esprit, la parole déliée, l'ouïe avide et l'œil épiant. De la Duchesse de Guise qui venait visiter son filleul deux ou trois fois la semaine, et parfois plus, mes deux babilleuses parlaient souvent, avec bienveillance toujours, mais avec des regards, des intonations et des réticences qui me semblaient obscurs. L'une repassait, l'autre cousait, et moi, devant une petite table basse, au pied de leurs volumineux cotillons, j'étais assis, le cuiller à la main et me bâfrant, mais la tête levée et l'oreille en alerte. Que je les trouvais belles, mes nourrices ! Et que j'aimais les baisoter, les mignonner et être par elles contre-caressé à la fureur ! Mais aussi que le monde évoqué par leurs propos me paraissait étrange et incertain !

N'est-il pas singulier qu'il me soit si malaisé de plonger dans les ténèbres de mon enfantin passé, au point que je ne puis dire précisément à quel âge la compréhension commença à me venir, ni combien de mois il me fallut encore pour que les paroles de mes nourrices me devinssent tout à fait claires ?

Mariette éveilla de prime mon attention ce jour-là en s'étonnant que la Duchesse ne fût pas venue dans notre logis de huit jours, alors qu'elle était, dit-elle, « si raffolée de celui-là ». Or, je savais pertinemment que « celui-là » —

expression qui revenait souvent dans leurs parlotes — c'était moi. Et bien étonné j'étais moi-même que mes deux commères me crussent assez niais pour ne l'avoir point de longtemps compris.

— Se peut que la *Tu*chesse soit mal allante, dit Greta. Ou alors elle sera partie *f*isiter son fils à Reims.

— Ce cocardeau ! Ce petit duc sans nez qui n'a pour vivre que ses dettes ! Sais-tu, Greta, qu'il est si fainéant que, couchant, déjà majeur, avec les dames d'atour de la Duchesse, il aima mieux s'oublier au lit que non pas se lever et faire dans sa chaire !

— M'amie ! M'amie ! dit Greta, de jeunes oreilles vont t'écoutant !

— Mais dis-moi, ma bonne, comment est-ce Dieu possible qu'avec une mère tant bonne et tant jolie que la Duchesse, et un père qui, devant qu'on l'assassinât à Blois, fut le plus bel homme de son temps, il n'est, lui, qu'un petit coyon de poupelet de cour qui fait le rogue et le hautain avec tout un chacun.

— Assurément, il ne *faut* pas le petit *toigt* de celui-là ! dit Greta.

— Mais aussi, il faut bien le dire, dit Mariette, à bon lait, bon chaton !

— La grand merci à toi, dit Greta, la larme qu'elle avait facile lui venant au bord des cils. Mais à le comparer à cet autre, j'enrage quand je pense que celui-là, parce qu'il est ca*tet*, ne sera même pas marquis !

— Patiente un peu, Greta ! Le pitchoune a de la cervelle. Il avancera ! Vois un peu comme il nous lorgne, l'oreille dressée et l'œil vif.

— Ah ! qu'il est mignon, mon mignon ! dit Greta.

Et quittant son fer, elle se pencha vers moi dans un grand bruissement d'étoffes et m'embrassa.

— Sûrement, reprit Greta, que la *Tu*chesse aime plus celui-là que le Petit *Tuc*.

— Et pour cause ! dit Mariette avec un petit clignement de l'œil.

— Ta langue, Mariette, ta langue !

— Ma langue, dit Mariette, m'est de bon service et je ne crains personne avec l'outil que voilà. Grâce à lui, les maîtres eux-mêmes souffrent de moi plus qu'ils ne souffriraient de quiconque ! Non que je joue à l'effrontée, mais je sais, par là, beaucoup de choses.

— Par exemple ? dit Greta.

— L'autre jour, en ce logis, voyant la Duchesse mignoter celui-là, et le baisoter à gueule bec, voilà-t-il pas que je lui fais : « Madame, vous rappelez-vous le jour du baptême quand vous avez dit au Roi : Ah ! Sire ! Gardez-vous bien de laisser choir mon fils ! — Mon Dieu, Mariette, me répond-elle, que j'ai tremblé alors ! » Et tout soudain, après s'être pensé un petit, la voilà, après coup, qui rougit ! qui rougit ! tant et tant que je lui ai tourné le dos pour non point l'embarrasser.

— Mais, vramy, Mariette ! Quelle honte de vergogner les gens ainsi ! Et que je regrette de t'avoir conté ce conte, *fu* l'usage que tu en fais.

— Babillebabou ! Quel mal ai-je causé ? Aucun ! Cela s'est passé entre nous, sans autre oreille que les nôtres, de femme à femme...

— De femme à femme ! dit Greta.

— Oui-da, toute duchesse qu'elle est, elle n'est pas taillée dans une autre étoffe que moi. Et ses enfants, elle ne les fait pas par le petit doigt. Les rois et les ducs sont pleins de satin, de brocart et de perles, mais ôte-leur ces beaux oripeaux, ils sont bien pareils à nous autres ! Ils aiment les caresses et ils fuient les coups ! Et quand ils meurent, ils n'en pissent pas plus roide !

— Mais tout *te* même ! dit Greta, moi je suis bien contente, quand je les *fois* si magnifiques en leurs belles *fê*tures. Et moi, ce qui me chagrine, c'est que la *Tu*chesse ne nous *fi*site jamais qu'en un coche de louage avec de maigres chevaux, au lieu de *fe*nir céans en sa *pel*le carrosse dorée et ses laquais en livrée. Ce qui nous ferait grand honneur dans notre rue du Champ Fleuri !

— Oui-da, mais qui ferait jaser à la longue !

— Jaser ? dit Greta, et pourquoi jaser ?

— Il y a matière, dit Mariette, vu qu'on dirait qu'elle aime un peu trop celui-là.

Ayant dit, Mariette porta son fer à sa joue pour voir s'il était chaud. Greta, de son côté, laissa son aiguille en repos et toutes deux, à l'unisson, me considérèrent en silence, me baignant dans la lumière de leurs tendres yeux.

*
**

Quand j'eus passé cinq ans, mon père estima que le moment était venu de me soustraire, sinon tout à fait aux bons soins de mes nourrices, du moins à leur excessive idolâtrie et de me donner des précepteurs qui pussent me nourrir aux Lettres et me former l'esprit.

Du fait de ses missions dans les provinces et à l'étranger sous Henri III et Henri IV, mon père avait dû s'absenter souvent de sa Seigneurie du Chêne Rogneux à Grosrouvre et, par voie de conséquence, abandonner à son épouse, Angelina de Montcalm, le devoir d'instruire mes frères et mes sœurs. Elle s'était assez mal acquittée de cette tâche, n'ayant elle-même pas plus de goût aux choses de l'esprit que la noble et ancienne famille dont elle était issue.

Cette indifférence allait tout au rebours de la tradition huguenote de ma branche paternelle qui, hissée jusqu'à la noblesse dans les armées du Roi par sa vaillance, et enrichie par ses entreprises, avait gardé de la bourgeoisie dont elle venait une tradition laborieuse. Mon grand-père, Jean de Siorac, Baron de Mespech en Périgord — qui le jour de mes cinq ans entrait gaillardement dans sa quatre-vingt-sixième année —, était un homme fort instruit, licencié en médecine de l'École de Montpellier, et plus tard fort entendu au ménage des champs, s'étant diligemment inspiré des idées nouvelles d'Olivier de Serres dans son *Théâtre d'agriculture*. Mon père, docteur médecin, avait d'abord servi en cette capacité le roi Henri III avant de devenir un des agents de sa diplomatie secrète. Ses voyages, ses longs séjours en des pays lointains, ses aventures, les périls encontrés, avaient contribué à former son esprit et s'il est vrai qu'au passage il eut cueilli maintes fleurettes, l'amour ne lui avait jamais fait oublier le souci de son instruction. Bien au contraire ; c'est sur les lèvres de ses belles, Lady Markby, Doña Clara et la *Pasticciera*, qu'il avait appris les langues des royaumes voisins.

Je me dois encore de mentionner ici mon oncle bien-aimé, Samson de Siorac, qui apprit les secrets de l'apothicairerie en l'École de médecine de Montpellier et avait ouvert boutique à Montfort-l'Amaury, encore qu'il ait dû acheter son fonds par le truchement de son épouse, pour ne pas être déchu de sa noblesse, les seules entreprises permises aux nobles se trouvant, en effet, restreintes au soufflage du verre et au commerce par mer, celui-ci à condition — condition plaisante ! — qu'il ne se fît pas au détail.

J'ai souvent entendu mon père s'élever avec force contre la stupidité de la coutume qui voulait que les nobles fussent impropres à tout, sauf à la chasse et à la guerre, plongés qu'ils demeuraient, leur vie durant, dans une ignorance si crasse que bon nombre ne savaient ni lire ni écrire et à peine même signer leur nom. Ils se condamnaient par là, disait mon père, à ne pouvoir jamais remplir les hautes charges de l'État, desquelles la bourgeoisie instruite tout naturellement héritait, ainsi que des ressources croissantes de l'industrie, du négoce et de la finance. « Certes, ajoutait-il (ce " certes " sentait son huguenot), on trouve à la cour quelques nobles très instruits : Bassompierre, Bellegarde, Sully, pour ne citer que mes amis. Mais si on voulait en faire un exact dénombrement, je gage qu'on aurait du mal à en trouver plus de trois douzaines ! »

Le grand ami et intime compagnon de mon père, Monsieur le Chevalier de La Surie, présida à mes études. « Né de personne et sorti de rien », selon la définition plaisante qu'il donnait de lui-même, il s'était appris seul le latin. D'abord serviteur de mon père, il devint son secrétaire, partagea sa vie et ses périls, combattit à ses côtés à Ivry, fut anobli par le Roi. A quarante-neuf ans, il était toujours si avide de savoir qu'il accepta avec joie de gouverner mes précepteurs et d'assister à mes leçons, sans doute dans l'espérance secrète d'en tirer lui-même parti.

La Surie avait, ce qui m'étonnait fort en mes enfances, les yeux vairons, l'un bleu, l'autre marron, le premier plutôt froid, le second chaleureux, ce qui reflétait bien le mélange de prudence et de passion qui composait son caractère. De son physique, il était mince et même plutôt fluet, mais souple et bien trempé comme une bonne lame. Mon père écoutait ses conseils et souffrait même ses reproches, tant il le savait avisé, car il s'y connaissait fort bien en hommes et aussi en femmes, bien que dans ce domaine, à la différence de mon père, il n'avançât jamais que d'une patte prudente, l'autre déjà sur le recul.

C'est lui qui choisit mes précepteurs et il les choisit bien. Monsieur Philipponeau m'enseigna le latin, le français et l'histoire. C'était un jésuite que sa Compagnie avait placé comme confesseur auprès d'une riche veuve dont il guignait l'héritage. La veuve trouva les confessions de notre homme si suaves qu'elle s'éprit de lui. Il s'éprit d'elle. Ils mêlèrent leurs vies et, devant notaire, se donnèrent l'un à l'autre tous leurs biens périssables. Façon de dire, car pour sa part Monsieur Philipponeau ne possédait que sa robe, et pour peu de temps, car la Compagnie de Jésus, furieuse de sa trahison, la lui ôta et, défroqué, il eût couru le danger de passer le reste de ses jours dans une prison ecclésiastique, si l'évêque de Paris n'avait étendu sur lui sa protection.

Ce n'est pas que Monsieur de Paris aimât tant sa personne, mais il détestait les Jésuites, qui prétendaient se situer en dehors de sa juridiction et ne dépendre que de leur Général. Il fut enchanté de relever le malheureux de ses vœux et de le marier. Voilà notre Philipponeau le plus heureux des hommes, et qui le fut davantage encore, quand, à la suite de la tentative de meurtre de Châtel sur la personne du Roi, le parlement y soupçonnant la main des Jésuites, les bannit du royaume.

Philipponeau était un homme de taille moyenne, très maigre, et qui n'avait rien de remarquable sauf les yeux, lesquels étaient immenses, noirs de jais, très fournis en cils et en sourcils, et pleins d'un feu qui n'était pas que spirituel, à en juger par la façon dont il lorgnait nos chambrières. Toutefois, il était fort savant et, dans son enseignement, comme autrefois dans ses confessions, il montrait tant de douceur qu'on se sentait comme tenu d'y répondre en se donnant peine.

Monsieur Martial, artificier dans les armées du Roi, et qui les avait quittées parce qu'une balle au siège d'Amiens l'avait cloué sur son canon, m'enseignait la mathématique. Moustachu, sourcilleux, hérissé, rude de poil et d'âme, il m'eût volontiers fouetté à la moindre peccadille, si mon père y avait consenti. De reste, il connaissait bien son affaire et n'avait qu'un défaut : ayant composé un savant traité sur les fortifications, il avait tendance à digresser sur les *vues*, les *flanquements*, les *sapes* et *contre-sapes*, au lieu de s'en tenir à ses chiffres. Toutefois, ses digressions ne laissèrent pas, plus tard, de m'être fort utiles.

J'ai gardé pour la bonne bouche Mademoiselle de Saint-Hubert, qui m'apprenait l'anglais et l'italien. Sa mère était anglaise et avait épousé un gentilhomme français de bon lieu, mais de pauvre bourse, qui avait servi de secrétaire à

Monsieur le cardinal d'Ossat, dans le temps où celui-ci était encore petit abbé et négociait secrètement à Rome la levée de l'excommunication d'Henri IV. L'affaire avait traîné des années, pendant lesquelles Madame de Saint-Hubert et sa fille — sa fille surtout, qui était alors jeunette — apprirent parfaitement l'italien.

Geneviève de Saint-Hubert était une grandette mignote brune, l'œil pensif, le cou flexible, la taille gracieuse. Garçon, elle eût donné son noble nom à une pucelle de bourgeoisie bien garnie en pécunes. Fille, il n'y fallait pas songer. Même un couvent eût requis d'elle une dot et son père, vivotant de rentes minuscules, lui assurait le pot, le feu et le logis, et rien de plus.

Elle avait dix-huit ans, quand elle apparut dans notre logis de la rue du Champ Fleuri, l'illuminant de sa fraîche beauté. J'en avais cinq et à sa vue je tombai d'elle éperdument amoureux. « Éperdument » est bien le mot qui convient, quoi que le lecteur puisse en penser. Frédérique, ma sœur de lait, qui avait obtenu par ses pleurs d'être présente à mes leçons, et bientôt, tant son esprit était vif, d'y prendre part, fut la première à s'en apercevoir et en conçut un furieux ressentiment.

Nous dormions en deux lits jumeaux dans un petit cabinet et bien plus souvent dans les bras l'un de l'autre que séparément. Il semblerait que d'avoir tété le même lait au même généreux tétin eût quasiment fait de nous des jumeaux. Geneviève de Saint-Hubert fut l'occasion de notre première querelle. Car devinant les sentiments passionnés où la demoiselle m'avait jeté, pendant huit jours, dès que je m'endormais, Frédérique me pinçait au sang pour me tenir éveillé. Quand je me réfugiais dans mon propre lit, elle m'y suivait pour poursuivre sa cruelle persécution.

Greta finit par découvrir, en me baignant, les bleus dont j'étais couvert. Frédérique avoua tout, fut fouettée, se repentit, promit de s'amender. Huit jours plus tard, elle recommença, mais cette fois, bien convaincu qu'elle faisait mal — ce dont je n'étais pas sûr avant qu'elle fût punie — je la battis. Et comme elle pleurait, je fus pris de compassion et m'étendant sur elle de tout mon long, je piquai de poutounes ses joues meurtries. Au bout d'un moment, elle me serra dans ses bras et me rendit mes baisers. J'éprouvais alors un sentiment tout à plein délicieux de retrouvailles et d'union — un sentiment, à la vérité, si vif que, même à ce jour, je m'en souviens avec joie.

Geneviève de Saint-Hubert possédait tous ces talents que l'on consent à apprendre aux filles lorsqu'on les juge à la fois inutiles et ornementaux. Elle jouait du clavecin, chantait, disait des vers. J'étais moins sensible à la musique des instruments qu'à celle des mots mais, debout à côté d'elle, j'aimais voir ses doigts légers courir sur les touches, ainsi que le mouvement de ses beaux bras blancs. Elle jouait avec beaucoup de fougue et quand le morceau était fini, un peu de sueur perlait à son front et sa poitrine se soulevait de par l'agitation qu'elle s'était donnée. Elle restait alors un moment encore assise à son clavecin, la tête levée, l'œil rêveur, ses mains reposant, immobiles, sur le clavier et comme mon visage, vu la taille que j'avais alors, venait au niveau de son bras nu, j'osai un jour y poser les lèvres, tant je le trouvais beau et bien rondi. A ma grande surprise, Mademoiselle de Saint-Hubert tressaillit violemment et rougit. Et ce n'est qu'au bout d'un instant que, me voyant tout confus, elle se prit à rire et, m'attirant à elle, m'embrassa.

Il y a chez les enfants plus de ruse qu'on ne croit. Je me souviens fort bien que j'avais attendu que Frédérique ne fût plus dans la pièce pour hasarder ce baiser dont j'avais plus d'une fois rêvé. Je me sentis, après coup, très audacieux de l'avoir tenté et fort content de l'effet qu'il avait produit. Peut-être m'imaginais-je jusque-là que les femmes étaient faites pour recevoir les caresses et non pour en être troublées. J'entends, les femmes d'âge adulte. A mon sentiment, mes petits jeux nocturnes avec Frédérique n'avaient rien de commun avec ce qui venait de se passer.

Madame de Guise ne fut pas sans apprendre les pinçons de Frédérique et le baiser volé à Mademoiselle de Saint-Hubert et cela valut à mon père une dispute dont je me souviens encore comme d'hier.

Je jouais à terre avec une armée de soldats de plomb que sur la suggestion de Monsieur Martial, Monsieur de La Surie m'avait offerte. Et je dois à la vérité de dire que Monsieur Martial jouait volontiers lui-même avec eux sous le prétexte de m'apprendre l'art des fortifications.

J'avais disposé mes troupes en dehors du passage des chambrières dans un petit cabinet attenant à la grand'salle et divisé mes soldats en deux camps opposés de nombre égal. L'un était commandé par moi et l'autre, par voie de conséquence, voué à la défaite. Et j'en étais à me demander comment mon talent militaire, inspiré par l'expérience de Monsieur Martial, allait s'y prendre pour amener ma victoire, quand, par la porte entrebâillée, j'entendis Madame de Guise, dans la grand'salle, parler de moi et de Frédérique en termes véhéments. Je m'en trouvai fort inquiet et je remis à plus tard l'assaut imminent de mes cavaliers.

— Monsieur, disait-elle, vous ne devriez pas plus longtemps laisser Frédérique dormir dans la chambre de Pierre.

— Qu'est cela ? dit mon père d'une voix mécontente. Quel mal y voyez-vous ?

— Mais voyons, elle le pince !

— C'est qu'elle est jalouse. Et qui ne l'est ? J'ai moi-même connu une haute et puissante dame qui, me croyant infidèle, me lança à la tête je ne sais combien de petits pots d'onguents et de crèmes que je parai de mon mieux avec une escabelle. Faut-il, ajouta-t-il en riant, que je vous en fasse ressouvenir ?

— Monsieur, je parle sérieusement.

— Et je vous réponds de même.

— Pourquoi votre fils doit-il tant pâtir du fait de cette sotte caillette ?

— Il s'instruit à son contact.

— Belle instruction ! Elle le pince !

— Et il la bat ! Ainsi a-t-il compris, Madame, qu'on ne doit pas tout souffrir de votre aimable sexe. Et il se peut que cette connaissance, plus tard, lui évitera de trop pâtir.

— Mais un garçon et une fille dans le même lit ! Voilà qui est bien honnête ! Fi donc !

— Il n'est pas d'exemple qu'un garçon ait fait un enfant à six ans.

— Je ne vous parle pas d'enfant ! Mais de la simple honnêteté.

— Je ne vois pas qui la blesse. J'ai eu moi-même à son âge une petite compagne de jeux. Je l'aimais de grande amour. A Dieu ne plaise que je prive Pierre de la sienne. Après tout, Frédérique est sa sœur de lait. Je me tiendrais pour très malavisé, pour ne pas dire inhumain, Madame, si j'attendais de défaire un lien si fort.

— Allez, allez, Monsieur ! A le laisser commencer si jeune, vous ferez de votre fils un grand ribaud !

— Madame, dit mon père avec une colère contenue, ajoutez, de grâce : « comme son père », et vous aurez tout dit !

— Monsieur ! dit tout d'un coup Madame de Guise, avec une petite voix pleine de larmes, ne me parlez pas avec les grosses dents ! Je ne saurais le supporter !

Après cela, il y eut un si long silence que, la curiosité me poussant, je rampai sur mes genoux jusqu'à la porte de la grand'salle et y jetai un œil. Mon père, qui me tournait le dos, serrait Madame de Guise dans ses bras. J'en augurai que Frédérique allait demeurer dans ma chambre, ce en quoi je voyais juste ; et aussi que la querelle était close, ce en quoi je me trompais, car je n'avais pas plus tôt regagné à croupetons le champ de bataille, où mes chevaux piaffaient d'impatience d'en découdre, que les hostilités reprirent entre mon père et ma marraine.

— Il n'empêche, dit celle-ci, que votre fils est un peu trop adoré par ses nourrices...

— Cela était vrai, Madame. Cela l'est moins, depuis que je lui ai donné des précepteurs.

— Des précepteurs. Et une préceptrice.

— A celle-là trouvez-vous quelque chose à redire ?

— J'ai ouï raconter que tandis qu'elle jouait du clavecin, Pierre lui avait baisé le bras.

— A son âge, j'en eusse fait tout autant.

— C'est donc que vous trouvez la pécore à votre goût !

— Ne l'est-elle pas au vôtre ?

— Vous me comprenez ! dit ma marraine d'une voix irritée.

— Non, Madame, dit mon père parlant haut et clair, je ne vous entends pas. Mademoiselle de Saint-Hubert a dix-huit ans, j'ai passé cinquante ans. Quelle apparence y a-t-il qu'un barbon...

— Un fort verdoyant barbon...

— M'amie, je vous sais gré de cet hommage.

— Ne riez pas, Monsieur ! N'ai-je pas vu, de ces yeux vu, que lorsque la donzelle entre dans une pièce où vous êtes, elle ne regarde que vous.

— Madame, il faudrait choisir. Suis-je le tenté ou le tentateur ?

— Vous êtes les deux.

— Je ne suis ni l'un ni l'autre. Vais-je détourner de ses devoirs une fille de bon lieu dont j'estime le père, l'ayant si bien connu à Rome quand il était dans l'emploi du cardinal d'Ossat.

— A Rome, Monsieur, où au vu et au su de tous, vous coqueliquiez avec la *Pasticciera* ! Le beau gâteau que c'était là ! Et que vous n'aviez pas vergogne à partager avec une demi-douzaine de mouches !...

Tant cette phrase m'étonna, je cessai d'écouter. Je tâchai d'imaginer mon père en train de manger un gâteau que lui disputaient des mouches. Que ne les tuait-il, comme je faisais moi-même, du plat de la main au lieu de le « partager » avec elles ? Énigme que je tournai et retournai dans ma cervelle sans lui trouver de solution. Je l'oubliai ensuite, mais elle revint dans ma remembrance avec une force singulière quand, dix ans plus tard, je lus ce passage des Mémoires de mon père où il conte sa rencontre à Rome avec la *Pasticciera* et décrit les grands seigneurs romains avec qui, en commun, il l'entretenait.

Ma marraine apaisée et en allée, mon père repassa dans mon cabinet, jeta un œil à mon ordre de bataille et, mettant un genou à terre, me dit :

— Monsieur, comment est armée votre cavalerie ?

— Sabre et mousquet.

— Point de lance ?

— Non, Monsieur mon père.

— Alors, ne la lancez pas de front sur les piques de l'infanterie ennemie. Elle s'y clouera. Faites-la tournoyer tout autour, lâcher ses coups se regrouper à distance, recharger ses armes et revenir sus à l'ennemi...

Ayant dit, il embrassa le colonel général, appela son page et lui commanda de quérir Greta et Mariette. Elles arrivèrent, haletantes.

— Qui de vous deux, dit mon père, a conté à Madame de Guise les pinçons de Frédérique ?

— C'est moi, dit Mariette aussitôt.

— Et qui de vous deux lui a conté l'histoire du baiser volé à Mademoiselle de Saint-Hubert ?

— C'est moi, dit Mariette.

— Bien le pensais-je... Mariette, poursuivit-il, vous avez dans la bouche une langue frétillante et babillarde qui nous est de très grand service quand vous allez à la moutarde au Marché Neuf. Mais céans, quand la dame que j'ai dit se trouve de nous visiter, gardez ladite langue derrière vos fortes dents et les lèvres cousues dessus. Vous épargnerez votre vent et haleine, et à moi, des soucis.

— Ainsi ferai-je, Monsieur le Marquis, dit Mariette dont je vis bien qu'elle voulait, en signe de repentir, baisser la tête, mais ne le pouvait tout à fait, vu la forte avancée de sa poitrine.

***

Ma bonne marraine était alors fort peu différente du portrait qu'en fait mon père en ses Mémoires : « mince et bien rondie, frisquette et pétulante, l'œil bleu lavande et quasi naïf en sa franchise, une bouche suave et de très beaux cheveux blonds, drus et abondants, pendant en mignardes bouclettes sur son cou mollet ».

Cela, quant au physique. Quant au moral, Henri IV dont elle était, par sa mère, Marguerite de Bourbon, la cousine germaine, avait dit d'elle à mon père (qui me le répéta) que les « naïvetés » et les « simplicités » qu'on remarquait dans sa conduite rendaient sa compagnie « douce et agréable ».

C'était là un bon jugement, mais conçu du haut d'un trône devant lequel les hautes et belles dames, en leurs généreux décolletés, fléchissaient le genou. Si le Roi n'avait été, comme mon père, qu'un marquis et qui plus est, « l'intime et immutable ami de la Duchesse », il eût appuyé autrement sur la chanterelle. Car si ma marraine était bonne — du bon et du fond du cœur — et nous aimait mon père et moi à la folie, il s'en fallait de beaucoup que son commerce fût toujours charmant et son amour, facile à supporter. Et d'autant qu'elle était impérieuse, fort entichée de son rang, et en ses opinions, le plus souvent mal fondées, invinciblement opiniâtre.

Rien n'était plus adorable que Madame de Guise dans ses moments d'abandon. Elle s'y montrait si tendre, si rieuse et même si folâtre qu'elle paraissait alors la moitié de son âge. Mais ce clair soleil se voilait parfois et il fallait alors prendre garde à ses humeurs noires, soit qu'elle tombât dans la mélancolie, soit qu'elle lâchât la bride, tout soudain, à ses querelleuses dispositions.

Quand il était au logis, c'est sur mon père que s'abattait le poids de son hypocondrie. Mais en son absence et dès que j'eus passé une dizaine d'années, c'était moi qui subissais les assauts de ces noirs bataillons.

— Ah ! mon filleul ! disait-elle dès qu'elle avait franchi le seuil de notre logis et retiré son masque, gardez-vous, je vous prie, de jeter l'œil sur moi ! Je suis aujourd'hui du dernier laid ! Ma fé, je n'ose plus aujourd'hui me regarder au miroir, tant je me fais peur à moi-même ! Avez-vous jamais vu quelque chose de plus dégoûtant que ce teint ? Il n'y a pas remède ! J'y mettrais un pouce de rouge, cela ne servirait point ! Pour ne pas parler de mon œil dont le blanc est jaunâtre et l'iris, bleu sale. Non, non, mon filleul, ne m'envisagez pas ! je vous ferais horreur ! Hélas ! La chose est claire ! Je suis un monstre devenue ! Et il n'est plus que de m'exhiber dans les foires pour effrayer les badauds !...

La Duchesse accompagnait ses paroles extravagantes de mille gesticulations. Elle marchait qui-cy qui-là dans la grand'salle. Elle se tordait les mains, se voilait la face, et dès que je m'avançais vers elle, elle me tournait le dos. Cette folie durait interminablement et il y fallait je ne sais combien de protestations, de jurements, de compliments, de mignonneries, pour en venir à bout. A tout prendre, je préférais ses querelles, encore que je ne sois pas près d'oublier celle qui me chut sur les épaules au tournant de ma douzième année.

⁂

Je venais d'accéder à la virilité et dès que j'en eus reconnu les signes indubitables, fidèle aux leçons que j'avais là-dessus reçues de lui, je courus en avertir mon père, lequel, toutes affaires cessantes, vint en constater les effets dans mon lit.

— Eh bien ! me dit-il en me prenant aux épaules, d'un air tout ensemble fier et attendri, vous voilà homme, mon fils. J'en suis content, mais je doute que vous le soyez de prime à ouïr ce qui suit. Car il va me falloir agir sans tarder et couper sur l'instant, car la chose presse, un nœud qui vous est cher. Mon fils, j'en suis bien marri pour vous, mais Frédérique, dorénavant, ira coucher dans la chambre de Greta.

— Quoi ! Monsieur mon père ! m'écriai-je, me sentant veuf et désolé à cette affreuse nouvelle, le faut-il ? Vais-je perdre ma sœur tant chérie ?

— Babillebabou ! Frédérique n'est votre sœur que parce que vous avez partagé le même lait. Ce n'est pas un lien de sang, Dieu merci ! Sans cela, aurais-je cligné doucement les yeux sur vos petits jeux avec elle (je rougis à ces mots), lesquels, à mon sens, n'étaient que le babillage d'un enfantelet qui s'exerce à parler, mais testebleu, mon fils ! vous parlez maintenant ! La chose n'est plus sans conséquence. Voudriez-vous l'engrosser ? Outre qu'il serait disconvenable pour un gentilhomme d'avoir à douze ans un bâtard, laissez-moi vous parler en médecin : la pauvrette est bien trop jeune pour supporter d'être mère. Ses os n'ont pas fini de grandir. Elle est fort gracile. Ses tétins ne sont encore que promesses. A la vérité, je craindrais pour sa vie, si la chose arrivait...

L'argument était sans réplique. Je me résignai. Mais, dans les jours qui suivirent, je me sentis devenir maussade et marmiteux, et quasi sur le bord, moi aussi, de la mélancolie, perdant appétit à table, quelque peu aussi à l'étude, et d'autant que, privé la nuit de Frédérique, j'observais que le jour, je ne la voyais jamais seule, pour la raison que Greta ou

Mariette, ou quelqu'une de nos chambrières, se trouvait à jamais en tiers entre nous. Et d'ailleurs, elle était changée, on lui avait fait la leçon : elle fuyait mes caresses. On aurait dit que la nature, en faisant de moi un homme, m'eut enlevé plus qu'elle ne m'avait donné.

Je passai un mois sur ce pied-là, n'ayant goût à rien, et ne voyant rien de riant dans l'avenir de ma vie, quand une après-midi, alors que je tâchais de divertir mon chagrin en lisant les *Vies des douze Césars* de Suétone, entra dans la chambrette où j'étais ainsi occupé une jolie mignote brune d'une vingtaine d'années qui se trouvait de moi tout à fait déconnue.

— Bonjour, Monsieur, me dit-elle, et comment vous en va par ce beau soleil ?

— Bien. Et mieux si je savais qui tu es.

— On me nomme Toinon. Je suis céans une nouvelle soubrette.

— Une soubrette ? Or çà ! Donnons-nous dans le bel air ? Quel est ici ton rôle ?

— Je refais les lits, je range et j'approprie.

— Celles qu'on emploie céans à cet usage, nous les nommons des chambrières.

— Mais moi, je suis soubrette, dit Toinon en relevant le bec. C'est ainsi qu'on m'appelait chez Monsieur de Bassompierre, lequel vient de me donner à Monsieur votre père.

— Monsieur de Bassompierre ? Le plus beau galant de la cour ? Ne vas-tu pas regretter ton maître ? On dit qu'on mène joyeuse vie chez Monsieur de Bassompierre.

— C'est vrai, mais cela est fatigant à vivre à la longue, bien que ces messieurs soient si polis.

— De quels messieurs parles-tu, Toinon ?

— Se peut-il que vous ne connaissiez pas les amis de mon maître ?

— Se peut que non.

— Je m'en vais donc vous les nommer : Schomberg,

Bellegarde, Joinville, d'Auvergne, Sommerive, pour ne nommer que ceux-là.

Je fus béant de l'entendre réciter ces grands noms aussi familièrement que s'il se fût agi de petits apprentis de boutique.

— Eh quoi, dis-je, ne les aimais-tu pas ?

— Oh que si, Monsieur ! dit-elle. C'est qu'ils sont, de vrai, fort aimables et en outre si beaux et si bien faits qu'il n'est pas possible de plus ! Mais chez Monsieur de Bassompierre, la nuit est pareille au jour ! On vit à la chandelle comme à la lumière du soleil. Et il n'y a quasiment pas d'instant que l'on puisse accorder au sommeil. Et moi, Monsieur, pour mon malheur, je suis dormeuse comme loir. Et bien aise je me trouve d'entrer aujourd'hui dans une maison bien réglée, comme on dit que l'est la vôtre.

Et moi trouvant qu'elle parlait joliment pour une chambrière, je l'écoutai. Et longtemps après qu'elle eut fini son petit discours, et qu'elle se fut mise à son travail dans ma chambre, je la regardai et d'autant plus volontiers que tournant comme elle faisait autour de mon lit, je pouvais la considérer sous tous les angles.

Cependant, mon silence devenant gênant pour moi-même sans pour autant que je voulusse que l'entretien se terminât, je résolus de parler.

— Ainsi, dis-je, ne sachant trop que dire, n'ayant pas l'esprit à mes paroles, tu es notre nouvelle chambrière ?

Toinon se releva, fit la moue et des pieds à la tête gracieusement se tortilla.

— Soubrette, Monsieur, pour vous servir ! Plaise à vous de m'appeler ainsi : sans cela, je croirais déchoir.

— Tu croirais déchoir ! Toinon, ne serais-tu pas un peu façonnière !

— Comment l'entend Monsieur ?

— Comme quelqu'une qui fait des façons.

— Oh non ! Monsieur, ce n'est pas ma nature ! Je suis

toute simplette. Je me plais à qui je plais. Point de manières ! Et si vous désirez vous en assurer, Monsieur, il n'est que de me prendre dans vos bras.

Quoi disant, elle m'adressa une deuxième petite moue, si gentille et si attachante que je me levai de mon escabelle et laissant là mon Suétone, je fis tout de gob comme elle avait dit et m'en trouvai bien, son petit corps contre le mien était potelé et frétillant.

— Eh bien, Monsieur, dit-elle, vous ai-je menti ? Est-ce que je fais céans la renchérie ? Où voyez-vous ici des façons ? N'y vais-je pas tout rondement, et à la franche marguerite ?

Ah certes ! si alors j'avais été plus vieux, j'y serais allé, moi aussi, à la franche marguerite et j'aurais incontinent avec elle défait le lit qu'elle venait de refaire. Mais je venais à peine de passer les douze ans et quoique fort grand et robuste pour mon âge, je n'avais pas encore de ces audaces-là. Avec Frédérique, je n'avais pas dépassé les mignonneries auxquelles l'obscurité et la tiédeur du lit semblaient nous inviter. Et pour le dire tout net, le pire que mon père redoutait ne s'était pas produit. J'en avais la capacité. Je n'en avais pas la connaissance.

J'hésitai. Toinon le sentit. Elle ne voulut pas pousser les choses au point où j'eusse pu défaillir. Elle se désengagea avec beaucoup de grâce de mes bras, non sans me promettre d'y revenir, résolue, comme bien elle le montra, à parvenir par degrés à la fin que je désirais.

Ignorant et béjaune que j'étais alors, je m'imaginais devoir sa complaisance soit à ma bonne mine, célébrée à l'envi par mes nourrices et ma marraine, soit encore à une générale pliabilité des femmes, par où ce suave sexe se rendrait aussitôt docile à l'appétit du nôtre, dès lors qu'il s'exprimait. Mon père ne m'encourageant pas à me paonner de mon apparence, je m'arrêtai à l'idée que je viens de dire et je me souviens encore du scandale et de la stupéfaction où je fus plongé quand, trois ans plus tard, une coquette, que je courtisais, me rebuta.

Dans la conversation, fort de mon rang, et de mon petit savoir, je tranchais assez volontiers du seigneur avec Toinon. Mais quand on en venait aux actes, j'avais la sagesse de faire confiance à son expérience en lui laissant les guides et la direction de l'attelage. Et à la vérité, elle fit merveille, pour la raison qu'elle ne se contenta pas de me déniaiser. Elle m'apprit aussi les enchériments, les approches et les complaisances : gentillesses, disait-elle, que toute femme apprécie chez un galant au moins autant que la virilité.

Toutefois, malgré mes prières, et elles furent pressantes et répétées, je ne pus jamais obtenir d'elle qu'elle passât la nuit avec moi. Elle arguait que, partageant son lit avec une autre chambrière, elle ne voulait pas lui donner l'éveil en s'absentant de sa couche. Je la crus sur l'instant, je la décrus ensuite, m'étant vite aperçu que nos amours ne faisaient pas plus mystère au logis qu'*il segreto di pulcinella* [1]. Je pensais alors qu'étant grande dormeuse Toinon voulait dormir tout son saoul. Mais ce n'était pas encore la vraie raison. Et celle-là, je ne la sus que beaucoup plus tard, de la bouche de Mariette, quand Toinon nous eut quittés, bien dotée par mon père, pour épouser un boulanger. « Dormeuse, Monsieur ? me dit Mariette, ma fé, vous n'y êtes point du tout ! On lui avait commandé de respecter vos nuits, pour ce qu'on savait que cette ardente garce n'y allait pas que d'une fesse et qu'on craignait qu'elle ne vous mît à plat à force de vous satisfaire. »

Ma pauvre Frédérique qui ne me voyait plus jamais au bec à bec, et quand elle me voyait n'osait même plus me toucher la main, m'adressait, de ses larges yeux bleus, des regards désolés. Et j'éprouvais de grands remords à la voir si triste,

---

1. Le secret de polichinelle (ital.).

alors que j'étais moi-même si joyeux, apportant à mes études et à mes exercices une force nouvelle. A vrai dire, je me demandais souvent pourquoi la raison que mon père avait mise en avant pour désunir nos sommeils ne jouait pas aussi pour Toinon. Et naïvement je m'en ouvris à l'intéressée. Elle ne fit qu'en rire : « C'est que moi, mon mignon, dit-elle, j'ai appris à me prémunir contre cette embûche-là ! Vramy, si j'avais à cette heure autant d'enfants que j'ai eu de galants, je serais morte de verte faim, et les enfantelets aussi ! »

A y repenser aujourd'hui, je me fais là-dessus quelques petites réflexions aigrelettes, plaignant ma pauvre petite sœur de lait qui, en ce monde au moins, fut bien plus mal récompensée de ses vertus que Toinon de ses péchés.

Même à douze ans, on n'eût pu m'accuser, comme le jeune Duc de Guise, de ne rien faire de mes jours. Le matin, j'étais de sept heures à onze heures à mes leçons avec Monsieur Philipponeau, Monsieur Martial et Geneviève de Saint-Hubert.

Après une repue rapide, à onze heures, je prenais une leçon d'équitation dans le célèbre manège de Monsieur de Pluvinel et une leçon d'escrime avec Monsieur Garé, disciple du grand Silvie. Mon père assistait toujours à ces leçons et aimait lui-même avec Monsieur Garé tirer l'épée, fine lame qu'il fut toujours.

L'après-midi, après une deuxième collation, tout aussi légère que la première, je faisais, d'ordre de mon père, un petit somme d'une heure pendant lequel, à dire le vrai, je rêvais davantage que je dormais. Après quoi, je me mettais aux lectures et aux exercices que mes maîtres m'avaient prescrits. Cette tâche me tenait occupé jusqu'à six heures, heure à laquelle nous dînions, mon père, Monsieur de La Surie, et moi-même.

A partir du moment où Toinon entra dans ma vie, les rêveries de ma sieste laissèrent place à de plus tangibles délices. C'était là, à la vérité, davantage un délassement qu'un repos, mais, à mon âge, vif et infatigable comme j'étais, j'avais moins besoin de sommeil que de relâche, mes journées étant si austères : il n'était jusqu'à l'heure du dîner que mon père ou Monsieur de La Surie ne voulussent mettre à profit pour sonder ou accroître mes connaissances, et véritablement, c'est seulement la nuit que je n'apprenais rien.

Or, un mardi après-midi, dans ma chambrette, alors que je cueillais, avec ma Toinon, les roses de la vie, j'entendis un carrosse rouler sur les pavés de notre cour. La Duchesse de Guise ne manquant jamais de nous visiter le mardi, je ne doutais pas que ce fût elle, mais pensant qu'elle aurait, comme à l'accoutumée, un long et tendre entretien avec mon père avant que de monter me voir, étant par ailleurs si respectueuse de mon repos, je poursuivis sans tant languir la cueillette commencée.

Je sus plus tard par Mariette que la Duchesse ne trouvant pas mon père au logis, et paraissant tout ébulliente, affairée, et « les joues, dit Mariette, comme gonflées d'une grande nouvelle qui vous concernait, mon mignon, et dont elle voulait vous faire part », décida de monter incontinent me la dire, quelque peine qu'elle eût à gravir les degrés du viret, s'étant foulé une cheville la veille et s'aidant d'une canne pour marcher. « Mais Mariette, dis-je, ne pouvais-tu sous un prétexte ou un autre l'en empêcher ? — Mais je ne le pus ! Vous connaissez Son Altesse ! Quand elle s'est mis quelque chose en tête, même les arquebusiers du Roi ne sauraient l'arrêter ! »

J'entendis son pas et sa canne retentir sur le passage qui menait à ma chambrette et sa voix me crier triomphalement, avant même qu'elle ouvrît la porte : « Mon filleul, réveillez-vous ! Vous êtes page du Roi de France ! » L'instant d'après, la porte s'ouvrit, et la foudra tomba sur nous.

Elle ne tomba pas aussitôt. Il y eut d'abord cette étrange

accalmie qui précède la tempête. Quand je me fus dégagé de l'étreinte de Toinon (non sans mal, elle n'avait rien entendu, étant partie déjà hors de ce monde) et me tournai vers la porte, me levant, rajustant en hâte mon haut-de-chausses, je vis la bonne duchesse clouée sur le seuil, son œil qui, de toute façon, était déjà un peu rond, arrondi plus encore par la stupéfaction, et allant de Toinon à moi et de moi à Toinon, comme si elle hésitait à croire ce qu'elle voyait : spectacle qui était pourtant assez éloquent pour la persuader qu'elle ne se trompait pas, Toinon n'arrivant pas, dans sa hâte, à remettre son coupable petit derrière dans son cotillon et, quand enfin elle y fut parvenue, trouvant autant de difficulté à emprisonner ses mignons tétins dans son corps de cotte.

Je vis bien, toutefois, que l'œil de la Duchesse, tout bleu qu'il fût, noircissait fort et que l'orage allait éclater. En effet, le temps pour elle de retrouver son souffle, ses esprits et ses mots, et cette nuée creva sur nos têtes en éclairs crépitants et en cinglante pluie.

— Eh bien, qu'est-ce ? Qu'est-ce ? Qu'ai-je vu ? A votre âge, mon filleul ! Devant moi ! Le guilleris brandi ! Le jour même où je vous annonce que le Roi vous reçoit parmi ses pages ! Quoi ? Vous coqueliquez comme rat en paille ! Qui pis est, avec une souillon de cuisine !

Elle s'arrêta, la voix lui manquant.

— Madame la Duchesse, dit Toinon, rouge de honte et de colère, et de ses doigts tremblants essayant de lacer son corps de cotte, pardonnez-moi, mais je ne suis pas une souillon de cuisine. Je suis soubrette en ce logis.

— Le diantre soit de l'effrontée ! Elle me répond ! Cette putain cramante ose me répliquer !

— Madame la Duchesse, dit Toinon, redressée comme un petit serpent sur sa queue, pour aimer l'amour hors mariage, on pèche assurément, mais on n'en est pas pour autant putain. Sans cela, il faudrait donner ce nom à plus d'une en ce pays ! Et qui sait même ? à de hautes dames qui n'ont pas, comme moi, l'excuse de la jeunesse.

A ce coup de dent, auquel elle ne s'attendait guère, venant de si bas, ma pauvre marraine rugit comme lionne blessée et brûlant les étapes en son malavisé courroux, elle cria :

— La peste soit de la dévergognée ! Quoi ! Elle réplique encore ! Elle ose ! Ce petit excrément ne se contente pas de puer : il ouvre sa petite bouche de merde. A la porte, catin ! reprit-elle, sa voix se haussant jusqu'au strident. A la porte, loudière d'enfer ! A la porte, follieuse ! Je te chasse sur l'heure, à l'instant ! Gagne ton galetas, fais tes paquets et prends le large ! Que je ne voie plus jamais céans ton odieuse face ! Ce n'est point ici ta place ! Ta place est aux étuves pour y vendre ton devant aux pesteux !

— Ma bonne marraine ! criai-je, trouvant que la chose allait véritablement dans l'excès.

Mais pris entre deux langues bien acérées, je n'eus pas le loisir d'en dire davantage. Mon petit serpent dressa de nouveau sa tête et donna dur et droit sur le point faible de cette philippique, montrant que croc contre croc et venin contre venin, la soubrette valait bien l'altesse.

— Madame la Duchesse, dit-elle, avec tout le respect que je vous dois (mais que son œil et son ton démentaient), je suis céans aux gages de Monsieur le Marquis de Siorac. C'est lui qui m'a engagée, me trouvant sans doute à son goût, et c'est donc à lui de me désoccuper et à nul autre.

Il faut bien avouer que ce « à son goût » était un trait d'une rare perfidie, Toinon ne pouvant ignorer, étant fort amie de Mariette et prêtant l'oreille à ses clabaudages, la grande amour que ma marraine nourrissait pour mon père.

— Quoi ? hurla la Duchesse, oses-tu bien me braver, brimborion !

Et marchant sus à l'ennemi d'un pas plus rapide qu'on eût attendu d'une cheville foulée, elle leva sa canne sur elle. Je fus assez prompt pour en saisir le bout et la tirai à moi si vivement que, sans l'avoir voulu, je la lui arrachai des mains.

— Quoi, mon filleul? dit-elle en se tournant vers moi avec un mélange de douleur et de fureur, me faites-vous violence? A moi, votre marraine et quasiment votre mère!

Ici Toinon, pendablement, ricana. Ce qui redoubla la fureur de la Duchesse qui, les mains nues, se jeta sur la soubrette, mais me trouvant sur sa route, plus grand et assurément beaucoup plus fort qu'elle, buta sur cet obstacle et, dans sa male rage, me souffleta. Le coup fut donné non du plat de la main mais du revers, si bien qu'un gros diamant qu'elle portait à l'auriculaire me blessa à la joue.

Je ne branlai pas d'un pouce et sans dire mot, je me contentai de la regarder. Je compris après coup que ce regard était la seule bonne réponse que j'eusse pu lui faire, car elle se décoléra d'un seul coup et resta devant moi sans voix, les larmes lui jaillissant des paupières. J'eus grand'honte pour elle qu'elle perdît à ce point la capitainerie de son âme que de pleurer devant une servante qui l'avait si durement affrontée, et me tournant vers Toinon, je lui enjoignis de se retirer incontinent dans sa chambrette. Mon ton étant sans réplique, la friponne se tint coite et obéit, mais me regarda d'un air fort malengroin et, en s'en allant, tourna vers moi un dos irrité, lequel je vis partir avec quelque regret : il était si joli.

Je crus, en la renvoyant, avoir agi avec sagesse. Ce fut tout le rebours. Car sur son chemin, ma Toinon rencontra mon père qui venait de rentrer au logis. En son ire, et à sa façon, elle lui raconta tout : les insultes, la canne, le renvoi, mon soufflet. Toutes choses que j'aurais fort adoucies, si je les avais moi-même contées à mon père, ne voulant pas qu'il s'enflammât outre mesure contre ma pauvre marraine que je voyais au désespoir de m'avoir frappé, l'œil quasi hagard fixé sur le sang qui coulait sur ma joue.

Dès que Toinon fut partie, je pris Madame de Guise dans

mes bras et entrepris de la cajoler comme j'avais vu faire mon père si souvent, sentant bien, malgré mon âge, qu'il y avait de l'enfant en elle et qu'il la fallait ménager, si brutalement qu'elle m'eût elle-même traité. La pauvre ne pouvait plus parler. Elle défaillait, et l'ayant fait asseoir sur un cancan, je me mis à genoux, lui pris les deux mains (qu'elle avait fort petites) dans les miennes et continuai à lui parler sans faire trop de cas de ce que je lui disais, sachant bien que ce qui comptait alors, ce n'était pas tant les paroles que le ton, la voix et le regard.

Là-dessus, mon père entra vivement dans la pièce, son pas martelant le plancher.

— Eh quoi, mon fils ! dit-il d'une voix forte, vous voilà léchant la main qui vous a frappé ! Ne vous ai-je pas dit cent fois, et par mon exemple montré, de ne pas être trop doux avec ce doux sexe, quand il oublie lui-même sa douceur ? Avez-vous vocation à faire le martyr ? Et vous, Madame, vous pleurez, je crois ! En est-il bien temps ? N'auriez-vous pas pu trouver en vous un petit coin de cervelle pour réfléchir à vos folies avant de vous y livrer et mettre ma maison sens dessus dessous ? Vous insultez mes gens ! Vous levez la canne sur eux ! Vous prétendez les chasser ! Vous souffletez mon fils ! Testebleu, Madame ! suis-je encore le maître en ce logis ? Et dois-je vous en remettre les clefs et le commandement, dès que vous me faites l'honneur de me visiter ?

Au premier mot de cette semonce, je m'étais levé, fort confus d'être deux fois tancé, et par la Duchesse et par mon père, mais point mécontent, au demeurant, d'apprendre de la bouche « du maître en ce logis » que les décrets de la Duchesse en ce qui concernait Toinon retombaient sans force à ses pieds. Et c'est bien là ce qu'elle retint elle-même de ce discours, mais dans une disposition d'esprit bien différente de la mienne. Car ses larmes tarirent aussi vite qu'elles avaient jailli, elle se leva, me fit signe de lui rendre sa canne et, appuyée sur elle, se campa devant mon père, le front haut.

— Monsieur, dit-elle, est-ce à dire que vous allez garder ici cette garce après que je lui ai ordonné de faire son paquet ? Elle que j'ai surprise céans en train de coqueliquer avec mon filleul ?

— Eh bien ! Où est le mal ? Croyez-vous qu'il soit de marbre, fort comme il est déjà ? Voudriez-vous qu'il vive escouillé comme bénédictin en cellule, penché sempiternellement sur ses livres ?...

— Mais songez-y, Monsieur ! Pierre n'a que douze ans !

— Douze ans, c'est justement l'âge auquel on maria Madame de Rambouillet ! Et quelle fille ne préfère le mariage au couvent ? Quant aux garçons d'aucuns pensent, et je suis de ceux-là, qu'il vaut mieux qu'on les apprivoise aux filles dès l'aube de leur virilité, afin que non pas les laisser tomber dans ces mœurs italiennes qui firent tant pour discréditer le pauvre défunt roi. En outre, si Pierre a les devoirs d'un homme — travaillant du matin au soir — ne doit-il pas en avoir aussi les plaisirs ? Et pourquoi lui refuserais-je les commodités dont je jouissais à son âge et dont vous êtes bien placée pour savoir que j'ai encore l'usance ?

— Monsieur, dit-elle, se redressant de toute sa hauteur, vous êtes un insolent de me parler ainsi, et un grand libertin de mettre votre fils si tôt à l'école du vice avec cette loudière, dont vous avez eu sans doute les prémices avant de la lui bailler !

— Dont j'ai eu les prémices ? Ventrebleu ! Qui a jamais pensé cela ? Et qui l'a dit ?

— Mais cette catin elle-même ; je l'ai ouï de sa bouche. Pierre en portera témoignage !

— Madame, dis-je, pardonnez-moi, mais Toinon n'a pas dit cela tout à fait. Elle a dit que mon père l'avait engagée, « la trouvant sans doute à son goût ». Ce n'était là qu'une pointe dont elle voulait vous picanier, étant si blessée par vos insultes.

— Dieu bon ! s'écria la Duchesse en se tordant les mains, j'aurai tout vu dans ma malheureuse vie ! Le père et le fils se bandent contre moi ! Je vais en mourir, je pense ! C'en est trop !

— Oui, Madame, dit mon père en haussant le ton, c'en est trop ! C'en est trop de faire des drames pour rien ! Vous jugez tout à la volée, sans prudence et sans réflexion. Et vous parlez de même ! Que ce soit Mademoiselle de Saint-Hubert ou Toinon, ou qui sais-je encore ? Le moindre cotillon que vous voyez céans vous tourneboule. La vérité, la voici : votre filleul vous aime et moi aussi, et cette fille ne m'a jamais rien été !

Après cette déclaration, il y eut un grand silence, suivi d'un petit soupir.

— Monsieur, me le jurez-vous ?

— Assurément.

— Sur votre salut ?

— Si vous voulez.

— Monsieur, je ne veux pas d'un serment léger, donné au débotté. C'est une chose grave de jurer sur son salut. Si vous mentez, vous irez en enfer.

— *Je vous y trouverai, je pense,* dit mon père en italien, cette langue étant de la Duchesse tout à fait déconnue.

— Qu'est cela ?

— Du latin, Madame.

— Jurez-vous ?

— Je le jure sur mon salut.

— Vous jurez quoi ?

— Fi donc, vous le savez bien ! Dois-je réciter mes serments *verbatim*[1] après vous, comme un petit écolier ?

1. Mot à mot (lat.).

Diantre soit de vos folies, Madame : je n'ai pas troussé Toinon, je le jure sur mon salut ! Testebleu, êtes-vous contente ?

Sans répondre, elle vint à lui et toute douce redevenue, mais point si repentante que mon père eût pu le souhaiter et se dressant sur la pointe des pieds, elle l'embrassa sur les deux joucs. Sans ma présence, elle eût fait plus, je gage, tant elle avait appétit à lui, l'aimant à la folie, et lui l'aimant aussi, mais non sans réticence, à ce que je compris plus tard, la tyrannie de ce lien lui pesant. Il fut un moment avant de lui rendre ses baisers tant il était encore hérissé et quand, enfin, il y consentit, il resta droit, la forçant de se hausser pour atteindre sa joue.

Avec quelle précision cette image-là de mon père s'est imprimée en ma remembrance ! Quelle belle figure d'homme c'était : la taille bien prise, la membrature fine mais musculeuse, agile et gracieux en ses mouvements, la tête haut portée, l'œil fin, le cheveu à peine marqué de blanc sur les tempes — et à la mode nouvelle, qui n'était pas celle de sa jeunesse, la moustache gaillardement troussée, une mouche de poils sous la lèvre, la barbe restreinte aux contours du menton, le reste rasé de près ; un air tout à la fois de vaillance et de prudence, la parole facile mais retenue, le bleu de l'œil tendre, amusé, irrité, jamais éteint ; une allure à ne pas se laisser morguer, mais sans morgue lui-même, amical à tous, en particulier aux petits, complimenteur aux dames, adroit au commerce de la cour, mais sans bassesse, aimable, en un mot, comme on ne l'est que dans ce Périgord dont il était issu ; et je le dis en dernier, bien que ce ne fût pas, à mes yeux, la moindre de ses qualités, vêtu toujours avec la plus grande recherche, mais dans les notes sombres, et quand la vogue en fut venue, le premier à porter les grands cols brodés qui dégageaient le cou au lieu de la fraise qui l'engonçait, « invention italienne, disait-il, et des plus sottes ! »

Ainsi regardais-je en ma juvénile admiration ce parangon de toutes les vertus viriles, tenant embrassée son enfantine Altesse, si charmante en ses naïvetés, si difficile en ses humeurs. Je me sentais heureux de garder Toinon et de voir s'accommoder l'un à l'autre mon père et ma marraine. Hélas, ce ne fut qu'un répit ! Et la minute d'après, à une remarque de la Duchesse, qu'elle croyait propitiatoire, c'en fut bien fini de la bonace. La plus aigre bise souffla de nouveau en rafales !

— Savez-vous, dit-elle, la nouvelle de grande conséquence que je venais annoncer à celui-là, quand je l'ai surpris avec cette pécore ? J'ai demandé au Roi et obtenu de lui, étant de ses cousines assurément la plus aimée, qu'il prenne mon filleul pour page. Et ma fé ! la chose est faite, Pierre entre lundi au service du Roi !

A ces mots, mon père qui tenait la Duchesse aux épaules la lâcha, recula d'un pas et entra contre elle dans une épouvantable colère, la mâchoire crispée et les yeux étincelants.

— Mais vous êtes une folle, Madame, une folle ! Et qui pis est une opiniâtre ! Qui vous a donné mandat de faire au Roi une demande pareille ? Comment avez-vous pu prendre pareille chose sous votre bonnet ? Vous ai-je rien requis de semblable ? Faut-il que vous agissiez toujours à l'étourdie comme un bourdon ! Croyez-vous que mon fils vous appartienne pour décider de son avenir sans même me consulter ? Ne voyez-vous pas que par votre sotte initiative, vous me mettez au hasard de me brouiller avec Sa Majesté ?

— Comment cela, vous brouiller ? dit ma pauvre marraine, pâlissante et abasourdie. Avoir un fils page auprès du Roi, un fils qui a ses entrées au Louvre et accès quotidiennement à la personne royale, n'est-ce pas le rêve en ce pays de toute famille noble ?

— Mais ce n'est pas le mien, Madame ! Tant s'en faut ! Vous l'auriez appris de moi, si vous aviez daigné m'en parler, avant de vous jeter tête baissée dans cette aventure. Sachez-le, je tiens que les pages au Louvre, c'est tout justement l'école de la fainéantise et de la corruption ; au mieux, des confidents ! au pis, des petits laquais, des vas-y-dire, des entremetteurs, et parfois même des mignons ! Encore qu'avec le roi régnant, je vous l'accorde, il n'y ait guère de risque à cela. Cela n'est pas la condition où je veux voir mon fils !

— Et où voulez-vous le voir, Monsieur, dit-elle toute rebéquée, vous qui le prenez de si haut avec moi ?

— A ses études, afin de ne pas demeurer, comme tant de Grands que je pourrais nommer, un ignare et un indocte !

— Qu'a-t-il besoin de tout ce petit savoir de pédant puisqu'il est mon filleul ? Pourquoi faut-il qu'il apprenne le latin ? Allez-vous le mitrer et lui mettre la crosse en main ? Et pourquoi se rompt-il la tête à entendre la mathématique ? En ferez-vous un marchand ? Et à quoi lui servira tout l'anglais et l'italien que lui fourre dans la tête cette pécore qui vient ici tous les jours faire sa renchérie ? Va-t-il devenir le petit truchement crotté d'un ambassadeur ? Est-ce là toute l'ambition, Monsieur, que vous nourrissez pour mon filleul ?

— Ventrebleu, Madame, vous y revenez toujours ! Vos idées fausses sont comme du chiendent. On en arrache un pied, il en repousse dix !

— Mais c'est qu'à la fin, je n'en peux plus de vous voir attacher tant de prix à cette cuistrerie ! Les livres, toujours les livres ! Pour vous le dire tout net, Monsieur, voilà qui fleure bien encore son huguenot, tout converti que vous prétendez être ! On dit bien : la caque[1] sent toujours le hareng.

— Madame, dit mon père, blanc de fureur, cette parole

1. Le tonneau.

est misérable ! Si cette caque que voilà sent le hareng, alors je n'ai qu'un conseil à vous donner : gardez-vous à l'avenir de vous en approcher.

Et lui tournant le dos, il se mit à marcher de long en large dans la pièce, les poings serrés et sans jamais jeter l'œil sur elle. Pour moi, je trouvais que c'était là une chose bien cruelle à dire à une femme amoureuse. La pauvrette parut terrifiée, balançant à en croire ses oreilles, hésitant entre la hauteur et les larmes et ne sachant, dans son désarroi, quel parti prendre.

Dans son mouvement de va-et-vient, mon père, à un moment, nous tourna le dos et j'en pris l'occasion pour m'approcher de ma marraine et lui glissai à l'oreille :

— Cédez, Madame, cédez !

Elle céda, mais en sa simplesse, d'une façon qui s'avéra bien pire que n'eût été la poursuite de sa rébellion.

— Eh bien, Monsieur ! dit-elle, puisque nous avons dispute à ce sujet, et si assurée que je sois d'avoir raison, vous êtes un si grand tyranniseur qu'il faut bien que je mette les pouces. Dès demain, j'irai trouver Sa Majesté pour lui dire que vous ne voulez pas de la faveur qu'il vous fait.

— Par le ciel, Madame ! rugit mon père en levant les deux mains vers ce ciel qu'il invoquait, gardez-vous-en bien ! Voulez-vous que le Roi nous haïsse, mon fils et moi, pour lui avoir fait cette braverie ? Ne connaissez-vous pas ses humeurs et ses colères, tout bon qu'il soit au fond du cœur ? Testebleu, Madame, je vous en prie, n'y mettez plus le doigt ! Vous avez assez brouillé ! Laissez-moi démêler seul cet écheveau et y chercher le meilleur remède !

— Suis-je donc si obtuse que je ne puisse, devant le Roi, trouver les mots qu'il y faudrait ?...

— Non, Madame, dit mon père, se calmant par degrés, vous n'êtes pas obtuse. Vous êtes pire : vous êtes irréfléchie. Et puisque nous en sommes à nous faire des jurements sur les choses les plus simples, jurez, je vous prie, jurez en conscience, que vous n'en toucherez mot à Sa Majesté, mieux, que vous éviterez de vous trouver en sa présence, tant que je n'aurai pas désentortillé avec lui cette affaire.

— Je le jure, Monsieur, dit-elle, attachant ses yeux bleus sur lui avec une mine qui montrait bien que lorsqu'elle consentait à oublier son rang, elle savait fort bien s'y prendre avec mon père.

Il y eut là-dessus un petit silence et un échange de regards qui, à mon sentiment, arrangea bien les choses, encore que la dispute continuât, mais du seul fait de sa propre impulsion et sur un ton qui laissait deviner qu'on ne querellait plus que par point d'honneur et pour ne pas céder à l'autre aussi vite qu'on eût désiré.

— Ainsi, Madame, dit mon père, le sourcil froncé, mais la lèvre à demi souriante, je serais à vos yeux un grand tyranniseur ? Vous ne me ménagez guère, ce me semble.

— Et moi, Monsieur, à vous ouïr, je serais une brouillonne et un bourdon ?

— Ai-je dit bourdon ? dit mon père en levant le sourcil.

— Assurément.

— Alors, je vous en fais mes excuses. Par égard pour votre aimable sexe, c'est abeille qu'il faudrait dire. Et pour retrouver une tant jolie abeille blonde que vous, Madame, dit mon père d'un ton tout à la fois moqueur et galant, je me mettrais en danger d'entrer jusqu'au cœur de la plus vrombissante ruche.

— Je ne sais si j'aimerais être abeille, dit la Duchesse, trouvant que le compliment tenait davantage du raisin que de la figue : Une abeille pique et meurt.

— C'est la différence avec vous, Madame : vous piquez, mais vous ne mourez pas.

— Quoi ? dit-elle avec une petite moue des plus ravissantes, me trouvez-vous piquante ?

— Gare quand votre dard s'égare ! dit mon père qui

aimait les *giochi di parole*[1] presque autant que Monsieur de La Surie.

— Quand cela ? Comment cela ?

— Eh bien, dit mon père en faisant semblant de renifler l'air autour de lui, il me semble sentir autour de moi comme une odeur de caque...

— Oh ! le méchant que vous êtes ! dit-elle en s'approchant de lui et en lui donnant sur les doigts une petite tape qui était presque une caresse. Depuis douze ans que je vous connais...

— Treize, dit mon père, en me jetant un coup d'œil.

— Je vous ai fait cette plaisanterie plus de dix fois...

— Ce fut peut-être une fois de trop. Ou alors, l'assaisonnement défaillait.

— Comment cela, Monsieur ?

— Trop de vinaigre, pas assez d'huile.

— Que ferai-je pour corriger les proportions ? dit ma marraine avec un joli brillement de l'œil. Un sourire fera-t-il l'affaire ?

— Petite épice. Il y faudrait plus de corps et relever davantage...

A cela, la Duchesse ne put se retenir de rire, et moi, voyant bien à quoi tendait cette badinerie, je me glissai sans dire mot ni miette hors de la pièce et je fis bien, car je n'avais pas fait dix pas dans le passage qui menait au viret que j'entendis grincer dans son logement le verrou de ma chambre, verrou qu'une demi-heure plus tôt j'aurais été bien avisé, moi-même, de pousser.

Sur la première marche du viret je trouvai ma Toinon assise, laquelle, comme je passais sans la voir, le passage étant obscur, me happa la main et me fit asseoir à côté d'elle.

---

1. Jeux de mots (ital.).

— Quoi, Toinon ? dis-je, bien aise, à défaut de la voir, de la sentir à mon côté, tu écoutes aux portes ?

— Faut bien, dit-elle sobrement. Il s'agissait de moi.

— Eh bien, tu ne pars pas, tu le sais !

— Je le sais, dit-elle, et j'en suis heureuse. C'est que je suis bien ici. Peu à faire et rien que de plaisant. Bah ! Je n'étais pas fort inquiète.

Quelqu'un ou quelqu'une ouvrit une porte au rez-de-chaussée et la lumière éclaira le visage de Toinon. Elle ne me parut nullement déconfite après son grand duel avec la Duchesse. J'admirai son courage, mais je n'en compris que bien plus tard la racine : elle possédait une invincible confiance en sa beauté.

— Il y a dix minutes, dit-elle avec un petit rire, vous auriez dit qu'ils allaient s'entre-tuer et maintenant ils en sont à se lécher le morveau. Voilà tout justement comment marche le monde !

— En tout cas, dis-je, rien n'est changé. Tu demeures céans, et moi je reste avec mes livres. Cette grande affaire est enterrée. Dieu merci, je ne serai jamais page du Roi !

— Voire ! dit Toinon.

— Que veut dire ce « voire ! » ?

— Que j'ai ma doute là-dessus.

Ne sachant que répliquer à cela, je m'en pris à sa grammaire.

— *Mon* doute.

— Monsieur, excusez-moi, mais chez Monsieur de Bassompierre, on dit *la* doute.

— Et d'où tiens-tu que c'est lui qui a raison sur moi ? dis-je, quelque peu piqué par la jalousie.

— Oh ! Monsieur, c'est tout à fait certain : pour un livre que vous avez, il en possède cent !

CHAPITRE II

Dès que Madame de Guise eut quitté notre logis, mon père obtint de moi un récit véridique et complet de tout ce qui s'était dit avant qu'il ne survînt. Et faisant aussitôt appeler Toinon, il la tança vertement de sa damnable effronterie, laquelle elle aurait bien dû refréner, même sous les insultes, en considération du rang de Son Altesse. Il lui pardonnait pour cette fois, mais qu'elle n'y revînt pas et qu'elle se gardât bien, surtout, d'en babiller avec Mariette ou avec quiconque, si elle ne voulait pas être incontinent chassée.

Toinon fut toute soumission, yeux baissés, larmes et promesses de se repentir : attitude qui acheva d'adoucir mon père, mais ne me convainquit guère, car, commençant à bien connaître la friponne, j'étais bien assuré qu'elle se félicitait, en son for, d'avoir rendu coup pour coup à ma pauvre marraine.

De toute cette affaire, mon père fit un récit des plus plaisants à Monsieur de La Surie dans la librairie où il aimait se retirer après la repue du soir, avec le Chevalier et moi-même, pour commenter les événements de la journée et tâcher d'en tirer leçon.

Ce conte tout à la fois attrista et amusa le Chevalier et, quand mon père se tut, il le considéra un moment en silence de ses yeux vairons et lui demanda gravement s'il désirait ouïr son sentiment au sujet de cette dispute.

— Mais c'est tout justement cela que je veux, dit mon père.

— Eh bien, dit le Chevalier, je ferai deux remarques. La première, c'est que vous auriez bien dû renvoyer Toinon, son insolence ayant dépassé les bornes.

— C'eût été, en effet, souhaitable, dit mon père, mais du moment que la Duchesse en avait décidé ainsi sans mon agrément, je ne pouvais me soumettre à sa décision sans créer un dangereux précédent.

— Il se peut que votre point d'honneur vous en ait fait exagérer le péril, dit La Surie avec un sourire. De tout le temps où je vous ai vu l'ami de la Duchesse, c'est plutôt elle qui s'est soumise à vous, et non l'inverse... Voulez-vous ouïr ma deuxième remarque ?

— Volontiers.

— A écouter votre récit, il m'a semblé que vous vous étiez montré un peu rude avec Madame de Guise.

Mon père me jeta un coup d'œil vif, puis détourna la tête et resta silencieux.

— Mais enfin, cela ne me concerne pas, dit La Surie au bout d'un moment.

— Miroul, dit mon père, en passant du « vous » au « tu », et en lui donnant le nom que le Chevalier portait avant son anoblissement, La Surie étant le nom de sa terre, tu sais bien que j'aime solliciter tes avis, faisant confiance en ta sagesse. Aurais-tu quelque idée sur la façon dont je devrais m'y prendre avec le Roi pour lui dire, sans le fâcher, que je n'ai pas du tout appétit à ce que Pierre devienne son page ?

Il ne m'échappa pas que la question de mon père ne répondait pas à la remarque du Chevalier sur sa rudesse à l'égard de Madame de Guise, et que le « tu » et le « Miroul » avaient été employés à dessein pour se faire pardonner ce-

silence. Le Chevalier l'entendit bien ainsi, car son visage fin et anguleux s'éclaira d'un sourire et son œil marron pétilla, tandis que son œil bleu restait froid. Tant qu'il fut avec nous — et il le fut, Dieu merci, jusqu'à sa mort, suivant de peu mon père dans la tombe — j'ai vu plus de mille fois cette expression sur le visage du Chevalier. Et elle m'a toujours touché, même quand j'étais trop jeune pour exprimer par des mots ce qu'elle voulait dire : une affection sans bornes pour mon père, mêlée à l'amusement que lui donnaient ses petites stratégies.

— Eh bien, dit le Chevalier, après un moment de réflexion, vous connaissez le Roi. Il a beaucoup d'esprit. Il est fin, primesautier, il conte vite et bien, il aime les saillies, il déteste les grands discours : faites-lui un récit vif et plaisant de l'affaire, à partir du moment où la Duchesse a surpris Pierre avec Toinon.

— Dieu du ciel ! m'écriai-je.

Et mon père se mit à rire.

— Eh bien, vous voyez ! reprit le Chevalier, le Roi rira lui aussi et riant, il ne pensera pas à s'offusquer de votre refus. En outre, étant lui aussi, comme vous a dit la Duchesse, « une caque qui sent encore le hareng », il comprendra mieux qu'un autre le souci huguenot que vous avez de l'éducation de votre fils.

— C'est bien pensé, dit mon père. Je verrai Sa Majesté après-demain, je pense, et si je parviens à demeurer seul avec elle, je lui ferai ce conte que vous dites. Et de ce pas, ajouta-t-il en se levant, j'y vais rêver à loisir dans mon lit.

— Rêvez aussi, dit La Surie, que vous faites un joli cadeau à la Duchesse…

— Quoi ? dit mon père avec une feinte indignation, c'est vous, Monsieur le Chevalier, qui m'engagez sur le chemin des dépenses somptuaires ? Vous, si ménager d'ordinaire de mes deniers ! Vous, si ennemi du luxe superflu !

— Dans la Grèce antique, dit le Chevalier, lorsqu'on

avait offensé, si peu que ce soit, une déesse, on se hâtait de déposer à ses pieds une offrande.

— Voilà qui est gracieux ! mais diantre si je sais ce que j'ai à me faire pardonner ! D'avoir eu raison, peut-être ?

— Certainement, dit le Chevalier. C'est un grand tort d'avoir raison contre un ami, et pis encore, contre une amante.

— Alors faites-moi à moi-même un cadeau ! dit mon père en riant.

Et lui ayant donné du bon du cœur une forte brassée, il me jeta un bras par-dessus l'épaule et me conduisit jusqu'à ma chambrette, laquelle était attenante à la sienne.

Le lendemain de sa dispute avec la Duchesse, mon père, apprenant au Louvre que Sully devait voir le Roi seul le jeudi matin au lever, l'approcha pour lui demander de l'accompagner. A ce qu'il me dit, ce n'est pas sans appréhension qu'il entreprit cette démarche. Il avait fort bien connu le Duc de Sully, au temps où il n'était ni duc, ni Sully. Il s'appelait alors du nom de son père : Rosny, gentilhomme huguenot de bon lieu, mais obscur. Par sa vaillance, sa fidélité au Roi et ses talents dans le ménagement de ses finances, Sully avait assurément mérité son élévation. Mais son humeur altière le faisait détester de tous. Ce n'était pas seulement qu'il paradait éternellement ses vertus. Non content de se prévaloir de ses services, qui étaient grands, il empruntait aussi ceux des autres. Et surtout une étrange manie le possédait : il aimait offenser. Surintendant des Finances, il était, bien sûr, en butte à de nombreuses sollicitations, la plupart mal fondées. Mais il ne se contentait pas de les rebuter. Il colorait ses refus d'une sorte de dédain, et plus le rang du solliciteur était élevé dans l'État, plus il y mettait de l'aigreur. On aurait dit que sa gloire se nourrissait du mépris qu'il montrait aux plus grands. Cette discourtoisie, à la longue, était devenue chez lui une seconde nature. Leurs Majestés elles-mêmes n'étaient pas à l'abri de son incivilité. Il tançait la Reine sur ses inconséquences. Il morigénait le Roi sur ses maîtresses. Et Sa Majesté en était à ce point lassée que quelque temps avant sa mort, elle songeait à le remplacer. Il est vrai qu'elle avait aussi une autre raison à ne plus l'aimer tant. Elle ne pouvait ignorer que si ce grand moraliste avait bien rempli les coffres de l'État, il n'avait pas laissé de garnir fort bien les siens. Chez un Surintendant des Finances, cela, à vrai dire, n'étonnait guère. Mais que cette avarice apparût chez une vertu si roide, le Roi en était irrité.

Toutefois, c'était surtout avec les gens que le rang ou leur sang plaçaient au-dessus de lui que Sully se montrait arrogant. Avec mon père, qu'il jugeait trop petit pour lui porter ombrage, il se montra aimable et consentit à ce qu'il l'accompagnât chez le Roi le lendemain à sept heures, le jeudi étant, en effet, le jour du Conseil et le Roi, ce jour-là, faisant l'effort de se réveiller de bonne heure. Il va sans dire que Sully avait ses entrées dans la chambre royale et qu'il y pénétrait seul, et le premier. Pour y parvenir, il traversait la salle basse des suisses (laquelle, dit mon père, sentait le cuir et la sueur) et il gravissait « le petit degré du roi », escalier à vis fort raide, mais commode et discret, par lequel le Roi sortait coutumièrement du Louvre.

Les courtines du baldaquin royal se trouvaient étroitement closes, et encore que Sully et mon père en s'approchant eussent fait quelque bruit, le couple royal ne donna pas signe de vie. Sully qui n'était pas altier au point de ne pas respecter les formes et ne se fût même pas permis de tousser avant que le Roi ne lui adressât la parole, se mit alors à faire de grandes révérences devant les rideaux fermés, mon père l'imitant aussitôt, en remarquant que Sully avait l'échine roide, les articulations craquantes et le geste assez peu italien. Mon père, qui possédait (ce qui manquait assurément à Sully) un sentiment aigu du comique, trouvait à part lui absurde de tant se prosterner devant quelqu'un qui ne pouvait les voir. Pourtant, à force de génuflexions, leur muet manège finit par attirer l'attention du dormeur, soit qu'il fût plus qu'à demi réveillé, soit qu'il eût entendu, dans son demi-sommeil, craquer les membres de Sully ou le bruit de forge que faisait son souffle.

— Qu'est-ce ? Qu'est-ce ? dit-il d'une voix enrouée.

— Sire, dit Sully se redressant, avec un certain air de pompe, c'est votre Surintendant des Finances.

— Ah c'est toi, Rosny ! dit le Roi.

Et il ouvrit la courtine du côté des visiteurs. Il était assis sur son séant, le buste découvert. Mon père, du temps où Henri guerroyait pour reconquérir son royaume, cousu à l'ordinaire « comme tortue dans sa cuirasse », l'avait vu plus de cent fois après le combat dans ce simple appareil. Mais ce jour-là, le considérant en médecin, il fut frappé par sa maigreur. Certes, le Roi était musculeux, mais son torse lui parut aussi sec et noueux qu'un sarment de vigne. Le visage aussi avait vieilli : le poil grisonnant, la peau desséchée, le long nez Bourbon saillant davantage du fait de l'affaissement des joues. Seuls les yeux paraissaient jeunes, fins, vivants, pleins d'esprit, leur expression changeant de seconde en seconde, matoise, narquoise, ou attendrie : gaie, mais avec des pointes de tristesse et de fatigue. Et pourtant, pensa mon père, il a une constitution à vivre cent ans, si seulement il consentait à ne pas tout faire à la fureur : le boire, le manger, le travail, le jeu et la paillardise.

— Ah ! mais tu n'es pas seul ! Et si mes yeux ne me trompent, c'est bien mon *barbu* qui est là !...

— Oui, Sire, dit mon père, c'est Siorac.

Qui n'aurait pas été flatté d'un tel accueil ? Le Roi appelait mon père « barbu », l'ayant surnommé ainsi à l'époque où, déguisé en marchand drapier, il portait, en effet, tout son poil et accomplissait pour Sa Majesté dans Paris insurgé nombre de périlleuses missions. Henri était toujours très attentif à marquer ainsi de l'amitié à ses vieux compagnons : si irrité qu'il fût parfois contre Sully, il ne manquait jamais de l'appeler Rosny et de le tutoyer.

— Et que me veux-tu, Barbu ? dit le Roi.

— Sire, dit mon père en se génuflexant, j'ai une requête à vous présenter.

— Je l'agrée d'avance, dit Henri en gaussant, pourvu qu'elle ne soit ni d'argent ni d'une place de gouverneur...

— Il ne s'agit ni de l'un ni de l'autre.

— A la bonne heure ! Et toi, Rosny, que me veux-tu en cette heure matinale ?

— Sire, je viens porter à Sa Gracieuse Majesté la Reine les deux cents écus que Votre Majesté m'a hier demandés pour elle.

— Deux cents ? dit le Roi en haussant le sourcil.

— Ce n'est qu'une avance, Sire. Mes commis lui viendront porter le reste avant midi. Sire, dois-je les remettre moi-même à Sa Gracieuse Majesté ?

— Gracieuse ? dit le Roi. Elle ne l'est guère à s'teure avec moi ! Elle n'a fait toute la nuit que me tourmenter.

— Madame, dit Sully en feignant de ne pas entendre, voici une avance sur la somme que Sa Majesté m'a demandée pour vous.

Mais le dos et la tête tournés de l'autre côté du lit, Marie de Médicis ne bougea pas d'un pouce.

— Sire, la Reine dort-elle ? demanda Sully en baissant la voix.

— Sa Gracieuse Majesté ne dort pas, dit le Roi. Toute gracieuse qu'elle soit, elle boude. Donne-moi ces écus, Rosny : je les lui remettrai à son premier sourire.

— Point *dou* tout ! dit alors Marie.

Et sans se retourner tout à fait, elle tendit un long bras par-dessus le corps de Sa Majesté, et saisit le sac d'écus.

— Il ne manquerait *plou*, ajouta-t-elle d'un ton rogue, que vous alliez les jouer à la prime avec Monsieur de Bassompierre !

— Madame, dit Sully, quand le Roi joue avec Monsieur de Bassompierre, il ne fait que gagner.

— Preuve, dit Henri, que Bassompierre est un bon sujet du roi de France, tout Allemand qu'il soit.

— Mon *Diou, ye* ne vais pas en dis*cou*ter ! dit la Reine. *Yai* trop sommeil ! *Ye* vais dormir dans mon petit cabinet !

Et son sac d'écus à la main, elle se leva du lit et, sans plus de cérémonie, descendit le degré, franchit la balustrade dorée et disparut par une petite porte.

— Monsieur mon père, dis-je, quand mon père fit à La Surie et à moi-même ce récit, comment était Sa Majesté la Reine en ses robes de nuit ?

— Grande et grasse.

— Voilà, dit La Surie, qui doit changer le Roi des maigreurs de Madame de Verneuil.

— Oui, mais ce sont des maigreurs actives, dit mon père avec un sourire.

Phrase et sourire auxquels je ne compris goutte, ne pouvant juger des femmes que par la seule Toinon.

Le Roi, poursuivit mon père, poussa un gros soupir, et dès que la Reine l'eut quitté, il dit :

— Rosny, te souviens-tu de la phrase biblique : Une femme querelleuse est pareille à un long jour de pluie ?

— Sire, dit Sully roidement, la Reine a peut-être quelques bonnes raisons de quereller Votre Majesté.

— Rosny, dit le Roi en fronçant le sourcil, voilà une morale qui s'est levée bien matin. Garde-la au chaud pour le Conseil. Nous allons en avoir besoin. Eh bien, Barbu, poursuivit-il en se tournant vers moi, et en reprenant son ton enjoué, qu'as-tu à me demander ?

— C'est une relation plus qu'une requête, Sire, dit mon père.

— Eh bien, conte-moi ce conte, dit le Roi. Et qu'il soit gai ! J'ai eu cette nuit et ce matin plus que mon lot de querelles.

Mon père avait pensé à son récit. Il le fit vif, court et plaisant. Mieux même, il le mima, contrefaisant en particulier Toinon et la Duchesse et changeant de voix à chaque réplique. Le Roi fit là-dessus de grands éclats de rire et quand enfin mon père présenta sa supplique, la partie était gagnée : la dorure avait fait passer la pilule.

— Ventre Saint-Gris, Barbu ! dit le Roi, qui avait repris sa gaîté naturelle, il ne sera pas dit que j'arracherai à ses études un filleul si studieux. Il y va du reste de mon intérêt. Tant plus il apprendra, tant mieux plus tard il me servira ! Quant à ma bonne cousine de Guise, plût au ciel qu'elle fût la seule et intime amie de la Reine, en lieu et place de cette Leonora Galigaï qui la coiffe et dont elle est coiffée ! Et sais-tu, Barbu, où iront ces écus qu'elle vient de m'arracher ? Droit dans le giron de cette fille de rien, de cette Florentine du diable, de ce monstre de laideur que la Reine ne pense qu'à enrichir dans le même temps où elle fait la revêche et la renchérie avec les gentilshommes les mieux nés de ma cour ! Mais assez là-dessus ! Par égard pour ma bonne cousine de Guise, je resterai muet comme tombe sur le conte que tu m'as fait de ses petites extravagances. D'ailleurs, je ne l'en aime pas moins. Elle est toute naïve : voilà ce qui me plaît en elle. Barbu, pour la consoler que son filleul ne devienne pas un de mes pages, porte-lui de ma part ce petit chapelet de grains d'or. Je l'ai acheté à la foire Saint-Germain pour la Comtesse de Moret. Mais elle n'en a pas voulu : « Sire, m'a-t-elle dit, excusez-moi, mais je ne pourrai égrener ce chapelet sans penser à l'illustre donateur et au péché dont il est pour moi la douce occasion : pensées qui se contrarient trop pour me rendre heureuse. » Barbu, que t'en semble ? Peut-on avoir plus d'esprit que ce bel ange ?

— Assurément, dit mon père, la Comtesse de Moret est fort belle et elle a beaucoup d'esprit.

— Voilà qui était galant pour la dame, dit La Surie, quand mon père nous répéta ce propos. Toutefois vous n'avez pas donné de « l'ange » à la Moret. Peut-être avez-vous ouï, comme moi, qu'elle fait fi de l'or : elle ne prise que les diamants.

— Je ne le savais pas, mais je m'en doutais, dit mon père. Tout grand politique qu'il soit dans le monde des hommes, c'est le Roi qui est naïf, quand il s'agit de ses maîtresses. Venant d'elles, il gobe tout.

⁂

Madame de Guise, elle, admirait fort l'ancienne et très curieuse médaille en or de sainte Marie que mon père portait autour du cou et que lui avait léguée à sa mort sa mère, Isabelle de Caumont, en lui faisant jurer de ne la jamais quitter. Promesse que mon père, bien qu'il fût alors huguenot, avait scrupuleusement tenue et qui eut des suites singulières : la présence de la Vierge sur sa poitrine faillit lui coûter la vie lors de la Michelade de Nîmes, les huguenots l'ayant pris pour un catholique. En revanche, elle le sauva dans la nuit de la Saint-Barthélemy, les catholiques qui le poursuivaient voyant en elle la preuve qu'il était un des leurs : tristes époques où les furieux des deux bords ne rêvaient que de s'entre-tuer.

Quand mon père eut remis à Madame de Guise le chapelet de grains d'or qu'Henri lui avait confié pour elle (et qu'au rebours de la Comtesse de Moret elle accueillit avec joie), mon père sentit que le présent du Roi ne l'exemptait pas de celui que le Chevalier lui avait conseillé et qu'un peu de miel, après toute l'aigreur de leur dispute, serait par Son Altesse plus que le bienvenu. Il confia à un joaillier juif le soin d'exécuter une copie exacte du legs sacré de sa mère. Dans son esprit, c'était un témoignage d'immutable affection. Mais Madame de Guise, qui avait l'esprit romanesque, y déchiffra une sorte de symbole. Elle se sentit au comble du bonheur à l'idée d'orner son joli cou d'une médaille identique à celle que portait son amant. Elle y vit, comme elle voulut bien le lui dire, avec exaltation, « le gage d'un éternel amour ».

Mon père en fut perplexe et comme effrayé. « Éternel ? dit-il au Chevalier devant moi, où donc les femmes vont-elles chercher ces assurances ? » Ce propos m'étonna. Je pensai à part moi que, puisque mon père et ma marraine étaient liés depuis treize ans déjà, ils pourraient tout aussi bien ne jamais cesser de s'aimer. J'osai le dire à mon père et d'abord surpris par cette pensée, il en tomba d'accord d'assez bon gré. Ce n'est que beaucoup plus tard que je compris son mouvement de recul : le mot « éternel » lui avait fait penser à la mort.

⁂

L'année 1607 introduisit un événement dans la vie de Madame de Guise, important assez pour elle, et dans la mienne, une rencontre qui me sembla de prime anodine, mais qui s'avéra si grosse de conséquence qu'elle m'apparut avec le temps comme un tournant de mon existence.

C'est en 1607, en effet, et je crois bien à la mi-juin, que parut *L'Astrée,* le célèbre roman d'amour d'Honoré d'Urfé. A peine l'encre de l'imprimeur eut-elle séché sur ces pages que bien de belles joues se mouillèrent de larmes, du moins chez celles de nos hautes dames qui savaient lire. Hélas pour ma marraine, c'était bien là le hic ! Car elle avait peine à épeler ses lettres. Mais à force d'ouïr l'émeuvement où la lecture de ce livre sublime jetait tant de ses amies, elle n'eut de cesse qu'elle n'engageât une noble demoiselle pour prêter sa voix, chaque soir, aux agréments et aux délicatesses qui débordaient de ce récit. Cela fut cause qu'elle s'endormit chaque soir dans les transports et qu'elle reprochait le lendemain à mon père de ne pas l'aimer autant que le berger

Céladon adorait la bergère Astrée, en dépit des rebuffades qu'il en essuyait.

— C'est que moi, répliquait mon père, je suis meilleur berger que Céladon. Au lieu de soupirer au pied de la belle ingrate, je soigne mes moutons...

— Allez, méchant ! disait la Duchesse, il n'y a pas plaisir à jouer les cruelles avec vous : vous ne faites qu'en rire !

Le juillet qui suivit la publication de *L'Astrée* fut si excessivement sec et chaud qu'à Paris ce n'était partout que plaintes et gémissements sur la touffeur de l'air et la puanteur des rues. Là-dessus, Monsieur de Bassompierre ayant ouï que mon père se proposait de se rendre au château de Saint-Germain-en-Laye pour y voir le docteur Héroard, et devant lui-même y visiter Monsieur de Mansan, lui proposa d'y aller de concert en sa gabarre sur la rivière de Seine, afin de profiter de la fraîcheur de l'eau.

Comme le voyage serait long assez en raison des grands méandres auxquels se complaît la Seine à l'ouest de Paris, il fut convenu de s'embarquer à la pique du jour au Port-au-Foin devant le Louvre et d'envoyer les carrosses au plus court pour nous attendre au bas de la colline de Saint-Germain, afin que de gravir plus commodément la côte abrupte jusqu'au château et de s'en retourner, nos visites faites, non par le fleuve, mais par la route en ces mêmes carrosses. Car autre chose, assurément, était de laisser la gabarre descendre le fil du courant de Paris à Saint-Germain, aidée au surplus par les avirons des bateliers et, le cas échéant par la voile, et autre chose assurément, de remonter le courant de Saint-Germain à Paris, entreprise qui eût pris un temps infini.

Bassompierre recommanda à mon père de se bien garnir en mousquets pour ce voyage et de se faire suivre par le Chevalier de La Surie et nos deux soldats, lui-même venant fortement accompagné. Car, passé le premier méandre de la Seine et avant même qu'on atteignît la grande île de la Jatte, la gabarre pouvait être attaquée par des pirates de fleuve, eux-mêmes puissamment armés et dont on ne pouvait empêcher l'abordage que par un feu nourri de mousqueterie et la rapidité de la manœuvre. Raison pour laquelle Bassompierre, se méfiant des bateliers de Seine, tous fâcheusement famés, n'avait embauché pour rameurs que des bateliers allemands, puissants et honnêtes ribauds de sa province, à leur maître tout dévoués. Raison aussi pour laquelle la rambarde qui ceinturait le pont de la gabarre était percée de meurtrières. Pour mes douze ans, ce grand voyage sur Seine valait presque le périple d'Ulysse et, à défaut de tempête, je me sentis très enflammé par l'idée qu'il faudrait peut-être en découdre. Non content de ceindre mon épée, j'obtins de mon père la permission d'emporter une petite arbalète que je venais d'acheter sur mes propres deniers. Je regrettai après coup de l'avoir prise car je vis bien, une fois à bord, que cette petite arme de jet arrachait quelques sourires à l'escorte de Bassompierre.

Cette gabarre mesurait environ six toises de long et possédait sur l'avant un mât unique qui supportait une grande voile carrée, laquelle, comme on voulut bien me l'expliquer, ne pouvait exercer son office que si le vent venait la battre sur le travers ou par l'arrière. Le pont derrière le mât était parfaitement bien dégagé jusqu'à la poupe où se dressait un grand dais damassé fort beau, sous lequel nous prîmes place et dont les pans pouvaient s'abaisser, ou se relever, selon qu'on voulait se protéger du soleil ou profiter de la brise. A une question que je soufflai dans l'oreille de La Surie, il me dit que si je ne voyais pas les rameurs, c'est qu'ils se trouvaient à leur place, sous le pont, et qu'on ne verrait d'eux à tribord et à bâbord que leurs avirons, quand ils sortiraient des dalots pour prendre contact avec le fleuve — ce qui supposait qu'on se fût déjà déhalé du quai.

— Mais, ajouta-t-il, ils auront d'abord peu d'ouvrage,

sauf pour dénager quand il faudra nous ralentir, le courant ce jour d'hui étant fort assez.

— Mais supposons, dis-je, que dans un endroit rétréci une gabarre pirate se mette au milieu de la rivière pour nous barrer le chemin.

— Alors, nous lui courons sus et l'éventrons par le travers avec le fort éperon de fer que vous avez vu à la proue. Mais à votre grand regret, mon beau neveu, ajouta le Chevalier avec un sourire, vous ne verrez rien de tout cela. La gabarre de Monsieur de Bassompierre n'est si forte que pour n'être pas attaquée, et soyez assuré que ces messieurs de la flibuste le savent parfaitement et préféreront s'en prendre à des gabarres moins remparées, mais porteuses de blé, de viande ou de coton. Ouvrez l'œil sur vos alentours, mon Pierre, mais seulement pour en savourer la beauté, car vous verrez rarement chose plus belle que cette descente de Seine.

A la dernière minute, comme le jour pointait déjà, et qu'un batelier portait la main à nos amarres pour les détacher, survint, amenée par un carrosse aux armes de Bassompierre, une troupe de cinq ou six dames fort jeunes et fort jolies qui, dès qu'elles eurent mis le pied sur la gabarre, entourèrent Monsieur de Bassompierre avec des bruissements de vertugadins, des battements de manches, des rires et des pépiements. La vue de ce joyeux essaim me sécha la gorge et me cloua sur place, alors même que j'aurais tant désiré l'approcher, et je le regardai de loin avec envie voleter autour de Monsieur de Bassompierre. A la fin, tirant La Surie par la manche, je lui dis à voix basse :

— Monsieur, sont-ce là des personnes de qualité ?

Le Chevalier sourit.

— A quoi augurez-vous qu'elles pourraient ne pas l'être ?

— Elles ne portent pas de masque. Et tant jeunes je les vois, il me semble qu'une gouvernante devrait veiller sur elles.

Je vis aux yeux de La Surie et plus particulièrement à

l'éclat subit de son œil marron, que cette remarque l'égayait. Cependant, quand il parla, son œil marron cessa de luire et parut tout aussi sérieux que son œil bleu.

— Étant passées directement du carrosse à la gabarre, elles n'ont pas cheminé par les rues et je ne vois pas, par conséquent, que l'absence de masque ait pu être disconvenable. Quant à l'absence de gouvernante, nous ne sommes pas à ce point espagnols que de mettre partout des duègnes sur la queue des jeunesses. En outre, ces demoiselles ne sont pas moins de cinq, et se protègent par leur nombre.

— Toutefois, Monsieur, ne sont-elles pas un peu bien effrontées avec Monsieur de Bassompierre ?

— Elles sont familières, assurément. Peut-être sont-elles ses nièces ?

Nièces ou pas, elles vinrent s'asseoir avec nous sous le dais, Monsieur de Bassompierre négligemment nous lançant à la ronde leurs prénoms et aussitôt il nous annonça qu'une collation nous allait être servie. Ce qui fit pousser aux demoiselles des petits cris de joie.

Cependant, comme la gabarre bougeait déjà, pendant qu'on apportait la table et les viandes, je m'intéressai à la manœuvre. Les deux amarres rejetées dans le bateau, nos deux bateliers, l'un à la proue, l'autre à la poupe, nous repoussèrent du quai au moyen de longues gaffes et aussitôt, des dalots de notre bâtiment, saillirent des avirons qui se mirent à battre l'eau, mais sans grand effort, me sembla-t-il. Le timonier ayant poussé la barre sur sa gauche, nous vînmes dans le mitan de la rivière. Après quoi, il remit la barre droite. Celle-ci me parut fort grosse, courbe et très longue et je remarquai que le timonier, tout grand et puissant qu'il fût, devait employer les deux mains pour la manœuvre. Ayant fait, il la cala contre son flanc et resta aussi immobile qu'une statue, se détachant sur le disque pâle du soleil levant et la brume de la rivière. La poupe du bateau se trouvait surélevée pour lui permettre de voir son chemin au-dessus de notre dais et je remarquai qu'un autre batelier, couché de tout son long à la proue, lui faisait par moments des signes en levant sa main droite, probablement pour lui signaler les dangers ou les obstacles que, de sa place, le timonier n'aurait pu voir.

La cadence des avirons, pour agréable qu'elle fût à l'oreille, me sembla assez lente, comme s'il se fût agi pour eux d'accompagner plutôt que d'accélérer la rapidité du courant et je portai ma vue derrière le timonier sur cette belle Paris, étonné de la voir déjà plus loin de moi que je n'aurais cru, les tours du Louvre paraissant, vues à distance, à la fois plus nombreuses et plus importantes et derrière elles, surgissant de la brume en train de se dissiper, les clochers des cent une églises de la capitale, ainsi que les tourelles et les bretèches du quartier de l'Autruche, lesquelles, loin de la fange puante des rues où elles se dressaient, paraissaient si pampantes, si nobles et si gaies sous le soleil qui les dorait.

La gabarre avait laissé à main gauche la tour de Nesle et à main droite la tour de bois du Louvre, et déjà on pouvait voir les fortifications de Paris, jalonnées de tours et de portes monumentales défendues par des châtelets d'entrée. Je regardai bouche bée ce formidable mur d'enceinte quand mon père, que je n'avais pas vu approcher, me dit en me mettant la main sur l'épaule :

— Ne vous fiez pas aux apparences : tout cela, vu de près, tombe en ruine. Et même si ce n'était pas le cas, la valeur de ces fortifications serait très limitée. Mon père le disait bien : « Il n'est bons murs que de bons hommes. » Ce qui défend Paris aujourd'hui, c'est un grand capitaine : le Roi, et une puissante armée : la sienne. Mon fils, venez manger, votre assiette s'ennuie.

Sous le dais, la table était richement dressée, couverte d'un amoncellement de mets, de fruits et de vins. Tandis que nous prenions place, Monsieur de Bassompierre montrait à ses nièces au loin la porte de Buci[1].

— Mes caillettes, disait-il, vous en ressouvient-il ? c'est par là que nous avons sailli de Paris, lors du dernier carême prenant pour aller visiter la foire.

— Ma fé ! dit l'une d'elles, bien je me ramentois ces abominables faubourgs Saint-Germain par où il a fallu passer pour gagner la foire. Ce n'était partout que taudis, murs lépreux, fange épouvantable, et grouillant dans les alentours : loqueteux, mendiants, tire-laine, follieuses et courtiers de fesses.

— Jeannette, dit une autre des jolies nièces de Monsieur de Bassompierre, on ne dit pas « courtier de fesses ». C'est du dernier commun. On dit « maquereau ».

— Que dit là-dessus Monsieur de Bassompierre ? dit Jeannette.

— Les deux se valent, dit Monsieur de Bassompierre en rongeant la chair d'un pilon. Mais je préfère l'expression de Jeannette. Elle parle davantage à l'imagination.

A quoi nous rîmes et Jeannette, levant les sourcils d'un air étonné sur ses beaux yeux noirs, dit :

— De quoi rit-on ?

— Certainement pas de toi, ma colombe, dit Bassompierre et tendant le bras vers le plat, il détacha de la main un friand morceau de chapon et le lui tendit avec un sourire des plus gracieux.

N'étant pas accoutumé à me tant garnir à une heure aussi matinale, je touchai à peine aux viandes et si l'on excepte quelques petits regards que je glissai à la dérobée aux aimables nièces de Monsieur de Bassompierre, j'étais fort attentif au paysage, comme le Chevalier me l'avait recommandé. A vrai dire, je prisais aussi peu que Jeannette les

1. La porte de Buci se dressait à l'emplacement actuel du carrefour de Buci.

faubourgs de Paris. Ils vous donnaient l'impression que tout le crime et tout le rebut de la capitale s'était donné rendez-vous dans ces masures où, à ce que disait mon père, même le lieutenant de police et ses archers n'auraient pas osé mettre le pied. Mais dès qu'on eut dépassé ces chapelets de logis branlants et noircis et que la campagne à droite et à gauche du fleuve commença à paraître, je me levai de ma place et je courus me poster à la proue de la gabarre pour n'en rien perdre. Je sentis alors que mes yeux se remplissaient du plaisir de voir et que mes poumons se dilataient d'aise pour laisser entrer un air d'une bien autre qualité que celui, à peine supportable, qui nous accablait à Paris. Même dans ma rue, pourtant si proche du Louvre, le fait de respirer devenait, à certaines heures, une véritable corvée, alors que là où je me tenais, c'était, à chaque inspiration, un nouveau bonheur, tant l'air était pur, léger et savoureux.

Mon père et le Chevalier ne tardèrent pas à venir me rejoindre à la proue, ce que voyant le batelier qui y était couché, il nous pria, dans un français un peu guttural, de nous mettre sur le côté, pour ne pas gêner les signaux qu'il faisait au timonier. Il ne fallut pas plus de cinq minutes pour que les ignobles faubourgs Saint-Germain laissassent place à des cultures maraîchères tirées au cordeau, à de jolis bois, à des pâturages si verts qu'on enviait les troupeaux qui s'y vautraient, à des vignes en grand nombre sur les coteaux exposés au midi et, ce qui me ravit plus que tout, à des dizaines de moulins dont les ailes de toile, souvent multicolores, tournaient à la brise du matin.

De place en place, s'élevaient, en général sur des hauteurs, de petits villages et entre ceux-ci, au bord de l'eau, des auberges construites toutes de guingois, que pour cette raison, me dit le Chevalier, on appelait des guinguettes. Le petit peuple parisien y venait à pied le dimanche pour boire, danser et jouer au palet. Mais il y avait aussi, un peu plus haut sur le coteau, de belles maisons de plaisance, lesquelles appartenaient, me dit-il, à des bourgeois bien garnis de la capitale, qui y venaient tous les dimanches goûter l'ombre et le frais.

— Et la noblesse ? dis-je.

— La noblesse, dit La Surie, a ses châteaux dans les provinces, et ne s'y rend que pour tirer de l'argent de ses terres et revenir le dépenser à la cour — à l'exception, bien sûr, de Monsieur votre père et de moi-même qui avons une autre conception du ménagement de nos biens.

— Monsieur mon père, dis-je, est-ce de votre Seigneurie du Chêne Rogneux que vous tirez votre revenu ?

— Pas uniquement. Je possède en Paris deux beaux hôtels que je loue à des personnes de qualité. L'un, deux mille livres par an et l'autre, trois mille. Cependant, je n'apparais pas dans ces transactions.

— Pourquoi, Monsieur mon père ?

— Elles seraient jugées déshonorantes par la plupart des nobles de la cour. Quand ils sont à court d'argent, ils préfèrent vendre leurs terres, aliéner les revenus de leurs charges, se défaire de leur argenterie ou mendier des aumônes au Roi.

Mon père ajouta avec un sourire :

— Monsieur de La Surie est encore plus sage que moi. Il ne dépense que la moitié de son revenu et prête l'autre moitié à un Juif.

— Comment cela ? dis-je, béant.

— Le Juif prête à son tour cet argent à un taux plus élevé que l'intérêt qu'il verse au Chevalier.

— Et pourquoi le Chevalier ne prête-t-il pas lui-même à ce taux plus élevé ?

— Le prêt de l'argent avec intérêt est interdit aux chrétiens. Mais l'interdiction ne s'étend pas aux Juifs.

— Pourquoi ?

— Parce qu'ils ne sont pas chrétiens.

— Mais, dis-je, n'est-ce pas là un grand privilège que l'on reconnaît aux Juifs ?

Le Chevalier et mon père échangèrent un regard et un sourire.

— En effet. C'est un grand privilège, bien qu'il leur soit accordé avec le dernier mépris. Mais je suis prêt à gager que les Juifs s'en moquent, et qu'en leur for ils tiennent les chrétiens, dans ce domaine, pour les plus sottes gens du monde.

A cet instant, le visage de mon père, de souriant et gai qu'il était, devint sombre.

— Vous voyez, dit-il d'une voix changée, ce village sur la hauteur à notre droite ? Comment le trouvez-vous ?

— Très paisible par ce beau matin.

— Il s'appelle Chaillot. Et s'il est paisible, c'est qu'il ignore, ou veut ignorer, ce qui s'est passé à ses pieds il y a quelques années. Vous observerez, mon fils, qu'à cet endroit la rivière de Seine dessine une grande courbe. Si bien que le courant étant moins fort sur l'une des rives, de hautes herbes ont poussé dans l'eau même. C'est dans ces hautes herbes que des milliers de huguenots massacrés vinrent échouer. On les avait jetés dans la Seine à Paris après les avoir dagués, et le courant les avait poussés jusque-là. Cela se passa dans la nuit de la Saint-Barthélemy et en apprenant cette odieuse nouvelle, le Pape fit allumer des feux de joie sur les places de Rome. Vous voyez ces herbes et ces joncs. Il y avait là des centaines, et des centaines de corps.

Je le regardai. Une larme coulait sur sa joue.

— Mon fils, dit-il, rappelez-vous Chaillot. Et les hautes herbes de Chaillot. Et rappelez-vous aussi qu'il faut, certes, aimer Dieu, mais jamais au point de haïr les hommes.

Là-dessus, il me tourna le dos et s'en alla retrouver Monsieur de Bassompierre sous le dais, Monsieur de La Surie lui emboîtant le pas. Je les suivis au bout d'un moment, me sentant triste et marmiteux. Pourtant, je n'étais pas assis depuis une minute à ma place qu'une des nièces de Monsieur de Bassompierre penchant vers moi ses tétins dont son décolleté donnait à voir une bonne moitié (et ce qui était plus émouvant encore une petite fente très douillette entre les deux globes jumeaux) me regarda avec des yeux très doux et me dit avec un sourire enchanteur :

— Monsieur, ne voulez-vous pas un peu de mon massepain que voilà ?

J'oubliai sur l'instant Chaillot, tant je fus bouleversé par ce regard et ce sourire. Dans ma naïveté, j'imaginais que par eux la friponne s'offrait à moi. J'acceptai son massepain sans avoir la force d'articuler un merci. Mon cœur battait. Je n'avais plus de voix. Je me sentais pâlir.

Dieu que j'étais béjaune ! Je ne savais pas alors que d'aucunes femmes utilisent ce regard et ce sourire comme de petits appâts qu'elles lancent perpétuellement autour d'elles pour que l'attention qu'elles hameçonnent ainsi les conforte dans l'idée, jamais bien assurée chez elles, qu'elles sont belles et qu'elles plaisent.

Cependant, quand j'observai que la mignote faisait les mêmes avances au Chevalier, à mon père et même au géantin timonier à qui elle alla offrir une friandise qu'il refusa par un grognement sans même condescendre à lui jeter un œil, j'en conclus que même à un ours elle ferait ce même regard caressant et ce sourire, si elle pensait pouvoir surprendre en retour en son œil inhumain une lueur d'admiration. Je déchantai sur l'heure et je le dis à voix basse à La Surie.

— Bah ! dit-il, ce n'est rien ! Chez les hommes aussi il y a des regards et des sourires qui sont de la fausse monnaie. Il faut apprendre à la distinguer de la vraie...

J'achevai à peine d'avaler, quoique à contrecœur, le massepain de ma coquette qu'un ordre en allemand retentit. Et les avirons de la gabarre se mirent à dénager avec la plus grande vigueur. Voyant que Bassompierre, mon père et le Chevalier se dirigeaient vers la proue, je laissai là la traîtresse et les suivis, et je compris alors que nos rameurs ne battaient l'eau si fort et si vite à contre-courant que pour éviter de heurter le bac de Neuilly qui à ce moment précis traversait la rivière dans la direction du petit village de Puteaux.

— Vous voyez là, dit Bassompierre, le bac que le carrosse du Roi emprunte à l'accoutumée pour se rendre au château de Saint-Germain-en-Laye.

— Est-il constant, dit mon père, qu'un jour il ait versé ?

— On a tâché de cacher l'affaire, dit Bassompierre, mais, à ce que je vois, elle s'est sue.

— Vous y étiez ?

— Non pas. Mais La Châtaigneraie m'a tout raconté. Le cocher avait mal engagé ses chevaux sur le bac. Les deux roues se sont trouvées dans le vide, et le carrosse a versé du côté où la Reine était assise. Par bonheur, La Châtaigneraie a promptement plongé et l'a retirée par les cheveux du fond de la rivière.

— La Reine ! Par les cheveux ! dit La Surie. C'est crime de lèse-majesté !

— Sa Gracieuse Majesté ne s'en est pas offusquée. Elle a recraché l'eau qu'elle avait bue, repris son souffle et sa première parole a été pour demander si le Roi était sauf.

— Bel exemple d'amour conjugal ! dit mon père.

— Je ne sais, dit Bassompierre, avec un petit sourire. La personne dont nous parlons, ajouta-t-il en baissant la voix, est la femme la moins aimante et la moins caressante du monde, même avec ses enfants.

— Je l'ai ouï dire, dit La Surie.

— Eh bien, vous voyez. Dans une cour, tout se sait. Roi et Reine n'ont pas de vie privée. Leurs fâcheries sont connues. Leurs saillies, comptabilisées. Si Henri était homme à défaillir, on le saurait. Et comme il ne l'est pas, on sait si la Reine a pris, ou non, du plaisir. De reste, à peine est-elle enceinte qu'on connaît le nombre exact de repas qu'elle restitue chaque jour à la nature. Quand elle accouche, c'est devant une centaine de personnes et quand la mort survient, elle agonise, comme le Roi, devant tout ce qui compte à la cour.

— Je conclus de ces paroles, dit mon père, que vous n'aimeriez pas être roi.

— Qu'y gagnerais-je ? dit Bassompierre en souriant.

A ce moment, traversant toute la longueur du pont, une de ses jolies nièces se détacha de ses compagnes et vint dire à Monsieur de Bassompierre, avec une gracieuse révérence, qu'elle était députée à lui pour le prier de les rejoindre à table sous le dais, pour ce qu'elles avaient à lui poser une question de la plus grande conséquence.

— De la plus grande conséquence ! dit Monsieur de Bassompierre. Ventre de biche ! Que vais-je ouïr de ces douces lèvres ?

Et il revint vers le dais en donnant galamment le bras à la messagère qui, rouge de cet honneur, ne le quittait pas des yeux. Je me souvins, à ce propos, que Toinon m'avait dit que Bassompierre (qui avait alors vingt-huit ans) était « si bien fait et si beau qu'il n'était pas possible de plus ».

Ce « de plus » dont, en bon élève de Monsieur Philipponeau, je me demandai s'il était bien grammatical, me plut beaucoup sur le moment et à ce jour encore me ravit, je ne saurais dire pourquoi. Quand j'avais rapporté ce propos à mon père, après en avoir ri lui aussi, il avait ajouté :

— Bassompierre est, en effet, un très beau cavalier, mais il est aussi l'homme le plus instruit de la cour, parlant grec et latin, et pas moins de quatre langues étrangères, ayant des lumières sur tout et l'esprit si vif, si prompt et si délié qu'il pourrait, avec un peu d'étude, briller dans tous les domaines où l'on voudrait l'employer. Encore une fois, mon fils, ne vous fiez pas aux apparences. Bassompierre s'habille comme un muguet, gausse, badine, fait des mots, danse comme fol, court le cotillon, joue des heures entières à la prime et au reversis mais, rentré chez lui aux aurores, il allume sa lampe et se plonge dans l'étude. Sa bibliothèque est la plus riche de France. Il possède plus de deux mille volumes et soyez assuré qu'il les a lus tous et, se peut, annotés...

L'objet de cet éloge s'assit sous le dais et, après avoir fait signe à un valet de faire servir un verre de clairet à la ronde, considéra d'un œil amusé les mignotes qui, à son approche, s'étaient tues en s'entre-regardant.

— Or çà, mes caillettes ! dit-il enfin, qu'avez-vous à quérir de moi ? Êtes-vous tout soudain comme carpes devenues ? Suis-je donc si redoutable ?

— Oh que non, Monsieur ! dit Jeannette, mais nous ne voudrions pas non plus vous poser une question qui pût vous offenser.

— Ma vie est sans reproche, dit Bassompierre d'un ton léger. Je ne redoute pas les questions indiscrètes : elles ne sauraient l'être que si mes réponses l'étaient. Or je suis maître et seigneur de ma langue, comme bien vous savez, mes caillettes.

A cela dont les mignotes ne surent pas si elles devaient sourire ou s'offusquer, leur silence s'alourdit encore et les yeux se baissèrent.

— Allons ! allons ! dit Bassompierre, dois-je vous accoucher l'esprit ? A la première qui me posera la question « de grande conséquence » qui est dans vos pensées, je donnerai cet inaltérable petit rubis qui orne mon petit doigt. Comme dit le proverbe chinois : « La boue cache le rubis, mais ne le tache pas. »

— Alors je parlerai pour toutes, dit vivement la coquette au massepain qui me parut de loin la plus friponne et la plus effrontée. Monsieur, nous vous demandons ceci...

Là-dessus, elle resta coite et Bassompierre, qui avait ôté le petit rubis de son petit doigt, le remit incontinent à sa place.

— Ventre de biche ! dit-il, ou dois-je dire : ventre de toi ! sache-le : qui ne dit rien, n'a rien.

— Monsieur, reprit la coquette avec effort, nous vous demandons ceci : est-il vrai...

— Parle, testebleu !

— Est-il vrai qu'une fée fut amoureuse jadis d'un de vos ancêtres allemands et que c'est la raison pour laquelle vous êtes le beau cavalier que voilà.

— Pour la fée, cela est vrai, dit Bassompierre. Et c'est vrai aussi que j'ai hérité de cet amour-là un privilège unique. Mais il n'est pas celui que vous dites.

— Ah ! Monsieur ! Contez-nous ce roman ! dirent les nièces *d'une seule voix*. (Expression un peu sotte que j'emploie pour la rapidité du discours.)

— Ce n'est pas un roman, dit Bassompierre. Vous ne trouverez pas ici une Astrée qui fait languir un Céladon. Chez les fées les choses se passent plus naturellement que chez nos hautes dames car, n'étant pas mortelles, elles n'ont point d'honneur à défendre.

— Monsieur, dit une des nièces, je ne vous entends pas.

— Vous m'entendrez à ouïr la suite. La voici. En traversant un certain bois où il chassait d'ordinaire à l'affût, mon ancêtre allemand, le Comte d'Orgevilliers, rencontra une fée d'une beauté éclatante. Celle-ci, l'ayant envisagé un moment en silence la tête penchée sur l'épaule, le prit sans un mot par la main, l'emmena dans une *Sommerhaus* — ou comme on dit en français, une maison d'été —, laquelle, de reste, appartenait au Comte, et là, se dévêtant, elle se donna à lui.

— Quoi ? dit la coquette. Sans qu'on lui ai fait la cour ? Tout de gob ! Et même sans dire un mot ?

— Les mots vinrent après. Et garde-toi, M'amie, de traiter la fée en ton for de dévergognée car elle entendrait, à coup sûr, ta pensée et pour te punir, elle te rendrait d'un coup de baguette aussi laide que Leonora Galigaï.

— Mais personne, dit La Surie, n'a vu Leonora Galigaï.

— Si, moi ! dit Bassompierre. Elle vit en recluse dans un

petit appartement au Louvre au-dessus de celui de la Reine. Or, une après-midi, alors que je jouais à la prime avec Sa Gracieuse Majesté, Leonora Galigaï entra à l'étourdie dans la chambre. Me voyant, elle se retira aussitôt. Ce ne fut qu'un éclair. Mais je vis deux choses : sa laideur et ses yeux étincelants d'esprit. Où en étais-je ?

— Aux mots que prononça après coup la fée, dit mon père.

— Son discours fut succinct. Ayant toute l'éternité devant elle, elle ne pensait pas que ce fût une raison pour gaspiller son temps en paroles inutiles. « Mon ami, dit-elle d'une voix basse et musicale, revenez lundi prochain au bois pour chasser à l'affût. » Ayant dit, elle disparut. Et le Comte s'en retourna en son château, la chair heureuse et l'âme inquiète. C'était un bon Allemand, sage et laborieux. Il ne fuyait pas à se donner peine pour bien ménager ses domaines. Il avait trois filles qu'il aimait sans excès et une épouse vertueuse à laquelle il s'était accoutumé. Et naturellement, il redoutait, en cette aventure extravagante, de perdre domaine, filles et femme, pour ne rien dire de son âme.

— Les perdit-il ? dit mon père.

— Pas du tout. Son domaine prospéra, ses filles grandirent en beauté, l'humeur de son épouse s'adoucit. Preuve que la fée n'était pas un succube, comme le Comte l'avait craint d'abord. Cependant, au bout de deux ans, sa femme, qui avait l'esprit un peu lent, s'avisa que le lundi, son mari revenait de sa chasse à l'affût la carnassière invariablement vide. Cette circonstance lui donna à penser et un lundi, elle suivit les traces du Comte jusqu'à l'affût du bois. Elle le trouva désert. Elle poussa alors jusqu'à la *Sommerhaus* où elle vit, étendus sur une couche, nus et profondément endormis dans les bras l'un de l'autre, son mari et la fée.

— Alors, dit La Surie, elle dégaina sa petite dague et leur perça le sein.

— Fi donc ! Quel gâchis ! dans une *Sommerhaus* ! La Comtesse agit d'une façon autrement avisée. Elle ôta le voile qui couvrait son chef, le posa sur les pieds des coupables et s'en alla. Quand la fée se réveilla, elle aperçut le voile et poussa un grand cri. « Ah ! mon ami ! » dit-elle en sanglotant (car toute fée qu'elle fût, elle savait pleurer) « c'en est fini de nos belles amours ! Je ne peux plus vous visiter ! Ni même demeurer à moins de cent lieues de vous ! » Toutefois, avant de quitter le Comte, elle lui fit trois présents pour ses trois filles : un gobelet d'argent pour l'aînée, un cuiller de vermeil pour la cadette et pour la benjamine, un anneau d'or. « Que vos filles, dit-elle et vos descendants après elles, gardent précieusement ces modestes dons. Ils leur assureront tout le bonheur du monde. »

— Et le Comte ? dit une des nièces.

— Mon enfant, dit Bassompierre, je vous sais le plus grand gré d'être si compatissante à son endroit. Tout est bel et bon chez vous, mon enfant : et le cœur, et le tétin qui le décore. Le Comte, mon enfant, retourna, les pieds lourds, en son château, pendit tristement son mousquet au-dessus de sa cheminée et dit à son épouse : « Madame, je n'irai plus au bois. Je renonce à la chasse à l'affût. » Et pour lui prouver sa sincérité, il lui fit un enfant. Ce fut un fils. Mais on eut peu d'occasion de s'en réjouir, car étant le fruit du renoncement, même à sa naissance, il avait un air rechigné. Et dès qu'il sut marcher, il ne fit que marcher de malheur en malheur jusqu'à la fin de ses jours. Il n'aimait pas la vie et la vie le lui rendait bien.

— Et les filles ! dit mon père.

— Les filles, s'exclama Bassompierre, c'est là que gît le sortilège ! Encore qu'il y eût déjà quelque chose de miraculeux dans le respect que montra une fée païenne pour un mariage chrétien. Il est vrai que c'était une fée allemande et qu'elle avait le goût de l'ordre. Vous vous souvenez, mes caillettes, que l'aînée reçut en partage un gobelet d'argent, la cadette un cuiller de vermeil et la benjamine…

— Un anneau d'or, dit la coquette.

— Or, chacune d'entre elles veilla jalousement sur le présent de la fée, et bien elles s'en trouvèrent. Elles furent toutes trois merveilleusement belles et qui mieux est, elles le demeurèrent jusqu'au bord de l'extrême vieillesse. En outre, elles reçurent en partage, comme l'avait promis la fée, tout le bonheur du monde, ou tout du moins tout le bonheur, tel que chacune d'elles le concevait. L'aînée, qui aimait l'argent, épousa un margrave, lequel, au bout d'un an, mourut en lui laissant des biens immenses. La cadette, qui était fort glorieuse et prisait les honneurs, prit pour mari un archiduc autrichien. Et la benjamine, qui aimait trop les hommes pour s'en tenir à un seul, eut des amants en grand nombre et tous, à ce que j'ai ouï, si satisfaisants qu'on se demandait bien pourquoi elle en changeait si souvent.

— Et de laquelle descendez-vous ? demanda La Surie.

— Mais de la benjamine, bien sûr. Et cet anneau qui orne le majeur de ma main gauche est le sien. Toutefois, je n'ai pas du bonheur une visée aussi étroite que la sienne l'était. Je suis content, certes, d'être heureux en amour autant qu'on peut l'être, et au jeu, et aux études. Mais j'aimerais aussi l'être dans de grandes entreprises.

Les cinq nièces s'étaient levées toutes ensemble pour contempler de plus près l'anneau d'or. Elles entourèrent Bassompierre qui à ses côtés, qui derrière ses épaules, qui à ses genoux. Cela fit un très gracieux tableau car les mignotes étaient vêtues de corps de cotte et de vertugadins de couleurs tendres où le rose et le mauve dominaient, lesquels mettaient fort en valeur leurs frais minois. Je me serais volontiers attardé à les contempler, voire même à faire entre elles un choix imaginaire, si la brise, qui depuis Paris nous avait boudés, ne s'était mise tout soudain à souffler gaillardement dans notre dos. Les bateliers entreprirent de hisser la voile carrée et dès qu'ils en eurent fini, non sans maints jurons allemands, nous laissâmes Bassompierre à ses nièces pour nous porter à la proue et y admirer avec quelle force l'étrave fendait l'eau, laquelle retombait en élégantes volutes de droite et de gauche avec un bruit de soie déchirée.

— Monsieur mon père, dis-je au bout d'un moment, que faut-il penser de ce que Monsieur de Bassompierre vient de nous conter ?

— Monsieur, dit-il, sur un ton dont je ne sus dire s'il était sérieux ou plaisant, vous n'ignorez pas que notre foi catholique nous interdit de croire aux fées.

— En revanche, dit le Chevalier, nous croyons aux anges, aux démons, aux succubes et aux sorcières.

— Mais comment expliquer, dis-je, l'anneau d'or, le cuiller de vermeil et le gobelet d'argent ?

— Il est possible, dit le Chevalier, que la dame ait été assez friponne pour se faire passer pour une fée et le Comte d'Orgevilliers assez naïf pour le croire.

— Ou que le Comte, dit mon père, ait eu assez d'imagination pour expliquer par là, après coup, sa passion pour la chasse à l'affût.

J'en avais assez ouï. Je me tins coi. Rien au monde ne pouvait m'attrister davantage que ces réponses. Combien de choses aurais-je aimé continuer à croire ! Que la dame fût une fée ; ma coquette, sincère ; et Toinon, surgie dans ma vie par une sorte de miracle. Grandir, me dis-je, est-ce donc cela ? Apercevoir le vrai derrière les apparences, et les ficelles derrière les marionnettes ?

***

Mon père aimait fort le docteur Héroard (lequel nom il prononçait : Hérouard) pour la raison qu'il avait été, en ses vertes années, son condisciple en l'École de Montpellier et avait servi, comme lui-même, Henri III en qualité de médecin. Le fait que Héroard fût huguenot n'était pas étranger à la sympathie que mon père éprouvait pour lui, car ce ne fut pas sans quelque serrement de cœur que mon père avait dû passer du temple à l'église et « aller à contrainte ». Il s'y était résigné au moment où Henri III, appréciant son adresse, l'avait employé en des missions qui eussent été impossibles, s'il n'avait été catholique.

Quand je connus mieux mon père, il ne m'échappa pas que son attachement à l'Église réformée était plus sentimental que religieux. Qu'on fût chrétien, cela lui suffisait. Il n'avait cure des querelles de dogmes ou de rites. Comme le Chevalier qui, en même temps que lui (et pour le servir), avait « calé la voile », sa religion se réduisait au minimum : il oyait la messe le dimanche, faisait maigre le vendredi et se confessait à Pâques. De moi il n'exigeait pas davantage et blâmait devant moi les « grimaces et superstitions infinies » de mes nourrices. Et un soir qu'il me vit, entrant dans ma chambre (j'avais dix ans), agenouillé au pied de mon lit, il me dit : « Eh quoi, Monsieur, n'avez-vous pas prié Dieu ce matin ? — Si fait, Monsieur mon père. — Eh bien, cela suffit. N'allez pas faire comme ces bigots et cagots qui prient Dieu du matin au soir et sont, à l'occasion, les plus méchantes gens du monde. Mon fils, laissez votre langue au repos : priez avec vos actes. »

D'après ce que m'avait dit mon père, Héroard était médecin du dauphin Louis et des enfants royaux, lesquels étaient élevés tous ensemble au château de Saint-Germain-en-Laye. A l'ouïr aujourd'hui, ce « tous ensemble » paraît fort anodin, mais il s'en fallait de beaucoup qu'il le fût alors, notamment pour la Reine. Car aux trois garçons et trois filles qu'Henri IV avait eus d'elle, Sa Majesté n'avait pas craint de joindre les huit enfants que ses maîtresses successives lui avaient donnés, d'aucunes même accouchant la même semaine que la Reine et les deux nourrissons arrivant quasi en même temps à Saint-Germain-en-Laye pour y être élevés au bon air, celui du Louvre et de Paris n'étant assurément pas des plus sains.

Mon père devant qui je m'étonnais un jour qu'on mélangeât ainsi les légitimes et les illégitimes, opina qu'il n'y avait rien là de très inhabituel, vu le respect qu'un gentilhomme français porte à son propre sang.

— Votre grand-père, ajouta-t-il, le Baron de Mespech, n'a pas agi autrement. Votre oncle Samson de Siorac qui, à une semaine près, est né en même temps que moi, fut élevé avec moi au château de Mespech, sa mère étant morte de la peste peu après sa naissance.

— Et qu'en est-il advenu ?

— Ma mère et mon aîné François ont haï Samson, mais moi, je l'ai aimé et l'aime encore.

— Et comment le dauphin Louis, lui, prend la chose ?

— Assez mal, à ce qu'on m'a dit.

Dans le carrosse qui nous amena de la gabarre au château, je m'assoupis, l'heure étant celle de ma sieste (pendant laquelle, pourtant, je dormais de moins en moins) et, se peut incommodé par la pesanteur de l'air, je fis un rêve qui me laissa au réveil tout déconfit : je rencontrai en un joli bois où je me promenais, mon arbalète à la main, à l'affût des oiseaux, une dame d'une beauté éblouissante, laquelle, dès que je lui fis de timides avances, les rebuta en disant d'un ton fort sec : « Mon jeune ami, je ne chasse point avec les faucons niais[1]. Allez jouer. »

C'est à peu près, hélas, ce que me dit mon père quand le capitaine des gardes, après avoir examiné notre laissez-passer, nous admit au château. « Mon fils, dit-il, mon entretien avec Héroard va être un peu longuet. Il vous ferait périr d'ennui. Allez m'attendre dans le jardin du château. Il est fort vaste, clos de hauts murs et vous y trouverez bien un

1. On appelle faucons *niais* les oisillons pris au *nid* par l'oiseleur pour les dresser.

coin isolé pour y exercer votre arbalète. Ainsi ne l'aurez-vous pas emportée pour rien... »

Et s'adressant au capitaine de Mansan qui venait de lui donner l'entrant dans le château, mon père ajouta :

— Monsieur de Mansan, y a-t-il à cela quelque incommodité ?

— Nullement, dit Monsieur de Mansan. A s'teure, il n'y a personne dans ce jardin, sauf peut-être mon fils.

Les yeux baissés, je m'inclinai le plus civilement que je pus devant le commandement de mon père, saluai Monsieur de Mansan et, tournant les talons, je gagnai le jardin que je voyais s'étendre sur ma gauche. Je me sentais on ne peut plus mortifié d'être banni de la société des adultes et rejeté dans l'enfance et ses futiles jeux, alors que j'avais déjà donné tant de preuves de mon intérêt pour le monde et de ma persévérance à progresser dans l'intelligence que je voulais en avoir. A ressasser cette injustice, la rage me gonflait le cœur et une fois hors de vue, je ne craignis pas de me laisser aller et de donner du pied violemment dans une pierre à qui je fis moins de mal qu'à moi-même. Pis même : je pensai à briser incontinent contre un arbre ma petite arbalète, laquelle, à cet instant, je haïssais presque, alors que je l'avais trouvée si belle et si émerveillable quand je l'avais vue en montre il y avait cinq jours à peine, à la fenêtre d'un artisan. Mais quoi ! pensai-je, ma rage redoublant, la briser ? Ce serait pour le coup qu'on me taxerait d'enfantillage !

Je n'en sortirai donc jamais ! pensai-je, au désespoir. A quoi cela me sert-il d'avoir appris le latin, de parler couramment l'italien et mieux qu'assez bien l'anglais, d'avoir une teinture de la mathématique et de connaître par cœur la liste interminable de nos rois, ainsi que les dates des batailles — heureuses ou malheureuses — où leurs armes se sont illustrées, si l'on m'envoie jouer au jardin comme un enfantelet. Au surplus, me dis-je, m'avisant de penser à

Toinon, ne suis-je pas un homme ? A tout le moins n'en donné-je point la preuve tous les jours ?

Jamais jardin plus plaisant, mieux planté, plus varié et plus vaste ne fut vu ce jour-là par des yeux moins enclins que les miens à en reconnaître les beautés, ou même à les voir. Tout ce que je remarquai en cette occasion fut un soleil ardent contre lequel je pestais et une allée de platanes, une charmille et un terrain clos pour le tir à l'arc. Je n'ai pas le moindre souvenir d'y avoir aperçu des fleurs, alors qu'on était en juillet et qu'assurément elles devaient briller à profusion dans les parterres.

C'est leur ombre et non leur majestueuse apparence qui me fit rechercher les platanes. Cependant, la fraîcheur que je sentis sous leurs feuillages ne laissa pas de me faire du bien. Ma marche ralentit, je me calmai et au bout d'un moment, je ressentis quelque vergogne à m'être laissé emporter en mon for contre le meilleur des pères, me ressouvenant avec quel soin il avait entouré mes enfances, redressant mes fautes, mais sans dérision ni blessure, ferme dans ses commandements, mais enclin à pardonner, ne consentant jamais à me laisser fouetter, ni par mes nourrices, ni par mes précepteurs et toujours à moi si affectionné, et je dirais même si tendre, qu'on eût dit qu'étant mon père il me tenait lieu aussi bien de mère. Je commençai alors à douter que dans son propos sur mon arbalète il eût mis de l'ironie. Car telle n'était point du tout sa manière. Il s'adressait toujours à moi avec la plus grande politesse, mêlant juste assez d'enjouement à sa gravité pour qu'elle retînt mon attention sans jamais me lasser. Et d'ailleurs, à y penser plus outre, n'avait-il pas de bonnes raisons de me vouloir absent à son entretien avec le docteur Héroard, ne serait-ce que parce qu'il voulait peut-être consulter avec lui sur la maladie d'un tiers. En bref, avant même que je parvinsse au bout de la grande allée de platanes, je me réconciliai avec mon père tout à trac et avec moi-même par la même occasion, m'autorisant, maintenant que je pensais de nouveau tant de bien de lui, à me pardonner mon propre mouvement d'humeur à son endroit.

Au bout de la grande allée, je trouvai de nouveau le plein soleil et apercevant à quelque distance une charmille, j'y fus attiré par l'ombre qu'elle promettait et j'y portai mes pas. Mais comme je m'en approchais, éclata le roulement de tambour de « l'appel aux armes » et à peine revenu de la surprise d'entendre dans un jardin cet air de garnison, j'en éprouvai aussitôt une seconde, car tournant autour de ladite charmille pour en trouver l'ouverture, je découvris à six pas de moi, debout devant l'entrée que je cherchais, un garçonnet qui maniait les baguettes avec une dextérité et une sûreté d'exécution qu'on n'eût pas attendues de son âge car, à ce qu'il me sembla, il n'avait pas plus de six ou sept ans.

Je m'arrêtai et remarquant qu'en jouant il gardait dans son maintien une raideur militaire, je m'amusai à entrer dans son jeu et m'arrêtant à six pas de lui, je me mis au garde-à-vous.

Il parut assez satisfait de recevoir ce renfort, mais ce ne fut qu'un coup d'œil, car il s'appliqua de nouveau à sa tâche et j'eus tout le loisir de le considérer. De tout temps, j'ai pris le plus grand plaisir à scruter les visages de mes semblables, tant est que mon père dut plus d'une fois, en mes jeunes années, me rappeler à l'ordre : « Mon fils, disait-il, gardez-vous de ficher vos yeux si continûment sur les gens. D'aucuns pourraient s'en offenser et quand vous serez grand, de l'offense à l'épée, le pas est vite franchi. »

Il ne pouvait l'être avec mon petit tambour, lequel, d'ailleurs, ne me voyait pas, étant tout à ses baguettes. Ses yeux qu'il tenait baissés, je me souvenais qu'ils étaient noirs, le nez me parut un peu long, les lèvres rouges et charnues, les joues enfantines, j'entends plus rondes que les miennes, et comme j'avais appris depuis peu le mot « prognathe » je me demandai si je pouvais l'appliquer à son menton. Je tranchai que non. Il saillait, assurément, mais point d'une façon disgracieuse. A ce moment le garçonnet, levant les yeux de ses baguettes, me jeta un coup d'œil et je décidai que je l'aimais bien. Si je devais m'en expliquer ce jour d'hui, je ne sais ce que je pourrais en dire, sinon peut-être que son regard me parut franc et qu'il sembla être content de ma compagnie. Se pouvait-il que le fils de Monsieur de Mansan se sentît un peu seul dans ce jardin et dans ce château ? Lui était-il interdit de jouer avec les enfants royaux ?

Il vint sans une faute au bout de « l'appel aux armes » et après le dernier roulement, il fit un moulinet avec ses baguettes qui eût fait honneur à un tambour chevronné. Après quoi, il les glissa l'une après l'autre dans les deux fourreaux parallèles qui ornaient son baudrier et son corps perdant aussitôt sa raideur, il se mit de lui-même au repos. Sans doute avait-il entendu une voix, pour moi inaudible, qui le lui avait commandé. Il me regarda alors. Ou plutôt, il regarda successivement avec une grande attention mon arbalète, mon visage et mon chapeau. Puis il me dit au bout d'un moment, avec un air de désapprobation polie :

— *Meuchieu,* vous ne m'ôtez pas vo*te* chapeau...

Outre sa difficulté à prononcer le « s » qu'il chuintait, et le « r » qu'il escamotait, il avait un léger bégaiement.

— Le devrais-je, Monsieur ? dis-je, adoptant avec lui l'aimable gravité dont mon père usait avec moi.

— Je *chuis chu* que oui, dit-il en me faisant quelque peu la mine.

— Monsieur, je me découvrirai, dis-je sur le même ton, si je connaissais votre qualité.

— Je *chui,* dit-il en tâchant de gonfler sa voix, capitaine aux *ga*des-*fanchaises.* Je commande la vingtième en ce château.

Je fus touché de la naïveté avec laquelle il usurpait l'identité de son père et décidai de poursuivre le jeu, puisqu'il lui plaisait tant.

— Monsieur, dis-je en ôtant mon chapeau d'un geste large et en m'inclinant, je suis votre serviteur.

— *Seviteu, Meuchieu,* dit-il avec dignité, comment vous nomme-t-on ?

Il posa cette question sur le ton d'un officier s'adressant à un soldat.

— Pierre-Emmanuel de Siorac. Puis-je me couvrir ? ajoutai-je. Le soleil est fort chaud.

— Faites, Sio*ac*.

Comme mon capitaine restait coi, paraissant à court de commandements, et peut-être intimidé par la taille de sa recrue, j'ajoutai :

— Monsieur, peux-je poser une question ?

— Faites, Sio*ac*.

— Comment se fait-il, Monsieur, que vous jouiez du tambour, puisque vous êtes le capitaine ?

— Je *emplache* le tam*bou*. Il est malade.

L'objection, visiblement, avait été prévue, et la réplique ne manquait pas d'à-propos.

Il reprit :

— Ti*ez*-vous à l'*a*balète ?

— Non, je ne l'ai pas encore essayée.

— Venez, il y a une *chi*ble là-bas *pou* le *ti* à l'*ac*.

Il rectifia la position et reprit son ton militaire.

— Je *ma*che le *peu*mier. Je bats le tam*bou* et vous *chui*vez au pas.

— Monsieur, quel air allez-vous jouer ?

— L'*ode* de bataille, bien *chu*.

Cela allait de soi à condition de considérer que j'étais à moi seul les cent vingt hommes de sa compagnie. Je le suivis, en tâchant de rester derrière lui à son pas, ce qui n'allait pas sans difficulté, étant donné la longueur de ses jambes et celle des miennes. Pourtant, il ne me vint pas à l'idée qu'on eût pu trouver du dernier comique le spectacle d'un grand dadais jouant aux gardes-françaises et suivant à pas menus un petit tambour. La raison en était qu'à mes yeux ce que je faisais n'était pas plus ridicule que ce que faisait mon père quand, couché sur le parquet de tout son long, il m'aidait à ranger mes soldats en « ordre de bataille ». Dieu merci, je n'étais plus un béjaune qu'on envoyait jouer au jardin avec une petite arbalète, mais une grande personne indulgente qui se pliait au jeu d'un enfant.

Mon petit capitaine m'amena au son de son tambour sur un terrain de tir où s'élevait un édicule qui protégeait des intempéries une cible en paille tressée et plusieurs arcs, dont l'un, le plus petit de tous, lui était manifestement réservé. S'étant défait de son tambour, il s'en empara ainsi que d'un petit carquois et me fit une démonstration de son adresse qui me laissa étonné. Car à une distance de quinze pas, il ficha six flèches dans l'œil de la cible. Je fus moins heureux avec ma petite arbalète car, si à une distance de trente pas je mis dans la cible les trois traits que j'avais apportés avec moi, il s'en fallut de beaucoup qu'ils fussent aussi bien groupés au centre. Je ne poursuivis pas, car je voyais bien que mon compagnon brûlait du désir de tirer à son tour avec mon arme. A ma grande surprise, il refusa avec la dernière énergie que je l'aidasse à tourner la manivelle grâce à laquelle le cric bandait la corde de l'arbalète. Les dents serrées, il s'y prit à deux fois, le sang lui montant au visage de l'effort qu'il faisait pour en venir à bout.

Il tira à la même distance que moi, ayant très vite compris qu'une fois la corde bandée par la mécanique, on n'avait plus à se donner peine, mais seulement à presser la détente comme on fait pour une arme à feu, avec cet avantage toutefois que vous n'aviez pas à épauler puisque l'arme ne comportait pas de recul, mais à coller la joue contre l'arbrier pour prendre votre visée.

Dès son premier tir, son résultat fut meilleur que le mien, en raison, probablement, de sa grande pratique de l'arc, mais peut-être aussi parce que la petite arbalète était mieux adaptée à sa taille qu'à la mienne. Nous tirâmes à tour de rôle un assez long moment pendant lequel, à aucun moment, son enthousiasme et son application ne faiblirent. Il fit de grands progrès. J'en fis d'assez petits. Et je commençais même à me demander si l'achat que j'avais fait de cette petite arme était bien pertinent.

Tandis que nous étions ainsi occupés, le garçonnet oublia quelque peu qu'il était mon capitaine et me témoigna une sorte d'affection, tout en continuant de marquer entre nous une certaine distance, comme s'il ne renonçait pas tout à fait à me commander. Quant à moi, entouré d'adultes comme je l'avais toujours été, ne fréquentant aucune école, n'ayant que peu de rapports avec mes frères et sœurs — d'ailleurs beaucoup plus âgés que moi —, je ne manquais pas de trouver du plaisir à sa compagnie. Pour tout dire, il me laissait tout attendri. Je croyais me revoir à son âge, quoique alors je fusse beaucoup moins adroit que lui et, en revanche, la langue, comme aurait dit mon père, infiniment plus « bavarde et frétillante ».

Au bout d'une petite heure, il regarda la montre-horloge qu'il portait en sautoir autour de son cou (luxe qui me surprit chez le fils d'un capitaine) et me dit qu'il devait regagner son logis et qu'il me faisait un « *gand meci* ». Là-dessus, s'approchant de moi, ses beaux yeux noirs fixés sur les miens, il me jeta les bras autour du cou et se haussant sur la pointe des pieds, il me baisa les deux joues. Puis il rougit, comme confus de ce qu'il avait fait, me tourna le dos, rangea posément son arc et reprit son tambour. A ce moment, assez touché de l'élan qu'il venait d'avoir envers moi et qui m'avait d'autant plus ému de sa part qu'il avait été jusque-là si retenu, j'obéis moi aussi à une impulsion subite et je lui dis :

— Monsieur, plaise à vous, en souvenir de cette après-midi, d'accepter de moi cette petite arbalète. Elle est mieux appropriée à vous qu'à moi et vous tirez beaucoup mieux.

Il rougit de nouveau, mais cette fois de plaisir, puis la joie s'éteignit tout soudain dans ses yeux et il me dit en bégayant qu'il se trouvait dans l'impossibilité d'accepter, ne pouvant me donner en échange son tambour, pour la raison que c'était un « cadeau de Papa ».

— J'entends bien, dis-je, que Monsieur de Mansan en serait fâché...

Je vis dans ses yeux une lueur étonnée et il ouvrit la bouche comme s'il allait dire quelque chose. Mais il dut se raviser, car il demeura coi. Il est vrai qu'il ne parlait pas volontiers, ses difficultés de prononciation ne lui rendant pas la tâche aisée.

— Et quant à moi, poursuivis-je, que ferais-je d'un tambour ? Je ne sais pas en jouer et je n'ai personne en ma famille qui pourrait m'apprendre. Monsieur, de grâce, point d'échange ! Acceptez, je vous prie, cette petite arme, comme elle vous est donnée : du bon du cœur.

Il résista encore quelque peu, mais comme quelqu'un qui désirait être vaincu, car ses yeux, quittant les miens de seconde en seconde, ne cessaient de revenir à la petite arbalète que je lui tendais. Finalement, il céda, la prit, me fit de nouveau un « *gand meci* » et s'en alla.

Quand je me retrouvai avec mon père, Bassompierre et le Chevalier, dans le carrosse qui nous ramenait à Paris (c'était le carrosse de Bassompierre, le nôtre, qui n'était pas aussi luxueux, suivant avec nos soldats), j'appréhendais la façon dont mon père, à tout le moins, allait prendre le don que j'avais fait de mon bien à un garçonnet qu'une heure plus tôt je ne connaissais pas. Aussi décidai-je de prendre les devants et de conter devant lui, de façon divertissante, l'enchaînement des faits qui m'avaient conduit à me défaire de ma petite arbalète. Ce que je fis, à peu près dans les termes que l'on vient de lire, sauf que je passai sous silence la grande ire contre mon père que son commandement d'aller jouer au jardin avait fait naître en moi.

Le conte amusa mes compagnons de route et dès que je l'eus fini, mon père, qui avait senti mon anxiété au sujet du don qui le concluait, eut la bonté de me dire :

— Monsieur, vous seriez assurément à blâmer, si cette arbalète vous avait été donnée par votre marraine, par le Chevalier ou par moi. Mais du moment que vous l'aviez achetée de vos propres deniers, vous pouviez en disposer à votre guise.

— Toutefois, dit le Chevalier avec un sourire, c'est une dangereuse habitude que de généraliser cette pratique et de distribuer ses biens autour de soi. Vous finiriez sur la paille...

— Ou bien canonisé, dit Bassompierre.

— Oui, mais cela prend du temps ! dit mon père en riant, du moins à Rome. Car j'ose espérer qu'au ciel la procédure est plus rapide.

Il reprit au bout d'un moment en se tournant vers Bassompierre :

— Mais je ne savais pas que Monsieur de Mansan eût un fils.

— Monsieur de Mansan a bien un fils, dit Bassompierre, mais il a dix-huit ans. Ce n'est pas avec lui que Pierre-Emmanuel a joué.

— Mais avec qui d'autre alors ? m'écriai-je.

— Au château de Saint-Germain-en-Laye, dit Bassompierre, je ne connais qu'un seul garçonnet de six ans qui puisse exécuter sans fautes sur un tambour « l'appel aux armes » ou « l'ordre de bataille » : c'est le dauphin Louis.

— Le Dauphin ! dis-je, béant. Mais pourquoi ne l'a-t-il pas dit ?

— Mon mignon, dit Bassompierre, le Dauphin jouait, quand vous l'avez rencontré, le rôle de capitaine. Il a tout simplement continué avec vous. Preuve qu'il ne manque pas d'esprit de suite.

— Ni, d'après ce qu'on dit, d'opiniâtreté, dit le Chevalier. Raison pour laquelle, à ce qu'on dit, il est fouetté tous les jours.

— Sauf en été, dit mon père.

— Comment ça, sauf en été ? dit Bassompierre, qui parut surpris de ne pas tout savoir de ce qui se passait à la cour.

— Héroard a réussi à convaincre la Reine que le fouetter par temps chaud mettrait sa santé en danger...

On fit de grands rires à cela et de grandes louanges sur l'humanité d'Héroard, puis mon père requit promesse de Bassompierre de ne pas répéter ce propos — « et surtout pas », ajouta-t-il avec un petit sourire, « à la fille d'une haute dame qui est fort mon amie ».

— Je ne sais pas qui vous désignez par là, dit Bassompierre qui parut le savoir très bien, mais je promets.

La Surie échangeant un coup d'œil avec mon père, je ne fus pas sans apercevoir que j'étais le seul à ne pas entendre ce que tous trois entendaient si bien, et je m'en sentis piqué. Fallait-il donc qu'on parlât toujours devant moi par-dessus ma tête ? Testebleu ! serai-je donc à jamais, comme avait dit la dame de mon cauchemar, un faucon niais ? Et n'était-ce pas justement la tâche de l'oiseleur de me déniaiser, au lieu de me garder sur la tête un éternel capuchon ?

— Mais d'où vient, dis-je, que le Dauphin était seul dans ce jardin, alors qu'on dit que du matin au soir il est suivi et surveillé ?

— Il l'est, dit Bassompierre, mais très à la discrétion, pour ne point le fâcher. Soyez bien assuré qu'il y avait des gens dans cette charmille où vous n'êtes pas entré, et qu'ils ne vous ont pas perdu de vue tout le temps que vous avez joué avec lui.

— Mais, dis-je, si c'était bien là le Dauphin, d'où vient que cette petite arbalète lui ait fait tant plaisir ?

— Le Dauphin, qui aime les armes, dit mon père, possède des dizaines d'arcs, d'arbalètes et d'arquebuses... C'est le don qui l'a touché, et surtout venant de quelqu'un qui ne connaissait pas sa qualité. Le Dauphin est avide d'affection.

— N'en est-il pas entouré ? dis-je.

— En effet, dit Bassompierre, il est aimé de tous sauf de la seule personne dont il lui importerait tant d'être aimé.

CHAPITRE III

Le dimanche qui suivit notre voyage en gabarre sur la rivière de Seine, nous fûmes ouïr le père Cotton, jésuite et confesseur du Roi, prêcher à Saint-Germain-l'Auxerrois, en présence de Sa Majesté qui avait amené avec elle Madame[1] et son ministre Sully, entêtés huguenots, afin, disait-il, de les convertir à la religion catholique. Le père Cotton commenta la parabole du bon Samaritain et, notamment, le passage où il est dit qu'ayant mené le voyageur blessé et dépouillé dans une auberge il donna à l'aubergiste deux deniers pour soigner le malheureux en lui disant :

— Prends soin de lui, et ce que tu auras dépensé *en plus,* je te le rembourserai moi-même à mon retour.

Ce *en plus,* argua le père Cotton, justifiait le trésor que le Pape amassait par la vente des indulgences, grâce auxquelles il pouvait nourrir les bonnes œuvres qu'il n'eût pu, sans elles, étoffer.

Le prêche eut lieu à onze heures. Il y eut grande foule pour l'ouïr en raison de la présence du Roi et des prières qui se faisaient partout pour la conversion de Madame et de Sully. A la sortie de la messe, mon père aperçut le Révérend abbé Fogacer, médecin du cardinal Du Perron, en conversa-

1. Sœur du Roi.

tion avec le Roi et fut assez heureux, malgré la presse, pour l'atteindre dès lors que Sa Majesté le quittait et l'inviter à la volée à déjeuner dans notre logis du Champ Fleuri.

Fogacer accepta avec la joie la plus vive et, sur le porche de l'église, nous bailla, à mon père, au Chevalier et à moi-même (particulièrement à moi-même), de fortes et chaleureuses brassées. Après quoi, il demanda à mon père s'il pouvait recevoir, avec lui à sa table, le jeune acolyte qu'il avait ramené de Venise pour lui servir la messe. A quoi, non sans un petit sourire, mon père consentit.

Étant doté de grandes jambes (que la soutane allongeait encore), de bras interminables et d'un torse d'une maigreur extrême, Fogacer était reconnaissable de loin à sa silhouette arachnéenne et de près, à ses sourcils noirs comme dessinés au pinceau et relevés vers les tempes, ce qui lui donnait quelque ressemblance avec l'image que nous nous faisons de Satan. Image, disait mon père, qui ne disconvenait pas à certains de ses hérétiques propos, mais que démentait la bonté de son œil noisette. Nous ne l'avions point vu depuis un an pour la raison qu'il avait suivi en Italie le cardinal Du Perron, lequel se trouvait engagé, sur commandement du Roi, en une négociation des plus épineuses avec le Saint-Père au sujet de Venise.

Notre carrosse fit un détour par le logis de Fogacer pour y prendre son acolyte qui nous apparut sous les traits d'un jouvenceau joufflu, très bouclé et très brun, qui engloutit avec allégresse sa part de notre repue, sa bouche goûtant à notre table plus de plaisir toutefois que ses oreilles, car il ne connaissait pas du tout le français et pas beaucoup mieux l'italien, parlant le dialecte vénitien.

— Or çà, Fogacer ! dit mon père, la première bouchée à peine avalée, où en est-on de cette grandissime querelle entre Venise et le Pape ?

— Tout le mal, dit Fogacer, arquant son sourcil diabolique, est venu de ce que les cardinaux, il y a deux ans, ont eu l'étrange idée d'élire un pape vertueux...

— N'est-ce pas une bonne chose en soi ? dit le Chevalier d'un air innocent.

— Point du tout. Ce qu'il faut à la chrétienté, c'est un pape dont la vertu soit moyenne et l'expérience, grande. Au lieu que nous avons avec Paul V un pape dont la vertu est grande et l'expérience, petite. Raison pour laquelle il se tient si roidement aux traditions et privilèges de l'Église catholique et se mit tout soudain à jeter feux et flammes lorsque Venise arrêta et serra en geôle deux prêtres criminels.

— Qu'eût dû faire Venise ? demandai-je.

— Selon lesdits privilèges et traditions, les remettre au Pape pour qu'un tribunal ecclésiastique à Rome les jugeât. Mais le Doge, faisant valoir les droits de la Sérénissime République à juger ses propres citoyens, s'y refusa et Paul V, en son ire, prononça l'interdit contre Venise. Mon mignon, me dit-il en se tournant vers moi (appellation qui n'avait pas du tout dans sa bouche la même intonation que dans celle de Bassompierre), comme vous m'allez demander ce qu'est un interdit, je vais vous le dire. Défense fut faite par le Pape aux clergés séculier et régulier de dire la messe et d'administrer les sacrements sur le territoire de Venise. Eh bien, mon mignon, qu'en pensez-vous ?

Je regardai mon père qui, d'un coup d'œil, m'encouragea à dire mon opinion.

— Je pense que c'est une extravagance de priver tout un peuple de sa religion pour une raison aussi petite.

— Excellent ! Excellentissime ! s'écria Fogacer en levant au ciel ses bras arachnéens. Jeune Eliacin, la sagesse parle par ta bouche ! Comme bien tu le penses, Venise n'en resta pas là. Le Doge ordonna haut et fort aux clergés régulier et séculier de continuer comme devant à dire la messe et à administrer les sacrements, et comme les jésuites, en bloc, refusaient d'obéir, le Doge les expulsa de Venise. *Furore* au

Vatican ! *Un cieco furore*[1] ! Le Pape, incontinent, lève une armée. Venise aussi ! Scandale et angoisse par toute la chrétienté !...

— Et tout cela pour deux prêtres criminels ! dis-je. Qu'importait, en fin de compte, par qui ils allaient être condamnés !

— Le bon sens même, dit Fogacer, passant sa longue main dans ses longs cheveux d'un blanc éclatant. Ce n'est plus seulement Eliacin que j'envisage céans, dévorant ses viandes à belles dents : c'est David qui juge selon le droit !

— Qu'avaient fait ces deux prêtres ? dit le Chevalier.

— L'un avait tué un homme, ce qui, il faut bien le dire, est fort peu chrétien et l'autre, dit Fogacer avec une grimace de dégoût, avait tâché de séduire sa nièce. *Trahit sua quemque voluptas*[2].

— Et qu'en résulta-t-il ? dit mon père.

— L'arbitrage de notre Henri, suivi d'interminables négociations. Et pour finir, une cote mal taillée. Venise ne rappelle pas les jésuites, mais remet au Pape les deux criminels.

— Et qu'en fit le tribunal du Pape ? demanda La Surie.

— Ce qu'eût fait tout aussi bien le tribunal de Venise. Il les jugea et les pendit.

— Pauvre profit pour les pauvres diables ! dit mon père.

— Mais grand profit pour le cardinal de Joyeuse et le cardinal Du Perron de passer à négocier un hiver, qui à Venise et qui à Rome. Et pour moi de rapporter de Venise ce charmant petit souvenir que voilà, poursuivit Fogacer en désignant son acolyte.

— *Trahit sua quemque voluptas*, dit le Chevalier.

Il avait parlé à mi-voix, mais je l'ouïs fort bien et je

---

1. Une colère aveugle ! (ital.).
2. Tout un chacun est mené par le désir qui lui est propre (lat.).

l'entendis mieux encore, tant je commençais à trouver incommode l'attention dont Fogacer m'accablait.

— Et le Roi est-il satisfait de cette heureuse issue ? dit mon père.

— Médiocrement. Il sait bien qu'il est à s'teure peu aimé de Venise et pas du tout du Pape, ayant dû arracher des concessions aux deux parties.

— Et du prêche du père Cotton, qu'en a-t-il pensé ?

— Je ne sais, mais Sully, toujours aussi roide, a dit, au sortir de la messe, que ce n'était là que « babil ». Et quant à Madame, elle a gardé un silence des plus rechignés.

— Il faut convenir, dit le Chevalier, que, pour un homme d'esprit, le père Cotton s'est montré singulièrement maladroit. Parler des indulgences devant des calvinistes, c'est agiter un chiffon rouge devant un taureau.

— Ou devant des huguenots convertis, dit Fogacer avec son sinueux sourire.

— Mais, n'est-ce pas un abus avéré, dit mon père, de donner à penser aux gens qu'en récitant dix fois la même prière ou en donnant de l'argent aux prêtres pour leurs œuvres ils vont gagner des jours d'indulgence à déduire des années de purgatoire qu'ils auront à purger avant d'entrer au paradis ?

— Comme quoi, dit le Chevalier avec feu, d'un abus découle toujours un autre abus. Et le premier en date fut cette damnable invention du purgatoire, imaginée par les évêques du Concile de Trente afin d'adoucir les peines éternelles de l'enfer par des peines temporaires.

— Messieurs ! Messieurs ! s'écria Fogacer, en plaçant devant lui les paumes de ses longues mains comme s'il repoussait le Diable, je sens ici comme une odeur de caque ! N'ajoutez pas à l'excellente chère de votre table le scandale de vos propos !

— Qu'est cela ? dit mon père en levant un sourcil. Fogacer, n'êtes-vous plus sceptique ?

— Je ne le suis plus autant que par le passé, dit Fogacer d'un air confit. Ma soutane a fini par me coller à la peau. Et même, en quelque sorte, par la remplacer. Tant est que de mon athéisme même je commence aujourd'hui à douter sérieusement. Ce n'est pas que je croie davantage, mais je décrois moins...

— En bref, votre décroire décroît, dit le Chevalier, incapable de résister à un *gioco di parole*.

— Si j'osais dire un mot, hasardai-je...

— Mais parle, parle, mon mignon ! s'écria Fogacer. Toi qui es un Eliacin par la grâce et un David par le jugement...

Cet encouragement eût enlisé ma roue, si un regard de mon père ne l'eût ôtée aussitôt de l'ornière.

— Quant à moi, dis-je, plutôt que de gémir éternellement en enfer pour mes péchés, j'aimerais mieux encourir une peine temporaire, laquelle me paraît, d'ailleurs, s'accorder davantage à la miséricorde divine.

— Excellent ! Excellentissime ! s'écria Fogacer. Mon mignon, je salue en toi le Ganymède qui verse dans les coupes des Olympiens l'ambroisie du bon sens.

— La miséricorde de Dieu, dit mon père gravement, s'exerce assurément, mais par des moyens dont nous ne pouvons préjuger sans impertinence. Rien dans les Saintes Écritures ne suggère l'existence d'un purgatoire.

— De cela, on pourrait disputer, dit Fogacer.

Mais il n'en fit rien et il y eut un assez long silence, ni le Chevalier, ni Fogacer, ni mon père ne se souciant de s'engager plus outre dans une querelle théologique.

— Eh bien ! dit Fogacer, maintenant que j'en ai fini avec mon conte romain, qu'en fut-il pendant ma longue absence de cette belle Paris ?

— Le Roi, dit le Chevalier, a, en février, achevé le Pont-Neuf. Et il s'en est trouvé fort content. Il est passé plusieurs fois dessus pour le plaisir de le parcourir et sans aller nulle part, à s'teure en carrosse, à s'teure à cheval, à s'teure à pied.

Et chaque fois, il en fut dans le ravissement. Puis ayant remarqué qu'ayant traversé le pont il fallait faire un grand détour par la rue Pavée et la rue Saint-André-des-Arts pour gagner la porte de Buci et sortir de Paris, il décida d'acheter toutes les maisons entre le Pont-Neuf et la porte de Buci afin de les jeter bas et de construire en leur place une voie nouvelle qui joindrait en droite ligne le pont à la porte. « Ce serait, dit-il, un grand ornement pour Paris et une grande commodité pour le public. »

— Mais ces maisons, dit Fogacer, appartiennent aux Augustins : des quais de Seine jusqu'à la rue Saint-André-des-Arts, mis à part l'Hôtel de Nevers, tout leur appartient.

— Soyez bien assuré, dit le Chevalier, que les Augustins en ont demandé un bon prix, lequel le Roi paya sans barguigner. Ce qui n'empêcha pas les bons pères, ayant empoché les trente mille livres tournois de la vente, d'arroser de leurs larmes les pieds de Sa Majesté. « Sire, gémirent-ils, maintenant que nous avons fait votre commandement, nous n'avons plus nos beaux jardins. — Ventre Saint-Gris, mes bons pères ! dit le Roi, l'argent que vous avez retiré de ces maisons vaut bien quelques choux ! »

A cela Fogacer s'ébaudit beaucoup, partageant tous les préjugés du clergé séculier à l'encontre des moines.

— Et comment, dit-il, le Roi va-t-il nommer la voie qui mènera du Pont Neuf à la porte de Buci ?

— La rue Dauphine, dit La Surie.

— Ah ! Voilà qui est touchant ! dit Fogacer. Mais n'est pas pour m'étonner. Personne n'ignore à quel point Henri est raffolé du dauphin Louis.

— Encore qu'il soit parfois avec lui un peu rude, dit mon père. Ayant été lui-même beaucoup fouetté en ses jeunes années, il croit en la vertu du fouet. Il ne voit pas que chez lui, au contraire du dauphin Louis, la correction était corrigée par l'amour d'une mère.

Après cette remarque qui me frappa, mon attention se mit

quelque peu à flotter, car je m'étais tout soudain avisé que la repue empiétait sur ma sieste. Et pour dire le vrai, j'aspirais à voir partir Fogacer, encore que je l'aimasse assez et l'aurais aimé tout à fait sans tous les noms qu'il me donnait. Passe encore qu'il m'appelât Eliacin et David, le premier étant renommé pour sa candeur et le second pour sa vaillance, mais pensait-il que je ne savais pas à quelle perverse fin Jupiter avait enlevé Ganymède ?

Comme s'il eût entendu mes pensées, Fogacer se leva, interminable et squelettique, les cheveux blancs de neige et les sourcils d'un noir d'ébène. Il prit congé courtoisement et s'en alla en sautillant sur ses longues jambes, suivi de son acolyte joufflu, fessu et crépu qui me parut, dans son sillage, absurdement plus petit.

A peine notre porte piétonne s'était-elle refermée sur eux qu'on entendit frapper à coups redoublés à notre porte cochère. Franz y alla voir et ouvrit aussitôt. C'était Madame de Guise qui survenait sans s'être annoncée, comme elle faisait d'ordinaire, par un petit vas-y-dire. Par la fenêtre de la salle, je la vis, dès que son carrosse de louage fut dans notre cour, en descendre à la hâte et arracher son masque d'un geste rageur. Son visage apparut, blême de colère, et faisant d'aussi grandes enjambées que ses petites jambes le lui permettaient, elle s'engouffra dans notre logis, sans répondre d'un signe ni d'un sourire, comme c'était son habitude, aux saluts de nos gens. Elle n'entra pas : elle fit irruption dans notre salle.

— Monsieur, dit-elle en fichant sur mon père des yeux étincelants, vous êtes un traître ! Et je suis contre vous dans une épouvantable colère !

— Beau début ! dit mon père.

Le Chevalier, avec une prestesse admirable, se glissa si vite hors de la pièce qu'on eût pu douter de l'y avoir vu une seconde plus tôt. Quant à moi, je me levai pour suivre son exemple quand la Duchesse dit d'une voix furieuse :

— Demeurez, mon filleul, vous allez apprendre de ma bouche quelle sorte de monstre est votre père !

Cette parole me déplut si fort que, regardant en face Madame de Guise, je lui dis, sans trop de ménagement ni de respect :

— Madame, je ne demeurerai céans que si mon père me le commande.

— Restez, mon fils, dit mon père avec calme.

Tout le temps que Fogacer avait retardé mon départ, j'avais rongé mon frein et je n'en fus que plus marri du commandement de mon père d'avoir à demeurer, lequel retardait derechef ma sieste avec Toinon. Et malgré mon affection pour la Duchesse, je conçus à cet instant un vif dépit de n'avoir pas demandé mon congé avant que la Duchesse n'entrât dans notre salle.

— Restez, mon fils, répéta mon père. Je ne sais pas encore la cause de cette vague déferlante qui nous tombe dessus, mais je gage qu'ayant monté comme l'écume elle en a la consistance.

— Que veut dire cela ? dit la Duchesse, que cette image déconcertait.

— Qu'il s'agit en toute probabilité d'une querelle de rien.

— De rien ? s'écria Madame de Guise, très à la fureur, de rien ? Est-ce rien de vous dire de me rayer dorénavant du nombre de vos amis pour la raison que je ne veux plus voir céans, ou ailleurs, en ce monde, ou dans l'autre, votre traîtreuse face ?

— Dans ce cas, Madame, dit mon père en s'inclinant, voulez-vous me permettre de vous raccompagner incontinent à votre carrosse et de vous souhaiter bon retour en votre Hôtel de Grenelle.

— Quoi ! Vous ne voulez même pas m'entendre ? cria la Duchesse.

— Madame, à quoi bon ? Je suis déjà jugé, puisque vous avez déclaré la rupture avant d'énoncer le grief.

— Monsieur, dit la Duchesse, je n'entends rien à ce jargon. Ne croyez pas m'égarer par vos arguties. J'ai à vous adresser un capital reproche et par les dix mille diables de l'enfer, je le ferai, que cela vous plaise ou non !

— Madame, dit mon père en s'inclinant de nouveau avec froideur, laissons les dix mille diables bien au chaud en enfer et après cette hurlante préface, entrons, puisqu'il vous plaît, dans le vif du sujet.

Chose étrange, la Duchesse hésita avant de lancer son « capital reproche ».

— Monsieur, dit-elle enfin, j'ai appris ce matin qu'indubitablement vous aviez mis la main à l'assassinat de mon défunt mari.

— J'ai mis la main à l'assassinat du Duc de Guise ? dit mon père, dont le calme laissa place à la stupéfaction. Et comment y ai-je mis la main, Madame ? Pouvez-vous me le dire ? Ai-je été partie à la conception de ce meurtre ? Ou ai-je été partie à son exécution ?

— Je ne saurais dire, dit la Duchesse, dont l'assurance parut ébranlée.

— Comment cela ? Vous ne sauriez dire ? Il faut bien pourtant que ce soit l'un ou l'autre.

— Je ne saurais dire, répéta la Duchesse.

— Eh bien, Madame, puisque vous ne le savez pas, je vais vous l'apprendre. Le projet de mettre fin à la vie du Duc de Guise fut envisagé par le roi Henri Troisième pour ce qu'il craignait que, s'étant rendu maître de Paris et l'ayant chassé de sa capitale, le Duc n'en vînt avec lui à la dernière extrémité pour se saisir de son trône. Cette décision fut prise à Blois par le Roi, assisté d'un Conseil réduit, auquel je n'appartenais pas, n'étant que le médecin de Sa Majesté. Et l'exécution de ce projet fut faite dans la chambre du Roi par huit de ses gardes particuliers. Quant à mon rollet dans l'affaire, Madame, il se borna à ceci : après la meurtrerie du

Duc, je fus appelé en qualité de médecin par le Roi pour constater la mort de votre mari.

— Mais vous me l'avez caché jusqu'ici ! s'écria Madame de Guise. N'est-ce pas de la dernière offense ? De tout le temps que je vous ai connu, vous ne m'en avez jamais touché mot !

— Madame, pourquoi l'aurais-je fait ? Allais-je vous attrister par l'évocation de ce macabre examen ? Et ne savais-je pas que vous n'ignoriez rien de tout ce qui s'était passé à Blois, grâce au père de Monsieur de Bassompierre qui, s'échappant à temps de la ville, avait gagné Paris à brides avalées pour vous en avertir et tâcher de vous en consoler.

A ces paroles, Madame de Guise rosit et ne sut que répondre. Sur quoi mon père, qui me parut ne pas avoir évoqué sans intention la visite du père de Bassompierre, poussa sa pointe plus avant.

— Et pouvez-vous me dire, Madame, quel est celui qui vous a mis dans la cervelle cet injuste soupçon ?

— Je m'en garderai bien, Monsieur. Vous l'iriez provoquer.

— Mais non, mais non, Madame ! s'écria mon père avec véhémence. Mais non, je n'ai pas affaire à cela ! Je tiens le duel pour une détestable pratique. Qui plus est, je suis, comme vous le savez, l'héritier unique de cette botte de Jarnac dont personne n'a jamais réussi à trouver la parade. Raison pour laquelle je ne provoque personne et personne, à la cour, ne m'a jamais provoqué. Allons, Madame, allons, fi de ces dérobades ! Le nom de votre informateur, de grâce !

— Jurez-moi que vous n'irez pas...

— Je viens de vous en assurer.

— C'est mon fils, le Chevalier de Guise.

— Le Chevalier de Guise ! s'écria mon père en levant les deux bras au ciel, et son visage parut hésiter entre le rire et la fureur. Le Chevalier, un enfant posthume ! Madame, c'est un comble ! Il n'était même pas né lors de la meurtrerie de

Blois ! Si je ne m'abuse, il a vu le jour sept mois après la mort de son père. Que peut-il en savoir ? N'auriez-vous pas dû penser que cet écervelé ne faisait que répéter un cancan de cour qu'il avait entendu. Ah ! Madame ! Votre famille me navre ! Il vous reste quatre fils...

— Cinq, dit Madame de Guise à mi-voix.

— Et de ces quatre-là, dit mon père qui feignit de ne l'avoir pas ouïe, le seul à n'avoir pas de dettes, c'est l'archevêque de Reims. Pendant ce temps, votre aîné, le Duc de Guise, se vautre dans la fainéantise et les extravagances. A ce que j'ai ouï, il élève maintenant dans son hôtel une lionne, en compagnie de qui il affecte de déjeuner... A Dieu ne plaise qu'il ne lui serve un jour de repas !

— Monsieur !

— Le Prince de Joinville, assurément le mieux venu de vos lionceaux, Madame, et le seul qui ait quelque esprit, le gâche à courir comme fol le cotillon.

— Vous le courûtes aussi.

— Mais point comme un fol, Madame. Il ne me serait jamais venu dans l'esprit de faire la cour à la maîtresse du Roi !

— Vous savez aussi bien que moi que le Roi délaisse cette année la Comtesse de Moret et n'a d'yeux que pour Charlotte Des Essarts.

— Mais il lui déplaît qu'on vienne tremper les lèvres dans la coupe où il a bu et qu'il ne met de côté que pour y revenir. Et quant au Chevalier de Guise qui est si pieux qu'on l'a fait Chevalier de Malte, et si perspicace qu'à l'état de fœtus il avait déjà des lumières sur le meurtre de Blois, tout un chacun à la cour, et vous-même la première, connaît son caractère : médisant sans fondement, querelleur sans motif, brouillon à n'y pas croire et si haut à la main qu'il y a fort à parier qu'il se mettra quelque jour une très vilaine affaire sur les bras.

— Ah ! Monsieur ! Vous êtes trop dur !

— Point du tout, je dis vrai.

— Du moins ne pouvez-vous pas médire de ma fille. Le monde entier l'admire.

— Louise-Marguerite est assurément fort belle. Elle a aussi beaucoup d'esprit et elle est très enjouée, mais pourquoi, Madame, pourquoi a-t-il fallu qu'elle épouse un aussi étrange barbon que le Prince de Conti ?

— Ah ! Monsieur ! On ne dit pas ces choses-là d'un prince du sang ! En outre, le Prince de Conti est fort riche et vous n'ignorez pas qu'il y a des mariages qui vous libèrent une femme sans du tout lui peser.

— L'affreuse morale que voilà !

— C'est vous qui êtes affreux, Monsieur, de me dire tant de mal des miens. Je vous en garde une mauvaise dent et ne consentirai à vous pardonner que si vous venez à mon bal le seize août.

Et tout soudain, sa grande colère oubliée, Madame de Guise s'approcha de mon père, lui prit les deux mains dans les siennes et l'envisagea d'un air naïf et cajolant.

— Je n'irai pas, Madame, je vous l'ai déjà dit.

— Oh ! Monsieur ! Si vous m'aimez, vous viendrez. Pourriez-vous me faire cette écorne ? Vous viendrez, et avec vous mon beau filleul ! A quoi servirait-il que je lui aie donné un maître à danser, s'il ne danse jamais ?

A cela, mon père ne répondit ni oui ni non, mais pour ma part, j'en avais assez entendu pour juger que ma présence n'était plus souhaitée. Je n'eus garde de demander mon congé. Je quittai la pièce à pattes de velours et gagnai ma chambrette où à ma grande déception, je ne trouvai pas Toinon. Ah ! que vide, ingrate, froide et inhospitalière me parut alors cette petite pièce ! Je redescendis en courant à l'office où je m'enquis auprès de Greta du lieu où ma soubrette pouvait bien se trouver.

— Mon mignon, dit Greta, Toinon t'a atten*tu* une grosse

heure dans ta chambrette, puis elle est partie à la mou*tarte* au Marché Neuf avec Mariette et les sol*tats*.

— Mais elle ne va jamais à la moutarde ! criai-je au désespoir. Mariette ne l'aime pas et les soldats l'aiment un peu trop !

— Se peut qu'elle t'ait voulu té*piter*. Cette sieste manquée lui sera restée sur le cœur.

— Oh ! Greta, dis-je en me jetant dans ses bras, n'est-ce pas de la dernière injustice ! C'est bien à contrecœur que je lui ai failli. Ne savait-elle pas où j'étais et avec qui ?

— Bien sûr que si, elle le savait. Il eût fallu être sourd pour ne pas ouïr les cris de Son Altesse.

— Mais alors, dis-je, le visage collé contre sa poitrine, et la gorge serrée, pourquoi m'a-t-elle fait cette écorne ?

— Parce qu'elle est femme. Mon mignon, il va falloir que tu te fasses aux façons de ces animaux-là...

***

J'ai lu dans mon vieil âge, sous la plume tourmentée de Blaise Pascal, que l'homme ne pouvait être qu'infiniment malheureux parce que se trouvant égaré par les puissances trompeuses de l'imagination, il poursuivait des plaisirs qu'il croyait délicieux. Cependant, dès qu'il les avait en sa possession, il ne trouvait plus en eux que dégoût et ennui.

Voilà, me semble-t-il, une vérité qui est loin d'être aussi générale que Pascal en avait l'assurance. Sans doute se rassasie-t-on du boire et du manger, mais l'avare se lasse-t-il jamais d'entasser l'or sur l'or ? Le glorieux, d'accumuler titres et honneurs ? Le luxurieux, de courir le cotillon ? L'homme est fait d'une étoffe moins délicate que ne le rêvait Pascal.

Je n'ai jamais, quant à moi, éprouvé ma vie durant le moindre sentiment de satiété à voir quotidiennement mes désirs satisfaits. En particulier quand se mêlaient à cette satisfaction les émeuvements les plus tendres. Au moment où son bal du seize août agitait si fort Madame de Guise, j'entrais dans ma quinzième année. Il y avait déjà trois ans que Toinon partageait ma couche. Et quand, à la fin de ma matinée laborieuse, je me hâtais vers ma chambrette, je vibrais toujours de la même délicieuse impatience. L'habitude n'émoussa jamais les enchériments merveilleux que je goûtais avec elle et quand elle me quitta, trois ans plus tard, elle me laissa irrassasié.

Ma soubrette, du temps où elle régna sur moi, n'eut jamais qu'une rivale : l'étude. Je m'y livrais avec un zèle si extraordinaire que le plus sévère des régents en eût été content. C'est que je n'y allais pas que d'une fesse, comme la plupart des écoliers, mais des deux, au galop et à brides abattues. A cette allure, je fis des progrès rapides. Mon jésuite en demeurait tout étonné, lui qui me donnait à composer, sur un thème donné, des dissertations de dix pages en latin et exigeait, après correction, qu'on dialoguât ensuite en langue cicéronienne sur les points litigieux. Mieux même, ou pis même : j'écrivais de mon plein gré des vers latins. Tous les pieds y étaient et la syntaxe aussi. Mais, je le crains, la poésie n'y gagnait que peu de chose, tout grand admirateur que je fusse de Virgile, et puisant dans *Les Bucoliques* mon inspiration.

Étant féru de beau langage, et ayant beaucoup goûté la compagnie d'Henri III, le plus instruit de nos princes Valois et le plus éloquent, mon père encourageait ces efforts. Il était, comme Henri III l'avait été, raffolé des contes bien troussés, des assauts d'esprit, des joutes verbales, des portraits piquants, des mots d'esprit. Monsieur de La Surie partageait ce penchant, qui parfois allait chez lui jusqu'au travers. Tous deux parlaient une langue savoureuse, semée d'expressions périgourdines ou archaïques, qui faisait mes délices sans que, de reste, je les voulusse imiter, Monsieur Philipponeau me persuadant que je devais être de mon siècle et non du leur. J'aurais toutefois rougi de ne pas être aussi bien-disant qu'ils l'étaient.

— Le bien-dire, disait mon père, n'est pas que le bien-dire. Vous qui êtes cadet comme je le fus moi-même et ne devrez qu'à vous-même votre avancement dans le monde, vous ne le trouverez qu'à la cour, où tout l'art est de plaire. Et comment plaît-on au Roi, aux Grands et aux dames — si puissantes en ce pays — sinon par l'art de bien dire les choses, c'est-à-dire par une certaine finesse dans l'esprit comme dans le verbe.

A défaut de connaissances, Madame de Guise avait, elle, l'usage du grand monde, l'intuition du cœur et par les plus véhéments discours, elle ne cessait de grignoter jour après jour les défenses de mon père pour qu'il consentît à être présent avec moi à son bal.

— Monsieur, disait-elle, le seize août est mon anniversaire. Et il serait fort malgracieux de votre part, étant le premier de mes amis, de ne pas être, sinon tout à fait à mes côtés, puisque les convenances l'interdisent, mais à tout le moins près de moi. Me voulant ce jour-là baigner dans l'affection de mes proches, je n'inviterai que les gens qui me sont les plus chers : mes fils, ma fille, mon filleul, vous-même...

— Et beaucoup de monde en plus, dit mon père. Le Roi, la Reine régnante, la Reine divorcée, les deux favorites (les trois, si la Marquise de Verneuil consent à venir), les princes du sang, les maréchaux de France, le Comte d'Auvergne, les ducs et pairs présents à Paris, y compris le Duc de Sully que vous n'aimez guère, mais qui vous paie vos pensions, et le Duc d'Épernon, que vous détestez, mais dont vous craignez le ressentiment, tous ces Grands venant chacun accompagné de bonne noblesse française, comme il convient à leur rang. Et voilà pour votre fête intime, Madame, et votre petit bain d'affection !...

— Oubliez-vous que je suis Bourbon par ma mère ? dit la

Duchesse sans la moindre hauteur, et comme si elle eût rappelé un lien de famille des plus banals, et que je me dois d'inviter Henri, puisqu'il est mon cousin germain. Et comment puis-je inviter Henri sans inviter la Reine, la reine Margot[1], les favorites, les princes du sang, les ducs, bref, avec la suite d'un chacun, une centaine de personnes.

— Et c'est là où, tout justement, le bât me blesse, Madame. Ce n'est plus un anniversaire, c'est une cohue ! On bâfre, on jacasse, on sue, on étouffe, les chandelles de vos lustres s'égouttent sur votre tête, les lanternes vous enfument ; à demeurer debout, on souffre des pieds et des jarrets ; les parfums de nos belles et les eaux de senteur de nos galants vous entêtent. Et que fait-on ? On danse ou plutôt, on fait semblant, car les voix sont si hautes qu'on n'entend même pas les violons. Il faut hurler pour se donner le bonjour. On n'oit pas ce qu'on vous dit : petite perte, de reste, car on ne vous dit que des riens et il y a tant de presse au buffet que c'est à peine si on peut arriver à se faire servir un gobelet de clairet. Et l'heure passant, on cherche vainement un endroit où l'on pourrait se soulager...

— J'y ai pourvu ! dit la Duchesse triomphalement. J'ai arrangé une chambre des commodités où il y aura une bonne dizaine de chaires à affaires.

— Des chaires percées, voulez-vous dire ?

— Fi donc, Monsieur ! On ne les nomme plus ainsi ! Cela offense l'honnêteté.

— Prévoyez donc une seconde chambre des commodités pour les dames, dit mon père. Sans cela, l'honnêteté sera tout à plein offensée.

— Mais cela va de soi, dit la Duchesse. Et la porte en sera gardée par deux suisses géantins. Ce jour d'hui, même à la vertu des tendrons on ne peut plus se fier. Savez-vous que,

1. Première épouse d'Henri IV.

dedans le Louvre même, dans les appartements des filles d'honneur, on a trouvé le jeune Baron des Termes dans la chambre de Mademoiselle de Sagonne ? La Reine en a hurlé. Elle a chassé la Sagonne sur l'heure et couru incontinent chez le Roi pour le prier de « trancher la tête » du Baron.

— Qu'a dit le Roi ?

— Il en a ri à s'étouffer. « Ventre Saint-Gris, Madame ! a-t-il dit, est-ce bien la tête que vous voulez que je lui tranche ? Et n'est-ce pas à vous de mieux garder vos filles ? »

Mon père s'égaya de ce récit et le voyant l'œil plus serein, Madame de Guise reprit espoir et dit du ton le plus cajolant :

— Ah ! Monsieur, je vous prie ! Si vous voulez me plaire, faites-moi la grâce d'être là !

— Madame, avez-vous pensé à ceci ? Pour ne point tailler trop piteuse figure à votre bal, il me faudrait un pourpoint de taffetas, un col à double rangée de dentelles, des chausses écarlates, des bas de soie incarnadine, des bottes à éperons dorés et un pommeau d'épée rehaussé de pierreries. Encore ne pourrai-je mettre qu'une seule fois ce coûteux appareil pour la raison qu'au prochain bal il ne sera plus à la mode qui trotte, nos beaux muguets de cour en ayant décidé ainsi.

— Eh bien, Monsieur, dit la Duchesse jouant son va-tout et parlant quasiment à la désespérée, venez donc en votre habit de velours noir ! De vous, huguenot converti, cela pourra passer, pourvu que vous portiez autour du cou votre collier de Chevalier du Saint-Esprit. On ne se gausse pas d'un gentilhomme qui peut porter une telle marque de la faveur royale.

— En habit de velours noir ! Un seize août ! Dans cette presse ! Me voulez-vous voir étouffer ? Non, non, Madame, ne parlons plus de cela ! Nous nous fâcherions ! Et c'est tout le rebours que je souhaite.

Ce disant, il prit sa petite main potelée, la porta à ses lèvres et la baisa d'une façon très particulière qui devait être entre eux une sorte d'amoureux langage, car Madame de Guise frémit, rosit et devint coite comme nonnain à matines.

Eh bien, pensai-je, voilà donc l'affaire réglée et mon joli bal à l'eau. Car, encore que le respect m'eût défendu de déclore devant mon père mon sentiment, puisqu'il contrariait le sien, je désirais ardemment qu'il acceptât l'invitation de Madame de Guise, tant pour faire plaisir à ma bonne marraine que pour voir enfin de mes yeux son bel Hôtel de Grenelle et tous ces hauts personnages de la cour dont les noms, les caractères, les hauts faits ou les ridicules revenaient sans cesse dans la conversation de la Duchesse, de Fogacer, de Bassompierre et de mon père. Et pourquoi cacherais-je ici le vif plaisir que je m'étais promis à contempler, fût-ce de mon petit coin, ces beautés célèbres dont nos chambrières clabaudaient à longueur d'horloge, parce qu'elles avaient été, ou étaient, ou allaient être les favorites du Roi : la Marquise de Verneuil, la Comtesse de Moret, Charlotte Des Essarts. Leurs noms eux-mêmes avaient à mon oreille je ne sais quel charme qui touchait mon imagination et me donnait à rêver.

Bien que ma sieste laissât peu de temps au langage articulé, je confiai entre deux soupirs à Toinon ma déception pour ce bal perdu. Je la trouvai fort peu compatissante.

— Ma fé, Monsieur, je ne me pense pas que vous perdiez grand'chose ! Ces grandes dévergognées de la noblesse sont mieux attifurées que nous, mais enlevez-leur leur corps de cotte, la basquine, le vertugadin, les fausses boucles, le faux cul, les fausses couleurs dont elles se badigeonnent et qu'allez-vous trouver ? Des femmes bien semblables à nous autres, peut-être même un peu moins bien, avec des tétins, un nombril et un cas fendu de bas en haut ou de haut en bas, comme vous voulez, mais jamais de dextre à senestre ! Cornedebœuf, où donc est la différence ? Au moins, vous, mon mignon, quand vous me dévêtez, avez-vous sous les yeux un derrière qui doit tout à la nature et des tétins qui ne doivent rien au tailleur. Babillebabou ! J'enrage de voir les hommes à genoux devant ces animaux-là ! A leur lécher le bout des pattes et à les adorer, parce qu'elles font avec eux les façonnières et les renchéries, et les tourneboulent avec leurs yeux fondus, leurs petites moues et leurs faux-semblants. Je vous le dis, Monsieur, avec elles, tout est pour la montre et très peu pour l'effet ! Moi, pour soixante livres par an que me donne Monsieur le Marquis, plus le rôt et le logis, je vous fais plus de bien que ne vous en feront jamais ces coquettes-là leur vie durant. Et qui plus est, je le fais en m'y plaisant, pour ce que vous êtes joli à voir, doux au toucher, propre comme un sou neuf et, chose rare chez un homme, toujours prêt aux enchériments.

Toinon fit un conte de ma déconvenue au sujet du seize août à Greta, la seule dans notre domestique qui souffrait son humeur altière. Greta le répéta en y ajoutant de son cru à Mariette, laquelle étant accoutumée à transformer le moindre minou en un énorme tigre, fit de ma petite déquiétude un grand désespoir dont elle entretint Geneviève de Saint-Hubert comme elle arrivait chez nous. Or, Mademoiselle de Saint-Hubert avait un naturel aussi tendre que le beurre et aussi facile à fondre. Elle pleurait quand elle voyait un souriceau gémir sous la griffe d'un chat. Ce jour, elle devait, en m'accompagnant sur le clavecin, me faire chanter en italien, excellent exercice, disait-elle, pour m'accommoder la glotte aux sons de cette belle langue. Elle s'assit avec grâce et promena ses jolis doigts sur les touches, mais ne put aller plus loin. Tournant vers moi ses grands yeux noirs où brillait une larmelette, elle me dit qu'elle comprenait mon chagrin et qu'elle en savait toute l'aigreur, ayant dû elle-même renoncer à un bal dont elle se promettait beaucoup. Je sentis tout l'avantage que me donnait cette ouverture. Je baissai les yeux, je poussai un soupir, je fis l'inconsolé. C'en fut trop pour elle. Elle me prit dans ses bras et me fit cent baisers. Vous pensez bien que je n'allais pas prendre l'air gai après cela. D'une voix entrecoupée, je la remerciai de ses bontés, ce qui l'amena à les redoubler. Après un moment, comme vaincu par d'aussi tendres soins, je commençai à lui rendre ses baisers, mais d'un air si dolent qu'elle ne songea pas à s'offenser, ni même peut-être à s'apercevoir de leur hardiesse. Qui eût pensé que son éducation couventine l'eût faite si ingénue ou si chattemite ? Nous passâmes ainsi un bon petit moment, elle à me consoler évangéliquement et moi accueillant ses consolations avec l'air le plus désolé du monde, mais avec des pensées de derrière la tête qui ne m'auraient pas gagné le ciel à être placées devant.

Nous étions engagés dans ce tendre commerce quand on frappa à la porte. Je me désenlaçai de ses jolis bras (ils étaient nus vu la touffeur de l'air), je me levai et je criai d'entrer. Par bonheur, ce fut Greta qui apparut et non, Dieu merci, Mariette dont le regard perçant eût vite fait de déceler notre trouble. Greta avait la vue basse et, à ce qu'elle nous disait souvent, voyait le monde flou. Ce qui ajoutait, sans nul doute, à sa bienveillance naturelle et au vague de ses opinions.

— Monsieur, dit-elle, il y a là une sorte de petit gentilhomme empanaché qui nous *tit* qu'il est au Roi et qu'il a un message pour Monsieur de Siorac.

— Fais-le entrer, Greta.

Toute myope qu'elle fût, elle avait bien décrit le nouveau venu, car il était fort jeune et fort petit, bien qu'il tâchât d'y remédier par l'importance de ses talons et la hauteur d'un magnifique panache de plumes d'autruches blanches et amarante qui étaient attachées à son chapeau de castor noir par des fermoirs de perles. Les couleurs de son pourpoint de soie et de ses hauts-de-chausses et bas étaient si vives, si chatoyantes et si bien accordées entre elles que je craindrais de faire tort au goût exquis du porteur, si je devais me tromper en les décrivant. Mais je puis témoigner du moins que du haut en bas de sa vêture, rien ne manquait —

passements, galons d'or, broderies de soie, ganses ou rubans — de tout ce qu'eût pu exiger de son tailleur la plus élégante guêpe de cour. Toutefois, ce furent surtout ses gants qui me frappèrent car ils étaient en velours (ce qui, par cette chaleur, me parut fort incommode), garnis de grands revers brodés, et ornés du poignet jusqu'à mi-coude de longues franges d'or qui voletaient dans les airs à chacun de ses gestes.

— Monsieur, dit-il en parlant du bout des lèvres, comme si les mots de la langue française eussent été trop communs pour y employer toute la bouche, peux-je quérir de vous si vous êtes bien Monsieur de Siorac ?

— Oui, Monsieur, dis-je. C'est moi. Et voici Mademoiselle de Saint-Hubert qui est assez bonne pour m'accompagner au clavecin.

— Madame, dit-il en se décoiffant avec grâce, et en balayant le sol de son panache, mais très à la délicatesse, pour ne pas risquer de casser les plumes, je vous prie d'agréer mes très humbles hommages.

— Monsieur, je suis votre humble servante, dit Mademoiselle de Saint-Hubert.

Le quidam se recoiffa et, se tournant vers moi, il se décoiffa aussitôt et me salua, mais point tout à fait aussi bas et mettant une sorte de hauteur dans son humilité. Sans doute me jugeait-il à l'aune de ma vêture.

— Monsieur, dit-il, je suis *vou*tre serviteur.

— Monsieur, dis-je, un peu étonné de ce qu'il eut dit « voutre » au lieu de « vôtre », je suis votre serviteur. Puis-je savoir comment on vous nomme et en quoi vous avez affaire à moi ?

— On me *noum*me *Rou*bert de *Roumou*rantin, dit le poupelet avec un petit salut qui me parut moins dirigé vers moi que vers lui-même.

— Roumourantin ? dis-je. Je connais un Romorantin.

— Fi donc, Monsieur ! Il y a beau temps qu'on ne parle

plus ainsi en bonne compagnie ! Nous avons les « o » en horreur et les prononçons « ou ». Ainsi nous disons ! le *sou*leil est une *boun*ne *chou*se.

Je vis que Mademoiselle de Saint-Hubert mettait la main devant sa bouche pour dissimuler son sourire et je décidai de pousser le jeu plus avant, comme j'avais vu faire mon père si souvent quand il voulait se gausser d'un quidam sans toutefois l'offenser.

— Ah ! dis-je, voilà qui est galant ! Le *sou*leil est une *boun*ne *chou*se ! C'est admirable !

— Monsieur, excusez-moi, dit Romorantin, mais nous disons : « c'est *a*mirable ». Nous n'aimons pas non plus le « d », pour ce qu'il est dental et barbare. Et partout où nous le rencontrons, nous le retranchons tout net.

— Mais alors, dis-je, comment dites-vous : « Ma belle me déprise. »

— C'est tout simple : ma belle me *é*prise.

— Mais cela fait confusion, dit Mademoiselle de Saint-Hubert : on pourrait croire qu'elle est éprise de vous.

— Mais bien indubitablement elle l'est, dit Romorantin, avec un autre de ses petits saluts. Je vous assure qu'à la cour je ne rencontre pas de cruelles.

— Monsieur, dis-je, comment s'en étonner : vous êtes si bien fait et si bien habillé qu'il n'est pas possible de plus.

— Et vous, Monsieur, dit Romorantin, vous parlez, quant aux paroles, avec beaucoup de grâce. Toutefois, si vous me permettez de le dire, vous *prou*noncez les mots beaucoup *troup* à la bourgeoise : ils ne méritent pas, croyez-moi, qu'on les articule si bien. Il faut les laisser couler du bout des lèvres et les laisser tomber, tout dé*sou*ssés, avec une petit moue, un *meuh-meuh* à la fin de la phrase et un sourire à la négligente.

— Un sourire à la négligente ? dis-je, n'est-ce pas *a*mirable ? *Coum*ment le faites-vous, s'il vous plaît ?

— Vous le faites sans *moun*trer les dents, d'un seul *coû*té de la bouche, en prenant soin de lever le sourcil op*pou*sé, comme si vous étiez vous-même é*toun*né que quelque *chou*se puisse vous amuser.

— Comme ceci ?

— C'est passablement fait.

— Ou *coum*me cela ? dit Mademoiselle de Saint-Hubert.

— C'est *boun* pour le sourcil, Madame, mais point pour le sourire. Il est *troup* gai.

— Monsieur, dis-je, par*doun*nez-moi de vous avoir retenu si *loun*gtemps par mes questions. Vous m'aviez dit que vous aviez affaire à moi.

— En effet, dit-il avec un salut.

Il se redressa de toute sa petite taille, se campa sur ses deux jambes tendues et, le poing sur la hanche, dit avec gravité :

— Monsieur, j'ai l'*houn*neur d'être un des pages de Sa Majesté et il m'a or*doun*né de vous remettre ce pli en main *prou*pre, et parlant à *vou*tre per*soun*ne, au bec à bec. Êtes-vous bien celui-là que j'ai *it* ?

— Oui, Monsieur.

— Par*doun*nez-moi, Monsieur, mais cette ré*poun*se est bien simplette et ne se ressent pas assez du bel air.

— Et que demande ici le bel air ?

— Eh bien, par exemple, à sup*pou*ser que l'on quiert de moi : *Mous*sieur, êtes-vous bien *Mous*sieur de *Roumou*rantin ? Je ré*poun*drais : « Indubitablement, je le suis ! » Sentez-vous *coum*bien cet *a*verbe *doun*ne de l'élégance à *vou*tre *proupous* ? A condition, bien entendu, de le *prounoun*cer du bout des lèvres, desquelles il doit choir, comme j'ai dit, tout *é*sarticulé. Monsieur, souffrez-vous que nous re*coum*mençions ?

— *Voulo un*tiers. Je trouve *vou*tre mé*thou*de en tout point *a*mirable et je m'instruis *fourt* en vous écoutant.

— La grand merci à vous. Monsieur, êtes-vous bien Monsieur de Siorac ?

— Indubitablement, je le suis.

— A*lours*, Monsieur, j'ai là pour vous une lettre missive du Roi.

Et fouillant dans une poche pratiquée dans l'emmanchure de son pourpoint de soie, il en sortit un pli avec un grand geste en huit de la main qui fit danser les longues franges d'or attachées au poignet de son gant. Puis, non sans un certain air de pompe et de cérémonie, il me le remit. Après quoi, il fit une révérence à Mademoiselle de Saint-Hubert et une autre à moi-même en se déchapeautant deux fois. Il me montra alors ses talons, lesquels étaient hauts, incarnats et garnis d'éperons dorés et je crus en avoir fini avec lui quand tout soudain, tordant vers moi sa taille de guêpe, il s'immobilisa, et me dit du bout des lèvres, avec un sourire à la négligente :

— *Mous*sieur, je suis dans l'enchantement d'avoir en*coun*tré en vous un *houm*me si ardent à se *égrous*sir et peux-je vous dire aussi que vous m'avez tout à plein appri*vé*sé à *vou*tre personne par *vou*tre cour*té*sie.

— Et que diantre signifie ce charabia ? dis-je, quand il nous eut quittés.

— Que vous l'avez apprivoisé par votre courtoisie. Il remplace les « oi » par des « é », sans doute parce qu'ils sont honnis de son clan !

De cette extravagance, Mademoiselle de Saint-Hubert et moi nous fîmes de grands éclats de rire, non que je sentisse quelque piquant regret de cette gaîté qui ne nous rapprochait pas autant que les délicieuses tristesses que nous venions de partager. Il y avait eu là une douce et tendre pente dont aucun de nous n'avait voulu se demander jusqu'où elle nous pourrait mener. Toutefois, Mademoiselle de Saint-Hubert dut se faire, après coup, quelques petites réflexions, et sur son âge et sur le mien, et sur les contraintes de sa position dans notre maison, et sur le péché qu'elle avait encouru, car ce moment ne revint jamais. Et je n'eus jamais plus rien d'elle dans la suite que des regards affectionnés, et de temps à autre de légères pressions de main si légères que je me demandais toujours si je ne les avais pas rêvées.

— Ainsi, le Roi vous écrit, dit tout à coup Mademoiselle de Saint-Hubert. Comment vais-je encore oser vous enseigner quoi que ce soit ?

— Il écrit à mon père, mais comment l'expliquer à ce poupelet ? Il aurait remporté la missive !

Nous rîmes de nouveau, mon père survint au milieu de ces éclats et, ayant paru surpris, je lui en expliquai la raison. Il haussa les épaules.

— De ces affectations de langage qu'on appelle aujourd'hui des turlupinades, il y en a eu dans toutes les cours, surtout aux époques de paix, quand les gentilshommes, ayant remis leur épée au fourreau, ne savent que faire de leur oisiveté. Sous Henri III, et Dieu sait pourtant s'ils étaient vaillants au combat, les muguets affectaient de zézayer et répétaient à tout propos : « En ma conscience ! » ou « Il en faudrait mourir ! », et autres billevesées. Parfois les femmes s'en mêlent et ce parler particulier devient alors un instrument de leur pouvoir. Qui ne s'y plie pas n'est pas digne d'être aimé. Où est cette lettre du Roi ?

— Sur le clavecin, Monsieur, dit Mademoiselle de Saint-Hubert qui, dès que mon père était entré, ne l'avait plus quitté des yeux : attention qui n'était pas sans me piquer de quelque jalousie.

Mais dès que mon père eut rompu le cachet royal, elle se souvint de ses manières, lui fit une belle révérence et s'en alla. Mon père s'approcha de la fenêtre pour mieux voir, lut le message et parut plongé dans les songes.

— Mon Pierre, dit-il au bout d'un moment, voilà du nouveau dans votre vie. Du très bon et, peut-être, au long terme, du moins bon. Qui le dira ?

Il tapa du bout de l'index sur le parchemin.

— Ce billet est du pur Henri : cordial et impérieux. Il

vous caresse, mais il ferait beau voir ne lui obéir point ! Lisez-le, puisque au premier chef vous êtes concerné.

Je ne sais ce qu'est devenu le pli sur lequel le message était couché, mais j'en connais tous les mots par cœur et ne risque pas de les oublier jamais. Les voici :

« Barbu !

« Le premier au combat à Ivry ne doit pas être le dernier au bal. J'aimerais te voir le seize août chez ma bonne cousine de Guise et avec toi mon filleul, le Chevalier de Siorac, dont ceux que j'aime me disent grand bien.

Henri. »

— Mais, dis-je, pourquoi le Roi m'appelle-t-il le Chevalier de Siorac ?

— Il ne vous appelle pas. Il vous nomme. Pensez bien que le Roi a pesé ses mots. Jusqu'ici vous étiez un cadet noble, mais sans titre. Aujourd'hui, vous en avez un.

— Mais n'est-ce pas à mon âge une très grande faveur ?

— Grandissime ! J'étais moi aussi un cadet noble, mais ce n'est qu'après des années de périlleuses missions au service d'Henri III que Sa Majesté m'a fait Chevalier.

J'ouvris à cela de grands yeux et ressentis une certaine mésaise, car il m'avait semblé discerner dans la voix de mon père un soupçon d'amertume.

— Mais à qui, ou à quoi, dois-je un aussi prodigieux avancement ?

— Le Roi le dit dans sa lettre. Ceux qu'il aime lui ont dit grand bien de vous.

— Madame de Guise ?

— Madame de Guise et le Dauphin.

— Le Dauphin, Monsieur ?

— D'après Héroard, le Dauphin, parce qu'il parle peu et mal, n'a pas beaucoup de montre, mais il ne manque pas d'esprit. Il observe, il se tait, il juge. Et soyez assuré qu'il n'a pas oublié votre petite arbalète, qu'il a été touché de ce don et qu'il en a parlé au Roi.

— Pardonnez-moi, Monsieur mon père, mais je ne puis croire que j'ai été nommé Chevalier pour voir baillé une petite arbalète au Dauphin.

— Vous avez raison. Il n'y a pas que cela. Le Roi est un Bourbon et vous en êtes un aussi.

Je rougis et restai coi, non certes de confusion, mais parce que c'était la première fois, en notre logis, que ma naissance était sans ambages évoquée. Je me sentis si ému que je mis les mains derrière le dos et les serrai l'une contre l'autre pour les empêcher de trembler. Je ne laissai pas alors d'apercevoir qu'il y avait un monde de différence entre une vérité qui est sue de tous sans qu'on en pipe mot et une vérité qui grandit tout soudain en force et prend un sens nouveau, du seul fait qu'on en parle.

— L'ignoriez-vous, Monsieur mon fils ?

Mon père s'exprimait comme toujours avec une certaine cérémonie, mais sa voix et ses yeux trahissaient tant de bonté et d'affection pour moi que le désir me prit de me jeter dans ses bras. Toutefois, je ne le fis point, craignant de l'embarrasser.

— Non, Monsieur mon père, dis-je, parlant d'une voix que je trouvai un peu sourde. Je l'ai su dès ma prime enfance. Mes nourrices en babillaient beaucoup devant moi, pensant que j'étais trop jeune pour entendre. Mais, une chose m'échappe. Comment le Roi peut-il tenir compte de ma naissance puisqu'elle n'est pas légitime ? L'Église nous enseigne que le mariage est un lien sacré.

— Mais le Roi, dit mon père avec un petit rire, a très peu le sentiment du sacré ! Et comment l'aurait-il, lui que les circonstances ont contraint de changer si souvent de religion ? En outre, pour un gentilhomme de vieille race comme Henri, le sang compte plus que le mariage. Pour lui, étant, par Madame de Guise, le petit-fils de Marguerite de

Bourbon, vous êtes son petit cousin. Toutefois, en vous nommant, il ne fait pas qu'honorer son sang. Il honore aussi un Siorac. Au pire des guerres civiles, les Siorac n'ont jamais écouté les sirènes de la rébellion. Ils sont demeurés adamantinement fidèles à leur Roi, même quand celui-ci, et ce fut le cas pour Charles IX, persécutait les huguenots.

— Il reste, Monsieur mon père, que je n'ai pas mérité cet avancement.

— Vous avez l'avenir pour le mériter. Soyez bien assuré que le Roi escompte bien que cette distinction vous attachera à lui et au Dauphin.

Après cela, nous demeurâmes silencieux, nous regardant œil à œil, mais chacun plongé dans ses propres pensées, lesquelles étaient, chez son père, teintées, me sembla-t-il, de quelque mélancolie alors que les miennes frémissaient d'un appétit impatient de l'avenir. Me souvenant tout soudain de ce que mon père m'avait dit sur le caractère « cordial et impérieux » du billet royal, je m'avisai que le souhait du Roi de nous voir le seize août chez Madame de Guise équivalait à un ordre. Cette pensée m'égaya.

— Vous souriez ? dit mon père en levant un sourcil.

— Oui, Monsieur mon père, dis-je aussitôt. Dois-je vous dire ce que je viens de me penser ?

— Vous n'y avez pas obligation. Dites-le, si vous le voulez.

— Je ne voudrais pas vous offenser.

— Mais vous ne m'offenserez pas.

— Eh bien, je pense que le seize août, nous irons à ce bal...

Mon père se prit à rire et venant à moi, il me donna une forte brassée et me baisa les deux joues.

— Vos talents me font parfois oublier que vous êtes encore un enfant ! Mais vous le serez de moins en moins. Je le vois bien clairement.

*
**

Le seize août, Madame de Guise, sur le coup de midi, dépêcha un petit vas-y-dire porter un billet à mon père, lequel l'ayant lu me le tendit en disant :

— Aimez Madame de Guise, respectez-la, mais n'écrivez pas comme elle.

Voici le billet :

« Mon nami.

« Dépâiché-moi mon fiieul a huit eure an ma méson. Je lui anveré ma carose. Je le veu voire une eure avan mon bale.

Catherine. »

— Une heure avant, dis-je, que me veut-elle ?

— Vous donner ses instructions, je gage.

— Me baillerez-vous les vôtres, Monsieur mon père ?

— Une seule suffira, que vous connaissez déjà. Ne dardez pas trop longtemps, ni trop souvent, sur la même personne, homme ou femme, vos insatiables regards. Apprenez à regarder l'objet de votre intérêt en l'effleurant de l'œil, comme font si bien les femmes. Pour le reste, je me fie à votre discernement.

Il y eut une vive picoterie entre mes nourrices et Toinon pour savoir à qui reviendrait l'honneur de m'aider à me parer et à me vêtir pour le bal, les premières arguant qu'elles l'avaient toujours fait depuis mes maillots et enfances, et la seconde qu'elle le faisait (ainsi que mon lit, ma chambre et plus encore) depuis que j'avais atteint l'âge d'homme. On en était à se parler à l'office avec les grosses dents, quand Monsieur de La Surie, député par la justice seigneuriale du Marquis de Siorac pour ramener l'ordre dans notre domestique, trancha : à Toinon de me faire la barbe et de me boucler le cheveu, talent qu'elle avait appris au service de Monsieur de Bassompierre, et aux nourrices de m'attifurer.

Toinon se tira de sa tâche avec beaucoup d'art, mais d'un air rechigné et en me faisant la mine. Comme je lui voyais à la main un fer à friser, je lui dis :

— Toinon, vas-tu me frisotter ?

— Non, dit-elle d'un ton roide et docte. C'est le cheveu de la femme qui se frisotte en petites bouclettes, lesquelles pendent le long des joues. Le cheveu de l'homme, bien qu'il soit tout aussi long, se frise, lui, en larges vagues qui passent par-dessus l'oreille et vont finir sur l'encolure.

— Le mien va donc ainsi finir.

— Il le faut. C'est le bel air. Et c'est bien gâché sur vous, vu que l'un dans l'autre, vous n'êtes pas bien beau.

— Comment cela ? dis-je, piqué. Il n'y a pas huit jours, tu disais le contraire !

— C'est que je tâchai de vous consoler de ne pas aller à ce bal du diable.

— C'est donc que tu parles ce jour d'hui par dépit.

— Non, Monsieur. Je vous dis la vérité. Vous n'êtes pas fort laid, assurément. Outre que vous êtes grand et fort, vous avez le bel œil et bien regardant. Et le cheveu n'est point mal non plus, étant blond, épais et facile à travailler. Mais le nez !

Ayant dit, elle se tut d'un ton de profonde commisération.

— Le nez ? dis-je, en saisissant sur la toilette un petit miroir de Venise et en me regardant, perplexe. J'ai le nez de mon père.

— Point du tout. Celui de votre père est court et droit. Le vôtre est long et qui pis est, un peu courbe du bout. A peu qu'on soit tenté de dire qu'il est juif.

— Juif, mon nez !

Je posai le miroir sur la commode et, la mine froide, je ne dis mot, attendant que Toinon vînt à résipiscence. Ce qu'elle fit, non par crainte de moi, mais par crainte d'être tancée par mon père, si je lui répétais son propos.

— Enfin, dit-elle, chez un homme, cela peut aller ! Mieux

vaut un nez point trop joli comme le vôtre que pas de nez du tout, comme le Duc de Guise. Pas de nez, point de vit. Voilà ce que je dis.

— Billevesées que cela ! Le Duc de Guise court le cotillon.

— Bonne Vierge, je me demande bien avec quoi !

— Toinon ! Invoquer la Vierge en parlant de nez et de vit !

— C'est vrai, dit Toinon en rougissant fort en sa vergogne. Ah ! pardon mille fois, bonne Vierge !

Et passant le fer à friser de la main droite à sa main gauche, elle se signa de sa dextre.

— Crois-tu, dis-je d'un air de dérision, qu'un signe de croix va suffire à apaiser la Sainte Vierge, vu que tu l'as si fort offensée ?

Et non sans user à son endroit d'une contre-perfidie, je repris, la sachant très ménagère de ses deniers :

— A mon avis, tu ne t'en tireras pas à moins d'une grande et forte chandelle devant l'autel de la Vierge.

— Une grande et forte chandelle ! cria-t-elle, effrayée. Ma fé ! Me voulez-vous ruiner ?

Et de ruminer sa ruine, cela lui ferma le bec. De mon côté, je restai clos comme huître, lui gardant une fort mauvaise dent d'avoir tâché d'ébranler les espoirs que je fondais sur ma bonne mine pour conquérir les belles de ce bal. Le lecteur se ressouvient sans doute que j'étais alors si jeune et si niais que toute femme me paraissait aussi docile à mes désirs que l'avait été ma soubrette.

Ce fut avec mes nourrices, quand elles m'aidèrent à m'habiller, une tout autre chanson mais, chose bizarre, les grandes louanges dont elles me caressèrent ne réussirent pas tout à fait à guérir la blessure que m'avait laissée la griffe de Toinon. A ce jour encore, je m'en souviens avec déplaisir, quoique sans aigreur, entendant bien que ma soubrette aimait le bal autant qu'une autre et qu'elle n'était pas fort contente de demeurer au logis dans le temps que j'allais m'ébattre avec des garcelettes dont, n'étant pas née, elle n'aurait jamais la vêture, les bijoux, les grâces et les façons.

J'étais prêt depuis une demi-heure à peine quand le carrosse de Madame de Guise, rutilant d'or, armorié sur les portes, tiré par quatre superbes chevaux alezans, conduit par un cocher en non moins superbe livrée aux couleurs des Guise et portant sur le marchepied deux suisses géantins et chamarrés, demanda l'entrant dans notre cour. Cela ne se fit pas sans quelque vacarme et aux fenêtres de notre logis apparurent les visages de nos fraîches chambrières, lesquelles s'ébaudirent fort à contempler cet équipage, tirant grande fierté du fait qu'il vînt pour moi et les joues déjà gonflées des contes qu'elles allaient en faire chez les bons becs de notre rue. La porte du carrosse m'étant ouverte par un des suisses, et tandis qu'il abaissait le marchepied, je levai la tête vers elles et leur fis un grand salut de mon chapeau dont les plumes parme et vert amande rappelaient les couleurs de mon pourpoint. Elles furent ravies de cette bonnetade et, riant, frétillant, claquant des mains, elles me firent une grande ovation, comme si elles avaient assisté à la comédie. « Et c'en était une, en effet, me dit mon père plus tard. Que seraient les fastes de nos Grands sans le bon peuple qui, bouche bée, les regarde et les applaudit ? »

***

Ce n'est qu'une fois assis dans le carrosse de Madame de Guise que je m'avisai n'avoir point vu Toinon parmi celles qui étaient postées aux fenêtres. J'aurais été enclin à m'attrister de la savoir seule au logis, si elle ne m'avait point lancé cette méchante remarque sur mon nez, laquelle je ne pouvais oublier sans oublier aussi celle qui l'avait faite. C'est ainsi que je fus un peu méchant à mon tour en la chassant de mes pensées, tâchant d'amuser mes regards à détailler l'intérieur du carrosse où j'avais pris place quasi voluptueusement, tant son luxe me plaisait.

Il est de fait qu'il n'avait rien de la simplicité spartiate du nôtre, dont les banquettes avaient reçu un cuir grossier (matière choisie par mon père pour sa durabilité) et dont une serge grise revêtait les parois : « Je n'ai jamais rien vu de plus conventuel ! » dit Bassompierre qui se hasarda un jour à y monter avec mon père. Le siège sur lequel je me prélassais, tandis que le cocher de Madame de Guise me conduisait à l'Hôtel de Grenelle, ne laissait rien, pour sa part, à désirer quant au moelleux, étant recouvert, ainsi que les côtés des deux portes, d'un capiton de velours bleu pâle, souligné aux quatre encoignures par des galons d'or, le tout mettant très en valeur les rideaux des fenêtres taillés dans un damas bleu de nuit orné de grands feuillages noirs. Décoration fort belle, mais deux fois coûteuse, opinai-je (le fils du huguenot reprenant le dessus), d'abord pour l'agencer, aussi pour la refaire quand elle fanera.

C'était la première fois que je mettais les pieds dans ce merveilleux carrosse et la première fois aussi que j'étais invité à l'Hôtel de Grenelle. Preuve, me disais-je, que les temps ont changé, que je suis maintenant, sinon tout à fait reconnu, du moins reçu comme si je l'étais. Je discernais la différence, mais ne m'en désolais pas, mon ambition ne me portant pas du côté des honneurs hérités. On pensera que c'était bien outrecuidant, à l'âge que j'avais alors, de parler d'ambition. Pourtant, si ses buts étaient encore peu précis, l'aspiration et l'énergie qui me permettraient un jour de les atteindre se trouvaient déjà en moi et je les y sentais frémir.

Fort différent de l'Hôtel de Nevers où habitait son beau-frère le Duc de Mayenne et qui, étant récent, se trouvait construit en appareillage de pierres et de briques (nouveauté damnable ! disait mon père) l'Hôtel de Madame de Guise était fait de belles et bonnes pierres, avec des fenêtres à meneaux et précédé d'une cour au moins le double de la nôtre. Un corpulent et majestueux gentilhomme m'accueillit dès qu'un des Suisses m'eut ouvert la portière et déplié le marchepied.

— Monsieur le Chevalier, dit-il avec un profond salut, je suis votre humble serviteur. Plaise à vous de me permettre de me nommer : je suis Monsieur de Réchignevoisin, *maggiordomo* de Son Altesse. Toutefois, elle préfère m'appeler son chambellan.

— Monsieur le chambellan, dis-je, je suis votre serviteur.

Après m'avoir enveloppé d'un regard doux et bienveillant, Monsieur de Réchignevoisin parut content de moi et voulut bien me sourire. Je lui contre-souris, ce qui me fut facile, son nom m'ayant quelque peu amusé, tant il s'accordait mal avec son apparence. Il se pouvait, assurément, qu'un de ses ancêtres eût mérité ce patronyme par son humeur hérissée. Mais le Réchignevoisin que je voyais devant moi portait sur son visage et dans toute sa personne une telle suavité qu'il était impossible même de supposer qu'il pût un jour se quereller, fût-ce avec le diable. Il avait une tête ronde, des yeux ronds à fleur de tête, un nez arrondi du bout, des lèvres épaisses et ourlées, une bedondaine qui paraissait être là pour amortir les chocs et de grosses jambes sur lesquelles, en marchant, il paraissait rebondir. Sa voix se maintenait si constamment dans les notes basses et chuchotées qu'elle ne pouvait manquer d'avoir, sur son interlocuteur, une influence apaisante et, à l'ouïr, je ne laissais pas d'imaginer combien son inaltérable douceur devait être utile dans ses rapports avec Madame de Guise — à elle autant qu'à lui.

— Monsieur le Chevalier, dit-il, Son Altesse désire que je vous montre notre grand'salle avant de vous mener à elle. Ce qui sera facile, ajouta-t-il avec un sourire qui fit refluer ses grosses joues rondes vers ses oreilles, et je dirais même inévitable puisque, pour atteindre la chambre de Son Altesse, il faut passer par la grand'salle.

Il se peut que le lecteur, enfant, ait jeté un ballon du haut d'un escalier et l'ait regardé avec ébaudissement rebondir de marche en marche jusqu'en bas. Qu'il imagine — violant en son esprit les lois naturelles — que le ballon remonte jusqu'à lui de degré en degré, et il se fera une juste idée de la façon dont Monsieur de Réchignevoisin gravit devant moi le perron qui menait au premier étage, me laissant ébahi par la légèreté de ce gros homme et l'élasticité de son pas. Et bien que ce perron fût haut assez, étant élevé au-dessus d'un rez-de-chaussée où se logeaient sans doute les services et le nombreux domestique de l'hôtel, mon agile chambellan, parvenu au palier, ne souffla même pas pour reprendre son souffle.

— Voilà notre grand'salle. On prétend qu'au Louvre même il n'y en a pas de plus belle, dit-il avec un geste rond et ample de la main, tandis qu'il distillait aimablement dans mon oreille les syllabes de ses mots, lesquels, en passant par sa bouche, devenaient lisses comme la peau d'un enfant et doux comme du miel.

Je n'avais encore jamais vu l'intérieur du Louvre, ni aucune de ses nobles galeries, mais celle-ci m'éblouit par ses dimensions et son luxe. Elle n'avait pas moins de quinze toises[1] de long sur six toises de large et ne comptait pas moins de trois lustres portant chacun une centaine de chandelles. Elles n'étaient pas allumées encore, pas plus que les bras d'argent qui, à intervalles réguliers, paraissaient sortir des murs pour porter infatigablement des bouquets... j'allais dire de chandelles, mais Monsieur de Réchignevoisin, courtoisement, précisa : il s'agissait de bougies parfumées fabriquées en Afrique. Le jour que dispensaient des deux parts les grandes fenêtres à meneaux était en cette soirée de la mi-août suffisant encore pour permettre au

1. La toise parisienne valait 1,949 m.

domestique de l'hôtel de se livrer aux derniers apprêts. Comme j'entrais, de robustes laquais vêtus de la livrée de Guise, laquelle comportait dans le dos une grande croix de Lorraine, étaient occupés à rouler (et non comme on aurait pu croire, à dérouler pour moi) deux fastueux tapis de Turquie qui furent emportés incontinent et dévoilèrent un parquet marqueté assurément plus propre à la danse.

— Au mur, à votre dextre, dit Monsieur de Réchignevoisin sur le ton de la plus intime confidence, vous voyez des tapisseries des Flandres, à bêtes et bocages. Et à votre senestre, des tapisseries des Flandres encore, mais à verdures et personnages. Et aussi, symétriquement disposés, quatre grands portraits représentant à droite Monsieur de Clèves et Mademoiselle Marguerite de Bourbon, les parents de Son Altesse, et en face son époux, Henri de Guise, assassiné à Blois et son beau-père, François de Guise, lui aussi, hélas, assassiné quelques années plus tôt.

Cet « hélas » me parut des plus opportuns, car on aurait pu croire, à ouïr Monsieur de Réchignevoisin prononcer si suavement le mot « assassiné », qu'il s'était agi là d'événements tout à fait anodins. Cependant, Monsieur de Réchignevoisin se tut, paraissant attendre de moi un commentaire. Mais on pense bien qu'étant fils de huguenot et ennemi juré des ligueux je n'avais pas à me prononcer sur l'opportunité de ces attentats, et je tins fermement ma langue dans la prison de mes dents.

— Vous observerez, poursuivit-il, que les bras d'argent saillent du mur de part et d'autre des portraits afin qu'ils soient la nuit parfaitement éclairés.

— Si j'en crois son portrait, dis-je, pour rompre un silence qui, en se prolongeant, aurait pu paraître hostile à la maison de Lorraine, le Duc Henri de Guise avait fort grande mine.

— Assurément. Son Altesse est accoutumée de dire que

s'il avait été aussi avisé qu'il était beau, elle serait ce jour d'hui reine de France.

Je souris à ouïr ce propos, tant il me parut s'accorder au caractère primesautier de ma bonne marraine. Ce que voyant, Monsieur de Réchignevoisin sourit aussi, non peut-être parce qu'il avait capté ma pensée, mais parce qu'il avait compris combien j'étais affectionné à Madame de Guise.

Cependant, je remarquai que les laquais, étant revenus dans la grand'salle, cette fois sous la conduite d'une sorte d'intendant portant un registre et une écritoire, entreprenaient d'ôter des guéridons et des consoles une quantité d'objets de valeur qui s'y trouvaient : coffrets d'argent, porcelaines, figurines d'albâtre, vases de Chine, horloges et autres coûteux bibelots, lesquels, après avoir été inscrits sur le registre par l'intendant, étaient rangés dans un placard mural dont la porte en chêne massif ne comportait pas moins de trois serrures.

— Monsieur le chambellan, dis-je béant, qu'est cela ? Pourquoi dépouille-t-on la salle de ses plus jolis ornements ?

— Après le dernier bal de Son Altesse, dit Monsieur de Réchignevoisin en baissant avec pudeur ses paupières sur ses yeux ronds, nous avons constaté d'inexplicables disparitions...

— Des vols ! dis-je.

— A Dieu ne plaise ! dit-il en poussant un pieux soupir.

— C'est donc que des intrus se sont glissés parmi les invités.

— C'est impossible. Tous ceux qui se trouvaient là étaient gens de bon lieu et de bonne maison et, en outre, de moi personnellement connus.

— Pouvait-on soupçonner les laquais ?

— Jamais ! jamais ! dit Monsieur de Réchignevoisin en s'animant. Ils sont tous lorrains et à Son Altesse fanatiquement dévoués.

Je le regardai et me tus, trouvant peu sage de le

questionner plus avant. Au bout d'un moment, il releva ses paupières, me regarda, et de nouveau soupira avec componction, puis hocha la tête à trois reprises comme s'il jugeait de haut, mais malgré tout avec mansuétude, les faiblesses de la nature humaine.

*
**

M'ayant fait traverser la grand'salle, Monsieur de Réchignevoisin me conduisit par un couloir assez obscur à la porte de Son Altesse à laquelle il toqua d'un doigt circonspect. Une demoiselle ayant, au bout d'un long moment, montré son frais minois dans l'entrebâillement de l'huis, Monsieur de Réchignevoisin lui dit en un aimable chuchotis qu'il y avait là Monsieur le Chevalier de Siorac que Son Altesse avait mandé.

— Qu'il entre ! dit la demoiselle d'une voix jeune et gaie. En attendant que Son Altesse le reçoive, je prendrai soin de lui.

— Monsieur le Chevalier, Noémie de Sobole va prendre soin de vous, répéta gravement Monsieur de Réchignevoisin qui, après m'avoir fait un profond salut, se fondit en un tournemain dans la nuit du couloir.

— Entrez ! entrez ! dit Noémie de Sobole d'une voix rieuse.

Et me prenant familièrement par la main, elle m'attira dans une chambre qui, après l'obscurité et l'étroitesse du couloir, me parut vaste, claire et fort parée.

Comme Mademoiselle de Sobole se taisait, je jetai un coup d'œil aux alentours. Les plafonds étaient faits de caissons dorés peints de sujets mythologiques, les murs tapissés de satin gansé d'or, le même satin se retrouvant sur la courtepointe du lit à baldaquin et les courtines qui le fermaient. Le tout dans les nuances de bleu qui répondaient à l'iris pervenche de Madame de Guise. L'ensemble eût été lumineux, mais un peu froid, sans la diversité de couleurs apportée par un tapis de Turquie et par deux grands portraits pendus au mur, l'un représentant la Duchesse de Guise en sa maturité et, chose surprenante, vêtue de rose, et l'autre qui me sembla fort attirant.

— C'est la Duchesse de Nemours, dit Noémie de Sobole qui avait observé la direction de mon regard. Comme vous savez, Chevalier, elle avait épousé en premières noces François de Guise et le fils qu'elle eut de lui, Henri, épousa Son Altesse.

— Il est beaucoup question de Madame de Nemours, dis-je, dans les Mémoires de mon père. Il l'envitailla pendant tout le siège de Paris. Il semble aussi qu'il en fut platoniquement amoureux.

— Mais je le sais ! dit Mademoiselle de Sobole triomphalement, je sais aussi, ajouta-t-elle, en me regardant d'un air entendu, que ce fut le seul amour de ce genre que connut le Marquis.

Cette parole ne me plut pas davantage que le coup d'œil qui l'accompagnait et je dis :

— Vous qui en savez tant, Madame, pouvez-vous me dire pourquoi Son Altesse a placé le portrait de sa mère dans sa grand'salle, et le portrait de sa belle-mère dans sa chambre, à côté du sien ?

— C'est qu'elle aimait la seconde plus que la première. Le monde entier, d'ailleurs, adorait la Duchesse de Nemours. Et quand elle est morte, il y a à peine trois mois, à l'âge de quatre-vingts ans, même la cour l'a pleurée.

— Je comprends ce sentiment, dis-je, elle est peinte là en son vieil âge, le cheveu blanc et les traits du visage quelque peu affaissés, mais l'œil est si jeune, si vif, si bon...

— Monsieur, dit Noémie de Sobole d'un ton badin, n'admirez-vous en ce monde que les dames âgées et les mortes ?

Cet assaut me surprit au point que j'aurais perdu contenance, si je ne m'étais avisé d'une méthode que m'avait enseignée La Surie. Je considérai en silence mon interlocutrice comme si j'inventoriais avec soin les qualités qu'elle pouvait avoir et l'effet qu'elles produisaient sur moi. A y réfléchir ce jour d'hui, je ne crois pas que Noémie de Sobole fût aussi belle qu'elle me parut alors dans le chaud du moment. Néanmoins, elle dut avoir pour moi quelque attrait, ne serait-ce que celui de la nouveauté, ayant les yeux verts, des taches de son sur le visage, un air d'impertinence et une de ces chevelures de feu qui paraissent trahir au-dehors les flammes du dedans.

Ayant fini à loisir mon inspection, je lui dis tout uniment et du ton sur lequel j'aurais parlé à Toinon :

— Si vous voulez mon sentiment sur vous, je dirais que je vous trouve fort belle et tout à fait désirable.

Ce coup la prit sans vert et elle rougit, mais trop glorieuse pour avouer son embarras, elle se rempara derrière un grand éclat de rire.

— Mon Dieu, Monsieur ! dit-elle. Est-ce là comme vous pensez qu'on parle à une fille de bon lieu ? Vous me donnez du bel œil ! Vous y allez d'un gros compliment ! Voilà qui montre peu d'usage ! Et moi qui me préparais, pour vous faire prendre patience, à vous donner des confitures et à vous baisoter comme un enfant !

— Madame, dis-je en la saluant avec froideur, je ne regrette pas tant les confitures que les baisers, et si j'avais su qu'il fallait faire le marmot pour les avoir, je serais venu céans tout emmailloté.

Elle redoubla de rire à ouïr ce propos, mais d'une façon outrée et outrageante, comme si elle avait affaire à quelque turlupin et, s'esbouffant comme folle, elle se laissa choir dans une chaire à vertugadin, la main devant la bouche et me regardant de son œil vert, comme si elle se moquait de mes extravagances.

Pour moi, devant elle, mon chapeau à la main, je la

considérai sans mot dire, trouvant que pour une fille d'honneur de la Duchesse, elle ne me traitait pas avec la moitié du respect qu'elle devait au fils de sa protectrice. Mais me souvenant d'un axiome paternel, à savoir qu'il ne faut jamais avouer une piqûre, si l'on n'est pas en situation d'en châtier sur l'heure le piquant, je pris le parti de sourire comme si j'étais connivent à la plaisanterie. Mais en même temps, je me mis à l'envisager des pieds à la tête avec la dernière effronterie, attachant mes regards sur ce qu'elle cachait et sur ce qu'elle ne cachait pas, car assurément elle en montrait beaucoup pour une pucelle, son corps de cotte en satin feuille-morte étant ouvert de l'épaule à l'épigastre et offrant quasiment à la vue ses tétins bondissants.

Noémie de Sobole finit par se sentir fort mal à l'aise sous mes dévergognés regards, cessa de rire, rougit, se leva et debout, les mains croisées sur son vertugadin, comme pour en défendre l'entrant, elle me dit, la crête quelque peu rabattue, mais tâchant encore de faire la fière et la renchérie :

— Ma fé, Chevalier, il faut que vous ayez plus d'expérience qu'on en a d'ordinaire à votre âge pour avoir le front de regarder les femmes ainsi. Toutefois, il y faudrait mettre un peu plus de finesse. Oubliez-vous que je suis fille et fille de bonne maison ?

— Comment, dis-je, le pourrais-je oublier, vous trouvant à me recevoir céans plus douce qu'une agnelle et plus timide que biche ? Aussi bien, Madame, si mes regards vous offensent, je les ficherai à terre au moins tout le temps que vous prendrez soin de moi comme vous l'avez promis, soit en me donnant des confitures, soit en me baisotant, car enfin, Madame, qui de nous deux a parlé le premier de baiser l'autre ? Et qui, de nous deux, a accusé l'autre de n'aimer que les vieilles et les mortes ?

Mademoiselle de Sobole dut penser que si je répétais ce propos à Madame de Guise, il pourrait lui en coûter sa protection, car elle changea de visage, d'air et de chanson, rentrant ses griffes et se faisant douce comme velours. A mon sentiment, de reste, elle n'était point tant méchante que malavisée et disant les choses à la volée sans trop y réfléchir.

— Ah ! Chevalier ! dit-elle avec assez de bonne grâce, il faut vous rendre les armes à la fin. Vous avez trop d'esprit. Votre cervelle est plus vieille que vos ans, encore que vous soyez grandelet déjà et la langue si bien affûtée que c'est merveille. Mon Dieu, comme vous tournez les choses ! On se sent toute perdue avec vous ! Tenez ! Soyons amis ! Faisons la paix ! Oubliez mes sottises ! Et moi vos déshabillants regards ! Et pour gage de mon bon vouloir, je vous donnerai un baiser sur la joue.

J'y consentis et avançant vers moi ses yeux verts et ses cheveux flamboyants, elle se haussa sur la pointe des pieds et fit comme elle avait dit. Ce petit baiser me fit grand plaisir. Il me sembla que je l'avais bien gagné et que j'avais montré au surplus que, tout bâtard que je fusse, je ne me laisserais pas morguer, fût-ce par une fille.

Comme Mademoiselle de Sobole achevait de sceller avec moi ce traité de paix, une petite porte en tapisserie s'ouvrit à la gauche du grand lit à baldaquin de Madame de Guise. Une chambrière apparut et, s'adressant à la fille d'honneur mais m'envisageant du coin de l'œil avec une avide curiosité (ce qui me donna à penser que tout le domestique savait déjà qui j'étais), elle dit, en fronçant les lèvres sur le ton de la minauderie :

— Madame, plaise à vous d'introduire le Chevalier de Siorac. Son Altesse le veut maintenant recevoir en son petit cabinet.

Petit, le cabinet ne l'était pas, ayant les dimensions de ma chambrette, et agrémenté, en outre, d'une grande fenêtre à meneaux qui donnait sur des chênes. Le jour finissant luisait encore sur leurs feuilles, mais il s'en fallait que sa lumière pût suffire aux subtils travaux auxquels on s'adonnait là, car sur une toilette enrobée de velours bleu et encombrée d'une multitude de pots, d'onguents, de poudres, de pâtes, de brosses, de peignes, d'épingles, de ciseaux, d'eaux de senteur et de fers à friser, deux grands chandeliers d'argent étoilés de bougies se dressaient et éclairaient un grand miroir de Venise devant lequel, me tournant le dos, Madame de Guise était assise.

Je dus, pour parvenir jusqu'à elle, traverser une abondance tout à fait délicieuse de personnes du sexe : outre les quatre chambrières fort accortes qui s'affairaient autour d'elle, l'une pour lui frisotter le cheveu, l'autre pour chauffer les fers, la troisième pour passer les épingles, et la quatrième pour lui masser les pieds, il y avait là pas moins de trois personnes de condition, jeunes et fort jolies, dont je pensai qu'elles devaient être, comme Mademoiselle de Sobole, des filles d'honneur de la Duchesse. Debout le long du mur, habillées de teintes pastel, souriantes et désœuvrées, elles ne paraissaient être là que pour la décoration, ou pour honorer leur protectrice, ou peut-être pour répondre, toutes ensemble, à ses propos, comme le chœur des tragédies grecques.

— Or çà, Monsieur mon filleul, dit Madame de Guise, dès qu'elle aperçut mon reflet dans le miroir de Venise, que veulent dire ces grands éclats de gaîté que je viens d'ouïr ? Êtes-vous venu céans pour détourner mes filles ?

— Nullement, Madame. Mademoiselle de Sobole me taquinait sur mon âge et je lui disais que j'étais prêt à faire le marmot, si elle me donnait des confitures.

Les filles d'honneur rirent à cela comme nonnains à la récréation. Mademoiselle de Sobole me remercia d'un battement de cils pour cette version *ad usum dominae* [1] de

1. A l'usage de la maîtresse (lat.).

notre entretien. Et Madame de Guise sourit en hochant la tête.

— Dieu merci, vous n'êtes encore qu'un enfant ! dit-elle d'un air satisfait, comme si le fait de me trouver jeune allait la rajeunir. Allons, mon filleul, approchez, poursuivit-elle, ne restez pas à des lieues !

J'obéis, elle pivota sur son tabouret et quand j'eus mis un genou à terre, elle me donna sa main gauche à baiser, la main droite tenant par sa poignée de nacre un petit miroir en forme de losange dont elle conjuguait le reflet avec celui du grand miroir en face d'elle afin d'observer l'ouvrage de la friseuse sur ses cheveux. Ce qui fait qu'elle ne me regarda pas non plus, ses yeux étant fort occupés à cette surveillance. Je m'en trouvai un peu marri, car j'étais fort charmé de la voir, non comme je la voyais toujours en notre logis de la rue du Champ Fleuri, armée de pied en cap et pour ainsi dire cuirassée dans son corps de cotte, sa basquine et son vertugadin, mais n'ayant sur elle qu'une robe de chambre, laquelle, outre la liberté qu'elle donnait à son corps, me parut, à dire le vrai, fort belle, étant de soie bleu pâle avec des passements d'or et des boutons de soie bleu de nuit. Je la regardais de tous mes yeux et éprouvais quelque émeuvement à la voir pour la première fois en sa maison, dans són intimité, et vêtue de ce simple appareil, par où elle me paraissait plus féminine, plus maternelle et plus proche de moi. Comme j'eusse aimé alors que, par un simple regard, elle comprît la joie que j'y goûtais et qu'elle la partageât ! Mais cela ne fut pas possible : le temps la pressait sans doute. Elle avait fort à faire à surveiller la confection de ses bouclettes et comment l'en blâmer ? J'étais trop jeune alors pour comprendre qu'être une femme est un métier dont les tâches ne laissent pas toujours le loisir d'être émue. Le nœud de ma gorge se serra et je m'aperçus, non sans vergogne, que j'avais envie de pleurer.

— Mon Dieu ! mon Dieu ! murmura Madame de Guise

en jetant un œil à une montre-horloge dressée à une courte distance sur sa toilette, je ne serai jamais prête ! Et vous verrez qu'un de ces fâcheux va se mettre dans la tête d'arriver à l'heure ! Et qui pis est, ce sera mon gendre ! Mon filleul, ajouta-t-elle, son œil inquiet passant sur moi sans s'arrêter, ne restez pas planté là ! Perrette, un tabouret ! Vite, pour le Chevalier ! Là contre le mur !

Perrette qui était, des quatre chambrières, la moins occupée, car sa tâche consistait à passer, sur sa demande, à la friseuse, des épingles à cheveux, me vint porter un tabouret (que mon père, en ses Mémoires, appelle une escabelle, mais le mot, bien que joli, n'est plus guère employé). Elle en profita pour me dévisager, comme elle avait fait déjà en venant m'appeler dans la chambre, avec une curiosité plus que naïve. Ce fut tout justement comme si elle avait dit à haute voix : « Je connais la mère et maintenant, voyons comme est fait ce fils qu'on nous a caché si longtemps. » Après quoi, satisfaite de sa rapide inspection, elle me donna le bel œil, que je lui rendis aussitôt, me sentant un peu triste et quasi tenu à l'écart. Ce qui fit qu'elle revint à sa peu fatigante occupation, toute glorieuse de sa conquête, l'œil en fleur et me lançant, quand et quand, d'assassines œillades.

Toutefois, je ne poursuivis pas trop longtemps le jeu, craignant que Madame de Guise s'en aperçût, bien que tout se passât très au-dessus de sa tête, mais non pas, comme je m'en avisais, à l'abri des vues de ses miroirs. Je m'attachai alors à sa coiffure dont je suivis le progrès jusqu'à sa terminaison et qui me parut plus élaborée que véritablement seyante. Mais tant la mode était tyrannique, que presque toutes les dames, comme je le constatai à ce bal, portaient alors la même, à l'exception de la reine Margot qui appartenait à une autre époque, et de la reine Marie qui se faisait coiffer par Leonora Galigaï dans le style florentin.

On pouvait, à la rigueur, accepter les bouclettes fines, en rangs serrés et d'inégales longueurs, qui caressaient les joues et allaient moutonner sur la nuque, mais je n'aimais guère la frange clairsemée de très petites boucles qui venait mourir à mi-front et moins encore la fuite, derrière ces pauvres petits éclaireurs, du gros des cheveux qui, tournant brusquement casaque, se rabattaient en arrière, raides et plats, jusqu'aux boucles de la nuque. Et à quoi servait la couronne de perles que la friseuse fixa sur l'arrière de la tête, si ce n'est à signaler ce désert au lieu de l'agrémenter ?

Bref, on ne s'était pas assez occupé de moi et je me sentais rebéqué et rebelle jusqu'à critiquer aigrement en mon for le nœud de velours que la friseuse noua sur le côté droit en haut de l'échafaudage des boucles. Et pourquoi pas aussi bien sur le côté gauche ? Et pourquoi pas, tant qu'on y était, sur le sommet du crâne ?

— Mon Dieu ! mon Dieu ! s'écria Madame de Guise, mais il est l'heure !

Et jugeant sans doute que sa robe de chambre n'était pas un vêtement, elle ajouta :

— Et je suis nue !

Elle passa à pas pressés dans sa chambre, suivie des chambrières et de Mademoiselle de Sobole, me laissant seul au bec à bec avec les trois filles d'honneur. Je me levai incontinent de mon tabouret et je leur fis un grand salut auquel elles répondirent par une belle révérence. Là s'arrêta notre entretien car si elles me dévisageaient à m'user la peau de la face, elles paraissaient résolues à ne piper mot.

Comme je m'interrogeais sur les raisons de ce silence, un cri de douleur s'éleva, venant de la chambre voisine.

— Mais qu'est cela ? dis-je.

— C'est Son Altesse, dit une des filles d'honneur. On lui lace sa basquine et elle étouffe.

— Mais pourquoi la lacer si serré ?

— Pour qu'elle puisse passer son corps de cotte et agrafer son vertugadin.

— Mais pourquoi le corps de cotte et le vertugadin sont-ils si étroits ?

Elles me considérèrent, étonnées. Après quoi, elles s'entre-regardèrent et échangèrent des sourires, mais sans me répondre mot ni miette, tant peut-être ma question leur paraissait saugrenue.

Perrette passa la tête par la porte en tapisserie et dit en fronçant les lèvres, très à la minaudière :

— Son Altesse demande Monsieur le Chevalier de Siorac.

On achevait de mettre ses bijoux à Madame de Guise, laquelle, si je la compare à la Reine et aux autres princesses de la cour que je vis à ce bal, faisait preuve, en ce domaine, d'une remarquable sobriété. A part la petite couronne qu'on lui avait fixée sur le plat des cheveux, elle ne portait qu'un collier à trois rangs de perles au cou, des perles encore à ses oreilles (entr'aperçues à travers le pendouiller des bouclettes), un anneau d'or à la main gauche et un gros rubis entouré de diamants au majeur de sa dextre. Mes belles lectrices voudront bien admettre que c'était assez peu pour une princesse du sang et qu'Henri avait raison, comme je sus plus tard, de donner Madame de Guise en exemple à la Reine, laquelle apparut précisément à ce bal avec un bracelet tout entier de diamants d'une valeur de trois cent soixante mille livres, soit à peu près l'équivalent du budget annuel qu'elle recevait du Roi pour l'entretien de sa maison. Dette énorme qu'Henri refusait de payer, la réduisant au désespoir.

— Ah ! Monsieur mon filleul ! dit Madame de Guise, comme si je venais d'arriver, vous voilà enfin ! Pendant qu'on me chausse, j'ai deux mots à vous dire touchant la Reine. Si le Roi, à ce que je crois, vous présente à elle, voici ce que veut l'étiquette : vous lui faites une première révérence à trois ou quatre pas puis, vous approchant d'elle, vous mettez un genou à terre, vous prenez le bas de sa robe et vous le portez à vos lèvres. Sa Majesté, alors, vous relève en vous donnant sa main à baiser et elle dit : « Vous soyez le bienvenu ! »

— Pourquoi le « vous » ? dis-je. Ce « vous » est de trop. « Soyez le bienvenu » suffirait.

— Mon filleul, dit-elle en grinçant des dents, dites-le à la Reine et soyez bien assuré que votre fortune est faite ! N'était que je suis déjà pimplochée et que je craindrais de gâter mon fard, je me mettrais contre vous dans une épouvantable colère ! Mais à la vérité, j'enrage, sans compter que ma basquine m'étouffe et que ces chaussures me serrent. Du diable si je sais pourquoi je les ai commandées si petites ! Et pourquoi, puisqu'on ne les voit même pas sous mon vertugadin ? Mon filleul, qu'ai-je ouï ? On vous présente à la reine de France et vous corrigez sa grammaire ! Mais c'est à mourir ! Où prenez-vous cela ? Avez-vous perdu le sens à force de picorer dans vos livres ? Votre père et vous, vous me rendrez folle avec vos arguties ! (Ici les chambrières, derrière son dos, échangèrent des sourires.) Or çà, mon filleul, ne cherchez donc pas midi à l'ombre ! Je vais bander et régler votre horloge. La Reine dit : « Vous soyez le bienvenu », parce qu'elle parle mal le français. Est-ce que cette raison vous suffit, Monsieur le raisonneur ? Elle le parle mal et elle le prononce mal. En fait, ce que vous allez ouïr, c'est ceci : « Vous *soïez* le *biennevenou* ! » (Noémie de Sobole pouffa derrière sa main.) Après quoi, dès que vous aurez baisé ses doigts boudinés, chargés de plus de diamants que vous n'en verrez jamais, elle sera avec vous particulièrement altière, revêche et rebéquée.

— Avec moi ! Mais que lui ai-je fait ?

— Le Roi vous aime. Cela suffit.

Un coup discret à la porte interrompit ce véhément discours.

— Qu'est-ce encore ? dit la Duchesse, exaspérée. Entrez ! Entrez ! Sobole, évente-moi ! Je vais pâmer, je pense.

— Madame, chuchota Monsieur de Réchignevoisin en

montrant sa suave face, Madame votre fille et Son Altesse le Prince de Conti viennent d'arriver.

— C'est le comble ! s'écria Madame de Guise en levant au ciel ses bras courts, ce bal sera un désastre ! Je le sens ! Je l'avais prédit : mon gendre serait là à l'heure ! Et il l'est ! Le premier arrivé ! Lui, un prince du sang ! Il ne lui suffit pas d'être sourd, bègue et stupide : en plus, il est exact !

CHAPITRE IV

Ce jour d'hui, jour de mon trente-quatrième anniversaire, je mis la dernière main à ces chapitres de mes Mémoires où je décris le bal de la Duchesse de Guise. Les ayant purgés de quelques ingrates tournures que j'y trouvai à la relecture, je dépêchai un petit vas-y-dire à Madame de R. pour lui mander que je serais ravi de les lui lire, comme je m'y étais engagé de longue date. Toutefois, je désirais qu'elle fût assez bonne pour me recevoir au bec à bec et non en présence du brillant aréopage de ses fidèles, pour la raison que ces chapitres contenaient nombre de remarques dont certaines personnes vivantes se pourraient trouver offensées.

Par le truchement du même vas-y-dire, Madame de R. m'envoya incontinent, tracé de sa jolie écriture, le billet que voici :

« Mon ami,

« Je suis si dolente et languissante que j'ai ce jour d'hui commandé à mon Corydon de " bien fermer l'huis sur moi ", n'étant chez moi pour personne, pas même pour un prince du sang. Mais je suis trop affectionnée à vous et trop avide d'ouïr votre récit pour vous remettre à demain, si exorbitante et si menaçante pour ma sécurité que me paraisse votre prétention d'être reçu par moi en tête à tête.

« Néanmoins, j'y consens, non sans quelques conditions.

« La première, de ne me baiser la main qu'à l'entrant et au départir et les deux fois, point aussi gloutonnement que si vous vouliez l'avaler. La deuxième, de ne point m'assassiner ouvertement, ou en tapinois, de vos regards brûlants. La troisième, de poursuivre ce bec à bec de bout en bout à une distance d'une toise au moins. La quatrième, de me bien garnir en compliments sur ma beauté et ma jeunesse.

« Car, pour vous le confesser enfin, mon ami, je suis plus engluée que mouche dans la toile de la tristesse et me trouve incapable de lire, fût-ce même mon Virgile adoré. Je m'ennuie à périr. Pis même : je vieillis de minute en minute. Et à la vérité, mon petit corps est étrangement las de ce pauvre monde.

« Je vous recevrai à trois heures de l'après-midi en ma chambre bleue.

Catherine. »

Ce petit mot me fit grand plaisir. Estimant fort le discernement de Madame de R., je me sentais heureux de soumettre ce que je venais d'écrire à la finesse de son jugement. En même temps, son billet m'égaya car ayant rencontré Madame de R. pour la première fois à ce bal de Madame de Guise, il y avait près de vingt ans de cela, je ne l'avais jamais vue que « dolente et languissante », ce qui, à mon sentiment, était plutôt une façon de vivre qu'une invalidité, puisque trois ou quatre fois l'an, dès qu'il y avait un bal où elle désirait apparaître, elle ressuscitait de sa « langueur » pour y courir danser jusqu'à l'aube.

Quant à redouter la durée de mes baisemains, la brûlure de mes regards et une interprétation abusive du « bec à bec », c'était là jeu d'archicoquette qui se plaisait aux escarmouches, mais fuyait la bataille, se remparant, dès que l'attaque se faisait plus précise, derrière les bastions de sa vertu.

Je me suis souvent demandé, d'ailleurs, à son sujet,

comme au sujet de certains prêtres, si « vertu » était bien le mot qui convenait. Car si Madame de R. était raffolée de la compagnie des hommes et de leurs attentions, elle abhorrait, en fait, les réalités de l'amour qu'elle trouvait « fort tristes et fort laides », se peut parce qu'elle avait été mariée à l'âge de douze ans à un mari qui connaissait mieux les chevaux et les chiens que la délicatesse des filles.

Elle me reçut, comme à l'accoutumée, à demi étendue dans son lit sur un nid de coussins, vêtue d'une robe de chambre de satin, laquelle était agrémentée au col par un flot de dentelles d'or. Bien qu'il fît grand jour, les lourds rideaux de damas étaient clos devant les fenêtres. Je baisai dévotement la main languissante qu'elle me tendit et après l'avoir couverte, comme elle me l'avait interdit dans sa lettre, de mes regards brûlants, je lui fis de grands compliments sur la « langueur » dont elle souffrait et dont le seul effet était de la rendre plus belle ; sur l'édifice savant d'une coiffure qui lui seyait à ravir ; sur l'eau de senteur enivrante dont elle se vaporisait ; sur les dentelles dont le nuage doré entourait son visage et dont le flou faisait valoir la grâce de ses traits. Et comme un de ses pieds nus dépassait à moitié du bas de sa robe de chambre, je ne craignis pas d'en faire aussi l'éloge, louant sa petitesse et son élégance.

— Ah ! mon ami ! dit-elle en retirant incontinent hors de vue l'objet de mon admiration et montrant une confusion dont je crois bien qu'elle n'était pas jouée, vous dépassez les bornes ! De reste, je ne crois pas un traître mot de ces compliments outrés. Asseyez-vous là, sur cette chaire. Vous pourrez lire votre chapitre, éclairé par le chandelier posé sur la table d'ébène. Comme vous savez, quand je suis en mes humeurs noires, je ne peux supporter le jour. Il me blesse.

Je la regardai en silence. Le jour la blessait-il vraiment ou son visage préférait-il à la vérité du soleil la charité plus douce des chandelles ?

— Mon ami, poursuivit-elle d'une voix plaintive, comme

je m'ennuyais avant votre venue ! Et maintenant, Dieu merci, vous êtes là et tant joliment vous me mentez que je me sens mieux déjà. Voyons, lisez-moi ce que vous avez écrit sur ce bal ! Quand m'avez-vous dit qu'il eut lieu ?

— Le 16 août 1607.

— 1607 ! Mon Dieu ! J'avais dix-neuf ans ! Vous voyez que je vous parle à la franche marguerite : je vous dis mon âge. Et de reste, chattemite que je suis, je ne vous le dis que parce que vous le savez, vous ayant confié, à ce bal, que j'étais votre aînée de quatre ans. J'en étais, je crois, toute fiérote, sotte caillette que j'étais. Ah ! Le temps ! Le temps ! Comme il passe, le misérable !

— Ne l'insultez pas, Madame, il est passé sur vous sans vous toucher.

— Fi donc ! Quel effréné menteur vous faites ! Comme il faut que vous aimiez les femmes pour leur mentir si bien ! Or çà, lisez-moi votre chapitre ! Nous n'en finirions jamais, moi avec mes jérémiades et vous avec vos contes bleus.

— C'est que je n'y vois guère, Madame, peux-je avoir un deuxième chandelier ?

Elle tira la sonnette, Corydon apparut. C'était bien par amour pour Virgile et Ronsard qu'elle l'avait surnommé ainsi, car il apparaissait à tout un chacun comme le majordome le plus laid de la création, ayant, au lieu d'une face humaine, une sorte de hure de sanglier percée de petits yeux porcins. Qui pis est, il ne parlait pas, il grognait, soufflant l'air par ses naseaux.

— M'amie, dis-je, dès que Corydon et le laquais qui apporta le deuxième chandelier se furent retirés, pourquoi avoir choisi ce monstre comme majordome ?

— Ne devinez-vous pas ? dit-elle, l'air mutin. Pour peu qu'on l'ait regardé en entrant, on ne me trouve que plus belle ensuite...

De quel joli rire elle accompagna ces paroles — si musical, si bien filé ! A quel rare degré de perfection avait-elle porté tous les arts féminins de la séduction et cela, pour ne séduire personne !

Je commençai alors à lire mon chapitre et me ressouvenant que mon hôtesse voulait être divertie, je ne fis pas que le lire. Je le mimai. J'en fus tous les acteurs successivement : talent que je tenais de mon père, mais par où je le surpassais. Car il lui restait encore quelque raideur huguenote. Il ne faisait qu'indiquer le rôle. Pour moi, je le jouais.

Dès que j'eus fini, la Marquise me combla de tous les compliments que lui inspiraient les gentillesses et les délicatesses de son naturel. Toutefois, pressée par moi de me dire tout son sentiment, car je lui savais le goût le plus fin et l'esprit le plus délié, elle fit une remarque sur la conduite de ce chapitre qui m'étonna.

— Mon ami, me dit-elle, vous avez fait le pari de raconter ce bal comme vous l'avez vu et vécu à quinze ans, observant avec des yeux neufs cette cour royale où vous veniez d'entrer.

— Eh bien, dis-je un peu alarmé, c'était, en effet, mon pari. L'ai-je perdu ?

— Vous l'avez gagné et vous devriez le regretter.

— M'amie, vous parlez par énigmes. Comment pourrais-je regretter d'avoir fait ce que j'ai voulu faire ?

— Je vais éclairer votre lanterne. Vous parlez, dans ce récit, d'un certain nombre de dames et de seigneurs dont vous avez su, dans les vingt ans qui suivirent, beaucoup de choses, heureuses ou malheureuses. Ne croyez-vous pas que votre lecteur serait heureux d'apprendre ce qu'il advint de ces gens-là dans la suite ?

— Le lecteur l'apprendra dans la suite de mes Mémoires.

— Cela est vrai pour les principaux d'entre eux. Mais non pour ces personnages qui sont dans notre temps sans appartenir à l'Histoire. Les déprisez-vous, alors qu'ils sont souvent si charmants ?

— Point du tout. Mais comment, si je suis fidèle à mon

pari, pourrais-je sortir de l'année 1607 et de mes quinze ans, pour parler prophétiquement de leur avenir ?

— Ah ! Monsieur ! Trouvez un moyen, de grâce ! C'est vous qui avez fait cette étrange gageure d'être la mémoire de votre époque. Ce n'est pas moi. Moi, je ne demande qu'à être placée hors du temps, sur un petit nuage pour y attendre l'éternité sans avoir à vieillir ni à mourir.

Et comme je me taisais, savourant ce souhait et le jetant dans la gibecière des chers souvenirs que j'avais déjà d'elle, elle reprit :

— Tenez ! Cette petite Baronne de Saint-Luc, si jeune et si touchante, sur les beaux yeux de qui vous vous extasiez à quinze ans, savez-vous ce qu'il advint d'elle deux ans plus tard ?

— Mais naturellement je le sais.

— Alors, dites-le à votre lecteur. Il vous en saura gré.

Ayant dit, elle se tut, le visage songeur.

— Je vous vois hésiter, Madame. Vous vouliez ajouter quelque chose ?

— Je n'ose. Vous savez que je passe pour prude à la cour et qu'on rit de moi, parce que je n'aime pas qu'on prononce des mots de trois lettres en ma présence.

— Ces rieurs, Madame, sont de très sottes gens.

— Et ils mentent, au surplus ! dit-elle avec une certaine vigueur. Je vous assure, mon ami, que s'il fallait à tout prix que je prononce le mot « cul », je prononcerais le mot « cul »...

Elle n'en rougit pas moins et de honte et de l'effort qu'elle avait fait.

— Madame, dis-je gravement, à partir de ce jour, je dirai partout à la cour que deux fois devant moi vous avez prononcé le mot « cul » et que je l'ai moi-même répété, sans vous offenser le moins du monde.

— Il n'était peut-être pas utile que vous le répétiez, dit-elle vivement. Et pour en revenir à votre chapitre, cette scène dans la chambre des commodités avec le Roi était-elle nécessaire[1] ?

— Oui, Madame, elle peignait le Roi.

— Mais cette peinture n'est pas très raffinée.

— Le Roi n'était pas lui-même très raffiné. C'était un soldat. Pendant trente ans il avait été cousu, comme dit mon père, « comme tortue dans sa cuirasse », il se lavait peu, il sentait fort, il parlait cru et quand il n'était pas bridé par la présence des dames, ses manières sentaient le corps de garde. Ce qui n'enlevait rien à ses grands talents, ni à ses qualités de cœur dont la clémence à l'égard de ses ennemis était assurément la plus belle.

— N'empêche, mon ami, vous devriez supprimer cette scène. A mon sentiment, elle blesse l'honnêteté.

— J'y vais rêver, Madame, dis-je en m'inclinant, mais tout à fait résolu, en mon for, à n'en rien faire.

*
**

Ma bonne marraine ayant tiré sa flèche du Parthe contre son gendre, le Prince de Conti, coupable d'être arrivé à l'heure à son bal, courut l'accueillir dans la grand'salle aussi vite que le lui permettaient ses pieds martyrisés, entraînant dans son sillage Noémie de Sobole qui la suivit de son propre chef, sachant qu'elle lui était indispensable, puisqu'elle portait son éventail et son flacon de sels. Mais Madame de Guise ne me commandant pas de la suivre, je restai planté là, assez embarrassé de ma personne et très dévisagé par les quatre chambrières qui faisaient mine, et mine seulement, de ranger les affaires éparses de leur maîtresse pour justifier leur présence. Elles y mettaient une lenteur pénélopienne,

---

1. Pierre-Emmanuel de Siorac décrit au chapitre VI du présent ouvrage cette scène dans la chambre des commodités, que la Marquise de Rambouillet trouvait si choquante.

chacune défaisant ce que l'autre avait fait, avec des rires étouffés, des regards en dessous et d'infinis chuchotements.

Ce manège dura bien cinq minutes et fut à la fin interrompu par l'apparition circonspecte des trois filles d'honneur que Madame de Guise avait oubliées (elles aussi !) dans le petit cabinet et qui, n'entendant plus résonner sa voix impérieuse, se hasardaient dans la chambre. N'y trouvant que moi, et n'ayant pas de raison de me craindre, elles entrèrent tout à fait, me firent une belle révérence et s'assirent chacune sur une chaire à vertugadin. Je les saluai à mon tour et, bien aise de faire comme elles, je pris place sur un tabouret. Les chambrières reprirent leur fallacieux rangement, sans plus rire ni chuchoter, mais le regard en éveil et l'oreille aux aguets, se régalant à l'avance du dialogue qui allait s'engager entre les filles d'honneur et moi. Je les déçus, car me ressouvenant des rires dont les moqueuses avaient accueilli ma question sur l'absurde étroitesse du corps de cotte et du vertugadin, je ne pipai pas mot et considérai le plafond. Les garcelettes m'imitèrent mais à ce que je constatai par de brefs regards, elles jouèrent les dédaigneuses beaucoup mieux que moi, car mes yeux, dans leurs furtifs coups de sonde, ne rencontrèrent jamais les leurs, alors que je suis bien assuré qu'ils parvenaient à m'épier sans du tout m'envisager.

Je ne sais combien de temps nous restâmes ainsi, face à face, plus graves que juges siégeant en parlement, moi, les yeux au ciel, et elles si muettes, si aveugles — et si affriolantes dans leurs robes pastel.

— Chevalier ! dit Noémie de Sobole, en pénétrant à la volée dans la chambre en un grand froissement et tournoiement de son cotillon, que faites-vous céans quand Son Altesse vous attend dans la grand'salle pour vous présenter à ses fils ? Et vous, Mesdemoiselles, qu'avez-vous à faire à monter la garde dans une chambre vide ? Boudez-vous le bal ? Seriez-vous les seules à n'y pas chercher un mari ?

Quoi disant, elle me saisit par la main et le bras tendu car son vertugadin était fort large et occupait plus de la moitié du couloir, elle me conduisit jusqu'au seuil de la grand'salle et là, me lâchant, elle me fit passer devant elle et, de la main, me donna dans le dos une forte poussée. De ce fait, j'entrai moins dignement que je n'aurais voulu dans la grand'salle, laquelle était encore aux trois quarts vide, car Madame de Guise, comme je l'appris plus tard, avait commandé à ses enfants d'être là à l'heure, considérant que ce qui était péché chez le Prince de Conti était chez eux vertu.

Plus obéissants, à ses désirs, que mon père, tous les princes de la puissante maison de Lorraine se trouvaient là, debout, à l'exception de leur oncle, le Duc de Mayenne, lequel avait pris place dans une chaire à vertugadin, presque trop étroite pour les dimensions de sa croupe.

Ils me dévisageaient, tandis que je traversais en allant vers eux toute la longueur de la salle. Je la trouvais, en effet, fort longue sous le feu de leurs regards et n'avais pas de mal à m'imaginer comment ils me voyaient, moi, leur demi-frère bâtard, fils, au surplus, d'un père qui avait si ardemment combattu leur félonne maison sous Henri III et Henri IV. Toutefois, d'avoir pensé à mon père me remit du cœur au ventre et j'avançai vers eux, le pas plus ferme et le regard assuré, mais sans morgue non plus, tâchant même de donner à ma physionomie un air de riante sérénité. J'étais à une dizaine de pas de ce groupe imposant quand Madame de Guise — la plus petite de sa famille mais, à l'exception de Mayenne, la plus respectée — s'avança vers moi, ses yeux bleus fichés dans les miens avec cette expression affectionnée que j'aurais tant voulu lui voir quelques minutes plus tôt dans son petit cabinet quand la frisure de ses cheveux accaparait son attention. Elle me prit par la main puis, se virevoltant avec vivacité, elle se mit à mon côté et à mon pas (ce qui m'obligea à ralentir le mien) et je fus ainsi amené par elle jusqu'au Duc de Mayenne.

— Mon frère, dit-elle (il n'était, en fait, que son beau-frère et le seul survivant des Guise de son époque, ses deux frères ayant été assassinés par Henri III à Blois, et sa sœur, la boiteuse Montpensier étant morte, la paix revenue), j'aimerais recommander à votre bienveillance mon beau filleul, le Chevalier de Siorac...

Grand mangeur, grand dormeur, fort gros de l'arrière-train et de la bedondaine, quelque peu podagre aussi et goutteux, mais l'œil plus malin que celui d'un éléphant, le Duc de Mayenne devant qui je me génuflexai me fit un petit signe de tête puis, fermant à demi les paupières, il me considéra en silence pendant une longue minute. Après quoi, les deux mains posées sur ses énormes cuisses, il dit d'une voix lente, mais bien articulée :

— J'ai connu le Marquis de Siorac au siège d'Amiens, quelque temps après que j'eus abandonné la Ligue pour rallier le camp d'Henri IV.

— Mon père me l'a dit, Monseigneur.

— Et vous a-t-il conté comment, assiégeant Amiens occupé par les Espagnols, nous avons été, à notre tour, attaqués par le Prince Albert ?

— Oui, Monseigneur.

— Vous a-t-il instruit de la part que j'ai prise à cette bataille ?

— Oui, Monseigneur.

— Laquelle ?

— Vous avez, Monseigneur, défendu le flanc sud des assiégeants contre l'attaque du Prince Albert, lequel tenta vainement de jeter un pont de bateaux sur la rivière de Somme pour y faire passer ses canons. En outre, vous aviez prévenu Henri que ce côté que vous commandiez étant fort peu fortifié, il se pouvait que l'attaque vînt par là.

— Et qui me contredisait hautement sur ce point ?

— Le Maréchal de Biron.

— Savez-vous quand j'ai quitté la Ligue pour rallier Henri IV ?

— Quand le Roi s'est converti au catholicisme, vous avez estimé que la Ligue avait perdu sa raison d'être.

— Avez-vous ouï cela, Sommerive? dit le Duc de Mayenne.

Ce disant, il tourna la tête, ou plutôt il voulut la tourner, car son cou ayant perdu toute mobilité et paraissant soudé à son tronc, il fallut que celui-ci se déplaçât pour qu'il pût voir celui auquel il s'adressait : un beau cavalier d'une vingtaine d'années qui se tenait debout à la droite de sa chaire.

— Oui, Monsieur mon père, dit Sommerive, en penchant vers lui sa face claire. Et j'en suis ébahi assez. Je ne savais pas tout ce détail sur le siège d'Amiens. Le Chevalier est fort savant.

— Et je le crois aussi très avisé pour son âge, dit Mayenne.

Et se tournant à nouveau vers moi, avec cette même rotation lente et massive de tout le tronc qui me paraissait donner tant de poids à son propos, il dit :

— A votre sentiment, que serait-il arrivé si moi, devenu le chef de la maison de Lorraine après la mort de mes frères, je n'avais pas fait alors ma soumission à Henri ?

Je jetai un coup d'œil à Madame de Guise, un autre à Sommerive et un autre encore aux quatre princes lorrains qui écoutaient, béants, cet entretien. Comme j'hésitais, Mayenne me dit d'un ton ferme, mais sans élever la voix .

— Dites sans crainte votre sentiment.

Je regardai de nouveau ma marraine, puis les princes lorrains et je dis :

— La maison de Lorraine aurait beaucoup pâti.

— Avez-vous ouï cela, Sommerive ? dit Mayenne.

— Oui, Monsieur mon père.

— Qu'en pensez-vous ?

— Que c'est le bon sens même.

— Et qu'en pensent mes beaux neveux ? dit Mayenne en relevant les paupières et en jetant un regard perçant à Charles de Lorraine dont il pensait qu'étant l'aîné des princes lorrains, et le duc régnant, il devait répondre en son nom et en celui de ses frères.

— J'opine comme Sommerive, dit le Duc, non sans quelque sécheresse dans la voix. Et d'autant que j'ai suivi votre exemple, mon oncle, et ai fait moi aussi ma soumission à Henri.

— Charles, dit Mayenne avec une ironie voilée, je suis heureux de votre accord. Il m'a paru parfois qu'il y avait comme un doute là-dessus dans la maison de Lorraine et que d'aucuns, dans leur infinie légèreté, songeaient à réveiller de vieilles querelles.

— Mon oncle, dit Charles avec gêne, je n'ai pas ouï parler de cela

— Derechef, j'en suis heureux. Rappelez-vous que je ne veux plus de riote entre la maison de Guise et la maison de Bourbon. Sommerive, poursuivit-il, est-ce que le Chevalier de Siorac vous plaît ?

— Beaucoup. Bassompierre qui le prise fort m'en avait déjà parlé et je tiens que sous le rapport du savoir, comme de l'apparence, ce coquelet fera un fameux coq, si Dieu lui prête vie.

— Alors, prenez ce coquelet sous votre aile et, avant que son parrain le Roi n'arrive, parrainez-le auprès d'un chacun, afin que personne ne s'avise, ici, de lui donner du bec dans la plume.

— Avec joie, Monsieur mon père, dit Sommerive.

Et venant à moi le visage riant, Sommerive me prit dans ses bras, me donna une forte brassée et me baisa sur les deux joues.

— Votre poing, mon filleul, dit Madame de Guise.

Dès que j'eus obéi, elle posa dessus la main droite et

m'imprimant la direction qu'elle voulait, elle me tira à l'écart et me dit à voix basse :

— Dieu merci, vous avez plu au Duc.

— Lui ai-je plu vraiment ?

— Vous n'avez pas fait que lui plaire. C'est un habile homme, il favorise quiconque a la faveur du Roi. Toutefois, je m'en réjouis fort. Mes fils n'oseront pas piper.

— Auraient-ils pipé sans cela ?

— Ce sont des écervelés. On ne sait jamais ce qu'ils vont dire ou faire. En outre, vous pouvez bien imaginer qu'ils ne sont pas fort contents de voir surgir parmi eux ce demi-frère, reconnu tout soudain par moi et promu par le Roi.

— Madame, dis-je, je pense qu'en me reconnaissant ce soir comme vous le faites vous montrez un grand courage.

— C'est que je vous aime, dit-elle en serrant avec force mon poing. Je vous aime plus qu'aucun autre de mes fils. Puisse le ciel me pardonner cette parole impie !

Je ne pus répondre à cela, les larmes me montant aux yeux.

— Et pouvez-vous me dire, reprit-elle d'un ton badin, pourquoi vous m'avez si laidement boudée dans mon petit cabinet ?

— J'enrageais ! Vous n'en aviez que pour vos frisettes ! Vous ne me regardiez pas !

— Béjaune que vous êtes ! Vous avez encore beaucoup à apprendre sur les femmes ! Sachez que je regardais quand et quand votre reflet dans mes deux miroirs et que je m'égayais fort de votre maussaderie.

— Vous vous en égayiez !

— Et je m'en inquiétais aussi. Vous devriez cuirasser votre trop tendre cœur, mon Pierre. Sans cela, plus d'une s'y fera les griffes. Mais assez clabaudé ! Or sus ! Venez affronter mes petits monstres !

Se peut parce que Mayenne leur avait donné le *la*, se peut parce que me voyant une langue si bien émoulue, ils craignirent de ne pas avoir le dessus avec moi dans une picoterie, les « monstres » ne furent pas tant picaniers avec moi que leur mère avait craint. Charles, « le petit duc sans nez » comme on l'appelait à la cour, n'était pas sans manières. Il s'exprimait fort bien, tout ignare qu'il fût, et s'arrangea pour mettre quelque hauteur dans son amabilité. Toutefois, il voulut bien rappeler que mon père à Reims lui avait été de « bon secours et service » mais sans aller jusqu'à dire qu'il lui devait la vie quand, ayant passé par surprise son épée à travers le corps de Monsieur de Saint-Paul, il la lâcha et se trouvant sans arme eût été, sans mon père, infailliblement occis par le Baron de La Tour.

Cette chicheté du Duc dans la gratitude, jointe au soupçon de hauteur qu'il mettait dans ses façons, me refroidit à son égard et je fis peu d'efforts pour lui plaire.

Je n'en fis pas davantage avec François, Chevalier de Malte, alors âgé de dix-neuf ans et à coup sûr, le plus écervelé de tous, puisque sur la foi d'une clabauderie de cour, il avait osé dire que mon père avait mis la main à l'exécution du Duc Henri de Guise, propos qui lui valut d'être tancé et par sa mère, et par Sully, et par le Roi. Je lui trouvai une physionomie violente où la matière avait plus de place que l'esprit.

— Mais où donc est passé Louis ? dit Madame de Guise en jetant ses regards de tous côtés dans l'immense salle et sans beaucoup de succès, car elle avait la vue basse, sans vouloir consentir à l'avouer ni à porter lunettes.

— Il était là, à l'instant, poursuivit-elle, et il s'est comme évaporé. Il est vrai qu'il est si léger ! A-t-on jamais vu archevêque plus volatil ?

— Madame, dis-je, si c'est une robe violette que vous cherchez, elle est là sur votre droite dans cette encoignure de fenêtre en train de dérober des baisers à une dame fort jeune et fort belle.

— Qu'est cela ? Qu'est cela ? dit ma marraine en marchant vers le couple à pas précipités, ce qui lui arracha de petits gémissements, ses souliers la martyrisant. Mais c'est ma fille ! s'écria-t-elle quand elle eut le nez sur la robe violette et sa compagne. Louis, vous lutinez votre propre sœur ! A mon bal ! Voudriez-vous qu'on parle de vous comme de l'archevêque de Lyon qui coqueliqua pendant vingt ans avec sa propre sœur au vu et au su de tous !

— Ma mère, j'en suis bien loin ! dit Louis en riant. Pourquoi faut-il que cette petite pimbêche fasse la renchérie, parce que je la veux baiser dans le cou ? Je l'ai picotée là plus de mille fois en ses jeunesses ! Et ce jour d'hui, sous prétexte qu'elle est mariée à un idiot, elle y met des façons !

— Je ne suis ni pimbêche ni petite, dit la Princesse de Conti avec feu. Petite, je ne le suis que par l'âge, ayant cinq ans de moins que vous, barbon !

Tout en s'adressant à son frère, elle ne laissait pas de me donner le bel œil et de me faire des sourires enchanteurs qu'elle tâchait de dérober à sa mère. Que voilà, me pensai-je, une archicoquette qui ne peut voir un homme sans lui vouloir tourner la tête.

— Barbon ! dit Louis, avec une indignation puérile, moi, barbon ! Ma mère, je vous prends à témoin ! Est-on barbon à trente ans ?

— Trente-deux, dit la Princesse de Conti.

— Louis, écoutez-moi, dit Madame de Guise avec sévérité, je ne veux pas ici de vos enfantillages. Vous allez vous tenir à mon bal comme il convient à votre robe. Et dès demain, vous regagnerez votre archevêché de Reims où je veux, Louis, je veux que vous demeuriez rigoureusement à l'écart des pucelles et des femmes mariées.

— Il ne me reste donc plus que les veuves ! dit Louis en riant derechef. Mais toutes les veuves ne sont pas aussi belles et allantes que vous, ma mère !

— Monsieur mon fils, dit Madame de Guise qui, à mon sens, contenait sa colère pour ne pas gâter son fard, ni déranger sa coiffure, ne croyez pas me désarmer avec un compliment de quatre sols. Si votre mémoire se trouble, je m'en vais l'éclaircir. Rappelez-vous, je vous prie, qu'entre autres exorbitantes demandes de votre aîné le Duc il réclamait au Roi, pour prix de son ralliement, les bénéfices de l'archevêché de Reims, lesquels revenaient, de son vivant, à votre oncle, le cardinal de Guise. Cela ne se fit pas, le Roi les ayant baillés à un parent de la belle Gabrielle. Là-dessus, la Gabrielle meurt et je me suis battue, Monsieur, dois-je vous le rappeler ? Je me suis battue bec et ongles, pour que le Roi vous nomme, vous, archevêque de Reims et que vous ayez, vous, ces bénéfices ! Je n'ai pas voulu que votre aîné ait tout et que vous n'ayez rien. Vous seriez donc un ingrat, Monsieur, et un grand fol, si vous deviez gâcher les chances que je vous ai données. Avec les revenus de votre archevêché, vous êtes le plus riche de mes fils. Vous portez une robe violette qui vous va à ravir et qui vous fait respecter partout. On vous donne du Monseigneur, on vous baise la main, les princesses se génuflexent devant vous — vous, un cadet ! Et si vous êtes sage, Monsieur, mais il faudra être sage, le Pape, d'ici à quatre ou cinq ans, vous donnera, comme autrefois à votre oncle, le chapeau de cardinal et vous aurez alors préséance à la cour sur les princes du sang. Est-ce rien, dites-moi, de monter si haut dans l'État ? Avec votre peu de mérite !

Je regardai l'archevêque tandis que Madame de Guise lui tenait ce discours. Il était bien vrai que la robe violette allait à ravir à Louis de Lorraine qui était blond, rose, l'œil pervenche comme sa mère, la taille bien prise et eût été fort joli, si son menton n'avait été un peu court. Il écouta la semonce maternelle avec une certaine confusion et quand elle eut fini, lui prenant les deux mains avec élan, il les baisa à plusieurs reprises et lui dit avec effusion :

— Madame, vous êtes la meilleure des mères ! Et il en sera fait selon vos volontés. Je repartirai demain pour

Reims. Toutefois, ajouta-t-il avec une humilité qui ne me parut pas feinte, ce n'est pas ma main que l'on baise, c'est mon anneau...

Son ton, son geste et ses paroles me touchèrent et je me dis que si l'archevêque était à ranger parmi les écervelés, du moins avait-il un bon naturel. Ce qu'il montra derechef en m'accueillant chaleureusement, quoique très à l'étourdie.

— Ah ! Monsieur mon cousin ! me dit-il, que je suis aise de vous connaître ! Ma mère me dit que vous savez le latin ! Et que vous écrivez le français comme un ange ! De grâce, demandez au Roi de vous nommer évêque, et je n'aurai de cesse que je ne vous ai comme coadjuteur. J'ai grand besoin de quelqu'un pour écrire mes homélies, célébrer les messes les plus longues, chevaucher sous un dais dans nos interminables processions, et veiller à la bonne marche de mon diocèse : toutes choses, qu'ayant tant d'esprit vous feriez infiniment mieux que moi.

— Monseigneur, dis-je, si je vous entends bien, nous serions, dans cette affaire, à égalité. J'administrerais votre archevêché et vous en toucheriez les revenus.

A quoi Madame de Guise et la Princesse de Conti rirent à chaudes gorges. Hilarité à laquelle l'archevêque, après un temps de retard, se joignit, étant si bon garçon et ne songeant même pas à me garder mauvaise dent de ma petite pique.

A ce moment, Monsieur de Réchignevoisin, que je n'aurais jamais pensé être capable de donner à sa voix suave un tel volume, annonça l'entrée du Duc de Montpensier, du Duc de Bellegarde et de Madame Charlotte Des Essarts. Et tout soudain, je me retrouvai seul. Madame de Guise dirigea ses pas vers le Duc de Montpensier. La Princesse de Conti courut accueillir Bellegarde et l'archevêque, Charlotte Des Essarts.

— Vous voilà intrigué, Chevalier, dit Sommerive dont je m'aperçus, en me retournant, qu'il était venu se placer à ma droite comme mon ange gardien. Vous auriez pensé, sans doute, que Madame de Guise suffisait à souhaiter la bienvenue aux nouveaux arrivants, et en premier lieu, bien sûr, au Duc de Montpensier, puisqu'il est prince de sang et son cousin germain. Mais outre que ses enfants peuvent se sentir quelque obligation à l'assister en cette occasion, l'inclination prend ici le relais du devoir. Nul n'ignore, et vous devez le savoir, car une ignorance à la cour pourrait vous être fatale, que la Princesse de Conti, avant son mariage, a eu quelques amabilités un peu vives pour le Duc de Bellegarde. Et quant à notre sémillant archevêque, pourquoi un cœur ne battrait-il pas sous une robe violette ?

— Pour Charlotte Des Essarts ? Pour la favorite ? Est-ce possible ? Et qu'en pense le Roi ?

— Le Roi ne s'en soucie guère. Il pense que l'archevêque obéit à sa mère et qu'il n'aura qu'un mot à dire à sa bonne cousine pour qu'elle le renvoie à Reims.

— C'est fait. Elle vient de le lui commander.

— Ma bonne tante est la sagesse même.

— Et comment Charlotte Des Essarts prend-elle les hommages de l'archevêque ?

— Un archevêque, assurément, ne vaut pas un roi. Mais la charmante Charlotte pense à son avenir, lequel est fort incertain, le Roi étant si volage. Comment la trouvez-vous ?

— Blonde et ronde.

— Et petite. La Comtesse de Moret est petite, elle aussi. Raison pourquoi la Princesse de Conti, commentant la demi-disgrâce de la Marquise de Verneuil, a beaucoup ébaudi la cour en disant : « Le Roi ne monte plus ses grands chevaux. Il trouve à cette heure les petites montures meilleures et plus propres pour lui. » Chevalier, qu'est cela ? Vous faites la mine ?

— La plaisanterie est un peu bien vilaine.

— Ah ! Chevalier ! Il faudra vous y faire ! La plupart des plaisanteries de cour sont de cette farine qui n'est pas, il est vrai, des plus raffinées. La seule personne raffinée ici est la jeune Marquise de Rambouillet. Et je vous présenterai à elle : vous ne faillirez pas de l'aimer. Elle lit les poètes, elle apprend le latin, elle discourt à ravir. En outre, elle est belle à damner le saint le plus racorni. Chevalier, ne frétillez pas d'avance. La vertu de la Marquise se fâche de la moindre œillade et sa pudibonderie est des plus farouches.

A ce moment, Noémie de Sobole, du fond de la salle, se dirigea vers nous, ce que voyant Sommerive, il me dit à voix basse :

— Cette pécore va fondre sur nous. Pardonnez-moi, je vous laisserai dès qu'elle sera là. J'irai converser avec le Prince de Conti et le Duc de Montpensier qu'on a fait asseoir, à ce que je vois, côte à côte.

— Converser ? Mais le premier est sourd !

— Et le second, idiot. Toutefois, ils sont tous deux princes du sang et j'ai envers eux quelque obligation de courtoisie, puisqu'ils sont Bourbons et moi Guise. Vous avez ouï mon père là-dessus.

Le cheveu flamboyant, le visage animé, et le téton houleux, Noémie de Sobole glissait rapidement vers nous tel un navire sous voiles, le vent de sa course gonflant son vertugadin. Dès qu'elle nous atteignit, elle lança sur Sommerive son petit grappin.

— Ah ! Comte ! dit-elle d'une voix frémissante, que je suis donc aise de vous voir !

— Nul à vous contempler ne pourrait être plus ravi que moi, Madame, dit Sommerive, en s'inclinant. Vous êtes l'épitomé de tous les agréments que l'on voit dans cette maison et il n'est rien au monde que je préfère à votre gracieuse présence. Voulez-vous, de grâce, me pardonner, et le Chevalier aussi, mais je dois aller présenter mes devoirs aux princes du sang. Plaise à vous de me réserver une danse. Si vous me l'accordez, je serai dans les délices.

Sommerive, sur ces mots qu'il avait débités d'un ton

affecté et d'une traite, sans du tout regarder la pauvre Noémie, ses yeux demeurant fixés sur un point situé au-dessus de sa tête, s'inclina. Et, tournant le dos, gagna le coin où le Prince de Conti et le Duc de Montpensier étaient assis côte à côte comme deux navires échoués dans le sable et à demi démantelés.

— Le méchant se moque, dit Noémie de Sobole, avec plus de tristesse que de ressentiment. Voilà bien nos muguets ! Ils trouvent le moyen de vous offenser en vous disant des choses aimables.

— Il vous a cependant retenu une danse.

— Et croyez-vous qu'il tiendra parole ? Tous ces beaux cavaliers qui gravitent autour de Bassompierre : Bellegarde, Sommerive, Joinville, Schomberg, fuient comme peste les pucelles : ils voient en elles des pièges à mariage. Ils préfèrent conter fleurette à des vertus écornées, comme la Moret ou la Charlotte et pour le quotidien, ils se contentent des « nièces » de Monsieur de Bassompierre.

Ce mot « nièce », qui me fit songer à Toinon, me déplut et je changeai de sujet.

— Mais que peut conter Sommerive au Prince de Conti, puisque le Prince ne peut l'ouïr ?

— Il ne peut ni l'ouïr ni, s'il l'oyait, lui répondre, car le pauvre prince est bègue à ne pouvoir articuler deux phrases de suite. Quant au Duc de Montpensier, il est très atténué. Vous avez remarqué son effrayante maigreur ?

— Oui, dis-je, il me fait penser aux vers de Ronsard :

Un squelette séché, une carcasse étique,
Un fantôme de corps fiévreux et pulmonique.

— Il n'est pas pulmonique. Il souffre depuis quatorze ans d'une affreuse blessure à la mâchoire qu'il reçut à la bataille de Dreux, aux côtés d'Henri IV. S'il n'avait pas un emplâtre sur le menton, vous verriez le pus. Il coule depuis quatorze ans ! Le malheureux ne pouvant plus mâcher, on le nourrit au lait de femme.

— Pourquoi au lait de femme ? dis-je, béant.

— Il ne supporte pas le lait de vache.

— Est-il idiot, comme le prétend Sommerive ?

— Si j'en crois Son Altesse, dit Noémie de Sobole, j'entends votre marraine, le Duc, quoique fort vaillant au combat, n'a jamais eu beaucoup d'esprit. Et ses continuelles souffrances lui ont fait perdre le peu qu'il avait.

— Souffrant comme il est, pourquoi vient-il à ce bal ?

— Le Roi est son cousin.

— Le Roi l'aime-t-il ?

— Il aime surtout sa fille.

— Quel âge a-t-elle ?

— Quelques mois : le Roi veut à force forcée la marier à son deuxième fils pour la raison qu'elle sera, à la mort du Duc, la plus riche héritière du royaume.

— Je trouve tout cela un peu triste, dis-je au bout d'un moment.

— Moi aussi, dit Noémie de Sobole. Danserez-vous avec moi, Chevalier ?

— Oui.

— Ce « oui » serait bien nu, si le regard n'y ajoutait des volumes. Vous me trouvez belle, je crois ? Quel dommage que vous soyez si jeune ! Je vous eusse volontiers épousé.

— Madame, ne pouvez-vous penser à autre chose qu'au mariage ?

— Bien forcée. Que croyez-vous que soit une fille d'honneur ? Une servante bien née à qui on ne donne pas de gages. Assurément je ne fais pas les lits, mais je porte l'éventail et le flacon de sels. Votre marraine est assurément la bonté même, mais...

— Mais, dis-je en riant, c'est une soupe au lait qui bouillonne et déborde...

— Et me fait réveiller au milieu de la nuit pour partager

sa couche et soulager ses insomnies en écoutant ses confidences. Croyez-moi, Chevalier, si j'avais été assez bien née pour cela — mais ces Grands ne se marient qu'entre cousins —, moi aussi, j'aurais épousé le Prince de Conti.

— Fi donc ! Cette épave !

— Mieux vaut s'accrocher à une épave que sombrer dans l'enfer d'un couvent.

— Madame, votre métaphore est incongrue : on ne sombre pas dans un enfer. On y brûle.

Elle rit à cela comme nonnain et aurait ri plus longtemps, si un tout petit page, habillé aux couleurs des Guise, n'était venu à nous trottinant pour lui dire que Son Altesse réclamait sa présence à ses côtés pour l'éventer. A quoi Noémie de Sobole, levant les yeux au ciel, soupira et après m'avoir lancé une dernière œillade suivit le galapian.

Après son départ, je me sentis quelque peu perdu et déplacé dans cette grand'salle où maintenant affluait un courant continu et coloré de seigneurs et de dames richement vêtus qui tous se connaissaient entre eux et parmi lesquels je ne connaissais personne. Comme des tabourets, des chaires à bras et des chaires à vertugadins étaient alignés le long des murs, je décidai de ne pas rester planté au beau milieu de la pièce comme un îlot battu par des flots inconnus et je fis retraite vers un des murs contre lequel je m'assis, ayant pris possession d'un tabouret, beaucoup de ceux-là, Dieu merci, étant libres encore, la danse n'ayant pas commencé et personne ne souffrant encore du jarret. J'avais bien choisi mon bastion, me trouvant flanqué sur ma gauche par une estrade sur laquelle une bonne douzaine de violonistes debout accordaient leurs instruments sans me prêter la moindre attention et sur ma droite, par une grande plante verte, grâce à laquelle je pouvais voir à mon aise, sans être vu, la plus grande partie de la salle.

Je m'aperçus alors qu'à mon entrant dans ladite salle, fasciné par la maison de Lorraine qui, au grand complet, me regardait venir à elle de tous ses yeux (lesquels montraient toutes les nuances possibles du bleu), je n'avais même pas remarqué que les centaines de chandelles portées par les trois grands lustres au plafond étaient allumées, produisant une lumière à la fois très vive et très douce qui retenait d'autant plus les regards que les petites flammes en haut des mèches vacillaient toutes en même temps quand une brise légère soufflait des grandes fenêtres laissées grandes ouvertes sur le jardin en raison de la touffeur de l'air.

En prêtant l'oreille, on discernait, malgré le bruit grandissant des conversations, un petit grésillement continu causé par les insectes qui avec une attristante régularité venaient se brûler aux lustres. Et je remarquai aussi pour la première fois que la douzaine de bras de lumière, qui sortaient des murs pour éclairer les tableaux de l'illustre famille, avaient bel et bien la forme de bras humains, comme si des esclaves, de l'autre côté de la maçonnerie, les maintenaient immobiles pour éclairer les visages pleins de hauteur des ducs assassinés.

Je n'aurais pas été fils de huguenot, élevé dans la stricte économie de notre logis du Champ Fleuri, si mon cœur ne s'était pas serré à la pensée de la folle dépense de chandelles et de bougies (celles-ci sans nul doute particulièrement onéreuses) que Madame de Guise allait devoir supporter en cette seule nuit du seize août. Sans compter, supputai-je, le buffet qui, du coin opposé à ma plante verte, me faisait face et qu'une telle quantité de boissons, de mets, d'entremets, de fruits encombrait qu'une compagnie entière de gardes-françaises eût pu y étancher soif et faim avant de s'aller coucher dans ses quartiers. Mais à la vérité, pour ceux des gardes qu'en gagnant ma place j'avais pu voir par les fenêtres donnant sur la cour, et qui assuraient pour la durée de la nuit la sécurité de tant de Grands, il n'était question ni de dormir, ni de se garnir en viandes, ni de boire, mais de suer dans leurs uniformes, aussi immobiles que les bras de lumière qui, à l'intérieur de l'hôtel, portaient leurs bouquets de bougies.

A l'autre bout de la grand'salle, se dressait une autre estrade, non point nue comme celle des violonistes, mais richement décorée d'un grand tapis de Turquie, égayée par trois grosses corbeilles en bronze remplies de roses blanches et meublée de deux grands fauteuils dorés qui, côte à côte, faisaient face à la salle. Je les avais vus quand Monsieur de Réchignevoisin m'avait fait les premiers honneurs de l'Hôtel de Grenelle, mais le bois doré, qui laissait voir alors sur leur dossier les armes des Guise, avait été depuis pudiquement revêtu de housses de velours gansées d'or afin que la vue du Roi ne fût pas offensée par des armes qui avaient si longtemps combattu les siennes et celles de son prédécesseur sur le trône de France.

***

— Mon mignon, dit Bassompierre, en se dressant tout soudain devant moi, je vous déniche enfin. Vous cachiez-vous sous les feuilles ? Je ne peux croire qu'étant si savant vous soyez à ce point modeste. Voici le Prince de Joinville à qui sa mère pensait vous présenter, quand ses devoirs l'ont appelée ailleurs. Il brûle de vous connaître.

— Monseigneur, dis-je en me levant, vous me faites beaucoup d'honneur.

Je le regardai en disant ces mots et ce que je vis me plut fort. Des quatre fils de Madame de Guise, Joinville était assurément le plus beau, le plus robuste et celui dont la physionomie ouverte et vive annonçait le plus d'esprit.

— Je ne sais si je mérite d'être appelé Monseigneur, dit-il en souriant. Joinville est un petit village en Champagne à côté duquel mon arrière-grand-père, Claude de Lorraine, construisit le château du Grand-Jardin. Je ne sais comment, s'étant d'abord appelés Seigneurs de Joinville, puis Barons de Joinville, les Ducs de Guise en sont venus à s'appeler les Princes de ce petit domaine. Quoi qu'il en soit, le titre appartient de droit à mon aîné Charles, qui me l'a conféré à ma majorité. C'est un titre de courtoisie. Joinville ne m'appartient pas et le château, pas davantage. Je tire mes revenus de Saint-Dizier dont le Roi a eu la bonté de me nommer gouverneur et, Dieu merci, je n'y mets jamais les pieds.

— Mais, dis-je innocemment, qui donc gouverne Saint-Dizier en votre absence ?

— Que voilà une question excellentissime ! dit Bassompierre en riant aux éclats. Et qu'étrangement les choses se passent en le royaume de France ! Le Prince de Joinville gouverne Saint-Dizier de Paris.

— Par le truchement d'un lieutenant que j'y ai nommé, dit Joinville.

— Et le Roi, dis-je, béant, accepte cet arrangement ?

Bassompierre posa la main sur mon épaule et, cessant de rire, me dit d'un ton ferme :

— Mon mignon, dis-toi bien ceci : le Roi, quoi qu'il fasse, a toujours raison.

— Ce qui veut dire, dit Joinville en souriant d'un seul côté de la bouche, que Bassompierre donne toujours raison au Roi, parce qu'il est le Roi, et à la Reine, parce qu'elle est la Reine, et même à la Marquise de Verneuil, du temps où elle régnait sur le Roi.

— Pardienne ! Quoi d'étonnant à cela ? dit Bassompierre. Étant allemand et vivant en France, je suis le paroissier de qui est le curé.

— Bassompierre, ton français fout le camp, dit Joinville. On ne dit pas « paroissier ». On dit « paroissien ».

— Et qu'en pense notre savantissime ? dit Bassompierre en se tournant vers moi ? J'ai ma doute là-dessus.

— Holà ! Holà ! dit Joinville. Point si vite ! Gageons d'abord ! Combien mets-tu sur « paroissier » ?

— Cent livres.

— Tope !

Et ils topèrent comme marchands après un barguin conclu.

— Chevalier, dit Joinville avec une enfantine impatience, le verdict ?

— Rabelais dit « paroissien ».

— Perdu ! dit Bassompierre gaîment. Cette bague avec le gros rubis te convient-elle, mon Claude ? Elle vaut bien deux cents livres.

— J'aimerais autant l'anneau d'or que je vois à ton majeur.

— Quoi ? L'anneau de la fée ! Qui m'apporte chance et bonheur ! Autant me couper le doigt !

— Ce sera donc le rubis, dit Joinville.

Bassompierre l'enleva de sa main et la passa de soi au doigt de Joinville qui regarda la bague avec ravissement.

— Voilà qui est bel et bon, dit-il, mais je n'ai pas fini. Tu as dit « *ma doute* », on dit « *mon doute* ».

— Pas du tout, on dit « ma doute ».

— Gageons.

— Cent livres ?

— Tope.

Ils topèrent et me regardèrent.

— On dit les deux, dis-je, sérieux comme un juge. Montaigne dit « *la* doute », mais Ronsard dit « *le* doute ».

— Perdu ! dit Joinville en riant et il rendit la bague.

Et reprenant tout soudain son sérieux après ces gageures que je trouvais, en mon for, passablement puériles, il se tourna vers moi et me dit :

— Il y a une raison pour laquelle le Roi tolère que le gouverneur qu'il a nommé se fasse remplacer par un lieutenant et réside à Paris. A Paris, ledit gouverneur, s'il est turbulent, est l'otage du Roi. Si le Roi conçoit à son égard des soupçons et des ombrages, il remplace en tapinois par un homme à lui le lieutenant que son gouverneur a nommé. Ainsi a-t-il fait pour le Duc d'Épernon à Metz. Le Duc reçoit toujours sa pension de gouverneur, mais il n'a plus dans sa ville qu'un pouvoir nominal. Il ne peut ni la fermer au Roi ni l'ouvrir à l'Espagnol.

— Voilà, dis-je, qui est habilement machiné.

— Mais cela, dit Bassompierre, est bon pour Metz qui est une place importante, mais ne vaut pas pour Saint-Dizier qui est ville petite et de petite conséquence.

— Alors l'intérêt du Roi est autre, dit Joinville. Si le gouverneur déplaît en quoi que ce soit à Sa Majesté, Sa Majesté lui commande de se retirer dans son governorat. C'est un exil qui ne dit pas son nom. Et pour moi, quitter Paris et vivre à Saint-Dizier, ce serait indubitablement ma mort.

— Alors, prépare ton agonie ! dit Bassompierre en lui lançant un regard entendu. La mort n'est pas une montagne. Le tout, c'est d'être prêt.

La physionomie de Joinville, qui m'avait paru vive et pétillante, quand il m'avait expliqué la politique du Roi à l'égard des gouverneurs de ses villes, se ferma, et baissant la tête d'un air buté, il ne dit mot. Bassompierre se tut lui aussi et je me sentis quelque peu mal à l'aise. A cet instant, par bonheur, Madame de Guise fondit sur nous, affairée et rieuse, suivie de Noémie de Sobole. Prenant Joinville par le bras, elle lui dit :

— Eh bien, Monsieur mon fils, ne trouvez-vous pas charmant le Chevalier de Siorac ?

Sans attendre de réponse, elle reprit :

— Où est passé Sommerive ? Mon frère Mayenne l'avait fait l'ange gardien du Chevalier.

— Vous le voyez, Madame, dit Bassompierre avec un geste élégant de la main, en train de tenir des discours aimables au Prince de Conti et au Duc de Montpensier.

— Il ne risque pas d'être contredit, dit la Duchesse. L'un

est sourd et l'autre, sans mâchoire. Il n'empêche, reprit-elle, comme prise de remords de s'être ainsi gaussée de sa parentèle, que Sommerive a un cœur excellent.

— Avec moi il est fort méchant, dit Noémie de Sobole.

— C'est que vous lui montrez trop qu'il vous plaît, ma fille, dit la Duchesse en lui caressant la joue du revers de la main. Il en est des hommes comme des vilains : oignez-les, ils vous poindront. Mon enfant, reprit-elle, non sans quelque bonté dans le ton, quoiqu'elle grondât, je vous l'ai dit plus de cent fois. Gardez-vous bien d'aimer des gens comme Bassompierre, Joinville, Sommerive, Bellegarde, ou Schomberg. Ils sont trop beaux. Ce sont des miroirs à alouettes. Ils en pipent une tous les matins. Comment voulez-vous, dans ces conditions, qu'ils répondent à votre sentiment ?

— Madame ma mère, dit Joinville, le jarret me démange ! Va-t-on enfin danser ?

— Quand le Roi sera là. Voudriez-vous ouvrir le bal sans lui ?

— Il ne doit pas être loin : la Comtesse de Moret vient d'arriver.

— Je l'ai vue, dit Madame de Guise.

— N'irez-vous pas l'accueillir ?

— Elle attendra.

— Faut-il être incivil ?

— C'est à moi d'en décider.

— En ce cas, vous voudrez bien me permettre, Madame, de me substituer à vous.

Et sans attendre de réponse, il lui fit une profonde révérence et, lui tournant le dos, il s'en alla, fort élégant en sa tournure, les épaules larges et la taille fine. Madame de Guise le suivit de l'œil et soupira :

— Cette basquine m'étouffe, mais moins que mes soucis de famille ! Sobole, évente-moi. Bassompierre, avez-vous dit à cette guêpe de cour ce qu'il peut lui en coûter de voleter au-dessus des tartines du Roi ?

— L'ordre d'aller gouverner Saint-Dizier ou l'exil. Il le sait bien. Il dit que ce sera sa mort. Mais il y court.

— Avec tout l'esprit qu'on vous prête, n'avez-vous pas d'influence sur lui ?

— Si fait, mais elle s'arrête là où commence celle de la Moret.

— Votre père a raison, mon filleul, reprit Madame de Guise avec un nouveau soupir, mes fils sont de grands fols ! L'archevêque fait le gracieux avec la Charlotte ! Et Joinville fait pire avec la Moret ! Ces Guise sont d'inéducables rebelles. On se croirait revenu au temps de la Ligue !... Faute de pouvoir vaincre le Roi par les armes, ils tâchent de le faire cocu.

— Bellegarde, dit Bassompierre, planta jadis des cornes au Roi avec la belle Gabrielle et le Roi s'en soucia fort peu.

— Oui, mais avec l'âge, Henri a appris la jalousie. Quant à Charles, j'ai un marché à vous proposer de la part de sa femme.

— Mais je ne vois pas la petite Duchesse de Guise, dit Bassompierre. Encore, ajouta-t-il en s'inclinant, que je la cherche fort peu. A mon sens, la bru ne vaut pas la belle-mère...

— Bassompierre, vous êtes un déshonté flatteur. Vous ne verrez pas ma bru. Elle est mal allante. Elle a mangé trop de melons et souffre d'un grand dérèglement des boyaux.

— Comme le Roi, et pour la même raison. Mais pour lui, boyaux ou non, il viendra, parce qu'il vous aime, Madame.

— Et aussi pour garder l'œil sur ses tartines. Bassompierre, ma petite bru est désespérée. Elle dit qu'en un an Charles a perdu au jeu avec vous plus de cinquante mille livres.

— Le Duc me suspicionne-t-il de tricher ? dit Bassompierre avec hauteur.

— Pas du tout. Et on ne dit pas « suspicionne » mais « soupçonne ».

— « Suspicionne » est dans Montaigne.

— Au diable votre Montaigne ! On ne le dit plus, c'est tout ! Mon ami, ne me faites pas enrager avec vos arguties ! J'ai un marché à vous proposer de la part de ma bru. Elle vous donnera dix mille livres par an, si vous cessez de jouer avec Charles.

— Cet arrangement n'est pas possible, Madame, dit Bassompierre.

— Pourquoi ?

— J'y perdrais trop.

Je ris à cela et Noémie pouffa derrière sa main.

— Vous êtes une sotte, ma fille, dit la Duchesse.

Mais elle ne put en dire davantage. La Comtesse de Moret venait droit sur nous, la main posée sur le poing de Joinville.

— Il semble, dit Madame de Guise entre ses dents, qu'il va falloir, à la parfin, que j'accueille ce paquet. Je hais cette fille ! Elle a la moitié plus de tétons qu'il n'en faut.

Sur ce, elle nous quitta, Noémie dans son sillage.

— La Moret, dit Bassompierre, aura le plus bref accueil du monde. Non point parce qu'elle est trop mamelue, mais parce que voici le Comte de Soissons, lequel est accompagné, chose étrange, par le Marquis de B.

— Et pourquoi « chose étrange » ?

— Parce que le Comte de Soissons est prince du sang et déteste les bâtards. Soissons a tort. A mon sentiment, les bâtards, étant enfants de l'amour, ont souvent plus de beauté, de santé et de talents que les enfants légitimes. Si la fille que le Prince de Conti a faite à la princesse avait vécu, à votre sentiment, quel genre d'avorton serait devenue cette fille légitime ?

A cette question, qui fut posée avec beaucoup d'aigreur, je ne répondis rien. Eh quoi ! pensai-je, Bellegarde ne serait pas le seul à s'intéresser d'un peu près à la Princesse de Conti ?

— Je vois, dis-je, autour de Madame de Guise, tout un parterre fleuri de gentilshommes, chacun plus chatoyant que l'autre. Lequel est le Comte de Soissons ?

— Le plus grand et le plus hautain. Vous le reconnaîtrez aussi à sa barbe carrée et à son grand front, lequel est fort trompeur car, pour l'esprit, le Comte en a fort peu et du plus futile.

— Est-il si haut que cela ?

— Haut ? Le ciel est trop petit pour lui ! Il est si entiché de son rang et si féru d'étiquette qu'il ne consent à converser qu'avec très peu de gens. Il ne descend guère au-dessous des ducs et pairs, et encore n'adresse-t-il la parole que du bout des lèvres au Duc d'Épernon, jugeant son titre trop récent. Mon mignon, me permettez-vous de vous quitter pour quelques instants ? La Princesse de Conti vient de m'adresser un appel de détresse. Elle se trouve agrippée par un fâcheux de cour et attend de moi que je l'en débarrasse.

Ayant dit, Bassompierre s'en alla, me laissant tout étonné qu'il ait pu apercevoir, dans cette foule, la Princesse de Conti, qui n'était pas des plus grandes, et à mes yeux du moins — il est vrai que ce n'était pas avec ceux du cœur — tout à fait invisible, où que je jetasse mes regards.

J'étais surpris aussi que ni mon père ni le Chevalier de La Surie, ne fussent là encore, alors qu'ils comptaient l'exactitude parmi les devoirs auxquels ils étaient attachés. Je me sentais, à la vérité, très peu chez moi à l'Hôtel de Grenelle, et aussi très abandonné, dès qu'un de mes anges gardiens me quittait et tous, l'un après l'autre, l'avaient fait. Et comment les blâmer, chacun courant à son devoir ou à son inclination ? Sans eux pourtant, comment déchiffrer ces visages qui m'entouraient et dont les regards effleuraient le mien sans s'y poser ?

Par mon père, je savais nombre de choses sur les grands et

les moins grands de la cour, mais ne les ayant, à ce jour, jamais vus, comment eussé-je pu sans aide les identifier ?

J'en étais là de mes pensées quand j'entendis le Comte de Soissons, alors à une toise à peine de moi, ordonner à voix très haute à Monsieur de Réchignevoisin de conduire ses pas à l'endroit où se trouvaient les princes du sang. Il mit de l'insolence dans ce commandement, comme si, après la Duchesse de Guise, laquelle était sa cousine, seuls ses deux autres cousins et son frère étaient assez hauts dans le royaume pour qu'il leur adressât la parole. Monsieur de Réchignevoisin, avec une révérence qui allait jusqu'au genou du Comte, l'assura suavement de son obéissance et, le précédant, lui ouvrit un chemin dans la foule, la suite du Comte s'engouffrant dans la brèche.

Quant au Comte de Soissons, il marchait d'un pas lourd, le torse bombé, le menton en proue, la nuque rejetée en arrière. Il eût été assez bel homme, si sa physionomie n'avait pas exprimé une hauteur si hargneuse qu'elle lui retirait une partie de son humanité. Il me sembla qu'il devait cet air-là au plissement de ses lèvres l'une contre l'autre et à des sourcils haut levés sur des yeux mi-clos. Je le rencontrai plusieurs fois dans la suite de ma vie et je lui vis toujours le même masque, lequel paraissait indiquer à ceux qui se trouvaient sur son chemin son refus de les voir et son refus de leur parler. Je me demandais, en m'en égayant quelque peu en mon for, comment le Comte allait s'y prendre pour converser avec ceux qu'il avait choisis, en dépit de leurs infirmités, comme ses premiers, peut-être comme ses uniques interlocuteurs. Mû par cet appétit à voir et à savoir dont on me dit qu'il est mon péché mignon, je ne craignis pas de me mêler à sa suite et de m'approcher avec elle des princes du sang.

Ils avaient reçu du renfort, si renfort il y avait, en la personne d'un jeune gentilhomme que je n'avais jamais vu, mais que je reconnus aussitôt pour être le Prince de Condé, mon père me l'ayant décrit comme « le seul Bourbon chez qui le nez, au lieu d'être long et courbe, avait la forme d'un bec d'aigle ». Cette particularité qui, chez un individu robuste, aurait pu passer pour un signe de force, était associée chez le prince à un visage si maigre et à un corps si malingre qu'elle ne faisait que souligner sa débilité.

— Je vous souhaite le bonsoir, Monsieur mon frère, dit le Comte de Soissons au Prince de Conti.

Il et probable que le Prince de Conti vit le salut de son cadet plus qu'il ne l'entendit. Quoi qu'il en soit, il émergea du silence auquel il se sentait condamné par son effroyable bégaiement.

— Bonbonbonsoir, Chachacharles, dit-il d'une voix sourde.

Et un mouvement se fit sur sa physionomie, qui ressemblait à un sourire.

— Bonsoir, Henri ! Bonsoir, Henri ! poursuivit le Comte de Soissons d'une voix claironnante.

Répétition qui m'intrigua avant que je comprisse que le Prince de Condé et le Duc de Montpensier avaient le même prénom. Le premier, qui était debout, répondit comme il convenait à son âge par une profonde révérence ; le second, tassé sur sa chaire à vertugadin comme si son dos ne le maintenait plus, éleva, en guise de salut, une main squelettique qui, à peine parvenue au niveau de son épaule, retomba sans force sur son genou.

— Comment vous en va, Charles ? dit-il, remuant à peine sa mâchoire blessée et en articulant si mal que ses mots, privés de consonnes, coulaient de sa bouche comme une bouillie.

— Comment je vais ? dit le Comte de Soissons d'une voix forte. J'enrage ! Je suis dans une épouvantable colère ! Et n'était mon affection pour ma bonne cousine de Guise, je n'eusse pas mis les pieds à ce bal. A part elle et à part vous, je n'ai affaire à aucun des marauds qui se trouvent céans !

Dites-le partout, je vous prie ! Dites-le à mon cousin couronné ! Dites-lui aussi que dès demain, je secoue la semelle de mes souliers sur le Louvre et tout ce qu'il contient, et me retire en une de mes maisons. Voilà ce qu'on gagne à me vouloir fâcher ! Je pars ! Je ne supporterai pas plus longtemps l'écorne qui m'est faite et qui nous atteint tous les quatre ! Oui, tous les quatre ! Vous, mon aîné, et vous aussi mes beaux cousins !

L'aîné, à ce que je vis, n'avait pas ouï un traître mot de ce discours qui, au début, avait mis de l'inquiétude dans ses yeux, sans doute parce qu'il se demandait s'il était la cible de cette grande colère. Mais remarquant que Soissons s'adressait autant à ses cousins qu'à lui-même, il s'était rassuré et retombé entre les quatre murs de son silence, il regardait son cadet avec un intérêt poli, sans même porter à son oreille gauche le cornet qui lui servait à amplifier les sons. Quant aux « beaux cousins », lesquels méritaient si peu cette épithète, leur attitude me parut fort différente. Le pauvre Duc de Montpensier cachait mal l'ennui et la fatigue que la véhémence du Comte de Soissons lui occasionnait. Le Prince de Condé, au rebours, avait écouté sa diatribe avec curiosité. Et quand Soissons avait parlé sans beaucoup de respect de son « cousin couronné », cette allusion à Henri l'avait fait ouvertement ricaner. J'en fus confondu. Que ses propres cousins puissent ainsi traiter Henri, et devant tant d'oreilles, en disait long, et sur la clémence du Roi et sur leur propre légèreté.

La fureur de Soissons en était arrivée à un tel point de bouillonnement qu'il s'en trouvait comme étranglé. Et il lui fallut retrouver, si je puis dire, un peu de calme pour pouvoir exprimer sa colère. Ce qu'il tenta de faire en prenant de profondes inspirations — sa forte poitrine se gonflant prodigieusement — et en soufflant l'air par les naseaux comme un taureau qui va charger.

— Ce petit César ! dit-il d'une voix rauque. Testebleu !

Qui eût pensé que ce petit César porterait aussi loin son insufférable arrogance ? Mais quoi d'étonnant à cela ! Il avait à peine sailli du ventre de cette femme de néant que le Roi le barbouillait du titre de Duc. Duc, un bâtard ! Non que j'aie quoi que ce soit contre les bâtards. Un gentilhomme ne doit-il pas honorer son sang ? Mais Duc ! Tout de gob ! A la naissance ! A peine né, le voilà Duc de Vendôme. Et le Roi le fiance à la fille du Duc de Mercœur, une des plus riches héritières du royaume, avec promesse, au surplus, de le faire, à sa majorité, gouverneur de Bretagne. Je ne fais, hélas, que rappeler des faits qui sont trop tristement connus ! Mais passons, passons ! Il y a pis ! Bien pis ! Et qu'on en soit arrivé à une telle extrémité, à un tel bouleversement de tous les us de la monarchie, en un royaume qu'on croyait bien policé, voilà qui me met hors mes gonds ! Monsieur mon bien-aimé frère, dit-il en se tournant vers le Prince de Conti en mimant par gestes ce qu'il lui demandait, portez, de grâce, votre cornet à votre oreille et oyez-moi bien. La chose est de la dernière importance ! Vous la devez connaître : la voici ! Ce petit César, qui a aujourd'hui douze ans et qu'on va marier d'ici deux ans à la petite Mercœur, a demandé au Roi et il a obtenu — vous m'oyez, dit-il en scandant le mot avec rage —, il a ob-te-nu que sa future femme portât à son mariage une robe semée de fleurs de lys, comme les princesses du sang !...

Le Comte de Soissons, les deux poings sur les hanches, fixa des yeux étincelants sur son aîné et ses cousins, puis, se tournant vers les gentilshommes de sa suite, il leur fit l'honneur de les prendre à témoin de ce scandale.

— Messieurs, avez-vous ouï cette énormité ? La décision est prise ! Vous savez bien par qui ! L'épouse du Duc de Vendôme portera, à son mariage, une robe semée de fleurs de lys comme la Duchesse de Montpensier ! Comme la Princesse de Conti ! Comme la Comtesse de Soissons !

Je regardai le Comte. Je n'avais pas assez de mes yeux

pour le voir. J'en demeurai béant. Cette grande fureur accouchait d'un souriceau. Une robe ! Une robe semée, ou non, de fleurs de lys ! Laquelle n'était même pas faite ! Ni même commandée, l'hymen avec la petite Mercœur ne se devant célébrer que dans deux ans ! Se mettre tant martel en tête pour un petit vertugadin ! En faire une offense capitale ! Une atteinte à l'honneur ! Une affaire d'État ! Qui ne se pouvait résoudre que par des moyens extrêmes : la rupture avec le Roi, l'exil volontaire en un château lointain, une interminable bouderie...

Toutefois, je ne laissai pas d'apercevoir que les gentilshommes et les dames qui avaient écouté la diatribe du Comte (et tous n'étaient pas de sa suite) ne lui donnaient pas tort sur le fond, même s'ils trouvaient insensée la décision du Comte de secouer la poussière de ses chaussures sur le Louvre. Pour eux, comme mon père me l'avait dit cent fois, et comme Joinville venait de le répéter à l'instant devant moi avec passion, quitter le Louvre, c'était mourir ! Mais justement parce qu'ils étaient si attachés aux privilèges du rang, le réquisitoire du Comte ne les laissait pas insensibles. Je les avais vus, en l'écoutant, faire la moue, hausser le sourcil, se regarder entre eux, secouer la tête. L'entorse à l'étiquette était flagrante. La femme d'un bâtard, fût-il royal, ne pouvait prétendre parsemer sa robe de fleurs de lys.

Si hautain que fût le Comte, l'approbation des courtisans, pour muette qu'elle fût (personne ne se souciant de le suivre dans sa retraite), parut le fortifier dans sa résolution, même s'il n'avait reçu de son frère et de ses cousins que peu d'encouragement : Conti, parce qu'il n'avait rien ouï, Montpensier, parce que cette grande colère l'avait fatigué, et Condé parce qu'il détestait qu'on parlât femmes devant lui — lui qui les aimait si peu.

Un grand bruit éclata qui fit mourir par degrés dans la salle la rumeur des conversations. Les trompettes et les tambours des gardes-françaises qui, dans la cour, gardaient l'accès de l'Hôtel de Grenelle, attaquèrent « le passage du Roi », un des airs que le Dauphin avait si bien joués pour moi dans le jardin de Saint-Germain-en-Laye. Le silence dans la salle se fit. Le Comte de Soissons, ostensiblement, la quitta, non par la cour — où il n'eût pas manqué de rencontrer son cousin — mais par le jardin. Et Monsieur de Réchignevoisin s'avança, sa canne de chambellan à la main, et en ayant frappé un grand coup sur le parquet, il cria d'une voix forte :

— Mesdames, Messieurs, le Roi !

*
**

Dès que le Roi apparut, vêtu de satin blanc, la foule des invités dans la grand'salle s'ouvrit des deux parts devant lui aussi docilement que la mer Rouge pour laisser passer les Hébreux. Et Henri s'avança, si je puis dire, à pied sec, dames et seigneurs se génuflexant sur son passage et le flot se refermant derrière lui en engloutissant sa suite, toutefois sans autre dommage pour elle que des embrassades à l'infini. Je vis fort bien le Roi, car m'étant poussé sans vergogne au premier rang (bien m'en prit d'être grand et fort), Sa Majesté s'arrêta à ma hauteur au moment où Madame de Guise l'accueillait et se mettait à ses genoux. Il l'en releva aussitôt et la baisa à la franquette sur les deux joues, étant à elle toujours si attentionné, tant parce qu'elle était sa cousine et comme lui gaie et primesautière, que par souci politique car, étant née Bourbon, et mariée à un Guise, elle lui paraissait jeter un pont entre les deux maisons.

Il me parut de taille moyenne, tirant plutôt vers le petit, maigre, mais musculeux, la tête vigoureuse, barbue, tannée et quasi paysanne, la lèvre gourmande et gaussante, le nez long et courbe. Mais ce qui me frappa surtout en cette première rencontre, ce furent ses yeux, lesquels étaient grands, pleins d'esprit et fort mobiles car, tandis qu'il parlait à Madame de Guise, lui souhaitant un heureux anniversaire et la complimentant, il les tournait sans cesse autour de lui comme s'il jaugeait et jugeait ceux qui se trouvaient là. Au contraire du Comte de Soissons, on ne pouvait discerner le moindre soupçon de hauteur dans son visage (lequel était empreint d'une bienveillance joviale) ni dans son attitude qui, en sa simplicité, tenait davantage du soldat que du monarque. Toutefois, son naturel même avait quelque chose de grand comme s'il sentait, en son for, trop de puissance pour avoir à la mimer.

Je m'aperçois, en écrivant ces lignes, combien il m'est difficile de décrire en sa vérité ingénue mon premier contact avec Henri : j'étais encore un enfantelet que Greta me racontait déjà comment, me tenant sur les fonts baptismaux, il avait failli me laisser choir. Et depuis, il ne s'était pas passé de jour sans que mon père, ou ma marraine, ou La Surie n'aient commenté devant moi ses combats, ses exploits, ses desseins, ses bons mots, voire aussi ses faiblesses, à telle enseigne que son nom et sa personne faisaient, pour ainsi dire, partie de ma famille.

Avant que Madame de Guise n'arrêtât Henri dans sa marche en allant à sa rencontre, mes yeux avides étaient à ce point collés à Sa Majesté qu'une jeune et jolie dame que je coudoyais dut, en souriant, me tirer par la manche pour me faire ressouvenir de me génuflexer. Si bien que, lorsque le Roi eut gagné l'estrade, et se fut assis sur la sorte de trône préparé pour lui (celui destiné à sa femme restant vacant, ce qui ne laissa pas de m'intriguer), je me tournai vers ma voisine, la remerciai du soin aimable qu'elle avait pris en me rappelant mes devoirs et, en même temps, m'excusai d'avoir quelque peu bousculé son vertugadin en me poussant au premier rang.

— L'impétuosité, dit-elle, est pardonnable chez quelqu'un d'aussi jeune que vous.

— Jeune, Madame ? dis-je, piqué. Je marche sur mes quinze ans. Et à considérer votre joli visage, plus lisse qu'un pétale de rose, vous êtes fille, et vos années ne doivent guère excéder les miennes.

— Tant s'en faut, Monsieur ! se récria-t-elle, j'ai dix-neuf ans et suis mariée depuis sept ans.

— Comment, Monsieur mon fils, vous connaissez la Marquise ? dit mon père.

Je rougis de le voir surgir tout soudain à mon côté, fort élégant dans son pourpoint vert amande, et le collier de Chevalier du Saint-Esprit brillant à son cou de tous ses feux.

— Mais non, dit-elle, il ne me connaît pas. C'est moi qui le connais. Bassompierre me l'a montré de loin. Et nous sommes maintenant de vieux amis : il a bousculé mon vertugadin et je l'ai tiré par la manche.

— Vous a-t-il dit combien vous êtes belle ? dit mon père en lui baisant la main.

— Non ! non ! dit-elle en riant. Il a été plus chiche-face que vous : je n'ai eu droit qu'au « jolie ».

— Oh ! Madame ! dis-je, quelle trahison ! J'ai dit que votre visage était plus lisse qu'un pétale de rose.

— C'est vrai, dit-elle. Votre fils, Marquis, ronsardise. Et il joue fort bien du plat de la langue. Il tient de vous en ce domaine et se peut, aussi, de sa bonne marraine, reprit-elle (parlant, à ce que je crois, en toute innocence). Toutefois, il est jeune encore. Il ne sait pas que son devoir est de dire à une femme qu'elle est belle, le mot « joli » étant tenu par nous toutes comme très au-dessous de nos mérites. Chevalier, dit-elle en se tournant vers moi, voyez-vous cette garcelette rousse qui court après Madame de Guise pour l'éventer ? La trouvez-vous belle ?

— Non, Madame.

— Ment-il ou est-il sincère ? demanda-t-elle en se tournant vers mon père. Ce serait vraiment navrant s'il mentait déjà à son âge. Je l'ai vu avec cette petite personne en conversation animée.

— Madame, dis-je, je dirais, avec votre permission, que je la trouve fort attrayante. Raison pourquoi je lui ai retenu une danse. Me conseillez-vous, en dansant, de lui dire qu'elle est belle ?

— Ah ! Marquise ! dit mon père en riant, vous voilà prise sans vert ! Vous lui conseillez de mentir aux dames. Après quoi, vous le lui reprochez !

— Il n'y a point contradiction ! dit vivement la petite marquise avec un sourire ravissant. Je voudrais que tous les hommes du monde n'aient qu'un seul cœur et qu'il ne batte que pour moi.

— Voici déjà le mien, dit mon père, et celui de mon fils. N'avez-vous pas observé comment Pierre-Emmanuel vous dévore des yeux ?

— Mais il a l'œil naturellement affamé. Je l'ai vu darder ses regards sur tout un chacun, homme et femme. Et à ce que j'ai ouï de Bassompierre, il a soif aussi de savoir et lit Virgile dans le texte. Mon Dieu, que je l'envie !

— Virgile ou non, dit mon père, nos deux cœurs sont à vous. Vous nous devez, en échange, un gage. A lui ou à moi. Choisissez.

— Je donne mon amitié à l'un et l'autre.

— C'est prou, mais c'est peu aussi.

— Comment, c'est peu ! Marquis, vous n'ignorez pas que je suis fidèle à mon mari. La Dieu merci, le pauvre Charles peut dormir sur ses deux grandes oreilles. De reste, quand on parle du loup... Je le vois qui me cherche. Je vous quitte.

— Serait-il jaloux ?

— Il n'a pas de raison de l'être. Mais il y a trois choses que le Marquis est follement glorieux de posséder : ses chiens, ses chevaux et moi.

— Ce n'est pas pour ses chiens et ses chevaux que Charles

fait construire ce coûteux hôtel rue Saint-Thomas-du-Louvre.

— Coûteux ? Ne l'aimez-vous donc pas ?

— Je suis de la vieille école. Je ne goûte pas les appareillages de brique et de pierre dont on est, ce jourd'hui, coiffé.

— Mais l'intérieur est fort beau. J'en ai fait moi-même les plans. Me viendrez-vous voir ? reprit-elle d'un ton câlin. On dit que vous vivez en ours avec votre ourson. Êtes-vous tant repoussé par ma vertu ?

— *Gratior et pulchro veniens in corpore virtus,* dis-je en rougissant.

— Ah ! Chevalier ! traduisez-moi cela ! dit-elle avec une avidité charmante.

— « La vertu n'est que plus agréable quand elle vient à vous dans une belle enveloppe. » C'est du Virgile, Madame, pour vous servir.

— N'est-il pas adorable ? dit-elle. Et il dit cela en rougissant ! Marquis, dit-elle en se tournant vers mon père et en lui saisissant les deux mains, venez me voir, de grâce, et venez avec votre fils. Adieu. Charles m'a vue. Il fonce droit sur moi.

Et elle nous quitta dans un grand tournoiement de son vertugadin.

— C'est une Circé, dit mon père, mais au lieu de vous transformer en pourceau, elle tâche de faire de vous un ange. Mon fils, comment se fait-il que vous ayez traduit « *in pulchro corpore* » par « dans une belle enveloppe » ?

— J'ai pensé que « dans un beau corps » la pourrait offenser. On la dit fort prude.

— Elle l'est, dit-il en riant. Charles serait trop heureux s'il connaissait son bonheur.

— Comment est-il ?

— Grand, avec un grand nez et de grandes oreilles. Il chasse tout le jour et il ronfle toute la nuit. Son père fut, en son temps, un diplomate des plus estimés. Quant à la Marquise, elle est fort bien née. Elle descend des Princes Savelli.

— Elle a beaucoup d'esprit.

— Elle en a plus qu'aucune autre femme au Louvre. C'est pourquoi elle s'ennuie à mourir à la cour et ne se plaît que chez elle dans son petit cercle d'amis.

Là-dessus, il me tira dans une encoignure de fenêtre et me demanda le récit de ce que j'avais vu et vécu depuis mon arrivée à l'Hôtel de Grenelle. Ce que je fis, mais très à la discrétion, ayant observé que j'étais l'objet d'une certaine curiosité de la part de bon nombre de personnes, et davantage, je gage, du fait de ma naissance que de mes mérites. La Surie survint au beau milieu de mon discours et l'écouta d'une oreille attentive, tandis que son œil ébloui ne savait où donner de la prunelle, tant le luxe du lieu et les atours de ces beaux courtisans l'étonnaient.

— Halte-là, Monsieur mon fils ! dit mon père en m'interrompant. Une nuée va crever sur ma tête. Votre bonne marraine vient à nous, claudicante et mal respirante. Parlant médicinalement, le diagnostic est clair : basquine trop serrée, soulier trop étroit. En outre, l'œil pervenche brille d'un éclat irrité : indice que la jalousie concourt à l'étouffer.

— Monsieur, dit Madame de Guise, sans préface et sa voix pleine de rage, mais très basse, vous voilà enfin ! Monstre que vous êtes ! Que fîtes-vous ces deux heures écoulées ? Où êtes-vous allé porter vos déshontés hommages ?...

— Au Roi, Madame, au Roi ! dit mon père promptement et parlant, lui aussi, *sotto voce*. J'étais au Louvre : cent personnes vous le diront. De grâce, Madame, souriez ! On nous regarde. Et donnez-moi votre main à baiser. M'amie, reprit-il en souriant à son tour, j'ai à vous dire des choses de la plus grande conséquence et fort secrètes. Où puis-je vous voir au bec à bec ?

— Dans ma chambre, dit-elle en se recomposant en un clin d'œil un visage enjoué. Portez-y sur l'heure vos pas et emmenez Pierre avec vous. Sa présence couvrira la vôtre. Je vous y rejoindrai dès qu'il me sera possible.

Là-dessus, elle nous quitta et je la vis glisser un mot à l'oreille de Monsieur de Réchignevoisin qui, nous jetant de loin un coup d'œil discret, fit un signe d'assentiment. Ce qui voulait dire, je gage, que de son côté, la voie était libre. Mais libre, elle ne l'était, en fait, qu'en partie, car mon père connaissait tant de gens et tant de gens très avides de lui parler, surtout en une circonstance qui attirait si fort l'attention sur son fils, qu'il fallut, pour gagner la porte de la grand'salle qui menait à la chambre de Son Altesse, faire de savants détours afin d'éviter les personnes dont la qualité était si haute qu'elle aurait exigé qu'il s'arrêtât devant elles.

Il y parvint enfin et dès qu'on fut dans le couloir que ce soir même j'avais déjà par deux fois parcouru, un géantin laquais, sans dire mot, et après nous avoir regardés sous le nez, nous précéda et, tirant une clef de son emmanchure, nous ouvrit la porte de la chambre. Sage précaution que de l'avoir fermée, si on songe à tous les bibelots qui disparaissaient après chaque bal que donnait Son Altesse.

Il s'écoula un assez long moment avant qu'elle n'apparût, fort essoufflée, et prenant soin de pousser derrière elle le verrou, claudiqua jusqu'à une chaire à vertugadin et s'y laissa tomber.

— Ah ! mon ami ! dit-elle. Mes pieds ! Mes pieds ! De grâce, retirez-moi ces infâmes chaussures ! Ou je meurs !

Mon père se mit alors à genoux devant elle et, lui ayant ôté la cause de tant de maux, il lui enleva aussi ses bas et se mit à masser doucement ses orteils endoloris.

— Ah ! mon ami ! dit-elle, quel bien vous me faites ! Et combien galant de votre part de me servir de chambrière !

— Et de médecin, dit mon père. Ces chaussures vous laisseront estropiée, Madame, pour peu que vous les remettiez. Et quant à votre basquine qui comprime odieusement vos poumons et vos tripes...

— Mes tripes ! dit Madame de Guise. Fi donc, Monsieur !

— Je m'en vais desserrer sur l'heure cet étau, reprit mon père avec autorité. Croyez-vous que l'éventail et les sels de la petite Sobole vous empêcheraient de pâmer ? Et pis encore, voulez-vous périr étouffée devant la cour et le Roi ? Testebleu, Madame ! si Dieu vous a donné des poumons, c'est pour en user. Allez-vous mépriser son ouvrage ?

— Mais je ne pourrais plus entrer dans mon corps de cotte, si vous desserrez ma basquine ! gémit Madame de Guise qui, si effrayée qu'elle fût par l'idée d'une mort publique, l'était presque autant par l'augmentation de sa taille.

Cependant, sa résistance faiblissait. Elle se sentait si soulagée par le bas, depuis qu'elle avait les pieds nus, qu'elle aspirait, quoi qu'elle en eût, à l'être aussi par le haut. A la parfin, mon père, lui saisissant les deux mains, la fit lever de sa chaire et, quand elle fut debout, commença à lui défaire son corps de cotte, en dépit d'un simulacre de rébellion qu'accompagnaient des cris outragés, des mines rebéquées, et, les démentant, quelques petits rires de gorge. Je sentais bien que ma bonne marraine n'était pas tant fâchée d'être à demi déshabillée, fût-ce devant moi, son corps étant ferme, rondi et bien plus jeune que ses années.

Il y avait une chemise échancrée au col entre le corps de cotte et la basquine, et mon père l'enleva aussi.

— Eh quoi ? dit-elle, vous me retirez ma chemise !

— Et pour de bon ! Cette épaisseur étant en moins, je pourrai desserrer votre basquine sans qu'il vous soit impossible de rentrer ensuite dans votre corps de cotte.

— Mais sans ma chemise, on verra davantage mes appas !

— Et qui s'en plaindra, Madame ? Sont-ils moins beaux

que ceux de la Sobole qui s'est décolletée jusqu'à l'épigastre ?

— Je vous défends bien de jeter un œil à ces horreurs ! Je chanterai pouilles demain à l'impudente !

— Ce serait manquer de charité. Quand une fille se découvre à ce point, Madame, c'est qu'elle désespère de trouver un mari.

Rhabillée et rechaussée, mais plus à l'aise en sa vêture, Madame de Guise revint tout de gob à ses moutons.

— Vous fûtes donc au Louvre ces deux heures écoulées.

— Oui, Madame, appelé peu après le départ de Pierre par un page, et introduit par le petit viret dans la chambre du Roi où je trouvai aussi Sully. On avait habillé Henri pour votre bal et un valet tâchait de mettre un peu d'ordre dans ses cheveux emmêlés — soin qu'il souffrait à peine, ayant horreur qu'on lui touchât la tête — et rendant la tâche du valet d'autant plus malaisée qu'il bougeait sans cesse, nous parlant avec feu d'une affaire pour laquelle il voulait notre avis. Mais à la fin, le valet ayant présenté un miroir à Henri, il y jeta le plus bref des coups d'œil, déclara qu'il était fort bien ainsi et commanda à Merlin d'aller demander à sa maîtresse si elle était prête.

« Le nain s'en alla sur ses courtes jambes en se dandinant, disparut par la porte du petit cabinet et revint presque aussitôt, rouge et à demi mort de peur. Il s'agenouilla devant Henri et se tassa sur lui-même, ce qui le raccourcit au point qu'on eût dit une grosse tête posée à même le parquet. « Sire, dit-il d'une voix tremblante, la Reine déclare qu'elle ne viendra pas au bal. — Ventre Saint-Gris ! s'écria le Roi, que veut dire cette extravagance ? Va lui dire que je lui commande de me venir trouver sur l'heure ! »

« Merlin, fort effrayé (car la Reine, à ce qu'on disait, lui donnait plus de coups de pied que de douceurs), s'en alla et ne revint plus. Le Roi, blanc de colère, marchait de long en large dans la pièce, les mains derrière le dos et martelant le sol d'un pas irrité. « Rosny, dit-il à la fin à Sully, va me chercher cette rebelle et si elle résiste, amène-la céans par la force ! — Par la force, Sire ? dit Sully dont les gros yeux parurent saillir de l'orbite, par la force ? — C'est mon commandement ! »

— Juste ciel ! dit Madame de Guise. Et elle vint ?

— De son plein gré, mais en robe de chambre, échevelée, sans fard et montrant les dents. Une vraie Gorgone ! On eût dit que chaque mèche de ses cheveux se terminait par un serpent et que ces serpents sifflaient tous à la fois.

— Monsieur, qu'est cela ? Une Gorgone ? Des serpents ? Où prenez-vous toutes ces arguties ?

— Bref, la Reine était furieuse. Ce qui n'arrangeait guère son visage. Déjà, avec la mâchoire prognathe qu'elle a héritée des Habsbourg, ce long et gros nez relevé du bout, cet air maussade et ce teint blafard...

— Ah ! Monsieur ! Parlez mieux de la Reine !

— Je ne fais que brosser le décor. « Monsieur », dit la Reine en marchant sur le Roi...

— Elle ne lui a pas dit « Sire » ?

— Elle lui a dit « Monsieur ». « Monsieur, lui dit-elle, *yai* prise ma *decisione* ! *Ye* n'irai pas au bal de Madame de Guise ! *Ye* veux point me rencontrer avec *ceste poutane* ! »

— Moi ? Moi ? Une putain ? s'écria Madame de Guise, cette mégère oserait !...

— Mais non ! Madame, mais non ! Il ne s'agit pas de vous, mais de la Marquise de Verneuil.

— La Marquise ! Mais je ne l'ai pas invitée à mon bal ! Je m'en suis bien gardée !

— C'est ce que lui a dit le Roi ! Mais elle ne l'a pas cru. Et le pauvre Henri a reçu son paquet. « Tant *ceste poutane* vous ensorcelle, lui cria-t-elle, que vous avez *perdou* la *raisonne*. Elle conspire contre vous et mon *dauphine* ! Elle veut vous *touer* ! Vous et mon *dauphine* ! Le Parlement la condamne à la *pena capitale* ! Et vous, vous *loui perdonnez* ! *Questo è il colmo*[1] *!* — Le comble, Madame, le comble ! dit le Roi. Vous êtes la reine de France depuis six ans ! Tâchez donc de parler français ! — Langue de traître que *ceste* langue-là ! hurla la Reine. Est-ce pas perfidie noire d'élever les bâtards de *merda* de *ceste poutane* avec les miens à Saint-Germain ! *Madonna Santa ! Ché e una vergogna*[2] et Monsieur, *il colmo ! il colmo !* — Le comble, de grâce, Madame », dit le Roi. « *Il colmo,* répéta la Reine avec rage. C'est qu'avant de me *maritar* vous avez signé à *ceste poutane* une promesse de *matrimonia* et maintenant, *ceste poutane* infernale dit que c'est elle la vraie reine, et moi la *concoubine* ! *Che* c'est son fils le vrai *dauphine* ! Et mon fils, le bâtard... *Che* il ne ressemble pas au Roi ! *Che* il a tous les traits de *ceste* race *maladetta* de Medici ! *Che* il a le menton de moi, sa mère ! De moi que *ceste poutane* ose appeler " la grosse banquière " ! Elle *m'insoulte,* moi, la Reine ! Monsieur, si vous ne *loui* tranchez pas la *teste* à *ceste poutane, ye* le ferai moi-même ! *Ye* la *tourai* ! *Ye* la *tourai* ! » « Madame », dit le Roi, non sans quelque mauvaise foi, car il était mieux placé que personne pour savoir que la Reine disait vrai, « ce ne sont là que ragots de cour. En outre, ajouta-t-il, vous n'ignorez pas que la Marquise de Verneuil, au moment de son procès, a dû rendre la promesse de mariage que je lui avais signée et qu'elle ne peut plus nourrir les prétentions que vous dites. Ce ne sont donc là que fadaises et tricoteries ! D'autant que Madame de Guise n'a pas invité la Marquise ! Et que vous devez, Madame, vous devez assister à ce bal ! — *Ye* n'irai pas ! *Ye* n'irai pas ! cria la Reine. — Madame, dit le Roi, vous me voulez mener à la baguette ! C'est ce que je ne puis supporter ! Vous êtes une opiniâtre, Madame ! — Moi ! cria-t-elle, vous *m'insoultez,* Monsieur ! » Et marchant sur le Roi comme une folle, elle leva la main sur lui !

1. C'est le comble ! (ital.).
2. Que c'est une honte ! (ital.).

— Elle le frappa ? dit Madame de Guise, béante.

— Elle ne le put. Sully saisit sa main au vol et la rabattit rudement. « Avez-vous perdu le sens, Madame ? cria-t-il. C'est crime de lèse-majesté de toucher à la personne du Roi ! C'est à vous maintenant que le Roi pourrait trancher la tête ! » « Madame, dit le Roi tremblant de colère, vous êtes la première de mes sujettes et vous me devez obéissance ! Je vous commande de vous habiller et de me rejoindre à ce bal ! Obéissez ! Je ne voudrais pas être contraint de vous faire reconduire en Italie avec toutes les sangsues que vous avez amenées avec vous de Florence ! — Des *sangsoues* ! Des *sangsoues* ! » cria-t-elle, nullement domptée, bien que les larmes lui sortissent des yeux du mal que lui avait fait Sully en rabattant son bras. « Et comment, Madame, reprit le Roi très à la fureur, appelez-vous la Leonora Galigaï et son Concino Concini ? On dirait, Madame, que la seule idée de votre règne est d'enrichir cette fille de néant et son funeste mari ! Et de mépriser ces Français dont vous êtes la Reine ! Je le répète : si je ne vous vois pas à ce bal dans une heure, c'en sera fait de vous ! »

— Mon Dieu ! Mon Dieu ! dit Madame de Guise qui se tordait les mains de désespoir, ils en sont là ! Des querelles entre eux, j'en ai ouï plus d'une, mais qu'ils en arrivent à ces extrémités ! Lever la main sur le Roi ! Menacer la Reine de la renvoyer en Toscane ! Quel horrible scandale, si elle ne se décidait pas à venir ! Et par malheur, elle est plus entêtée que bourrique, je le dis avec tout le respect que je lui dois. Tant plus stupide est une décision et tant plus elle s'y tient ! Mon Dieu, que je suis donc à plaindre ! Mon bal ! Mon pauvre bal serait l'occasion d'une rupture odieuse à toute la chrétienté !

— Madame, dit mon père, point ne sert de se lamenter. Il faut agir. Écrivez sur l'heure à la Reine pour lui jurer, sur l'honneur, que la Marquise de Verneuil n'est point chez vous. Et qu'elle n'y viendra pas. Et faites-lui porter ce mot par Bassompierre. Il est le seul qui, à cette heure au Louvre, peut avoir accès à elle.

— Mon ami, ne voulez-vous pas l'écrire ? dit Madame de Guise plaintivement. Je tremble tant je suis bouleversée !

— Non, non, il y faut votre main et votre style. Ils sont inimitables.

— Monsieur, en ces circonstances, avez-vous le cœur de vous moquer de moi ?

— Mais point du tout. Si la Reine ne reconnaissait pas votre écriture, elle croirait à une ruse du Roi. Elle est fort défiante, comme vous savez. Tout le monde, dit-elle, la trompe. Et tous les Français sont des traîtres !

CHAPITRE V

Quand, à la prière de Madame de Guise, Bassompierre vint nous rejoindre dans sa chambre le soir de ce fameux bal et qu'il apprit de sa bouche ce qu'elle attendait de lui, il devint tout soudain plus prudent qu'un chat : l'œil aux aguets, la moustache en alerte et la patte précautionneuse.

Il mit les deux mains derrière le dos et, marchant de-ci de-là dans la chambre, il ne dit mot ni miette, le front penché, l'œil fixé sur les dessins du tapis turc qui étouffait ses pas, n'osant ni refuser ni accepter une mission aussi délicate : le beau matou craignait d'être échaudé.

Délicate, elle l'était assurément pour lui, gentilhomme de bon lieu, mais allemand et qui devait tout à la faveur du Roi et de la Reine avec qui, ayant le bon goût de perdre, il jouait aux cartes et le jour et la nuit — raison pourquoi il lui était si aisé d'avoir accès à leurs appartements. Même Sully n'y était pas si facilement admis.

Devant Joinville, à qui le jarret démangeait tant de danser, Bassompierre avait énoncé sa règle d'or une heure plus tôt : il était « le paroissier de qui était le curé ». Mais en la circonstance, il n'était point si aisé de discerner lequel — du Roi ou de la Reine — était vraiment le « curé ». A supposer que Marie de Médicis résistât au message qu'il lui porterait, elle aggravait son cas, et si elle revenait un jour en faveur, elle ne saurait aucun gré au messager de cette aggravation. Mais d'un autre côté, si le Roi était déjà résolu en son for à la renvoyer en Toscane, ou à tout le moins à l'exiler en l'un de ses châteaux, l'arrivée même tardive de la Reine au bal, au cas où le billet de Madame de Guise la persuaderait, contrarierait beaucoup les desseins royaux. Et pour finir, comment opposer un refus à une aussi haute dame que la Duchesse de Guise, cousine germaine du Roi, fort bien en cour, et dont la fille inspirait à Bassompierre — je l'avais observé de mes yeux — des visées si tendres et peut-être des espoirs si proches, le Prince de Conti n'étant visiblement pas immortel ?

En sa perplexité, Bassompierre prit un parti qui, sur le moment, m'étonna mais que mon père, le lendemain, trouva le plus habile : il fut franc. Il exposa à Madame de Guise les raisons de ses hésitations et suggéra un aménagement de son projet. Elle chargerait son fils Joinville de remettre le billet, Bassompierre ne lui étant adjoint que pour lui ouvrir un chemin jusqu'à l'appartement de la Reine. En outre, dès leur départir de l'Hôtel de Grenelle pour le Louvre, Madame de Guise informerait le Roi de son manège.

Tant plus j'y pense ce jour d'hui en mes années plus mûres, tant plus je lui donne raison. Comme il était habile, alors, le beau Bassompierre ! Habile, circonspect et si ménager du pouvoir, de tous les pouvoirs, qu'il parvint à conduire son frêle esquif parmi tant d'écueils jusqu'au maréchalat ! Et comment comprendre que le même homme — fort coiffé, il est vrai, d'une grande intrigante — eut le malheur, quelques années plus tard, de déplaire à un « curé » dont il était le « paroissier », lequel « curé », qui était, de reste, cardinal, l'envoya épouser la Bastille où il resta dix ans ?

A son retour du Louvre, Joinville nous raconta, avec sa coutumière vivacité, que lorsque Bassompierre et lui-même parvinrent jusqu'à la chambre de la Reine, ils virent, debout auprès de Sa Majesté, et déversant sur elle des flots d'italien,

« ce monstre de laideur, de ruse et de rapine » : Leonora Galigaï. A leur vue, la Florentine, « comme une araignée qui, surprise au sol, regagne au plafond sa toile », s'enfuit par un petit viret qui menait aux pièces qu'elle occupait au-dessus des appartements royaux et dont elle ne sortait jamais, à la différence de son mari, le beau Concino Concini, qui aimait parader à toutes les fêtes de la cour, y compris à celles où il n'était pas invité. Quant à la Reine, habillée, coiffée et « plus couverte de bijoux qu'une idole », elle était prête, mais point encore décidée à rejoindre, au bal de Madame de Guise, son royal époux. Pourtant, à en juger par les derniers mots en italien que Joinville avait surpris en entrant, la Galigaï avait poussé Sa Majesté de toutes ses forces dans cette voie, craignant, si le Roi allait au bout de ses menaces, qu'on la renvoyât en Toscane avec la maîtresse dont elle était la « *sangsoue* ». « Le fait est, dit Joinville, que si on la secouait la tête en bas en la tenant par les pieds, Dieu sait combien d'écus d'or tomberaient de sa bouche, et tous des *Henricus* ! »

« Bref ! » dit Madame de Guise. « Bref ! dit Joinville, l'araignée avait réussi à habiller la Reine, mais non tout à fait à la décider à sortir. Madame, vous connaissez la Médicis ! Quand sa mâchoire a croché dans une décision, il est presque impossible de lui faire lâcher prise. Toutefois, je ne perdis pas espoir. Après avoir dévotement baisé le bas de sa robe, je lui tendis votre poulet, Madame, qu'elle prit de ses doigts boudinés ornés de diamants monstrueux, sans compter le fameux bracelet tout en diamants aussi... »

« Bref ! » dit Madame de Guise. « Bref, elle décacheta le billet. Elle le lut non sans mal, votre écriture, Madame, n'étant pas des plus lisibles, ni votre orthographe des meilleures, et le miracle opéra. Sur un signe d'elle, Madame de Guercheville emboucha l'oliphant et la troupe des filles d'honneur apparut, prête à sauter dans les carrosses. Savez-vous, Madame, que ces charmantes garcelettes portent une sorte d'uniforme, de reste fort magnifique, fait de toile d'or et d'argent ? Elles frétillèrent à nous voir, Bassompierre et moi-même, et l'une d'elles, Victoire de Cadaillac, d'un seul regard, me déroba mon cœur. — Monsieur, dit Madame de Guise, laissez donc votre cœur où il est. Voudriez-vous que le Roi vous force à épouser la pécore ? Et qu'est-ce donc encore que cet oliphant que la Guercheville embouche ? Je ne lui ai jamais rien vu de pareil ! »

Nous revînmes radieux, mais bouche cousue, en la grand'salle, où régnait la plus morne tristesse, les violons demeurant muets, le Roi sans sa Reine, la cour pleine d'interrogations et de déquiétude, comme dans l'attente d'un grand deuil. Et pour dire le vrai, on attendit encore si longtemps qu'on se demanda si Marie de Médicis ne s'était pas, au dernier moment, ravisée. J'ouïs Madame de Guise dire à mon père à voix basse qu'elle se félicitait de n'avoir pas, en violation de sa promesse à Bassompierre, informé le Roi de son manège, puisqu'elle le voyait bien, il avait échoué. Comme elle achevait, les tambours se mirent à battre dans la cour de l'hôtel et Monsieur de Réchignevoisin, ayant jeté un coup d'œil par la fenêtre, frappa le parquet de sa canne et cria d'une voix où perçaient un grand soulagement et une note de triomphe :

— Sire, la Reine !

Un cri de joie s'éleva dès que la Reine apparut dans la grand'salle, précédant ses filles d'honneur et une suite nombreuse, lequel — je parle du cri — se changea en acclamations, tandis que le Roi, souriant, descendait de l'estrade et s'avançait vivement, les deux mains tendues vers Sa Gracieuse Majesté. On eût pu croire que cet accueil si chaleureux du Roi et de la cour allait toucher celle qui en était l'objet et amener un sourire sur ses lèvres. Il n'en fut rien. N'ayant pas assez d'esprit pour entendre que, puisqu'elle cédait, il valait mieux céder de bonne grâce, elle ne salua personne. Le buste droit, haussant le bec, elle demeura altière et revêche, faisant au Roi une révérence des plus roides et lui tendant la main au bout de son bras tendu comme pour le maintenir à distance. Combien plus fin fut alors notre Henri ! Sans faire mine ni semblant de s'apercevoir de la froideur de Marie, il continua à lui sourire, la baisa sur les deux joues et s'inquiéta tout haut de sa santé, comme s'il eût voulu accréditer autour de lui l'idée que le retard de son épouse à le rejoindre était dû à une indisposition aussi soudaine que passagère.

Toutefois, comme on le sut plus tard par Sully, dès qu'il eut mis quelque distance entre les courtisans et lui en gagnant l'estrade, le langage du Roi changea. Sully s'étant génuflexé devant la Reine pour baiser le bas de sa robe, la Reine refusa de lui donner sa main à baiser, arguant qu'il lui avait, deux heures plus tôt, rabattu si fort le bras qu'elle ne pouvait plus le bouger. Ce rappel malencontreux d'un incident qu'il eût voulu oublier irrita si fort le Roi qu'il lui dit à l'oreille d'une voix basse et furieuse : « Madame, à la minute où je vous parle, vous ne seriez plus ma femme, si Sully n'avait pas retenu votre main ! Et si vraiment vous ne pouvez bouger le bras, la faute en est, non à Sully, mais au poids de ce bracelet de diamants si ruineux pour mon État. Ventre Saint-Gris, Madame ! Si je vous laissais faire, vous êtes si grande dépensière qu'un royaume n'y suffirait pas ! Donnez votre main sur l'heure à Sully et souriez, Madame, souriez ! Et soyez bien assurée que si vous vous obstinez ce soir à me faire la mine, vous n'aurez plus de moi un seul sol vaillant jusqu'à la fin de l'année ! » La menace fit son effet. La Reine donna la main à Sully et posa ensuite sur son visage un sourire figé. Le Roi sourit à son tour et, abandonnant son trône, s'avança vivement jusqu'au bord de l'estrade, leva les deux bras pour réclamer le silence, et s'écria d'un air joyeux :

— Mes bons amis, Sa Gracieuse Majesté la Reine désirant danser une *sarabande*, je vais avoir l'honneur d'ouvrir le bal avec elle. De grâce, dès les premières mesures, joignez-vous à moi !

La danse étant, avec l'escrime, l'équitation et le tir, un des quatre talents requis d'un gentilhomme (cependant, il n'est pas de mauvais ton, *Henrico regnante*[1], de pousser un peu plus loin l'étude), je voudrais consigner ici pour l'édification de mes arrière-neveux quelques enseignements du maître à danser Raymond Lescot à qui ma bonne marraine m'avait confié pour me dégrossir. Ce Raymond Lescot (mais il préférait se nommer Raymond de Lescot) avait passé, disait-on, soixante-dix ans. Sa face maigre, plus fripée et ridée qu'une vieille pomme, confirmait cet âge. Mais son corps mince, vif et musculeux le niait avec véhémence : Lescot sautait comme une carpe, bondissait comme un tigre, tournait comme une toupie. Et là où nous faisions effort pour retrouver notre vent et haleine, il soufflait à peine. Quand il dansait la volte, il soulevait la dame comme plume dans les airs et dans ses bonds, il faisait plus de battements de pied que quiconque. Il avait la tête petite, les traits aigus et quant à ses yeux, ils étaient ronds, noirs, vifs et fureteurs comme ceux d'un écureuil. Il parlait d'une voix haut perchée, mais fort bien et toujours avec pertinence.

Il connaissait toutes les danses qui, depuis cent ans, avaient eu la faveur du monde chrétien, tant celles qui avaient disparu que celles qui avaient conquis la cour, venant d'une province française ou de l'étranger, sans compter celles qu'on avait crues mortes et qui revenaient tout soudain à la mode. En maître consciencieux, il prenait soin, avant de nous enseigner les pas, de nous en retracer l'histoire. J'appris ainsi que la *sarabande* — que ce soir-là je dansai pour la première fois en public et avec qui ? sinon avec Noémie de Sobole, qui courut à moi dès les premières

1. Sous le règne d'Henri (lat.).

notes arrachées aux violons — nous venait d'Espagne où elle était exécutée, non pas par un couple, mais toujours par une femme seule qui rythmait avec deux castagnettes ses déhanchements, ses cambrures et ses torsions de taille : danse vive et lascive dont le bon peuple espagnol tirait un innocent plaisir, jusqu'au jour où elle fut observée d'aventure par le théologien Juan de Mariana qui en fut profondément ému, la dénonça *urbi et orbi* comme une « danse pestiférée » et par ses clameurs amena son interdiction. Cependant, elle ne mourut pas tout à fait, puisqu'une version très édulcorée et beaucoup plus lente parvint jusqu'à la cour de France, où elle était exécutée par couples avec de sages pas, de faibles déplacements et chez les dames, des balancements latéraux du torse qui ne rappelaient que d'assez loin, disait Lescot, les tortillements voluptueux des femmes ibériques.

Dans sa version française, c'était une danse, à dire le vrai, peu fatigante pour le cavalier, puisqu'il n'avait ni à guider ni à faire tourner, ni surtout à soulever dans les airs sa cavalière, raison pour laquelle, à mon sens, le Roi l'avait choisie pour ouvrir le bal, la Reine étant si pesante. Tout ce que l'homme avait à faire, en l'occurrence, était de se placer en face de sa cavalière, d'imiter ses pas et de montrer, en l'envisageant œil à œil, qu'il était saisi de mille douces pensées à contempler les mouvements de son corps. Monsieur Lescot, qui avait l'art de dire les choses sans froisser l'honnêteté, appelait cela des « regards de courtoisie » et selon sa philosophie, ils étaient partie intégrante de la danse qui était, « dans les limites de la décence et de la distance, un art tout de caresses ».

Ma rousse cavalière eut d'autant moins à se plaindre de moi à cet égard qu'elle était fort décolletée, comme le lecteur ne peut manquer de s'en ressouvenir, tant est qu'au moindre balancement de son torse les globes jumeaux de ses tétins saillaient, s'écartaient ou se rejoignaient d'une façon que je trouvais la plus ravissante du monde ; en particulier quand, se rejoignant, ils se blottissaient, pour ainsi parler, l'un contre l'autre, de façon si intime et si amicale qu'on avait envie de se joindre à eux.

La danse finie, Noémie de Sobole s'avisa de se plaindre de l'indiscrétion de mes œillades, mais je vis bien que ses paroles n'avaient pour fin que de prolonger, en en disputant, le plaisir que mes regards lui avaient donné. Loin de me montrer repentant, je pris alors le parti de renchérir sur l'éloquence de mes prunelles et de lui faire un éloge tout à plein déshonté des objets de mon admiration. Il fut prononcé à voix basse et elle ne songea à s'en indigner que lorsqu'il fut fini.

— Ah ! Monsieur le fripon ! dit-elle en rougissant, il faut que vous soyez déjà un grand ribaud pour oser parler ainsi à une fille de bon lieu ! Jour de Dieu ! Si vous en agissez de la sorte avec les dames à votre âge, que sera-ce quand vous aurez le mien ? Il faudra vous mettre un bandeau sur l'œil, un cadenas aux lèvres et des entraves aux mains !

— Aux mains ? dis-je, mais elles ne furent, dans l'affaire, point coupables du tout. Ce n'est pas assurément que l'envie ne les ait démangées de prendre le relais de l'œil...

— Chevalier ! dit-elle, mi-fâchée mi-chatouillée, voilà qui va véritablement dans l'excès ! Je n'en crois pas mes oreilles de vos turlupinades ! Avez-vous le front de m'avouer que, dansant avec une personne de qualité, il vous est venu dans l'esprit de lui caresser les tétins ?

— Où est le mal, puisque je ne l'ai pas fait ?

— Mais la pensée, Monsieur, la pensée seule !...

— Oh ! Pour la pensée, Madame, soyez bien assurée que plus d'un l'a eue ce soir rien qu'en vous voyant ! A commencer par mon père.

— Quoi ? Votre père ? Votre père aussi ?

Elle reprit souffle et ajouta avec une avidité qui me parut fort plaisante :

— Vous en a-t-il fait la confidence ?

— Il a loué devant moi les mérites qu'à vue de nez il avait discernés chez vous.

— Les mérites ! Sont-ce là des mérites ? Vous vous moquez ! La peste soit de votre impertinence ! Je ne danserai plus avec vous ce soir, cela est sûr !

— J'en serais bien marri. De grâce, Madame, ne prenez pas la chèvre sur une parole un peu hardie ! Qu'ai-je fait, sinon dire tout haut ce que le monde entier pense tout bas ? Et pourquoi faut-il que vous me tanciez de ma franchise ?

Voyant toutefois que, dans les sentiments mêlés qui l'agitaient, commençait à se faire jour un peu d'aigreur, je quittai le ton du badinage et j'ajoutai, la voyant prête à s'en aller :

— Est-ce ma faute si vous êtes si belle ?

Même la Marquise de Rambouillet n'aurait su dire, à cet instant, si je mentais ou si j'étais sincère, puisque moi-même je n'aurais su trancher. Tout ce que je savais, c'est que je ne voulais pas qu'elle me quittât fâchée, éprouvant quelque petit remords de lui avoir mordillé l'oreille comme un jeune chien, moitié par jeu et moitié par désir.

— Allez ! Allez ! dit-elle en me tournant le dos, vous êtes un méchant !

Tout béjaune que je fusse, je m'avisai que cette remarque n'était pas la moitié aussi dure qu'elle en avait l'air. Car je l'avais déjà ouï prononcer à mon endroit plus de cent fois par Greta, par Mariette, par Toinon et par ma bonne marraine. J'estimais donc, en ma jeune jugeote, que c'était là une de ces petites choses que les femmes disent aux hommes, justement quand elles ne sont pas trop fâchées contre eux, tout en désirant le paraître.

Toutefois, me sentant encore quelque peu déquiété, je cherchai dans la foule mon père et le trouvant au moment où il quittait Madame de Guise, avec qui il venait de danser la *sarabande*, je lui contai ma petite dispute avec Noémie de

Sobole. Il en rit d'abord, puis s'étant un peu réfléchi, il ajouta :

— En paroles, sinon en regards, soyez, mon fils, plus ménager de ce doux sexe ! On l'élève dès l'enfance dans la plus parfaite hypocrisie et bien qu'il ait les mêmes désirs que nous, et la même volonté de les satisfaire, on exige de lui une pruderie qu'on n'exige pas des hommes. Et voilà les pauvrettes tiraillées toute leur vie entre ce que la nature attend d'elles et les grimaces de cette fausse pudeur !

Il reprit :

— Je viens de danser avec votre marraine. Elle est dans ses fureurs.

— Contre vous ?

— Non, non ! Contre Concino Concini ! Se disant de la suite de la Reine, il vient de s'introduire dans son bal sans y avoir été invité.

— Madame de Guise ne peut-elle le faire éconduire ?

— Elle ne le peut. Ce serait se fâcher avec la Leonora Galigaï, laquelle est toute-puissante sur l'esprit de la Reine.

— D'où vient ce sortilège ? Le sait-on ?

— Elles ont été élevées ensemble.

Il ajouta :

— La Galigaï est née dans la roture et, comme dit la Princesse de Conti, elle est si laide qu'elle n'est pas « regardable ». En revanche, elle a de l'esprit à revendre. En tout cas, s'agissant de la Reine, elle a de l'esprit pour deux.

— Et Concino Concini ?

— Concini est un gentilhomme des meilleures maisons de Florence, mais en sa patrie, perdu de vices et de dettes, sans le moindre scrupule, du reste emprisonné plus d'une fois, tant est que son oncle, le ministre du Grand-Duc de Toscane, fut fort aisé de se débarrasser de lui en l'expédiant en France dans les bagages de Marie de Médicis. Pendant le voyage, Concini ne manqua pas d'observer l'emprise de la Galigaï sur la future Reine de France, et sans égard à sa naissance ni à sa laideur, mais fort résolu à pousser, grâce à elle, sa fortune, il la séduisit et l'épousa.

— Joinville le dit fort beau.

— Jugez-en vous-même. Vous le voyez, sur votre gauche, dans une encoignure de fenêtre en train de parler à Vitry. Vous connaissez le Marquis de Vitry. Il est capitaine aux gardes-françaises et il a dîné chez nous plus d'une fois.

La physionomie lourde et violente de Vitry m'était, en effet, familière. La face large, le nez gros, la mâchoire forte, le front petit, c'était un soldat robuste, rugueux, vaillant, fidèle au Roi. Sans manifester impatience ni ennui, il écoutait Concini discourir, tandis que son œil s'attachait à Charlotte Des Essarts. A vrai dire, il ne l'envisageait pas continûment, mais en tapinois par une série de regards fort brefs, mais répétés.

Concini, lui, ne s'intéressait qu'à lui-même. A le comparer à Vitry, à peine dégrossi, il paraissait raffiné. Grand, mince, richement vêtu, le port noble, le geste élégant, il avait le front large et haut, le nez busqué et sous les sourcils arqués, des yeux verts fendus en amande, grands, brillants, liquides et que j'aurais été tenté de trouver fascinants, si leur expression m'avait plu.

— Eh bien, dit mon père, le trouvez-vous beau ?

— Oui et non. Il y a quelque chose de faux et d'impudent dans toute sa personne.

Sans répondre, mon père me quitta, peut-être appelé par un coup d'œil de Madame de Guise. Le manège de Vitry ayant attiré mon attention sur elle, je détaillai davantage Charlotte Des Essarts et mon examen fini, je me demandai si, à la place du Roi, j'en aurais fait ma favorite. J'examinai la question avec beaucoup de sérieux, bien qu'assurément elle ne se posât pas. J'opinai que non. Elle était petite, brune, bien faite, le visage mignard et l'œil ingénu. C'est cette ingénuité qui ne me plaisait pas.

De reste, elle n'était pas seule. Mon demi-frère, le

sémillant archevêque de Guise, qui ne pouvait danser en raison de sa robe violette, s'en revanchait en parlant de fort près à la dame : attitude qui, à ce que je vis en regardant à la ronde, déplaisait fort à trois personnes : au Roi ; à Madame de Guise qui ne pouvait toutefois intervenir, un gentilhomme fort chamarré lui tenant des discours ; et enfin au capitaine de Vitry, trop bon soldat pour oser conter fleurette à une personne aimée du Roi, mais trop épris d'elle pour ne pas laisser à ses regards la liberté de se repaître — très à la prudence — de sa beauté piquante.

Comme nos souvenirs changent avec les années ! Lorsqu'ils sortent de la nuit du passé, le présent leur donne une signification bien différente de celle qu'ils avaient au moment où nous les avons vécus. Sur l'instant, ce qui retint surtout mon attention, ce n'est point tant que Concini s'entretînt avec Vitry, quoiqu'ils fussent si différents, mais bien les regards dérobés que Vitry lançait à Charlotte Des Essarts, l'indifférence avec laquelle elle les recevait, l'empressement auprès d'elle de l'archevêque et le déplaisir qu'il provoquait chez les personnes qui, à des titres divers, s'intéressaient à elle.

Cependant, à l'heure où j'écris ces lignes, après avoir essayé de rétablir dans ses couleurs de l'époque ce petit manège de l'amour et de la jalousie — comme il y en eut beaucoup, assurément, dans cette nuit de bal — ce qui me frappe, c'est ce que j'ai négligé alors : cet entretien de Concini avec Vitry, ce contraste entre l'honnête centurion et le courtisan corrompu, cette rencontre qui ne prit toute sa signification dramatique que dix ans plus tard — quand le fils de l'un tua l'autre.

⁂

Mon père m'avait quitté sur un signe de Madame de Guise qui l'appelait à sa rescousse — sans doute pour qu'il la débarrassât du personnage vieil et chamarré qui l'accaparait et l'empêchait d'aller retirer l'archevêque du piège de chair où il s'engluait. Mais mon père ne put lui-même atteindre tout aussitôt ma bonne marraine, parce qu'une dame fort richement vêtue le happa au passage et se mit à lui faire mille grâces : spectacle qui ne manqua pas d'ajouter aux angoisses de la Duchesse. Toutefois, mon père réussissant, après quelques minutes, à se retirer des hameçons de la belle, louvoya dans la foule jusqu'à ce qu'il parvînt à se mettre au bord à bord de ma marraine. Prenant alors le relais, il fit tant de civilités au barbon chamarré que la Duchesse put doucement se retirer de son grappin et courir tancer l'archevêque. Mon père me fit alors signe des yeux de le venir rejoindre, ce que, à mon tour, je ne pus faire aussitôt car, me mettant en branle, je vis se dresser devant moi Joinville et Bassompierre qui, tout sourires, me mirent chacun une main sur l'épaule.

— Or çà, mon mignon ! dit Bassompierre. Où courez-vous si vite ? Nous avons grand besoin de vous pour arbitre, car nous allons gager.

— Quoi ? Encore ! Et quelle est la gageure ?

— Laquelle des deux favorites, la Comtesse de Moret ou Charlotte Des Essarts, le Roi va-t-il inviter pour la *volte* que Réchignevoisin va annoncer ?

— Et comment savez-vous que ce sera une *volte* ?

— Le capitaine de Praslin, dit Bassompierre, vient tout juste de me dire à l'oreille de la part du Roi d'avoir à inviter la Reine pour la *volte*, vu qu'à moi elle n'osera refuser cet honneur.

— Et pourquoi donc ? dis-je, béant.

— Pour la raison, dit le Prince de Joinville, que ce rusé Allemand a la bonne grâce de perdre au jeu, quand il joue à la prime avec elle.

— J'y ai quelque mérite, dit Bassompierre en baissant la voix. Ce n'est pas facile de perdre avec Sa Gracieuse

Majesté : elle joue si mal. Et plus difficile encore de la soulever dans les airs, quand on danse avec elle la *volte*.

— Toutefois, vous le ferez, dit Joinville.

— Toutefois, je le ferai, étant bon paroissien.

— Si j'entends bien, dis-je, vous pensez tous deux que Bassompierre dansant la *volte* avec la Reine, le Roi va inviter une des deux favorites ?

— Cela ne saurait manquer, dit Joinville, et je gage que ce sera la Comtesse de Moret.

— Je gage que ce sera Charlotte Des Essarts, dit Bassompierre, imperturbable.

— Quel est l'enjeu ?

— Cent livres, dit Bassompierre.

— Messieurs, dis-je en les saluant, topez, je suis votre arbitre. L'enjeu sera payé au gagnant en ma présence après la *volte*.

Et m'excusant de ce que mon père m'appelait, je les saluai derechef et les quittai sans tant languir, bien convaincu que des deux Bassompierre avait le nez le plus fin et qu'il gagnerait sa gageure, la fleurette que contait l'archevêque à Charlotte inquiétant moins le Roi que le siège de la Moret par Joinville. L'archevêque se trouvait retenu par sa robe et bridé par sa mère. Mais d'après ce que j'avais pu entendre des propos de Bassompierre, il n'était même pas sûr que Joinville ne fût déjà dans la place. En ce cas, Henri ne pouvait que garder une fort mauvaise dent à la Moret de s'être laissé investir et la voudrait punir en dansant d'abord avec Charlotte. Je me ressouviens que dans ma juvénile gloriole, je me paonnais fort du savant résultat de mes observations. Le mérite, pourtant, était mince. J'avais bien écouté ce qu'on avait dit devant moi mais, perché sur mon petit savoir, je me croyais déjà tout chargé d'expérience.

Dès que mon père me vit à ses côtés, il demanda à son interlocuteur chamarré la permission de me présenter à lui et, sur son gracieux assentiment, il lui fit un salut et dit avec beaucoup de respect :

— Monsieur le Connétable, je me tiens pour heureux de pouvoir vous présenter mon fils, le Chevalier de Siorac.

« Eh quoi ! pensai-je en me génuflexant, est-ce là ce fameux Duc de Montmorency à qui ses hautes fonctions donnent tant de pouvoir dans l'État que le Roi en est jaloux et n'attend que la mort de l'intéressé pour supprimer sa charge ? »

Par une curieuse coïncidence, j'avais lu, le matin même dans le sixième tome des Mémoires de mon père, le passage où il parle du bal que le Maréchal de Biron donna en 1597 en l'honneur de l'enfantelet qui était né deux ans plus tôt à la Duchesse de Montmorency et que le Roi avait tenu, quelques jours auparavant, sur les fonts baptismaux.

Ce sixième tome dont je parle était bien loin, alors, d'être achevé et mon père n'en écrit la dernière page que le 4 mai 1610. Mais, ayant décidé, de longue date, que ses souvenirs ne seraient publiés que cinquante ans après sa mort — à une époque où tous les personnages qui y étaient nommés auraient, en toute probabilité, disparu de cette terre —, il avait pris l'habitude d'en communiquer les chapitres manuscrits au fur et à mesure qu'il les écrivait, à deux personnes : au Chevalier de La Surie, pour qu'il en corrigeât, le cas échéant, quelques détails, et à moi-même, pour me préparer à vivre un jour à la cour, n'ignorant rien des mœurs de notre temps.

De la jeune Duchesse de Montmorency, née Louise de Budos, mon père écrit dans ces pages qu'elle était une des plus belles dames de la cour. Et il ajoute que, si Biron donna ce bal en l'honneur d'un enfantelet dont il se souciait comme d'une guigne, c'est qu'il guignait la mère, étant fort épris d'elle, jugeant ses chances grandes, vu l'âge du Connétable qui avait passé soixante ans, mais toutefois robuste et vert assez pour faire deux enfants à sa jeune épouse : Charlotte, en 1593 et Henri, en 1595.

« Je ne sais, me dit mon père de vive voix, si Biron faillit ou non dans son entreprise, mais s'il n'y faillit pas, il jouit peu de son succès, car au lendemain du bal, il partit avec Henri reconquérir Amiens, et la jeune duchesse mourut un an plus tard en la fleur de son âge, d'une étrange et subite maladie qui la laissa défigurée comme si l'ange de la mort, en lui ôtant la vie, avait résolu de la priver d'abord de sa beauté. »

Au moment du bal de Madame de Guise, le Connétable de Montmorency comptait soixante-treize années, lesquelles, malgré leur nombre, ne pesaient guère sur ses larges épaules. Il était grand, avec un visage carré et coloré et des yeux qui n'exprimaient rien. Mon père à qui je demandai, des années plus tard, si le Connétable avait de l'esprit, me répondit en souriant : « C'est ce qu'on n'a jamais pu savoir. C'était assurément un bon soldat et, sous les murs d'Amiens, la veille de l'attaque du cardinal Albert, je lui ai entendu tenir des propos sensés sur son métier. Il était aussi fort vaillant. Il n'avait peur que d'une chose, mais de celle-là excessivement : déplaire au Roi. Et cette crainte l'a égaré sur le tard hors des droits chemins, quoiqu'il eût été, jusque-là, plein d'honneur. — Comment cela ? — Je dirai, pour abréger, dit mon père évasivement, qu'il n'a pas agi, au regard de sa fille Charlotte, comme moi j'aurais fait, si j'avais été à sa place. »

— Voilà donc le nouveau chevalier ! dit le Connétable d'une voix aimable et tonitruante dès que mon père m'eut présenté à lui. Chevalier à quinze ans ! Testebleu ! Faut-il que le Roi vous aime ! Et non sans de bonnes raisons, ajouta-t-il avec quelque lourdeur. Sans compter qu'on vous dit fort savant déjà ! Jour de Dieu ! Comme j'aimerais que mon Henri morde davantage à l'étude ! Mais autant Charlotte ressemble à sa défunte mère, autant mon fils est ma portraiture toute crachée ! Rien qu'à voir un livre, il bâille ! S'il prend la plume, elle pèse plus lourd à sa main qu'une épée ! Voilà le mauvais de la paix ! Les gens ne pensent plus qu'à lire et à barbouiller du papier. De mon temps, Marquis, on n'en exigeait point tant d'un gentilhomme ! Vous et moi, dit-il, oubliant que mon père était docteur-médecin, pourvu qu'on sût lire une lettre missive que vous envoyait le Roi, et signer son nom au bas d'une réponse qu'on avait dictée à un clerc, on en savait bien assez ! Mais ce jour d'hui, c'est une vraie rage ! Même les femmes y tâtent et se mêlent de raisonner. Mais grâce à Dieu, Chevalier, poursuivit-il en se tournant vers moi, vous n'avez rien d'un poupelet, tout savant que vous êtes. Vous êtes grand et fort. Vous montez bien, je gage, vous tirez l'épée. Vous dansez aussi, testebleu !

— Passablement, Monseigneur, dis-je en m'inclinant.

— Comment cela, passablement ? dit le Connétable. Je vous ai vu danser la *sarabande,* et mieux que passablement, avec cette fille qui se dépoitraille ! Tudieu, Marquis ! poursuivit-il en se tournant vers mon père, vous me connaissez ! Je ne suis pas de ces vieux baveux, cracheux et toussoteux qui, par fausse vergogne, cachent leurs sentiments. A voir se déhancher et se trémousser cette déshontée garcelette, mon sang se bouillait dans mes veines. Le diable emporte la pécore ! Je perdais, à la voir, le peu de religion qu'il me reste. Quoi que j'en eusse, je ne regardais qu'elle et pour tout avouer, ses tétins m'ont donné furieusement dans la vue !...

Le Connétable avait la voix aussi haute que s'il commandait sur un champ de bataille et comme les gens, autour de nous, commençaient à prêter l'oreille, mon père décida de couper court et dit :

— Et comment vont vos beaux enfants, Monseigneur ?

— Bien, bien, bien, dit le Connétable qui, n'entendant pas pourquoi mon père avait changé de sujet, jeta autour de lui un regard soupçonneux, comme s'il se demandait si le père ou le frère de Noémie de Sobole se trouvait dans les alentours.

— Mais venez, poursuivit-il, je vais présenter le Chevalier à mes enfants. Henri n'a que douze ans, mais Charlotte en a quatorze et sera ravie de danser avec le Chevalier, d'autant que c'est son premier bal et qu'elle ne sera officiellement présentée à la cour que l'an prochain.

Je ne sais si Charlotte de Montmorency fut tant ravie de me voir. Peut-être avait-elle rêvé, pour sa première danse, d'un cavalier un peu moins béjaune. Mais, quant à moi, je restai bouche bée. Ce n'est pas qu'elle eût le grand air de la Princesse de Conti ou le piquant de Charlotte Des Essarts, mais c'était le plus joli bijou de femme que je vis jamais, le plus finement ciselé, le plus parfait en toutes ses facettes, et si j'osais le dire sans offenser personne, le plus féminin. Ses cheveux dorés, ses yeux azuréens, son nez, ses lèvres, ses fossettes, la peau si fine et si blonde de son visage, composaient une physionomie si parfaite qu'on ne se lassait ni de l'admirer en son ensemble, ni de la détailler en toutes ses parties. Il en était de la jeune Charlotte comme d'une belle œuvre d'art. Elle vous arrêtait d'abord. Elle vous transportait ensuite. Et plus on l'envisageait, plus on découvrait en elle des raisons de s'émerveiller.

A vue de nez et bien qu'elle fût déjà, en stature et rondeurs, tout à plein achevée, on croyait distinguer en elle un charme puéril. Mais dès qu'elle ouvrait la bouche et vous regardait, tout l'art féminin de la séduction était là, jusqu'à jouer de sa fraîcheur même et à contrefaire l'enfant qu'elle n'était plus. Je ne me fis que plus tard la réflexion qu'on vient de lire. Sur l'instant, ma cervelle était paralysée. Je n'étais que regards.

En présence de son père et du mien, Charlotte s'enveloppa, sous mes yeux, de la plus couventine pudeur, l'œil baissé et la joue rosissante. Mais dès que Monsieur de

Réchignevoisin eut annoncé une *volte* et que nos pères se furent éloignés, un petit démon se mit à danser dans ses yeux bleus.

— Chevalier, chuchota-t-elle, savez-vous bien danser la *volte* ?

— Passablement bien.

— Et pourrez-vous bien me soulever dans les airs ?

— Assurément.

— Haut assez ?

— Mais point trop, dis-je, afin que la pudeur n'en soit pas offensée.

— Comment cela ? dit-elle en ouvrant de grands yeux.

— Mon maître à danser tient qu'on ne doit point tant faire sauter la dame qu'on puisse voir son genou et sa cuisse. Cela, dit-il, convient peut-être aux chambrières, mais non aux personnes de bon et pudique jugement.

— Sans doute a-t-il raison, dit Charlotte de l'air le plus chattemite. Toutefois...

— Toutefois, Madame ?

— Je vous adresserais bien une petite prière, si vous me juriez le secret sur ma requête.

— Je l'agrée, quelle qu'elle soit.

— Et me promettez-vous, sur votre honneur de gentilhomme, de la tenir secrète ?

— Je le jure.

— Et de m'obéir ? dit-elle de l'air le plus caressant.

— Je le jure, dis-je, déjà tout à elle.

— Eh bien, je voudrais que vous me fassiez sauter dans les airs aussi haut que vous pourrez.

— Mais Madame, dis-je, béant, cela serait braver l'honnêteté ! J'en serais fort blâmé au nom des convenances et d'abord par Madame de Guise !

— Ne pouvez-vous pas souffrir d'être un peu blâmé par l'amour de moi ? dit-elle avec un sourire enchanteur, et posant sa main sur la mienne, elle y promena ses doigts légers.

Je frémis à ce contact.

— De reste, reprit-elle, on mettra cette imprudence sur le compte de vos jeunes ans et des miens. Deux enfants ne peuvent-ils s'ébaudir ensemble plus folâtrement que de grandes personnes ? Est-ce que cela tire à conséquence quand on a quatorze ans ? Ne peut-on être un peu bien fripon à notre âge ?

Comment aurais-je pu résister à cette sirène qui, tout en me caressant la main et en m'assassinant des plus douces œillades, fiançait si joliment nos âges et m'invitait, en toute innocence, à des jeux espiègles.

Pourtant, un je ne sais quel bastion dans mon esprit résistait encore. Il n'était ni tout à fait dupe, ni tout à fait convaincu, mais cette garcelette me troublait trop pour que je puisse lui résister. En outre, en me faisant jurer d'avance, et le secret et l'obéissance, elle avait mobilisé contre moi mon honneur et utilisé ma force pour me rendre plus faible. Vramy ! Quand je pense qu'elle n'avait alors que quatorze ans ! Je m'en rends bien compte à ce jour, à me comparer à elle je n'étais alors, malgré mes livres, qu'un nouveau-né à la mamelle.

Pour l'édification de mes arrière-neveux — car il est possible qu'en leur siècle on ne dansera plus la *volte*, les dévots qui la tiennent pour « lascive et déshontée » ayant réussi d'ici là, peut-être, à la faire interdire — je voudrais expliquer que le « scandaleux » de cette danse aux yeux de la bigoterie présente trois aspects dont un seul serait déjà damnable.

D'abord, on tient sa cavalière non pas par la main, mais par la taille, les deux mains appliquées sur ses flancs : geste quasi possessif, on en conviendra et d'autant plus que la cavalière, loin de s'en défendre, pose nonchalamment sa main droite sur l'épaule gauche de son vis-à-vis. Ensuite, on la fait tourner sans arrêt, tantôt de gauche à droite et tantôt de droite à gauche en l'emportant dans un tourbillon qui, en produisant en elle un état vertigineux, ne fait qu'affaiblir plus avant ses défenses. Sa complicité tacite étant enfin acquise par le moyen de ce tournoiement effréné, on la soulève dans les airs : simulacre d'enlèvement et de rapt, auquel elle n'est pas sans se prêter car, pour aider à ce saut, sa main droite, jusque-là inerte, s'appuie avec force sur celle de son partenaire. Il est vrai que lorsque la dame est dans les airs, la règle commande qu'elle applique sa main gauche sur sa cuisse pour éviter que son cotillon ne s'envole. Mais c'est là pure hypocrisie, disent les dévots, car ce geste a pour seul effet d'attirer l'attention des spectateurs sur cette partie alléchante de l'anatomie féminine. En outre, la danse lui ordonnant d'effectuer quand elle est dans les airs un ou deux battements de pied, c'est alors que, main ou pas, son vertugadin largement se retrousse et offense l'honnêteté.

Dès que Monsieur de Réchignevoisin eut annoncé la *volte*, Bassompierre monta sur l'estrade royale et, se mettant à genoux devant la Reine, il l'invita. Elle le releva, lui donna sa main à baiser, se dressa d'assez bon gré et entra en lice avec lui, fort applaudie. Mais tandis que les mains battaient, tous les regards, les miens compris, s'attachaient au visage du Roi pour savoir quel serait son choix. On n'eut pas à attendre longtemps. Il se dirigea à longues enjambées vers Charlotte Des Essarts. Elle avait donc gagné la première danse et Bassompierre, sa gageure.

L'attention se fixa alors sur la Comtesse de Moret qui, pour cacher son dépit, souriait de toutes ses dents et, s'il se pouvait, sourit davantage, quand Joinville se hâta vers elle malgré un coup d'œil furieux de Madame de Guise, laquelle, dans son ire, eût peut-être fait pire si mon père, agissant avec son à-propos coutumier, ne l'avait invitée.

Les violons attaquèrent la *volte* et chacun s'occupa de sa chacunière : Bassompierre se demandant sans doute comment il allait s'y prendre pour soulever la Reine, le Roi souriant avec bonté à la petite Des Essarts qui, à ce qu'on disait, portait en elle, depuis trois mois, le fruit de son royal amant et Joinville, sans se soucier des regards maternels, faisant le faraud avec la Moret, l'œil fixé sur ces tétins que sa mère désapprouvait.

Quant à moi, fol que j'étais, je me croyais au paradis. Charlotte de Montmorency était plus gracieuse et légère que biche, observait la mesure, changeait prestement de pied quand le tournoiement changeait de sens et, quand on en vint au saut, s'envola — avec mon aide — plus haut que n'importe qui, battant l'air non point une, mais deux ou trois fois, et montrant beaucoup plus que son genou sans toutefois paraître y prendre garde, son souris étant si enfantin et son œil ingénu semblant ne rien voir des regards qu'elle attirait.

Je me paonnais à l'infini à faire danser cette merveille. Toutefois, je ne laissais pas de me sentir quelque peu déquiété qu'elle ne m'envisageât pas une seule fois de toute la durée de la danse, ses regards aiguisés glissant de-ci de-là sous le cillement rapide de ses paupières et en particulier, quand le Roi passait à sa portée. Si bien qu'avant même que la danse fût finie je commençai à penser que je n'avais été pour elle que le naïf outil de sa gloire : ce qu'elle confirma, hélas, avec la dernière brutalité quand, les violons se taisant, elle prit congé de moi. Elle me fit, sourcilleuse et les lèvres froncées, une brève inclinaison de tête et me dit d'une voix assez haute pour être entendue aux alentours :

— Je vous remercie de cette danse, Monsieur. Mais n'y revenez pas !

Et elle me tourna les talons dans un tournoiement apparemment irrité de son vertugadin, me laissant béant, blessé, mortifié et, dès que j'eus repris mes esprits, bouillant d'indignation. La chose n'était que trop claire. Elle me mettait sur le dos le blâme et le reproche du petit manège qu'elle avait machiné.

C'est alors que j'aperçus, à une petite distance de moi, Madame de Guise qui me jetait de loin des regards encolérés et qui se fût jetée sur moi toutes griffes dehors, si mon père ne lui eût pas tenu très fortement la main, quoique très à la discrétion, la maintenant le long de son corps dans les plis de son vertugadin. Je pris ma décision en un clin d'œil. Je marchai vers ma marraine le front haut et, après y être allé de ma révérence, je lui dis d'un ton ferme :

— Madame, je vous fais mille excuses pour une inconvenance à laquelle j'ai été partie sans le vouloir. Mon seul crime est d'avoir manqué de jugement. Je suis tombé dans un piège. Je ne puis en dire davantage.

Je me rendis bien compte, en prononçant ces derniers mots, qu'ils annulaient mon plaidoyer mais, nigaud que j'étais, je m'en tenais encore au secret que j'avais promis à la traîtresse.

— Monsieur, dit Madame de Guise très à la fureur, mais parlant fort bas et les dents serrées, du diantre si j'entends ce que vous voulez dire par cette argutie-là ! J'ai vu ce que j'ai vu. Et je suis hors de moi ! Dans ma maison, à mon bal, le soir de mon anniversaire ! Je ne puis croire que vous soyez de mon sang. Vous le déshonorez.

— Allons, allons, Madame ! dit mon père, cela va dans l'excès !

Et tout en parlant, il se mettait entre nous, craignant sans doute qu'elle attentât de me frapper, tant la rage la secouait.

— Jour de Dieu ! poursuivit-elle, comment avez-vous pu avoir le front, Monsieur, de commettre devant toute la cour une si grossière ribauderie et de traiter une fille de grande maison comme la dernière des « nièces » de Monsieur de Bassompierre.

Cette petite perfidie visait si visiblement Toinon que je ne pus m'empêcher de sourciller.

— Et par-dessus le marché, reprit-elle, secouée d'un nouvel accès de fureur, vous me faites la mine, rustre que vous êtes ! Allez ! Allez ! J'ai eu bien tort de vous inviter à mon bal ! Vous ne méritez pas mes bontés ! Vous êtes un rustre et un ribaud, Monsieur ! Et n'était mon amitié pour votre père, je vous chasserais sur l'heure de ma maison et de ma vue.

— Vous me chasseriez aussi par voie de conséquence, dit mon père d'un ton fort sec, mais à voix très basse.

Ayant ainsi fait sentir le mors à son indomptable cavale, il lâcha doucement la bride.

— Et j'en serais au désespoir, Madame, car je vous aime et mon fils aussi.

Madame de Guise fut tant surprise, et par le mors et par la caresse, qu'elle resta coite. Et mon père profita de cette accalmie pour tâcher d'introduire une once de raison dans cet océan de folies.

— Madame, reprit-il, je vais vous surprendre, mais je tiens la donzelle pour aussi coupable dans l'affaire que votre filleul, sinon davantage. Je vous le demande : à qui ferait-on croire qu'elle ne fut pas connivente à ces bonds prodigieux ?

« Et qui l'obligeait, dites-moi, une fois en l'air, à donner tous ces battements de pied dont le seul effet était de trousser davantage son cotillon ! Ne savons-nous pas, en outre, qu'il est difficile d'arracher du sol une cavalière qui, de soi, ne saute pas en même temps qu'on l'élève ? Et si la pécore était si pudiquement opposée à monter si haut, que ne s'est-elle faite inerte et lourde comme font les prudes en votre bal ? Si légère que soit la Marquise de Rambouillet, qui pourra jamais se vanter de l'avoir soulevée plus de quelques pouces au-dessus du sol ? Et qui a jamais vu ses chevilles ?

— Mais, pourquoi Pierre ne se défend-il lui-même au lieu de rester planté là et de me faire la tête ? dit Madame de Guise d'un ton plus plaintif que furieux, les arguments de mon père ne l'ayant pas laissée insensible.

— Madame, dis-je en saisissant sa main et en la baisant à coups redoublés, je ne suis ni un rustre ni un ribaud et je vous aime moi aussi. Mais qu'ajouterais-je ? Mon père a tout dit, tout deviné, y compris ce que je ne pouvais que taire, ayant promis le secret. Cette fille s'est servie de moi et, son petit jeu fini, elle m'a rejeté dans les ténèbres extérieures. A en juger par les regards qu'elle jetait de-ci de-là, quand elle était dans les airs, cette petite Diane chasse un bien plus gros gibier que moi...

— Quel gibier ? dit Madame de Guise, béante.

Et comme je me taisais, ne voulant pas me muer en accusateur, mon père reprit le dé :

— Madame, dit-il, vous avez le cœur trop bon. Vous vous êtes laissé prendre à son air ingénu. Mais en fait, la friponne, en tapinois, a donné le bel œil à plus d'un. Au Roi, à Bassompierre, à Bellegarde, au Duc d'Épernon...

— Et peut-être bien à vous-même, dit la Duchesse, le bleu de son œil pervenche noircissant à cette seule pensée.

— Oh ! Madame ! dit mon père, je ne suis pas assez haut dans l'État pour mériter une œillade de cette mijaurée. Elle ne descendra pas au-dessous d'un prince ou d'un duc, vous pouvez en être sûre.

— Tout cela est bel et bon, dit Madame de Guise, mais il y a eu scandale, et à mon bal ! C'est un fait avéré ! Et les langues vont marcher !

— Laissez-les aller leur train ! Il ne va jamais bien loin et soyez bien assurée qu'on parlera à peine de Pierre. Sa cavalière est une bien autre cible : les prudes lui chanteront pouilles, les belles la mettront plus bas que terre. Et quant aux hommes, ce ne seront que clins d'œil, coups de coude et remarques proférées dans la moustache, du genre : « Testebleu, Marquis ! Si la donzelle veut que je lui mette les jambes en l'air, je suis son homme ! » Et avant même que la prochaine danse soit finie, on aura trouvé quelqu'un d'autre sur qui dauber.

*
**

Sur ces mots, mon père me quitta, un petit page venant lui dire que le Roi l'appelait auprès de lui et Madame de Guise, se trouvant quelque peu déconcertée encore, m'embrassa (quoique fort légèrement à cause de son fard) et me conseilla de laisser passer la danse qui allait suivre afin qu'on oubliât un peu cette folle *volte*.

— Quant à moi, dit-elle, je vais, de ce pas, gourmander la Princesse de Conti.

— Mais qu'a-t-elle fait ?

— Je ne veux point qu'elle danse avec Bellegarde. Ce serait offenser son mari. Le pauvre est sourd, mais il n'est pas aveugle. Mon Dieu, mon Dieu, quels enfants vous m'avez donnés !

Je rougis en entendant cette plainte, ce que voyant ma bonne marraine, elle me passa la main sur la joue et murmura :

— Je ne dis pas cela pour vous. Vous êtes bien le meilleur de tous.

Et elle m'envisagea avec des yeux si doux que je fus saisi d'une furieuse envie de la serrer dans mes bras. Je l'avais toujours aimée malgré ses riotes, ses brusquettes et ses mélancolies et avec une tendresse à quoi se mêlait quelque amusement, je regardais s'éloigner à pas vifs cette haute dame qui, comme une mère poule, courait sans cesse après ses poussins pour tâcher de les ramener dans le droit chemin.

Je gagnai mon petit repaire entre l'estrade des musiciens et la plante verte et eus la satisfaction de retrouver vacant mon tabouret. Mais je n'eus pas longtemps le loisir d'y faire l'ours et de lécher mes blessures. La Princesse de Conti surgit devant moi.

— De grâce, mon cousin, dit-elle, laissez-moi votre siège

et mettez-vous devant moi pour me cacher. Ma mère me cherche.

— Pour vous tancer, Madame ? dis-je en me levant.

— Comment le savez-vous ? dit-elle en s'asseyant avec une grâce que je ne laissai pas d'admirer.

— J'ai été le premier sur la liste. Vous serez la deuxième et le Prince de Joinville le troisième, pour avoir osé inviter à la *volte* la Comtesse de Moret.

— Mon cousin, dit-elle avec un sourire ravissant, vous êtes fin comme l'ambre, mais vous finirez par regretter d'être entré en cette famille de fous...

— C'est que la chose, Madame, s'est faite à mon insu : je n'ai pas été consulté...

Elle rit. La Princesse de Conti avait deux rires, je m'en aperçus peu après. L'un, irréfléchi et tout à trac qui lui venait de son naturel enjoué. Et l'autre — qu'elle réservait à ses amants — étudié et musical. Je n'avais droit qu'au premier. Ce qui ne veut pas dire qu'elle ne me caressât pas en passant. Même un évêque prend plaisir à voir un chien béer devant lui.

— Mon cousin, dit-elle, je commence à vous aimer. Vous êtes, dit-on, un puits de science. Mais tout ce que vous dites a l'air cavalier. On n'y sent pas le pédant.

— Compliment pour compliment, Madame, je dirais que les plus jolies dames à ce bal me paraissent communes, quand je les compare à vous.

C'est vrai qu'elle avait grande allure. Le compliment était à peine un peu poussé et elle le lapa comme petit-lait.

— Voilà une fleurette qui sent un peu bien l'inceste ! dit-elle avec un nouveau rire, mais cette fois pour cacher le plaisir qu'elle avait pris à ma louange.

— Pas tout à fait.

— Comment cela pas tout à fait ?

— A demi-frère, demi-inceste.

A cela elle fit un peu la hautaine en se gaussant.

— Dieu merci, j'ai assez d'un archevêque pour me piquer des baisers dans le cou.

— Ce n'est pas l'envie qui m'en manque. J'admire, Madame, votre long col et rien ne me tire l'œil davantage que la façon élégante dont vous tournez la tête.

— Jour de Dieu, comme vous y allez ! Savez-vous, vous qui savez tout, ce que me reproche ma mère ?

— Le Duc de Bellegarde.

— Mon Dieu ! Elle est en retard d'une amourette ! Celle-là est défunte...

— Peut-être craint-elle qu'elle ne revive ?

— Babillebabou ! Mon cousin, jetez un œil et dites-moi si vous voyez ma mère.

— Je ne vois que les lustres qui scintillent et les couples qui tournoient.

— Regardez encore !

— Ah si ! J'aperçois deux gentilshommes qui se dirigent de mon côté. L'un vous est proche par le sang, et l'autre...

— Et l'autre ?

— Est celui que vous avez couru accueillir, quand il est arrivé céans.

Je lui jetai un coup d'œil par-dessus mon épaule et je la vis rosir.

— Monsieur, « couru » est de trop. Vous êtes un impertinent. Votre langue devrait oublier ce que votre œil a pu voir.

— En fait, ce que mon œil a vu, c'est une démarche — la vôtre, Madame — qui alliait la grâce à la majesté. Devrais-je dire à ces gentilshommes que vous êtes tapie derrière mon dos ?

— Laissez-moi en décider.

— Mon mignon, dit Bassompierre, faites-vous encore la violette sous ces feuillages ? Nous vous cherchons, Joinville et moi. Avez-vous vu le Roi danser avec la Charlotte ?

— Quelle Charlotte ? dis-je. Celle qui le guigne ou celle qui l'aguiche ?

— Voilà qui est méchant, dit Joinville. Il s'agit, bien sûr, de Charlotte Des Essarts.

— Ce misérable, dit Bassompierre, en prenant Joinville affectueusement par le bras, soutient contre l'évidence qu'il n'a pas vu le Roi danser avec Charlotte Des Essarts. Mon mignon, que dites-vous ?

— J'ai vu le Roi danser avec cette Charlotte-là tout en jetant des coups d'œil charmés à cette Charlotte-ci.

— Tu as perdu cent livres, Joinville, dit Bassompierre.

— Hélas ! Hélas ! dit Joinville avec une petite grimace, je n'ai pas en bourse un seul sol vaillant. Pauvre bourse ! Il est si facile d'en sortir et si difficile d'y entrer ! Prends patience, Bassompierre, j'emprunterai ces pécunes à la Princesse de Conti.

— Mon cousin, dit la Princesse de Conti derrière mon dos, écartez-vous, de grâce, que je puisse voir œil à œil cet écervelé de frère.

J'obéis. Joinville, en apercevant sa sœur, tomba à ses genoux et Bassompierre aussi. Avec un temps de retard, me sentant un peu sot de demeurer debout, je l'imitai. Mais il y avait des nuances dans ces génuflexions. Joinville avait agi par calcul, Bassompierre par amour et moi par jeu.

— Voilà, dit-elle, comment je voudrais que fussent tous les gentilshommes de ce royaume : à mes pieds.

Elle riait en disant cela, mais elle disait vrai, étant femme et au surplus altière. Le Roi avait songé, jadis, à faire d'elle sa reine, fort attiré par sa beauté et sa gaîté. Mais, outre que la belle était fière, avec de l'adresse, de l'intrigue et beaucoup d'esprit, le Roi avait craint, en l'épousant, d'épouser les Guise et d'être en proie aux ambitions et à la voracité de cette terrible famille. Il est vrai qu'avec Marie de Médicis et la Verneuil notre pauvre Henri n'était pas mieux tombé.

— Eh bien ! Monsieur mon frère, reprit la Princesse de Conti. Apprenez-moi comment vous allez vous y prendre pour m'emprunter cent livres.

— A vrai dire, dit Joinville, avec un mélange d'humilité et de gentillesse que je trouvai assez touchant, je ne sais. Il me semble que cela commence mal.

— En effet, dit-elle. Je suis prête, Monsieur mon frère, à faire beaucoup de choses pour Monsieur de Bassompierre, hormis payer vos dettes.

Enfermer dans la même phrase un sec refus pour l'un et une tendre promesse pour l'autre me parut fort habile. Et je vis bien que Bassompierre, tout circonspect qu'il fût, mordait fort à l'hameçon.

— Mais ce n'est là que bagatelle ! dit-il. Un mot de vous, Madame, et j'efface cette petite dette de ma mémoire.

— Je ne dirai pas ce mot, dit la Princese de Conti, se remparant tout soudain derrière une féminine réserve à laquelle elle venait si effrontément de manquer, car je ne voudrais pour rien au monde, Monsieur, abuser des sentiments généreux où je vous vois à mon endroit. Et d'un autre côté, je rendrais un bien mauvais service à mon frère en me chargeant de ses petits péchés — ayant bien assez des miens ! acheva-t-elle avec un petit rire très joliment filé et adressant à Bassompierre en tournant la tête élégamment sur son long cou, un regard de côté des plus connivents.

— Madame, dit la voix de mon père derrière moi, je suis au désespoir de vous enlever un de vos adorateurs, alors que je n'aurais rien de plus cher que de me joindre à eux, mais la chose ne souffre pas délai. Le Roi l'ordonne.

Je me relevai plus mort que vif à cette annonce et une fois debout, je m'aperçus que Joinville m'avait imité, pâle, défait et regardant mon père avec des yeux où se lisait la plus vive anxiété.

— Est-ce à moi, balbutia-t-il, que le Roi a affaire ?

— Non point, Monsieur. A mon fils.

Joinville poussa un grand soupir de soulagement et Bassompierre, se relevant à son tour, passa la main par-dessus son épaule et le serra contre lui. La Princesse de

Conti se mit alors debout et bien que je fusse tremblant et Joinville, encore fort troublé, je crois bien me ressouvenir qu'elle marqua quelque dépit à avoir perdu d'un seul coup ses fidèles agenouillés et dit non sans aigreur à son frère :

— Vous ne perdez rien pour attendre. Qui sème le vent récolte la tempête.

Cette remarque, qui était pour le moins inutile, dut déplaire à mon père car lui, qui était d'ordinaire si louangeur avec les dames, salua avec respect la Princesse, mais sans un mot, et m'entraîna par le bras, longeant les murs pour ne pas gêner la danse.

— Le Roi va-t-il me gourmander pour cette *volte* ? dis-je à son oreille.

— Mais non, rassurez-vous, il n'a fait qu'en rire. « Bon sang ne saurait mentir », a-t-il remarqué en gaussant. « Et des deux côtés. »

— Que voulait-il dire par ces « deux côtés » ?

— Que vous êtes Siorac et Bourbon, et par conséquent deux fois ami des femmes.

— C'est fort gracieux de sa part. Mais alors, que me veut-il ?

— Que je vous présente à lui et à la Reine.

— Est-ce à dire qu'il m'admet à sa cour ?

— Oui. Ce jour d'hui, vous allez entrer dans l'arène. Vous y trouverez des gladiateurs, des ours, des lions, des chacals et aussi de doux monstres à tête de femme qui ne sont pas les moins terribles. Vous devrez vivre avec adresse : vos erreurs seront punies et parfois aussi vos qualités.

Bien qu'elles fussent dites avec un sourire, il y avait dans ces paroles tout ensemble un défi et une invitation à le relever. Mon trouble disparut, je regardai mon père et je lui souris avec confiance.

— Nous devons attendre, dit-il en s'arrêtant, que la musique se taise.

— Je ne vois pas le Roi.

— Il danse avec votre marraine.

— Quoi ? Avant d'inviter la Moret ?

— C'est qu'il est furieux contre elle, dit-il à mon oreille. Elle aurait cédé à Joinville contre une promesse écrite de mariage.

— Une promesse écrite ? dis-je sur le même ton. Joinville est un grand fol.

— Mon Pierre, dit mon père, ne jugez pas du haut de votre jeune sagesse. Qui sait quelles sottises les belles vous feront commettre ! Il y a plus d'une Charlotte dans ce monde-ci.

Il accompagna ces mots d'un petit sourire qui en émoussait la pointe. Et pour moi je les rangeai dans la gibecière de ma mémoire pour les méditer à l'occasion et ne plus, à l'avenir, engager trop facilement ma parole. Pauvre Joinville ! J'eus des remords de l'avoir traité de fou, lui que le Roi allait sans doute envoyer en exil en son governorat de Saint-Dizier, ce qui, disait-il, serait « sa mort ».

Les violons se turent, les couples se défirent à l'exception du Roi et de Madame de Guise qui restèrent à s'entretenir au milieu de la grand'salle, attirant sur eux tous les yeux. Cette curiosité fut plus que satisfaite car, à défaut d'ouïr ce que disait Henri, on le vit tirer de l'emmanchure de son pourpoint un petit sac de velours qu'il tendit à la Duchesse comme s'il lui en faisait présent. Elle ouvrit le sac avec empressement et en tira un objet clair et brillant de la grosseur d'un grain de raisin qu'elle tint entre le pouce et l'index de la main droite. Riant aux anges, elle éleva sa dextre haut dans les airs et pivotant deux fois sur elle-même, elle le montra à l'assistance qui se mit à applaudir et à bruire d'exclamations. Madame de Guise, rouge d'émotion, remit la pierre dans le sac et le sac dans une poche de son vertugadin, puis avec sa pétulance habituelle, elle sauta au cou d'Henri qui, sous le choc, recula d'un pas, ce qui fit rire. Il rit aussi et donna à sa cousine une forte brassée. Après quoi, elle parut se souvenir qu'il n'était pas seulement son parent, mais son Roi et, se mettant à ses genoux, elle lui prit les mains et les baisa. Il la releva aussitôt, et lui offrant le poing, il la ramena jusqu'à sa chaire et après lui avoir fait un grand et souriant salut, il regagna vivement son estrade. Il n'avait pas les jambes longues, mais il faisait de grandes enjambées comme un montagnard. On l'applaudit derechef et il me sembla que ce ne fut pas par courtisanerie, mais bien parce que l'assemblée avait été sensible au naturel et à la bonhomie de cette petite scène. Je me fis quant à moi cette réflexion qu'Henri n'était pas si chiche-face qu'on le disait, puisqu'il avait pensé à l'anniversaire de sa cousine.

— Venez, dit mon père, ne perdons pas une minute. Il faut le saisir au vol.

Je me tins fort soigneusement dans son sillage pour éviter d'être séparé de lui par tous les courtisans qui, maintenant que la danse était finie et le Roi assis sur son trône, sillonnaient la grand'salle en tous sens pour retrouver tel ou tel, l'ambition de chacun paraissant être de s'entretenir avec le maximum de gens en un minimum de temps. Toutefois, d'aucuns personnages, agissant comme de puissants aimants, attiraient davantage les saluts et l'attention, soit par leur beauté ou leur esprit (s'agissant surtout de femmes), soit par leur rang, soit encore en vertu d'une position qui leur permettait d'approcher quotidiennement le Roi et la Reine, et laissait, par conséquent, supposer qu'ils pouvaient détenir sur eux une once d'influence. J'observais, par exemple, que Concino Concini, en dépit de sa peu reluisante réputation, était presque toujours entouré d'une grappe imposante de personnes des deux sexes, au milieu desquelles, le front superbe, le buste droit, et haussant le bec, il pérorait avec la plus parfaite impudence en un français baragouiné d'italien.

Assis sur un coin de l'estrade royale, mais les pieds sur le parquet de la salle, nonchalant en sa pose, mais l'œil attentif,

Monsieur de Praslin, capitaine, comme Vitry, aux gardes-françaises, et comme lui, plus tard, maréchal de France, leva la main pour arrêter mon père et, sans un mot, le regarda d'un air interrogatif, comme pour lui demander l'affaire qui l'amenait là : « Je vais, dit mon père, sur l'ordre de Sa Majesté, lui présenter mon fils que voilà, le Chevalier de Siorac. »

Semblable au chien de garde à qui son maître explique que l'intrus est un ami, et qui vient le flairer avec soin pour le reconnaître à l'occasion, Praslin, substituant à la manière des hommes la vue à l'odorat, me dévisagea d'un œil aigu, comme s'il eût voulu, une fois pour toutes, graver mes traits en sa mémoire. Je le contre-regardais pendant ce temps. C'était un homme d'une quarantaine d'années, dru, solide, le poil grison, la mâchoire forte, l'œil petit et perçant; d'après mon père, fidèle soldat, vaillant, point sot, mais ladre à n'y pas croire, et épargnant tout, même ses paroles. Et de fait, après qu'il m'eut de pied en cap répertorié, il inclina la tête pour signifier que nous pouvions passer, mais sans desserrer les dents davantage, ni même sourire.

Une fois sur l'estrade, mon père me laissant sur place alla faire ses révérences à Sa Majesté, puis revenant à moi il me dit : « Venez, le moment est venu. »

A vrai dire, j'étais assez tremblant. J'avançai avec peine, mes jambes me paraissant de laine et me portant si peu que je fus aise de me mettre à genoux. Mes oreilles me bourdonnaient tant que c'est à peine si j'entendis la phrase de présentation de mon père. Cependant, ma vue demeurait claire et je regardai Henri. Je ne sais pas pourquoi, sur les médailles, on représente toujours les rois de profil, peut-être parce qu'ils sont ainsi plus faciles à graver. C'est de face qu'il faudrait les montrer, ne serait-ce que pour s'assurer qu'ils ne louchent pas.

Il est vrai que, de profil, Henri paraissait plus majestueux, en raison de son nez Bourbon, de sa mâchoire bien dessinée et du dessin vigoureux de son crâne. Mais, de face, on voyait ses yeux et on ne voyait qu'eux. J'ai déjà tâché de les décrire à son arrivée à l'Hôtel de Guise, sans que ma description me satisfasse vraiment. Je ne sais qui a dit qu'ils étaient « flammeux et brillants ». J'aimerais mieux dire qu'ils étaient lumineux et que cette lumière était celle de l'esprit pénétrant qui se trouvait derrière eux et qui permettait à Henri de juger si vite et si bien des hommes et des situations. Mais cette lumière était aussi celle de sa bonté, de sa bénignité, de sa clémence. Et enfin, ces yeux-là, bien qu'ils fussent flanqués de pattes d'oie qui allaient jusqu'aux tempes et entourés de paupières fripées dans un visage maigri, tanné et ridé, ils me frappaient aussi par leur jeunesse, étant traversés tout à la fois de lueurs de gaîté et de flammes sensuelles. Oui, ici, il faut bien parler de flammes et Dieu sait si elles le brûlaient, mais bien loin de le consumer, elles l'aidaient à vivre. J'écris ceci en mon âge mûr avec le regret poignant — toujours vif en moi — de cette grande force dont le couteau stupide d'un fanatique, moins de trois ans plus tard, interrompit le cours.

Avec moi Henri fut comme avec tous vif et expéditif. Il me regarda avec une grande attention, comme Praslin avait fait, mais le regard de Praslin ne visait qu'à me reconnaître, comme un soldat en campagne « reconnaît » un terrain. Celui d'Henri me jaugeait. Après quoi il fut, dans son accueil, aussi prompt que cordial.

— Chevalier, dit-il de sa voix gasconne et enjouée, vous êtes le bienvenu à ma cour. Votre père m'a bien servi, tant dans les affaires du dedans de mon royaume que dans les affaires du dehors. Je compte bien que vous ferez de même, y ayant de plus, ajouta-t-il avec un sourire, quelque obligation de sang...

Il se tourna vers la Reine.

— Madame, le Chevalier de Siorac va se présenter à vous.

Il me donna la main et comme je la prenais pour la baiser

il la referma sur la mienne, me fit lever et m'ayant dirigé sur sa droite, il la laissa aller. Je reculai alors de quelques pas pour rendre mes devoirs à la Reine et j'entamai le cérémonial compliqué de révérences et de génuflexions que Madame de Guise m'avait appris, sans que Sa Gracieuse Majesté, de tout ce temps, daignât regarder autre chose que le bracelet de diamants qui ornait son poignet gauche. Quand enfin je fus à ses genoux, baisant le bas de sa robe, elle me laissa le nez dans les broderies de son ourlet sans me tendre la main, ce qui m'eût donné le signal de me remettre sur pied. Tant est que, les secondes passant, Henri s'impatienta et, se penchant, lui dit d'un ton vif, mais à voix basse :

— Madame, je vous prie de faire bon accueil à mon petit cousin le Chevalier de Siorac.

Sa Gracieuse Majesté me tendit alors deux doigts d'un air fort malengroin et en affichant autant de répugnance que si elle allait toucher la patte d'un crapaud. Et comme je baisais lesdits doigts, fort béant de son incivilité, elle dit entre ses dents, traduisant en italien une expression française :

— *Un cugino de la mano sinistra*[1].

Cette phrase était si offensante pour moi et pour Madame de Guise que je n'en crus pas mes oreilles. Mais j'empochai mon indignation sans rien laisser paraître et sentant bien qu'il me fallait réagir avec promptitude, je me redressai après le baisemain, lui fis derechef une belle révérence et lui dis avec un air de profond respect :

— *La mano sinistra, Signora, La servira così bene come la mano destra*[2].

— *Bene trovato*[3] *!* dit le Roi en me considérant avec un œil pétillant.

---

1. Un cousin de la main gauche (ital.).
2. La main gauche, Madame, vous servira tout aussi bien que la main droite (ital.).
3. Bien trouvé ! (ital.).

La Reine, m'entendant parler sa langue natale, voulut bien abaisser ses yeux sur son serviteur et m'envisagea pour la première fois comme si j'étais un être humain. Je me réjouis de cette promotion et m'attendis que son langage changeât à mon endroit. Il n'en fut rien. Et je discernai bien alors chez Marie de Médicis cet infortuné comportement qui devait lui attirer, au fil des ans, tant de déboires et l'amener, par degrés, à une fin de vie si misérable : dès lors qu'elle avait adopté une attitude — fût-elle la plus malavisée du monde — elle devenait incapable de la modifier. Quoi qu'elle en eût, elle y persévérait. On eût dit qu'une pente fatale l'entraînait et qu'elle était impuissante à vaincre sa propre opiniâtreté.

Je vis bien, quand elle daigna jeter un œil sur ma personne, qu'elle ne nourrissait pour moi aucune hostilité réelle et qu'elle n'avait été aussi désobligeante à mon égard que pour contrarier son époux. Mais odieuse elle avait été et odieuse elle continua à être, simplement parce qu'elle avait commencé.

— *Mi servire !* dit-elle, *son tutte chiacchiere* [1].

— Il se peut, dit le Roi sèchement, mais avant d'en décider, laissez au moins au Chevalier de Siorac le temps de prouver que les actes suivent les paroles.

Ayant dit, il se tourna vers moi et me dit sur le ton le plus enjoué :

— Mon cousin, allez dire, je vous prie, à Monsieur de Réchignevoisin que je désire danser un *passe-pied,* si du moins ma Reine y consent.

Mais « sa Reine » qui, dans l'instant où il lui parlait, méritait si peu ce tendre possessif, ne pipa mot. Du fait de son menton prognathe et de sa lèvre inférieure protubérante, hérités tous deux de ses ancêtres autrichiens, la dame avait

1. Me servir ! Ce ne sont là que de belles paroles (ital.).

naturellement l'air hautain. C'était bien pis quand elle boudait. Je n'ai jamais vu physionomie plus rebéquée ou qui exsudât davantage la mauvaise humeur et le ressentiment. On sentait que tous les fleuves du royaume pourraient passer sur cette aigreur-là sans la laver jamais.

Comme Socrate à qui on demandait pourquoi il ne répudiait pas une épouse aussi acariâtre que la sienne, notre pauvre Henri aurait pu répondre qu'il la gardait « pour exercer sa patience ». Mais en fait, sa patience n'était qu'une apparence. Mon père savait, par Sully, que le Roi ne pouvait plus souffrir que « “ sa Reine ” lui grognât et rechignât quasi toujours ». Mais d'un autre côté, il ne voulait pas que ses différends avec elle « allassent plus loin que l'huis de sa chambre » et devinssent publics.

— Qui ne dit mot consent ! dit le Roi en souriant avec entrain. Or çà, mon petit cousin, courez porter mon message à Réchignevoisin, et dites-lui que nous voulons, la Reine et moi, qu'on danse le *passe-pied* et point n'importe lequel : celui de Metz est celui dont nous avons fait choix.

CHAPITRE VI

— Monsieur, un mot, de grâce. J'ai un reproche à vous faire.

— Un reproche à moi, belle lectrice ?

— D'où vient, Monsieur, que dans vos Mémoires, vous ne vous adressez jamais à moi, comme le faisait si galamment Monsieur votre père dans les siennes ?

— C'est que, Madame, je n'ai pas voulu faire tout du même que lui. Vous avez pu observer déjà que ma langue, qui est celle de mon siècle, est différente de la sienne et que je m'attache à décrire la cour, ce qu'il ne fit que fort peu, pour la raison qu'il lui était hostile en son cœur huguenot.

— J'entends bien, mais qu'eussiez-vous perdu à avoir avec moi, au bec à bec — expression que vous chérissez — ces petits *a parte* qui étaient, à ne vous rien celer, un des charmes que je trouvais aux Souvenirs du Marquis de Siorac. Vous qui avez hérité de lui tant de goût pour les femmes et, qui mieux est, ce respect pour elles qui va bien au-delà d'une simple gourmandise, n'avez-vous pas quelque obligation d'amitié envers celles qui vous lisent ?

— Assurément, Madame, et quoi que ce soit que vous me demandiez, je suis prêt à vous satisfaire.

— Dans les pages que je viens de lire, vous parlez assez peu de la Comtesse de Moret, sauf pour nous dire qu'elle était « ronde et blonde » ; qu'elle avait, selon le mot méchant de votre bonne marraine, « la moitié plus de tétins qu'il n'en fallait » ; et qu'étant la maîtresse du Roi elle s'était donnée à Joinville contre une promesse écrite de mariage.

— C'est tout ce que je savais d'elle alors.

— Mais non, je gage, ce que vous avez appris d'elle ensuite ?

— Mais qui offense l'honnêteté...

— L'honnêteté, Monsieur, souffre d'être offensée, pourvu qu'on soit discret. Ne sommes-nous pas au bec à bec ?

— Ne craignez-vous pas, Madame, que votre insistance à employer cette expression ne me pousse à vous conter fleurette ?

— Oh ! Monsieur ! Une fleurette sur le papier ne serait pas pour moi un sujet de crainte, et moins encore un motif de satisfaction.

— La formule est jolie. Puis-je vous l'emprunter ?

— Vous le pourrez, si vous me répondez.

— Que vous dire ? Et pourquoi cet intérêt pour la Moret ? Elle était fort commune, n'ayant ni la grande beauté de la Gabrielle, ni l'esprit scintillant de la Verneuil, mais pour tout passeport, un minois chiffonné et fripon. Je ne sais qui l'avait surnommée « la Nymphe au petit museau ». Ajoutez-y quelques rondeurs qui, elles, n'étaient point petites, et voilà notre pauvre Henri dans les filets.

— Vous n'aimez guère la Moret, ce me semble.

— Mais personne ne l'aimait. Et il y avait une raison à cela. Le tétin était la seule chose qui fût généreuse en elle. Elle aimait la pécune et n'avait qu'une joie dans la vie : sentir son argent gonfler dans ses coffres. Elle épargnait sur tout, même sur sa vêture. On n'a jamais vu favorite plus ladre ni plus pauvre en habits.

— C'est un trait déplaisant, mais il n'est pas scandaleux.

— Le scandale n'est pas là, Madame, mais dans l'achat qu'on fit d'elle, achat où elle fut connivente. Quand le Roi remarqua son petit museau, elle s'appelait Jacqueline de Bueil et était fille d'honneur chez la Princesse de Condé.

— L'épouse du jeune prince maigrelet que j'ai vu à votre bal ?

— Sa mère, Madame, sa mère qui, même à la cour, n'était pas en odeur de sainteté, ayant été soupçonnée d'avoir fait empoisonner son mari par un page avec qui elle coqueliquait. Et de reste, personne — et Henri moins qu'un autre — ne tenait pour très assuré que le jeune Prince de Condé fût le fils de son père. C'est avec cette haute dame, si chargée d'expérience, que le Roi fit marchander la fille d'honneur.

— Marchander !

— On conclut à trente mille écus et un titre de Comtesse. Et à la cour on trouva le prix bien lourd, la marchandise étant si légère. Toutefois, avant de la livrer, la Princesse de Condé, fort à cheval sur la bienséance, exigea qu'on la mariât à un mari postiche, Monsieur de Champvallon. Je dis postiche, car le pauvre *boute-en-train* ne fut pas autorisé à cueillir les prémices.

— Qu'appelez-vous un *boute-en-train* ?

— Un mâle de petite lignée qu'on utilise dans les haras pour détecter si une jument se trouve bien en chaleur, mais sans lui permettre de la couvrir, la saillie étant réservée à un étalon de haut parentage.

— Malheureux Champvallon ! Et pourquoi lui fit-on cette écorne ?

— Pour que le Roi ne pût douter de la paternité de l'enfant à naître. Et aussi pour que la Moret, plus tard, pût se démarier, le mariage n'ayant pas été consommé par son mari. Tout cela est un peu bien vilain, Madame, mais je vous en avais avertie.

— Qu'on pût être à la fois princesse, meurtrière et maquerelle, cela ne laisse pas de m'étonner. Mais que penser de ce Roi qui fait sa cour aux nobles dames un sac d'écus à la main !

— Notre pauvre Henri, Madame, se savait vieil, ridé, fripé, peu propre à séduire les belles. Quelle chance aurait-il eue contre un Bassompierre, un Joinville, un Schomberg ou un Comte d'Auvergne ? En outre, il raisonnait en soldat. C'est par les pécunes qu'il avait négocié la reddition de plus d'une ville en France lors de nos guerres civiles. Vous froncez le sourcil ? Mais considérez, cependant, Madame, qu'il n'achetait que les achetables... La Marquise de Guercheville qu'il avait entreprise avant son mariage lui ayant répondu : « Sire, je suis de trop petite race pour devenir votre femme et de trop grande pour n'être que votre maîtresse », il ne s'en fâcha pas, mais conçut bien au rebours pour elle une extraordinaire estime et, plus tard, la donna à la Reine en disant : « Celle-là, Madame, est une *vraie* dame d'honneur. »

— Hommage du vice à la vertu.

— Oh ! Madame ! N'êtes-vous pas un peu dure ?

— Et vous, Monsieur, n'êtes-vous pas un peu indulgent, surtout quand il s'agit d'un homme ?

— Je sais gré à Henri d'avoir mis fin à nos guerres civiles, rétabli l'État, pardonné à ses ennemis et fait preuve de tolérance dans un siècle fanatique. Est-ce rien ? Est-ce que ceci n'excuse pas cela ?

— La chose souffrirait d'être débattue, si ma curiosité ne restait encore sur sa soif. Monsieur, deux mots encore. Que fit le Roi à ouïr que la Moret s'était donnée au Prince de Joinville contre une promesse de mariage ?

— Voici les faits tels que je les ai appris. Le Roi, qui dansait avec la Moret le *passe-pied de Metz,* fut saisi, sur la fin de la danse, d'un grand dérèglement des boyaux pour avoir, dans la journée, mangé trop de melons. Il planta là la Moret et se dirigea à grands pas vers la chambre des commodités. Dans le passage qui y conduisait, il rencontra

Joinville et, s'adressant à lui avec la dernière brièveté — mais il est vrai qu'il était à cet instant fort pressé —, il lui dit : « Mon cousin, faites vos bagues dès ce soir et, dès demain, rejoignez votre gouvernement de Saint-Dizier[1]. »

— Ses bagues ?

— Ses bagages, comme on dit ce jour d'hui. Henri, comme mon père, appartenait au siècle dernier et en employait encore les formes désuètes.

— Que fit Joinville ?

— Éperdu, il dépêcha un laquais à sa mère pour lui demander de le venir rejoindre dans le cabinet vieil.

— Qu'était-ce donc que cela ?

— Le mot lui-même est vieillot. On désignait par là une petite pièce attenante à la chambre de Madame de Guise. Elle était meublée d'un lit de repos caché par un paravent et de quelques chaires à vertugadins. Il m'est arrivé souvent dans la suite d'y dormir, quand ma bonne marraine me retenait à coucher en son hôtel après avoir soupé avec moi. Malgré ma grande amour pour elle, je n'aimais guère cela.

— Et pourquoi donc ?

— Parce qu'au milieu de mon repos elle me faisait réveiller par Noémie de Sobole, elle-même dans ses robes de nuit, pour venir écouter, dans son vaste lit, l'interminable litanie de ses soucis familiaux.

— Revenons à Joinville.

— Si on en croit le récit de Madame de Guise, dès qu'elle entra dans le cabinet vieil, Joinville se jeta à ses pieds, enfouit son clair visage dans les plis bleus du vertugadin maternel, y versa un torrent de larmes, et s'écria d'une voix étouffée : « Madame, c'en est fait de moi ! Le Roi vient de m'ordonner avec une brièveté terrible de rejoindre Saint-Dizier. Je n'y survivrai pas ! »

1. En fait, il l'exila hors de France (*Note de l'auteur*).

— Que dit votre marraine ?

— Elle consola ce grand bébé et, voyant son beau visage tout gâté par les larmes, l'envoya en sa propre chambre pour y quérir de l'eau et se rafraîchir. Puis elle dépêcha Monsieur de Réchignevoisin dire au Roi qu'elle le suppliait de la venir trouver en le cabinet vieil. Or, il n'avait pas échappé à Réchignevoisin, qui voyait tout, que le Roi était à ses affaires dans la chambre des commodités où je me trouvais moi-même, ayant quasiment couru là pour les mêmes raisons que lui, dès que fut terminé le *passe-pied de Metz*. A mon entrant, je vis le Roi assis sur le seul trône qui fût commun à tous les hommes. Il se trouvait, à vue de nez, dans les meilleures dispositions du monde, s'étant pour ainsi parler purgé de sa mauvaise humeur. En fait, il devisait gaîment avec trois de ses vieux compagnons, Roquelaure, Vitry et le Prince des Sots.

— Le Prince des Sots ?

— Angoulevent, un gentilhomme que le Roi nommait ainsi et qui recevait pension pour l'égayer de ses saillies.

— Le capitaine de Vitry, je connais déjà. Vous me l'avez montré s'entretenant avec Concino Concini, mais Roquelaure ? Qui était celui-là ?

— Oh ! Roquelaure ! C'est un fidèle parmi les fidèles ! Tout catholique qu'il fût, il avait combattu avec Henri, alors qu'il était encore huguenot. Bon soldat assurément, et rien qu'à voir sa grosse trogne cramoisie, on sentait qu'il était franc comme écu non rogné. A son entrée dans Paris libéré, Henri fit de lui le grand maître de sa garde-robe.

— Maigre honneur !

— Honneur grandissime, Madame, tout au rebours ! Et en outre, fort enrichissant, en raison des relations succulentes qu'il permettait d'entretenir avec les drapiers, bottiers, chapeliers et tailleurs de la capitale.

— Quoi ? Graissait-on la patte du grand maître ?

— Cela allait de soi et Roquelaure était fort bien garni,

encore qu'il eût le bon goût de reperdre une petite partie de cette graisse en jouant à la prime avec le Roi.

— Le Roi gagnait beaucoup au jeu, semblait-il. Que faisait-il de cet argent ?

— Une partie allait aux favorites et une autre aux missions secrètes qu'il entretenait dans ce qu'il appelait « les affaires du dehors du royaume ».

— Il eût pu, pour celles-là, demander des pécunes à Sully.

— Il cachait ces missions à tous, même à Sully.

— Comment donc les connaissez-vous ?

— Je le dirai dans la suite de ces Mémoires.

— Que vous voilà clos et cousu, tout soudain, mon ami ! Revenons à notre propos. Qu'en fut-il de cet entretien du Roi et de Madame de Guise en le cabinet vieil ?

— Il fut fort pathétique. Madame de Guise se jeta en pleurs aux pieds du Roi en criant : « Ah ! Sire ! N'exilez pas mon fils ! Il n'y survivra pas ! Tuez-moi plutôt ! »

— N'était-ce pas un peu théâtral ?

— Ma bonne marraine n'est rien moins qu'excessive. Vous l'avez peut-être observé.

— Que fit le Roi ?

— Il rit à gueule bec. « Madame, dit-il, je n'ai jamais tué de femme et ne saurais même pas comment m'y prendre ! Vais-je commencer par vous ? »

— J'admire cette gentillesse. Joinville, quand le Roi fut assassiné et la Moret démariée, fut-il fidèle à sa promesse écrite de mariage ?

— Pas plus que Bassompierre ne tint celle qu'il avait baillée à la sœur de la Verneuil.

— Leur honneur de gentilshommes les y eût pourtant obligés.

— Vous les eussiez beaucoup étonnés, Madame, en parlant d'honneur à ce propos. En ce siècle barbare, toutes les ruses de guerre étaient bonnes pour emporter la résistance d'une dame, y compris l'assaut final. Savez-vous comment le Marquis de Braignes s'y prit pour venir à bout de Mademoiselle de Sennecterre, beauté mûrissante dont il convoitait en vain le verger d'arrière-saison ? Il s'introduisit nuitamment dans l'Hôtel de Nemours, enfonça la porte de la chambre à coucher et, sans un mot, viola la belle. Le lendemain, *urbi et orbi*, il s'en vanta.

— L'horrible homme ! Comment était-il ?

— Vous voulez dire, belle lectrice, de son physique ?

— Oui, Monsieur, je veux dire : de son physique, et je vous prie de ne pas sourire de cet air entendu.

— Braignes était un fort beau gentilhomme en ses chatoyants atours, et si bien dansant, si bien-disant, si raffiné en ses manières...

— Oui-da ! Grattez le vernis, vous trouvez le soudard ! Il n'était pas le seul, j'imagine. Votre Joinville ne vaut guère mieux. A peu que je n'aille plaindre la Moret ! Démariée, resta-t-elle fille ?

— Peu de temps. Elle maria Roquelaure.

— Roquelaure ? Le grand maître de la garde-robe !

— Sa charge disparut avec le Roi, mais la Reine, devenue régente, le fit maréchal de France pour s'assurer de sa fidélité.

— Lui fut-il fidèle ?

— Certes.

— Et à sa femme ?

— Je le crois. L'ex-favorite et le maréchal de France avaient dans tous les cas de solides raisons de s'entendre. Ils aimaient l'argent et s'étaient tous deux au fil des ans fort bien garnis en pécunes ; lui, en habillant le Roi et elle, en le déshabillant.

***

Quand le Roi m'eut ordonné d'aller dire à Monsieur de Réchignevoisin qu'il voulait danser le *passe-pied de Metz*, je pris congé de lui en me génuflexant à trois reprises à reculons, comme l'exigeait l'étiquette, mais fort établi par la façon dont s'étaient passées mes présentations. Et pour ne rien celer, me paonnant fort en ma jeune gloriole de l'adresse avec laquelle j'avais répondu aux propos griffus de la Reine, je ne pris pas garde que j'étais sur une estrade. Et quand celle-ci tout soudain se déroba sous moi, j'aurais chu à la renverse sur le parquet de la salle au grand dam de mes os et de ma dignité, si mon père ne s'était pas lancé promptement à la rescousse pour me saisir dans ses bras au moment où je perdais pied. Il eut l'esprit de changer incontinent ce sauvetage en une forte brassée paternelle de congratulation. Ce qui fit que personne ne s'aperçut de ma bévue, sauf le Roi dont l'œil brilla de malice, mais n'en fit autrement mine ni semblant, ne voulant pas faire rire d'un petit chevelier tant frais émoulu qu'étourdi.

Mais étourdi, je l'étais aussi en un autre sens. J'ai conté déjà à quel point Henri régnait sans rival sur nos lares domestiques, présent par mille propos dans notre quotidien, aimé et admiré au-dessus de tout, non comme un dieu, mais comme un homme, car ses faiblesses mêmes nous trouvaient indulgents, comme étant la terrestre rançon de ses vertus. A le voir, à l'ouïr, même en cette brève minute de présentation, je n'étais pas déçu. Henri était bien tel que tant de récits m'avaient permis de l'imaginer : un homme dont le vigoureux génie allait de pair avec une rare douceur de cœur. J'étais si ravi à moi-même par la simplicité, la cordialité et je dirais même la complicité de son accueil que je jurai dès cet instant de consacrer ma vie à son service, comme de reste il venait de me le demander. Hélas ! Comment aurais-je pu prévoir qu'au moment où je me faisais à moi-même cette fervente promesse notre pauvre Roi n'avait plus que trois années à vivre ?

Je me sentais à cet instant saisi de tant d'ivresse — la sotte injure de la Reine ayant glissé sur ma peau sans y laisser de trace — que regardant mon père comme l'homme à qui je devais tout, et ma faveur présente, et ma grandeur future, je le saisis par la main et le priai de ne me pas quitter tant que je n'aurais pas trouvé Monsieur de Réchignevoisin. Il y consentit, souriant de ma requête, mais sentant bien ce qu'il y avait d'amour derrière ce puéril élan.

Élevé déjà si haut en mon imagination, je regardais la foule des courtisans que nous traversions comme une sorte de fourmilière dont les insectes, pris d'une folle agitation, couraient dans tous les sens, sans réfléchir que ces fourmis avaient au moins ma taille, les dames étant même plus volumineuses que moi en raison de l'ampleur de leur vertugadin. En somme, j'étais l'une d'elles et je courais moi aussi, pressé de porter à destination le message que le chef des fourmis m'avait confié.

Je ne sais comment, à moins qu'il ne fût mieux fourni en antennes que la plupart d'entre nous, le Chevalier de La Surie, fluet comme une lame, mais rapide comme elle, réussit à nous retrouver dans cette presse, mais il y parvint et me baisa incontinent sur les deux joues, mais sans question poser, entendant bien, rien qu'à voir ma radieuse face, combien j'étais heureux. Madame de Guise réussit, elle aussi, à me rejoindre, mais par une autre méthode, en donnant de la voix et demandant autour d'elle à tous les échos, et fort impérieusement : « Où est mon filleul ? Où est mon filleul ? » Phrase que tous ceux qui l'ouïrent traduisirent mentalement par : « Où est mon fils ? Où est mon fils ? » On la rabattit enfin sur moi, qu'elle faillit étouffer sous ses embrassements, et sans ouïr mes protestations — car je n'oubliais pas que j'avais un ordre à porter à Réchignevoisin — elle nous entraîna tous trois dans sa chambre à coucher où, l'huis à peine clos sur nous, elle me fit tant de questions, et si pressées, et si véhémentes, que je n'aurais jamais pu réussir à y répondre si mon père, tel

Poséidon calmant les mers houleuses d'un coup de son trident, n'avait réussi à ménager une bonace dans cette tempête de paroles.

Ma bonne marraine fut transportée d'aise d'apprendre que le Roi avait été à mon endroit si bénin et gracieux que de m'appeler son « petit cousin », mais passa du bonheur à la fureur, quand je lui répétai le « *cugino de la mano sinistra* » de la Reine. Le rouge partit de la racine de ses cheveux blonds et recouvrit en un instant ses joues, son cou et, chose étrange, la partie visible de ses tétins. Et elle fut une pleine seconde, la bouche ouverte comme un poisson, avant de retrouver assez de souffle pour pouvoir exhaler son courroux. Elle allait, dit-elle, incontinent, lui chanter pouilles à cette grosse banquière, à cette pataude, à cette balourde, et cette venimeuse éléphante (et poursuivant en langue italienne, celle-ci lui paraissant mieux convenir à l'objet de son ressentiment) à cette « *megera* » ! A cette « *stupida* » ! A cette « *bisbetica*[1] » ! A cette « *bestia feroce* » !

— Or sus, mon fils ! dit mon père en emprisonnant dans les siennes les deux mains de Madame de Guise, courez sans tant languir porter à Réchignevoisin le commandement du Roi. Je demeure céans.

— Je t'accompagne, mon mignon, dit La Surie.

Vif et léger comme il était, il passa le premier le seuil. Je fermai l'huis derrière nous, laissant mon père à la tâche modératrice qui était son lot quasi quotidien. Pour moi, loin de partager l'ire de Madame de Guise contre la Reine — ire dans laquelle je trouvais un élément de comédie —, j'aurais voulu que ma bonne marraine eût fait plus de cas de la réponse irréprochable, et à mes yeux aussi tant « *bene trovata*[2] » que j'avais faite à Sa Majesté. Quant à l'idée que Madame de Guise pût chanter pouilles à Marie de Médicis,

1. Femme acariâtre (ital.).
2. Bien trouvée (ital.).

j'étais bien persuadé que, même si mon père ne passait pas la laisse au cou de sa lionne, la morsure ne prendrait pas le relais des imprécations. Si l'on excepte la monstrueuse Leonora Galigaï qui régnait en maîtresse sur les pensées, les passions, les volontés et la cassette de la Reine, la Duchesse de Guise et la Princesse de Conti étaient tenues à la cour pour les plus proches des amies françaises de la Reine, et ni la mère ni la fille n'avaient assurément intérêt à perdre les infinis avantages qui découlaient de cette position.

Cette considération dut faciliter la tâche de mon père, car à peine avais-je transmis à Monsieur de Réchignevoisin le commandement du Roi que je le vis à mes côtés.

— Il semblerait, dit-il, que Réchignevoisin ne puisse faire incontinent votre annonce. Il cherche quelques musiciens qui se sont égarés du côté du buffet. Eh bien, cela vous donne le temps. Avec qui danserez-vous ce *passe-pied* ? Avez-vous fait votre choix ?

— Je l'eusse fait, dis-je, s'il ne m'avait pas paru inaccessible.

— Dites toujours.

— La Baronne de Saint-Luc.

— Ah ! dit-il. C'est donc aux beautés touchantes que s'adressent vos feux.

— Mon père, qu'est-ce donc qu'une beauté touchante ?

— C'est une beauté fine en laquelle rien ne pèse, tant pour ce qui est de l'âme que de sa corporelle enveloppe : des traits ciselés, des yeux azuréens, une bouche suave, des cheveux vaporeux et je ne sais quoi de doux et de tendre qui se sent dans la voix et s'observe dans les conduites. Ah ! Certes ! Les contrefaçons ne manquent pas ! Vous rencontrerez en ce monde de certaines péronnelles qui se donnent l'air de n'y pas toucher, et font si bien les renchéries et les pimpésouées[1] qu'on croirait que le beurre ne leur fond pas dans la bouche. Ne vous y frottez pas ! Ce sont démons en cotillon ! A tout le moins, de vulgaires verroteries de bazar au regard desquelles la Baronne de Saint-Luc scintille comme un pur diamant. Ses vertus sont si peu disputées que la plus noire médisance de cour n'a jamais osé l'effleurer. Et j'ai souvent rêvé qu'elle était un radieux petit ange tout exprès descendu parmi nous pour nous faire honte d'être des hommes.

— Mon père, vous chantez si bien ses louanges que vous devriez l'inviter vous-même.

— Non ! Non ! Elle est bien plus proche de votre âge que du mien ! Et, ajouta-t-il en baissant la voix, que dirait Madame de Guise, si elle me voyait lui donner la main ?

— Quoi ? Serait-elle jalouse d'une vertu aussi confirmée ?

— Elle le serait de la Vierge Marie, si elle me voyait la prier trop souvent...

Là-dessus il rit et, me prenant par le bras, traversa la salle pour me présenter à l'objet de tant d'éloges, qui, rien qu'à observer mon mutisme et mes yeux éblouis, m'avait deviné et eut l'exquise gentillesse de m'inviter elle-même au *passe-pied*. Mon cœur me battit à rompre et j'eus l'impression de courir en plein azur sur un nuage doré par le soleil. En bref, je planais dans les airs mais comme rien en ce monde n'est parfait, je ne fus dans le ravissement — je dirai plus loin pourquoi — que pendant la première partie de la danse...

Le pas de celle-ci est très particulier et fort gracieux, s'il est bien exécuté. Il ne faut pas détacher le pied du sol, mais l'avancer ou le reculer en glissant, à condition que ce glissement se fasse de telle sorte sur le parquet qu'on n'entende pas de bruit. C'est une danse feutrée, légère et aussi agréable à voir qu'à danser, pour la raison que les

1. Les mijaurées.

cavaliers doivent tous en même temps, et à plusieurs reprises, ôter et remettre leur chapeau, ce qui, avec la flexibilité des plumes qui les couronnent, et dont les couleurs sont d'une infinie variété, produit sous les lustres qui les éclairent un chatoiement et une ondulation qui paraissent remplir la salle d'un bout à l'autre. L'œil est si vivement flatté par ce spectacle et la musique si douce, que même ceux qui font tapisserie sur les tabourets des murs se taisent, ce qui ajoute fort à la suavité de la danse. On l'appelle le *passe-pied,* mais on devrait l'appeler le branle de l'arc-en-ciel ou encore le pas des chats, tant on doit y aller à patte de velours.

Je dois dire que si ce *passe-pied* me donna en sa première partie un avant-goût du paradis, c'est que je le dansais, comme avait si bien dit mon père, avec un ange du ciel dont la légèreté, la grâce, le fin visage et les yeux candides m'inspiraient un sentiment si proche de la vénération qu'il ne laissait aucune place à de plus terrestres désirs. Toutefois, en plein milieu des délices quasi mystiques que j'éprouvais à faire face à une beauté qui n'était pas tout à fait de cette terre, mon corps se rappela à moi de la façon la plus brutale et la plus humiliante en m'envoyant de par le ventre les torsions et creusements de la colique. Or, il faut que vous sachiez que les pas et les bonnetades[1] ne suffisent pas au *passe-pied.* Il y faut aussi des sourires et des mines galantes. Et à peu que les les uns et les autres ne se gelassent sur ma face suante, tandis que se roidissaient mes entrailles. Bref, je n'aspirais plus qu'à une seule chose au monde : que cette interminable danse se finît et que je pusse courir enfin à la chambre des commodités.

Mais arrivé là, je ne fus pas au bout de mes peines. Devant la porte des commodités se dressa devant moi Monsieur de

1. Les saluts.

Praslin qui la gardait comme l'ange Gabriel et me repoussa loin de l'huis avec une épée de feu.

— Monsieur de Praslin, de grâce ! Laissez-moi passer, la chose presse !

— Cela ne se peut, dit-il, le Roi y est à ses affaires et sur son commandement, je ne laisse pénétrer personne.

— Monsieur, vous me connaissez, je suis le Chevalier de Siorac : je vous supplie de me laisser l'entrant ! Je suis fort travaillé !

— Chevalier, j'en suis bien marri pour vous, mais j'ai mon commandement.

— Monsieur, de grâce ! De grâce ! Les entrailles me tordent ! Je suis à la toute dernière extrémité ! Si vous ne me laissez entrer, force va m'être de trousser mon haut-de-chausses, là devant vous, et de tout lâcher à vos pieds !

— Faites ! dit Praslin sans battre un cil.

Ce Praslin était un mur et je sentis qu'il m'aurait fallu les trompettes de Jéricho pour que ce mur s'écroulât. Je pris alors un parti désespéré. Je frappai du poing à coups redoublés sur la porte.

— Chevalier ! dit Monsieur de Praslin en perdant quelque peu son calme, que faites-vous ? Cela est indigne ! Vous troublez le Roi à ses affaires !

Mais le miracle se produisit. La porte s'entrebâilla et la tête de Vitry apparut.

— Qu'est-ce donc que cette noise ? dit-il sévèrement. Monsieur, ne savez-vous pas qui est là ?

Toutefois, me reconnaissant et voyant mon état, il se radoucit.

— Monsieur ! criai-je, laissez-moi entrer, de grâce ! Je n'en puis plus !

— Qu'est cela, Vitry ? dit la voix du Roi.

— C'est le Chevalier de Siorac, Sire : la colique le tord en deux.

— Qu'il entre donc ! dit Henri.

Je me précipitai dans la chambre, pris à peine le temps d'une demi-génuflexion devant Sa Majesté et avisant la chaire à affaires la plus proche, je me troussai et m'assis. J'étais le seul avec le Roi à me trouver en cette posture, les trois autres gentilshommes qui se trouvaient là étaient debout.

— Soyez le bienvenu parmi nous, mon petit cousin ! dit le Roi.

— Le grand merci à vous, Sire.

— Plus on est de fous, dit Angoulevent, mieux on ch...

— Chut ! dit le Roi. Prince des Sots, n'offense pas de jeunes oreilles !

Celui qu'on appelait ainsi était un gentilhomme ni petit ni contrefait, mais que la nature avait doté d'une face étrangement lunaire, ronde, sans sourcil, le nez petit et retroussé, une large bouche dont les deux commissures se relevaient vers le haut. Cette physionomie était de soi si ridicule qu'Angoulevent aurait été, sa vie durant, moqué avec la dernière cruauté s'il ne s'était avisé, très jeune, de se gausser perpétuellement de tous et de tout, et de rire des plaisants, avant qu'ils n'eussent le temps de rire de lui. Il ne fallait pour cela que de l'esprit et, à en juger par ses yeux pétillants, il en avait à revendre, quoique point toujours du plus raffiné.

Quant à moi, il eût mieux fallu que je n'eusse pas d'oreilles pour ne pas ouïr les bruits qui s'échappaient de moi, sans que j'en eusse, à peine fus-je assis.

— Qu'ois-je ? dit Angoulevent, est-ce là quelque cataracte ?

— A mon corps défendant, Sire, dis-je, plein de confusion.

— A qui t'adresses-tu, béjaune ? dit Angoulevent. Au Prince des Sots ou au roi des veaux ?

Je ne pus répliquer, mes entrailles parlèrent beaucoup plus haut que moi.

— Voilà une trompette qui s'est trompée d'embouchure, dit Angoulevent.

Le Roi rit, et Vitry, et Roquelaure.

— A mon corps défendant, quoique fort soulagé, Sire, dis-je, décidé à entrer dans le jeu.

— Le béjaune n'est pas sot, dit Angoulevent. Adonc, s'il n'est pas sot, c'est un veau. Et il t'appartient, Henriquet.

— Comment cela, mon fol ? dit Henri.

— Certain roi passant le bac à Neuilly traversa la Seine en même temps qu'une paysanne qui menait sa vache au marché. « Combien en veux-tu, ma commère ? dit le Roi. — Dix écus. — C'est trop, dit le Roi. — Sire, dit la bonne femme, on voit bien que vous ne vous y connaissez pas en vaches. — Comment cela ? dit le Roi. Je ne m'y connais ! Ne vois-tu pas, poursuivit-il en désignant de la main son escorte, tous ces veaux qui me suivent ? » D'où je conclus, Henriquet, que les Français étant semblables à ton escorte, tu te trouves être le roi des veaux.

— On me prête tant de mots ! dit Henri en riant. Ventre Saint-Gris ! je ne me souviens ni de la bonne femme ni de sa vache.

— Roquelaure, dit Angoulevent, me l'a conté, et n'étant pas Conti, je l'ai ouï.

— Fol, parle mieux d'un prince ! dit Vitry avec sévérité.

— Si Roquelaure te l'a conté, mon fol, c'est que c'est vrai. Roquelaure ne ment jamais.

— Oui-da ! dit Angoulevent. L'autre soir, la bonne trogne rouge de Roquelaure m'a dit qu'elle aimait le vin, et c'était vrai...

— Garde-toi, Vitry ! dit le Roi en riant, tu vas recevoir à ton tour ton paquet.

— En ce cas, je bâtonnerai à nouveau le fol, dit Vitry.

— Ce Vitry est fait de verre, dit Angoulevent, comme son nom l'indique. C'est pourquoi il se brisera, s'il me heurte.

— Je n'en prendrai pas la gageure, dit Vitry.

Cette petite pique entre le fol et le fidèle inquiéta le bon Roquelaure et il changea de sujet.

— Comment se fait-il, Sire, qu'on n'ait pas vu la reine Marguerite[1] au bal de Madame de Guise ?

— Bajaumont est malade et je prie Dieu qu'il ne meure pas.

— Et pourquoi donc, Sire ?

— Chaque fois que Margot perd un de ses favoris, elle ne souffre plus la maison où elle habitait avec lui et, à mes frais, en construit une autre.

— Je conçois que cela puisse peser sur ton trésor, Henriquet, dit le fol, car Margot a usé plus de galants sur elle que tu n'as eu de chevaux tués sous toi pendant les guerres.

Le Roi rit à cela et, avec un temps de retard (la plaisanterie leur paraissant un peu forte), Vitry et Roquelaure.

— Je suis passé hier devant l'Hôtel de Sens, dit Roquelaure, et j'ai observé que la chapelle que la reine Marguerite fait construire jouxtant son logis n'est pas encore achevée. Il lui manque le toit.

— Ventre Saint-Gris ! dit le Roi, il serait temps que Margot besogne à faire couvrir sa chapelle !

— Elle ne le peut, Sire, dit le fol : Son couvreur est malade.

Cette plaisanterie, étant plus inattendue, me parut meilleure que la précédente et je ris de bon cœur.

— Sire, dit le fol, j'égaye votre grave petit cousin. Si Bajaumont meurt, faudra-t-il demander à Siorac de se sacrifier sur l'autel de l'insatiable Vénus ?

---

1. Sœur d'Henri III, et première épouse d'Henri IV. Sa stérilité et ses frasques étaient si célèbres qu'Henri — qu'elle avait essayé d'empoisonner — n'eut aucun mal à obtenir le divorce pour pouvoir épouser Marie de Médicis.

— Non, non ! dit Roquelaure, il est trop tendrelet ! Vitry fera mieux l'affaire. Vitry est un dur à cuire.

— Mais il n'est pas assez chaud, dit le fol. Vitry, ayant l'éclat du verre, en a aussi la frigidité.

Le Roi rit à cela de bon cœur. Il ne fallait pas être sorcier pour entendre qu'il s'épanouissait en cette intimité débraillée qui sentait le camp et la caserne, s'ébaudissant des frustes saillies de ses vétérans et de son fol, et surtout échappant pour un temps aux soucis de son royaume et, plus usantes encore en leur quotidienne répétition, aux picoteries de son triple ménage.

— Le bâton, fol ! Le bâton ! dit Vitry, mi-figue mi-raisin.

— Fi donc, Vitry ! dit Roquelaure, bâtonner le fol ! L'as-tu fait vraiment ?

— Oui-da ! Voyant le Roi sortir de la chapelle accompagné du père Cotton, ce fol, trois fois fol, s'écria : « Vive le Roi et le père Cotton ! » Cela me déplut qu'il osât donner un compagnon au Roi et je lui baillai du bâton.

— Maître veau ! dit Angoulevent, tu m'as compris tout de travers ! Je voulais faire plaisir à Henriquet, pour ce qu'il est raffolé de l'Espagne, et que le plus fin *coton,* comme on sait, vient de ce pays-là...

Ils rirent tous quatre de ce *gioco* dont je faillis à entendre les sous-entendus, jusqu'à ce que mon père m'expliquât le lendemain que le père Cotton était jésuite, la Compagnie de jésuites pendant nos guerres civiles ayant été le fer de lance de Philippe II d'Espagne contre Henri III et Henri IV. Preuve qu'il y avait parfois un sens, et un sens politique, dans les billevesées d'Angoulevent.

— Autre indice qu'Henriquet aime l'Espagne, reprit Angoulevent, c'est qu'il ne quitte quasiment plus l'ambassadeur d'Espagne, malgré tous les vents qu'il lâche.

— Il lâche des vents ? Comment cela ? dit Roquelaure, qui n'était point tant naïf que désireux de le paraître, car telle était sa légende.

— Oui-da !

— Comment le sais-tu ?

— Ne s'appelle-t-il pas Don Pète de Trop ?

A cela le Roi, Vitry et Roquelaure rirent à gueule bec, encore que le calembour sur Don Pedro me parût à peine au niveau de ceux de La Surie. Il est vrai que Don Pedro était détesté du Roi, de la cour, du parlement et, par-dessus tout, du peuple de Paris qui molestait ses serviteurs dans la rue. A telle enseigne que toute gausserie sur lui, même de cette farine, était assurée de plaire.

— Sire, dit Roquelaure, est-il constant que Don Pedro vous ait requis, au nom de son maître, d'abandonner votre alliance avec les Flamands des Pays-Bas ?

— Tu ne te trompes pas, Roquelaure, dit le Roi. Ventre Saint-Gris ! L'impudence était rare et je l'ai rondement rebéqué.

— On dit, Sire, dit Roquelaure, que Don Pedro n'était pas fort content et qu'il a osé dire que, dans ces conditions, son maître pourrait être contraint de monter à cheval pour vous faire la guerre.

— A quoi, dit Henri, je lui ai tout à trac répondu que pour le regard de monter à cheval, j'aurai plus tôt le cul sur la selle que son maître, le pied à l'étrier !

Quelle joie d'ouïr Henri prononcer avec son accent gascon et sa voix forte et gaussante cette cinglante réplique, où l'on croyait déjà entendre le galop des chevaux et les trompettes de la victoire. De celle-ci nous ne doutâmes pas un instant, les vétérans, le fol et moi ! Henri avait toujours su, dans le passé, repousser les invasions de Philippe II. Non que l'infanterie espagnole fût mauvaise, bien loin de là. Mais elle était commandée par des généraux autrichiens lents et lourds, tandis que notre Henri, à la tête de sa cavalerie, tout entière composée de noblesse française, était vif comme l'éclair. Cette rapidité faisait toute la différence entre « ce pied » si tardif à se poser sur l'étrier et « ce cul » si prompt à épouser la selle : phrase gaillarde qui me hérissa le poil et me fit frissonner l'échine. J'oubliai l'humble posture où ma gourmandise m'avait conduit et moi qui n'avais jamais vu le feu, je me vis en un instant, comme mon père à Ivry, galoper, l'épée au poing, derrière le panache blanc du Roi.

Il y eut un silence et je ne jurerais point que l'ange qui en profita pour passer au-dessus de nos têtes n'était pas, lui aussi, armé de pied en cap. Mais il fallut, hélas ! incontinent redescendre de ces rêveries héroïques à de plus quotidiennes réalités.

L'huis s'entrebâilla et la tête de Praslin apparut.

— Sire, Monsieur de Réchignevoisin a un message pour vous de la part de Son Altesse la Duchesse de Guise.

— Qu'il te le dise !

L'huis se referma, puis quelques moments plus tard se rouvrit et Praslin se montra de nouveau.

— Sire, Son Altesse la Duchesse de Guise demande à Votre Majesté de lui faire la grâce de s'entretenir avec elle en son cabinet vieil.

— Qu'elle m'y attende ! Je la rejoins !

La gaîté disparut en un clin d'œil du visage du Roi et il parut tout soudain beaucoup plus vieux.

— Que me veut-elle ? Le savez-vous, Vitry ?

— Je ne sais, dit Vitry, qui le savait fort bien.

— Eh bien moi, je vais vous le dire. Elle va me becqueter pour défendre son poussin. Ventre Saint-Gris ! A quoi donc servent les femmes sinon à nous quereller !

— Sire, dit Roquelaure, elles servent aussi à l'ornement de nos jours et au plaisir de nos nuits.

— Vrai ! dit le Roi en se relevant avec un soupir de sa chaire à affaires, mais elles nous le font chèrement payer ! Et parfois je me demande si le jeu en vaut bien la chandelle.

*
**

Dans la grand'salle, je ne retrouvai pas l'usage de mon tabouret entre la plante verte et l'estrade des musiciens et j'en fus aussi mécontent que si l'on m'avait dépossédé de mon logis. Il est vrai qu'étant habitué, comme je l'étais, à me coucher tôt, je commençais à me ressentir de la longueur de cette nuit. J'eusse d'autant plus aimé m'asseoir qu'en l'absence du Roi, enfermé en le cabinet vieil avec ma bonne marraine, on ne dansait pas et je me retrouvai seul, ni mon père ni La Surie, ni Bassompierre ni Joinville (celui-là se baignant encore les yeux, à ce que j'imaginais) n'étant là pour me présenter à quelque beauté qui eût consenti à m'accorder la danse que l'on attendait.

Je fis tout le tour de la grand'salle en longeant les murs, tant pour tâcher de rencontrer mes mentors que pour trouver un siège secourable, et je faillis dans les deux cas. Je ne les vis nulle part, et pas un tabouret n'était libre : il faut croire que ma lassitude était bien partagée. J'observais, du reste, plus d'une dame qui avait en tapinois enlevé ses souliers et cachait ses pieds tourmentés sous l'ourlet de son vertugadin.

Ayant fait ainsi tout le tour de la salle, je revins à la fin à mon point de départ et, à ma grande surprise, trouvai, assise sur le tabouret que je considérais déjà comme le mien, Noémie de Sobole, le cheveu flamboyant, le teint animé et une petite lueur dans son œil vert qui me donna fort à penser.

— Eh quoi, Madame ! dis-je, assise ! Comment diantre avez-vous fait ?

— Le gentilhomme qui était là m'a cédé sa place.

— De son propre mouvement ?

— Non point. Il m'a fallu quelque peu feindre de me pâmer.

— Vous a-t-il crue ?

— A moitié. Force me fut de lui promettre une danse et un baiser.

— Tiendrez-vous votre promesse ?

— Je ne crois pas. Il sent terriblement l'ail. Et, pour tout dire, c'est vous que j'attendais.

— Moi, Madame ? C'est une si charmante pensée et un si grand honneur que j'aimerais bien savoir comment la première vous a conduite au second.

— Qu'est-ce donc qui vous autorise à tant de méfiance ?

— La connaissance que j'ai de vous.

— Monsieur, votre insolence mériterait un soufflet.

— Vous ne pouvez me le bailler : vous êtes assise, et moi debout.

— Vramy ! Je n'aurai jamais le dernier mot avec vous ! Je vais donc tout vous dire. J'ai appris que la prochaine danse sera la *courante de Vendée* et que le Roi, qui ne la dansera pas, donnera, en revanche, un prix de cent écus au couple d'amoureux qu'il aura trouvé le plus comique.

— Comment l'avez-vous su ?

— Je me suis appuyée avec tendresse contre la bedondaine de Monsieur de Réchignevoisin.

— Vous avez dû vous enfoncer beaucoup.

— Passablement. Mais j'ai su ce qui se préparait.

— Je ne savais pas que Monsieur de Réchignevoisin était si raffolé des femmes.

— Mais il ne l'est pas. Il les a en horreur. Il ne m'a tout dit que pour que je m'en sauve, ne pouvant plus supporter mes rondeurs, les siennes lui suffisant.

— Je connais votre majeure, je connais votre mineure, j'attends votre conclusion.

Ce recours au syllogisme me parut à moi-même un peu bien jeunet et pédant. Mais je tâchais seulement d'attraper la pécore, car je la sentais qui me glissait comme anguille entre les doigts.

— Eh bien, voici, Monsieur, qui va vous satisfaire. Si vous me demandiez cette danse, je serais assez bonne pour vous l'accorder.

— Votre mineure est fausse : je ne vous la demande pas.

— Monsieur !

— Il n'y a pas offense, Madame : vous êtes la beauté même. Mais pourquoi me mentir encore ? Vous êtes la demanderesse, l'évidence est criante.

— Moi, je feins ?

— Vous vous pâmez pour avoir mon tabouret. Vous me menacez faussement d'un soufflet. Vous contre-séduisez Monsieur de Réchignevoisin et, m'ayant cherché partout, vous faites semblant de croire que je ne me cachais derrière ma plante verte que pour vous inviter.

— Jour de Dieu ! Comme vous y allez ! Quel caquet est le vôtre ! Allons ! Autant être franche !

— C'est le meilleur parti, Madame, dès lors qu'on ne peut faire autrement...

— Monsieur, je ne peux croire que vous n'ayez que quinze ans. Vous avez tant d'esprit.

— Pas tant que cela. A peu que votre petit compliment n'ait flatté ma gloriole au point de me jeter à vos pieds.

— Mettez-vous-y, de grâce !

— Je ne m'y mettrai, soyez-en assurée, que pour trousser votre cotillon.

— Ah ! Monsieur ! C'est infâme ! Quel déshonté propos ! Un mot de plus et je quitte la place.

— J'aurai, du moins, une consolation : je retrouverai mon tabouret.

— Monsieur ! Voilà qui est indigne !

— Pardonnez-moi, Madame, mais tout votre discours n'est qu'un confus potage. Versez-le donc à terre et me montrez une fois pour toutes le fond du pot.

— Eh bien, Monsieur le tyranniseur, puisqu'il faut à force forcée vous satisfaire, je dirais que je suis à peu près assurée d'emporter le prix de cent écus, et la gloire qui y est attachée, si vous dansez la *courante de Vendée* avec moi.

— Comment cela ?

— C'est raison. Quelle dame le Roi peut-il couronner ? Aucune des beautés célèbres de la cour : la Reine en serait mortifiée. Quel gentilhomme le Roi voudra-t-il couronner ? Aucun de nos séduisants galants : ils sont ses propres rivaux. Vous, en revanche, Monsieur, vous êtes trop jeune pour l'inquiéter. Et moi, est-ce que je compte ? Et le Roi ne voudra-t-il pas aussi faire plaisir à Madame de Guise en primant son filleul ?

— Voilà qui est subtilement pensé.

— En outre, j'ai grand besoin des cent écus.

— Comment cela, cent écus ? N'aurai-je pas droit à la moitié du prix ?

— Oh ! Monsieur ! Seriez-vous assez ladre pour me disputer cette petite moitié ?

— Assurément. Ne suis-je pas la clef de voûte de votre petite intrigue ?

— Bien, bien, je me soumets ! N'allons pas disputer plus outre ! Le temps presse ! Est-ce dit ?

— Pas encore, Madame. Dans la *courante de Vendée* où l'on mime, de part et d'autre, l'amour déçu, puis triomphant, le choix de la partenaire n'est pas tout à fait innocent. Il paraît trahir une inclination. Mieux même, il la publie. J'aimerais donc qu'avant de toper nous allions, vous, demander l'accord de Son Altesse et moi, l'assentiment de mon père.

— J'admire votre prudence.

— Oh ! Madame, elle est récente : je viens d'être échaudé !

— Mais je ne suis pas, moi, de la farine dont on fait les méchantes, pour peu qu'on fasse tout ce que je veux...

Je ris à cela et la follette, secouant sa chevelure de feu, courut, autant qu'on pouvait courir dans cette presse, se poster à la porte du cabinet vieil pour harponner la Duchesse, quand elle en sortirait et lui dire notre affaire. Quant à moi, assis sur le tabouret qu'elle venait de quitter, je n'eus pas à chercher mon père : il vint à moi, sachant bien, quant à lui, qu'il me trouverait là. Je lui contai à l'oreille la petite chatonie de la Sobole. Il en rit, puis s'étant réfléchi un petit, il me dit :

— Je ne vois pas d'inconvénient à ce que vous soyez partie à la chose. D'autant moins que la *courante de Vendée*, étant mimée plus que dansée, comporte un élément de comédie. Appuyez fort sur cette chanterelle-là ! Plus votre pantomime fera rire, moins on prendra au sérieux le sentiment qui est censé l'inspirer. Et enfin, mon fils, si vous emportez la palme, laissez les écus à la Sobole.

— Quoi, tous ?

— Voulez-vous qu'on dise de vous que « la caque sent toujours le hareng » et qu'on vous fasse à jamais grief d'avoir des huguenots dans votre parentèle ? Non, non, faites le magnifique ! Et que tout le monde le sache ! En outre, la Sobole est pauvre. Que donne-t-on à une fille d'honneur, sinon le pot, le feu et les hardes dont on ne veut plus ? Et qui l'épousera jamais ? Ces beaux coureurs de dot dont elle est coiffée ? Ou un vieux gentilhomme point trop riche et point trop ragoûtant qui aura convoité sa fraîcheur ? Plaignez-la et laissez-lui la bourse.

— Je le ferai, dis-je, ému de ce discours.

Jusque-là, tout en me sentant quelque amitié pour la Sobole, je m'amusais de ses petites ruses. Mais, à ouïr mon père, je vis bien que je n'avais été avec elle qu'un étourdi, n'ayant pas entendu que la friponnerie de la garcelette n'était que l'arme avec laquelle elle luttait avec cœur contre sa triste condition.

Bien oublieuse de celle-ci dans le chaud du moment, elle me revint, tout allègre et frisquette, encore que Son Altesse n'eût pas été fort gracieuse, n'ayant obtenu du Roi pour Joinville qu'un pardon à terme et non pas immédiat : « Et que diantre, avait-elle dit, voulez-vous que cela me fasse, ma fille, avec qui vous allez courir cette stupide *courante* ? »

La Sobole et moi, rapprochant alors nos têtes, nous conciliabulâmes de bouche à oreille comme larrons en foire et convînmes de momeries que nous ajouterions au canevas de la tradition pour donner plus de piquant et de gaîté à la pantomime. Car c'est celle-ci qui compte dans la *courante de Vendée* et non tant la danse, qui est faite de pas courus et sautés avec une tenue altière, le bec haut, et le port de buste paonnant.

Dès que Monsieur de Réchignevoisin eut crié son annonce, faisant sonner bien haut la bourse de cent écus donnée par le Roi, la grand'salle retentit d'un grand brouhaha et se mit à bouillonner incontinent d'une folle excitation, comme si tous ces beaux seigneurs et ces nobles dames, couverts d'or, de perles et de diamants, eussent désespérément compté sur ces cent écus pour pouvoir manger le lendemain. De reste, ce n'était pas tout à fait faux. Je savais, par mon père, que la plupart des seigneurs, même de haute lignée, vivant à Paris, se trouvaient sans cesse à court d'argent, à commencer par ma marraine, que cela n'empêchait ni de dormir ni de donner des fêtes magnifiques.

Mais, d'évidence, l'amour, le jeu, l'émulation entraient pour la plus grande part dans cette effervescence. Sous nos yeux amusés (ils pouvaient l'être : nous jouions sur le velours, notre couple étant déjà formé) chacun se mit avec la dernière fougue à rechercher la cavalière qu'il désirait, celle-ci, de son côté, mettant tout autant d'énergie à se montrer, ou à se dérober, selon qu'elle agréait, ou refusait, le choix qu'on avait fait d'elle.

Ces recherches et ces fuites créèrent au centre de la salle des sortes de petits tourbillons, les vertugadins colorés des dames virevoltant promptement, les belles tâchant de se soustraire ainsi aux œillades demanderesses de certains soupirants — ou quand, en raison de la presse, la place manquait pour virer de bord —, substituant au tour complet des détournements de tête, des froideurs d'épaule, des nuques raidies, des lèvres cousues et des yeux obstinément baissés. En revanche, quelle allégresse riait dans les yeux et les sourires mouillés, et quelle mollesse s'inscrivait tout soudain dans les courbes du corps quand se présentait à elles, fendant la foule, le cavalier désiré !

Pour repousser les indésirables, la langue servait peu. Il fallait être une très haute dame pour se permettre de dire à un gentilhomme, sans s'en faire un ennemi : « Monsieur, je suis votre servante, mais on m'a déjà retenue. » Ce que fit, à ce que j'observai, deux fois au moins la Princesse de Conti qui, au mépris des objurgations maternelles, attendait à deux toises de moi, avec la dernière impatience, que Bassompierre vînt la rejoindre ; mais ce que ne purent faire, à leur grand dépit, ni la Comtesse de Moret, ni Charlotte Des Essarts, quand vinrent les inviter, visiblement sur l'ordre du Roi, Roquelaure et Vitry. Noémie de Sobole s'en ébaudit grandement.

— Le Roi, me dit-elle à l'oreille, veut avoir l'esprit tranquille, au moins pendant la durée de cette danse.

— Savez-vous, M'amie, demandai-je, avec qui va danser Madame de Guise ? Avec mon père ?

— Nenni, elle est dans sa chambre, fort occupée à consoler Joinville qui, couché à plat ventre sur le lit maternel, pleure comme un grand veau.

— Est-ce là tout le respect que vous montrez à un prince ?

— Tout prince qu'il est, je ne l'aime guère. Il n'a jamais daigné jeter l'œil sur moi.

— Quoi ? Même avec ce décolleté enivrant ?

— Même avec ce décolleté, dit-elle avec le dernier sérieux. Et pourtant, ajouta-t-elle en jetant un tendre regard à sa poitrine, ce que je montre est au moins aussi beau que ce que la Moret étale : moins gros peut-être, mais plus ferme.

— M'amie, comment vous croirai-je ? Ce n'est pas à l'œil que s'apprécie la fermeté.

Elle rit.

— Ne venez pas faire le saint Thomas avec moi. Vous n'y gagnerez rien : je ne vous permettrai pas de faire la preuve par le toucher. Je me demande bien, reprit-elle, de qui vous tenez cette imperturbable assurance : de votre père, peut-être. Savez-vous que je suis raffolée de Monsieur votre père ?

— Je conclus de ce sentiment qu'il a jeté plus d'un œil sur vous.

— Oui-da ! Et plus d'un mot aussi, quand Son Altesse n'était pas dans la pièce ! Vramy, il est avec moi excessivement charmant. Mais à la différence de son fils, toujours dans les limites de l'honnêteté.

— Et de la prudence.

— Mais qui ne serait prudent, dit-elle en riant, avec votre bonne marraine dans les parages ?

Je commençais à bien aimer cette follette : elle était si gaie, si franche et si vaillante aussi en sa pauvreté dorée.

Monsieur de Réchignevoisin, voyant que les couples étaient enfin formés, frappa de sa canne l'estrade des musiciens et nous demanda de nous rassembler sur une ligne, là où il se trouvait. Ce qui se fit avec assez de promptitude, mais non sans qu'il dût nous mettre sur deux lignes et non sur une, les couples étant trop nombreux. Je m'arrangeai pour me placer en seconde ligne et tout au bout, jugeant qu'on retiendrait mieux notre petite comédie, si nous la jouions en dernier.

Les musiciens attaquèrent les premières mesures, le silence se fit et, courant et sautant, les messieurs de la première ligne conduisirent leurs dames à l'autre bout de la salle et, les laissant là, sagement rangées devant l'estrade royale, et tournant le dos à Leurs Majestés, ils revinrent, seuls, à leur point de départ.

Là commençait le rôle en solo. Chacun s'avançait vers sa chacunière, joyeux et souriant, en mimant pour elle le plus vif amour. Mais comme il arrivait auprès de sa dame, celle-ci, haussant haut le bec, lui signifiait un refus des plus secs de la main et lui tournait le dos. Le malheureux s'en retournait alors sur la ligne de départ, en donnant tous les signes du plus grand désespoir. Quand tous avaient été aussi cruellement rebéqués et rejetés loin de leurs belles, ils faisaient tous ensemble une dernière tentative et, courant se jeter au genou des dames, leur criaient « merci ! » les mains jointes : elles se rendaient alors et les couples se reformaient.

Le thème était simplet et tout empreint de la bonhomie paysanne, naïve et malicieuse qui, en Vendée, avait dû donner le jour à cette danse, adoptée ensuite par la cour, sans doute parce qu'elle avait plu à quelque Grand, peut-être même au Roi. Tout l'amusement était, comme je l'ai dit déjà, dans la pantomime, quand chacun mimait, seul, l'amour fou, et après les rebuffades de sa cavalière, l'amour désespéré.

J'observais avec la plus grande attention comment les gentilshommes qui passèrent avant moi s'y prirent, et en particulier les galants les plus réputés de la cour : Bellegarde, Schomberg, Bassompierre, Sommerive, le Comte d'Auvergne. Je les trouvais fort élégants, mais point assez divertissants dans leurs grimaces, parce qu'ils se souciaient davantage de séduire l'assemblée que de la faire rire. Ils ne se débondaient pas assez : on sentait encore trop le fat. A mon sentiment, Angoulevent, s'il avait dansé, aurait été bien plus drôle, car se sachant peu attirant, il n'aurait pas essayé de faire le beau.

Les dames me parurent meilleures, ayant davantage l'habitude des petites mines. Mais même dans leurs refus, on voyait trop le désir de séduire, et toutes charmantes qu'elles fussent, elles faisaient encore trop les renchéries. Toinon, à leur place, y serait allée davantage à la franquette et eût fait rire bien plus.

Je remplis de ces remarques proférées à voix basse l'oreille de la Sobole, et j'y ajoutai aussi quelques suggestions dont elle s'inspira, tout en improvisant avec verve et d'une façon qui dépassa mes espoirs. Quant à moi, entendant bien que mon âge pourrait faire passer toutes mes audaces sur le compte de la naïveté, je décidai d'y aller rondement et, mon tour venu, je m'avançai vers ma belle qui, à l'autre bout de la salle, me considérait de ses yeux verts. Je fis mille folies pour mimer l'amour le plus effréné, mais prenant soin toujours de me tourner de tous côtés, afin d'être vu de tous : je riais aux anges, je levais les yeux au ciel, j'embrassais de mes bras une forme imaginaire, je prenais la tête chérie d'une ombre entre mes mains et la baisais passionnément. Tout cela avec des sauts, des contorsions et des airs qui prêtaient à rire. L'assemblée, en effet, s'amusa, ce qui ne laissa pas de m'encourager à pousser plus loin mes extravagances. Je mis ma dextre à plat sur mon cœur et la fis tressauter comme si elle était mue par des battements frénétiques. Le mime n'eût été que banal, si je ne l'avais pas répété aussitôt sur mes *pudenda*, initiative qui bravait l'honnêteté, puisqu'elle établissait un lien entre un organe réputé noble et dont on a sans cesse le nom à la bouche et un organe que l'on ne doit en public ni nommer ni montrer. Mais le rapprochement fit rire le Roi aux éclats. Détestant les poses et les faux-semblants des chattemites, il aimait par-dessus tout la franchise gauloise et il l'aimait jusqu'à la bouffonnerie. S'il avait froncé le sourcil, la cour m'eût tué sous l'opprobre. La liesse royale me porta au pinacle.

Mon succès encouragea Noémie de Sobole qui, lorsqu'elle me vit venir à elle, se détacha du rang de ses compagnes pour être vue davantage. Et bien qu'il fût assurément plus difficile de faire rire en refusant un amour qu'en mimant ses folies, elle réussit à merveille sa partie. Le bec haut, sa lèvre froncée, le sourcil levé, les mains repoussant tout contact, elle contrefit si bien la dédaigneuse que la cour, ravie, reconnut plus d'un modèle à sa contrefaçon, tant est que, même avant qu'ils apparussent sur le visage du Roi, on vit des sourires éclore un peu partout. Mais Noémie poussa plus loin la caricature. Marchant de long en large devant moi, elle ne se contenta pas de me dire « non » avec sa tête, avec ses mains, avec ses épaules, elle y alla de la croupe avec laquelle, en passant devant moi, elle me décocha, à distance, en se déhanchant, de terribles coups, qui montraient avec évidence de quels plaisirs elle me bannissait.

Ah ! certes, ce n'était pas l'amour courtois dont on parle dans *L'Astrée* ! Mais on rit beaucoup et les rires redoublèrent, quand Noémie imagina une satire qui en toucha plus d'une dans la salle. Comme je continuais à la supplier, elle prit à ma ceinture une bourse imaginaire et en en défaisant les lacets, elle y plongea la main et fit semblant de compter entre le pouce et l'index les écus qui s'y trouvaient et qu'elle laissait retomber un à un dans l'ouverture de la bourse. Et marchant de nouveau de long en large devant l'estrade royale, et se tournant çà et là pour que tout le monde la vît bien, elle accompagnait cette comptabilité de mines de plus en plus déçues et méprisantes.

La dernière pièce rejetée, elle resserra les cordons et, saisissant la bourse imaginaire du bout des doigts, elle me la jeta au visage de la façon la plus dédaigneuse. Après quoi, avec un dernier coup de croupe qui me balayait à jamais de sa vie, elle me tourna le dos et rejoignit le rang de ses compagnes.

Je devais alors feindre le désespoir d'un amant rejeté tout en retournant reprendre rang à l'autre bout de la salle parmi les malheureux qui, précédemment, avaient subi le même sort que moi. Ce que je fis avec les contorsions qu'on attendait, en y ajoutant un jeu de mon cru avec une épée imaginaire que je tirais du fourreau pour feindre d'abord de m'occire, puis, y renonçant, de me mutiler, comme si je voulais retrancher de moi les parties dont, après cet échec, je n'avais plus l'usage. Cela fit rire, mais je ne poursuivis pas la farce au-delà d'une esquisse, ne voulant ni lasser l'assemblée ni faire oublier l'excellente pantomime de Noémie.

Mon solo était le dernier et quand il fut fini, la musique devint tout soudain guillerette, annonçant une heureuse issue à nos tourments. Les cavaliers, moi compris, relevèrent la tête, se mirent à piaffer sur place avant de se diriger tous ensemble, en courant et sautant, vers les dames devant qui ils s'agenouillèrent en joignant les mains. Cette ultime supplication eut un effet miraculeux : le cœur des cruelles fondit, elles se rendirent à nous et les couples se reformèrent, dansant à l'unisson et donnant tous les signes du bonheur le plus fou.

Tout jeune que je fusse, je me fis cette réflexion que plus d'un gentilhomme ou selon le cas, plus d'une dame, qui prit part à cette danse, dut former le vœu le plus vif pour que la réalité répondît un jour à cette aimable fiction.

Je ne sais ce qu'il en fut des autres, mais je connais au moins deux cas où ce souhait fut exaucé. Je n'étonnerai pas, je pense, le lecteur, en lui révélant que Bassompierre fut l'un d'eux, puisqu'il avait hérité de la fée allemande, qui avait charmé les fausses chasses de son aïeul, un anneau d'or qui lui assurait d'être heureux en amour. Je n'oserais affirmer que la Princesse de Conti fît partie de ces dames qui sont un peu sujettes à donner des rendez-vous à d'autres qu'à leurs conjoints, mais quoi qu'il en fût, après la mort du Prince, elle épousa Bassompierre, lequel lui fut fidèle trente ans, se montrant, à l'étonnement général, un aussi bon mari qu'il avait été jusque-là le plus dévoué des oncles. La Surie, qui avait une tournure d'esprit un peu cynique, prétendait que si Bassompierre avait eu du mérite à se priver de ses nièces pendant les vingt premières années de son mariage, il n'en eut aucun les dix dernières années pour la raison qu'il les passa à la Bastille.

Il s'y trouvait, de reste, fort bien accommodé en mobilier (le sien), en dîners fins (qu'il faisait venir des meilleurs traiteurs), en chauffage (on lui livrait son bois) et en domestique (il avait deux valets et un petit vas-y-dire) sans compter les visites de ses amis et de la Princesse — à laquelle étaient réservées les heures de la sieste. Néanmoins, quand Bassompierre, après la mort de Richelieu, sortit enfin de sa geôle dorée, la cour trouva qu'il avait neigé sur ses beaux cheveux blonds. Mais comme une marquise lui en faisait méchamment la remarque, Bassompierre montra qu'il n'avait rien perdu de sa vivacité d'esprit et répliqua : « Madame, je suis comme le poireau : la tête est blanche, mais la queue est verte. »

Charlotte Des Essarts, elle, n'eut pas à se forcer beaucoup pour faire la dédaigneuse en dansant avec Monsieur de Vitry la *courante de Vendée.* Pour la favorite d'un grand Roi (dont elle portait alors un enfant en son sein) un capitaine des gardes faisait piètre figure. D'autant que Vitry, tout vaillant et viril qu'il fût, n'était ni fort beau ni fort riche. De ses deux soupirants — l'archevêque et le capitaine — Charlotte montra bien, après la mort du Roi, qu'elle préférait à tous égards le premier. Ce fut l'époque où les ouailles de l'archevêché de Reims (lequel rapportait à son bénéficiaire cent mille livres de rentes par an) se plaignaient fort de voir si peu en leurs murs le sémillant Monseigneur de Guise, lequel dépensait son revenu à Paris d'une façon qui n'édifiait personne. Et personne, en effet, n'était fort satisfait de cette situation, ni la Régente qui était vertueuse, ni Madame de Guise qui n'avait cure de la vertu, mais craignait le scandale, ni le Pape qui hésitait à donner à l'intéressé le chapeau de cardinal, ni Charlotte elle-même que tourmentaient à la fois des scrupules de conscience et le souci de son établissement.

Pour en revenir à Noémie de Sobole et à moi-même, le Roi nous donna le prix, et primesautier comme il était toujours, au lieu de nous faire venir à lui, descendit de son pas vif dans la salle, me remit la bourse et embrassa Noémie sur les deux joues : baisers qui furent pour elle, sa vie durant, son plus ému souvenir et son plus grand honneur. Le Roi regagnant son estrade, je mis un genou à terre devant ma cavalière et ostensiblement, je lui offris la bourse qu'elle accepta sans tant languir : geste qui fut fort applaudi, surtout par les dames. « Vous fîtes bien, mon fils », dit mon père. « Vous fûtes sot, mon filleul, dit Madame de Guise. Cinquante écus n'est pas petite somme. Et que gagnez-vous à faire tant le magnifique avec une fille d'honneur ? »

La Surie avait eu la bonne pensée de me garder mon tabouret pendant que je dansais la *courante de Vendée* avec la Sobole et fut assez bon pour me quitter la place, quand je revins à ma plante verte. A vrai dire, je n'étais pas tant lassé que sommeilleux, comme j'ai dit déjà, et dès que La Surie me laissa, j'eusse volontiers dormi tout assis, les jambes écartées et jetées devant moi et le dos accoté à la tenture du mur. Mais cela ne se put. Un fâcheux, sous les traits et la très précieuse apparence du petit Marquis de Romorantin, me vint troubler en mon repos car, à peine avais-je clos un œil que sa voix caquetante m'éveilla. Je m'ébrouai : il était là et bien là, en sa complète panoplie de poupelet de cour, sans que manquât à sa vêture le moindre passement, frange, ruban, galon d'or et broderie, sans compter un « sourire à la négligente » posé point du tout négligemment sur ses lèvres, tandis qu'il me saluait en faisant virevolter, de haut en bas et de long en large, les plumes blanches et amarante de son chapeau de castor.

— *Mous*sieu, dit-il de sa voix haut perchée, je suis *vou*tre humble serviteur. J'ai eu l'*houn*neur de vous en*coun*trer en *vou*tre *lou*gis du Champ Fleuri pour vous *pour*ter une lettre du Roi.

— Monsieur, dis-je en étouffant un bâillement, je suis dans le ravissement de vous revoir. Bien je me souviens de vous et de *vous boun*nes le*çouns*. Vous m'avez appris à remplacer les « o » par les « ou » et à supprimer les « d ».

Mais je crains *fourt* de ne point être aussi adroit que vous en ces raffinements.

— Il y faut *ou*ne *loun*gue pratique, dit Romorantin d'un air satisfait, et aussi quelque petite habileté où je ne *crés* pas que vous faillez, non plus qu'en amirable *voulount*é à apprendre. Mais pour *lours*, Moussieur, je viens à vous en *é*puté...

— En *éputé* ?

— En député, pour parler le dialecte vulgaire. Poursuivrai-je, *Mous*sieur ?

— Poursuivez, de grâce.

— Je viens en *é*puté de *moun* grand-*oun*cle, le Ba*roun* de Salignac, présent céans, lequel vous salue bien, *Mous*sieur, par *moun* truchement et voudrait sav*ér* de vous, si vous êtes apparenté à Jean de Siorac, Ba*roun* de Mespech.

— C'est mon grand-père.

— *Vou*tre grand-père ! Mon grand-*oun*cle en sera charmé ! Il arrive à peine de son Péri*gourd* pour *soul*liciter en un *prou*cés touchant une maison qui est à lui en le quartier de Hulepoix[1].

— Mais ne connaît-il pas mon père ?

— Nenni, *Mous*sieur, il ne *coun*naît per*soun*ne, mettant le pied pour la première *fés* en Paris, laquelle il a pris, tout soudain ainsi que la cour, en *four*te *é*testation.

— Et comment moi me connaît-il ?

— Il vous a ouï *noum*mer par le Roi quand Sa Majesté vous a baillé le prix de cent écus pour la *courante de Vendée*. Et il a grand appétit à vous *coun*naître et à vous bailler des nouvelles de *vou*tre grand-père. Peux-je vous amener à lui ?

Sans les nouvelles que Romorantin annonçait, j'eusse peut-être trouvé quelque défaite ou quelque remise pour non point bouger de mon tabouret. Mais j'étais raffolé du

1. On appelait ainsi la rive gauche de Paris (*Note de l'auteur*).

Baron de Mespech et d'autant plus avide d'ouïr de sa santé qu'il était fort vieil, allant, si bien je me ressouvenais, sur ses quatre-vingt-treize ans.

Dès que je fus debout, Romorantin, qui avait les manières les plus caressantes du monde, me prit par le bras pour me guider dans la presse jusqu'à son aïeul qu'il me décrivit en chemin comme un gentilhomme « à la vieille française », vêtu morosement de gris sans la moindre passementerie, avec une petite fraise à la huguenote. « Avec lui, m'avisa-t-il, force nous sera de parler le " *ia*lecte vulgaire " pour non point le courroucer, pour la raison qu'il ne souffre pas la mode qui trotte, ayant la cervelle vieillotte et comme figée en les anciens usages. Au demeurant, très honnête homme, quoique de son humeur assez escalabrous [1] pour parler son jargon occitan, et fort courtois. » Je gage que Romorantin se força prou pour prononcer l' « oi » de ce « courtois » et qu'il ne le fit que pour se mettre à l'avance au diapason de son grand-oncle.

Celui-ci me ravit dès que je jetai l'œil sur lui et plus encore, lorsqu'il ouvrit la bouche. Il n'y avait pas que sa fraise qui fût huguenote : il l'était de la tête aux pieds, étant droit comme un « i », austère, mais toutefois bon vivant, la rigidité calviniste étant corrigée chez lui, comme chez le Baron de Mespech, par l'amabilité périgourdine et l'amour de la vie d'un gentilhomme ancré en son terroir. Il était de sa membrature vigoureux et sans bedondaine aucune, la face ronde et colorée, la barbe longue, l'œil aigu et gaillard sous ses épais sourcils, ceux-ci aussi noirs que son cheveu était blanc. A ouïr que j'étais bien le petit-fils du Baron de Mespech, il me donna une forte brassée et me baisa sur les deux joues.

— Votre grand-père, dit-il avec l'accent chantant de

1. Coléreux.

Sarlat, est mon aîné de dix ans, mais se porte à merveille, sans infirmité aucune, ni goutte, ni pierre, ni rhumatisme. On a cru le perdre il y a trois mois d'une rétention d'urine, mais on l'a taillé fort adroitement, et il en a réchappé. Il marche, monte à cheval, danse aux fêtes et je ne jurerais pas qu'il ne coquelique encore avec quelque servante. En bref, il est fort vert, la vue et l'oreille bonnes, l'esprit alerte et la parole aisée.

— Monsieur, dis-je, fort ému, je suis transporté d'aise à vous ouïr parler ainsi et je ne faillirai pas de rapporter ces propos à mon père, lequel vous voudra sans aucun doute inviter à partager le sel et le pain en notre logis du Champ Fleuri.

— Ce serait fort aimable à lui, dit le Baron de Salignac, mais je ne sais si j'aurai le loisir d'accepter. A peine suis-je céans depuis dix jours que l'envie me démange excessivement de regagner au plus tôt mes douces retraites paternelles.

— Quoi ! Monsieur, déjà ! Avez-vous déjà sollicité ?

— Oui-da ! Mais à considérer le nombre de greffiers, de juges, d'avocats et autres chats fourrés dont je devrais graisser le poignet, j'eusse plus tôt fait, je gage, de perdre mon procès : il m'en coûterait moins cher. Mais surtout, je hais cette villasse !

— Est-ce cette grande Paris que vous nommez ainsi ?

— Oui, Monsieur ! dit le Baron en s'échauffant. Et je ne m'en dédis pas. Elle est grande, sans doute, mais puante, bruyante et périlleuse. On y marche dans la boue, la merde et la pisse. Si vous n'y prenez garde, on vous coupe la bourse, ou on vous tire le manteau en un tournemain ; on vous gruge ès auberges pour de forts maigres pots, on vous extorque des fortunes pour des chambrettes dont le fenestrou est à peine assez grand pour laisser passer l'air ; les lits sont puceux, les draps douteux, les chambrières impertinentes et si visiblement vérolées que je ne voudrais seulement y mettre le bout de ma canne.

— Mais Monsieur, dis-je, ne pouviez-vous loger chez votre petit-neveu ?

— Cela ne se peut. Il loge au Louvre. Et si fort que me déplaise cette grand'villasse, la cour, elle, me soulève le cœur. On s'y coupe la gorge en duel pour des querelles de néant. On y vend ses prés, ses champs et ses labours pour se mettre sur le dos des vêtures extravagantes, on jure vingt fois l'heure le saint nom de Dieu, on joue gros à perdre sa chemise ; quand on ne joue pas, on n'y est occupé que de putasseries et de maquerellages. Tant est qu'on se demande, à la parfin, si on est en pays chrétien ou chez les Turcs, à la cour d'un grand roi ou au bordeau ? Pis même, poursuivit-il en baissant la voix, la sodomie règne tellement à la cour qu'il y a presse pour mettre la main aux braguettes, les instruments desquelles ces déshontés muguets appellent leurs épées de chevet. Jour de ma vie, Monsieur ! Si nous n'avions eu que des épées de ce calibre pour battre l'Espagnol, nous ne l'aurions jamais reconduit hors de France !...

Je ris à ouïr cette verte diatribe, ce que voyant, Monsieur de Salignac rit aussi, n'étant pas de ces hommes dont la morale est morose. Et Romorantin qui avait écouté ce discours l'œil baissé, se peut parce qu'il comptait parmi les déshontés muguets dont son grand-oncle avait parlé, fut comme rassuré par cette gaîté et, oubliant « son sourire à la négligente », s'ébaudit à belles dents. Il paraissait, de reste, aimer beaucoup son parent en dépit du fossé que creusaient entre eux son âge et le sien, et des façons de vivre aussi éloignées l'une de l'autre que s'ils avaient vécu dans des mondes différents.

Je commençais à me plaire en la compagnie de Monsieur de Salignac tant il sentait le vieux temps, les chevauchées par *combes et pechs*[1], et les savoureux dîners au coin de l'âtre dans les châteaux du Périgord. Par malheur, Monsieur de Réchignevoisin, muet messager des ordres de Son Altesse, me fit signe de loin de le venir trouver et je dus, à grand regret, quérir mon congé de l'honnête gentilhomme, non sans lui avoir demandé le nom de l'auberge où il gîtait, étant bien assuré que mon père serait ravi de le voir et de l'avoir chez nous.

Quelle fraîche bouffée de nos champs sarladais le bonhomme m'avait apportée avec son accent, sa verve, son bon sens paysan ! Et quelles heureuses remembrances il ravivait en moi de l'été 1606 que j'avais passé tout entier en la châtellenie de Mespech, mettant la main aux foins, aux moissons et aux vendanges, mon grand-père manquant de bras, ou prétendant qu'il en manquait, pour me mettre, je pense, à l'épreuve. Et cette nuit, en ce bal, il n'eût pu mieux faire, ce vieux Siorac, s'il m'avait délégué tout exprès de Dordogne son compère barbu en son gris pourpoint pour me ramentevoir qu'il y avait en nos provinces un autre monde, une autre vie.

Réchignevoisin me dit que Madame de Guise m'attendait dans sa chambre. J'y courus et comme je levai la main pour gratter à l'huis, il s'ouvrit et elle apparut, le doigt sur la lèvre.

— Chut ! dit-elle à voix basse et franchissant le seuil elle referma doucement la porte derrière elle. Ce grand dadais de Joinville dort sur mon lit, la face toute chaffourrée de ses larmes. Laissons-le à ses cauchemars : il les a bien mérités. Je lui ai dit cent fois de laisser ces gros tétins-là tranquilles ! Et qu'avait-il affaire à écrire une promesse de mariage à cette blondasse Moret ? Le voilà dans le désert de Saint-Dizier pour une année au moins. Et croyez-vous que cela lui va

1. Monts et vaux (occitan).

servir de leçon ? Vramy, mes fils m'assassinent ! L'archevêque est un vrai papillon, le Chevalier, une petite brute et, quant au Duc, il rêve d'un grand destin, lui qui n'a ni argent, ni amis, ni troupes, ni le talent pour les commander. Ah ! Mon filleul ! Je ne suis satisfaite que de vous !...

Elle ne m'en tança pas moins pour avoir donné les cent écus du prix à la Sobole, comme j'ai dit déjà, et poursuivit avec sa coutumière vigueur sur le chapitre de la vertu.

— Gardez-vous bien, mon filleul, de toucher à ma fille d'honneur ! Je ne le souffrirais pas ! Tout béjaune que vous êtes, elle ne va pas tarder à s'embéguiner de vous, d'autant que vous avez avec les filles les manières taquinantes de votre père. D'autant aussi qu'il suffit d'un battement de briquet pour mettre le feu à cette toison rousse. C'est la fournaise ardente : une étincelle et tout crépite. Oyez-moi bien ! Je ne veux point cela ! Ses parents me l'ont confiée : je suis gardienne de sa vertu. M'irez-vous fabriquer chez moi un petit bâtard ? Je vous en haïrais !

Repensant à ce discours quelques mois plus tard, je m'avisai que le gardiennage de ma bonne marraine n'était pas aussi vigilant qu'il aurait pu l'être. Sans cela, m'eût-elle, pour divertir ses insomnies, envoyé chercher par la Sobole en ses robes de nuit ? C'était agir bien à l'étourdie et placer l'étoupe un peu près du silex. D'autant que le moment et le lieu se trouvaient fort propices, puisque Noémie était censée me raccompagner — Madame de Guise succombant enfin au sommeil — jusqu'au cabinet vieil. Tout paraissait machiné là pour nous induire en tentation : une douillette petite pièce, la lumière d'un seul chandelier, le silence amical de la nuit, le négligé de nos vêtures. Noémie, assurément, eût pu me quitter sur le seuil, mais elle se piquait de courtoisie : elle entrait avec moi et sa distraction l'amenait à clore l'huis derrière nous et, sans y prendre garde, à pousser le verrou. Après quoi, faisant mine de me fuir à l'intérieur de la prison qu'elle nous avait si bien ménagée, elle commençait à se défendre de mes entreprises avant qu'elles eussent commencé.

— Non ! non ! disait-elle, mais sans que sa voix s'élevât au-dessus du murmure : De grâce, cette fois, Monsieur, point de baisers ! Point de vos maléfiques enchériments ! Je ne les souffrirai pas ! Osez-vous bien traiter ainsi une fille de bon lieu ! Me prenez-vous pour votre chambrière ? Vous êtes un vilain, Monsieur ! un ribaud ! un diable de l'enfer ! Je vous défends bien de me toucher !

Comment aurais-je pu faillir à déchiffrer ce transparent message ! Eussé-je été sourd que ses yeux brillants, ses lèvres décloses, son souffle pressé, sa poitrine haletante me l'auraient rendu clair. Je la prenais dans mes bras, je dénouais ses longs cheveux, je commençais à la dévêtir du peu qu'elle avait sur elle. Ses protestations chuchotées gagnaient en énergie ce que ses défenses perdaient en force. Étendu à son côté, il me suffisait alors de tenir d'une main les deux siennes sans y mettre la moindre force : sa résistance n'était plus que verbale, et le verbe lui-même se muait peu à peu en soupirs. Après cela, l'unique point de résistance venait encore de moi : je ne risquai rien d'irréparable. Je m'en tenais à ce qu'elle appelait mes « maléfiques enchériments » : mot désuet par où je supposais qu'elle désignait nos caresses.

Elles ne nous satisfaisaient ni l'un ni l'autre. Noémie eût désiré tout donner, mais ne le voulait pas. Je ne la prenais point : j'en étais mécontent. Et l'aurais-je fait, je m'en fusse voulu.

Au moment de me quitter, la pauvre Sobole, recourant à une étrange alchimie, transmuait ses remords en reproches.

— Eh bien ! disait-elle, sans du tout s'apercevoir de l'ironie de ses paroles, vous voilà bien content ! Vous m'avez pliée toute à vos volontés ! Pensez-vous qu'il y allait de votre gloire d'user ainsi de votre force ? Vous devriez avoir honte de m'avoir contrainte à commettre avec vous ces horribles péchés !

Mais même son courroux avait je ne sais quoi de tendre. Parvenue à la porte, la main sur le loquet, elle me jetait un dernier regard puis, revenant tout soudain à moi, elle s'agenouillait au pied de mon lit et, sans un mot, me piquait sur le visage de petits baisers, mais ceux-ci rapides et furtifs comme si elle avait craint qu'ils fussent aperçus par son ange gardien.

Pour moi, j'étais en pleine confusion. Ma raison m'approuvait d'avoir su me brider ; mon corps me tabustait. L'absurdité que je discernais dans les discours de Noémie ne laissait pas de m'amuser, mais c'était un amusement triste, traversé de trop de compassion pour elle et pour sa condition pour que je me sentisse bien à l'aise.

Pour en revenir au bal et aux admonestations de Madame de Guise touchant sa fille d'honneur, la harangue me laissa muet. J'étais alors à mille lieues de là, tant est que ma bonne marraine, étonnée à la fin de mon mutisme, voulut bien s'aviser que j'étais las.

— Mais qu'avez-vous, mon Pierre ? Êtes-vous dolent ?

— Non point, Madame, j'ai seulement dépassé de longtemps l'heure de mon coucher.

— Oh ! oh ! dit-elle en riant, ce n'est pas grave ! Pour peu qu'on veuille bien y céder, le sommeil n'est pas une maladie. C'est même tout le contraire. Venez, je vais vous accommoder.

Et elle me conduisit, me prenant la main comme si j'avais été un enfantelet, dans le cabinet vieil où elle m'installa derrière le paravent, sur ce lit de repos que j'eus tant de fois plus tard l'occasion d'épouser, seul ou avec Noémie.

— Mais, dis-je, je vais manquer la fin du bal !

— Rassurez-vous, dit-elle, il va durer jusqu'à l'aube et d'ici une heure, je vous viendrai réveiller. Comptez-y et dormez tout votre saoul. Mon Dieu, ajouta-t-elle en se penchant sur moi, et en me caressant la joue du dos de la main, vous êtes encore un enfant ! Vous voilà tout endormi !

Je trouvais merveilleux de laisser mes yeux se fermer sur un regard où se lisait tant d'amour, mais je n'eus que peu de temps pour m'en réjouir. Je n'ouïs même pas la porte se refermer sur Madame de Guise. Le sommeil me saisit si vite que je ne sentis même pas l'agréable glissement qui le précède.

Mon réveil ne fut pas si rapide et il me fallut un moment avant de comprendre où j'étais, et qu'il y avait dans le cabinet vieil d'autres personnes que moi, lesquelles conversaient entre elles sans se douter que quelqu'un était couché sur le lit de repos derrière le paravent. Je ne m'en émus guère de prime, pour ce que le bruit des paroles me parvenait sans que j'en comprisse le sens. Mais quand le sens se précisa peu à peu dans ma cervelle encore à demi brumeuse, et que je compris non seulement ce qui se disait là, mais qui le disait, je fus proprement épouvanté. Mon premier mouvement fut de révéler ma présence. Mais à la réflexion je décidai de n'en rien faire, tant il me parut difficile de faire admettre à ces personnes que j'avais surpris sans le vouloir leur entretien et surtout que je n'en avais rien entendu, alors même que l'énormité de leurs propos me remplissait de stupeur. Non qu'il y fût question d'un secret d'État. Mais en un sens, c'était bien pis.

Ils étaient trois, deux hommes et une femme et cette femme était la Reine. Je la reconnus aussitôt à son accent italien et à son timbre rechigné. Un des deux hommes était Monsieur de Sully. Il était venu si souvent visiter mon père en notre logis du Champ Fleuri que sa voix râpeuse et pompeuse sonnait familièrement à mon oreille. J'eus plus de difficulté à identifier le troisième personnage, car je ne l'avais jamais entendu parler. Mais le fait qu'il était un familier de la Reine et que lui aussi baragouinait le français à la mode italienne m'amena à penser qu'il s'agissait de Concino Concini. Ce qui me fut aussitôt confirmé.

— Monsieur *di Soully,* disait la Reine, *ye* vais vous *domander di mi* donner *oune* bon *consilio. Il Signor* Concini dit que serait *oune* bonne chose *di* dire au Roi que des gentilshommes *franchaises mi* font la cour. Quelle chose en pensez-vous ?

— Madame, dit Sully fort peu civilement, cette affaire-là est si différente de celles dont le Roi m'a confié le soin que je ne peux en donner aucun avis à Votre Majesté, surtout en présence d'un tiers.

— *Signor di Soully,* dit Concino Concini, *souis*-je *li* tiers *di* qui vous parlez ?

— Monsieur, dit Sully rudement, voyez-vous un autre tiers dans la pièce que vous ?

Phrase qui me terrorisa et me mit tout en eau pour ce que je craignais que Concini, prenant la question au pied de la lettre, retirât le paravent qui me dérobait aux regards.

— *Signor,* dit Concini d'un ton plus peiné qu'outragé, si la *mia presentsia* vous *distourbe, ye* m'en vais.

— Demeurez, Concini, dit la Reine.

— Avec *su permisso,* Votre Altesse, dit Concini, *ye* m'en vais.

— Demeurez, Concini, dit la Reine.

— Madame, dit Sully, si vous désirez que le *Signor* Concini demeure, je n'ai plus rien à faire céans et demande humblement mon congé à Votre Majesté.

Il n'y avait d'humble dans cette demande que l'adverbe. Le ton était rude et quasi comminatoire. Un silence tomba et je regrettai de ne pouvoir voir ce qui se passa ensuite. Mais comme j'ouïs l'huis du cabinet vieil s'ouvrir et se refermer, j'en conclus que la Reine avait fait signe à Concini de se retirer : preuve que son désir de connaître l'avis de Sully l'emportait sur son opiniâtreté naturelle.

— Madame, dit Sully, est-il constant que des gentilshommes français vous font la cour ?

— *Ye* ne le souffrirais pas ! dit la Reine avec hauteur. *Ye pounirais* aussitôt *l'impoudent* !

— Alors, pourquoi mentir au Roi ?

— *Ma, natourellementé,* pour exciter sa *djalosie.*

— Le Roi, Madame, serait, en effet, jaloux, mais il ne serait pas pour autant plus fidèle et ce mensonge serait, en outre, la pire sottise que vous pourriez commettre.

— Et *perqué oune* sottise ? dit la Reine, d'un ton qui hésitait entre la colère et l'appréhension, trouvant sans doute que Sully lui parlait bien vertement, mais commençant à craindre qu'il n'eût raison.

— En premier lieu, Madame, vous feriez peser de très injustes soupçons sur des gentilshommes innocents. Et qui pis est, ces soupçons ne tarderaient pas à rejaillir sur vous, car le Roi se dirait qu'on ne parle point d'amour à une personne de votre condition sans qu'elle ait fait la moitié du chemin.

— *Moussieu di Soully !* dit la Reine d'un ton outragé.

— Ce n'est pas ce que vous aurez fait, Madame, dit Sully, c'est ce que le Roi penserait que vous avez fait. Et une fois ce doute en sa cervelle, le Roi ne s'arrêterait pas là. Il se dirait que si vous lui avez révélé la chose, c'est que vous avez craint qu'il l'apprît par un autre canal. Ou qu'ayant pris du dégoût pour ceux qui vous avaient fait la cour vous les accusez pour détourner sa colère d'autres seigneurs qui vous plaisent davantage. Et le doute engendrant le doute, il n'y aurait plus de fin à ses soupçons...

— *Moussieur di Soully,* dit la Reine après un long silence, vous pensez donc *qué é oune* grand péril à faire *cosi.*

— Grandissime, Madame, dit Sully gravement.

— *Ma é injouste !* dit la Reine avec feu. *Ma é injouste* que moi, *ye* souffre *l'inferno* de la *djalosie* et le Roi, pas du tout.

— Pour ce qui est de la jalousie, Madame, un seul enfer suffit pour deux, dit Sully[1].

Je ne sais si elle entendit bien ce qu'il voulait dire par là, mais elle lui fit un merci des plus secs, ce qui me donna à penser qu'elle lui en voudrait toute sa vie du bon conseil qu'il venait de lui donner. Il est vrai que, de son côté, c'est à peine si le ministre consentait à voiler sous un apparent respect la pauvre opinion qu'il avait d'elle.

— Madame, dit-il, je suis tout entier à votre service.

J'ouïs le bruit que fit le volumineux vertugadin couvert de perles de la Reine quand elle se leva, et le craquement des articulations de Sully, quand il lui fit la révérence. L'huis s'ouvrit et referma. La sueur me ruisselait dans le dos entre mes omoplates, mais j'étais seul.

Je ne le fus pas longtemps. La porte s'ouvrit de nouveau et je reconnus Madame de Guise à son parfum. J'eus le bon esprit de fermer les yeux aussitôt. Elle me secoua.

— Quoi ! dit-elle, haletante, vous dormiez ! Vous ne les avez pas ouïs ! Qui eût pensé que ce gros sottard de Réchignevoisin les aurait fourrés là sans me prévenir !

— Mais qui, Madame ? dis-je innocemment.

— La Reine et Sully.

— La Reine et Sully ? dis-je en feignant l'incrédulité. Ici ? Dans le cabinet vieil ?

— Vous n'avez donc rien ouï ?

— Mais ouï quoi, Madame ? dis-je en me frottant les yeux.

— Dieu merci, dit la Duchesse, nous sommes saufs ! Sully n'a pas songé à retirer le paravent. La raison en est sans doute que pour assurer votre tranquillité, je vous avais enfermé et remis la clef à Réchignevoisin sans lui dire que vous étiez là, folle que j'étais ! Et comment Sully aurait-il

---

1. Le pauvre Sully était orfèvre en la matière : sa femme en tenait alors pour le jeune Schomberg (*Note du Chevalier de Siorac*).

pensé que quelqu'un se trouvait dans la place, alors que Réchignevoisin avait déverrouillé la porte pour le laisser entrer ?

Et pourquoi je dissimulai alors la vérité à ma bonne marraine, je ne saurais le dire au juste, sinon que je le fis d'instinct, dans le chaud du moment, et peut-être parce qu'ayant décidé, si Sully me découvrait, de jouer l'ahuri et le mal réveillé, je fis de même pour Madame de Guise, plus par une sorte de mécanisme que par prudence.

— Toutefois, vous fîtes bien, me dit mon père, quand je lui contai l'affaire. Votre marraine n'est pas incapable de discrétion, mais elle s'encolère facilement, même contre la Reine, et dans ses fureurs, elle ne se connaît plus et pourrait faire une damnable allusion à la scène que vous avez ouïe. La Reine ne vous l'aurait jamais pardonné.

— Eh quoi ! dis-je béant. Madame de Guise ose quereller la Reine ?

— Oui-da ! Et à telle enseigne que la Marquise de Guercheville lui dit un jour : « Ah ! Madame ! Oubliez-vous que la Reine est votre maîtresse ? » A quoi votre bonne marraine répondit hautement : « Madame, sachez que je n'ai qu'une maîtresse en ce monde : c'est la Vierge Marie. »

— Voilà qui sent bien un peu sa ligueuse ! dis-je en riant.

— En tout cas, dit mon père, cela prouve qu'elle n'oublie pas qu'elle aurait pu être reine de France, si le Duc de Guise avait eu autant d'esprit qu'Henri III.

— Était-il sot ?

— Nullement. Mais il n'était pas assez fin pour entendre à quel point Henri III le surpassait en finesse et, le moment venu, en résolution. Le fond de l'affaire, c'est qu'il le déprisait parce qu'il était bougre. Lui-même était un homme de haute taille, musculeux, viril, couvert de femmes. Et parce que le Roi était efféminé, il le croyait faible. Dans son outrecuidance, il pensait que jamais Henri III n'aurait assez d'audace pour concevoir l'idée de le tuer, ni assez d'habileté pour lui dresser un guet-apens aussi bien machiné que celui du château de Blois. Cette erreur lui fut fatale.

Ces paroles de mon père, je les rapporte ici, mot pour mot (respectant jusqu'à son « dépriser », forme désuète de « mépriser ») parce qu'elles me paraissent ajouter un jugement sur le Duc de Guise dont je n'ai pas souvenance que mon père ait fait état dans le récit de la double meurtrerie de Blois dans ses Mémoires.

Pour en revenir à Madame de Guise, en me laissant, à moitié rendormi déjà, sur la couche du cabinet vieil, elle m'assura que cette fois, elle ne m'enfermerait pas à clef et qu'elle viendrait dans une heure de temps me désommeiller afin que je puisse reprendre ma place au bal et charmer derechef « toutes ces petites personnes » de mes « impertinences ». Elle dit cela avec un sourire ravissant en me baisant sur les deux joues.

Je ne sais ce qui lui passa dans l'esprit après qu'elle m'eut quitté — peut-être quelque nouveau souci suscité par ses fils ou par la Princesse de Conti — mais le fait est qu'elle m'oublia tout à trac. Le soleil, seul, me réveilla, pénétrant à travers les lourds rideaux de damas, et dès que je les eus tirés, me dardant une migraine au fond de l'œil. Je trouvai tout soudain le cabinet vieil étouffant et sortis, le pas chancelant et les membres courbatus, dans le passage qui menait à la grand'salle, laquelle je trouvai étrangement silencieuse et vide, à l'exception du chambellan et de quelques domestiques. Monsieur de Réchignevoisin, les yeux rouges de sommeil, me fit une révérence et me dit, avec cette voix bien particulière qui était la sienne, si sourde et si feutrée qu'elle semblait provenir, après de longs détours, du fond de ses entrailles :

— Avez-vous bien dormi, Monseigneur ?

— A merveille ! dis-je, étonné qu'il me donnât ce titre. Sans doute avait-il dû apprendre — car il savait et voyait toujours tout — que le Roi m'avait appelé son « petit cousin », ce qui était vrai selon le sang, mais faux selon la loi, comme la méchante reine Carabosse n'avait pas manqué de me le faire remarquer.

Mais après une deuxième révérence, il s'éloigna et je m'affalai sur un tabouret, clignant des yeux et n'arrivant pas à me persuader que cette assemblée d'élégants seigneurs et de belles dames, si chatoyants, si richement parés, et si gais en leur noble insouciance, se fût tout soudain évanouie, ne laissant derrière elle qu'une demi-douzaine de servantes, à peu près autant de valets, et un chambellan chamarré qui, au lieu de bondir et de rebondir en marchant comme je l'avais vu la veille, avait peine à traîner sa bedondaine sur ses grosses jambes, tant il mourait de sommeil.

Je regardai les chambrières actives avec leurs balais, plus actives encore avec leurs langues. Elles étaient françaises, à n'en pas douter, et même parisiennes, à en juger par leur accent vif et précipiteux. Les valets, eux, étaient lorrains, recrutés sans doute par le défunt duc en sa province, grands et forts ribauds qui parlaient entre eux un dialecte allemand. Ils se tenaient debout au milieu de la pièce, vigoureux et carrés, mais les mains vides, les yeux rivés au plafond et leur corps figé en un désœuvrement attentif qui me surprit avant que j'en comprisse la cause.

Sur le tabouret à côté du mien, j'aperçus un éventail oublié là par une belle et m'en saisissant, je l'ouvris et remarquant qu'il était en soie et enrichi d'une rangée de perles, m'étonnai qu'une élégante eût pu laisser derrière elle un objet si précieux. Mais c'était un étonnement vague, comme si la disparition des danseurs qui avaient évolué si gracieusement en cet endroit même quelques heures plus tôt avait émoussé mon entendement au point de me donner à penser, fût-ce furtivement, que ce bal, et tout ce que j'y avais vécu, n'avait été qu'une illusion.

A vrai dire, tout me semblait, en cette pique du jour, quelque peu étrange, y compris la présence du chambellan.

Comment comprendre qu'un officier de grande maison ait été commis à la mesquine surveillance d'une douzaine de serviteurs dont une bonne moitié — les valets lorrains — était insolemment désoccupée, les bras ballants et les yeux au plafond, sans que leur oisiveté suscitât chez lui la moindre remontrance. De reste, il ne les regardait pas. Il avait les yeux fixés sur les chambrières avec une telle intensité que, si je n'avais pas su, par Noémie de Sobole, qu'il n'aimait pas les femmes, j'eusse été enclin à penser qu'il exerçait sur elles, à l'insu de Son Altesse, des droits seigneuriaux.

Je remarquai qu'une de ces filles, tout en maniant avec dextérité son balai, me jetait en tapinois des œillades assassines. Et ces œillades me réveillant tout à fait, je reconnus Perrette, la chambrière qui, la veille, m'avait accommodé d'un tabouret dans le petit cabinet où l'on frisottait ma bonne marraine tout en lui massant les pieds. Nous avions eu là, Perrette et moi, un petit échange de mines, qui l'avait rendue assez glorieuse pour qu'elle essayât ce matin de m'en faire ressouvenir. Et la regardant, j'en vins à regarder ce qu'elle balayait et ce que les autres chambrières balayaient, poussant toutes les six vers l'endroit de la pièce où se tenait Monsieur de Réchignevoisin, non point tant de la poussière qu'une foule d'objets hétéroclites que le bal, en disparaissant, avait laissés derrière lui : rubans, peignes, gants, boutons, perles, aiguillettes, anneaux et jusqu'à des souliers : butin sur lequel Monsieur de Réchignevoisin veillait vétilleusement, soufflant tout soudain dans un sifflet d'argent qui pendant à son cou, quand il vit une des chambrières se pencher à terre, de peur sans doute qu'elle ne prît et cachât sur elle une des choses qu'elle était censée balayer.

Au pied de Monsieur de Réchignevoisin, un nain, comme on les aimait alors dans les grandes maisons, non point avenant, mais laid à faire peur, se tenait, montant une garde hargneuse auprès d'un coffre presque aussi haut que lui, dans lequel il entassait, l'un après l'autre, les brimborions que les balais poussaient vers lui, tout en dardant sur les chambrières des regards étincelants de méchanceté. Noémie me confia par la suite que Monsieur de Réchignevoisin était amoureux de ce nain. Ce que je ne pus croire : il était si monstrueux. Quant à ce qu'on faisait de ces bagatelles, comme certaines étaient de prix, je gage qu'on les mettait sous clef pour les rendre à leurs possesseurs dans le cas où ils les demanderaient. Mais, à ce que m'assura Noémie, personne ne réclamait jamais les mignonnes pantoufles de danse qu'on trouvait sous les tabourets après chaque bal, les dames se trouvant fort vergognées d'avoir dû regagner leur carrosse les pieds nus.

Je tâchais de ne point laisser mon regard se poser sur le nain, tant la malévolence lui sortait des yeux, mais du coin des miens, je vis bien qu'il me désignait à Réchignevoisin comme m'étant approprié un éventail de prix. Le chambellan me jeta un regard, un seul, mais n'osa piper mot et moi, indigné par l'insolence de ce petit monstre, je déployai aussitôt l'éventail et me mis à m'éventer, sans qu'il y eût à cela la moindre nécessité, la brise qui entrait par les fenêtres grandes ouvertes étant fraîche encore. La façon ostentatoire dont je maniai l'éventail me parut à moi-même quelque peu outrée mais, à vrai dire, j'avais la bouche sèche, l'assiette incertaine et l'esprit embrumé, en plus d'une migraine dans l'œil gauche. On m'eût dit à cet instant que le nain était, en réalité, un mauvais génie qui, par ses maléfices, avait fait s'évanouir dames et seigneurs, qu'à peu que je l'eusse cru.

Sur ces entrefaites, trois coups furent frappés, non sur le plancher, mais au plafond et d'une façon si violente que mon cœur se mit à battre comme dans l'attente d'un événement terrifiant. En même temps, venue d'en haut une voix forte prononça quelques paroles dans une langue gutturale et incompréhensible à laquelle les valets lorrains dans la salle répondirent à l'unisson d'une voix rauque tout en levant les bras au ciel tous ensemble, comme s'ils allaient faire une offrande à quelque divinité. Je vis alors les trois énormes lustres de la grand'salle descendre au-dessus de leurs têtes et je compris que les chaînes qui les retenaient, passant par des trous pratiqués dans le plafond, se trouvaient engagées dans des poulies que d'autres valets au grenier manœuvraient avec circonspection, car la descente se fit sans bruit, sans heurts et sans à-coups avec une lenteur inéluctable, comme celle du jour qui baisse ou d'un destin qui s'accomplit.

Les valets reçurent les lourdes machines les bras tendus, et dès que leurs pointes ouvragées atteignirent le sol, ils crièrent quelques mots en leur rude dialecte dans la direction du plafond et je vis les chaînes s'immobiliser et se tendre de façon à maintenir les luminaires en équilibre : opération qui avait dû se faire une fois déjà au cours de ce bal (mais pendant que je dormais) afin de renouveler les chandelles, car je doute fort que celles-ci, si longues fussent-elles, eussent pu durer toute la nuit. De toute façon, de toutes ces mèches qui, allumées, avaient éclairé cette fête magnifique, les yeux brillants des cavaliers, les sourires taquinants des dames, leurs brillants atours, leurs pas glissés, courus ou sautés, les bonnetades, les révérences, les mines et les mimes, il ne restait rien que de laides traînées de suif jaunâtre qui salissaient les bobèches de cuivre et que les valets, sortant de leurs larges poches des petits couteaux, entreprirent de gratter — les chambrières disposant sur le sol des torchons pour recueillir les fragments qui tombaient afin d'éviter que le parquet fût sali. Je ne sais pourquoi, ce spectacle me remplit de tristesse.

Je me levai et m'approchant de Monsieur de Réchignevoisin, mais sans jeter l'œil sur le nain tant je craignais de rencontrer son mauvais regard, je remis entre ses mains l'éventail oublié et apprenant de sa bouche que Son Altesse dormirait à coup sûr tout le jour, je le priai de me faire raccompagner en carrosse en mon logis du Champ Fleuri.

CHAPITRE VII

J'ai quelque raison de me souvenir du 2 janvier 1608, année seizième de mon âge, pour ce que, à partir de ce jour, la froidure fut extrême en Paris et la gelée si âpre que la rivière de Seine fut immobilisée en son flux par les glaces, celles-ci emprisonnant les barques et les gabarres du quai au Foin devant le Louvre, à telle enseigne que les grands charrois qui se faisaient par les rivières à partir des villages d'amont furent interrompus, réduisant à la portion congrue gens et chevaux et renchérissant toute chose, mais en particulier le bois qui manqua d'autant plus vite que le froid contraignait les Parisiens à en brûler davantage.

Nous n'eûmes pas, quant à nous, à souffrir de cette incommodité, pour la raison qu'un vent violent ayant abattu quelque temps auparavant un frêne centenaire dans notre Seigneurie du Chêne Rogneux, mon père le fit tailler en bois de chauffage et, pensant se garnir pour deux hivers, en amena une grande charrette en notre hôtel parisien, tant est que, notre bûcher étant plein, il fallut entasser le reste, qui était considérable, contre le mur qui nous séparait de la rue du Chantre.

Peut-être dois-je rappeler ici que notre hôtel se dresse entre la rue du Champ Fleuri où porte cochère et porte piétonne permettent de pénétrer en notre cour, et de l'autre côté, la rue du Chantre, par laquelle on ne peut entrer dans notre jardin que par une petite porte en plein cintre si bien remparée qu'il faudrait, selon mon père, rien moins qu'un pétard de guerre pour en venir à bout.

Mon père, au moment de nos guerres civiles, avait rehaussé les murs nous séparant de l'une et l'autre rue, la Ligue ayant tenté, par deux fois, de l'assassiner. Pour la même raison, il avait loué l'Aiguillerie qui, de l'autre côté de la rue du Champ Fleuri, commandait des vues sur notre cour. Et il y avait logé Franz, notre *maggiordomo,* et sa femme, Greta. La paix revenue, et la Ligue, sinon morte, du moins tapie dans ses terriers, mon père observant que les bandes de mauvais garçons avaient pris dans tous les quartiers, même ceux proches du Louvre, le relais des attaques nocturnes, des pillages et des meurtreries, n'avait rien changé à ses dispositions défensives et il gardait le jour à l'attache, et détachés la nuit, deux grands dogues dans le jardin et un autre dans la cour, celle-ci lui paraissant moins vulnérable pour la raison que nos soldats y logeaient.

La froidure continuant plus âpre que jamais et le bruit s'étant répandu dans notre rue que nous avions abondance de bois, nous eûmes de nos voisins de pressantes demandes, une bûche — vous avez bien lu, une bûche — se vendant jusqu'à cinq sols à Paris.

Mon père eut à ce sujet un petit entretien fort animé avec la Duchesse de Guise : elle tenait que mon père se devait de donner de son bois aux familles nobles de sa rue, fort peu aux bourgeois et pas du tout aux gens mécaniques [1]. Mais de vente point ! Cela déshonorerait le Marquis de Siorac.

— Cependant, Madame, vous vendez votre bois dans vos terres, et moi dans les miennes !

— Fi donc ! Monsieur ! Je ne suis pas partie à ces barguins ! Mon intendant s'occupe de tout.

---

1. On appelait ainsi tous les gens qui avaient un travail manuel, qu'ils fussent patrons ou ouvriers.

— Et prélève en passant sa dîme, laquelle doit bien s'élever à la moitié des pécunes.

— Il se peut.

— Ne pourriez-vous pas au moins mettre le nez dans ses comptes ?

— Y pensez-vous ? Cela ne serait pas digne de mon rang !

— Votre rang vous coûte cher, Madame. Et puisque nous en sommes à méditer sur le point d'honneur de la noblesse, expliquez-moi, de grâce, pourquoi il est déshonorant de vendre quelques bûches au détail et honorable de vendre tout un bois par l'intermédiaire d'un coquin d'intendant qui vous vole effrontément ?

— Je ne saurais l'expliquer. C'est ainsi.

Mon père fit mine de s'incliner, le « c'est ainsi » dressant une évidente borne à la discussion. Mais elle reprit dans un autre registre avec le Chevalier de La Surie.

— Le préjugé de la noblesse étant si fort contre la vente au détail, lui dit mon père en ma présence, je ne l'affronterai pas et me garderai bien d'apparaître dans ces transactions. Elles se feront par Franz à l'Aiguillerie, de majordome à majordome. Il vendra au prix fort aux nobles et aux bourgeois. Et aux gens mécaniques, véritablement démunis, du moins ceux de la rue du Champ Fleuri, car je ne veux pas chauffer la ville entière, il donnera cinq bûches gratis.

— C'est trop, dit La Surie.

— Comment, c'est trop ?

— Mon Pierre, dit La Surie, j'ai là un grand avantage sur vous. J'ai vécu dans l'extrémité de la misère et j'en connais les arcanes. Le pauvre de votre rue à qui vous allez donner cinq bûches en brûlera deux dans sa cheminée et vendra les trois autres au prix fort.

— J'entends bien. Pour manger.

— Ou pour boire, dit La Surie, et sa femme restera sans feu. En outre, recevoir l'aumône est humiliant. Faites-lui faire un petit travail pour ses deux bûches et celles-ci consumées, vous serez certain de le revoir à votre porte.

— Monsieur mon père, dis-je, me ferez-vous à moi-même l'aumône de quelques bûches ?

— A vous, Monsieur mon fils ! dit mon père en riant, et à qui les allez-vous donner ?

— A Mademoiselle de Saint-Hubert. Quand je suis allé la quérir ce matin pour ma leçon, elle avait les lèvres bleues de froid, alors qu'elle sortait tout juste de son logis.

Je vis bien, dans les yeux de La Surie, poindre un petit *gioco* au sujet de ces lèvres-là, mais il eut le bon goût de se brider.

— Je lui en ferai porter de quoi lui durer un mois, dit mon père. Je n'ignore pas qu'elle est fort resserrée depuis la mort de son père. Dieu veuille que prenne fin enfin cet âpre gel ! Il a déjà tué tant de monde !

Ce souhait ne fut pas entendu et la froidure persista sans discontinuer jusqu'à la fin du mois, nous fournissant aussi quelques bonnes raisons de nous ébahir.

Une nuit, côté jardin, nos deux dogues se déchaînèrent si fort et si longtemps, que Poussevent bientôt suivi par Pissebœuf, tous deux emmitouflés comme des boyards et armés, eurent le courage de quitter leur chaude couche et de gagner le jardin, où la lune s'étant cachée derrière de gros nuages noirs, c'est à peine s'ils purent distinguer nos deux chiens appuyés les deux pattes de devant contre le tas de bois rangé contre le mur et le museau levé, aboyant comme fols. Nos soldats approchèrent à pas de loup et nos dogues, les sentant, vinrent les flatter et, encouragés par leur renfort, s'en retournèrent au tas de bois, hurlant et grondant de plus belle. L'un d'eux fit même une tentative pour bondir au sommet du tas, mais il était trop haut pour lui, il y faillit et jappa quelque peu en retombant, une bûche lui ayant blessé la patte.

Poussevent souffla à l'oreille de Pissebœuf d'aller en

silence quérir une échelle, et quand il l'eut apportée, sans encombre et non sans mérite, le jardin étant fort sombre, Poussevent la plaça à l'angle du mur mitoyen et du mur sur rue — cette rue étant la rue du Chantre, comme le lecteur se ressouvient. Les deux soldats grimpèrent alors sur le sommet du tas de bois, lequel avait au moins sept pieds de haut, et attendirent que la lune voulût bien se dégager des nuages noirs qui la couvraient, ce qui était une bien incertaine gageure car, en levant les yeux, à peine voyaient-ils filtrer çà et là quelques lueurs entre des masses noires.

En même temps, ils écoutaient. « Que j'avais l'oreille, dit Poussevent avec sa verve gasconne, avancée à deux pouces de la tête tellement je la tendais ! Mais de bruit, pas le moindre sauf un léger souffle et un petit frôlement. " Un chat ! " me souffla Pissebœuf. Pense un peu ! Un chat ! Comme si les dogues allaient se bouger pour si peu ! Les chats, quand le temps est beau, ils se trantolent toutes les nuits sur nos murs mitoyens et c'est à peine si nos dogues ouvrent un œil. »

Poussevent résolut d'en avoir le cœur net et cheminant à croupetons sur les bûches, et malgré les abois des chiens entendant toujours le souffle et le frôlement avec plus de netteté, mais sans en comprendre l'origine, il allait poursuivre sa progression quand un objet fort froid vint lui battre le visage. Il se recula, le cœur lui battant la chamade et un juron étouffé sur ses lèvres. Il hasarda la main « comme un chat, dit-il, que sa patte, elle avance à peine qu'elle est déjà sur le recul » et rencontrant une cordelette qui pendait, il se garda de la tirer, ses doigts se contentant de la parcourir. En haut, il découvrit un bâton et en bas, tâchant d'encercler une bûche, un nœud coulant. « Capdediou ! dit Poussevent, un quidam assis sur un mur par un froid à se geler le chouard qui tâchait de nous pêcher une bûche ! »

De la cordelette remonter au bâton, du bâton remonter au bras, saisir le bras, le tirer à soi à la volée, faire basculer le quidam sur le tas de bois, l'assommer d'une pitchounette sur la nuque, le ficeler avec sa propre cordelette et, avec l'aide de Pissebœuf, le descendre par l'échelle, fut un jeu pour Poussevent et il ne songea même pas à gasconner là-dessus quand, l'ayant juché sur son épaule, il nous apporta le prisonnier dans la salle du logis où tous, maîtres et valets et chambrières, étaient descendus la chandelle à la main, alertés par les abois des chiens et les cris de nos soldats après la prise qu'ils avaient faite.

Mon père commanda à Guillemette de jeter un fagot sur les braises de la cheminée et à Mariette de préparer pour tous un vin chaud, et demanda à Poussevent de dépaqueter le prisonnier, lequel avait la tête couverte par un capuchon et nous fit l'effet, à le voir étendu à nos pieds, d'être un petit galapian. Il ne bougeait ni ne pipait, soit qu'il fût terrorisé par l'avenir qui l'attendait, soit que la pitchounette de Poussevent l'eût à moitié assommé. Poussevent ne se pressa pas de le déficeler, ayant à cœur de nous faire de sa prise un récit épique dont j'ai donné un aperçu. Mais, les liens ôtés, il fallut bien, quoi qu'il en eût, venir à bout du conte.

— Décapuchonne-le, dit mon père, qu'on lui voie sa face, à ce petit pêcheur de bûches.

Le capuchon tenait à un méchant manteau usé jusqu'à la corde et, par endroits, rapiécé. Et quand Poussevent avança la main pour l'en défaire, le galapian fit soudain un geste vif pour se dérober mais Pissebœuf l'agrippant aussitôt, Poussevent lui découvrit rudement le visage.

On vit alors sa longue chevelure débouler sur sa nuque. Comme j'écris ceci, je revis cet instant dans ma remembrance avec sa couleur, son relief, les couleurs des grandes flammes dans l'âtre, le cercle de nos gens et le vin chaud que Mariette nous versait.

Ce fut, à coup sûr, l'affaire d'une seconde, mais ils tombèrent le long de son dos en si gracieuses volutes, en des plis si lourds, si drus et si dorés, que leur déroulement me parut durer un temps infini. Mais il se peut que cette impression soit née en moi du fait qu'ayant tant aimé ce moment je l'ai souvent depuis puisé dans ma mémoire pour me le répéter.

Personne ne pipa d'abord, nos yeux étant fixés, incrédules, sur cette toison d'or et sentant bien que cette seule vue changeait beaucoup les choses. Le seul à ouvrir le bec fut le moins causant de tous. Et bien que sa remarque bravât l'honnêteté, il l'articula sans y voir malice et pour obéir à son coutumier souci d'exactitude.

— Eh bé ! dit Pissebœuf, quoi que ce fût qu'elle s'est gelée à califourchon sur le mur, ce n'était pas le chouard, la chose est sûre.

Aucun sourire n'honora cette réflexion, et Poussevent, qui disait souvent pire, la trouva si disconvenable qu'il donna du coude dans l'estomac de son camarade.

— Garce, comment es-tu montée sur ce mur ? dit mon père, en se donnant quelque peine pour faire le juge et le sévère.

La caillette fut un temps avant de répondre, tremblant de tous ses membres, mais, à mon sentiment, beaucoup plus de froid que de peur.

— Par une méchante chanlatte que nous avions chez nous, dit-elle, parlant d'une voix faible, mais en s'exprimant fort poliment, toute gueuse qu'elle fût.

— Vous autres, dit mon père aux soldats, votre vin bu, il va falloir aller quérir cette chanlatte. Garce, où loges-tu ?

— Rue du Coq, pour vous servir.

— N'as-tu point d'autre métier que la volerie ?

— Voleuse point n'étais jusqu'à ce jour ! dit-elle.

Et elle reprit, comme si elle énonçait un titre de noblesse :

— Je suis couseuse de soie. Mais ma mère étant saisie de fièvre tierce avec le début du grand gel, je suis demeurée au logis pour la soigner et mon maître m'a désoccupée.

— Est-ce ta mère qui t'a poussée à me venir voler ?

— Que nenni. La pauvrette est morte hier. Et me voyant seule, sans feu, sans pain et non plus sans un sol vaillant pour quérir notre curé d'ouvrir le sol pour enterrer ma mère, j'ai pensé à vous larronner d'une bûche afin d'avoir un peu moins froid avant que la mort ne m'emporte.

— Ne savais-tu pas que je donne deux bûches à ceux de ma rue qui n'ont rien ?

— Par malheur, je ne suis pas de votre rue.

— Comment savais-tu que j'avais ce grand tas de bois ?

— Dans notre paroisse, il n'est fable que de ce bois-là. Et je l'ai appris ce dernier dimanche à la messe.

— Mariette, dit mon père après un silence, assieds-moi cette garce sur un tabouret, là, près du feu, et donne-lui du vin chaud et une tranche de pain.

Ce que Mariette fit bien volontiers, me sembla-t-il, ayant la fibre maternelle. Il y eut un grand silence chez tous et toutes, debout autour de la garcelette, tandis qu'elle buvait son vin chaud et mangeait sa tartine.

— Garce, dit mon père, ne mange point ton pain si vite ! Que ton gaster va le rendre ! Mange par petites bouchées et mâchelle chacune d'elles.

J'eusse fait cette gageure que cela nous faisait à tous grand plaisir de la voir se goulafrer ainsi — à tous, sauf à Toinon qui l'envisageait fort froidureusement, tenant toute femme pour son ennemie qui avait jeunesse et beauté, et certes, pour la petite pêcheuse de bûches, il ne serait que de la débarbouiller pour qu'elle brillât de sa face presque autant que de ses cheveux d'or.

— Comment te nomme-t-on, garce ? dit mon père d'un ton plus doux.

— Margot, pour vous servir.

— Tu parles au Marquis de Siorac, fillette, dit Mariette en posant une main large comme un jambon sur l'épaule de la voleuse.

— Pour vous servir, Monsieur le Marquis, dit Margot.

— Eh bien, Margot, dit mon père, qu'allons-nous faire de toi ?

A cela, elle haussa les sourcils et haussa les épaules d'un air plus résigné qu'effrayé, ne se voyant pas d'avenir au-delà de la minute présente et sachant bien que voler une bûche, fût-ce par grand froid, était crime et puni de corde.

Comme elle ne répondait point, Toinon dit d'une voix forte et claire :

— La remettre au prévôt pour qu'il la pende ! Vol ou tentative de vol, c'est tout un !

— Que voilà une impiteuse pécore ! dit Poussevent, qui, de toute façon, n'aimait guère Toinon qui haussait fort le bec avec lui, ayant été une des « nièces » de Monsieur de Bassompierre et assumant en notre logis les fonctions que l'on sait.

— Margot, dit mon père, sans daigner jeter l'œil sur Toinon, je m'arrangerai avec le curé Courtal pour qu'il ouvre la terre pour ta mère en son cimetière sans qu'il t'en coûte. En attendant, tu peux demeurer céans, le temps du grand froid. Mariette te donnera à coudre, point tant de soie que de toile et de lin. Et maintenant, reprit-il d'un ton expéditif, puisque le vin est bu, que chacun retourne se coucher en sa chacunière.

Quoi oyant, Margot alla à lui et, sans dire un mot, lui baisa la main, ce qui fit que nos chambrières échangèrent des regards. Je dis bonsoir à mon père et montai à l'étage où je me rencontrai avec le Chevalier de La Surie dont la chambre jouxtait la mienne.

— Chevalier, dis-je à mi-voix, ne craignez-vous pas que ma bonne marraine monte sur ses grands chevaux quand elle verra céans ces cheveux d'or et ce minois ?

— Mon neveu, il faut savoir affronter quelques petites incommodités quand on fait son devoir.

En prononçant le mot « devoir », La Surie fit un petit

sourire et son œil marron se mit à briller tandis que son œil bleu restait froid.

Le gel continua dans les semaines qui suivirent et gagna même en intensité, tant est que des rochers, dans la forêt de Fontainebleau, se fendirent et d'autres même éclatèrent en fragments, ce qui m'étonna fort car je croyais, jusque-là, que « geler à pierre fendre » n'était qu'une façon de parler. Dans les rues, le guet trouvait chaque nuit des personnes que le froid avait saisies, engourdies et tuées. Le quatorze janvier, à la pique du jour, notre laitière fut retrouvée morte, allongée sur le pavé, la tête appuyée sur son pot de lait.

Mais le quinzième jour de janvier, qui était un samedi, il arriva quelque chose de beaucoup plus surprenant. Mon père et La Surie ayant été appelés au Louvre, j'étais seul dans la grand'salle du logis avec Mademoiselle de Saint-Hubert, occupé à apprendre de sa bouche l'italien et aussi à la regarder (Toinon, en sa jaleuseté ne manquant jamais de traverser la pièce et de jeter l'œil sur nous) quand Franz vint et me dit qu'un cavalier tournait et retournait devant notre porte cochère comme s'il voulait demander l'entrant, mais sans donner de la voix ni démonter, ni frapper à l'huis, son cheval, en revanche, hennissant comme fol. Je mis manteau et chapeau, et suivi de Pissebœuf et de Poussevent, je sortis par la porte cochère pour voir ce que nous voulait cet étrange visiteur.

— Il ne vous le dira pas, Monsieur. Il est gelé à mort, dit Franz qui, originaire de Lorraine, savait mieux que nous ce qu'était le froid.

— Mais s'il était gelé, dis-je, il tomberait de cheval.

— Il ne le peut, dit Poussevent, en posant la main sur la cuisse de l'homme. Elle est raide comme bois, de sorte que la pince de ses jambes le tient assis sur sa monture comme un soldat de plomb.

Je voulus en avoir le cœur net et commandai qu'on ouvrît la porte cochère et qu'on l'amenât dans la cour. Mais on eut toutes les peines du monde, le cocher Lachaise accouru à notre aide, pour enlever le cavalier de sa monture, ses deux jambes faisant l'arceau autour du ventre du cheval, et un arceau rigide. Il fallut enlever la sangle de la selle et enlever celle-ci de dessous lui en le soulevant afin de donner plus de jeu, et de cette façon on réussit, poussant et tirant, à le faire passer par-dessus la tête du cheval, et le mettre à terre où toutefois, quoi qu'on fît, ses jambes gardèrent la forme d'arceau et leur angle bizarre par rapport au corps. Ce qui fit dire à Pissebœuf : « Celui-là, je me demande bien quelle sorte de cercueil il lui faudra faire pour le porter en terre ! »

Personne de chez nous, et nos voisins non plus, ne reconnaissait l'homme, mais le cheval, un hongre alezan de bonne taille, nous était bien familier. Mon père, deux mois plus tôt, l'avait vendu au Roi. Ce qui expliquait que son cavalier faillant à le diriger, le hongre devenu son propre maître l'avait conduit à nos écuries, lesquelles il préférait sans doute aux écuries royales, le picotin étant moins chiche ou le valet plus caressant.

J'envoyai un de nos pages au prévôt qui me dépêcha son lieutenant et fit enlever le quidam dans un chariot ouvert, ce qui suscita de vives curiosités dans notre rue et dans les rues circonvoisines pour la raison que le corps du pauvre gelé gardait dans la mort son étrange posture.

Vitry nous manda dans la soirée, mon père et La Surie étant de retour au logis, que le cavalier avait été reconnu pour être un courrier du Roi envoyé la veille à Amiens et qui, fort pressé (par une amourette qui lui tenait fort à cœur) de s'en retourner à Paris, commit l'imprudence de voyager la nuit et s'endormit sur sa monture. Sommeil qui lui fut fatal. Vitry ajoutait que le Roi trouvait bon que mon père gardât le hongre, ses courriers étant trop superstitieux pour monter un cheval sur lequel l'un d'eux avait trouvé la mort.

Le lendemain était un dimanche et mon père ayant été appelé tôt le matin au Louvre, j'allai avec La Surie à la messe à Saint-Germain-l'Auxerrois où officiait Monsieur le curé Courtal, lequel consacra son prêche à la mauvaiseté de la saison en laquelle il voyait une terrible punition du ciel pour les impiétés et iniquités des hommes.

— Car jamais, dit-il, on n'avait vu de mémoire d'homme le gel tuer tant de monde à Paris, et chose bien étrange encore et de bien sinistre augure, le vin se geler dans le calice de l'église de Saint-André-des-Arts au moment où le prêtre l'allait consacrer ! Comment, pourtant, s'en étonner, quand trois mois plus tôt, le 7 septembre 1607 (ces trois sept n'annonçant eux-mêmes rien de bon), était apparue dans le ciel une grande comète, suivie d'une queue fort large et fort longue : signe indubitable de la colère de Dieu. Et en effet, trois mois ne s'étaient pas écoulés qu'un grand froid, tombé du ciel, gelait routes et rivières et, faute de charrois, réduisait notre moderne Babylone à la disette, de sorte que lorsque le gel ne tuait pas les gens incontinent, il les condamnait à une mort plus lente en les affamant. Hélas ! Il n'était que trop clair, comme l'affirmaient les astrologues, qu'étant advenu trois mois après la comète le gel resterait trois mois encore parmi nous, faisant chaque jour davantage de victimes.

En conclusion, Monsieur le curé Courtal exhorta ses ouailles à prier, à se repentir de leurs péchés, à se montrer plus assidues à confesse et à la communion, à faire des neuvaines et des chemins de croix, à brûler chandelles devant le maître-autel et à faire dire des messes afin que le nombre, la force et, pour ainsi parler, la violence de toutes ces prières, forçant les portes du ciel, pussent fléchir le courroux du Seigneur et amener la discontinuation des maux dont il avait visité les fautes de ses créatures.

Au dîner que le Chevalier et moi prîmes au bec à bec en notre hôtel du Champ Fleuri, mon père n'étant pas encore de retour, je lui demandai ce qu'il pensait du prêche que nous venions d'ouïr.

— A ouïr notre bon curé, dit La Surie, il semblerait que ce soient les Parisiens les plus pauvres qui sont aussi les plus grands pécheurs. Car ce sont eux qui payent de leur vie la cruauté du froid, la disette et la cherté des bûches. Toutes choses qui n'affectent guère les chrétiens bien garnis. Quant à nous, si ce froid excessif nous a été envoyé par le Seigneur, il faut croire alors qu'il nous aime tout particulièrement, car il nous a permis de vendre un seul frêne centenaire au prix de tout un bois, d'enrichir notre écurie d'un beau cheval et d'embellir notre logis d'une petite couseuse de soie.

***

Quand je répétai le lendemain à mon père les propos de La Surie, il en rit d'abord puis, reprenant tout soudain son sérieux, il dit :

— Cette façon de raisonner est familière aux prêtres et fait partie de leur métier. Il n'empêche que le curé Courtal fait bien le sien, n'étant ni tracassant, ni fanatique, ni impiteux aux pauvres. Il a surtout à mes yeux un grand mérite : il est fidèle au Roi. Vous ressouvenez-vous il y a deux ans de l'expédition d'Henri à Sedan ? Il alla y prendre le duc de Bouillon par son petit cou et le ramena à Paris pardonné, mais humilié. Les protestants dans tout le royaume en firent des cris et des grincements de dents. Et pour les apaiser, Henri leur permit d'élever un temple à Charenton. A ce coup, que de hurlades chez les catholiques ! Quoi ! criaient-ils, à Charenton ! A deux lieues de Paris ! Alors qu'il est stipulé noir sur blanc dans l'édit de Nantes que les hérétiques ne pourront célébrer leur culte démoniaque à moins de quatre lieues de Paris ! Les sacristies frémirent, les églises s'agitèrent et on en fit des prêches un peu partout, sauf...

— A Saint-Germain-l'Auxerrois.

— Oui-da ! Monsieur le curé Courtal se tut, trouvant que

de deux lieues à quatre lieues, il n'y avait pas une différence qui justifiât un tel tohu-bohu.

Dans la semaine qui suivit, je me fis un gros souci, non point tant pour Henri que pour mon père, car je craignais que recommençât entre lui et Madame de Guise une de ces grandes picoteries qui, dans le passé, m'avaient tant assombri, tant je les aurais voulus unis et soudés jusqu'à la mort, les aimant également l'un et l'autre. Ayant retourné la chose en mon esprit et croyant alors, non sans naïveté, que Margot ne demeurerait avec nous pas plus longtemps que le gel, je pris sur moi de tirer Mariette à part et de lui recommander, le front fort sourcillant, de mettre un bœuf sur sa langue parleresse. Elle me le promit. Mais je m'avisai que ce que je redoutais de son étourderie, je pourrais le redouter tout autant de la perfidie d'une autre et à midi, pendant ma sieste avec Toinon, une fois que nous eûmes terminé nos tumultes, j'attendis de reprendre mon souffle et, soulevé sur mon coude, la regardant œil à œil, je lui demandai :

— Toinon, iras-tu dire à Madame de Guise qu'il y a chez nous une nouvelle venue ?

— Qu'arrivera-t-il, si je le fais ? dit-elle d'un air fort rebéqué.

— Mon père te chassera tout de gob pour avoir fait la zizanieuse. Et j'en serai bien peiné.

— Vramy ? dit-elle, radoucie. Vous en seriez marri ?

— Oui-da.

Elle se réfléchit un peu là-dessus et reprit :

— Ce n'est point que l'envie ne m'en démange. Je vous le dis tout net. Je hais cette façonnière pécore, avec son museau chattemite, ses grands airs et ses cheveux pisseux.

Je faillis relever « les cheveux pisseux », mais me bridai juste à temps, sentant bien tout le péril qu'il y aurait à défendre la toison dorée de Margot.

— Façonnière ? dis-je, me rabattant là-dessus.

— N'avez-vous point vu comme elle se hausse du bec

pour ce qu'elle est couseuse de soie ? Et qu'est cela, je vous prie ? Un métier mécanique !

— En sais-tu davantage toi-même ?

— Assurément. De même qu'il y a septante diables dans l'enfer, il y a septante caresses par lesquelles une femme peut rendre un homme heureux et je les connais toutes.

— Comment sais-tu qu'il y a septante diables dans l'enfer ?

— Je l'ai ouï dire ainsi.

Je ne voulus pas débattre là-dessus et revins à mon propos.

— Mais, dis-moi, pourquoi as-tu si mauvaise dent contre Margot ?

— La pécore est de la dernière insolence.

— Elle ? Avec qui ?

— Ah ! Je ne l'entends pas comme cela. C'est sa chance qui est insolente. Elle vient contre notre mur sur une méchante chanlatte pêcher une bûche et elle attrape un marquis.

— C'est donc qu'un chevalier ne te suffit point, dis-je, piqué.

— Oh ! mon mignon ! dit-elle avec un sourire et passant sur ma nuque une main légère, vous êtes cent fois à ma suffisance.

Fut-ce l'effet du compliment ou une des vertus des septante caresses de l'enfer, je ne sais, mais je sentis bien que je me dépiquais.

— Ainsi, repris-je, tu ne le diras pas à Madame de Guise.

— Tant promis, tant tenu. Voyez-vous cela, dit-elle, toute fiérote, comme mon beau mignon a peur de me perdre ! De reste, ajouta-t-elle avec un air de tristesse, cela arrivera tôt ou tard.

— Et pourquoi ?

— Parce que je voudrais un mari à mener par le bout du

nez, une maison qui soit à moi et une servante à qui commander.

— Mais seras-tu plus heureuse ainsi ?

— Je ne sais.

Elle reprit :

— C'est pourtant bien ce que je veux.

***

Les astrologues, suivant leurs savants calculs, Monsieur le curé Courtal, en se fondant sur la valeur mystique du chiffre trois, avaient annoncé que l'âpre gel dont Paris souffrait depuis le premier janvier allait durer trois mois. Il n'en fut rien. Le vingt-six janvier, le dégel survint et se poursuivit les jours suivants, transformant les rues de la capitale en bourbier et amenant à sa suite un brouillard épais et puant. Mais, en dépit des souffrances dont souffrirent nez et gorges, le soulagement parmi les plus pauvres fut immense du fait que les charrois sur la rivière de Seine reprirent, la disette cessa et les prix baissèrent.

Notre petite couseuse de soie ne partit pas avec la fonte des neiges et personne, en notre domestique, ne s'en étonna ni n'en jasa, les langues, sur ce sujet, restant gelées. Ce silence me fit entendre combien il avait été de ma part sottement officieux de faire la leçon à Mariette et à Toinon : la mise en garde avait dû venir plus tôt, de plus haut, et avec plus de poids.

Je surpris deux ou trois fois les yeux de Toinon adressant à Margot de méchantes pistolétades. Mais le bec n'osa pas prendre le relais de l'œil. Margot restait close derrière ses paupières baissées, belle et dorée comme une image, taciturne, discrète, et aux repas de nos gens qui se prenaient dans la cuisine, mangeant sans mot dire, regardée, mais non regardante. De reste, nulle péronnelle n'eût pu l'assaillir, et nul homme lui donner le bel œil, tant Mariette montait autour d'elle une vigilante garde. Et assurément nul, mâle ou femelle, n'eût osé affronter Mariette en ses colères, tant on avait peur de sa terrible langue.

Margot était, de reste, la plupart du temps, invisible dans sa chambre, laquelle s'ouvrait sur l'escalier de la tour d'angle, juste au-dessus de celle de mon père. Douze marches l'en séparaient. J'ouïs dire, par Mariette, qui la couvait comme sa fille, que la garcelette était fort laborieuse et qu'il fallait ne lui point donner trop d'ouvrage à la fois : sans cela elle eût veillé pour l'achever. Il lui arrivait, en compagnie de Mariette, de prendre l'air dans le jardin, après le dîner et, de ma fenêtre, je l'y vis plusieurs fois, distrait de mes livres par ses cheveux d'or. Mais, oyant une fois un cocher demander l'entrant à la porte cochère de la cour pour son carrosse, elle s'envola comme une tourterelle jusqu'au viret de la tour d'angle et je l'entendis qui en montait les trois étages pour se réfugier dans sa chambre, verrouillant l'huis derrière elle.

Quant à Mariette, elle passa vivement du jardin à la cour pour s'assurer s'il y avait lieu de redouter la personne qui allait descendre du carrosse (lequel, étant de louage, ne portait pas de blason) et moi-même quittant ma chambre pour aller me poster près d'une fenêtre où j'avais des vues sur le nouveau venu, devant qui, sans le voir encore, Mariette multipliait les révérences. Le doute cependant subsista dans mon esprit jusqu'à ce que, la porte étant ouverte par un valet, et le marchepied déplié, je vis se poser dessus une mule de satin bleu ornée de perles.

Cela me suffit. Je me retirai vivement de l'embrasure et, me peignant les cheveux de mes doigts, et boutonnant mon pourpoint, je descendis le viret pour aller à la rencontre de la Duchesse, le cœur me battant comme si c'était moi qui lui avais manqué.

Je me ressouviens qu'en descendant les marches pour l'aller accueillir (mon père ne se trouvant pas au logis) j'éprouvais des sentiments fort mêlés. J'avais scrupule et mésaise à ce que tout un chacun, en ce logis, se liguât pour tromper ma bonne marraine, mais, en même temps, je n'eusse pas voulu qu'elle apprît ce qu'il en était, tant j'en redoutais les conséquences pour mon père, et pourquoi ne pas le dire aussi, pour Margot, non que je fusse amoureux d'elle, mais de sa seule beauté, et fort content que j'étais de la voir rayonner en silence de la nouvelle joie qu'elle prenait à vivre, elle qui, sans cette chanlatte, cette canne à pêche et cette bûche, serait morte de faim et de froid en son misérable logis, à côté du corps de sa mère.

Le gel reprit quelque peu en février, mais moins âpre, et pour peu de temps, et à la fin du mois, mon père m'apprit la mort du Duc de Montpensier qui survint six mois à peine après le bal de la Duchesse de Guise où je l'avais vu étique et fort atténué, souffrant depuis quatorze ans de cette terrible blessure à la mâchoire qu'il avait reçue à la bataille de Dreux et qui le réduisait à se nourrir de lait de femme.

A l'occasion du service funèbre du Duc de Montpensier, mon père eut l'occasion de voir le Roi et comme si sa vue eût réveillé chez Sa Majesté un projet, il le fit appeler après la cérémonie, lui parla au bec à bec et lui dit qu'il n'oubliait pas le Chevalier de Siorac, qu'il songeait à lui donner un emploi, où son savoir et son talent trouveraient à s'employer. Je sautai de joie quand mon père me rapporta ce propos, mais il me fallut attendre de longs mois avant qu'Henri donnât corps et vie à son dessein et moi, de tout ce temps, je n'osai quitter Paris, ni me rendre dans le Périgord où mon grand-père qui touchait maintenant aux bords de l'extrême vieillesse, m'aurait voulu auprès de lui pendant les mois d'été. L'été, toutefois, se passa sans que Sa Majesté se ressouvînt du Chevalier de Siorac encore qu'il vît assez souvent mon père pour ses missions secrètes.

Ce n'est que le treize novembre que le Roi me tira de cette rongeante impatience. Il nous manda au Louvre mon père et moi « après dîner ». Mais en raison des heures irrégulières de Sa Majesté, lesquelles contraignaient ses cuisiniers à préparer toujours deux ou trois repas de suite, afin qu'il ne mangeât pas froid, nous étions résignés à une longue attente, et moi-même bouillant d'impatience et de curiosité car c'était la première fois, depuis qu'il m'avait nommé chevalier, que le Roi me convoquait au Louvre en même temps que mon père.

Nous eûmes toutefois le nez fin d'arriver à l'heure précise, car à peine avions-nous pris langue avec Monsieur de Praslin au guichet du Louvre qu'un petit page survint, s'enquit de nous et nous mena au jardin où le Roi venait de terminer son Conseil des ministres, lequel il avait tenu en se promenant dans les allées, profitant de ce clair soleil du début novembre.

Dès qu'il nous vit, à peine eûmes-nous le temps de lui baiser la main que déjà il nous prenait chacun par le bras et, le visage souriant, nous entraînait à l'écart.

— Mon petit cousin, me dit-il, penchant vers moi sa tête faunesque et malicieuse, tiendrais-tu au-dessous de ta dignité d'être mon truchement [1] ?

— Sire, dis-je, il n'est petit service que je ne tiendrais à très grand honneur de rendre à Votre Majesté.

— Mais, ce ne sera point un petit service. Bien loin de là. Quelles langues entends-tu ?

— Pour commencer, le latin.

— Je n'écris guère au Pape.

— L'italien.

— Je n'écris pas beaucoup plus au Grand-Duc de Toscane.

— L'espagnol.

— Je n'écris point du tout à Philippe III d'Espagne.

1. Traducteur.

C'est, je crois, Villeroi, qui s'en charge. A moins que ce ne soit Don Pedro.

Ici, je me permis de sourire, car Henri feignait de confondre son propre ministre avec l'ambassadeur d'Espagne. Henri sourit à son tour et dit, en se tournant vers mon père :

— Marquis, ce béjaune est fin.

— Avec un tel nez, comment s'en étonner ? dit mon père en renvoyant le compliment.

— Mais bon chien ne chasse pas toujours de race ! dit Henri avec un soupir. Voyez Condé ! Tout Bourbon qu'il soit, il n'a même pas assez de nez pour suivre une chienne et la couvrir.

— Sire, qu'importe le Prince de Condé ! dit mon père. Grâce à Dieu, vous avez le Dauphin, et c'est un bel enfant.

— Que le ciel me le garde ! dit Henri, son visage ridé s'éclairant d'une lueur joyeuse. Il n'empêche, poursuivit-il en reprenant son ton enjoué, que le chiot que voilà vaut à lui seul tous ceux que ma bonne cousine de Guise a eus du Magnifique... Je suis prêt à gager cent écus qu'il saurait mieux qu'aucun d'eux démêler les bois d'un cerf[1] ! Quelles langues sais-tu encore, Chevalier ?

— L'anglais.

— Ha ! voilà qui va bien ! J'écris souvent à Jacques d'Angleterre et à Maurice de Hollande, lequel entend lui aussi l'anglais. Que deviendraient-ils si je ne les mettais en garde contre les faux-fuyants de l'encorné Espagnol et de son rare talent pour donner le change. Et l'allemand ? Sais-tu l'allemand ?

— Non, Sire.

— Ventre Saint-Gris, Chevalier ! Il faut apprendre l'allemand ! Les princes luthériens d'Allemagne sont les plus

1. Distinguer les traces fraîches des traces anciennes (terme de vénerie).

forts de ma meute ! Inébranlables dans la créance et grands hurleurs ! Combien de temps te faut-il pour apprendre l'allemand ?

— Quelques mois, Sire, si j'ai un maître suffisant.

— Suffisant ? dit Henri avec un petit sourire de l'œil qui étoila sa patte d'oie. Il sera bien plus que suffisant ! J'en prends la gageure. Tu seras suspendu à ses lèvres et il te donnera plus de bon lait que la plus grasse nourrice à son nourrisson. Or sus ! Chevalier ! L'affaire est résolue ! Dans trois mois, tu sauras l'allemand et tu devras aussi chiffrer les lettres que tu écriras pour moi.

— Mais, Sire, je ne sais pas chiffrer.

— C'est bien pourquoi il te faudra l'apprendre. Marquis, un mot !

Et entraînant mon père à deux pas de moi, il lui glissa quelques mots à l'oreille. Après quoi, il nous fit à tous deux un petit geste de la main, me tourna le dos et à grands pas s'en alla.

J'attendis d'être rentré en notre logis du Champ Fleuri et assis au bec à bec avec mon père dans la grand'salle pour lui poser toutes les questions qui me pesaient sur la langue.

— Monsieur mon père, pourquoi eût-il été en dessous de ma dignité d'être le truchement du Roi ?

— Vous n'ignorez pas les absurdes préjugés des nobles catholiques pour qui le seul service honorable est l'épée. C'est à peine s'ils respectent Sully, pour ce qu'il sert le Roi par la plume et l'arithmétique. Et tout bon poète qu'il soit, Malherbe lui-même ne serait pas reçu, s'il n'était pas gentilhomme.

— J'entends bien, mais j'imagine que le Roi a tous les truchements qu'il lui faut.

— Assurément. Mais ses truchements sont à ses ministres et à ses secrétaires d'État et il a peu fiance en eux. Le Roi veut trouver en vous, comme il a dit, un truchement « *inébranlable en sa créance* ».

— Et que veut dire ceci ?

— C'est langue de vénerie. Cela se dit d'un faucon qui, après avoir pris son vol, revient fidèlement sur le point de son maître. Par extension, cela se dit aussi d'un chien.

— S'il faut choisir entre les deux, je serai donc faucon.

— Mission périlleuse, mon fils, dit mon père avec gravité.

— Pour ce qu'on me pourra transpercer en plein vol pour surprendre mon message ?

— Vous ne volerez pas. Le Roi a ses courriers secrets. Mais c'est déjà un grand danger que d'écrire et chiffrer une lettre que Don Pedro donnerait une fortune pour connaître. La pécune, comme on sait, est souvent la sœur de la dague.

— Étant Siorac par mon père et Bourbon par ma mère, je ne saurais qu'être vaillant.

— Monsieur, vous parlez à la volée ! dit mon père froidement. Vos ancêtres ne sont pas garants de vos qualités. Ils ne répondent pas non plus des sottises que vous pourriez commettre. En outre, il y a vaillance et vaillance. Et celle dont vous aurez besoin ne tient pas à celle de l'épée. Elle est infiniment plus difficile.

— En quoi consiste-t-elle ? dis-je, la crête très rabattue, mon père me parlant rarement sur ce ton.

— A ne jamais paraître ce que vous serez. Et parfois même à jouer les étourneaux, tout en vous gardant de tous et de tout, avec le souci du moindre détail et une vigilance dont vous n'avez aucune idée.

Il continua dans cette veine pendant une demi-heure, son discours tirant substance de toutes les embûches qu'il avait connues dans ses missions. Et entendant bien, à la fin, que sa grande amour pour moi et ses inquiétudes pour mes sûretés lui avaient inspiré et sa petite rebuffade et ses conseils, je les ouïs d'un bout à l'autre avec une attention dont il se trouva sans doute satisfait car au moment de me donner congé, il me bâilla une forte brassée et me baisa gravement sur les joues.

— Et ce merveilleux maître d'allemand que le Roi va me donner, dis-je au départir, savez-vous qui c'est ?

— Je n'en ai aucune idée, dit-il avec un sourire qui me laissa quelques doutes sur mon ignorance.

Je le quittai là-dessus, le moment étant venu de ma sieste, mais l'attrait de la nouvelle existence où j'allais entrer et qui, malgré que le Roi m'eût traité de « béjaune » et de « chiot », m'apparaissait comme la première étape de ma vie d'adulte, emplit à ce point ma pensée que je demeurai un long moment inerte et taciturne dans les bras de la pauvre Toinon. Avec la curiosité et l'adresse propres à son sexe, elle me posa, me voyant si rêveux, des questions à l'infini. Elle s'esseya même, pour vaincre mon silence, à quelques larmelettes, mais tout fut vain. Je restai bouche cousue. Me voyant en mon âme si bien remparé, de guerre lasse, elle se rabattit sur la bête et mettant en œuvre toutes les magies où elle était experte, elle eut tout le succès qu'elle espérait, mais sans pouvoir tirer de moi autre chose que des sons inarticulés. Assurément, après que la bonace eut succédé à nos tempêtes, me jugeant aussi affaibli que Samson après qu'on l'eut tondu, elle ne laissa pas de renouveler doucettement ses questions, mais je pris alors le parti le plus simple ; je m'endormis sans la moindre vergogne. Je me ressouviens que ma dernière pensée en m'ensommeillant fut pour me féliciter d'avoir fait preuve de la circonspection recommandée par mon père. Et vramy, on eût dit, tant je m'en paonnais, que c'était là un grand exploit !

Quinze jours s'écoulèrent ensuite sans qu'il se passât rien, du moins rien qui m'intéressât et je commençais à me demander si le Roi avait oublié ses projets touchant ma personne, ce dont je me fusse senti bien marri, n'étant pas homme à replier sur moi mes ailes dans le lit familial.

Fogacer vint nous voir un vendredi et tout en dévorant à

notre table une superbe carpe, il nous apprit que la reine Margot venait de faire donation aux Augustins déchaussés d'une partie du jardin de son hôtel, afin qu'ils y élevassent un couvent où l'on pût éternellement prier le Seigneur et le remercier pour ses bienfaits.

— Belle répartition des tâches ! dit Fogacer en arquant son sourcil diabolique sur son œil noisette. Les Augustins, en leur chapelle, chantent les louanges de Dieu et Margot célèbre en son hôtel les délices de sa charnelle enveloppe avec ses favoris.

Mon père aimait tant dénoncer chez nos catholiques de cour la proximité paisible des prières et des putaneries que je crus qu'il allait faire un sort à cette plaisanterie, mais c'est à peine s'il en sourit. Le nom de Margot, dans ce contexte de débauche, avait mal sonné à ses oreilles. La chose crevait les yeux : il était tout enveloppé et cousu par ces cheveux d'or et fort content de l'être, l'œil en fleur, je ne sais quoi de victorieux en sa démarche, et, malgré ses rides, le visage lisse des gens heureux.

Quant à Fogacer, en dépit de ses petites gausseries gauloises — mais le curé Courtal, au sujet des Jésuites, s'y livrait tout aussi volontiers —, il devenait chaque jour plus ensoutané. Il ne parlait plus du tout de son athéisme et presque plus de sa bougrerie, lesquelles pourtant avaient été, pendant tant d'années, ses parures. « Révérend abbé, dit La Surie, vous verrez que, sur vos vieux jours, vous deviendrez un saint homme. »

Comme Geneviève de Saint-Hubert savait un peu d'allemand, je décidai, pour meubler mon interminable attente, de me dégrossir avec elle, ce qu'elle accepta bien volontiers, sans aller au-delà de l'élémentaire.

— *Peter,* disait-elle de sa voix chantante, *ich bin Ihre Lehrerin.*

Et je répondais :

— *Ich bin Ihr Schüler.*

Je ne savais pas encore à quel point son accent allemand était anglais et je riais d'aise en prononçant avec elle ces quelques mots. Notre unique étreinte n'était plus qu'un souvenir que nous avions de concert enfoui dans la gibecière de nos mémoires, mais en même temps que de la compassion, j'avais encore pour elle quelque douceur de cœur.

Le vingt-huit novembre — je l'ai marqué dans mes tablettes —, un petit page vint me dire un peu avant dîner que le carrosse de Monsieur de Bassompierre viendrait me prendre sur les trois heures de l'après-midi. Je lui fis répéter deux fois son message pensant qu'il s'agissait de mon père et non de moi. Mais, « indubitablement », comme il voulut bien me le dire (cet adverbe faisait toujours rage chez nos poupelets), c'était au Chevalier de Siorac et non point au Marquis qu'il s'adressait. Je croyais aussi que le carrosse viendrait seul, le Comte n'allant pas se déplacer pour me quérir. Mais à peine son cocher chamarré eut-il obtenu l'entrant dans notre cour que Bassompierre passa sa tête par la portière et me dit de monter à ses côtés avec ce célèbre sourire qui, à la cour, faisait battre tant de cœurs féminins. Il parut content de me voir et aussi, en la circonstance, que j'eusse fait quelques frais de vêture, le goût spartiate de ma famille n'étant guère à son gré.

A la différence du nôtre, son carrosse, tiré par de fort beaux chevaux, était tout velours cramoisi, broderies, dorures, glands, passementeries et parfums, et lui-même resplendissait de tous les feux de la dernière mode, sans compter les perles qui luisaient à profusion sur son pourpoint de satin violet. Et comment ne pas mentionner aussi, brillant d'une lueur étrange à son annulaire, la bague de la fée allemande que, de moment en moment, il portait à ses lèvres, comme pour y puiser l'inspiration de l'heure ?

Bien qu'allemand, Bassompierre était plus français qu'un Français naturel, plus parisien qu'un natif de Paris, et plus courtisan que tous les courtisans du Louvre mis à tas. Après mon père, je n'admirais personne plus que lui. Je lui enviais sa science, son esprit, sa grâce et les beautés célèbres qui lui voulaient du bien. Tout ce qu'il faisait avait l'air cavalier. J'aimais surtout que malgré mon âge, il ne mît aucune distance entre lui et me taquinât comme si j'avais été son frère ou son ami.

A peine assis dans son carrosse, sa splendide vêture me donna furieusement dans la vue et je fus un moment à la détailler en silence. Quand j'eus bien rassasié mes yeux de ce parangon de cour, ma curiosité reprit le dessus et j'osai quérir de lui où il me menait.

— Mais cela va de soi, mon Pierre, dit-il du ton le plus ami. Je vous conduis chez votre maître d'allemand.

A ouïr cette nouvelle, j'eusse pu sauter de joie sur les coussins capitonnés de son carrosse, si je ne m'étais bridé. Mais je craignis d'en dire trop. Je voyais bien la main du Roi dans cette intervention de Bassompierre, mais ne savais pas jusqu'où Sa Majesté l'avait mis dans sa confidence. Je pris donc le parti de faire un peu le difficile et je dis :

— Eh quoi ! Ce maître d'allemand est-il si haut qu'il ne puisse venir chez moi ?

— Point du tout. Il est aussi humble que sa condition le demande. Mais il se trouve être si vieil, goutteux et mal allant qu'il ne saurait se déplacer sans ses béquilles. Toutefois, mon Pierre, cette mortelle enveloppe, aussi peu ragoûtante que celle de Socrate, enferme, comme elle, des trésors. C'est du miel que sa parole. Vous en serez ravi !

Là-dessus, il porta la bague de la fée à ses lèvres et se tut avec tant de réserve que je n'osai le questionner plus avant. Cependant, il souriait doucement, non à moi, mais à lui-même, songeant sans doute à ses félicités passées et plus délicieuses encore, à celles que la protection de la fée tenait en réserve pour lui.

Comme Bassompierre ne pipait pas et demeurait perdu dans ses méditations, je fus à toute liberté pour suivre des yeux le chemin que nous prenions. Le carrosse passa d'abord devant le Louvre, puis prit par le quai de la Mégisserie et, tournant à droite, traversa la rivière de Seine par le Pont-Neuf, lequel me donna, comme toujours, un plaisir dont je ne me lassais pas, d'abord parce qu'il était véritablement neuf, n'ayant pas plus d'un an d'existence, et ensuite parce qu'il était fort beau, et enfin parce qu'Henri l'avait conçu et fait bâtir, ainsi (comme j'ai dit) que la rue Dauphine, qui lui faisait suite et aboutissait à la porte de Buci.

Toutefois, notre carrosse ne franchit pas l'enceinte fortifiée, comme je m'y attendais, et, tournant à droite avant d'atteindre la Porte de Buci, s'engagea dans la rue des Bourbons et s'arrêta devant un hôtel de si belle apparence que je fus étonné qu'un maître d'école pût y loger.

— Il n'y a point là miracle, dit Bassompierre : Il est précepteur des enfants d'une noble famille, celle qui loge en ces murs. Le bonhomme y a sa chambrette.

— Eh quoi ! dis-je, vais-je être instruit en même temps que des enfantelets ?

— Que nenni ! dit Bassompierre. On aura grand soin de vous : on vous prendra à part.

Dès qu'on eut obtenu l'entrant dans la cour, un chambellan qui, sur le chapitre de la bedondaine, n'avait rien à envier à Monsieur de Réchignevoisin — mais comme on sait, un majordome gras honore une grande maison — nous précéda dans une salle qui, pour ne pas être aussi magnifique que celle de la Duchesse de Guise, dépassait de beaucoup la nôtre en richesse, étant abondamment garnie de tapisseries des Flandres, de tapis de Turquie, de rideaux de velours, de chaires à bras, de tabourets à tenailles et de très jolis cabinets d'Allemagne marquetés et fort sveltes, étant juchés sur des pieds de noyer. Ils m'attirèrent l'œil aussitôt.

Le chambellan nous fit asseoir, se retira en révérences et je m'attendis à une longue attente. Il allait de soi qu'avant de faire venir le précepteur Bassompierre allait me présenter à la maîtresse du lieu et on sait bien qu'aucune personne du sexe n'oserait se montrer aux regards d'un homme, même en son intérieur, sans redonner quelque éclat à son teint. Je me trompais. Deux minutes ne s'étaient pas écoulées qu'une dame d'apparence majestueuse, et fort belle de visage, apparut au bout de la grand'salle. Bassompierre se leva et alla au-devant d'elle d'un pas vif, tandis que je restais debout auprès de ma chaire à bras, n'osant avancer avant qu'il m'appelât. Ce qu'il ne me parut pas disposé à faire incontinent, s'entretenant avec notre hôtesse avec animation. Comme il était maintenant assez loin de l'endroit où je me tenais, me tournant le dos et parlant à mi-voix, je ne pouvais ouïr ce qui se disait entre eux. Mais, à bien observer la physionomie de son interlocutrice, il me sembla qu'elle le tenait à distance, mais sur un pied de familiarité, comme si elle le connaissait de longue date, sans l'aimer autant qu'il l'eût voulu, habitué qu'il était à voir tomber devant lui toutes les vertus de la cour. Mais celle-ci paraissait d'une tout autre plume que celle de ces perruches dont on disait qu'il était couvert. Son visage portait un je ne sais quoi de sérieux et de grave, ce qui contraignait, à ce qu'il me sembla, Bassompierre à plus de respect qu'il n'en montrait d'ordinaire aux dames. A un moment, je la vis froncer le sourcil et elle haussa quelque peu la voix pour dire sur le ton de la réprimande : « Décidément, Comte, vous êtes incorrigible ! »

Comme cet *a parte* durait plus longtemps que je ne m'y étais attendu, j'eus le temps de détailler l'appareil dans lequel la maîtresse de maison apparut, et fus surpris de constater qu'il était fort simple, consistant en un corps de cotte bleu pâle en serge de soie et d'un vertugadin de même tissu sans broderie aucune, ni passementerie, ni perles et sans autre bijou qu'un pendentif en or incrusté de petits diamants qui ornait un décolleté des plus modestes. La raison pour laquelle cette simplicité, pour ne pas dire cette simplesse, ne m'avait pas frappé d'abord, était que je n'avais eu de prime d'yeux que pour son beau visage, ses yeux sombres, sa magnifique chevelure noire et la façon peu courante dont sa coiffure dégageait son front, lequel en valait la peine, étant de nobles proportions et du blanc le plus pur. Il me sembla que c'était là une sorte de haute dame que je n'avais pas rencontrée au bal de Madame de Guise et qui mettait quelque fierté à ne pas se parer comme une idole, se plaisant à soi comme elle était, et ne cherchant pas à en rajouter pour plaire.

Bassompierre, se retournant enfin, me fit signe de le venir rejoindre. Ce que je fis, bien moins assuré en mon for que j'eusse voulu paraître, pénétré que j'étais des beautés que je voyais et devinant les mérites qui se cachaient derrière elles. Je m'arrêtai à deux pas de notre hôtesse, lui fis une révérence et attendis que Bassompierre lui dît qui j'étais avant de m'avancer plus outre.

— *Gräfin*, dit Bassompierre, *darf ich Ihnen Ihren Schüler vorstellen*[1] ?

Tous les mots allemands de cette phrase m'étaient connus et me plongèrent dans une telle stupeur que sans souci de l'étiquette qui voulait que je ne lui adressasse pas la parole le premier je m'écriai :

— Madame, serai-je vraiment votre élève ?

Ce qui fit rire Bassompierre aux éclats et, sur les lèvres de la dame, amena un sourire plus gêné que véritablement amusé.

— Chevalier, dit-elle, je n'étais pas partie à ce petit tour que vous a joué Monsieur de Bassompierre. Il n'y a pas céans de vieil homme goutteux et podagre. C'est à moi que le

1. Comtesse, puis-je vous présenter votre élève ? (all.).

Roi a demandé de vous enseigner l'allemand : je suis Ulrike von Lichtenberg.

— Madame, dis-je, votre condescendance me pénètre de gratitude et je puis vous assurer que vous n'aurez pas un écolier plus assidu que moi.

— Je le croirais volontiers, Madame, dit Bassompierre. A voir la façon dont les yeux du Chevalier s'attachent déjà à vous, on peut conjecturer que ses oreilles en feront autant et que son esprit suivra. Madame, puisque ma mission est remplie, voulez-vous me permettre de prendre congé de vous ?

— Monsieur, dit Madame de Lichtenberg, avec une bonne grâce qui n'allait pas sans froideur, je suis votre humble servante. Vous emporterez avec vous mes remerciements, mes amitiés et la recommandation de ne conter à personne, fût-ce à une personne qui vous est chère (faisant allusion sans doute à la Princesse de Conti), votre petite chatonie à l'égard du Chevalier.

— Vramy, Madame ! dit Bassompierre, cette petite chatonie, comme vous l'appelez, était tout à l'avantage du Chevalier, puisque la surprise qu'il a ressentie à vous voir, en place du peu ragoûtant vieillard qu'il attendait, l'a rendu si heureux. De reste, j'aime trop le Chevalier pour faire rire de lui. Et je ne donnerai à personne cette occasion, ajouta-t-il avec un sourire, fût-ce à une personne qui m'est chère.

Là-dessus, se tournant vers moi, il me bailla une forte brassée, salua la Comtesse et s'en alla, fort content de soi, sans que je le fusse de lui. Je trouvai, pour la première fois, à redire à sa conduite. Il me sembla que sa petite tromperie était moins innocente qu'il avait bien voulu le dire et qu'il se trouvait piqué de quelque jalousie à me voir innocemment reçu dans une place dont il avait été rejeté, même si mon inexpérience rendait fort peu probable que j'y remplisse jamais le rôle qu'il eût désiré y jouer.

Madame de Lichtenberg sentit bien que mes plumes

étaient encore fort hérissées du ridicule que Bassompierre m'avait donné devant elle et, me faisant asseoir, elle me dit d'une voix douce et basse :

— A cette heure, je suis accoutumée à prendre une petite collation. Voulez-vous la partager avec moi sans façon ?

J'acceptai. Elle sonna, dit quelques mots en allemand au valet qui était accouru à son appel et qui, avec une rapidité qui me surprit, revint avec une petite table basse qu'il posa devant sa maîtresse et sur laquelle il y avait un carafon de vin, de petites galettes et un petit pot en porcelaine contenant de la confiture. Elle dit alors au valet d'approcher un tabouret pour m'accommoder, tant est que je me trouvais plus proche d'elle et quasiment à ses pieds, le nez à la hauteur de son vertugadin. Quand le valet se fut retiré, elle me dit qu'elle avait toujours une petite faim sur les trois heures, et avec une simplicité qui paraissait être un des traits les plus aimables de son caractère, elle me versa du vin et commença incontinent à puiser, avec un cuiller, dans le pot de porcelaine un peu de confiture qu'elle étala sur une des galettes. Ce qu'elle fit en silence, avec le calme et le sérieux qu'elle mettait à tout. Je croyais que c'était pour elle qu'elle travaillait ainsi. Mais quand elle eut fini, elle mit la tartine sur une petite assiette et me la tendit, en me disant avec un sourire de prendre garde à ne pas émietter sur moi la galette en mordant dedans.

Je fus d'autant plus ravi de ces soins que Madame de Guise, malgré sa grande amour pour moi, n'aurait jamais songé à les prendre. Madame de Guise était bonne mère, mais elle était peu maternelle. Ses caprices, ses jalousies, ses colères, ses soucis d'argent, ses anxiétés continuelles au sujet de ses fils, l'agitation dans laquelle elle vivait, son orageuse amitié avec la Reine, la conscience qui ne la quittait jamais d'être une princesse du sang et sa conviction, selon son mot fameux, « de n'avoir qu'une maîtresse : la Vierge Marie », tout cela lui laissait fort peu le loisir de me manifester la tendresse qu'elle éprouvait pour moi.

Ces petites attentions chez Madame de Lichtenberg paraissaient naturelles. J'appris plus tard qu'elle était, dans son pays, une aussi haute dame que Madame de Guise, étant la cousine germaine de l'Électeur palatin. Mais, pour sa part, elle avait été élevée dans la simplicité des mœurs que le calvinisme appelle, et surtout, elle était bonne, et à sa façon, elle tâcha d'effacer la petite blessure de vanité que j'avais reçue de Bassompierre.

Elle y réussit à merveille. Assis à genoux, mangeant et buvant avec elle (qui ne songeait pas à cacher le solide appétit que la nature lui avait donné) je me sentais charmé qu'elle eût créé, d'elle à moi, une intimité si charmante, rien qu'en me tartinant une galette.

Elle parla fort peu en cette première rencontre, et fort à la discrétion, d'une voix basse et musicale, ne me posant des questions que sur mes études, jamais sur ma famille, et surtout, elle fut si calme, si réfléchie, sans cette rage de montrer de l'esprit, fût-il médisant, qui possède nos beautés de cour, que je me sentis plus à l'aise avec elle que je ne le fus jamais en présence de Madame de Guise, ou même avec la Sobole, avec qui un entretien, fût-il badin, prenait souvent l'allure d'un duel verbal.

Quand ma première galette fut finie, elle m'en tartina une seconde, étant bien résolue, semblait-il, à ne pas me laisser mourir de faim, tant que je serais sous son toit. La vue de ses jolis doigts étendant au cuiller la confiture avec une grâce que j'admirais (mais je commençais déjà à l'admirer en tout) me remplissait d'un sentiment de bonheur et de sécurité d'autant plus surprenant que sa source était plus modeste.

Cette collation me parut trop brève et dès que le valet nous eut enlevé la table, je commençai à éprouver un peu d'anxiété car, sentant bien que l'étiquette exigeait de moi que je lui demandasse mon congé, je ne pouvais m'y décider et en reculai sans cesse le moment, tant j'étais heureux d'être là, si près de sa personne, mon genou touchant son vertugadin et l'oreille tout enchantée des propos paisibles que nous échangions.

Elle me tira de mon embarras en disant qu'ayant affaire en son domestique elle ne pouvait me retenir davantage, que son carrosse allait me raccompagner chez moi, mais qu'elle m'attendait le mercredi trois décembre à la même heure, pour ma première leçon et qu'elle aurait alors plus de temps à me consacrer. Elle dit cela de la façon la plus obligeante, m'envisageant gravement de ses grands yeux noirs et sans que je pusse douter un instant de sa sincérité.

J'étais quasiment hors de mes sens quand son carrosse m'emporta. Que Madame de Lichtenberg eût le double de mon âge ne me bridait en aucune manière. Sa beauté, sa vertu, sa douceur m'avaient épris d'elle en un instant.

⁂

Le mercredi trois décembre — j'ai toutes les raisons du monde de me rappeler cette date — me désommeillant comme à l'accoutumée par degrés insensibles, mes yeux embrumés hésitant à reconnaître pour ce qu'elle était la lumière que laissaient passer les rideaux mal joints de ma fenêtre, j'éprouvai soudain un sentiment si fort d'allégresse que j'en fus tout ébahi, ne pouvant d'abord m'en expliquer l'origine. Puis, peu à peu, tout se remit en place : les rideaux, la fente de lumière, ma chambre, le lit, moi-même, le jour de la semaine et je me ressouvins que, ce jour même, à quinze heures, j'allais prendre ma première leçon avec Madame de Lichtenberg.

Après le lavage et l'habillage — « ces deux mamelles du lever », disait La Surie, pour parodier Sully — je descendis en bondissant le viret, au risque de me rompre le col, rejoignis dans la salle où se prenait le déjeuner mon père et le

Chevalier et leur donnant à chacun « brassée et poutounes » (pour parler leur vieux langage) je me mis fort joyeusement à mâcher mes viandes, la gorge avide et les dents aiguisées, ayant l'appétit, ce jour-là, à croquer le monde et trouvant un immense plaisir, levant les yeux de ma repue, à voir le beau soleil de décembre, point chaud, mais clair, entrer par les fenêtres.

— Vous voilà bien réjoui, mon fils ! dit mon père.

— Je le suis, en effet, Monsieur.

— Et pourtant, comme chaque jour, une longue matinée d'études vous attend.

— Il n'y a pas miracle ! dit La Surie. L'idée seule de l'étude saisit Pierre-Emmanuel de mille doux frissons. En outre, une bonne sieste refera ses forces, ne serait-ce qu'en les défaisant.

— Elle ne sera pas si bonne, ce jour d'hui, dit mon père, faisant allusion au fait que Toinon, depuis la veille, devait chambre garder, souffrant de fièvre et de vilaine toux.

— J'en suis bien marri, dis-je.

— Toutefois, dit mon père, je vous vois gai comme pinson à l'aurore.

— Mais Monsieur, dis-je, prenant le parti de la franchise, vous en savez comme moi la raison. Je prends ce jour ma première leçon d'allemand avec Madame de Lichtenberg.

A vrai dire, j'aurais pu ne parler que de ma leçon d'allemand. Nommer la dame était superflu. Mais son nom me fit plaisir à prononcer, tant il était plein de charme pour moi.

— As-tu ouï dire, Miroul, dit mon père, se peut pour mettre un terme à la petite picoterie qu'il voyait La Surie trop enclin à poursuivre, que ce Saint-Germain qui fut décapité en mai n'avait pas seulement attenté à la personne du Roi en transperçant une image de cire faite à sa ressemblance, mais que sa femme, laquelle réussit à s'ensauver et à gagner les Flandres, a été reconnue depuis pour une subtile empoisonneuse ?

— Je ne le savais pas, mais à la vérité, je crains plus pour le Roi le poison et la dague que la sorcellerie, dit La Surie, et je suis fort effrayé quand je songe au nombre d'attentats auxquels Henri a déjà échappé. Ces ligueux ont la rage au cœur. Et quelle religion est-ce là qui leur conseille de tuer pour plaire à Dieu ?

— Il n'y a pas que les ligueux et les Jésuites. Ce sont là graines de fanatiques qui, pour extirper l'hérésie, vous extermineraient tout un peuple. Il y a aussi les Grands. Ceux-là ne croient qu'en eux-mêmes et ne consultent que leurs intérêts. Ils vendraient la moitié de la France à l'Espagne, s'ils étaient assurés de régner sur l'autre moitié.

— Mais tous ne sont pas également à craindre, dit La Surie. Bouillon est un brouillon. Soissons, un sot imbu de préséances. Condé, un pauvre être perdu dans la bougrerie, et très incertain de sa naissance. Guise, un extravagant qui élève une lionne dans son hôtel.

— Vous oubliez le Duc d'Épernon, dit mon père. Et de tous, c'est le plus redoutable. Je l'ai bien connu, l'ayant soigné jadis pour un abcès à la gorge. Et je n'ai jamais aimé ce petit personnage sec et arrogant qui, parti de rien, a fait sa fortune dans la couchette d'Henri III. C'est un homme sans scrupule, sans droiture et sans humanité. Je ne gagerais pas qu'il ait une âme. C'est un Gascon, comme Henri, mais un Gascon froid, calculateur, secret. S'il s'est rallié à Henri après sa victoire, c'est qu'il désirait être rétabli dans sa fonction de colonel général de l'infanterie française, laquelle lui donne un grand poids dans l'État. Trop grand, à la vérité ! Raison pour laquelle Henri lui rogne et grignote peu à peu ses prérogatives. Et raison pour laquelle d'Épernon le hait.

— Il le hait ?

— Assurément. Et c'est à peine s'il s'en cache. Pierre de

l'Estoile a eu sur lui un très bon mot que je te cite de mémoire : « Les ambitieux en la paix sont comme des serpents engourdis de froid. Mais vienne une guerre qui les réchauffe : ils répandent partout leur venin. »

A ce moment, Mariette entra sans toquer, comme elle en avait le droit puisqu'elle servait à table, et se planta devant mon père, ses grands pieds à l'équerre, sa tête ronde rejetée en arrière et son énorme tétin quasi débordant de son corps de cotte, elle dit avec ce fort accent auvergnat que tant d'années à Paris n'avaient pas réussi à effacer :

— *Meuchieu,* il y a dans la cour une *cheu*ne poule laitée qui a requis l'entrant à Franz et d'après ce que *ch'ai* ouï, il demande à vous voir.

— Une poule laitée ? Juste Dieu, Mariette, qu'est-ce que tu entends par là ?

— Qu'il est tout en bouclettes et en rubans, n'a pas plus de trois poils au bec et se dandine en marchant. Toutefois, il est fort poli.

A ce moment, on frappa à l'huis, et sur l'entrée que lui cria mon père, Franz apparut et dit, sur un ton de révérencieuse cérémonie :

— Monsieur, il y a là un page du Roi qui demande à vous voir et à vous remettre un message de Sa Majesté.

— Fais entrer, Franz, dit mon père.

Étant ce matin d'humeur si joueuse et joyeuse, cela m'eût ébaudi de voir paraître Romorantin et d'écouter son affecté babil. Mais le nouveau venu était de moi tout à fait déconnu et je ne saurais dire s'il appartenait à l'espèce des « jeunes poules laitées », bien qu'il contrariât d'évidence l'idée que Mariette se faisait d'un homme. Il est vrai que son mari, le cuisinier Caboche, était une sorte de grand singe velu, presque aussi large que haut.

— Messieurs, dit le page, après nous avoir salués à profusion, les plumes de son chapeau balayant le sol — et Mariette demeurant sur le seuil, les bras croisés sur son ventre, ne perdant pas une miette de ces cérémonies —, je suis votre très humble serviteur. Lequel d'entre vous, Messieurs, est le Chevalier de Siorac ?

— Moi, Monsieur.

— Alors, c'est à vous, Monsieur, en main propre et parlant à votre personne, que je dois remettre cette lettre missive de Sa Majesté.

Là-dessus, il me fit un autre salut à moi seul destiné.

— Je vous remercie, Monsieur, dis-je, en recevant le pli.

— Monsieur, dit mon père, voulez-vous, sans tant de façons, partager notre collation ?

— Grand merci, dit le page, j'en eusse été furieusement charmé, mais cela ne se peut. J'ai un autre pli à porter et le temps m'éperonne.

Il sourit, l'œil en fleur, et parut si content de sa métaphore qu'il la répéta.

— Le temps, hélas, m'éperonne. Monsieur, je suis votre très humble serviteur.

— Eh quoi, mon fils ! dit mon père, dès que le page se fut envolé, un pli du Roi, derechef, à vous-même ! A votre âge ! Vramy, quel grandissime honneur ! M'avez-vous supplanté, poursuivit-il sur un ton de feinte jalousie qui, peut-être, n'était pas entièrement feinte, dans les bonnes grâces de Sa Majesté ? Dois-je envisager déjà de prendre retraite pour vous quitter la place ?

— Mon mignon, dit La Surie, je vous vois tout interdit et la main trémulante. Eh bien, ouvrez le pli, ouvrez-le, de grâce ! Ce ne peut être qu'une bonne nouvelle, puisque le Roi a pris la peine de vous écrire. S'il vous voulait embastiller, il vous eût envoyé Monsieur de Vitry. Rassurez-vous, ce n'est pas encore demain qu'on posera votre tête charmante sur le billot. Or sus ! n'hésitez plus ! N'avez-vous pas la conscience tranquille ? Rompez-moi ce cachet ! Que craignez-vous ? Serait-ce que vous avez commis, à la dérobée, quelque volerie, forcé fillette, ou bougeronné un enfant de chœur ?

— Miroul ! dit mon père.

Je rompis à la fin le cachet royal, dépliai la lettre, la lus, restai sans voix et dus perdre aussi quelque couleur car mon père emplit un verre de vin et, sans un mot, me le tendit. Je le bus d'un trait et m'assis. Mes jambes ne me portaient plus.

— Eh bien ! dit La Surie, que la curiosité quasi étouffait.

— Le Roi, dis-je d'une voix éteinte, part pour Saint-Germain-en-Laye. Il désire m'emmener avec lui et me commande de me trouver au Louvre ce jour d'hui sur le coup de onze heures.

— Et vous dit-il, poursuivit La Surie, combien de temps il y demeurera ?

— Quatre nuits.

— Jour de Dieu ! dit La Surie. Quatre nuits ! Cela veut dire que vous coucherez quatre nuits au château !

— Monsieur, dit mon père, il n'y a pas plus d'une vingtaine de personnes dans ce royaume que le Roi ait emmenées avec lui voir le Dauphin à Saint-Germain. Je ne sais si vous entendez bien quelle insigne faveur il vous fait ?

— Assurément, je l'entends, dis-je d'une voix qui s'étouffait dans ma gorge.

— Mais vous n'en paraissez pas autrement touché !

— Si fait, je le suis...

— Mon mignon, dit La Surie en ouvrant tout grands ses yeux vairons, seriez-vous indifférent à votre propre fortune ? Ne voyez-vous pas tous les avantages qui vous doivent échoir de ce que le Roi vous veuille si proche de lui ?

— Seriez-vous ingrat, mon fils ? dit mon père d'un ton fâché.

Cette remarque me piqua et sortant de cette sorte de mauvais vouloir où je m'engluais, je dis avec vivacité :

— Bien loin de là, Monsieur ! Je suis excessivement

reconnaissant au Roi de ses bontés pour moi et dès le jour où il m'a fait chevalier, j'ai fait le serment de le servir ma vie durant. Toutefois...

— Toutefois ? dit mon père qui, tout maître de lui qu'il fût, laissa paraître quelque stupéfaction de cette réserve inattendue.

— Toutefois ? répéta La Surie.

Leur étonnement me parut si prodigieux que j'hésitai à l'accroître en leur disant le fond de ma pensée. Mais telle et si grande était la complète confiance qui régnait entre nous dans toutes les circonstances, grandes et petites, de notre vie, que je m'y décidai.

— Ce n'est pas, dis-je, que je sois insensible, ou indifférent, au grandissime honneur que je reçois de lui, mais c'est un fait qu'il tombe assez mal, puisque c'est aujourd'hui que je devais prendre ma première leçon d'allemand.

A cela, mon père sourit, mais La Surie s'esbouffa à s'en faire éclater le gosier.

— Miroul ! dit mon père.

— Mon mignon ! Pardonnez-moi ! dit La Surie en me jetant un bras autour de l'épaule et en me serrant à soi, ne prenez pas, de grâce, ombrage de ma gaîté, mais comment ne pas entendre que la langue allemande ait pour vous tant de charmes que vous l'adoriez avant même de l'apprendre ? Toutefois, réfléchissez, de grâce, qu'une semaine après votre retour de Saint-Germain la langue allemande sera toujours là, fidèlement à vous, avec ses aimables « *die* », « *der* », « *das* », ses charmantes déclinaisons, ses composés suaves et son verbe rejeté si élégamment à la fin de la phrase ! Certes, ce lundi est pour vous à la fois faste et néfaste, je l'entends bien. Cependant, n'allez pas faire, de grâce, comme Gargantua qui, voyant que son épouse Badebec était morte en donnant naissance à Pantagruel, ne savait s'il devait s'affliger de la mort de sa femme ou se réjouir de la naissance de son fils et « tantôt pleurait comme une vache et tantôt riait comme un veau ».

— Allons, Miroul, dit mon père, mi-riant, mi-fâché, cela suffit ! Mon fils, allez écrire à Madame de Lichtenberg un billet bien tourné pour vous excuser de lui faire faux bond sur l'ordre du Roi et quérir d'elle, dès votre retour, une autre date. Notre petit vas-y-dire fera le reste.

Je n'en crus pas mes yeux quand, quelques heures plus tard, je me retrouvai dans le carrosse du Roi, assis à ses côtés, et nous faisant face, Vitry, Roquelaure et Angoulevent, lesquels j'avais déjà rencontrés avec Henri lors du bal de la Duchesse de Guise, dans la chambre des commodités, en des circonstances qui fâchèrent tant la Marquise de Rambouillet qu'elle eût voulu que, dans les présentes Mémoires, je les supprimasse.

Le Roi m'avait accueilli d'une façon charmante au Louvre, m'appelant son « petit cousin » et me jetant un bras sur l'épaule ; il me semblait alors gai et enjoué, mais au bout d'un moment qu'il fut dans le carrosse avec nous, son humeur changea. Il tomba dans une sorte de mélancolie et, les yeux baissés, pensif, il tapotait son étui à lunettes, sans mot dire, et sans que personne dans le carrosse n'osât piper. Car s'il vivait en cordiale familiarité avec son entourage, aucun des présents n'eût osé passer les invisibles bornes que son rang mettait entre eux et lui, et qu'un mot, un regard, une fine repartie leur eussent aussitôt rappelées, s'ils y avaient failli. Toutefois, Angoulevent, le Prince des Sots, pouvait, en raison du rôle qui lui était dévolu, pousser un peu plus loin l'impertinence. Mais je ne fus pas sans remarquer, en ce voyage, qu'il mettait beaucoup de finesse à deviner le moment précis où il ne fallait rien dire et beaucoup de sagesse à n'être fol qu'à bon escient.

Comme il était assis entre Vitry et Roquelaure, je voyais bien que les deux compères l'incitaient, par de discrets regards et des coups de coude (qu'il recevait des deux côtés), à lancer quelque plaisante saillie pour distraire le Roi de sa tristesse. Mais Angoulevent n'en faisait rien. Il regardait Henri tapoter ses lunettes, se taisait, faisant même semblant d'être ensommeillé par les mouvements du carrosse.

Il faut dire qu'il cahotait fort, surtout quand on sortit de la capitale pour s'engager sur les routes cailloutées qui menaient à Saint-Germain, encore qu'elles fussent infiniment meilleures, selon mon père, depuis que Sully s'était chargé de la voirie.

— Sire, dit Roquelaure en poussant en avant sa grosse trogne cramoisie, êtes-vous encore tourmenté de votre goutte à l'orteil ?

— Tu n'y es plus, Roquelaure ! dit le Roi d'un air assez malengroin. La goutte m'a d'abord fait des galanteries à l'orteil. Mais de là, elle ne tarda pas à remonter au genou, où elle m'a fait tant de caresses qu'il y a trois ans, à Saint-Germain, en pleine chasse, j'ai dû me faire couper le haut de la botte, tant ses enchériments m'étaient insupportables. Mais quand le temps est doux, comme ce jour d'hui, la gueuse ne me relance plus. Et je souffre alors d'une autre pointille. Pire peut-être : l'estomac me tord. Je n'ose plus manger, tant il me douloit. Ah ! Roquelaure ! Où est le temps où je pouvais ripailler sans souci de la digestion ! A Ivry, t'en souvient-il ? La veille de ma victoire d'Ivry ?

— C'est qu'alors, dit Roquelaure, sa large face fendue d'un sourire, vous étiez excommunié et par conséquent, vous mangiez comme un diable...

A cette plaisanterie que je ne trouvai pas d'un goût très sûr, Henri rit de bon cœur. « En quoi, dit mon père quand je lui répétai le propos de Roquelaure, le Roi eut bien tort de s'égayer. Il s'est montré là bien imprudent. Car ce genre de propos, aussitôt colporté, fait douter aussitôt de sa conversion et donne des armes aux dévots. — Mais, Monsieur mon père, sa conversion était-elle vraiment sincère ? — Elle était sincère politiquement et c'est tout ce qu'on peut exiger d'un grand homme d'État dont le but était de réconcilier ses sujets. »

Je vis qu'Angoulevent reprenait vie et espoir à cette gaîté du Roi sans cependant se lancer encore. A voir la face ronde et lunaire du Prince des Sots, ses yeux sans sourcil, son nez retroussé et sa large bouche qui se relevait aux commissures, on eût pu penser que sa nature le portait à rire. Je m'aperçus, quand je le connus mieux, qu'il n'en était rien. Dès qu'Angoulevent n'était plus sur la corde raide, funambulant de gausserie en gausserie, il était plus triste qu'un jour de pluie.

Le rire d'Henri, toutefois, dura peu. Et il se referma sur ses pensées, morose et si obstinément silencieux que Vitry finit par lui dire :

— Sire, pâtissez-vous ? Êtes-vous ce matin taraudé par votre goutte ou par votre estomac ?

— Ni de l'un ni de l'autre, dit le Roi, mais par mon propre pensement.

Quoi disant, il se tapota le front que, voyant pour la première fois de si près, je trouvai fort beau, ainsi, de reste, que sa tête qui me parut fort bien faite. Je ne l'entends pas seulement au sens où l'entendait Montaigne, chez qui l'expression était synonyme d'intelligence et de jugeote, mais de façon littérale, les proportions de son crâne étant harmonieuses et laissant bien augurer de ses « mérangeoises », comme il disait, ou, comme nous disons ce jour d'hui, ses méninges. « *Pensement, mérangeoises* » : vieux mots qu'emploie aussi mon père et qui sont hors d'usage à ce jour, mais qui, je ne sais pourquoi, m'attendrissent.

A mon sens, son grand nez Bourbon (mais je serais mal venu d'en faire la critique) ne déparait pas son visage, non plus que ses fortes pommettes qui se relevaient, quand il riait, ni sa bouche dont les lèvres pleines et charnues étaient si expressives. Pour ne point parler ici de ses yeux « flammeux et brillants » qui m'avaient tant frappé la première fois que je le vis au bal de la Duchesse de Guise.

Il est vrai que pour l'instant, ils ne jetaient guère de flammes, ses paupières étant à demi fermées et son visage penché en avant. Quant à son pensement, je n'avais aucune peine à imaginer sa teneur : l'ennemi à l'est, au nord, au sud, acharné à lui nuire ; à l'intérieur, les dévots et leur haine mortelle ; les huguenots, toujours prompts à s'agiter ; les Grands, toujours prêts à brouiller ; et en son Louvre même, trahi par ses ministres, trompé par ses maîtresses, assailli par les scènes violentes d'une épouse fort peu affectionnée à lui et au Dauphin ; atteint par l'usure de l'âge et par les petites misères du corps, guetté quotidiennement par le poignard et le poison, sentant la mort rôder autour de lui et redoutant par-dessus tout de laisser derrière lui un roi mineur et une régente incapable, et qui pis est, fort peu faits pour s'entendre.

Cette mésentente, Henri la prévoyait et tout haut, tant il s'en faisait martel. Il l'avait dit à la Reine en présence de Bassompierre qui avait répété à mon père ce propos qui s'avéra prophétique : « Étant de l'humeur que je vous connais et prévoyant celle dont votre fils sera, vous entière, pour ne pas dire têtue, Madame, et lui, opiniâtre, vous aurez, assurément, maille à départir ensemble. »

Il y avait assurément de quoi se sentir la mort dans l'âme et le deuil au cœur et pourtant, me disais-je — belle lectrice, de grâce, ressouvenez-vous que je n'avais que seize ans —, si j'avais été le Roi, combien, à juste titre, je me serais paonné de la force de mes armées, de ma renommée dans le monde, de la pacification du royaume ? Je ne savais pas encore combien les années et les habitudes usent les joies qui ne nous viennent pas de nous-mêmes. Et comment aurais-je pu entendre, à mon âge, qu'Henri était un homme trop supérieur pour ne pas se sentir très au-dessus des vanités de la gloire et trop sensible pour ne pas éprouver davantage les épines du pouvoir que ses infinies commodités ?

Le carrosse approchait de sa destination car, en jetant un œil par la portière, je reconnus la forêt du Vésinet, que j'avais franchie, mais en sens inverse, quand j'étais revenu de Saint-Germain, le jour où j'avais fait le voyage aller sur la gabarre de Bassompierre en compagnie de ses nièces, de La Surie et de mon père.

Cette forêt s'étend dans une boucle de la rivière de Seine (laquelle il faut franchir deux fois pour parvenir à Saint-Germain) et elle est, par endroits, si marécageuse et partant, réputée si malsaine, qu'aucune maison ne s'y élève, à part quelques cabanes de bûcherons. Mais le Roi s'y rend pour chasser, au moins autant qu'en la forêt de Saint-Germain, pour ce que le gibier y abonde.

Le Roi, à cet instant, leva la tête. La senteur de la forêt l'avait réveillé et le chasseur en lui dressa l'oreille. Puis son regard revenant à l'intérieur du carrosse, il regarda en face de lui ses vieux compagnons et dit :

— Vous voilà bien silencieux !

— Sire, dit le Prince des Sots qui sentait le moment venu de danser sur la corde, Vitry se tait parce qu'étant plus transparent que vitre il n'a pas de pensée. Roquelaure se tait, parce qu'en son for il compte ses écus. Mais moi, je me tais parce que j'ai retourné en ma tête un grave problème et l'ai tout à trac résolu.

— Lequel ? dit Henri qui voulut bien se prêter au jeu, mais sans grand entrain.

— Je me suis demandé pourquoi les grands valets de pied de la reine Marguerite avaient de si longs cheveux d'un blond filasse.

— Et tu sais pourquoi ?

— Oui, Sire. La Reine attend qu'ils aient la longueur voulue et quand cette longueur la satisfait, elle fait tondre lesdits valets, et de leurs tignasses, elle se fait des perruques.

Le Roi sourit.

— A ton avis, Roquelaure, le fol a-t-il dit vrai ?

— Non, Sire, dit Roquelaure.

— Et toi, Vitry, qu'en es-tu apensé ?

— C'est vrai, Sire, dit Vitry.

— C'est vrai, en effet, reprit le Roi. Eh bien, Prince des Sots, puisque tu as résolu cette énigme, peux-tu résoudre celle-ci ? Pourquoi le vertugadin de la reine Margot a-t-il des poches tout autour de sa circonférence ?

— Pour y mettre des petits oiseaux qu'elle aurait apprivoisés à soi, dit Angoulevent.

— Rien de si poétique, dit le Roi.

— Pour y mettre des tabatières, dit Vitry.

— Fi donc ! Elle ne prise ni ne chique !

— De petites boîtes pour y enfermer du musc et des aromates, dit Angoulevent.

— Vrai pour le contenant, faux pour le contenu. Or sus ! Que contiennent ces boîtes ? Siorac ? Roquelaure ? Vitry ? Mon fol ?

— Sire, dit Angoulevent. Je veux bien être pendu si je le sais.

— Pends-toi, Prince des Sots : ces boîtes contiennent les cœurs embaumés de ses amants défunts.

On se regarda, béants.

— Vrai, Sire ? osa dire à la fin Vitry.

— Vrai, dit le Roi.

Ayant dit, il se rencogna dans l'angle du carrosse, ferma les yeux et retomba dans ses songes. On n'osa ni rire ni piper après cela.

Au pied de la colline de Saint-Germain, quand il fallut passer le bac, le Roi préféra mettre pied à terre, ce qu'il n'avait fait pour aucun des bacs que nous avions empruntés jusque-là, mais celui-ci n'était pas tant facile d'accès.

Nous descendîmes à la suite du Roi sur la terre ferme. La manœuvre du cocher, accompagnée de jurements et de claquements de fouet, réussit, non sans l'aide de deux valets de malle qui, descendus de leur poste, tenaient les chevaux de tête par la bricole, ce qui les rassura, car ils aimaient fort peu mettre le sabot sur un élément aussi fluctuant. Le carrosse calé, le Roi gagna le bord et, pendant toute la traversée de la rivière de Seine, parla avec le passeur, aimant s'entretenir avec les petites gens, par sympathie naturelle, mais aussi pour ce qu'il était curieux de leurs vies.

N'ayant presque jamais d'argent sur lui, sauf quand il jouait, il appela Roquelaure pour acquitter le passage, ce que Roquelaure fit au juste prix, mais non royalement, sachant bien que le Roi ne lui remboursait jamais ces petits débours. Henri n'ignorait pas combien la charge de grand maître de sa garde-robe l'enrichissait. J'observai avec amusement qu'il y avait là deux abus qui ne s'annulaient pas tout à fait. Roquelaure volait le Roi que pourtant il adorait, et le Roi ne s'acquittait pas de ses dettes envers lui.

La rivière étant passée, le carrosse se mit au pas pour gravir la pente raide et fort malaisée qui devait nous conduire jusqu'à la falaise sur laquelle se dresse le château de Saint-Germain-en-Laye. Henri, que son entretien avec le passeur avait paru distraire, retomba dans son humeur noire dont au bout d'un bon quart d'heure il n'émergea que pour nous dire d'une voix sombre, comme s'il résumait d'une phrase ses longues méditations :

— J'aimerais mieux être mort.

Cette phrase tombant des lèvres d'un souverain connu pour son caractère gai et gaussant nous laissa béants et comme abasourdis et l'on s'entre-regarda un bon moment avec perplexité avant que Roquelaure osât prendre la parole. Ce qu'il fit avec beaucoup d'émotion.

— Comment cela, Sire ? dit-il d'une voix étranglée. N'êtes-vous pas heureux ?

— Je le suis moins qu'aucun de vous quatre, dit Henri en hochant la tête. Et beaucoup moins que ce passeur de bac. Je vous le dis à la franche marguerite : j'échangerais volontiers ma condition contre la sienne. Il vit dans une petite cabane au bord de l'eau avec droit de pêche à l'endroit où son bateau est amarré et droit de chasse jusqu'à un quart de lieue dans la forêt. Il gagne assez pour manger à sa faim. Il a la compagnie de son fils, un garcelet de dix ans et de temps à autre d'une bonne garce des champs qui lui porte le lait. Que rêver de mieux que cette solitude, cette insouciance et cette tranquillité d'esprit ?

— Mais, Sire, dit Roquelaure, que deviendrions-nous sans vous ? Et que deviendrait le royaume ?

— Ventre Saint-Gris ! dit Henri. Je le sais bien. Cette sorte de vie n'est pas faite pour les princes. Ils sont nés pour les peuples sur lesquels ils règnent. Leurs mains sont attachées au gouvernail et en cette mer qui est la leur, ils n'ont d'autre port que le tombeau et il faut qu'ils meurent dans l'action.

***

— Belle lectrice, je vous vois froncer le nez, quelle mouche vous pique ?

— Ce que vous venez de conter me laisse perplexe. N'avez-vous pas un tantinet forcé le trait ? Ou pris des libertés avec vos souvenirs, ne serait-ce que pour me tirer quelques larmelettes ? Henri IV a-t-il vraiment dit, quelque temps avant qu'on l'assassinât : « J'aimerais mieux être mort » ? Comment expliquer qu'Henri en soit arrivé à tenir un discours aussi désolant ?

— Le grand politique, Madame, si habile et si clairvoyant, vous cache l'homme qu'il fut : ému, passionné, amoureux souvent, et, comme on disait alors, « *romanzesco* ». Il aimait jusqu'à la folie, jusqu'à l'enfantillage et, se trouvant fait d'une étoffe tendre, il voulait aussi être aimé.

— C'est là, j'imagine, où le bât le blessait.

— Oui, Madame, à l'écorcher. Ni ses deux épouses ni ses maîtresses n'eurent la moindre affection pour lui. Et quand il rompit enfin avec la Verneuil — la pire de toutes, Madame, un vrai succube —, va-t-il, à votre avis, lui reprocher d'avoir comploté sa mort ? Pas du tout. Voici ce qu'il lui dit : « Cinq années m'ont, comme par force, imprimé la créance que vous ne m'aimez pas. Votre ingratitude a accablé ma passion. »

— Fallait-il qu'il soit naïf pour ne pas s'en être avisé plus tôt !

— En effet. Mais comment aimer sans confiance ?

⁂

Que j'ai regret pendant ces quatre jours que j'ai passés à Saint-Germain de n'avoir pas pris de notes, comme fit chaque jour pendant tant d'années le docteur Héroard et, quant à la ville et à la cour, Pierre de l'Estoile. Vingt ans se sont écoulés depuis mon séjour au château et si bien que je me ressouvienne de ce que j'ai vu et ouï moi-même, j'ai parfois peine à démêler ce que j'ai appris sur place de ce que j'ai glané par la suite au cours de mes rencontres ultérieures avec le docteur Héroard, grand ami de mon père et qui devint aussi le mien, en dépit de mon âge et du sien.

Il me semble ce jour d'hui que la date de cette visite fut fort heureuse, car le dauphin Louis, qui avait franchi le seuil des sept ans le vingt et un septembre, entrait dans sa huitième année et il était prévu que dans le cours du mois de janvier 1609, il quitterait pour toujours Saint-Germain-en-Laye pour le Louvre et passerait alors, pour son éducation, des mains des femmes aux mains des hommes. Les mots eux-mêmes dont il se servait allaient illustrer ce passage de la puérilité à l'âge de raison. Désormais, il aurait à dire — ce qui ne lui serrerait pas le cœur — « Madame ma mère » et non « Maman » ; et ce qui lui serait, à coup sûr, beaucoup plus à peine : « Monsieur mon père » et non « Papa ».

Louis vivait donc, quant à cette occasion je le revis, ses dernières semaines à Saint-Germain-en-Laye, et encore qu'il aimât le château et surtout les bosquets, les grottes et les fontaines de son merveilleux jardin, il le quitta, à ce qu'on me dit, l'œil sec. L'important, pour lui, c'était que le docteur Héroard l'allât suivre au Louvre et surtout qu'il y pût voir Henri, son idole et son modèle, tous les jours que Dieu faisait.

L'absence et l'insensibilité de sa mère l'avaient pourtant beaucoup attaché à Doundoun, sa nourrice, à qui il disait, à cinq ans : « Je vous aime bien, ma folle Doundoun. Je t'aime tant, ma folle Doundoun, qu'il faut que je te tue ! »

Mais c'était une femme fruste qui se parfumait au safran et quand Louis recherchait la chaleur du baiser, cette odeur le faisait fuir du lit de sa nourrice à celui de Madame de Montglat pour qui pourtant ses sentiments étaient beaucoup plus mêlés.

Certes, il l'affectionnait pour ce qu'il sentait bien qu'elle s'occupait de lui avec dévouement, mais il la redoutait aussi, parce qu'elle avait « la puissance du fouet » — la seule chose dont elle n'usait pas avec chicheté : tant est qu'il ne se passait pas de semaine sans qu'elle lui dît, les deux mains armées de verges : « Or çà, Monsieur ! Troussons ce cul ! »

Même en son domestique, avec le Baron de Montglat, la dame portait le haut-de-chausses. Là où le docteur Héroard circonvenait les résistances de Louis par la douceur, elle les heurtait de front, cornes contre cornes, étant aussi opiniâtre dans ses corrections qu'il l'était dans ses refus. Il en résultait, chez son pupille, des colères trépignantes, des hurlades, des grincements de dents, des grafignements, des injures, des menaces de mort (mais celles-ci point dictées par l'amour) et après le châtiment, des pleurs, non point de repentir, mais de rage.

Le sept décembre, le Roi l'ayant quitté pour retourner au Louvre, scène que je conterai plus loin, Louis se prend de querelle avec le Baron de Montglat et d'un petit bâton le frappe sur les doigts. Madame de Montglat s'en fâche. Louis s'en fâche aussi. Il la bat. Il l'appelle « chienne » et « vilaine » et sort de la pièce à la furie. On le suit, on tâche de l'apaiser. Il craint d'être fouetté le lendemain par Madame de Montglat. Une bonne âme lui assure qu'il n'en sera rien, ajoutant :

— Monsieur, il faut que vous ne soyez pas fâché contre elle, n'ayant pas à être long céans avec elle.

— Oh ! dit-il, j'en voudrais déjà *ête* dehors !

Et appelant à son côté Mademoiselle de Vendôme[1], il lui dit, parlant bas à son oreille :

— J'aurai un bâton qui sera creux. Je le *em*plirai tout de pou*de*, puis je le mettrai sous sa *cote* et puis *ave* un *cha*bon, j'allume*ai* la pou*de* qui *li bu*lera tout le cul.

Quand je contai la chose à La Surie, il s'en esclaffa comme fol et dit :

— Il m'en vient deux vers que je vais vous dire :

Ainsi se vengera
Sur le derrière adulte un derrière enfantin.

— Il manque un hémistiche au premier vers, dit mon père, et la rime fait défaut.

Louis n'était pas « grand parleur », comme il disait lui-même, n'arrivait pas toujours à prononcer les « r » et n'était pas guéri de son bégaiement : défaut qu'avec fort peu de jugeote on pensa d'abord traiter par le fouet. Mais il fallut y renoncer : on eût dû trousser le pauvret du matin au soir.

Mais parlant peu, Louis observait beaucoup, écoutait ce

1. Sa demi-sœur, fille d'Henri IV et de Gabrielle d'Estrées.

qui se disait autour de lui et sa mémoire retenait tout. Un jour, étant fâché contre ses petits gentilshommes, il eût voulu qu'on les fouettât. Et Madame de Montglat lui ayant dit qu'il lui fallait leur pardonner, et que le Roi pardonnait à tout le monde, il répliqua :

— A tout le monde ? Il n'a pas *pa*donné au Ma*é*chal de Bi*on*.

Ayant un an à l'époque, c'était par ouï-dire qu'il avait appris la décollation de Biron, mais il ne l'avait pas oubliée. Pas plus qu'il n'avait failli à déceler, comme on va voir, le défaut mignon de Madame de Montglat.

Peu avant le premier janvier, ayant fait casser un petit bloc de glace en plusieurs morceaux, il les vend un sol la pièce à son entourage afin d'avoir de l'argent pour donner à ses pauvres. Il serre ce trésor (sept sols) dans la pochette de ses chausses, mais le lendemain, rencontrant lesdits pauvres, il ne trouve plus les monnaies dans ses chausses. Il en est fort dépité et pleure à chaudes larmes. Le docteur Héroard, pour le consoler, lui parle des étrennes que son épouse lui va donner. Il veut les voir sur l'heure. C'est une boîte de très beaux abricots, mais Madame de Montglat les lui ôte aussitôt des mains en disant :

— Monsieur, ce sera pour vous. Je m'en vais les serrer.

— Oh ! Oh ! dit le Dauphin. *Vela*[1] ! Je ne les verrai jamais ! Elle serre tout ce qu'on me donne ! Elle dit que c'est tout pour moi, mais *vela !* je ne vois jamais rien !

Il lui dit ainsi son fait, non pas à elle, mais devant elle, non sans finesse ni sans circonspection. Il n'affirmait pas qu'elle lui avait pris aussi les sept sols dans ses chausses : il le laissait entendre. De reste, il se pût bien que ce fût vrai. La Baronne de Montglat était une vraie fourmi. Elle ramassait tout ce que ses pattes pouvaient saisir et, à pas menus,

1. Voilà !

courait les cacher dans son trou. Tout généreux que le Roi fût avec elle et si comblée par lui qu'elle fût de dons, de pensions et de gratifications, ce ne fut pas encore assez : en quittant Saint-Germain-en-Laye, elle lui réclama — au grand scandale de l'intéressé — la vaisselle d'argent du Dauphin.

La dame avait de grandes jambes, mais faisait de petits pas. Elle économisait tout, même son souffle, et vécut longtemps. A sa mort, on trouva, en son hôtel, où, quoique fort riche, elle vivait à petits frais avec une seule servante, un prodigieux amas d'objets précieux : le butin de toute une vie.

Je ne sais si l'on doit incriminer la rigueur d'une gouvernante fouettarde et avaricieuse, ou le peu d'affection que lui montrait une mère distante et dure, ou encore les mises en garde d'un confesseur trop zélé, mais Louis, à ce que me dit Héroard, se trouvait loin de ressentir pour le « *gentil sesso* [1] » le puissant attrait que son père avait éprouvé toute sa vie. A quatre ans, il leva un jour la main sur sa petite sœur et Héroard, aussitôt s'interposant, lui dit :

— Monsieur, pourquoi avez-vous voulu frapper Madame ?

— Pour ce qu'elle a voulu manger ma poire.

— Monsieur, cela n'est pas. Pourquoi l'avez-vous voulu frapper ?

— Parce que j'ai peur d'elle.

— Monsieur, pourquoi ?

— Parce que c'est une fille.

Le lecteur sera tenté de hausser les épaules à cet enfantin propos. Pourtant, cette peur des filles n'était que trop réelle en lui et n'explique que trop bien la faillite, quelques années plus tard, de son mariage. Le philosophe observera ici que

1. Le sexe faible (ital.).

deux causes différentes peuvent produire le même effet. Le ménage de son père fut mauvais, parce qu'il aimait trop les femmes et le sien fut malheureux, parce qu'il ne les aimait pas assez.

Quand, au début de notre séjour à Saint-Germain, Henri m'emmena dans sa chambre, il me présenta à lui à la façon concise et cordiale qui était la sienne.

— Mon fils, voici le Chevalier de Siorac. Son père m'a bien servi et, le moment venu, vous ne saurez avoir meilleur serviteur que lui.

— Oh ! Sio*ac* ! s'exclama Louis. Oh ! Je me *e*ssouviens bien de lui !

Et me prenant tout de gob par la main, il me mena à un petit coffre dont il tira la petite arbalète que je lui avais donnée à notre première rencontre. Et tant cette gratitude me toucha, surtout quand on pense à la quantité et la beauté des cadeaux qu'il recevait de toutes parts — et en particulier de la reine Margot — que j'en eus les larmes aux yeux. Louis ne faillit pas à déceler cette émotion, car si son esprit possédait moins de force que celui de son père, il montrait, en revanche, la même rapide perspicacité dans les rapports humains. Et se tournant vers Henri, il lui demanda tout de gob de me donner à lui.

— Nenni, mon fils, dit le Roi, pour l'instant, le Chevalier me sert. Mais après moi, il sera à vous.

Cet « après moi » fit pâlir le Dauphin et, se détournant pour me dérober son visage, il fit mine de fouiller dans son coffre. C'était bien plus que de l'amour, et à peine moins que de l'adoration qu'il ressentait pour son père et, sachant les maux dont le Roi souffrait, et les dangers qu'il encourait, il tremblait de le perdre.

Je tiens d'Héroard qu'un mois plus tard, en janvier, il trahit cette appréhension par ce qui pouvait passer, à première vue, pour un caprice puéril. Comme on parlait devant lui de tirer les rois, il dit tout soudain :

— Je veux pas ê*te* roi.

— Pourquoi ? demanda Doundoun.

Comment eût-il pu expliquer que, dans sa logique enfantine, il ne pouvait être roi sans que son père mourût. Il se borna à répéter :

— Je veux pas l'ê*te*.

C'était là le genre de réponse qui faisait croire qu'il était buté, alors qu'il n'était que pudique. Ce qui me confirma qu'il prenait la chose très à cœur, c'est qu'appelant Monsieur de Ventelet il lui dit à l'oreille, sur le ton le plus pressant :

— Ny faites pas met*te* de fève, afin qu'il n'y ait pas de roi...

Les fenêtres de la chambre, que j'occupais au château et qui était celle de Monsieur le Connétable, donnaient sur le jardin. Ce qui présentait à la fois un avantage et une incommodité. Car si, même en décembre, les parterres, les bosquets et les fontaines ne laissaient pas de flatter l'œil, en revanche les maçons et les charpentiers, qui travaillaient de ce côté à construire le château neuf, faisaient, le jour, la plus infernale noise que vous puissiez rêver. Il est vrai que j'étais assez peu dans ma chambre, étant appelé, soit par le Roi, soit le plus souvent par le Dauphin qui, ayant appris de la bouche de son père que j'étais « fort savant », me consultait sur tout, y compris sur des sujets où j'étais fort conscient de mon insuffisance.

Je pris le parti de lui avouer qu'en ce qui concernait par exemple l'oisellerie, ou la vénerie, j'en savais moins que lui et que j'eusse été incapable, comme lui, de remplacer un carreau de terre cuite sur le sol d'une chambre. Cette franchise, au moins autant que l'éloge implicite de ses talents manuels — qui étaient nombreux et fort étonnants pour son âge —, lui plut, et entendant, à la parfin, que j'avais été nourri aux Lettres, il ne me posa plus de question qui sortît de ma compétence. Toutefois, sur le chapitre de la fortification et de la mathématique où, grâce à Monsieur Martial, j'avais quelques lumières, je pus répondre à son attente.

Je dois dire que je fus assez émerveillé de le voir au jardin interroger sans relâche les maçons et charpentiers ; aux écuries, les cochers et palefreniers ; et aux cuisines, les chefs et gâte-sauce, tant il était avide d'apprendre comment « se faisaient les choses ». Il ne se contentait pas, de reste, de recettes. Il fallait qu'il mît la main à la pâte. Madame de Guise, qui le vint voir pendant que j'étais à Saint-Germain — faisant d'une pierre deux coups —, s'étant plainte devant lui d'avoir faim, il lui cuisit en un tournemain une omelette qu'elle trouva fort réussie.

Le samedi six décembre, à sept heures du matin, alors que je finissais de m'habiller, un valet vint toquer à ma chambre, m'apporta un bouillon et du beurre frais étendu sur deux tranches de pain, ralluma mon feu, sortit, revint avec une écritoire qu'il posa sur un petit secrétaire et, me disant que Sa Majesté m'allait venir trouver, me salua jusqu'à terre à plusieurs reprises, comme si j'avais été un prince du sang.

Je trouvais que c'était presque trop d'honneur que le Roi me faisait en me venant voir en ma chambre au lieu de m'appeler à lui, mais ce mystère s'éclaircit dès que, pénétrant chez moi, fermant l'huis derrière lui et poussant le verrou, il me dit qu'il m'allait dicter pour le roi d'Angleterre une lettre confidentielle, laquelle je devrai traduire dans la langue de ce souverain, garder quasiment contre ma peau tant que je serai céans, Monsieur Déagéan, dès mon retour à Paris, venant chez moi pour m'apprendre à la chiffrer. Après quoi, Déagéan l'emporterait et tous brouillons brûlés, je devrais même en effacer le souvenir de ma remembrance.

Cette dernière clause paraissait la plus malaisée à respecter, mais il faut croire que j'y parvins, car ce jour d'hui, tandis que j'écris ces lignes, je serais bien incapable de satisfaire la curiosité du lecteur et de répéter un traître mot de cette missive. Il est vrai qu'en politique les secrets de la veille deviennent au fil des jours, et parfois même dès le lendemain, des sujets rebattus.

Quand j'eus fini ma tâche, à peine eussé-je mis dans le feu de ma cheminée la version française de la lettre et serré, non pas tout à fait contre ma peau, mais dans ma poche de chemise, la version anglaise, qu'on vint m'appeler de la part du Dauphin. Je me hâtai de le rejoindre dans sa chambre où je le vis occupé à copier avec la plume et l'encre un grand portrait de son père. Il voulait connaître mon avis sur son œuvre. Je lui dis que c'était bien, mais qu'il fallait changer la prunelle droite du Roi et la pousser un peu vers la gauche, sans quoi il loucherait. Ce qui le fit rire. Après quoi, il me dit, le ton sérieux, mais l'œil animé et comme se moquant de lui-même :

— Savez-vous, Sio*ac*, que je suis aussi poète ? *Vela* que je fais des vers !

— Vraiment, Monsieur ?

— Les *vela*. Je les ai faits cet été, en août :

Allons au jardin des gazelles
Cueillir des groseilles.

N'est-ce pas bien rimé, Sio*ac* ?

— Monsieur, ce n'est pas une rime. C'est une assonance. Pour rimer avec « groseille », il faudrait mettre « abeille ».

Il n'en fit que rire, sans m'en vouloir du tout de ma franchise. Je l'avais déjà observé : il savait flairer la flatterie et ne l'aimait pas. En outre, la poésie n'était pas un talent dont il se piquait. Il eût été bien plus marri, si Madame de Guise avait trouvé à redire à son omelette.

Pendant les quatre jours que le Roi passa à Saint-Germain-en-Laye, Louis le vit plusieurs fois par jour. Il se promenait avec lui dans le jardin, oyait la messe à ses côtés, suivait ses chasses en carrosse, dînait avec lui souvent et, quand ce n'était pas le cas, trouvait avec un soupir que « Papa était bien long à table », ayant soif de le revoir, même s'il n'y avait pas deux heures qu'il l'avait vu. En toutes ces rencontres, il n'y avait pas faute de mains tenues, de tendres regards, d'accolades et de baisers. Toutefois, Henri avait aussi le souci de son instruction. Le voyant reculer devant un chien qui montrait les dents, je l'ouïs lui dire d'un ton sévère :

— Il ne faut pas avoir peur.

Le dimanche vint, le Roi s'en devait retourner à Paris sur le coup de midi. Le carrosse l'attendait déjà devant la grande porte et, sur les marches de l'escalier, toute la petite cour de Saint-Germain se trouvait là, rassemblée pour lui faire honneur et lui dire adieu. Louis accompagna son père au bas des marches, le visage pâle, triste et fermé. Au moment de le quitter il parut interdit, les lèvres tremblantes et comme incapable de parler.

— Eh quoi ! Mon fils ! dit Henri. Vous ne dites mot ! Vous ne m'embrassez pas quand je m'en vais ?

Louis se prend alors à pleurer sans éclater, tâchant de cacher ses larmes devant si grande compagnie.

Le Roi change de couleur et, à peu près pleurant lui aussi, le prend, le baise, l'embrasse et lui dit : « Je vous dirai comme Dieu dit dans l'Écriture sainte : mon fils, je suis bien aise de voir ces larmes. J'y aurai égard. »

Ce fut une scène fort brève quant à sa durée, mais d'une grande intensité. Parmi tous ceux qui étaient là, pas un mot. Vous eussiez ouï tomber une épingle. Sans se retourner, le Roi entra d'un pas vif dans le carrosse et Louis remonta l'escalier en courant tant il craignait qu'on vît ses larmes.

CHAPITRE VIII

Mon grand-père, le Baron de Mespech, avait tenu et tenait toujours, en son grand âge, un « livre de raison », sur lequel il consignait les événements, grands et petits, qui échéaient à sa famille, à lui-même et à ses gens. J'y figure à la date du 20 septembre 1607 : « Mon fils Pierre m'apprend par lettre missive que mon petit-fils, Pierre-Emmanuel de Siorac, a été fait Chevalier par le Roi. Cet honneur honore la perspicacité de celui qui l'a baillé : Pierre-Emmanuel servira bien son souverain. Il est sérieux, studieux et, ce qui le rend fort aimable, plein de vie et de sève. » Une note fort touchante était ajoutée en post-scriptum : « Je prie Dieu que Pierre-Emmanuel me revienne voir avec son père à Mespech avant que les cyprès me prennent dans leur nuit. »

Je tiens, quant à moi, non un « livre de raison », mais, comme on dit ce jour d'hui : un journal. Et, en le feuilletant, ce que je fais souvent en écrivant ces Mémoires, j'y trouve, à la date du 8 décembre 1608, une succincte entrée : « Hier, retour de Saint-Germain-en-Laye. Récit. Père ému. La Surie ébaudi. Damnable gausserie de La Surie. Billet. Je suis au comble de la joie. »

Recherchant en la gibecière de mes souvenirs ce que ces quelques mots évoquent, je ne laisse pas d'être étonné par la capricieuse alchimie de la mémoire. Car la plaisanterie de La Surie — à laquelle je n'attachais aucune importance et que je trouvais damnable — me revient plus vite à l'esprit que le « billet » qui m'avait donné tant de joie : « On ne peut être que surpris, avait dit La Surie, quand on connaît la réputation de la reine Margot, que ce soit les cœurs de ses défunts amants qu'elle ait choisi d'embaumer. — Miroul ! » dit mon père. Sa voix et la réprobation dont elle était chargée me résonnent tant d'années après à l'oreille et soudain, tout me revient, y compris ce billet arrivé en mon absence et que mon père ne me remit qu'une fois mes récits terminés, jugeant, non sans raison, que je les eusse écourtés, s'il me l'avait donné d'abord. Ce billet, je l'ai recherché avec diligence dans mes cassettes. Le voici, un peu jauni par l'âge :

« Monsieur,

« C'est à votre courtoisie que je dois tant d'excuses si joliment tournées pour un faux bond où vous ne fûtes pour rien. Je serais bien ingrate envers ce grand Roi, si fidèle ami des miens, si je n'entendais pas que son service ne peut qu'il ne passe avant mes leçons. Je suis, au demeurant, fort touchée de la merveilleuse impatience où je vous vois d'apprendre la langue qui est la mienne. C'est de nouveau avec le plus vif plaisir que je vous recevrai le lundi six décembre, sur les trois heures de l'après-midi. Je vous prie de me croire, Monsieur, votre humble et dévouée servante.

Ulrike von Lichtenberg. »

Quand, ayant lu ce billet, en rougissant quelque peu, je le tendis à mon père, il dit, après l'avoir parcouru :

— J'aime ce ton. Il vous fait sentir toute la différence entre la grandeur et la hauteur.

– Et quelle est-elle ? dit La Surie.

— Henri est grand. Marie est haute. Henri ne rappelle les distances où les autres sont de lui qu'aux fâcheux qui les oublient. Il n'a que faire de la morgue. Et c'est la parfaite simplicité de son attitude qui donne, à qui l'approche, le sentiment de sa grandeur.

— Pierre-Emmanuel, dit La Surie, si vous me le permettez, j'aimerais jeter un œil sur ce billet.

— Bien volontiers.

Il le lut à son tour et dit :

— Il me semble que Madame de Lichtenberg vous aime bien.

— A quoi voyez-vous cela ? dis-je en me sentant rougir derechef.

— Par ce passage : « Je suis, au demeurant, fort touchée de la merveilleuse impatience où je vous vois d'apprendre la langue qui est la mienne. »

— Eh bien ?

— Il y a l'amorce d'une petite taquinerie dans la « merveilleuse impatience » et l'ombre d'une petite coquetterie dans « la langue qui est la mienne ».

— Coquette ? dis-je, tenant haut les couleurs de ma dame comme si j'allais entrer en lice pour elle. Fi donc ! C'est ce qu'elle n'est pas ! Elle est fort sérieuse. Je dirais même qu'il y a quelque gravité dans ses manières.

A cela, La Surie regarda mon père, sourit et ne répondit pas. Cet entretien eut lieu le dimanche soir après souper et, à dire le vrai, je me sentais fort las, et de mon long et cahotant voyage, et de mes récits, et des infinies questions qu'ils avaient provoquées.

— Vos yeux se ferment, Monsieur mon fils, dit mon père. Il est temps, comme dit Henri, que votre sommeil vous dorme.

Le lendemain, après une matinée plus distraite que studieuse, j'écourtai ma sieste de moitié pour prier Toinon de me boucler le cheveu. Elle prit cette demande très au rebours du poil.

— A s'teure, dit-elle, en se levant de ma couche avec un visage qui n'annonçait rien de bon, me voilà plus encline aux enchériments qu'à manier le fer à friser. Et croyez-vous, Monsieur, que ce soit bien honnête de prendre ainsi sur l'aise et le plaisir des gens pour vous embellifier ? Et pourquoi donc vous mettez-vous en des frais que vous ne fîtes pas pour le Roi en Saint-Germain-en-Laye ?

— C'est mon affaire.

— Votre affaire, c'est quelque garcelette de cour qui vous aura tourné la tête avec quelques grimaces. Et que croyez-vous que vous allez gagner à faire devant elle le galant ? Ces façonnières ne donnent rien pour rien. Tout ce que la mijaurée vous baillera d'elle, hors mariage, ce sera le bout de ses doigts à lécher ! Le beau barguin que voilà !

— Tu n'y es point du tout, Toinon. Il ne s'agit pas d'une pécore, mais d'une dame, et qui me donne des leçons d'allemand.

— Alors, que ne vient-elle vous les bailler céans, qu'on voie un peu son museau !

— Cela ne se peut. C'est une haute dame.

— Babillebabou ! Une haute dame, maîtresse d'école ! Vous m'en donnez à garder !

— C'est la pure vérité ! Et trêve de tes questions, s'il te plaît, Toinon. Contente-toi de me boucler sans me brûler et mets un bœuf sur ta langue !

— Et vous-même, dit-elle entre ses dents, bas assez pour feindre de se parler à soi, mais assez haut pour que je l'ouïsse, mettez donc deux onces de raison dans votre cervelle !

— Or çà, Toinon ! dis-je avec les grosses dents, veux-tu quelques bonnes buffes et soufflets pour t'apprendre le respect ?

— Et moi, dit-elle, la crête nullement rabattue, qui me respectera ? Moi qu'on jette impiteusement au bas d'une couche pour friser un ingrat qui s'en va parfaire avec une autre la seconde moitié de sa sieste !

— Que me chantes-tu là ? Il s'agit de leçons et la dame est une veuve.

— Une veuve ! Pardienne ! On sait ce qu'en vaut l'aune !

— Une veuve réputée pour ses vertus.

— Bagatelle !

— Et qui a de grands enfants.

— Fi donc, Monsieur, une vieille ! Et c'est pour une ménine que vous écourtez notre sieste ! C'est le monde à l'envers ! Ma jeune peau ne vous ragoûte plus !

A ces mots de « vieille » et de « ménine », je fus à deux doigts de la battre. Mais en réfléchissant que si je me laissais aller, elle planterait là son fer à friser, me laissant la moitié du cheveu ondulé et l'autre moitié raide, s'en irait ensuite clabaudant du haut en bas du logis et me bouderait pendant deux jours, je décidai de me brider, admirant à part moi qu'elle eût réussi, en quelques minutes, à me tirer les vers du nez et à m'exaspérer. Vramy ! me pensai-je, si l'on appelle faible ce sexe-là, c'est qu'on oublie qu'il a une langue !...

Je ne pipai pas. Je feignis de rester de marbre à ses picoteries, mais sentant bien qu'elle était trop proche de moi et moi d'elle pour qu'elle n'eût pas quelque raison de me quereller, je me jurai de n'y revenir plus. C'était trop cher payer la vanité de quelques boucles.

Il me parut singulier que mon père, toujours ménager de ses deniers, eût commandé un coche de louage pour me conduire chez la *Gräfin* von Lichtenberg, et je crus d'abord que le nôtre allait être utilisé dans l'après-midi. Mais quand le coche vint me chercher par la suite trois fois par semaine, les lundi, mercredi et vendredi pour m'amener prendre mes leçons chez elle, j'entendis bien qu'il y avait eu, pendant mon séjour à Saint-Germain-en-Laye, une entente entre la dame et lui pour que mes visites se fissent d'une façon plus anonyme que par notre carrosse, dont les portes étaient emblasonnées aux armes de ma famille. J'en conclus que

Madame de Lichtenberg — parce qu'elle était allemande et calviniste — craignait que son logis ne fût surveillé par des espions ligueux ou espagnols. Conclusion que mon père confirma, en me recommandant de fermer les rideaux du coche et de ne les ouvrir point que je ne fusse dans la cour de l'Hôtel de Lichtenberg, la porte cochère refermée derrière moi.

Je ne fus pas non plus sans observer que les murs qui fermaient l'hôtel où demeurait Madame de Lichtenberg, tant ceux de la cour que du jardin, étaient fort hauts, les fenêtres et portes-fenêtres défendues par de lourds panneaux de bois aspés de fer et le logis bien pourvu en valets et laquais robustes et l'œil épiant, originaires, à les ouïr, du Palatinat et fort capables de se muer, à l'occasion, en soldats. Quant à la *Gräfin,* quel que fût la salle ou le cabinet où elle me donnait mes leçons, j'observai qu'elle en verrouillait la porte dès que nous étions installés, la déclosait à l'entrée du valet qui apportait la collation et la refermait derrière lui. Ces prudences m'enchantaient. J'avais l'impression de vivre une périlleuse aventure.

Quant à son enseignement, il me donna un surplus de respect pour elle, car il m'apparut vite que ma « maîtresse d'école » valait bien un jésuite et Dieu sait s'ils étaient en ce domaine réputés, mon maître ès lettres françaises, Monsieur Philipponeau en étant un brillant exemple, car si ses galanteries lui avaient perdu la robe de la Compagnie de Jésus, il en avait conservé les talents.

Madame de Lichtenberg préparait avec le plus grand soin ses leçons, les graduait selon mes progrès, récapitulait sans cesse l'acquis avant de poursuivre, m'encourageait par de discrets compliments et corrigeait mes fautes avec tant de douceur et de patience qu'en m'affectionnant à elle elle ne pouvait qu'elle ne m'affectionnât aussi à l'objet de mon étude. A ouïr le patois que parlait Franz avec Greta, je m'étais imaginé jusque-là que l'allemand était une langue assez rude, mais à l'écouter chanter sur les lèvres de la *Gräfin*, je compris combien elle pouvait être, sans pour autant perdre de sa force, flexible et musicale.

Madame de Lichtenberg, sa leçon finie, me retenait toujours pour partager sa collation que, pour moi, elle avait retardée d'une heure. J'attendais ce moment et en même temps, je ne laissais pas de le redouter un peu, puisqu'il devait amener la fin de notre rencontre et des instants charmants qu'elle permettait. Mais, soit que la *Gräfin* sentît en moi cette inquiétude, soit qu'elle se plût en ma compagnie, j'observai que peu à peu elle les prolongeait.

C'était toujours les mêmes galettes et la même confiture, la seconde étendue sur les premières, de sa belle main qu'une seule bague décorait, diamants et rubis, toujours la même. Ce n'était, de reste, pas son unique bijou. Elle avait, autour du cou, pendant à une chaîne ouvragée, un cœur en or et une clef brisée, lesquels m'intriguaient assez pour que j'en touchasse un mot à mon père : « D'après Bassompierre, dit-il, elle porte ce bijou depuis la mort de son mari qu'elle aimait de grande amour. La clef brisée est un symbole un peu trop pathétique à mon goût et qui risque, à la longue, d'être démenti. Bassompierre, parce qu'il en a été rebuté, tient Madame de Lichtenberg pour une vertu inaccessible et c'est vrai qu'elle vit très retirée. Mais il n'est pas impossible qu'elle s'ennuie dans son retirement. Après tout, le Comte est mort depuis deux ans déjà. » Je me tus, mais cette façon de parler me déplut. Elle supposait des failles et des faiblesses à mon idole.

Pourtant, je regardai la *Gräfin* tartiner pour moi la première galette avec des émotions où il n'y avait plus trace de la quasi filiale gratitude que j'avais la première fois ressentie à son endroit et pour dire tout le vrai, elle eût sans doute trouvé les regards que je promenais sur ses charmes de la dernière effronterie, si elle n'avait pas eu les paupières baissées sur ses magnifiques prunelles, étant absorbée dans sa tâche nourricière avec le sérieux qu'elle mettait à tout. Je me sentais quelque peu coupable de la considérer ainsi, étant pénétré pour elle d'un sentiment voisin de la vénération. Mais je me flattais d'être assez prompt pour lui dérober l'indiscrétion de mes œillades au moment précis où, levant la tête, elle allait me tendre ma tartine sur une petite assiette. Parce que je partageais mes siestes avec Toinon, je croyais connaître « *il gentil sesso* » mais, béjaune que j'étais, je ne savais pas encore qu'une femme n'a pas besoin de ses yeux pour sentir sur elle la chaleur d'un regard.

Cependant, l'amour commençait à me donner de l'esprit, car de mes yeux, comme collés à sa personne, je suivais tous ses gestes et je finis à la longue par m'apercevoir qu'elle mettait plus de temps à confiturer mes galettes qu'il n'en était besoin. J'en conclus qu'elle sentait mes regards sur elle — ce qui était vrai — et qu'elle allongeait sa tâche, parce qu'ils l'embarrassaient — ce qui était loin d'être vrai : j'en pris conscience dans la suite, mais cette connaissance, comme toutes celles qui concernent l'objet aimé, me vint trop tard pour être utile.

— Eh bien, voilà ! disait-elle en posant la tartine sur une petite assiette, c'est fini. Et vous allez pouvoir réparer vos forces...

Ainsi me prévenait-elle d'avoir à rengainer les regards que je promenais sur son cou, sa gorge et ce que son vertugadin me laissait deviner de ses formes. Mais elle disait ces paroles d'un ton si uni que j'apercevais le signal d'avoir à me replier, sans deviner la complicité qu'il impliquait. Ainsi son adresse autant que ma naïveté nous ménageaient des moments d'autant plus charmants qu'ils demeuraient dans les marges les plus floues de nos volontés et ne réclamaient de ma part aucune initiative, et de la sienne, aucune décision.

Elle me recevait chaque fois dans une pièce différente de son hôtel et j'aurais dû remarquer — comme je le fis plus tard — que cette pièce, soit que ce fût voulu, soit, comme je crois, quasi involontaire, était chaque fois plus petite. Car nous passâmes ainsi d'un grand salon à un salon plus intime, de celui-là à une petite verrière où il y avait des plantes vertes, de la verrière à une chambre, et de la chambre à un cabinet où, à part une coiffeuse, il n'y avait place que pour une chaire à bras et un tabouret. Cependant, cette progression ne fut pas régulière, car on retourna une fois au moins au grand salon. Mais ce retour que je vécus comme une régression et qui m'attrista demeura l'exception. Dans la suite, la tendance vers la petitesse du lieu continua à s'affirmer et l'emporta enfin tout à plein.

C'est dans le cabinet que j'ai dit qu'un jour, après la collation, Madame de Lichtenberg saisit, tout en parlant, une petite lime à manche d'ivoire sur sa coiffeuse et entreprit de se limer les ongles. Ce soin me surprit d'abord, mais à la réflexion m'enchanta, puisqu'il m'admettait auprès d'elle sur un pied de familiarité dont je n'aurais jamais osé rêver. En plus, il me donnait deux plaisirs : celui de la couvrir tout mon saoul de mes regards, puisqu'elle avait les yeux baissés sur ses ongles, celui aussi de l'écouter car, en raison peut-être de son occupation, la conversation elle-même devint plus familière.

A une question que je lui posai, elle me parla de Bassompierre avec une franchise qui m'étonna.

— Bassompierre, dit-elle, est un de ces Allemands qui méprisent quelque peu les Français en raison des vertus qui leur manquent, et en même temps les admirent bouche bée pour les défauts qu'ils trahissent. Et depuis qu'il est en France, il n'a eu qu'une ambition : remplacer ses solides vertus allemandes par les brillants défauts français, surtout en ce qui concerne les femmes.

— J'aurai gagé, dis-je, qu'il était de vos amis.

— Il l'aurait été, s'il n'avait voulu dépasser le seuil de l'amitié. Mais qui pourrait accepter une amour prostituée chaque jour à la moitié du genre humain ?

Comme je me taisais, elle leva les paupières, me jeta un regard vif et dit :

— Avez-vous rencontré ses nièces ?

Une question aussi directe chez une dame, dont la réserve et la politesse étaient si raffinées, me laissa d'abord béant et je fus un moment avant de répondre :

— Oui, dis-je à la fin, sur sa gabarre. Nous sommes allés de concert à Saint-Germain-en-Laye, sur la rivière de Seine.

Elle se tut et je fus pris d'une frayeur mortelle à la pensée que Bassompierre lui avait peut-être parlé de Toinon. La question qui suivit, et que je redoutais avant même qu'elle ne vînt, ne me permit pas d'en décider autant que je l'eusse voulu, car si elle était en elle-même assez indiscrète, son indiscrétion ne paraissait pas, à vue de nez, me viser.

— Comment expliquer, dit-elle, qu'un gentilhomme de bon lieu, fin et sensible comme Bassompierre, puisse se plaire à des amours aussi communes ?

Traître que je fus alors à Toinon, menteur et qui pis est, chattemite, je haussai les sourcils et fis une petite moue — mimique qui, sans que j'ouvrisse la bouche, me permit de donner à Madame de Lichtenberg la réponse qu'elle désirait ouïr. Je dis « menteur » car, bien loin de me peu ragoûter, ce que je voyais en Toinon de populaire avait été, au moins au début, l'élément le plus rassurant de nos rapports. Mais comment eussé-je pu expliquer cela à une dame si haute et qui montrait en toute chose une tournure d'esprit si sérieuse ?

Ayant fini d'arrondir comme elle l'entendait les ongles de sa main gauche, Madame de Lichtenberg passa la lime dans cette même main, pour parfaire les ongles de sa main droite. Mais elle parut peu satisfaite de ce changement.

— On dit mieux qu'on ne croit, fit-elle avec un petit rire, quand on décrit une maladresse sous le nom de gaucherie. Les choses allaient si bien quand ma dextre travaillait. Mais mon autre main est si peu adroite qu'elle lime on ne peut plus mal. Quelle pitié que ma chambrière favorite soit couchée et mal allante ! Je l'eusse appelée à la rescousse.

— Madame, dis-je, sans même me donner le temps de la réflexion (mais la gaîté soudaine qui avait tinté dans le petit rire qui accompagnait sa remarque m'avait inspiré quelque audace), je serais ravi, si vous vouliez bien me permettre de la remplacer.

— Eh quoi ! dit-elle. Sauriez-vous le faire ?

— Je le pense.

— Sans me blesser ?

— Je peux vous l'assurer.

— Eh bien, essayons ! dit-elle avec un nouveau petit rire, comme s'il s'agissait, de ma part, d'un enfantillage.

Me levant alors, je saisis mon tabouret et m'installai sur sa droite et m'assis. Elle me livra la lime et la main malhabile qui l'avait tenue. Ses doigts étaient doux et tièdes sous les miens et encore que je ressentisse un profond plaisir à les avoir en ma possession, je ne voulus pas trop m'attarder à cette émotion, ayant à cœur de m'acquitter d'une tâche à laquelle de ma vie, je n'avais mis la main, Toinon prenant soin au logis de mes ongles, en les coupant avec une paire de petits ciseaux.

J'y allai d'abord très à la douceur, craignant de lui faire mal et, m'appliquant beaucoup, je me sentais rougir de l'effort que je faisais. Madame de Lichtenberg se taisait et comme je me trouvais assis plus bas qu'elle, ma tête à la hauteur de sa hanche, je n'eus su dire si elle regardait mon visage ou la main qu'elle m'abandonnait. Cependant, je faisais dans mon emploi des progrès rapides, la tension où j'étais diminua et je me rendis compte du silence que nous gardions l'un et l'autre, et que rien ne justifiait, sinon, de ma part, le plaisir si vif — et apparemment si disproportionné à sa cause — de manier comme je l'entendais sa main, d'en être le maître, et de m'émerveiller qu'elle fût si différente de la mienne par sa blancheur et la finesse de sa texture.

Bien que ses doigts fussent tout à plein inertes et dociles, j'avais l'impression, dès que je déplaçais les miens, qu'ils me caressaient. Au bout d'un moment, je me rendis compte que la respiration d'Ulrike changeait, qu'elle devenait plus profonde et plus lente. J'en eusse conclu qu'elle s'ensommeillait si, levant les yeux de ma tâche, je n'avais rencontré les siens, bien éveillés, mais cependant, me sembla-t-il, désarmés de cette vigilance qui, à l'ordinaire, la gouvernait. J'entendis qu'elle s'abandonnait à la douceur du moment, aveugle aux possibilités qu'il contenait en germe, jouissant de ces minutes d'intimité qui la charmaient sans l'effrayer, le desservant de son culte étant si jeune, si adorant et si plein de respect pour elle. Ce ne fut qu'un éclair. J'abaissai vite mes paupières, pour que le feu de mon regard ne la réveillât pas de la quiétude où elle se laissait aller.

***

Bassompierre vint partager notre dîner à la fin décembre, ce qui nous obligea à faire quelques frais de toilette pour ne pas paraître trop misérables au regard de ses splendeurs, mais sentant bien que, de ce côté, nous ne pouvions espérer briller d'un aussi vif éclat que lui, mon père ordonna à Caboche de nous préparer le repas le plus succulent qu'il pût composer, sans rien épargner ni en viandes ni en vins, afin qu'à défaut de contenter les yeux de notre hôte nous puissions, du moins, flatter son palais.

Mais dès que Bassompierre descendit de son rutilant carrosse et s'assit à notre table comme un somnambule, nous comprîmes l'inutilité de nos efforts. C'est à peine s'il jeta l'œil sur nous et goûta à nos plats. Retiré d'emblée de toute conversation raisonnable, son œil bleu perdu dans l'espace et la parole rare, il parut absent, non dans le souci, mais dans l'extase. Mariette, toujours soucieuse de la gloire de son mari, s'inquiétait de voir son assiette s'ennuyer devant lui sans qu'il y mît le bout de sa fourchette, et jetait à mon père, qui feignait de ne pas les voir, des regards désolés. Franz, de son côté, lui remplit son verre. Bassompierre en but une gorgée et le reposa.

— Jour de Dieu, Bassompierre ! dit mon père, êtes-vous mal allant ? Taraudé du gaster ou saisi par la fièvre ? Vous ne mangez pas ! C'est à peine si vous buvez ! Et aux cernes que je vois sous vos yeux, j'augure que vous ne dormez pas non plus.

— Je me marie, dit Bassompierre, parlant d'une voix incertaine et les yeux brouillés, comme si on l'avait réveillé contre son gré du plus bienheureux des rêves.

— Pauvres nièces ! dit La Surie, *sotto voce*. Les voilà désoccupées !...

Mon père regarda le Chevalier en fronçant les sourcils mais Bassompierre n'avait pas ouï. Il était retombé dans ses rêves.

— Quand ? dit mon père.

— Avant Noël, dit Bassompierre, qui me parut répondre par l'effet d'une mécanique où sa volonté n'était pour rien.

— Avec qui ?

— Avec Charlotte de Montmorency.

La Surie parut fort impressionné, tandis que mon père et moi échangions, sans mot dire, des regards entendus. Charlotte était cette pernicieuse pécore qui, avant la *volte* que j'avais dansée avec elle au bal de la Duchesse de Guise, m'avait prié, en *a parte*, de la faire sauter le plus haut possible. Après quoi, ayant montré ses jambes et distribué des œillades aux Grands de ce monde, elle m'avait, la danse finie, publiquement reproché ma conduite indécente.

— La fille du Connétable ! dit La Surie en secouant la tête avec considération. Mais c'est quasiment une princesse !

— Je ne me marierais pas à moins ! dit Bassompierre qui parut enfin sortir de sa transe et tint, pour la première fois, un propos qui lui ressemblait.

Comme mon père se taisait, il se tourna vers lui et, comme surpris de son silence, il lui dit :

— Eh bien, Siorac, qu'en pensez-vous ?

— Elle est bien jeune : Comte, vous vieillissez...

— Mais j'ai trente ans ! dit Bassompierre avec quelque véhémence. Et elle marche sur ses seize ans.

— Je gaussais, dit mon père avec un sourire. En fait, les âges sont bien accordés. Et elle est fort belle, ayant assurément le plus joli minois de la création et le reste à l'avenant.

Bassompierre ne me parut qu'à demi satisfait de cet éloge que mon père avait prononcé sans y mettre la chaleur qu'il eût attendue de son amitié.

— Que dit le Roi ? demanda La Surie.

— Il est aux anges ! dit Bassompierre.

Et il ajouta, non sans quelque fatuité :

— Vous savez comme il m'aime.

— Va-t-il doter la mariée ?

— Mais voyons, il n'en est nul besoin. Vous n'ignorez pas qu'elle est, avec Mademoiselle de Mercœur, la plus riche héritière du royaume.

Il reprit avec un sourire :

— En fait, c'est moi que le Roi dote.

— Il vous dote ? dit La Surie en ouvrant de grands yeux.

— Oui-da, il va acheter pour moi au Duc de Bouillon la charge de premier gentilhomme de la Chambre.

— Bravo, bravissimo, Bassompierre ! dit mon père. C'est là une marque éclatante de la faveur du Roi. Il ne pouvait faire mieux ni plus !

Bassompierre, qui était la finesse même, me parut sentir que mon père avait parlé, cette fois, avec plus d'élan qua quand il s'était contenté de louer la beauté de Charlotte. Il le regarda d'un air interrogatif et voyant que mon père était décidé à n'en pas dire plus, ne s'étant exprimé sur le compte de Charlotte que par prétérition, il jeta un œil à sa montre-horloge et, sous prétexte que le Roi l'attendait au Louvre, demanda son congé et s'en alla, aussi mal à l'aise que malengroin, à ce qu'il me sembla.

Cette retraite parut si hâtive et, bien que Bassompierre se piquât de politesse, si peu courtoise, que mon père parut s'en faire scrupule, se demandant sans doute s'il n'avait pas trahi plus de réserves au sujet de Charlotte qu'il n'aurait dû. Là-dessus, avisant, de l'autre côté de la table, Mariette, les bras ballants et l'air effaré, il lui dit avec quelque brusquerie :

— Eh bien, Mariette ! Qu'attends-tu pour enlever l'assiette de Monsieur de Bassompierre ? Tu vois bien qu'il n'y a pas touché.

— Ah, *Mouchieu* le Marquis, dit Mariette qui, en ses moments d'intense émotion, reprenait de plus belle son accent auvergnat, *che* ne toucherais pas à cette assiette pour tout l'or de la *Bach*tille ! Jésus ! Le pauvre Comte ! Je prie le Seigneur qu'il le veuille bien pardonner de marier un *chuc*cube ! Qu'il en est déjà tout envoûté !

— Charlotte de Montmorency, un succube[1] ! Et d'où tiens-tu cela, ma commère ?

— Ah ! *Mouchieu* le Marquis, la chose est *chûre* ! *Che* la tiens de mon oncle. Il fut valet chez la mère de Madame Charlotte, Louise de Budos, laquelle étant gar*che*lette, *che* donna au diable sur la pro*meche* qu'il lui fit de la marier à *Mouchieu* le Connétable, l'homme le plus riche de France et le plus pui*chant* après le Roi.

— Elle se donna au diable ? dit mon père en haussant le sourcil.

— Oui-da, *Mouchieu* le Marquis. Et même qu'elle en souffrit mal de mort, le diable ayant un chouard rouge

1. Le succube est un démon féminin.

comme l'enfer et qui vous brûle les entrailles là où il se met !...

— Comment dès lors ne pas s'étonner, dit mon père en regardant La Surie qui riait sous cape, du grand nombre de femmes qui, de nos jours, prétendent avoir eu commerce avec le diable ?

— C'est tout *chus*tement de ces impudiques dont on dit qu'elles ont le diable au corps, dit Mariette sans s'émouvoir de l'objection. Et pour en revenir à Madame Louise, le diable, après en avoir joui tout son saoul, lui recou*chut* sa virginité et le *choir* des noces, le pauvre Connétable n'y vit que du feu. N'empêche, le mal était fait ! Et Madame Charlotte naquit de *chette chemenche*-là. D'où vient qu'elle devint, sous l'apparence d'un ange, une véritable dia*blèche*. Et de plus, comme *cha* mère, une *ambivichieuse*.

— Une *ambivichieuse* ? dit mon père. Qu'est-ce encore que cela ?

— Une autre sorte de poule laitée, j'imagine, dit La Surie.

— Point du tout, reprit Mariette avec un air d'immense sagesse. Une *ambivichieuse*, c'est une femme qui a tout ensemble de l'ambi*chion* et du *viche*.

— De l'ambition et du vice ! Parfait ! Parfait ! Tout devient clair ! Je m'instruis en t'écoutant, Mariette. Est-ce tout ?

— Nenni, *Mouchieu* le Marquis. Après Charlotte, le diable fit encore à Madame Louise un fils qu'on prénomma Henri. Mais *ch'*étant absenté pour aller à l'autre bout du monde commettre *ches* noir*cheurs* et *ches* méchantises (car il a partout fort à faire), le diable, quand il revint, trouva Louise *groche* et *chette* fois du Connétable. Et furieux qu'elle ait manqué à *cha* foi, il l'étrangla en *blach*phémant le *chaint* nom de Dieu et la *laicha* morte, et son beau vi*cha*ge si défiguré qu'on ne la reconnai*chait* plus.

— Tu observeras, mon fils, dit mon père, comment d'un

petit chat on fait un énorme tigre. Louise de Budos fut bien, à sa mort, comme Gabrielle d'Estrées, étrangement défigurée et c'est la seule note vraie de la chanson que tu viens d'ouïr. Tout le reste, Mariette, dit-il en se tournant vers elle, est un damnable ramassis de superstitions, lesquelles prêteraient à rire, si elles ne portaient pas atteinte à l'honneur d'une grande famille. Et je te défends bien d'ores en avant de répéter cette fable, car c'est une fable à te faire pendre, et ton Caboche aussi.

— Mais *ch'est* de mon oncle que je la tiens ! dit Mariette, toute rouge de honte, et je n'y ai pas vu ma*liche*.

— Malice ou pas, ne répète pas cette histoire, ma pauvre, dit mon père d'un ton plus doux, si tu veux demeurer en mon emploi. Et va de ce pas m'allumer un grand feu dans la librairie. Greta débarrassera la table pour toi.

— La grand mer*chi* à vous, *Meuchieu* le Marquis, dit Mariette qui avait bien entendu que son maître, en sa bonté, la dispensait ainsi de toucher à l'assiette de Bassompierre, laquelle était bien évidemment envoûtée, puisque le Comte l'était.

— J'ai déjà entendu ces fariboles au sujet de Louise de Budos, dit mon père, dès que Mariette nous eut quittés. Le populaire, dès qu'un événement pernicieux lui semble inexplicable, l'explique par le diable. Et passe encore que les ignares croient à ces fables, mais le pis est — tant notre siècle est crédule ! — que même des barbons pleins d'usage et de raison, comme Pierre de l'Estoile, ajoutent foi à ces sornettes.

— Mais vous-même, dit La Surie, je vous ai trouvé fort réticent à féliciter Bassompierre de son mariage et n'y allant que de la moitié d'une fesse pour louanger Charlotte.

— Mais c'est qu'il y avait une raison à cela. Et Pierre-Emmanuel va vous la dire.

Je contai alors à La Surie comment, lors du bal de la

Duchesse de Guise, Charlotte de Montmorency, qui avait à peine quinze ans, m'avait joué le méchant tour que l'on sait.

— Ah, mais l'affaire est pendable ! dit La Surie. Et comment se fait-il que je ne l'aie pas sue ?

— Tu avais l'œil et l'oreille occupés ailleurs, dit mon père avec un sourire.

— Et elle avait quinze ans ! dit La Surie. Et donnait déjà le bel œil aux Grands en montrant ses cuisselettes !

— Aux Grands et même au Roi ! dis-je.

— Jour de Dieu ! Se pourrait-il qu'elle soit succube après tout ? dit La Surie.

— Miroul ! dit mon père.

— Ou si elle ne l'est pas, ne serait-elle pas, comme dit Mariette, une « *ambivichieuse* » ?

Je ris à cela, mais non mon père.

— Allons, Miroul, c'est assez ! dit-il. Nos gens te pourraient entendre. Et ce que dit le maître, le valet le répète un jour. Voudrais-tu que céans on parle ainsi de la femme de Bassompierre quand il nous l'amènera à dîner ?

Après la remontrance qu'elle avait essuyée, la langue parleresse de Mariette, du moins à ce propos, cessa de frétiller, mais non point sa cervelle. Et celle-là eut quelque raison de penser que le ciel lui-même se mettait à la traverse du mariage de Bassompierre. Je notai, à ce propos, que nos gens sont souvent mieux renseignés que nous-mêmes sur les secrets des grandes familles et parfois sur nous-mêmes, le plus vif de leurs plaisirs étant de nous observer et de se communiquer entre eux leurs observations. C'est ainsi que Mariette apprit, en allant au marché — où elle rencontra un valet auvergnat du Connétable —, que celui-ci, alors âgé de soixante-quatorze ans, se trouvant saisi d'un violent accès de goutte, avait pris le lit et qu'en conséquence le mariage de Charlotte n'aurait pas lieu avant Noël, comme Bassompierre nous l'avait dit.

Mariette nous communiqua cette nouvelle, alors qu'elle

nous servait à table et nul de nous trois n'aurait senti l'immense satisfaction qu'elle en éprouvait, si le retour en force de son accent ne l'avait de nouveau trahie. Pour qui la connaissait, il était, de reste, bien évident qu'elle voyait dans le retardement de cette union, soit la main de Dieu, soit celle de la bonne fée allemande du Comte, soit peut-être les deux, liguées pour une fois contre les puissances infernales dont Charlotte était issue.

En janvier, le Connétable se rétablit, mais mon père, en revenant du Louvre, nous apprit que le Duc de Bouillon faisait de grandes difficultés pour vendre à Bassompierre, c'est-à-dire au Roi, puisque c'était là ce que Sa Majesté voulait donner à son favori, sa charge de premier gentilhomme de la Chambre.

Le barguin portait surtout sur le prix : Bouillon en voulait quarante cinq mille livres, et le Roi, rabattant de plus de la moitié ses prétentions, ne lui en voulait donner que vingt mille. Mais Bouillon, neveu de Montmorency, estimait aussi que Bassompierre n'était pas assez haut pour sa cousine Charlotte. Fille de Connétable, il lui eût fallu rien moins qu'un prince, par exemple le Prince de Condé. Le Roi s'était récrié. Condé aimait mieux la chasse que les dames, et de reste, pour Charlotte il voulait Bassompierre, et personne d'autre.

Son ton avait été si ferme que mon père en augura qu'avec ou sans la charge de premier gentilhomme de la Chambre Bassompierre épouserait Charlotte avant Pâques. Il se trompait. Malgré la protection de sa fée allemande, Bassompierre perdit tout : bien-aimée, alliance flatteuse, gros héritage, charge royale, mais sans que Bouillon y fût pour rien, sans que Condé y gagnât rien qu'un exil volontaire, et circonstance plus surprenante encore, avec l'assentiment de la belle. Et comment la chose se fit, c'est ce que je vais conter.

*
**

A quelques jours de là, un page me vint, pendant la matinée, porter un billet du Roi me mandant de me trouver sur le coup de dix heures dans les appartements du Dauphin. Et au guichet du Louvre où Praslin se trouvait de garde, que vis-je debout, absurdement plus petit que le capitaine des gardes, mais chatoyant d'autant de couleurs qu'une prairie en mai, qui, sinon le jeune Romorantin ? Lequel m'attendait et me fit dix saluts plutôt qu'un de son chapeau empanaché, la main gauche galamment sur la hanche, un sourire à la négligente jouant sur ses lèvres et ignorant avec superbe les regards de mépris que Praslin de haut déversait sur lui, et qui devinrent plus écrasants encore quand il vit le muguet m'accoler et me baiser.

— Chevalier, me dit Romorantin en me prenant par le bras et en m'entraînant dans la cour du Louvre, que je suis donc aise de voir votre tant belle face ! Le Roi m'a posté là pour vous conduire aux appartements de Monsieur le Dauphin et vramy, vous ne sauriez croire à quel point j'ai pâti à faire le pied de grue au côté de ce Praslin. Très assurément, il me pue ! Il se doit cirer le cheveu et la moustache de cette même graisse de porc que ses soldats étendent sur leurs bottes ! J'en étais suffoqué !

Là-dessus, il rit d'un rire de fausset, comme enivré de son propre esprit.

— Mais Marquis, dis-je en souriant, qu'est cela ? Vous ne prononcez plus les « o » en « ou », les « oi » en « é » et vous donnez maintenant droit de cité au « d » que vous trouviez jadis, si bien je me ressouviens, dur et dental.

— Hélas ! Chevalier ! dit-il, mes amis et moi-même n'avons pas varié en nos opinions. Nous pensons toujours que le « ou » est plus suave que l' « o », que l' « oi » est un sot volatile et se doit prononcer « é », et que le « d » est infâme, mais le Roi, ayant appris par quelque indiscret compagnon nos petites délicatesses, nous a traités de « sots caquets » et fait défense de faire offense à la langue française. (Comment trouvez-vous *ma défense de faire offense* ? L'assonance n'est-elle pas bien bravette ?) Il est vrai que le Roi, présentement, est dans une épouvantable colère et c'est sur nous que la foudre est tombée.

— Et quelle est la cause de cette ire ? dis-je, alarmé.

— Mais comment, Chevalier, vous êtes bien le seul, à la cour, qui l'ignore ! C'est la faute à la Des Essarts. Henri, ayant rompu avec la Verneuil et envoyé la Moret au couvent, s'est tout soudain aperçu qu'il était sans petite compagne de jeux et a voulu remettre en selle la Des Essarts, laquelle, étant indubitablement la plus sotte pécore du royaume, a exigé de faire partie, à son âge ! du ballet des *Nymphes de Diane* que la Reine va faire danser devant la cour à l'Arsenal. Et du diable si je sais qui est cette Diane, ni ses nymphes !

— Diane est la déesse romaine de la Chasse et ses nymphes sont comme elle, des chasseresses.

— Mais que docte vous êtes, Siorac ! dit Romorantin, en me serrant le bras avec tendresse. Bref, on prétend que ces nymphes choisies par la Reine sont les vingt plus belles filles de la cour. Raison pour laquelle la Des Essarts voulait être en leur sein admise : faveur par le Roi promise et par la Reine compromise... Siorac, comment trouvez-vous ce *gioco* ?

— De la dernière gentillesse.

— Savez-vous que je l'ai fait quasiment sans y penser ? Ils me viennent au bout de l'esprit comme le lait au tétin d'une nourrice. Bref, point de ballet pour la Des Essarts. Elle est furieuse contre le Roi et le Roi furieux contre la Reine, et pour manifester son ire, il boude les répétitions, lui qui, en d'autres temps, eût raffolé de ces ébats et d'autant plus que les mijaurés dansent excessivement dévêtues.

— Les avez-vous vues ?

— Hélas, bien forcé ! Elles répètent dans la Grande

Galerie et il faut passer par là pour gagner le cabinet du Roi. Ah ! Chevalier ! Quel peu ragoûtant spectacle que de voir ces enragées femelles étalant partout leurs appas tremblotants... Et d'ailleurs, vous les verrez aussi. Nous allons passer par là.

— Je m'en réjouis.

— Ah ! Siorac ! Vous me décevez ! dit Romorantin en me lâchant le bras et en me faisant la mine. Je vous eusse cru composé de matière plus subtile.

— Je suis comme je suis, dis-je en riant : Les appas que vous dites tremblotants me donnent fort dans la vue.

— Fi donc ! dit Romorantin, ces goûts-là sont du dernier commun ! Il n'est vil animal qui n'ait les mêmes !

— Vil animal donc je suis, dis-je assez roidement, ainsi que votre grand-père Salignac, votre père et le Roi.

— Ah ! Siorac ! dit Romorantin saisi de contrition à cette petite rebuffade, pardonnez-moi, de grâce, ma vivacité. J'ai parlé à l'étourdie et sans vouloir vous offenser.

— Vous ne m'avez pas offensé, Marquis, dis-je en souriant : Je vous tiens pour un gentilhomme fort raffiné, sans que je me sente coupable de l'être moins que vous.

— Allons ! Vous vous gaussez ! dit-il, mais sans manquer de laper comme petit-lait mon petit compliment.

Quatre huissiers chamarrés de haute taille défendaient l'entrant de la Grande Galerie contre une foule de courtisans qui se tenaient là, oisifs et clabaudeurs, dans l'espoir d'entr'apercevoir, quand la porte s'ouvrirait, fût-ce l'espace d'un éclair, les nymphes de Diane. Haussant fort haut le bec tout petit qu'il fût, Romorantin cria, de sa voix de fausset : « Gare ! Gare ! », en fendant la cohue de ces « vils animaux » travaillés, à l'évidence, de passions si « communes ». Parvenu devant les huissiers, il dit noblement : « Service du Roi ! » Les huissiers se baissèrent pour le regarder sous son chapeau et, l'ayant reconnu, ouvrirent la porte, laquelle ils eurent toutes les peines du monde à refermer ensuite, tout géantins qu'ils fussent, tant la presse était grande.

Quant à nous, avec des émotions diverses, nous nous trouvâmes dans le saint des saints, si j'ose du moins employer ce terme pour désigner un lieu que la présence d'une vingtaine de filles bien nées, belles et jeunes, transformait en temple de la femme, sous la direction d'un maître de ballet qui me parut à peine appartenir au sexe opposé, tant son maintien était maniéré et ses gestes, précieux.

La traversée de cette longue galerie fut assurément une épreuve pour Romorantin qui, me précédant, ôta son couvre-chef et, le mettant devant son visage afin de ne voir que ses pieds, pressa fort le pas pour se mettre le plus vite à l'abri de ce peu ragoûtant spectacle. Quant à moi, je le suivis très à la nonchalante, le chapeau au bout du bras et quasi sur la pointe des pieds, faisant le discret et le modeste, tandis que mon œil avide ne savait plus où darder ses regards, tant il voyait là de délices et de suavités.

Les nymphes de Diane, étant chastes et chasseresses, brandissaient des javelots dorés, sans doute pour transpercer nos trop tendres cœurs d'hommes et se trouvaient vêtues de tuniques si courtes qu'elles dégageaient le haut des cuisses. Ce vêtement était taillé, pour nous damner plus outre, dans un tissu si délié et si lâche qu'il laissait deviner les linéaments de leurs corps juvéniles. On ne pouvait que sentir les nymphes heureuses d'être, pour une fois, dégagées des cotillons et vertugadins qui alourdissaient leur marche, des basquines qui corsetaient leurs poitrines, des corps de cotte trop serrés et des chaussures trop étroites, évoluant quasiment en leur natureté, telles que Dieu les avait faites pour se plaire à elles-mêmes et pour le plaisir des hommes.

On avait disposé dans la salle, de place en place, des braseros qui leur permettaient d'évoluer à demi nues sans être glacées par la froidure de l'hiver, tant est que leurs souffles pressés, leurs mouvements vifs, quoique gracieux et scandés par les violons, et les perles de sueur qu'on voyait à leurs fronts avaient embué les petits carreaux des hautes fenêtres, créant une atmosphère chaude et intime, où flottaient, en même temps que leur *odor di femina*, les parfums dont elles s'étaient vaporisées avant d'entrer en lice. Il n'y avait là que des beautés en bouton bien connues de la cour, deux ou trois filles d'honneur de la Reine que j'avais rencontrées et qui me baillèrent au passage un sourire rapide, Noémie de Sobole qui me glissa en tapinois un regard tendre, et, assurément, la plus belle de toutes, tant par le minois que par le corps, Charlotte de Montmorency qui, me jetant de haut un œil dédaigneux, feignit de ne pas me reconnaître.

Peu m'importait ! Je savais ce que valait l'aune des sourires enchanteurs, des œillades prometteuses et autres javelots meurtriers de cette *ambivichieuse* ! Et n'avais-je pas, céans, dix-neuf autres filles pour me consoler en mon imagination de ses mépris, bonnes, celles-là, autant que belles, à moi sûrement très affectionnées et si pliables à mes désirs que je rêvais, dans l'ivresse du moment, de multiplier mon corps par dix-neuf afin de les posséder toutes dans le même temps... Béni soit mon ange gardien pour s'être bien gardé d'ouïr ce vœu impie, et bien d'autres que je n'eus pas la force d'articuler, mais qui me traversèrent les membres, la tête et la poitrine de petits éclairs crépitants.

En quittant la Grande Galerie, je ne dirais pas sur les talons de Romorantin, car il avait pris beaucoup d'avance sur moi, j'étais quasi titubant pour avoir absorbé tant d'allèchements et il me fallut arrêter ma marche pour reprendre mes esprits. En quoi j'eus bien tort, car dès qu'ils furent de nouveau les maîtres de ma conscience, ils commencèrent à me tourmenter pour avoir été infidèle, fût-ce en pensée, à Madame de Lichtenberg. Par bonheur, Romorantin, qui avait repris de l'aplomb maintenant qu'il se sentait à l'abri du sexe abominable, revint sur ses pas et, me saisissant le bras qu'il pétrit incontinent, me dit :

— Allons ! Chevalier ! Allons ! C'est assez regarder ces

pécores ! Ne vous attendrissez pas ! Ferez-vous attendre le Roi ?

Mais le Roi ne m'attendait pas et dans son cabinet, je ne trouvai que le Duc de Bellegarde, lequel, sans me laisser le temps de lui donner du « Monseigneur », m'accola et me demanda en riant « comment j'avais trouvé les nymphes ? » Ce début dégoûta si fort Romorantin qu'il se retira sans tant languir, faisant tant de révérences au Duc et de saluts en huit avec son chapeau que les grandes plumes jaunes, vertes et blanches qui le couronnaient me parurent laisser dans l'air après son départ des traces brillantes et colorées.

Bellegarde qu'on appelait Monsieur le Grand, parce qu'il était Grand Écuyer de France, était ami de vieille date de mon père qu'il avait connu à la cour d'Henri III. De ce roi magnifique, dont on sait qu'il avait été quelque peu le mignon, il ne laissa pas d'être ensuite un des serviteurs les plus fidèles, à la différence des Ducs de Joyeuse et d'Épernon qui, chéris et comblés, avaient mordu la main qui les avait nourris.

Il avait toujours semblé étrange à mon père que Bellegarde ait eu des complaisances pour Henri III, car il aimait les femmes à la fureur et comme Bassompierre, dont il était à la cour l'ami et le rival, il trouvait peu de rebelles sur son chemin, même à quarante-sept ans (âge qu'il avait alors), mais bel encore et vigoureux, et d'une santé à faire un centenaire.

J'ai ouï dire à mon père que même dans le libertinage, Bassompierre témoignait de ses vertus allemandes, mettant de l'application et de la méthode jusque dans sa séduction. Bellegarde était plus cohérent : il était léger dans la légèreté. Il séduisait les dames quasi sans y penser, par sa gaîté, son insouciance et son audace irréfléchie.

— Admirables ! dis-je pour répondre à sa question sur les nymphes.

— Nenni ! Nenni ! dit Bellegarde toujours riant. L'adjectif ne peut qu'il ne soit réservé à Mademoiselle de Montmorency. Je dirais davantage : là où elle est, les autres ne sont rien... Et qui l'a vue au bal de votre bonne marraine, ne l'a pas vue, ce qui s'appelle vue, car elle était alors habillée et quelque méritoire effort qu'elle fît pour montrer ses jambes — en dansant avec vous la *volte*, grand ribaud que vous fûtes ! — on ne pouvait discerner toutes ses perfections. Il fallut qu'elle fût vêtue ou plutôt dévêtue en nymphe, pour qu'enfin on lui rendît justice. Hélas ! Comme vous le savez sans doute, Chevalier, *Nous* n'assistons pas aux répétitions. En fait, *Nous* boudons, la Reine n'ayant pas voulu *Nous* faire la grâce d'accepter Mademoiselle Des Essarts parmi les nymphes. Tant est que tant de beautés sont perdues pour *Nous*. Or sus ! Chevalier, venez ! Le Roi vous attend chez Monsieur le Dauphin. Il est dans ses humeurs et sa patience est courte. La Reine le contre-boude. La Des Essarts lui ferme sa porte, et le pauvre ne sait plus à qui donner son cœur.

Toutefois, le Roi ne me parut si malengroin que Monsieur le Grand l'avait dit. Dans la pièce qui servait à Louis de salle de jeux, il était à genoux sur le carreau devant une grande fortification en carton qui figurait les remparts d'une ville — Amiens, à ce que j'appris ensuite — et il montrait à son fils comment il fallait placer ses petits canons pour qu'ils pussent battre au mieux les murailles.

A ma vue, Louis se mit sur ses pieds, courut à moi et me sauta au cou. J'en rougis de bonheur et, sans m'autoriser de sa familiarité, je lui baisai la main, le cœur me battant de l'inouïe faveur qu'il me montrait. Cependant, le Roi, s'étant mis debout, paraissait observer avec plaisir, et cette générosité d'affection qui se voyait en Louis et la vive émotion qu'elle m'avait donnée. Le Roi à son tour m'accola, m'appela son « petit cousin » et dit au Dauphin qu'ayant affaire à moi il confiait à Monsieur le Grand le soin, en son absence, de l'aider à conduire le siège d'Amiens.

— *Meuchieu* le *Gand* y était-il ? dit Louis.

— Oui-da ! Et le père de Siorac aussi, et le Connétable, et Mayenne.

J'observai que le Roi ne mentionnait pas le Maréchal de Biron qui s'y trouvait aussi.

— *Meuchieu* mon père, dit Louis, *e*viendrez-vous ?

Il avait réussi à prononcer l' « r » de « père », mais l' « r » initial de « reviendrez-vous » s'était avéré trop rocailleux pour lui.

— Je reviendrai, dit le Roi, et jetant son bras par-dessus mon épaule, il m'entraîna dans la chambre du Dauphin où la première chose que je vis fut une écritoire dressée sur une petite table vers laquelle, sans façon, le Roi me poussa, après avoir fermé l'huis sur nous.

Je m'assis. Les plumes étaient taillées. J'en choisis une et la trempai dans l'encre, mais la dictée ne vint pas aussitôt. Henri marchait comme à l'accoutumée de long en large dans la pièce, mais paraissait souffrir à chaque pas, tant sans doute sa goutte lui travaillait les genoux. Comme mon pauvre roi, à cet instant, me parut gris, vieilli, maigri, ridé, son grand nez Bourbon retombant plus que jamais sur ses lèvres !

— Louis vous aime, dit-il en s'arrêtant et en me dévisageant de ses yeux lumineux. Il faut l'aimer aussi.

— Ah ! Sire ! Pouvez-vous en douter ?

— Et lui être fidèle, comme votre père l'a été à moi. Il aura grandement besoin d'amis après ma mort.

— Ah ! Sire ! dis-je, les larmes me montant aux yeux qu'il parlât de nouveau de sa disparition. Vous savez bien, de reste...

— Je le sais. Et c'est pourquoi tu es ici, poursuivit-il en me tutoyant pour la première fois.

Il reprit sa marche, grimaçant à chaque pas, puis, s'arrêtant derechef, il dit :

— J'ai pardonné la trahison d'Épernon, celle de Bouillon

et celle du Comte d'Auvergne. Mais je n'ai pas pardonné celle de Biron. Sais-tu pourquoi ?

— Non, Sire.

— Biron avait de grands talents militaires. Et je craignais qu'après moi, étant si rebelle en sa complexion, il en usât contre mon fils. Il eût alors représenté pour lui un grand danger.

Je me ressouvins alors avoir ouï mon père donner à La Surie cette même raison pour la condamnation de Biron. Mais ce n'était alors qu'une hypothèse, que je voyais à ce jour confirmée par celui-là même qui avait ordonné l'exécution.

Ayant dit, le Roi commença à me dicter sa lettre et, la dictée finie, me fit les recommandations que l'on connaît déjà. Je me sentais excessivement fier qu'il me donnât, aussi jeune, une tâche si importante, mais en même temps, il ne m'échappait pas qu'il m'attachait à lui et à son fils, par la confiance même qu'il me témoignait. J'entendais bien la raison de cette faveur. J'étais de son sang, certes, mais l'étant par une femme qui, parce qu'elle était femme, ne pourrait jamais me reconnaître, je n'avais ni le rang ni les privilèges reconnus à un bâtard royal et n'aurais donc jamais la puissance de lui nuire, non plus qu'à Louis, à supposer que j'en eusse le désir. Je n'avais qu'un choix : le servir. Et à ce choix m'inclinait non seulement mon humeur, mais encore la loyauté proverbiale de mes ascendants paternels.

La lettre que j'avais écrite sous la dictée du Roi, serrée à peine sèche contre ma peau (en fait, comme j'ai dit déjà, dans une poche de ma chemise), le Roi retourna avec moi dans la salle de jeux du Dauphin où on trouva Louis en train de tirer des armes avec son maître attitré, Monsieur de Gourville, gentilhomme normand si grand et si massif qu'il avait l'air d'un Goliath qu'aucune fronde n'aurait pu abattre et moins encore une petite épée tenue par un enfant de huit ans. Mais ce géant était patient et bénin et parlait à son élève d'une voix aussi douce que celle d'une femme. Pour l'instant, il y avait peu de battements ou de froissements de fer, Monsieur de Gourville montrant à Louis les pas en avant et en arrière.

— Monsieur, dit-il de sa voix suave, il faut apprendre à tirer en avant et à reculons.

— *Meuchieu* de *Gou*ville, dit fièrement Louis, je veux tirer en avant et non pas à *e*culons !

A cela, le Roi eut l'air content et se mit à rire mais reprenant aussitôt son sérieux, il dit :

— Monsieur mon fils, il en est de l'épée comme de la guerre : on ne peut pas toujours avancer. Il faut savoir rompre, non point pour fuir, mais pour préparer sa riposte.

— *Meuchieu* mon père, ainsi ferai-je, dit Louis gravement.

Et il tourna toute son attention à sa leçon et suait à grosses gouttes, tant du mouvement qu'il se donnait que parce qu'il désirait se surpasser devant son père. Outre son gouverneur Monsieur de Souvré, il y avait là Monsieur le Grand, Monsieur de Montespan, capitaine des gardes, le docteur Héroard et moi-même. Et pas le moindre petit cotillon. Le petit dauphin, en venant loger au Louvre, était bien passé, comme avait dit le Roi, « des mains des femmes aux mains des hommes ».

La leçon finie, Louis, tout suant et appuyant son épée contre le sol avec un maintien de maître d'armes, dit :

— *Meuchieu* mon père, ai-je bien tiré ?

— Passablement bien, dit Henri.

— *Meuchieu* le *Gand*, ti*ez*-vous ?

— Assez bien, Monsieur, dit Bellegarde, mais Monsieur de Montespan tire mieux que moi. Et le père du Chevalier de Siorac mieux que Montespan.

— *Meuchieu*, *pou*quoi cela ?

— Il est le seul en ce royaume à connaître la botte de Jarnac.

— Je veux qu'il me l'*apenne* ! dit Louis avec feu.

— Monsieur, pourquoi ? dit Héroard.

— *Pou* tuer les ennemis de Pa...

Il allait dire « Papa », mais se retint juste à temps.

— Du Roi mon père, acheva-t-il en rougissant.

— Je vous remercie, Monsieur mon fils, dit le Roi.

Là-dessus, un valet vint, portant une serviette et une chemise propre, car Louis était fort suant.

— Monsieur, dit Monsieur de Souvré, tandis que le valet dénudait et bouchonnait le Dauphin, vous devez dire qui vous doit donner la chemise.

Louis me regarda comme s'il allait me faire cet honneur, mais se souvint des préséances et dit au Duc de Bellegarde avec un certain air de pompe et tout en regardant son père du coin de l'œil :

— *Meuchieu* le *Gand,* voulez-vous me donner ma chemise ?

Quand Louis eut fini de se vêtir, Héroard s'aperçut qu'il avait un bouton au coin de la lèvre et entreprit d'y placer un emplâtre.

— *Pou*quoi cela ? dit le Dauphin.

— Vous avez une petite élevure au coin de la lèvre.

Ce mot « élevure » était de ces vieux mots que mon père — qui avait le même âge qu'Héroard, ayant étudié avec lui en l'École de médecine de Montpellier — employait souvent, soit que ce fût un terme de médecine[1], soit un de ces vocables anciens que mon père affectionnait.

— Voilà qui est fait ! dit Héroard. Monsieur, ne voulez-vous pas que je vous fasse mettre une mouche ?

— Une mouche ? dit le Dauphin. Oh ! Je veux pas ê*te* beau ! Ce sont les femmes qui se font belles ! C'est Madame

1. Ambroise Paré emploie le terme dans le sens de « grosseur » (*Œuvres complètes,* III, 4).

la Princesse de Conti qui met à son visage une petite mouche — *pou* se faire belle.

Le Roi rit à cela et serait resté plus longtemps avec son fils, si Monsieur de Montespan, jetant un œil à sa montre-horloge, ne lui avait dit en *a parte* :

— Sire, il est grand temps. Nous allons être en retard.

Henri se baissa, accola Louis et, après l'avoir baisé à plusieurs reprises sur les joues, sortit, précédé par Monsieur de Montespan et suivi par Bellegarde et par moi.

— Ventre Saint-Gris ! dit le Roi avec mauvaise humeur, en oyant la musique, les nymphes sont-elles encore à répéter dans la Grande Galerie ?

— Oui, Sire, dit Montespan, craignez-vous de les déranger ?

— C'est elles qui me dérangent ! dit Henri rudement. Je n'ai que faire de ce ballet et moins encore des balletantes.

Comme j'aimerais, non seulement conter, mais être capable de peindre, d'un pinceau habile, la courte scène qui suivit et qui fut de si grande conséquence dans la vie du Roi et l'avenir du royaume. Je dis peindre, ne serait-ce que parce que les deux protagonistes demeurèrent silencieux. Seul Bellegarde, simple comparse dans ce drame muet, parla et parla peu. Il ne prononça qu'une phrase des plus banales ; elle n'avait pas plus de sept mots et elle était dans son esprit, comme dans ceux des autres témoins, Montespan et moi-même, tout à fait innocente.

Et pourquoi elle lui vint au bord des lèvres, rien n'est plus facile à entendre. Bellegarde aimait le Roi, avec lequel il entretenait un quotidien commerce. Comme tous ses familiers, il s'inquiétait de ses humeurs noires et voyant son maître tout soudain se renfrogner en parlant du ballet des nymphes, il conçut l'intention — une de ces bonnes intentions dont on dit que l'enfer est pavé — de distraire sa pensée des traverses de sa vie en présentant à ses yeux un objet plus aimable — exactement comme il eût fait cadeau d'un tambour ou d'une épée au petit dauphin pour le consoler d'un chagrin. Pauvre gentil Bellegarde, si spontané, si irréfléchi, et à Henri si affectionné ! Il se serait arraché la langue s'il avait pu prévoir tout le mal dont ces quelques mots allaient jeter la semence.

Montespan, comme il convenait à sa fonction, ouvrit la voie à Sa Majesté et pénétra le premier dans la Grande Galerie. Mais le Roi, sans garder ses distances, le suivait quasiment sur ses talons, tant il marchait vite et furieusement, oubliant pour l'instant sa goutte et gardant la tête baissée et les yeux à terre pour ne rien voir de ce ballet qui avait été l'occasion sur les deux versants — légitime et illégitime — de sa vie de scènes si pénibles. Bellegarde et moi-même cheminions côte à côte derrière lui, assez désolés d'avoir à passer si vite devant un spectacle si charmant et j'allais, à voix basse, en faire la remarque à Monsieur le Grand, quand je le vis tout soudain presser le pas, rattraper le Roi, se placer à sa gauche et lui dire de sa voix sotte et gentille :

— Voyez, Sire, Mademoiselle de Montmorency est admirable !

Le Roi leva la tête, s'arrêta et, par un de ces hasards qui font si mal les choses, se trouva face à face avec la belle qui, le javelot d'or brandi dans sa petite main, comme si elle allait le lancer, arquait en arrière un corps dont sa courte tunique cachait si peu les perfections. Prête à frapper, mais attendant le signal que lui devait donner un accord musical, elle s'immobilisait avec la majesté d'une statue, mais ses yeux et son sourire tout entier adressés au Roi vivaient de cette vie intense et prometteuse qui m'avait si bien ensorcelé le soir du bal chez Madame de Guise. Henri fut comme cloué sur place par ce regard et ce sourire qui paraissaient lui ouvrir les douces retraites et les frais vallons du jardin d'Éden.

Les violons, après un temps de silence, pincèrent leurs cordes toutes ensemble. Les nymphes frappèrent droit devant elles, mais Charlotte, déviant son javelot sans s'en dessaisir, fit le simulacre de frapper le Roi au cœur. La pointe de l'arme, qui était de carton afin que les nymphes ne se blessassent pas entre elles, effleura à peine le pourpoint de Sa Majesté, le coup n'ayant pas été plutôt donné que retenu, avec une grâce mutine et des yeux scintillants où de petits diables dansaient. Un nouveau pincement des violons retentit et la chasseresse nous tourna le dos et s'éloigna en dansant de la proie qu'elle venait d'abattre.

A ma grande stupeur, le Roi chancela, comme s'il allait pâmer. Bellegarde lui prit le bras et me portant sur sa gauche, je le soutins de ce côté, fort effrayé de voir son visage perdre ses couleurs et devenir véritablement blême. « Sire ! Sire ! » dit Bellegarde. « Ce n'est rien », dit le Roi d'une voix sans timbre.

Montespan qui nous avait devancés dut sentir qu'il se passait quelque chose d'insolite, car il se retourna et nous voyant immobiles, et le Roi d'une pâleur mortelle, nous jeta un regard inquiet. Ce regard réveilla Henri de sa transe et faisant signe à Montespan d'avancer derechef, il se remit lui-même en marche, mais difficilement et s'appuyant sur les bras de Bellegarde et de moi, comme si ses jambes ne le portaient plus.

CHAPITRE IX

— Je n'aime pas cette pécore, dit mon père quand je lui eus fait mes contes. Sa beauté la grise. Elle se veut toute-puissante et jette ses hameçons partout. Elle mène le Connétable par le bout du nez. Elle fait ce qu'elle veut de la Duchesse d'Angoulême et, à peine a-t-elle pris Bassompierre dans ses filets, que déjà elle vise plus haut.

— Que lui est la Duchesse d'Angoulême ? dit La Surie qui, n'étant pas né noble, n'avait pas eu son enfance bercée par les généalogies compliquées des Grands.

— Sa tante par alliance. Elle est la veuve du Duc de Montmorency, frère aîné du Connétable. Charlotte ayant perdu sa mère, sa tante la chaperonne.

— Et quel genre de femme est la Duchesse ?

— On lui a appris les bonnes manières, mais cela s'est arrêté là. Pour tout le reste, elle en sait autant que le Connétable, qui ne sait rien. Et, comme le Connétable, elle adore le Roi à deux genoux et ne fera rien pour le contrarier.

— Mais ce n'est peut-être là qu'une amourette, dit La Surie, et qui passera comme tant d'autres.

— Je crains que non, dit mon père avec un soupir.

Et après un moment, faisant, à ce qu'il me sembla, un retour sur lui-même et sur son attachement grandissant pour Margot, il reprit :

— Tu oublies, Miroul, l'âge de la garcelette et celui du-

Roi. Si près de la vieillesse et si proche, comme il le croit, de la mort, il jette ses derniers feux. C'est là l'étoupe et le silex d'une amour forcenée. Et quand ce genre de passion trouve, pour l'aider, une grande fureur de volonté et la toute-puissance royale, on peut craindre mille folies...

Le lendemain, qui était un dix-sept janvier, un page vint tôt dans la matinée, me porter un mot de Sa Majesté qui me surprit autant qu'il me désespéra, car elle me mandait au Louvre (alors qu'elle m'avait vu la veille) et me faisait manquer ma leçon d'allemand du mercredi. Avant même de m'habiller, je m'assis à mon écritoire et, à la volée, écrivis à Madame de Lichtenberg un billet dont je ne me rappelle pas les termes, mais qui était si plein d'amour et de désolation qu'à peine l'eussé-je fait porter par un petit vas-y-dire je fus pris de terreur à la pensée que la *Gräfin* allait peut-être me fermer à jamais sa porte pour me punir de mon impertinence.

Il fallait que je fusse bien jeune pour imaginer qu'une femme se pût offenser d'une telle adoration ! Mais incapable de m'imaginer à quel degré je m'étais déjà haussé dans ses affections, je tremblais de perdre mon délicieux commerce avec elle par mon audace, alors même qu'elle l'encourageait, comme je m'en aperçus dans la suite, par les mille petits procédés auxquels ont recours les femmes pour vous inciter à prendre les initiatives que les mœurs leur interdisent.

Mais j'avais trop peu d'expérience et je l'aimais trop pour ne pas être aveugle et, redoutant d'être banni le vendredi suivant de mon Éden par une épée de feu, je me fis un souci à mes ongles ronger tout le temps que je demeurai au Louvre — maudissant la chaîne dorée qui me liait au trône — à telle enseigne que, sur le moment, je n'attachai pas l'intérêt que j'aurais dû aux événements très étonnants et de grande conséquence dont je fus le témoin.

Je trouvai le Louvre dans la plus grande agitation, le Roi ayant dû se mettre au lit, étant travaillé d'une grave attaque de goutte qui l'avait saisi au gros orteil du pied droit sur les deux heures du matin, et le faisait cruellement souffrir.

— Ah ! Mon petit cousin ! dit-il, comme je m'agenouillais au chevet de son lit pour lui baiser la main, je suis bien aise de vous voir ! Accommodez-vous sur le tabouret, là, sur ma droite. Je souffre mal de mort ! Si c'est là le châtiment de mes péchés dans ce monde-ci, que sera-ce dans l'autre ? On dirait qu'un démon tantôt me broie le gros orteil de sa main de fer et tantôt l'arrose d'huile bouillante. Je ne supporte même pas le drap tant il me pèse sur le pied ! C'est à peine si j'ai pu dormir cette nuit et je redoute la nuit qui vient. Ventre Saint-Gris, mon petit cousin, tâchez de ne jamais vieillir ! Vous voyez où j'en suis ! Je pâtis si fort que j'en suis dérangé dans mes mérangeoises, et si je poursuis dans cette voie, je ne serai bientôt plus qu'un vieillard podagre dont les femmes ne voudront plus.

— Bien le rebours, Sire ! dis-je vivement. La goutte est tenue depuis la haute Antiquité pour un signe indubitable de virilité. A preuve, l'aphorisme célèbre : « L'enfant n'a pas la goutte avant l'âge du coït, et les eunuques ne l'ont jamais. »

— Et qui a dit cela ?

— Hippocrate, Sire.

— Hippocrate ! dit-il sur le ton du plus grand respect en se haussant sur ses oreillers et un sourire ragaillardi détendant quelque peu son visage contracté. En es-tu sûr ?

— Certain, Sire. C'est un aphorisme que mon père rappelait souvent à mon grand-père, quand il souffrait de sa goutte. Et Dieu sait si le Baron de Mespech en illustrait la vérité, car il n'est garcelette en sa châtellenie du Périgord à laquelle il ne pourrait encore rendre hommage malgré ses ans.

— Une châtellenie en Périgord ! Ou mieux encore, en mon Béarn ! Ah ! voici tout justement la vie dont je rêvais toujours ! dit Henri, retombant dans cette nostalgie des champs, dont il nous avait entretenu dans son carrosse après le passage du bac à Saint-Germain-en-Laye : Un beau domaine traversé par une petite rivière et assez bien pourvu en terres et en bois pour me permettre de chasser et de vivre à l'aise. Non point un château mais un simple manoir, comme celui de Plessis-lès-Tours, où je fis ma paix avec Henri III, quelques bons compagnons pour la chasse et les franches repues, mais par-dessus, le calme, la solitude et, se peut aussi, la paix du cœur dans l'amour naïf d'une petite bergère encontrée au détour d'un chemin... Allons ! reprit-il avec un soupir, tout ceci n'est que chansons et songes creux : il n'y faut point penser !

Le calme, assurément, il ne pouvait guère l'avoir, même malade, avec le monde qui encombrait sa chambre, sortait et entrait continuellement, tous et toutes parlant à mi-voix par déférence, mais la somme de ces murmures faisant en fin de compte une assez grande noise. Je me demandais comment Sa Majesté allait s'y prendre pour me dicter une lettre archisecrète au beau milieu de tous ces gens. Mais je ne tardai pas à entendre qu'il ne s'agissait pas de cela : appelant auprès de lui le Comte de Gramont, Bellegarde Bassompierre et moi-même, le Roi nous dit qu'il nous voulait tous quatre auprès de lui pour lui lire tour à tour *L'Astrée*, espérant que par ces relais, nous ne serions point trop lassés, car il désirait que nous restions la nuit aussi auprès de lui pour poursuivre la lecture de ce roman et le distraire de ses insomnies.

Il va sans dire que nous acquiescâmes avec chaleur à son commandement et moi, le moins sincèrement des trois, étant, malgré ma grande amour pour Henri, moins sensible à l'honneur qu'il me faisait qu'à la rongeante perte de mes douces heures auprès de la *Gräfin*.

Bassompierre demanda la faveur de commencer la lecture de *L'Astrée*, devant s'absenter du Louvre dans l'après-midi, mais promettant d'y revenir dès que ses affaires lui en laisseraient le loisir. Le Roi le lui permit et Bassompierre commença sa lecture, ce qui eut du moins l'avantage de diminuer quelque peu les murmures qui remplissaient la chambre d'un incessant bourdonnement. La voix du Comte avait un timbre très agréable et il lisait fort bien, articulant avec un soin particulier, comme font d'ordinaire les étrangers quand ils parlent notre langue à la perfection.

De l'aveu général, *L'Astrée* d'Honoré d'Urfé est un roman des mieux écrits et des plus touchants, et bien que je l'aie lu et relu, et en sache par cœur les plus beaux passages, j'éprouvais le plus vif plaisir à l'entendre réciter à voix haute, non point seulement à cause de la beauté du langage, mais parce que les sentiments si élevés de Céladon envers Astrée me renvoyaient à ceux que j'éprouvais avec tant de force pour Madame de Lichtenberg.

Comment n'aurais-je pas pensé à elle quand j'oyais ceci : « *Céladon fut tellement épris des perfections d'Astrée que rien ne put l'empêcher de se perdre entièrement en elle. Il est vrai que si en la perte de soi-même on peut faire quelque acquisition dont on se doive contenter, Céladon peut se dire heureux de s'être perdu si à-propos pour gagner la bonne volonté de la belle Astrée qui, assurée de son amitié, ne voulut pas que l'ingratitude en fût le paiement, mais plutôt une réciproque affection avec laquelle elle recevait son amitié et ses services.* »

Ces lignes, si bien dites par Bassompierre, me jetèrent quasiment hors de moi-même, tant elles me remplissaient de joie. Car si pour Bassompierre — et peut-être aussi pour le Roi — la belle Astrée ne put qu'elle ne prît les traits de Mademoiselle de Montmorency, pour moi, étant tout plein de la *Gräfin*, et « me perdant en elle », comme dit si bien Honoré d'Urfé, j'y voyais le présage qu'elle ne tarderait pas à me rendre tout l'amour que j'éprouvais pour sa personne. Car je disais « *amour* » et non « *amitié* et *affection* », termes que je trouvais quelque peu chattemites sous la plume de notre auteur.

En même temps, je ne laissais pas d'observer le Roi tandis

que, haussé sur ses oreillers, il paraissait oublier ses souffrances à ouïr cette lecture, sa physionomie si mobile trahissant, de minute en minute, une émotion aussi vive que la mienne. J'en demeurai béant. Mon père m'avait décrit tant de situations précaires et périlleuses dont ce grand Roi s'était tiré par les mille et une ruses — d'aucunes fort machiavéliques — que lui inspirait sa féconde cervelle, que je fus étonné qu'il subsistât en lui assez de fraîcheur, pour ne pas dire de naïveté, pour s'identifier à Céladon, alors même que sa condition, son âge et ses misères physiques paraissaient le confiner dans un rôle plus austère.

Sur le coup de onze heures, on apporta le dîner du Roi qui, pour une fois, mangea à l'heure, mais au lit, et fort peu, sur l'ordre des médecins : un bouillon de légumes, un fromage blanc sucré, une compote de pommes et de l'eau, laquelle était en flacon bouché, car elle provenait d'une source thermale en laquelle Sa Majesté avait grande confiance. Bassompierre profita de cette interruption pour obtenir son congé et le Roi, tout en mangeant, me demanda si j'étais disposé, sa repue terminée, à prendre le relais. Je ne fus pas sans apercevoir que le Comte ayant lu si bien, Sa Majesté appréhendait que je lui succédasse. Cette appréhension me piqua et je résolus de lui donner le démenti en me surpassant. Bassompierre avait lu en lecteur. Je décidai de lire en comédien, variant les intonations et imitant les voix — masculines et féminines — des personnages.

Henri, surpris d'abord, ne tarda pas à être charmé par l'animation que je donnai au texte. Ma réussite redoubla mon audace et d'autant plus que j'observais à mon grand contentement qu'il n'était pas le seul à l'apprécier, car le bourdonnement des murmures cessa tout à fait dans la chambre pour laisser place à ce silence attentif et, pour ainsi dire, suspendu, qu'on observe à la comédie, quand la pièce est bonne. Je lus une grande heure sans éprouver la moindre fatigue, tant mon succès me portait et j'eusse continué ainsi jusqu'à ce qu'Henri se lassât, si Monsieur de Montespan n'était entré dans la chambre d'un pas vif. Avec une assurance qui montrait bien qu'il ne savait pas être importun, il se dirigea tout droit vers le lit du Roi et, se penchant, lui parla à l'oreille. Le Roi pâlit, puis à sa pâleur succéda un sourire et, se tournant vers moi, l'œil en fleur, il me dit d'une voix fort animée :

— Mon petit cousin, c'est assez lu pour l'instant. Mais, demeure, je te prie. J'aurai derechef affaire à toi.

Je lui fis une belle révérence et, me rasseyant, je me tins coi sur mon tabouret, *L'Astrée* sur mes genoux, les lèvres closes, mais les yeux grands ouverts car après un chuchotement à voix basse à l'oreille de Montespan, le plus grand remue-ménage se produisit tout soudain autour de la couche royale. On apporta une cuvette d'eau afin que le Roi se pût rincer le visage et les mains ; on le peigna, ce qui m'étonna fort, car je savais par mon père combien il avait horreur qu'on lui touchât les cheveux ; on lui ôta sa chemise, laquelle, à la vérité, ne m'avait paru ni très propre ni très belle, et on la remplaça par une chemise d'un blanc immaculé dont les cols et les poignets étaient fort garnis en dentelles ; et enfin, on le pulvérisa de parfums — lui qui ne les aimait guère — dans le cou, sur les joues, sur les cheveux et les mains. Le plus grand silence régna dans la chambre pendant cette toilette, tant elle paraissait insolite à la trentaine des courtisans des deux sexes qui se trouvaient là et qui, quoique debout, et fort lassés de l'être, n'auraient pas donné le peu de place qu'ils occupaient pour un Empire dans l'attente du grand événement que ces préparatifs annonçaient.

— Faites entrer, Montespan ! dit enfin le Roi d'une voix claire.

Montespan, sans ménagement aucun, entreprit de libérer l'entrant de la chambre en repoussant des deux bras les courtisans des deux côtés de la porte, ce qui n'amena aucune protestation de la part des repoussés, tant la curiosité les tenait. Ayant ainsi fait place nette, Montespan sortit et revint aussitôt après, précédant, avec un certain air de pompe, Madame la Duchesse d'Angoulême et Mademoiselle de Montmorency, la première ayant l'air d'un lourd vaisseau de haut bord, suivie dans son sillage, par une gracieuse frégate.

Cette apparition provoqua, chez les spectateurs, un bruissement de chuchotements, mais qui s'apaisa presque aussitôt. Henri, bien qu'à l'évidence fort ému, donna alors la preuve de cette capacité de décision qui lui avait valu, dans un autre domaine, sa réputation de grand capitaine.

— Ma bonne cousine, je suis votre serviteur, dit-il à la Duchesse en lui tendant, sur le côté droit du lit, sa main à baiser. Siorac, poursuivit-il, en s'adressant à moi, donnez, je vous prie, votre tabouret à ma bonne cousine d'Angoulême, et vous, M'amie, reprit-il en s'adressant à Charlotte, venez vous asseoir céans dans la ruelle, où je désire vous entretenir.

Ayant ainsi séparé, d'un mouvement aussi prompt qu'habile, la jeune fille de sa duègne, et mis entre elles toute la largeur de son lit, il pria Mademoiselle de Montmorency de s'asseoir au plus près de son chevet et, se penchant vers elle, approchant son visage du sien quasi à le toucher, il commença à conciliabuler avec elle à voix basse. Un silence prodigieux se fit alors parmi les témoins de cette rencontre, chacun ayant l'oreille, comme aurait dit Pissebœuf, « à deux pouces de la tête tellement il la tendait ». J'étais, à vrai dire, le mieux placé de tous avec la Duchesse d'Angoulême pour ouïr cet entretien, étant resté debout auprès d'elle quand je lui avais laissé mon tabouret. Mais, par malheur pour elle, la Duchesse n'avait plus l'ouïe assez fine, et bien que, sans vergogne aucune, elle mît la main en cornet autour de son oreille, je doute fort qu'elle ait saisi un traître mot de ce qui se dit alors entre le Roi et la plus belle de ses sujettes.

Belle, elle l'était assurément, et bien au-delà de toutes celles en ce royaume qui pouvaient prétendre à ce titre et qui plus est, elle l'était dans l'éclat d'une jeunesse qui paraissait incorruptible, l'œil grand, le nez délicatement ciselé, la bouche petite, mais d'un dessin parfait, la joue ronde comme il convenait à son âge, la peau du visage fine et blonde, le cou rond et mignard que dégageait un grand col de dentelles relevé derrière la nuque.

Je ne laissais pas, toutefois, d'observer que si jeune qu'elle fût, l'art ajoutait beaucoup à la nature. Car elle se coiffait d'une façon fort originale pour le temps, et qui n'était pas sans me rappeler celle de ma *Gräfin,* tous les cheveux bouffants haut et rejetés en arrière de son beau front sans la moindre boucle, couronnés sur le sommet d'un simple ruban et dégageant de petites oreilles blanc et rose comme des coquillages qu'à la vérité il eût été dommage de ne pas montrer. Les sourcils étaient épilés avec le plus grand soin jusqu'à ne plus former qu'une seule ligne noire en arc-de-cercle, laquelle mettait fort en valeur l'œil azuréen, fendu en amande, immense et lumineux. Elle était vêtue d'un corps de cotte et d'un vertugadin bleu pâle taillé dans un satin fort riche, mais sobrement orné et elle ne portait qu'un seul bijou, mais virginal : un collier de perles à un seul rang, parure qu'on eût pu croire modeste, si l'orient et la grosseur des perles ne vous avaient, au second coup d'œil, détrompé.

Si modestes aussi, le maintien, les paupières baissées, les petites mines, les confusions, les petites rougeurs, que vous eussiez cru que même le beurre ne fondait pas dans la bouche de cette sainte nitouche, si de temps en temps un éclair insolite n'avait traversé sa prunelle, lui donnant tout soudain un éclat métallique.

A peine se fut-elle assise sur le tabouret de la ruelle avec une grâce pudique de pucelle pucelante qu'aussitôt elle fit au Roi un petit compliment fort bien tourné et comme échappé à la spontanéité de son âge. Elle lui dit que les vives inquiétudes que sa crise de goutte leur avait données, à sa tante et à elle-même surtout (ce dernier mot étant articulé en baissant les paupières et la voix), leur avaient inspiré le désir de le venir visiter ; qu'elle était enfin rassurée de lui trouver la mine meilleure qu'elle ne s'y serait attendue, et qu'elle faisait les vœux les plus ardents et adressait au ciel les prières les plus vives pour son rétablissement.

A vrai dire, il n'y avait rien à reprendre à ce discours, qui était tout de convention et que la Duchesse d'Angoulême, si elle l'avait ouï, n'aurait pu qu'approuver. Mais la façon dont il était débité, les regards, les yeux baissés, les silences, les soupirs, les timides sourires, lui donnaient un tout autre sens que son sens littéral. Et bien qu'à mon avis la ficelle fût grosse et l'hameçon, visible, le Roi fut pris en un clin d'œil — se peut parce qu'il ne désirait rien tant que de l'être, dupe quasi volontaire des grimaces et des simagrées de la petite artificieuse.

— M'amie, dit le Roi avec une émotion qui me fit peine à voir, je vous remercie des sentiments que vous me montrez. J'y aurai égard. Je vous aime, et vous veux aimer comme ma fille. Je suis heureux à la pensée que lorsque vous aurez marié Bassompierre, et que celui-ci, en tant que premier gentilhomme de la Chambre, vivra au Louvre, vous y vivrez aussi et je pourrai vous voir tous les jours. Vous serez la consolation et l'entretien de la vieillesse où je vais désormais entrer.

C'était là le langage chattemite de *L'Astrée*. Il n'y était question que d'amitié et d'affection, voire même de *consolation* : terme dévot, bien étonnant dans la bouche d'Henri !

— Ah ! Sire ! dit Charlotte ouvrant tout grands ses yeux ingénus et les fixant sur le Roi, vous ne serez jamais vieux ! Il y a une si grande force en vous !

Elle n'aurait su mieux dire, ni avec plus d'audace, laquelle, bien qu'elle fût cachée sous une apparente innocence, encouragea le Roi à aller davantage de l'avant dans le siège qu'il venait d'entreprendre.

— M'amie, dit-il, n'est-ce pas votre père qui a choisi Bassompierre pour gendre ?

— Oui, Sire, dit-elle avec un léger soupir, les paupières baissées.

— M'amie, poursuivit-il après un silence, dites-moi franchement si ce parti vous agrée. Sans cela, je saurais rompre ce mariage et vous marier avec mon neveu, Monsieur le Prince de Condé.

J'hésitai à en croire mes oreilles : le Roi reprenait tout soudain à son compte un projet qu'il avait si rudement combattu, quand le Duc de Bouillon avait osé le suggérer. Cela voulait-il dire que Condé, étant peu fait pour aimer les dames et moins encore pour leur plaire, lui paraissait un rival moins dangereux que Bassompierre ? C'était faire bon marché du bonheur du Comte et de l'honneur de Condé ! Allait-on désespérer Bassompierre et ravaler un prince du sang au rang de mari postiche ?

Mademoiselle de Montmorency, qui savait bien ce que parler voulait dire, dut sentir que le Roi allait trop vite et trop loin, encore que ce fût en toute vraisemblance dans le sens qu'elle désirait. Et elle prit le parti de se replier en bon ordre, sans toutefois décourager son royal vis-à-vis, et en se donnant les apparences d'une petite fille aussi douce que sage et avant toute obéissante aux commandements paternels.

— Sire, dit-elle, puisque c'est la volonté de mon père, je m'estimerai heureuse avec Monsieur de Bassompierre.

Ce propos irréprochable, et pourtant si ambigu, fut prononcé d'une voix ténue et suivi d'un petit soupir. Le Roi, que la tension de cet entretien avait fatigué, reposa sa tête sur ses oreillers, cruellement partagé entre l'espoir et une jalousie naissante. La Duchesse d'Angoulême ne vit que le mouvement de lassitude, mais il fut suffisant pour que ses bonnes manières et aussi son avidité à apprendre de sa nièce ce qui s'était dit la fissent se lever et demander son congé du Roi. Il le lui donna. Des deux côtés du lit, il abandonna ses mains aux baisers des dames et, comme Mademoiselle de Montmorency, ainsi qu'il convenait à son âge, marchait deux pas derrière sa tante, ses yeux s'attachèrent à elle jusqu'à ce qu'elle eût passé la porte.

⁂

Les rois, comme avait si bien noté mon père, naissent en public, mangent en public, meurent en public et c'est tout juste s'ils ne besognent pas leurs épouses en public, la raison en étant que tout incident, grand ou menu, de leur vie peut déboucher sur une affaire d'État et intéresser le royaume entier. Henri, qui avait des goûts simples et des nostalgies paysannes, souffrait mal cette publicité, mais il la souffrait. Sans cela, il eût fallu supprimer la cour, et la cour était utile pour retenir autour de lui les Grands qui, s'ils n'avaient pas été subjugués par les honneurs, les charmes et les délices qu'ils y trouvaient, eussent comploté sans fin contre leur souverain.

Cependant, tout accoutumé qu'il fût à être sans cesse environné de regards épiants et d'oreilles affamées, Henri, après le départ de Mademoiselle de Montmorency, me parut incommodé d'être la cible d'une curiosité aussi avide et quasi indécente en son avidité. Il me commanda de reprendre la lecture de *L'Astrée*. Ce que je fis, mais point tout à fait avec la même verve qu'auparavant, tant la scène dont je venais d'être le témoin m'avait plongé dans une confusion qui n'allait pas sans mésaise. Car si j'étais indigné par les visibles artifices de cette mijaurée, je détestais ses ruses, mais non tout à fait sa personne : sur moi aussi sa beauté agissait. Quant au Roi, si j'avais grande pitié à le voir se laisser engluer dans ce piège de chair, sa candeur à se croire aimé me laissait béant. Il me semblait que le javelot d'or avait fait beaucoup de chemin dans son cœur, pour qu'il fût devenu à ce point aveugle.

Ce qui, au surplus, m'enleva beaucoup du plaisir que je prenais à lire tout haut *L'Astrée,* fut que le Roi, au bout de quelques minutes, ferma les yeux. Je crus d'abord qu'il dormait mais presque aussitôt je le décrus, me ressouvenant que les douleurs qu'il endurait étaient telles qu'elles le condamnaient à l'insomnie. De reste, à lui jeter un œil de temps à autre, je surprenais sur son visage quelques involontaires grimaces qui en disaient long sur le lancinement de son mal. Je conclus donc que s'il gardait ses paupières closes, c'était qu'il voulait à la fois dérober l'expression de son regard aux courtisans et rentrer en son for, je ne dirais pas pour mettre de l'ordre dans ses pensées — par malheur il n'en était plus là — mais pour dresser des plans qui pussent servir les fins que lui proposait la violence de sa passion. J'en conclus aussi qu'il ne m'écoutait pas, ce qui enleva tout intérêt à ma lecture et, la fatigue venant avec ce désintérêt, elle me fit par moments bredouiller.

Si absorbé qu'il fût en ses pensées, le Roi s'aperçut de ma lassitude et, ouvrant les yeux, me dit avec bonté :

— Siorac, c'est assez lu ! Donne le livre à Monsieur de Gramont. Monsieur de Montespan te conduira chez le Dauphin et le priera de te donner à manger. Mais, ne manque pas de revenir à moi cette après-midi.

Je le remerciai et, après une grande révérence, j'allais me retirer avec Monsieur de Montespan quand les médecins entrèrent, lesquels le Roi apostropha incontinent :

— Messieurs les médecins, dit-il, cette nuit il vous faudra me donner de l'opium. Cette nuit, je veux que mon sommeil me dorme, et me baille de beaux rêves, s'il se peut.

Le Roi ne m'ayant pas donné mon congé, j'en conclus qu'il me faudrait passer la nuit dans sa chambre sur un tabouret, sans lire à haute voix, mais sans pouvoir manger, non plus d'ailleurs que dormir en cette incommode posture.

Je m'en ouvris en chemin à Monsieur de Montespan, lequel avait un front étroit, un grand nez, une grosse moustache grise et des sourcils gris presque aussi épais que sa moustache. C'était de ma part moins une plainte qu'une requête implicite, mais il prit l'une et l'autre très au rebours du poil.

— Chevalier, dit-il d'une voix rude et avec l'air de me donner une leçon, on voit bien que vous êtes novice au service du Roi, lequel confère assurément un grand honneur, mais comporte des contraintes auxquelles il faut se plier. Sachez, Monsieur, que le manger, le boire et le dormir sont, pour les serviteurs de Sa Majesté, les choses les plus incertaines du monde... Et dites-vous bien que c'était déjà pour vous un immense privilège que d'avoir un tabouret à vous mettre sous le cul. La plus grande partie du jour, moi qui ai le double de votre âge, je m'use les jambes à demeurer debout...

A ouïr ce peu secourable propos, je vis bien que, pour le capitaine des gardes, j'étais une sorte de jeune recrue à qui un peu de vie dure ne pourrait que faire du bien, et je me sentis tout à fait assuré d'avoir vu juste, quand m'introduisant auprès de Monsieur le Dauphin, Monsieur de Montespan oublia — si tant est que ce fût un oubli — de lui dire que je n'avais pas mangé.

Mais ne voyant pas, quant à moi, pourquoi ayant la moitié moins d'années que Monsieur de Montespan, je devais à force forcée jeûner et ne point dormir pour compenser cet écart, je touchai un mot de mon embarras au docteur Héroard pendant que Louis était fort occupé à taquiner Madame[1] avec qui il partageait son dîner.

Bien que j'eusse parlé à voix basse, Louis, qui écoutait tout et tous, sans faire mine ni semblant, commanda aussitôt qu'on m'apportât un pâté de lièvre, du pain, du vin, et une

1. Sa sœur cadette, Élisabeth.

pomme cuite, tout en me faisant le grandissime honneur de me faire asseoir à sa table où, étant si affamé, je fis de ces quelques mets un repas de roi. Quant au docteur Héroard il voulut bien me promettre, si l'opium avait sur Henri l'effet qu'on en attendait, de faire dresser un lit pour moi dans sa chambre afin que j'y pusse reposer la nuit.

Louis m'eût voulu dans la sienne, mais Monsieur de Souvré, qui déjà avait quelque peu sourcillé de le voir m'inviter à sa table, lui dit gravement que « cela ne se faisait pas ». A huit ans, Louis était déjà trop respectueux des usages pour passer outre, mais bien qu'il s'inclinât, il en conçut un peu d'humeur et il entreprit de taquiner Monsieur de Souvré.

— *Meuchieu,* dit-il avec une petite lueur gaussante dans ses beaux yeux noirs, quel pays est-ce que guerouage[1] ?

— Monsieur, dit Monsieur de Souvré avec un certain embarras, je ne sais. Le savez-vous ?

— Je ne sais, dit Louis en imitant la gravité de son gouverneur.

Puis il reprit aussitôt :

— Si sais-je bien ce que c'est. Mais puisque ne le voulez pas dire, je le demanderai aux dames.

— A qui, Monsieur ?

— A Madame de Souvré, dit Louis.

Et il reprit en riant :

— Guerouage, c'est aller faire l'*amou.*

Monsieur de Souvré voulut alors savoir qui l'avait renseigné sur le sens du mot que lui-même, d'après ce que dans la suite me confia Héroard, avait employé quelques jours auparavant, afin que le Dauphin ne comprît pas son propos. Mais Louis qui, comme j'ai dit, écoutait tout, et particulièrement quand on lui voulait cacher quelque chose, avait

1. Faire l'amour.

retenu l'expression et s'était enquis auprès de quelque valet de ce qu'elle voulait dire. Et si fort que Monsieur de Souvré le pressât après ce petit dialogue pour connaître sa source, il se refusa tout net à la trahir, ne voulant pas qu'on punît le quidam. J'avoue que je goûtais fort en lui ce zèle à s'informer de tout et cette inébranlable fidélité à ceux qui l'avaient servi.

Ayant remporté sur son gouverneur cette petite victoire, où il ne mit aucune méchanceté, car il ne taquinait que ceux qu'il aimait, réservant aux autres un visage froid et fermé, Louis consacra toute son attention à sa sœur cadette. Bien loin étaient les temps où il la battait, sous prétexte qu'elle lui avait volé sa poire, mais en réalité parce qu'il avait « peur des filles » ! Quelques années plus tard, il pleura à chaudes larmes quand, devant gagner l'Espagne pour épouser l'Infant, elle le quitta sans qu'il eût aucun espoir de la revoir jamais, les rois, en ces siècles agités, n'osant se hasarder hors de leurs frontières qu'à la tête d'une puissante armée.

J'observai avec amusement comment, pendant le dîner, il s'appliquait à jouer envers Madame le grand frère et aussi le tyranniseur, bien que ce fût une tyrannie tendre.

Maître Gilles, le sommelier, lui versant du vin, il insista pour qu'il lui remplît son verre en disant d'un air quelque peu fendant :

— Oh ! Je me veux accoutumer à *boi* du vin !

S'apercevant que sa sœur en buvait aussi, il dit sur un ton d'autorité :

— Ma *sœu,* vous êtes *top* jeune *pou boi* du vin. J'en bois à *s'teu,* mais j'ai un an *pus* que vous.

Et, s'adressant à Maître Gilles, il reprit :

— Maî*te* Gilles, ne donnez point du vin à ma *sœu,* elle est *top* jeune.

Je gage que Madame, jolie fillette de six ans, un peu timide et passive, ne raffolait guère du vin, lequel était assez fort pour tirer une petite grimace à son grand frère quand il le but. Mais elle n'aima pas que Louis la privât du privilège qu'il s'octroyait et se mit à faire la mine. Ce que voyant le Dauphin, il coupa sa tarte à la crème en deux et lui en donna la moitié en disant d'un ton gaussant :

— Ma *sœu,* avez-vous jamais mangé de cette bête-là ?

— Ce n'est pas une bête, dit Madame, c'est un gâteau.

A quoi il rit, comme se moquant de sa simplesse. Elle le regarda avec de grands yeux comme si elle se demandait si elle devait rire avec lui ou s'offenser. Mais la tarte étant là devant elle, elle ne fit ni l'un ni l'autre : elle la mangea.

Quand elle eut fini, Louis lui demanda :

— Ma *sœu,* me voulez-vous *voi* ti*er* des armes ?

— Oui, Monsieur, dit-elle poliment.

Cette réponse lui fit plaisir, car l'aimant assez pour désirer qu'elle l'admirât, il voulait faire parade devant elle de ses talents, et incontinent envoya quérir le maître d'armes Jeronimo qui partageait avec Monsieur de Gourville l'honneur de lui apprendre l'escrime.

Il me parut que Louis tirait, en effet, fort bien pour un garçon de huit ans et qu'il mettait beaucoup de cœur à l'attaque. Sa leçon finie, il s'appuya derechef sur son épée, comme je l'avais déjà vu faire, quit de Jeronimo de lui faire la critique de son assaut et ouït avec beaucoup d'attention ce que le maître eut à lui dire. Ayant jeté un regard discret à ma montre-horloge, je demandai mon congé à Louis et après qu'il m'eut dit qu'il voulait me revoir avant que j'allasse coucher dans la chambre d'Héroard, je regagnai les appartements du Roi. Je fus surpris de n'y trouver plus qu'une dizaine de personnes et j'entendis alors que le Roi avait fini par ordonner un tri sévère parmi ses visiteurs afin d'avoir un peu de calme.

A en juger par sa mine, le Roi ne me parut pas aller ni mieux ni plus mal qu'avant ma visite chez le Dauphin mais, d'évidence, il souffrait difficilement de garder le lit. Le Comte de Gramont avait pris la suite de Bellegarde pour lire

L'Astrée mais, au bout d'une heure, il fut interrompu. De prime, ses secrétaires d'État et ses ministres vinrent au chevet d'Henri tenir un Conseil qui fut, de reste, vite expédié. Puis le Dauphin, accompagné par Monsieur de Souvré et le docteur Héroard, le visita à son tour. Louis paraissait fort troublé de voir son père couché et souffrant. Comme le Roi lui disait qu'il avait la goutte, il demanda : « Mais où est-elle ? je veux la *voi* ! » Et Sa Majesté lui expliqua, avec un sourire — le premier que je vis ce jour-là sur ses lèvres —, que la goutte n'était pas une goutte, mais une maladie que l'on appelait ainsi.

Après le départ du Dauphin, Gramont reprit sa lecture mais pour peu de temps, car il y eut tout soudain un grand tohu-bohu à la porte de la chambre et la Reine entra, suivie de ma bonne marraine, de sa fille, la Princesse de Conti, de la Duchesse de Montpensier, de la Maréchale de La Châtre, de la Marquise de Guercheville, d'autres dames inconnues de moi et d'une demi-douzaine de demoiselles d'honneur de Sa Majesté, parmi lesquelles je reconnus celles que j'avais vues en nymphes de Diane dans la Grande Galerie, la veille.

La vue d'un cotillon lui faisant toujours plaisir, le Roi abandonna volontiers sa main aux dames et la Reine l'accola avec assez de bonne grâce, sa face ingrate et rechignée trahissant le secret contentement qu'elle éprouvait à le voir égrotant et couché, hors d'état par conséquent de courir après ses « *poutanes* ».

— Sire, dit-elle, en s'asseyant sur une chaire à bras que deux valets venaient d'apporter au chevet du Roi, comment va votre goutte ?

— Ni pis ni mieux. Et vous-même, M'amie, comment vous en va ?

— *Ie souis pazza furiosa* [1].

---

1. Je suis folle furieuse ! (ital.).

— Et pourquoi donc, Madame ? dit le Roi en sourcillant.

— Sire, cria-t-elle, *è una vergogna ! La Camera di Nantes non ha nemmeno risposto*[1] !

— Madame, dit le Roi, est-ce bien le lieu et le moment de parler de votre édit breton ?

Cet édit conférait à la Reine tout l'argent qui pourrait revenir des rachats, ventes, aubaines, confiscations et autres droits seigneuriaux à échoir en Bretagne pendant neuf ans.

— Sire, reprit la Reine sans s'émouvoir le moindre de la rebuffade royale, *la Camera di Nantes non ha nemmeno risposto !*

— Madame, dit Henri, reprenant avec elle un refrain qu'il lui chantait depuis son mariage, vous êtes reine de France ! De grâce, parlez français !

— *Eppure, è la terza lettera di iussione*[2] !

— La lettre de jussion, Madame, la lettre de jussion ! Est-ce si difficile à dire !

— *E la Camera non ha nemmeno risposto !* dit la Reine qui paraissait résolue à ne pas parler la langue des traîtres. *E una vergogna ! Sono cattivi questi ! Bisogna punirli*[3] !

— Les punir, Madame. Et comment ?

— *E molto semplice ! Bisogna appicarli al ramo d'un albero*[4] !

— Madame, en ce royaume on ne pend pas les gens comme on pend le linge aux fenêtres de Florence. La Chambre des comptes de Nantes défend les intérêts de notre province de Bretagne qu'elle pense être lésés par l'édit dont

1. Sire, c'est une honte ! La Chambre de Nantes n'a même pas répondu ! (ital.).

2. Et pourtant, c'est la troisième lettre de jussion ! (ital.).

3. C'est une honte ! Ces personnes sont méchantes ! Il faut les punir ! (ital.).

4. C'est très simple ! Il faut les attacher à la branche d'un arbre ! (ital.).

nous vous avons donné le bénéfice. C'est à nous de la persuader d'obéir.

— *E come? E come*[1] ? s'écria la Reine, très à la fureur.

— Monsieur de Sully lui écrira dès demain une autre lettre de jussion.

— *La quarta!* dit la Reine avec dérision en élevant dans l'air ses mains grasses. *E anche quella non avra nessun effetto*[2] !

— Madame, dit le Roi en haussant quelque peu la voix, ayez de grâce égard à mon état : nous aurons assurément l'occasion de reparler de votre édit breton, quand je serai sur pied.

Le ton était sans réplique et la Reine se tut, hautaine et rechignée, la tête haute, le torse fort redressé contre le dossier de sa chaire à bras. Un silence s'ensuivit, que rompit la Duchesse de Guise, qui passant derrière la chaire de Sa Majesté s'alla jeter à genoux au chevet du Roi avec son impétuosité naturelle, et se mit à lui débiter mille folies qui eurent du moins le mérite de l'égayer. Là-dessus, Bassompierre survint et, voyant du premier coup d'œil que la Reine faisait la mine, s'alla mettre à ses pieds et entreprit de la dérider, ce qu'il était à peu près le seul à pouvoir faire à la cour, car elle lui savait gré de ce qu'il eût le bon goût de perdre de grosses sommes chaque fois qu'il jouait aux cartes avec elle.

Un semblant d'entente étant ainsi revenu dans le ménage royal, je m'enhardis, et progressant parmi les vertugadins qui se pressaient dans la ruelle pour aller faire la cour au Roi, je m'approchai de la Duchesse de Guise, lui fis mon compliment, et lui baisai la main. Elle me parla à peine et fut avec moi de la dernière froideur. J'en fus étonné, et plus encore meurtri, ce qu'observant la Princesse de Conti, elle

---

1. Et comment ? Et comment ? (ital.).
2. La quatrième ! Et celle-là aussi restera sans effet ! (ital.).

vint à moi, m'appela son petit cousin et effleura ma joue d'un baiser. Étant à la fois Guise et Bourbon, et mariée à un prince du sang, la Princesse estimait qu'il n'y avait rien dans le royaume de plus haut qu'elle, à part la Reine, et rien non plus de plus beau, de meilleure grâce, ni plus parfaite, ni possédant plus d'esprit et qu'elle était, par conséquent, très au-dessus de ceux et de celles qui se trouvaient là. Elle ne fit qu'effleurer ma joue pour ne pas gâter le rouge qu'elle avait sur ses lèvres, mais bien que j'entendisse ce que ce baiser comportait de hauteur à l'égard des autres, et de semi-indifférence à mon endroit, je lui en sus gré. A la bien observer, elle montrait un front plus gai et une lèvre plus souriante qu'à l'accoutumée, se peut pour qu'on ne pût soupçonner le dépit que lui donnait le mariage de Bassompierre avec Mademoiselle de Montmorency. C'est du moins ce que je crus entendre, car elle fut de glace avec le Comte quand il vint la saluer.

Après ce baiser, je me trouvai dans la ruelle, je ne sais comment, prisonnier de quatre ou cinq vertugadins qui, bien qu'ils ne fussent pas plus volumineux que les autres, m'enserraient de toutes parts dans leur ardeur à s'approcher de la couche royale et à mieux voir Sa Majesté, de sorte qu'il vint un moment où je ne pus plus ni avancer ni reculer. Ce prédicament était d'autant plus ridicule que je ne connaissais point les dames qui me pressaient ainsi, lesquelles, ne me connaissant point non plus, feignaient de croire que je fusse invisible. Noémie de Sobole s'aperçut de mon embarras et, fendant la cohue vertugadine avec sa coutumière vigueur, elle me prit par le bras avec autorité, me tira sur le côté et, dès que nous fûmes hors de cette marée moutonnante de satin et de brocart, me dit d'une voix à la fois sifflante et chuchotée :

— Je ne sais, Monsieur, si j'ai bien fait de vous délivrer. Nous sommes contre vous dans une épouvantable colère.

— « Nous », Madame ? Qui est ce « nous » ?

— La Duchesse et moi-même.

— Et qu'ai-je fait pour mériter cette ire à deux têtes ? Je dis cette « ire » et non cette « hydre ».

— Nous sommes allées deux fois en votre logis, la deuxième fois, le lundi passé, et nous ne vous avons pas trouvé.

— C'est donc que j'étais sorti.

— Monsieur, vous vous gaussez, je pense.

— Si ma bonne marraine m'avait prévenu, je serais demeuré au logis.

— Votre père et Monsieur de La Surie étant aussi absents, nous avons appris de Mariette que vous sortiez les lundi, mercredi et vendredi de chaque semaine dans un carrosse de louage.

— C'est vrai, dis-je sèchement.

— Monsieur, vous voilà tout soudain bien abrupt. Passe encore avec moi, Monsieur, mais Madame la Duchesse vous ira demander la raison de ces cachottes.

— Elle est simple : je passe ces après-midi chez mon maître d'allemand et si je vais chez lui, c'est qu'il est vieil et podagre.

— Monsieur, quel est cet ancien Grec dont vous m'avez parlé et qui, ayant été changé en femme par une déesse, connut ainsi de deux façons différentes les délices de l'amour ?

— Tirésias.

— Votre maître d'allemand est donc une sorte de Tirésias.

— Qu'est cela ? dis-je avec un haut-le-corps.

— Toinon nous a dit que ce maître est, en fait, une maîtresse d'école et, se peut même, une maîtresse tout court.

— Madame, dis-je, *sotto voce*, mais la voix tremblante de colère contenue, sommes-nous mariés ? Vous ai-je donné ma foi ? Et qu'avez-vous affaire à ces ragots de cuisine ?

— Moi, rien, dit-elle et me jetant à son tour un regard

furieux, elle secoua ses cheveux rouges comme si chacune de ses tresses était un serpent et ajouta : Ne sais-je pas assez que vous ne m'avez fait aucune promesse ? Et que je n'ai aucun droit sur vous ? Mais vous le prendrez peut-être de moins haut, Monsieur, avec votre bonne marraine ! Et jour de Dieu, comme j'aimerais être là quand cet orage-là crèvera sur votre tête !

***

Les dames partirent dans un grand froissement et chatoiement de leurs vertugadins, laissant derrière elles leur parfum, mais privant soudain la chambre royale de la couleur, de la chaleur et de la vie qu'elles avaient amenées avec elles. Quand on n'entendit plus leurs voix claires, leurs rires filés, leurs exclamations pétulantes, Henri, qui s'était animé en leur présence, reposa la nuque sur ses oreillers, parut quelque peu las et ferma les yeux. Bassompierre en prit avantage pour me tirer à part et me dire à l'oreille :

— Henri va sans doute quérir de vous de reprendre la lecture de *L'Astrée* après Gramont. Me permettez-vous, Chevalier, de lui demander de relayer Gramont à votre place ? Je dois souper chez Monsieur le Connétable et suis furieusement désireux de m'y rendre. J'ai passé une après-midi fort décevante. Je fus visiter Mademoiselle de Montmorency sans la trouver, car par le plus fâcheux des chassés-croisés, elle était au Louvre tandis que je la cherchais chez elle.

J'acquiesçai incontinent et dès que le Roi, ouvrant les yeux, m'appela à prendre la suite du Comte de Gramont, Bassompierre s'avança et, faisant état de mon accord, lui adressa sa demande. La paupière à demi baissée sur l'œil, le Roi me parut l'écouter d'un air entre deux airs. Toutefois il consentit assez gracieusement à sa requête et lui accorda même toute liberté de coucher chez lui, à condition qu'il revînt le voir le lendemain sur le coup de huit heures. Bassompierre, sans s'arrêter à la demi-froideur du Roi, ou plutôt à sa demi-chaleur, le remercia avec effusion et commença sa lecture avec un élan et un entrain qui ne s'accordaient guère au chagrin d'amour que Céladon traversait dans le texte. J'eus le cœur quelque peu serré de le voir — je parle de Bassompierre et non de Céladon — si beau, si fringant, si fier de lui et tout inconscient des noires nuées qui s'amoncelaient sur sa tête.

Mais pour tout dire, j'avais bien assez de celles qui menaçaient la mienne et que cette ménade rousse m'avait annoncées. Vramy ! N'était la présence du Roi, j'eusse éclaté, tant j'étais indigné. La langue de Mariette tant de fois réprimée et qui jasait encore ! La noire malice de Toinon ! L'ire de la Sobole ! L'humeur inquisitive de la Duchesse de Guise ! Toutes conjuguées, quelle méchante affaire elles me mettaient sur les bras ! Et que de mal m'allaient faire tous ces vertugadins, non point en me détestant mais le comble, *il colmo*, comme dirait la Reine, en m'aimant trop !

Tandis que j'étais occupé à mâcher et ruminer les amertumes et les anxiétés de ma situation, Bassompierre, de sa voix bien timbrée, détaillait avec une bien involontaire gaîté les traverses et les tribulations de Céladon, lequel, comme je crois avoir dit déjà, la perfidie des méchants avait séparé de la belle Astrée. Si Bassompierre eut osé, il eût jeté un regard à sa montre-horloge et supputé le temps qu'il avait encore à passer au Louvre, un temps vide et volé, puisqu'il le séparait du moment où il irait s'asseoir pour souper à la table du Connétable, ayant en face, ou à côté de lui, la belle qu'il avait passé toute l'après-midi à tâcher de voir sans y parvenir.

Cette impatience n'échappait pas à Henri. Il en devinait la cause et peut-être, sans expressément le vouloir, il prolongeait la lecture. Il me parut, tandis que Bassompierre lisait, qu'il l'envisageait de bien étrange façon. Jusqu'à ce jour, il n'y avait rien à la cour que le roi de France aimât mieux que ce comte allemand. Il portait aux nues son talent, son esprit, sa finesse et la facilité de son caractère. Mais si j'en croyais ses regards, ses sentiments, depuis la veille, avaient tout soudain changé, et une sorte d'antipathie venait de surgir en lui à son égard, contre laquelle luttait, non sans céder quelque terrain, la fidélité légendaire du Roi à ses amitiés.

Le souper qu'on apporta au Roi sur le coup de six heures, et qui fut aussi léger que le dîner, vint mettre un terme à l'attente de Bassompierre. Henri sentit alors qu'il ne pouvait le retenir davantage et d'une façon un peu abrupte qui étonna Bassompierre, mais sans qu'il entendît sa véritable cause, lui donna son congé. Bassompierre s'agenouilla au chevet du lit et baisa la main royale, l'air absent. Son esprit volant plus vite que son corps, il était déjà rendu à l'Hôtel du Connétable, laissant loin derrière lui le Louvre et un roi qui commençait à se demander pourquoi la goutte et sa toute-puissance le retenaient en son palais, tandis que son heureux rival courait vers la nymphe de Diane.

Je m'attendis à ce que le Roi, après le départ de Bassompierre, me commandât de lire *L'Astrée*, mais il n'en fit rien. Il mangeait avec assez d'appétit sa maigre pitance, mais l'œil baissé, et si plongé dans ses pensées qu'il fut médiocrement heureux quand son confesseur, le père Cotton, entra dans sa chambre et, par sa présence, le retira de ses rêves.

Le père Cotton, théologien jésuite des plus éminents, était un petit homme rond, si moelleux qu'on eût pensé à le voir que son nom était un surnom. Il était si poli que, même dans ses prêches contre les huguenots, il appelait Calvin « Monsieur Calvin » et protestait ne pas haïr les calvinistes, tout en détestant leurs erreurs : son de cloche bien inhabituel dans cette Compagnie de Jésus à laquelle il appartenait. Mais je dis trop en parlant de cloche, dont le son était assurément trop rude, comparé à la voix flûtée du père Cotton, si mélodieuse et si suave qu'on avait l'impression qu'elle vous fondait dans l'oreille.

Dans un petit livre qu'il venait de publier et qui s'intitulait *Intérieure occupation d'une âme dévote*, sa religion se montrait sous un aspect si plaisant et si peu condamnant qu'elle avait plu aux dames de la cour, même les plus dissipées, tant est qu'il se murmurait sous le manteau que ce doux mouton-là ramènerait au bercail les brebis égarées.

Le père Cotton buvait cependant à de plus âpres philtres et s'intéressait fort à la démonologie. Une fille originaire de Guerbigny, près d'Amiens, ayant été possédée par le diable qui, s'étant introduit en elle par la fornication, s'y était à demeure installé et parlait par sa voix, le père dressa une liste de questions fort curieuses et précises à poser audit diable, afin d'être éclairé sur ses pratiques, ses magies et surtout sur le pouvoir particulier qu'il exerçait sur les femmes.

Le père Cotton ne marchait pas : il glissait. Il n'entrait pas dans une pièce : il s'y faufilait, les mains modestement croisées sur son petit ventre rond et la tête baissée. Avec lui entraient en même temps dans la chambre royale l'humilité, la douceur, l'amour du prochain, le pardon des injures, sinon tout à fait leur oubli. Confessant le Roi une fois par mois, il avait fort à faire à nettoyer son âme des irrégularités de sa vie et qui pis est, sans espoir de la trouver moins souillée le mois suivant. Le père Cotton soupirait, admonestait suavement Henri et lui donnait enfin l'absolution, peu certain, au demeurant, qu'elle fût valable, le royal pénitent étant si peu contrit. Toutefois, d'après mon père, Henri était chrétien sincère, sinon catholique tout à fait convaincu, acceptant mal la Vierge, les saints, les indulgences, la simonie et le pouvoir que les papes s'arrogeaient sur les souverains de la chrétienté.

— Sire, dit le père Cotton de sa voix chuchotée, comment allez-vous ?

— Mal, merci, mon père, dit le Roi.

A ce début, le père Cotton sentit que sa visite dérangeait le Roi et avec son tact coutumier, il décida d'être bref.

— Sire, dit-il, est-ce le désir de Votre Majesté d'être confessé et communié ?

— Ventre Saint-Gris, mon père ! dit le Roi. Suis-je à l'article de la mort pour qu'on me baille l'extrême-onction ?

— Nenni, Sire, tout un chacun sait bien que la goutte n'est pas mortelle.

— Ce qui ne m'empêche point de souffrir mal de mort.

— Sire, je vais prier Dieu qu'il atténue vos douleurs.

— Merci, mon père.

— Et je prierai aussi les saints qui sont réputés guérir la goutte.

— Les saints ? dit Henri en haussant les sourcils d'un air quelque peu gaussant. Y en a-t-il donc plusieurs pour cette seule maladie ?

— Oui, Sire, il y en a vingt-trois en ce seul royaume. Tous répertoriés.

— Vingt-trois ? Vingt-trois saints pour guérir la goutte ?

— C'est que la goutte, Sire, est un mal fort répandu et que chaque province, en ce royaume, veut avoir un saint qui le guérit.

Cette précision fit sourire le Roi dans sa barbe.

— Et allez-vous les prier tous pour moi ?

— Assurément, Sire, il le faut. Dans ce genre d'affaire, il ne faut oublier personne, sous peine d'offenser.

— Mon père, dit le Roi (avec une gravité feinte ou jouée, je ne saurais dire), je vous sais gré de ces vingt-trois prières et j'y aurai égard.

Et il tendit sa main à baiser au père Cotton, lui signifiant par là que l'entretien était fini. Néanmoins, le « j'y aurai égard » avait contenté le père. Le Roi avait promis à la Compagnie de Jésus une donation de cent mille écus pour élever une chapelle jouxtant le collège de La Flèche, où les

Jésuites formaient l'esprit des futurs officiers du Roi. Les pécunes étaient versées petit à petit et passaient par le père Cotton qui les remettait scrupuleusement au général de sa Compagnie.

Ayant baisé la main de Sa Majesté, le père Cotton salua de la tête, l'un après l'autre, sans en omettre un seul, tous les témoins de cette rencontre et se faufila dehors de son petit pas glissant, la tête baissée et les épaules rentrées, comme si son humilité ne lui permettait pas d'occuper un aussi gros morceau d'espace que les chrétiens insouciants qui l'entouraient.

Aussi pompeux et paonnant que le père Cotton avait été modeste, les deux médecins du Roi pénétrèrent dans la chambre comme il en sortait, l'un grand, gros et gras et l'autre long et maigre. Ils firent autant de révérences qu'il y avait de pas de la porte à son lit et, s'agenouillant, baisèrent, l'un après l'autre, la main du Roi.

— Sire, dit le grasselu, qui s'appelait Milon, nous avons l'honneur d'apporter à Votre Majesté le *papaver somniferum album*.

— Qu'est cela ? dit le Roi.

— Le pavot, Sire.

— Et qu'est-ce donc que ce pavot ?

— La plante, Sire, dont on tire l'opium.

— Et où est cette plante que vous m'apportez ? dit le Roi. Ventre Saint-Gris, suis-je une vache pour qu'on me fasse mâcher des herbes ?

— On en tire un suc, Sire, et de ce suc on tire une poudre.

— Et où pousse cette plante ?

— En Turquie, Sire, près d'Izmir, dit le maigrelet, lequel trouvait peut-être que son confrère se poussait un peu trop sur le devant de la scène.

— Or sus ! dit le Roi, voyons cette poudre !

— Révérend docteur-médecin, dit le grasselu à son étique

confrère, voulez-vous, de grâce, me la donner, afin que je la remette à Sa Majesté ?

— Révérend docteur-médecin, dit le maigrelet, avec votre permission, je la remettrai moi-même à Sa Majesté.

Et fouillant dans sa robe, il en tira un drageoir qu'il tendit au Roi.

— Mais ce n'est pas une poudre, dit Henri en ouvrant le drageoir, c'est une pilule.

— Sire, dit le grasselu, la poudre se trouve dans la pilule.

— Mais il n'y en a qu'une.

— C'est la dose, Sire, qu'il ne faut pas dépasser.

— En outre, dit le maigrelet, c'est là une médecine excessivement coûteuse.

— Messieurs, dit le Roi d'un air goguenard, allez-vous ruiner le royaume pour me faire dormir l'espace d'une nuit ?

— Sire, dit le maigrelet, nous avons acheté la poudre à un médecin juif qui la fait venir d'Izmir par bateau — transport cher et périlleux vu que les pirates barbaresques infestent la mer méditerrane.

— Révérend docteur-médecin, dit le Roi, ne me dorez pas la pilule. Dites-moi votre prix sans tant languir.

— Cinquante écus, Sire, dit le maigrelet.

— Voilà un prix bien pansu ! dit le Roi.

— Plus exactement, dit le grasselu, vingt-cinq écus à mon confrère et vingt-cinq à moi. J'ai acheté la poudre et il a composé la pilule.

— Roquelaure, dit le Roi, verse cinquante écus à ces Messieurs.

— Mais Sire, dit Roquelaure qui savait que le Roi ne lui remboursait jamais ces petits emprunts, vous versez déjà pension à vos médecins...

— Mais les médecines ne sont pas comprises, dirent les médecins à l'unisson, et non sans véhémence.

— Monsieur le grand maître de la garde-robe, dit Henri en gaussant, ferai-je appel en vain à votre escarcelle ?

Roquelaure sentit la pointe sous la gausserie et s'inclina, mais en se défendant encore pied à pied.

— Hélas ! Sire, dit-il, je n'ai sur moi que trente écus.

— Alors emprunte vingt écus à Bellegarde. Il les a. Il m'a gagné hier cinq cents livres aux trois dés.

Bellegarde rit, étant aussi donnant que Roquelaure et le Roi l'étaient peu.

— Les voici, Roquelaure, dit-il aussitôt.

Dès que les médecins eurent empoché leur dû, le Roi demanda :

— Faut-il avaler la pilule ou la sucer ?

— L'avaler, Sire, dit le plus gros.

— Et elle me fera dormir ?

— Assurément, Sire, nous vous en donnons l'assurance.

— Pourquoi ?

A cette question inattendue, les deux médecins se regardèrent et le grasselu, prenant la parole derechef, dit d'un ton docte :

— L'opium, Sire, fait dormir, parce qu'il a une vertu dormitive.

— Me voilà bien éclairé ! dit le Roi.

Il avala la pilule, but un gobelet d'eau et, après avoir remercié les médecins, les congédia.

— Ventre Saint-Gris, dit-il, cinquante écus pour le sommeil d'une nuit, c'est exorbitant ! J'eusse mieux fait de m'adresser à ce médecin juif qui soigne Leonora Galigaï. Comment donc l'appelle-t-on ?

— Montalto, dit Bellegarde.

— Qui sait si ce Montalto n'eût pas été moins cher que ces bons chrétiens ?

Là-dessus, il me demanda de lire *L'Astrée*, ce que je fis avec l'animation que j'y avais mis déjà, mais observant au bout d'un moment que son visage se détendait et ses yeux se fermaient, je regardai Bellegarde qui me fit signe de m'arrêter.

— Sire, dit Bellegarde, dormez-vous ?

— La douleur, dit le Roi en ouvrant les yeux, s'assoupit. Et m'est avis que je ne vais pas tarder à en faire autant. Mon petit cousin, poursuivit-il, as-tu trouvé où te coucher cette nuit au Louvre ?

— Oui, Sire.

— Or sus ! Siorac, que ton sommeil te dorme ! Et me reviens voir céans demain sur le coup de huit heures.

***

Je ne savais pas alors que c'était une grâce spéciale de coucher fût-ce une seule nuit au Louvre, et une exceptionnelle faveur que d'y dormir dans un lit. Faveur que je dus au docteur Héroard, lequel au surplus, me trouvant d'abord insomnieux, me parla d'abondance dans le noir, d'un lit à l'autre, de l'unique objet de ses soins, de son amour et de sa dévotion : le dauphin Louis. Et tant ses paroles m'émurent que je les transcris ici *verbatim*, sans y changer un iota.

— Les rapports du Dauphin et du Roi sont ce jour d'hui si tendres et si idylliques qu'on a peine à croire qu'ils ne furent pas toujours ainsi. Je me souviens pourtant d'une scène très pénible à Fontainebleau, quand Louis avait trois ans. Il avait promis de venir dire au revoir au Roi, avant qu'il partît à la chasse, mais se voulant botter dans sa garde-robe, il y découvrit son petit tambour, changea d'avis, et se mit à en jouer. On l'alla dire au Roi. « Il préfère son tambour à moi ! » dit le Roi aussi dépité que si une maîtresse à un rendez-vous lui avait fait faux bond. Et il commanda qu'on amenât l'enfant à lui de gré ou de force.

« Quelques minutes plus tard, précédé de sa gouvernante, Madame de Montglat, Louis pénétra dans la salle, le chapeau sur la tête, marchant au pas et battant du tambour. Mais à la vue de son père, lequel le regardait venir à lui en fronçant le sourcil, il s'arrêta net et parut interdit :

« — Otez votre chapeau, Monsieur, dit le Roi.

« Je suis sûr que le Dauphin aurait obéi, s'il n'avait eu les deux mains embarrassées par ses baguettes. Il est vrai qu'il eût pu se libérer en les glissant dans les étuis cousus à cet effet sur son baudrier. Mais il n'y pensa pas, tant le regard sévère et le ton brusque de son père l'étonnèrent. Et il resta là, les baguettes en l'air, sans jouer, mais sans obéir, figé, et le rouge lui montant à la face.

« Le Roi aurait pu répéter son ordre mais, outre qu'il avait la patience courte, le refus de son fils l'avait irrité. Il avança la main et enleva l'objet du délit. « Mon chapeau ! Mon chapeau ! *Ye* veux mon chapeau ! » cria le Dauphin, très à la fureur.

« Étant accoutumé à ce qu'on lui obéît dans l'instant, le Roi fut surpris que son fils ne vînt pas aussitôt à résipiscence. Il pâlit de colère et, en un tournemain, lui enleva tambour et baguettes, lesquels il posa hors de sa portée sur une table. Ce fut bien pis. Louis se mit à hurler : « Mon chapeau ! Mon tam*bou* ! Mes baguettes ! »

« Le Roi, pour le dépiter, et d'une façon à mon sens un peu puérile, posa le petit chapeau sur ses propres cheveux. Et comme les cris redoublaient alors, il reprit la coiffure de son fils et lui en donna un coup sur la tête. Ce ne fut pas que le coup fût si fort donné, mais il humilia le Dauphin qui creva presque de rage. Ce fut toute une petite tragédie que ce face-à-face du père et du fils, l'un blême et l'autre rouge. A la fin, le Roi ne se connaissait plus. Il prit Louis par les poignets et le souleva en l'air en étendant ses petits bras en croix. « Eh ! Vous me faites mal ! » hurla Louis.

« La Reine, qui se trouvait là, ne broncha pas. Seules les hurlades paraissaient l'incommoder. Quant à moi, j'étais bouleversé : « Sire ! Sire ! » dis-je dans un souffle. Le Roi me jeta un regard furieux, mais posa Louis à terre assez doucement puis, pivotant, s'éloigna, les mains serrées et crispées derrière le dos. La Reine alors rendit à Louis son tambour et ses baguettes, à mon sens moins par pitié que pour le faire taire. Mais cela n'y fit rien. Louis criait toujours. Il ne pouvait pas s'arrêter.

« A la fin et comme le Roi ne donnait aucun ordre, Madame de Montglat le souleva de terre et l'emporta. Louis se tuait presque à hurler, ayant atteint un seuil de colère et de peur dont il ne pouvait plus revenir. On me dit que quelques minutes plus tard, troussé et fouetté en sa chambre par Madame de Montglat, il criait : « Je tuerai Mamanga ! Je tuerai tout le monde ! Je tuerai Dieu ! »

— Cependant, remarquai-je, il n'a pas dit : « Je tuerai Papa ! »

— Le pauvret l'a dit sans le dire, Henri étant son Dieu.

— Et le Roi ?

— Le Roi, comme j'ai dit, était blême, sa pâleur — une pâleur mortelle et effrayante à voir — étant l'effet ordinaire de ses émotions, et Dieu sait si elles étaient vives chez lui ! « Madame », dit-il d'une voix lasse, en faisant à la Reine un salut des plus secs, « je suis votre serviteur. Ma chasse m'attend. » Et il se dirigea vers la porte à grands pas, mais me voyant près de celle-ci, le dos collé à la tapisserie, tant j'étais soucieux de m'effacer, il me jeta un regard si malheureux que mon cœur se serra.

« Je revis le Roi dans la soirée, mais sans lui parler ni l'approcher. Il paraissait triste et taciturne. Et Vitry me dit qu'il n'avait ouvert le bec de toute sa chasse que pour dire qu' « on le regretterait après sa mort ! » Propos qu'il tenait en ses humeurs noires. J'en conclus qu'il regrettait sa rudesse et craignait d'avoir perdu l'amour de son fils : ce qui me fut confirmé un mois plus tard, et chose étrange, le vingt-trois novembre, au château de Saint-Germain-en-Laye, un mois, presque jour pour jour, après la scène de Fontainebleau.

« La journée avait fort mal commencé. Le Dauphin s'était

réveillé à sept heures. Je lui annonçai que le Roi l'allait venir voir de Paris et ajoutai :

« — Monsieur, voulez-vous pas vous lever pour aller au-devant de Papa ?

« — Non, dit Louis, le visage fermé.

« Apparemment, il avait encore sur le cœur le rude traitement de Fontainebleau.

« — Vous n'aurez donc pas le beau tambour et les belles baguettes qu'il vous apporte. Il les donnera à Monsieur de Verneuil[1].

« Louis passa soudain de la colère rentrée à la colère ouverte, grinça des dents, grossit les yeux, me regarda froidement et, avançant la main, tâcha de m'égratigner.

« — Bien, Monsieur, vous me battez ! Mais que voulez-vous que Papa fasse de ce tambour ?

« — Qu'il le donne à *Mouchieu* de V*e*neuil ! dit le Dauphin, très à la fureur.

« Toutefois, sur le coup de onze heures, ayant dîné, Louis reçut la permission de s'aller promener au jardin, le temps étant doux et ensoleillé pour un novembre. Comme il atteignait la fontaine basse où il aimait jouer avec l'eau, au détour d'un bosquet, il aperçut le Roi à cheval. Il ne s'attendait pas à le voir là, non plus que monté, Henri venant de Paris en carrosse. Il en fut tout étonné et, dans sa surprise, en oublia son ressentiment. Il courut à lui gaîment, lui tendant ses petits bras. Le Roi pâlit, mais cette fois de la vive joie qu'il avait de cet accueil, démonta, jeta les rênes à son écuyer, et le prenant dans ses bras, le baisa cent fois, le Dauphin lui rendant ses baisers, tous deux ravis, et revenant ensemble au château, le Roi lui donnant la main et lui montrant les travaux qui se faisaient alors dans le parc de Saint-Germain-en-Laye.

---

1. Son demi-frère.

— Dormez-vous, Siorac ? reprit Héroard au bout d'un moment.

— Nenni, Monsieur, ce conte m'a ému et m'a donné à penser.

— A savoir ?

— Qu'il était moins facile pour un roi de commander à un enfant de trois ans qu'à de puissantes armées.

— C'est bien pensé ! Et maintenant, mon beau neveu, dormons ! Notre nuit sera courte.

***

Été comme hiver, le docteur Héroard, qui avait le sommeil profond autant que sonore, se faisait secouer par son valet à six heures du matin pour la raison que le Dauphin s'éveillant entre six heures et demie et sept heures et demie, le bon docteur voulait être présent à son lever pour mirer ses urines, examiner ses matières, inspecter sa langue, prendre son pouls et observer si son visage était gai ou chagrin, toutes choses qu'il notait dans son journal avec une scrupuleuse précision.

Comme je lui avais dit que le Roi avait requis ma présence à son chevet à huit heures, il me fit moi-même réveiller à sept heures, et à sept heures et demie, après une toilette que je trouvai bien sommaire, on m'apporta un grand bol de bouillon, trois tranches de pain, et du beurre salé frais. J'en fis un grand festin, m'ayant dû la veille passer de souper, le Roi m'ayant si tardivement donné mon congé.

Comme j'achevais, j'eus la surprise de voir surgir devant moi mon père, non qu'il fût en peine de savoir où j'étais — Bassompierre ayant eu la gentillesse de le lui mander par un petit vas-y dire — mais s'inquiétant toutefois de mon bien-être, sachant ce qu'il en était au Louvre en ce domaine. Il fut fort rassuré de me voir gloutir mes viandes[1] à dents aiguës, me donna une forte brassée, s'assit, et je lui contai entre deux bouchées tout ce que j'avais ouï.

— Ouvrir ses yeux et ses oreilles, dit-il quand j'eus fini, est le début de la sagesse.

— Mais non, dis-je, de l'entendement. Comment comprendre, s'agissant de l'édit breton, que la Chambre des comptes de Nantes ait eu le front de rester sourde à trois ordres de jussion et refusé d'enregistrer l'édit ?

A cette question mon père rit à gueule bec.

— C'est là une petite chatonie de notre rusé Béarnais ! Sachant que la Reine est follement dépensière et emprunte à usure pour acheter des diamants, il lui a donné les bénéfices de l'édit breton. Mais lui reprenant d'une main ce qu'il lui donnait de l'autre, il s'est entendu en sous-main avec la Chambre de Nantes pour qu'elle n'obéît à un ordre de jussion que s'il était écrit et signé de sa main. Et cette lettre manuscrite, il va sans dire qu'il ne l'enverra jamais...

Le docteur Héroard entra à ce moment, embrassa mon père, et me dit que le Dauphin, se ressouvenant que j'avais passé la nuit dans sa chambre, me voulait voir. Je courus à ses appartements, où je le vis tout vêtu, rose et frais, et me souriant fort gracieusement en me tendant sa menotte à baiser. Il désirait savoir en quoi le Roi avait affaire à moi.

— Monsieur, dis-je, je lis tout haut à Sa Majesté.

— Qu'est cela ? dit-il, feignant la surprise. Le Roi mon père ne sait pas lire ? Moi, à sept ans, je sais !

— Si fait ! dit Monsieur de Souvré, Sa Majesté sait lire, mais étant couchée et mal allante, elle trouve plus commode qu'on lui lise au lieu de lire elle-même.

— A moi aussi cela serait commode ! dit Louis avec un soupir. Siorac, enchaîna-t-il, êtes-vous amoureux ?

---

1. Les viandes désignent les mets. Le mot « chair », à l'époque, désigne plus précisément la viande.

Je consultai du regard Monsieur de Souvré qui me fit une petite mimique pour me faire entendre que je devrais répondre « non ».

— Non, Monsieur, dis-je.

— Moi, je suis amoureux, dit Louis. Ma maîtresse est Mademoiselle de Fonlebon, une des filles de la Reine. Hier, je l'ai baisée quatre fois, deux fois sur chaque joue.

— Monsieur, dit Monsieur de Souvré, quand on est amoureux, il ne faut pas dire de qui.

— Pourquoi ?

— Pour ne pas compromettre sa maîtresse.

— Monsieur, pardonnez-moi, dit le docteur Héroard au Dauphin, ne retenez point Monsieur le Chevalier : le Roi l'attend.

Louis me donna alors mon congé. Bien qu'assurément le bon air et les jardins de Saint-Germain-en-Laye dussent lui manquer beaucoup, il me paraissait beaucoup plus calme et plus heureux depuis qu'il vivait au Louvre aux côtés de son père.

Le petit page La Barge m'accompagna chez le Roi et en chemin, comme je le trouvai coi, et l'air chagrin, je lui en demandai la raison.

— Monsieur le Chevalier, ma conscience me poigne : j'ai trahi un de mes serments. Hier soir, j'ai lutiné une chambrière.

— Cela fut-il plaisant ?

— Non, Monsieur le Chevalier. Elle m'a souffleté pour mes peines et a menacé de me dénoncer à Monsieur de Souvré.

— Le fera-t-elle ?

— Je ne crois pas. Cela n'est pas allé très avant. Mais je tiens à déshonneur d'avoir été souffleté.

— La Barge, dis-je gravement, l'honneur n'est pas atteint, quand c'est une femme qui vous frappe.

— Ah ! Monsieur, vous me rassérénez ! La mijaurée m'a

dit aussi que j'étais trop petit pour qu'elle me permît de la biscotter, Monsieur, suis-je si petit ?

— Non, La Barge, vous avez une taille normale pour votre âge. Et ce n'est point non plus une question de taille. Le Roi lui-même n'est pas fort grand.

— Cela est vrai, dit La Barge qui sourit et dont les yeux vifs se remirent à pétiller. Monsieur le Chevalier, un mot encore s'il vous plaît : que veut dire « biscotter » ?

— Le pire, dis-je en riant.

— Oh ! dit-il, je n'avais pas l'intention d'aller si loin.

— Vous avez raison, La Barge : quand on tire des armes pour la première fois, on ne commence pas par un assaut.

Je le quittai, fort ébaudi. Mais quand je me ressouviens ce jour d'hui de cet entretien, ce n'est pas de La Barge que je me gausse, mais de moi-même, qui, fort d'une immense expérience des femmes qui se réduisait alors à une seule (et encore m'était-elle tombée toute rôtie dans le bec), jouais avec le petit page le fendant, l'aîné et le protecteur, exactement comme le Dauphin l'avait fait la veille devant moi avec Madame...

Quand l'huissier, ouvrant la porte très à la douceur, m'y introduisit, la chambre royale était encore plongée dans l'obscurité. Les rideaux des fenêtres et les courtines du baldaquin étant clos, je ne pus voir le Roi, mais, en prêtant l'oreille, j'ouïs sa respiration, seul bruit qui se pouvait entendre dans la pièce, à l'exception d'un soufflet qu'un valet faisait marcher précautionneusement pour ranimer le feu. Mes yeux s'accoutumant à la pénombre, j'aperçus, debout près de la porte et plus muets que statues, Gramont, Roquelaure, Bellegarde et Vitry (lequel, sans doute, remplaçait Montespan). On s'entr'embrassa en silence. Point de vertugadin. Il était encore trop tôt pour que les dames vinssent visiter le malade. J'imaginai que, par cette froidure, elles en étaient encore à se blottir dans leur lit ou à demander à leur chambrière un miroir pour s'assurer que depuis la veille elles n'avaient rien perdu de leur beauté.

Personne ne pipant, une dizaine de minutes s'écoulèrent pendant lesquelles il n'y eut pas d'autre bruit que les deux que j'ai dits. Puis il y eut un mouvcment derrière le baldaquin et on put ouïr le Roi jurer son éternel « Ventre Saint-Gris ! »

— Sire, dit Vitry en s'avançant et en faisant une profonde révérence que le Roi ne put voir, les courtines étant closes encore, êtes-vous réveillé ?

— Oui-da ! dit le Roi, je suis réveillé et la douleur aussi... Que ne puis-je me faire couper ce maudit pied ! Mais comment mettrais-je le pied à l'étrier, si je n'en avais qu'un ? Vitry, est-ce toi ?

— Oui, Sire.

— Fais ouvrir les courtines et les rideaux. Je me crois déjà en enfer, tant il fait noir.

Sur un signe de Vitry, le valet laissa entrer le jour et nous pûmes apercevoir Henri. Il avait meilleure mine que la veille, étant bien reposé, mais les contractions involontaires de son visage montraient bien qu'il pâtissait tout autant.

— Bassompierre est-il là ? dit-il en clignant des yeux à la lumière.

— Non, Sire.

— Quelle heure est-il ?

— Cinq minutes après huit heures, Sire.

— Il est donc en retard, dit le Roi d'un air fort malengroin.

A mon sentiment, cette impatience à voir Bassompierre n'augurait rien de bon pour le Comte et je pense que ce sentiment fut partagé par tous, car personne ne dit mot. Henri n'avait pas lui-même le génie de l'exactitude et, en ayant conscience, il n'aurait jamais d'ordinaire fait grief à ses gentilshommes d'un retard de cinq minutes.

On lui apporta une bassine d'eau chaude avec laquelle il se

rinça rapidement les mains et le visage. Tandis qu'il s'essuyait, son œil tomba sur moi.

— Serviteur, Siorac ! dit-il avec un retour qui me parut quelque peu forcé à son enjouement naturel, et m'ayant fait signe de m'approcher, il me donna sa main à baiser et ajouta :

— Reprends *L'Astrée* à l'endroit où tu l'as laissée. Qui sait, à l'ouïr, il se peut que je ressente moins ce lancinement insufférable.

L'Astrée m'attendait sur mon tabouret et saisissant le livre, je m'assis et commençai à lire. Bien que j'y misse autant de vivacité qu'à l'ordinaire, je ne laissais pas d'apercevoir, en lui jetant un regard de côté, que le Roi ne m'écoutait guère, gardant l'œil fixé sur la porte.

Elle s'ouvrit enfin et Bassompierre apparut, resplendissant de la tête aux pieds et rouge d'avoir couru dans les couloirs du palais. Je cessai incontinent de lire.

— Ah ! Bassompierre ! dit le Roi en fronçant les sourcils, mais d'un air plus soulagé qu'irrité, te voilà enfin ! Tu es en retard !

— Sire, dit Bassompierre en lui faisant, son chapeau empanaché voletant au bout du bras, un profond et élégant salut, j'en suis au désespoir. Mon carrosse est tombé dans un embarras de voitures épouvantable ! Votre capitale, Sire, est la plus encombrée du monde.

Voilà qui sentait le bel air et le cavalier. La révérence était profonde, la mine repentante et la flatterie subtile, mais avec une pointe de familiarité désinvolte.

— Bassompierre, viens te mettre céans, là, à mon chevet, dans la ruelle, reprit le Roi d'un ton impatient. Vitry, fais apporter un carreau[1] pour les genoux du Comte, et dis à l'huissier de ne laisser entrer personne.

1. Coussin.

— Personne, Sire ? dit Vitry en levant les sourcils.

— La Reine exceptée, dit Henri de mauvaise grâce. Mais à s'teure, sa visite n'est guère à redouter.

Le Roi ne m'ayant donné aucun ordre, je restai figé sur mon tabouret, le livre sur mes genoux. Il était clair que dès l'entrée de Bassompierre, j'étais devenu invisible pour lui et tant je craignais de devenir audible, c'est à peine si j'osais respirer.

Bassompierre étant à genoux sur un carreau au chevet du Roi dans la ruelle, je ne voyais que son beau et mâle visage, ses larges épaules et son pourpoint de satin bleu barré par deux rangées de perles. Si le Comte nourrissait quelque appréhension au sujet de la teneur de cet entretien, il n'y paraissait guère sur ses traits, car il envisageait Henri de cet air vif, empressé, enjoué, affectueux, qu'il mettait comme un masque sur son visage quand il s'adressait à Leurs Majestés. Mon père disait que ce masque était devenu, à la longue, aussi vrai que le visage, tant est qu'à ses yeux Bassompierre était le modèle des courtisans, car il trouvait le moyen d'être soumis sans servilité et déférent sans bassesse, laissant toujours percer quelque respect de soi dans son respect le plus profond.

Au contraire de ce qui s'était passé la veille avec Mademoiselle de Montmorency, le Roi ne s'exprima pas à voix basse, si bien que personne n'eut à tendre l'oreille pour ouïr ce qu'il disait. Et personne ne s'y trompa non plus : cela signifiait qu'après y avoir mûrement songé Henri avait pris une décision et qu'il la faisait connaître non seulement à Bassompierre, mais à sa cour, même si ceux qui l'écoutaient à cette heure matinale étaient si peu nombreux.

— Bassompierre, dit-il, j'ai pensé à vous marier à Mademoiselle d'Aumale. J'ai déchu le Duc d'Aumale, jadis, de son duché pour avoir refusé de se rallier à moi après la défaite de la Ligue. Le malheureux, au lieu de se soumettre, a préféré quitter la France et aller vivre dans les Pays-Bas espagnols. Mais si vous épousez sa fille, je renouvellerai le duché d'Aumale en votre personne.

Si la proposition était inattendue, son implication était si claire que j'admirai le sang-froid avec lequel Bassompierre l'accueillit. Il sourit, leva le sourcil et dit avec un feint étonnement :

— Comment, Sire ? Me voulez-vous marier à deux femmes ?

Réponse gaussante tout autant qu'habile : autant dire qu'un duché ne suffirait pas à le faire renoncer à Mademoiselle de Montmorency.

Henri sentit alors que le demi-mot dans cette négociation ne ferait pas l'affaire et qu'il fallait y aller à la franche marguerite, s'il voulait emporter le bastion. Il poussa un gros soupir et dit en passant du « vous » au « tu » :

— Bassompierre, je te veux parler en ami. Je suis devenu, non seulement amoureux, mais furieux et outré de Mademoiselle de Montmorency. Si tu l'épouses et qu'elle t'aime, je te haïrai. Si elle m'aimait, tu me haïrais...

Cette dernière hypothèse qui fit passer une lueur d'ironie dans les yeux de Bassompierre (mais il les baissa aussitôt) me plongea dans la consternation. Pauvre Roi : fallait-il que l'*ambivichieuse* l'ait déjà tout entortillé dans les rets de ses sourires pour qu'il crût qu'elle le pourrait préférer un jour à Bassompierre...

— Il vaut mieux, Bassompierre, reprit Henri, que cela ne soit point cause de rompre notre bonne intelligence, car je t'aime d'inclination et d'affection.

Pour paradoxale que fût, en la circonstance, cette déclaration, elle sonna juste et elle était vraie. Le Roi nourrissait une vive amitié pour Bassompierre. Il lui ôtait sa future femme, mais il l'aimait.

— Je suis résolu, dit Henri, de la marier avec le Prince de Condé et de la tenir auprès de ma femme. Ce sera la consolation et l'entretien de la vieillesse où je vais désormais entrer.

Il avait déjà la veille employé avec Mademoiselle de Montmorency cette formule chattemite qui avait pour but de voiler — sans tromper personne — l'énormité de son projet et le peu de respect dont il témoignait à l'égard des liens sacrés du mariage. Si l'intention de pécher est déjà un péché (comme on nous l'enseigne) le père Cotton, s'il avait ouï cela, aurait eu quelques raisons de pousser de gros soupirs et de faire un rapport désolé au général de la Compagnie de Jésus et, par son intermédiaire, au Pape.

— Mon neveu, reprit le Roi, aime mieux mille fois la chasse que les dames et je lui donnerai cent mille francs par an pour se livrer à sa passion. Quant à Mademoiselle de Montmorency, je ne veux d'autre grâce d'elle que son affection sans rien prétendre davantage...

Dans ce cas, aurait pu répondre Bassompierre, pourquoi la démarier de moi pour la marier à un prince qui, s'il fallait tout dire, préférait mille fois aux dames, non point la chasse, mais les damoiseaux ?

Quand le Roi eut fini de parler, un silence long et lourd régna dans la pièce dans l'attente de ce que Bassompierre allait dire. Quant à moi, tout énamouré que j'étais de ma *Gräfin*, et, selon l'expression du Roi, « furieux et outré en cet amour », il eût fait beau voir, jour de Dieu ! que le Roi me demandât de renoncer à elle !

« Ah ! mon fils ! » me dit mon père quand je lui confiai à quel point Bassompierre m'avait déçu en la circonstance, « que jeune et béjaune vous êtes ! Que pouvait notre pauvre ami ? Résister eût été une impertinence inutile. Le Roi est tout-puissant. Il eût, au mieux, renvoyé le Comte en sa Lorraine natale et l'aurait, au pis, embastillé. Et ne croyez-vous pas que le Connétable allait dire oui, cent fois oui à un mariage avec le premier prince du sang ? Sans l'agrément du Roi et sans celui du père, que pouvait Bassompierre ? —

Monsieur mon père, dis-je, encore fort chagrin, vous dites vrai sans doute. Mais de quelle tyrannie a usé le Roi en l'espèce ! Et que vilaine me paraît cette intrigue ! » A cela, mon père secoua tristement la tête et ne répondit pas.

L'expression « impertinence inutile » pour qualifier un refus au Roi était de Bassompierre lui-même, je l'appris plus tard. Et, à partir de cette considération, le Comte fut prompt à prendre son parti. En y réfléchissant plus outre en mon âge plus mûr, j'ai pensé que si, comme disait ma *Gräfin* avec tant d'esprit, Bassompierre avait fait de son mieux pour perdre ses solides vertus allemandes et pour se parer des brillants défauts français, parmi ceux-ci il avait toujours négligé d'acquérir le plus français et le plus brillant : la désobéissance. Je ne nommerai pas ici tous ceux qui à la cour de France et dans l'entourage du Roi eussent pu lui servir à cet égard de modèles. Ou plutôt, je n'en nommerai qu'un : le Prince de Condé.

Mais j'anticipe, et comme on dit dans *La Farce de Maître Pathelin,* revenons à nos moutons. Et pour que ceux-là fussent aussi bien enrubannés que par la belle Astrée, on pouvait compter sur Bassompierre. Il céda, assurément, mais avec la bonne grâce d'un parfait homme de cour et dans un langage apprêté que n'eût pas désavoué Céladon.

— Sire, dit-il de sa voix grave et bien timbrée, j'ai toujours ardemment désiré une chose qui m'est arrivée lorsque moins je l'attendais : qui était de pouvoir, par quelque preuve signalée, témoigner à Votre Majesté l'extrême et ardente passion que je lui porte et combien véritablement je l'aime. Certes, il ne s'en pouvait rencontrer une plus haute que celle-ci, de quitter sans peine et sans regret une si illustre alliance, une si parfaite dame et si violemment aimée de moi, puisque, par cette pure et franche démission, je plais à Votre Majesté. Oui, Sire, je m'en désiste pour jamais et souhaite que cette nouvelle amour vous apporte autant de joie que sa perte me causerait de tristesse, si la considération de Votre Majesté ne m'empêchait de la ressentir.

Prêtant à Bassompierre l'amour outré qu'il éprouvait pour Mademoiselle de Montmorency, le Roi s'était attendu sans doute à une résistance si acharnée qu'elle appellerait de sa part menaces et violences. Je vis bien, à l'émotion qu'il laissa paraître au discours de son favori, combien il était soulagé et touché par un désistement si rapide et si entier. Comme on l'y invitait, il voulut croire qu'il le devait davantage à l'affection de son favori qu'à la toute-puissance de son sceptre. Les larmes lui montèrent aux yeux et, se penchant, il accola Bassompierre, le baisa sur les deux joues, l'assura de sa gratitude, et lui jura que désormais, il le considérerait comme son fils et ferait sa fortune.

Aux larmes succéda dans ses yeux le rayonnement de la joie la plus folle : Bassompierre écarté, il pensait toucher au but. Assuré de l'assentiment du Connétable et de Charlotte, il se faisait fort d'obtenir l'accord du Prince de Condé, lequel, à cette heure même, dormant innocemment (quoique avec un de ses pages), ne savait rien encore du mariage que le Roi avait décidé pour lui ni du rôle que, « préférant la chasse aux dames », il devait y jouer.

Dans le transport d'espérance qui le soulevait, le Roi me parut oublier quelque peu son mal et redevenir plus gai et plus actif. Ayant commandé au valet d'apporter dans la ruelle une petite table et trois tabourets, d'une voix gaillarde il convia Bassompierre, Bellegarde et Roquelaure à jouer avec lui aux trois dés. Il s'ensuivit pour moi une heure interminable pendant laquelle je n'osai ni demander mon congé ni bouger de ma place.

Que ce soit dans un tripot ou dans la chambre d'un roi, c'est tout un : rien n'est plus monotone pour qui ne joue pas que le roulement des dés sur la table, l'annonce des points, le bruit des écus que l'un jette avec rage, que le gagnant met en tas avec soin, les vantardises, les menaces enjouées, les interjections de dépit ou de victoire.

Le Roi paraissait tout à son affaire. Il jouait avec Bellegarde contre Bassompierre et Roquelaure et d'après les piles d'écus qui grandissaient devant lui, il gagnait. Le teint animé, les yeux brillants, il ne sentait plus guère, me sembla-t-il, les élancements de sa goutte et il était clair qu'il m'avait tout à plein oublié, moi sur mon tabouret, le roman qu'il caressait dans sa tête entre deux coups de dés effaçant les charmes de celui qui reposait sur mes genoux.

J'admirais la puissance que Bassompierre avait sur ses émotions, car son visage, que de temps à autre j'effleurais du regard, ne reflétait que l'intérêt qu'il portait au jeu. A part cette attention, il ne s'y pouvait rien lire, et pas même la contrariété du joueur malchanceux, car pour une fois, il perdait beaucoup. Je me ressouviens que je me fis cette réflexion que la protection de sa fée allemande l'abandonnait, et dans tous les domaines. J'eus quelque vergogne, après coup, d'avoir pensé cela, me ramentevant que mon père ne voyait que sottise dans cette superstition païenne.

A cet instant, et sans que Bassompierre battît un cil, Vitry, que l'huissier avait appelé à la porte, s'approcha de la ruelle pour annoncer au Roi que Madame la Duchesse et Mademoiselle de Montmorency désiraient le visiter. Vitry fit cette annonce non point en chuchotant à son oreille, comme avait fait Montespan la veille, mais d'une voix haute et claire : preuve que le capitaine des gardes avait tiré de l'entretien du Roi avec Bassompierre la conclusion que le secret n'était plus de mise.

Les dames entrèrent et je ne sais comment la chose se fit, mais cette fois Mademoiselle de Montmorency, par un audacieux renversement d'étiquette, précédait la Duchesse d'Angoulême. Et de quel air elle entra dans cette chambre ! Jour de Dieu ! Quelle hauteur elle mit dans l'humilité affichée de sa révérence, traitant le Roi quasiment en égal ! La reine de France n'eût pas fait mieux !

Reléguer comme la veille la Duchesse sur mon tabouret et installer Charlotte dans la ruelle n'était plus possible. La ruelle était occupée par la petite table autour de laquelle étaient assis Roquelaure, Bellegarde et Bassompierre. Leur ôter leur siège à tous trois n'était pas concevable, et d'autant que Bellegarde était duc et pair. La brillante stratégie de la veille ne se pouvait donc répéter.

— Ma bonne cousine d'Angoulême, dit Henri avec cette vivacité de perception et de décision qui lui avait gagné tant de batailles, je suis votre serviteur et vous souhaite le bonjour ! Comment vous en va par ces fortes froidures ? Je ne demande qu'une chose au ciel : qu'il vous préserve de la goutte ! Avec votre permission, ma cousine, Monsieur de Vitry va vous conduire chez Monsieur le Dauphin qui sera ravi de vous voir. Et quant à vous, M'amie, Siorac va vous donner son tabouret et un valet le porter jusqu'à moi, afin que je puisse vous entretenir au bec à bec.

Je ne sache pas que la Duchesse fût si certaine que le Dauphin serait ravi de la voir, mais elle fit au Roi sans piper une belle révérence et suivit Vitry qui, avec une promptitude militaire, l'escamota hors de la chambre en un clin d'œil. Pour moi, je me levai incontinent, saluai Mademoiselle de Montmorency et lui cédai mon tabouret dont un valet se saisit aussitôt pour le mettre au chevet du Roi. L'infernale pécore passa à deux pas de moi sans un regard ni un merci, faisant aussi peu cas de moi que du valet. Sa cervelle avait dû furieusement travailler depuis la veille, et elle ne se souciait pas de redescendre des cimes où son imagination, pendant la nuit, l'avait hissée.

Je ne pouvais rester planté là, debout comme un benêt, mon *Astrée* à la main et trop proche du lit royal pour ne pas avoir l'air d'écouter. Je me retirai donc au fond de la chambre et par un mouvement tournant qui, je gage, ne fut observé de personne, tant les regards étaient collés sur le Roi et Charlotte de Montmorency, je me plaçai de façon à avoir des vues sur les deux interlocuteurs et aussi sur la petite table dans la ruelle où se trouvait assis Bassompierre qui, de tout le temps que dura l'entretien — et il fut fort long —, s'amusa, les yeux baissés, à faire, à défaire et à refaire les piles d'écus devant lui, mais en prenant grand soin de ne faire aucun bruit.

Je ne pus ouïr un seul mot de ce qui se dit alors entre le Roi et Mademoiselle de Montmorency, tant Henri, tête contre tête, parlait bas. On eût dit un étrange confessionnal où, au lieu de confesser des péchés, on travaillait à mi-mot à organiser leur assouvissement.

Charlotte écoutait plus qu'elle ne parlait, mais son beau visage était revêtu d'une innocence angélique que rien ne paraissait capable de troubler. Fidèle sujette du Roi, et fille très obéissante du Connétable, on lui changeait son mari, et contre un fort beau on lui en donnait un fort laid sans qu'elle battît un cil. Elle s'estimait, bien au rebours, très heureuse de suivre, là encore, la volonté de son père et par là, de contenter aussi le Roi son Seigneur qui lui offrait l'assurance d'une affection qu'elle recevait avec gratitude. Voilà ce que disait son visage, j'en eusse mis ma main au feu. Et ma main ne courait aucun danger, comme la suite le confirma, non par des paroles, mais par la pantomime la plus expressive et, j'oserais dire, la plus cruelle.

Cet entretien dura une bonne demi-heure au bout de laquelle Vitry revint avec la Duchesse d'Angoulême, qui, la porte refermée, demeura devant elle sans s'approcher. Ce que voyant le Roi, il donna congé à Mademoiselle de Montmorency, laquelle se dressa, resplendissante, et plus haute que jamais en ses visées radieuses. Bassompierre leva alors la tête de ses piles d'écus et la regarda. Elle n'évita pas son regard, mais le fixant avec un air tranquille de ses yeux azuréens, elle haussa les épaules en passant devant lui.

Bassompierre pâlit, la belle ordonnance de ses traits se décomposait en un clin d'œil et il demeura pétrifié comme si cette Gorgone, rien qu'en l'envisageant, l'avait changé en statue.

— Or sus, jouons ! dit le Roi à qui le haussement d'épaules de Charlotte avait fait autant de bien qu'il avait fait de mal à Bassompierre. A qui est-ce ?

— A Bassompierre ! dit Roquelaure.

— Bassompierre, à toi le dé ! dit le Roi.

Le Comte, la face pâle et comme absente, ramassa les trois dés sur la table sans l'aide de ses yeux et comme à tâtons, les mit dans le cornet et, tenant celui-ci de la main droite, le balança interminablement de gauche à droite sans paraître songer à le renverser. On eût dit qu'il jouait sa tête, ou à tout le moins son destin, tant il hésitait à vider le contenu du gobelet sur la table pour compter les points. Chose étrange, personne, pas même le Roi, n'intervint pour le presser de le faire, même en gaussant. Au lieu de cela, aucun des trois joueurs qui lui faisaient face ne le regardait, ni ne pipait, ni ne lui faisait sentir de quelque façon que ce fût qu'ils attendaient qu'il commençât. Un silence pesant régnait sur la table, lequel n'était troublé que par le bruit que faisaient les trois petits dés d'ivoire en s'entrechoquant. Bien qu'en lui-même ce bruit n'eût rien de lugubre, la pâleur du Comte, son air absent et le fait qu'il gardait les dés à l'intérieur du gobelet de cuir sans oser les libérer, lui donnaient un caractère menaçant.

Je me demandais combien de temps cet étrange manège allait se poursuivre sans que personne ne levât le petit doigt pour le faire cesser, quand Bassompierre, de lui-même, y mit fin. Il posa le cornet debout sur la table, tira avec vivacité son mouchoir de l'emmanchure de son pourpoint, le roula en boule, le plaça sous ses narines et dit d'une voix étouffée :

— Plaise à vous, Sire, de me permettre de quitter la partie et de me retirer. Je saigne du nez.

— Va, mon ami, dit le Roi.

Et comme Bassompierre se levait et se dirigeait vers la porte, il le regarda avec des yeux où la compassion le disputait au triomphe. Ce ne fut qu'un éclair. Le Roi se tourna vers moi et dit avec bonté :

— Va, Siorac, le Comte est ton ami. Accompagne-le chez lui.

Je pris congé, assez bouleversé par ce que je venais de voir et, en même temps, soulagé de laisser derrière moi le Louvre, ses intrigues et ses chaînes dorées. Une fois franchie la porte de la chambre royale, je pressai le pas pour rejoindre Bassompierre. Dès qu'il me vit, ses yeux s'éclairèrent, il me saisit le bras, le serra avec force contre son flanc gauche, mais sans dire mot, et pressant toujours contre son nez de la main droite son tampon improvisé.

Il ne le retira qu'une fois assis à côté de moi dans son carrosse et les rideaux tirés. Je demeurai béant. Il n'y avait pas la moindre trace de sang, ni sur sa lèvre supérieure ni sur le blanc immaculé de son mouchoir.

— Ne soyez pas surpris, mon ami, dit-il, d'une voix détimbrée. Il me fallait trouver un subterfuge pour quitter le Roi en toute décence, et sans que cela apparût comme un mouvement d'humeur ou de rébellion. Mais il était au-dessus de mes forces de continuer à jouer, après ce qui s'était passé.

Je restai silencieux, les yeux fixés sur lui, entendant bien que toute l'aide que je lui pouvais apporter était d'être là et de l'ouïr, s'il désirait me parler.

— Pierre-Emmanuel, dit-il au bout d'un moment, votre véracité m'est connue. Dites-moi, dites-moi bien, je vous prie, si mes yeux ne m'ont pas trompé, et si vous avez vu, de vos yeux vu, Mademoiselle de Montmorency hausser les épaules en passant devant moi.

— Oui, dis-je au bout d'un moment, je l'ai vue.

— Mon Dieu, dit-il au bout d'un moment, quelle perfidie ! Hier soir, hier soir encore, je soupais chez le Connétable. Que de sourires enchanteurs, que de tendres regards ! Et elle savait déjà que le Roi allait me démarier d'elle pour la marier au Prince de Condé ! Comme elle a dû se gausser de moi en son for ! Ce matin, quelqu'un que j'ai croisé au Louvre avant d'entrer chez le Roi m'a attrapé par la manche et m'a laissé entendre ce qui s'était passé hier dans l'après-midi entre Henri et elle. Je ne l'ai pas cru ! A peu que je n'aie poignardé le quidam en mon ire ! Jour de Dieu ! Ce haussement d'épaules, je l'ai reçu en plein cœur ! Avec quel horrible sang-froid la scélérate m'a poussé du pied dans les oubliettes.

Après cet éclat pendant lequel Bassompierre serra son mouchoir dans son poing comme s'il eût voulu l'écraser, il se calma par degrés. Les couleurs revinrent sur son visage, il se recomposa. Je lui glissai un œil. Il était redressé, la nuque appuyée contre le dossier du carrosse, la tête haute, ses lèvres se forçant à un demi-sourire.

— Savez-vous, me dit-il, que si Mademoiselle de Montmorency épouse un prince du sang, elle deviendra une enfant de France, et aura droit à des fleurs de lys sur sa robe de mariée ? Soyez bien assuré qu'elle n'a pas manqué d'y songer...

CHAPITRE X

Le carrosse de Bassompierre me déposa sur le coup de onze heures en notre logis du Champ Fleuri — lequel champ n'avait plus qu'une existence nominale plutôt mélancolique, car il y avait belle lurette qu'il avait été occupé par des murs, et les fleurs, remplacées par des pavés.

Et bien que le temps du dîner fût proche et qu'une odeur succulente émanât des cuisines, ni mon père ni La Surie n'étaient là encore. En l'absence de son mari Caboche, qui gardait le lit, Mariette s'affairait devant des casseroles et dès que je la vis je chantai pouilles à sa langue parleresse, lui reprochant avec la dernière véhémence d'avoir dit à la Duchesse de Guise que je m'absentais du logis les lundis, mercredis et vendredis dans un coche de louage.

— Ah ! *Meuchieu !* dit-elle fort émue et la poitrine houleuse, le moyen de faire autrement ! Vous connai*chez* Son Altesse ! Elle crépite comme huile en poêle et monte, monte comme *chou*pe au lait ! *Cha*vez-vous qu'elle vous suspi*chion*nait de vous cacher dans une chambre du logis pour ne point la voir ! Et qu'elle commanda à Franz de lui ouvrir une à une toutes les portes de la maison ! Il refusa tout net ! Il aurait fait beau voir qu'elle tombât sur la pauvre Margot dans la chambre du deu*chiè*me étage, *chus*te au-dessus de la chambre de Monsieur le Marquis ! Quel tohu-bohu ! C'est pour le coup que le couvercle aurait sauté de la marmite !

— Mariette ! Parler ainsi de Son Altesse !

— Pardon, *Meuchieu* ! Je n'y mets pas ma*liche*. C'est ce qu'on dit dans mon village, quand une garce se dégonde. Bref, pour éviter le pire, j'ai gâché ma *chau*ce et lui ai lâché tout à trac ce que vous savez.

— Et tu m'as mis, moi, dans l'embarras...

— Nenni, *Meuchieu*. C'est point ce que j'ai dit qui a fait tout cramer : c'est ce qu'a dit Toinon ! Qui, je vous le demande, a parlé de la maîtresse d'école et de la maîtresse tout court ? *Eche*-ce moi, ou cette pimpésouée ? *Chelle*-là, que le diable l'emporte et la cuise à petit feu au court-bouillon ! *Chest* tout le bien que je lui *chou*haite !

La cuisson mise à part, je trouvai quelque raison dans son propos et décidai de garder pour Toinon le plus gros chien de ma chienne. Mais la caillette n'était point dans les alentours, il eût fallu la chercher dans les étages, je n'aspirais qu'à me mettre ventre à table, mon estomac se creusant à chaque minute davantage de toutes les bonnes odeurs de viandes dont le Louvre m'avait privé. Là-dessus, mon père et La Surie survinrent, et on eût dit qu'on ne s'était vu d'un mois, tant il y eut d'exclamations, de brassées, de baisers et de liesse. On s'assit, l'œil joyeux et les dents aiguisées. Par bonheur, Mariette s'étant foulé la cheville, c'est Greta qui servait à table. La bonne Alsacienne était une tombe : je pus parler tout mon saoul, ou plutôt tout le saoul de mes commensaux, car je dus répondre à d'insatiables questions, tant ils voulaient s'assurer que je n'avais rien omis d'important en mon récit.

On en finit enfin, et bien remis des maigres chères du Louvre, le torse redressé et le jarret saillant, je gagnai ma chambre pour ma quotidienne sieste, plus indulgent en mon for à Toinon que je ne l'avais été depuis la veille, puisque aussi bien mon père avait tout « expliqué » à la Duchesse et qu'aucun mal n'était sorti de ses cancans.

Toinon ne parut pas. Je l'attendis un bon moment. Je balançai. Mon amour-propre me commandait de ne point bouger, et de reste, même seul, après ma mauvaise nuit au Louvre, j'eusse bien voulu dormir, mais sans le frais licol des bras nus de Toinon je ne le pus, et me levant, toute vergogne bue, je n'eus pas honte d'aller quérir Franz et de lui dire de me l'appeler.

Elle parut enfin. Vous eussiez dit la Duchesse elle-même, tant elle était haute. L'huis refermé derrière elle, elle n'avança pas à moi, mais demeura sur place, l'œil sec, le front haut et la mine distante.

— Eh bien, Toinon, dis-je, me forçant à faire le sourcilleux bien que le cœur n'y fût pas, te caches-tu de moi de crainte d'une semonce ?

— Non, Monsieur, dit-elle avec la dernière froideur. Je ne crains pas cela.

— Tu trouves donc, dis-je, quelque peu hérissé, que tu en as bien agi avec moi en parlant à Son Altesse de ma maîtresse d'école et de ma maîtresse tout court ?

— Non, Monsieur, dit-elle avec fermeté, mais sans un grain de repentance. J'ai, en effet, fort mal agi.

— Et cependant, tu ne redoutes pas que je te gourmande ?

— Non, Monsieur.

— Et pourquoi, s'il te plaît ?

— Hélas ! Monsieur, nous n'en sommes plus là : je vous quitte.

— Tu me quittes ? dis-je, n'en croyant pas mes oreilles. Et pour quoi faire ?

— Monsieur, dit-elle, vous vous ressouvenez sans doute que lorsque Monsieur le Marquis m'engagea aux gages de soixante livres par an, il me promit de me donner une petite dot quand je voudrais quitter son service et m'établir.

— Et tu veux ce jour d'hui t'établir ? dis-je, béant. Et comment ?

— En me mariant.

— Et avec qui ?

— Avec le maître boulanger Mérilhou. Il est veuf depuis un an, il a du goût pour ma personne et il m'a demandé ma main.

— Assurément, dis-je, Mérilhou, si j'en crois Mariette, a de bonnes qualités. Mais il n'est point trop jeune.

Elle rougit à cela et ses yeux étincelèrent.

— Monsieur, dit-elle d'une voix tremblante de colère, est-ce bien à vous de me reprocher d'avoir de l'amitié pour quelqu'un qui a le double de mon âge ?

— Ah ! Toinon, voilà donc où le bât te blesse ! Tu es dépite et furieuse de l'affection que j'éprouve pour ma maîtresse d'allemand.

— De l'affection ! dit-elle avec le dernier dédain. Monsieur, allez-vous tourner chattemite ? Le vrai, c'est que vous êtes amoureux par-dessus la bouche, le nez et les oreilles de cette dame-là ! Vous n'avez que son rauque patois à la bouche du matin au soir, et même en rêve vous le marmonnez !

— Je le marmonne en rêve ?

— Oui-da ! Et même durant vos siestes, quand mes caresses vous ont apazimé !

— Mais Toinon, dis-je, si le sentiment que tu dis existe entre cette dame et moi, en quoi t'offense-t-il, puisqu'il est innocent ?

— De grâce, Monsieur, ne m'en contez pas, dit Toinon avec un air d'immense sagesse. Si la chose n'est point faite, elle se fera. La dame est née dans la noblesse et elle n'est point de ces pauvrettes qui, comme moi, se donnent à la franche marguerite. A ces colombes-là, il faut des génuflexions, des baisemains, des compliments et des petits billets. Bref, des formes et des rubans. Mais le reste viendra, j'en suis bien assurée.

Et qu'elle m'en assurât au nom de son expérience me remplit de joie en mon for, encore que je me donnasse beaucoup de peine pour cacher les ailes que Toinon venait de donner à mes plus chers espoirs.

— Toinon, dis-je en me promenant de long en large dans la pièce et en me rapprochant d'elle insensiblement (car j'ai quasiment honte de l'avouer, le désir me tenaillait de la prendre dans mes bras, si énamouré que je fusse de ma *Gräfin*), Toinon, je le répète, en quoi ce sentiment-là t'offense ?

— Monsieur, dit-elle, ne pouvez-vous entendre que j'aurais voulu vivre non point dans les faubourgs de votre bon plaisir, mais dans la ville même et dans vos rêves aussi, puisque vous me vouliez dans vos bras ?

C'était bien dit, et si fièrement que je m'arrêtai net en ma sournoise approche. J'avais eu depuis cinq ans avec Toinon un commerce auquel je trouvais le plus grand agrément, mais qui me paraissait aller tellement de soi que je ne m'étais jamais demandé comment elle le considérait. Eh bien, je savais, maintenant, ce qu'elle en pensait : le jour où je l'allais perdre.

— Toinon, dis-je, la gorge me serrant quasi à m'étouffer, cela veut-il dire que nos siestes sont finies ?

— Assurément, Monsieur, dit-elle d'une voix sans timbre. Elles sont finies. J'ai donné ma foi à Maître Mérilhou, et je la veux garder.

Je la considérai, stupéfait. Elle se tenait fort raide, mais deux larmes coulaient sur ses joues. Je n'eus pas le temps de me demander si je faisais bien ou mal : je me jetai sur elle et la pris dans mes bras. Elle me laissa faire, et comme elle me refusait sa bouche, je la baisai dans le cou. Ce fut bien pis : il était si douillet, et j'y avais si souvent posé les lèvres depuis cinq ans.

— Ah ! Monsieur, me dit-elle, vous pleurez aussi !

Et s'arrachant de mes bras, elle s'en fut en courant, claquant l'huis derrière elle. Et je restai là, cloué sur place, le nez sur cette porte, mes pensées en pleine confusion. Une chose était claire au moins : déjà je me languissais d'elle.

J'allai m'étendre sur le lit, sans grand espoir de dormir, malgré la lassitude de mon séjour au Louvre et le grand ébranlement où m'avait jeté cette scène. Toutefois, je ne sais comment cela se fit, mais par degrés insensibles et sans que j'en fusse conscient, je m'ensommeillai, et si profondément que lorsque Franz me secoua pour me dire que mon père me voulait voir dans la librairie, je croyais avoir dormi deux minutes et non deux heures, comme il me l'apprit.

Mon père se chauffait devant un bon feu et me fit signe de prendre place dans une chaire à bras à ses côtés.

— J'imagine, dit-il, que vous ne devez pas vous sentir très heureux du départ de Toinon ? Bien que la chose m'eût paru couver depuis quelque temps déjà, la promptitude de sa décision m'a surpris. Visiblement, elle ne peut souffrir la pensée d'avoir une rivale.

— Mais, dis-je après un temps d'hésitation, Madame de Lichtenberg n'est pas une rivale pour elle.

— Elle pense le contraire et à parler franc, je ne lui donne pas tort. Madame de Lichtenberg vous eût déjà éconduit, si vos hommages l'avaient fâchée. Or, elle n'est point de ces archicoquettes parisiennes, sèches et sans cœur, qui font danser un homme comme une marionnette au bout d'un fil pour contenter leur vanité. Ulrike est une Allemande sérieuse, sensible, et qui se pose des problèmes. Vous lui en posez un, vu votre âge. Mais il me paraît probable qu'elle ne saurait tarder à le résoudre.

Ce discours me gêna tout en me comblant d'aise. Et je me trouvai fort content que les bûches flambassent haut dans la cheminée : elles me donnaient un prétexte pour fixer les yeux sur elles et éviter de regarder mon père et d'être contreregardé par lui. Comme il se taisait et paraissait attendre un commentaire, je craignis de m'appesantir sur les chances dont son propos avait bercé mes espoirs, et je repris :

— Qui eût cru que Toinon serait si entière et si haut à la main ?

— Mais elle le fut toujours ! dit-il. Avez-vous oublié la façon dont elle s'est heurtée jadis à votre marraine, bec contre bec ? Entre la Duchesse et la soubrette, il n'y a, croyez-moi, qu'une différence de vêture : la première porte un vertugadin et la seconde, un cotillon. Et c'est tout. Une femme est toujours une femme, Dieu merci.

Ce « Dieu merci » me fit plaisir, car il me donna à penser que mon père était heureux.

— Estimez-vous, dis-je au bout d'un moment, que j'aurais dû tenir mon rang davantage avec Toinon ?

— Mais non ! dit-il avec un petit rire. Comment pouvez-vous tenir votre rang avec quelqu'un que vous serrez dans vos bras tous les jours que Dieu fait ?

Je me fis la réflexion que ce Dieu-là, invoqué pour la deuxième fois, n'était visiblement pas celui de l'abstinence, mais je me gardai d'en rien dire.

— Toinon, poursuivit-il, vous était plus attachée que vous ne pensiez. Vous vous êtes montré fort gentil pour elle, ayant eu la patience de lui apprendre à lire, à écrire, à compter. Elle vous en avait la plus grande gratitude, sans le montrer jamais. Car elle était plus orgueilleuse que pas une fille de bonne mère en France. Et maintenant, elle va mener son Mérilhou tambour battant, tenir ses comptes, et prospérer grandement avec lui. Une page est tournée, ce jour d'hui, dans votre vie, mon fils.

« Oui-da ! pensai-je, elle est tournée, mais non sans un petit pincement au cœur et un grand vide tout soudain dans mon quotidien, lequel, rien que d'y penser, m'effraye d'avance. »

Toutefois, quand le lendemain, à trois heures, j'allai voir

ma *Gräfin,* ce fut avec un espoir bondissant que je descendis du carrosse de louage dans la cour de son hôtel, me promettant, fort des prophéties conjuguées de Toinon et de mon père sur l'avenir de mon amour, de la regarder avec un œil plus assuré. Mais à peine vint-elle à moi dans son grand salon, que mon audace fondit. Bien qu'à la vérité elle m'accueillît avec beaucoup de gentillesse, je la vis si majestueuse, si réservée, si maîtresse d'elle-même, qu'elle me parut tout soudain aussi inaccessible que je l'avais toujours trouvée. Tandis que j'échangeai avec elle, sur un ton d'irréprochable politesse, les compliments d'usage, je me demandai avec un cruel découragement comment j'oserais jamais prendre dans mes bras une dame si haute, baiser ses lèvres et porter des doigts sacrilèges sur son vertugadin, lequel m'apparaissait comme une sorte d'armure impossible à défaire, alors que j'avais plus de mille fois en un tournemain retiré à Toinon son petit cotillon, lequel était si docile à mes doigts qu'à peine l'avais-je touché il tombait déjà.

Madame de Lichtenberg me demanda des nouvelles de la santé du Roi. Je lui en donnai, sans entrer dans l'histoire que l'on sait, ne sachant pas ce que Bassompierre choisirait de lui dire ou de ne lui dire point. Et après un moment, elle me fit passer de son salon dans sa chambre, où sans mentionner du tout la lettre d'excuses un peu trop chaleureuse que je lui avais fait porter le mercredi d'avant, elle commença ma leçon d'allemand.

Elle dut me trouver bien mauvais élève et bien distrait, car je fis une foule de fautes, qu'elle corrigea avec la patience et la douceur qu'elle me montrait toujours. Toutefois, la leçon finie, la collation apportée par le valet et le verrou tiré derrière lui, elle me dit en me confiturant ma première galette :

— Mon ami, vous n'êtes point dans votre assiette. Que vous est-il donc arrivé ?

Elle me fit cette question d'une voix si douce, en l'accompagnant d'un regard si tendre que mes défenses et mes réserves tombant en un clin d'œil, je débondai mon cœur dans le chaud du moment et lui racontai tout, et le rôle que Toinon avait joué dans ma vie, et son départ subit, mais en prenant bien soin, toutefois, de lui cacher qu'elle en avait été l'occasion.

Elle avait depuis longtemps fini de préparer ma galette, et les deux mains reposant, l'une sur la paume de l'autre et le dos de celle-ci sur ses genoux, ses beaux yeux noirs fixés sur moi, elle m'écouta, toute attention. Et bien que ce conte fût triste assez, il ne m'échappa pas qu'elle m'écoutait avec contentement, je dirais même avec une sorte de soulagement, comme si mon récit lui avait enlevé un grand poids. Je ne laissais pas d'être intrigué par ce sentiment, qui si je l'avais alors entendu m'aurait donné la clef de ce qui allait suivre.

Quand j'eus achevé, elle me tendit ma galette sur une petite assiette et se mit elle-même à manger sans piper et sans jeter l'œil sur moi, plongée qu'elle était dans ses pensées. Toutefois, bien qu'elle demeurât muette assez longtemps, cela fut loin de m'embarrasser, car je ne sais comment la chose se fit, mais je sentis que son silence et son absence de regards me concernaient. En outre, ma confession m'avait fait à moi-même beaucoup de bien, comme si, ayant été jusque-là divisé entre Toinon et la *Gräfin,* je retrouvais mon unité.

Je ne quittai pas des yeux Madame de Lichtenberg, j'étais attentif au souffle qui soulevait sa poitrine, au battement de ses cils, au moindre de ses gestes. Quand elle eut fini de manger, elle essuya minutieusement ses doigts avec une serviette, posa la serviette sur le plateau de la collation, recula sa chaire à bras de la petite table basse qui avait reçu le plateau, et me regarda avec une gravité qui me bouleversa.

— Monsieur, dit-elle — mais ce « Monsieur » était tout

de convention, il ne correspondait ni à son regard, ni à son intonation, ni au fléchissement de sa taille —, quand j'ai appris de Bassompierre qu'il avait donné autrefois une de ses nièces au Marquis de Siorac, n'ignorant pas à quel unique usage ces garcelettes étaient employées, je me suis demandé si c'était au service de Monsieur votre père ou au vôtre que celle-là était entrée. A vrai dire, je me le suis surtout demandé quand les sentiments obligeants que vous avez commencé à nourrir pour ma personne me sont clairement apparus. La chose devint alors pour moi de la plus grande conséquence.

Elle se tut, comme si elle était décidée à n'en pas dire plus. Et quant à moi, trouvant quelque obscurité dans ses paroles, je pris sur moi de lui dire :

— Madame, je ne suis pas sûr d'avoir compris votre propos. Peux-je vous demander pourquoi la chose était pour vous si importante ?

Elle se leva, me donnant à entendre que notre entretien était terminé, mais en même temps elle corrigea ce que ce congé pouvait avoir d'un peu abrupt en me souriant avec affection et en laissant un moment dans la mienne la main qu'elle tendit à mon baiser.

— Mon ami, dit-elle en donnant à cet « ami » une inflexion tendre et en s'appuyant d'une façon marquée sur mon bras pour me raccompagner jusqu'à son grand salon où elle devait me laisser comme chaque fois aux soins de son *maggiordomo*, sachez attendre un peu et ne craignez pas que j'abuse de la patience que je vous recommande. Je vous dirai un jour le « parce que » qui répondra à votre « pourquoi ». Le moment n'en est pas venu. J'ai besoin de réfléchir encore, n'étant pas assurée de voir aussi clair en moi que je crois voir en vous.

Là-dessus, m'ayant rappelé que je devais revenir chez elle le lundi suivant pour une leçon d'allemand où je montrerais, espérait-elle, plus d'attention que ce jour d'hui (phrase qu'elle prononça avec un sourire en me menaçant du doigt), elle me quitta. Pour moi, en montant dans mon coche de louage, je me sentis perplexe, n'ayant pas de raison d'être déconfit, mais n'en ayant pas davantage d'être triomphant. Madame de Lichtenberg en avait dit assez pour me persuader qu'elle n'était pas insensible aux « sentiments obligeants » que je lui témoignais, mais pas assez pour que je puisse entendre les scrupules qui la retenaient, les problèmes qu'elle se posait, ni leur lien avec Toinon.

Entre deux sommeils agités, j'y réfléchis toute la nuit, balancé entre le chagrin que me donnait le départ de ma soubrette et l'espoir encore bien incertain que les paroles de Madame de Lichtenberg avaient éveillé en moi. Je rêvai aussi que je cherchais Toinon la nuit dans Paris de rue en rue, sans la trouver, et je me réveillai en pleurs. Ces pleurs se tarirent, mais ils furent suivis par une pensée plus désolante encore. J'avais vécu cinq ans côte à côte avec Toinon sans me rendre compte à quel point sa présence m'avait rendu heureux : et ce bonheur me paraissait deux fois perdu, puisque je n'avais même pas eu conscience de sa présence quand il éclairait ma vie.

⁂

Bassompierre m'avait laissé devant mon logis le jeudi avant dîner, et comme le samedi il n'avait pas reparu à la cour, mon père prit sur lui de l'aller visiter avec moi en son hôtel, où nous eûmes quelque difficulté à l'entrant, le *maggiordomo* nous disant son commandement de n'admettre personne. Mais sur l'insistance de mon père, Bassompierre, prévenu de notre présence, nous reçut, vêtu d'une robe de chambre fort belle et fort galonnée, mais le visage non rasé et les traits quelque peu tirés.

— Ah ! mon ami ! dit-il quand on se fut entr'embrassé, Pierre-Emmanuel a dû vous faire le conte de ce qui s'est passé au Louvre. J'avais tout subi, tout souffert, mais, ajouta-t-il dans le style de *L'Astrée,* ce haussement d'épaules de la dame m'a percé jusques au fond du cœur ! Il m'a fallu quitter la partie des trois dés sous le prétexte qu'on vous a dit ! Et me réfugier au plus tôt dans ma maison, où je fus ces deux jours écoulés à me tourmenter comme un possédé, sans manger, ni boire, ni dormir ! Le résultat, vous le voyez, me voilà tout amaigri !

— A vrai dire, cela n'apparaît pas, dit mon père avec un sourire. Et passe encore que le deuil de vos espoirs comporte le jeûne, mais de grâce, buvez ! Buvez, à tout le moins de l'eau ! Ne point boire serait fatal à votre santé !

— Le pensez-vous, Marquis ? dit Bassompierre d'un air inquiet.

— Assurément, je vous parle en médecin. Et si vous me permettez de vous parler en ami, il serait temps qu'on vous revoie au Louvre. Sans cela le Roi va croire que vous le boudez, et il se pourrait qu'il se mette à vous contre-bouder, alors qu'il est si bien disposé à s'teure à votre endroit.

— L'est-il vraiment ? dit Bassompierre, son visage s'éclairant.

— J'ai ouï dire que si Mademoiselle d'Aumale ne vous agrée pas, il se propose de vous donner Mademoiselle de Chemillé en mariage et de rétablir en votre faveur la terre de Beaupréau en duché et pairie.

— Ah ! dit Bassompierre noblement, si le Roi me veut faire quelque bien, que ce ne soit pas par mariage, puisque par mariage il m'a fait tant de mal !...

— Mon ami, dit mon père en souriant, c'est galamment dit, mais est-ce là votre véritable raison pour refuser de si flatteuses alliances ?

— C'est une de mes trois raisons, dit Bassompierre, abandonnant le ton noble et regardant mon père d'un air connivent. La première, je viens de la dire ; la seconde étant que marier Mademoiselle d'Aumale ou Mademoiselle de

Chemillé après que j'ai rêvé d'épouser ce qu'il y a de plus beau en France, serait à mes yeux, et aux yeux de la cour, déchoir. Et ma troisième raison, puisqu'il faut vous la dire, est celle-ci : je me trouve assez bien en mes hautes folies de jeunesse, amoureux en tant d'endroits, et si bien voulu en la plupart, que je n'ai pas le loisir ni le désir de penser à mon établissement.

— J'ai ouï dire, reprit mon père en poursuivant sur le ton de la badinerie, que lorsque vous avez pensé marier Mademoiselle de Montmorency, vous donnâtes congé à pas moins de trois dames de la cour, lesquelles, sans se connaître, en furent fort désolées.

— C'est la pure vérité, dit Bassompierre, si du moins la vérité est jamais pure.

— Et ne pensez-vous pas qu'il serait opportun de rhabiller cette triple désolation ?

— A vrai dire, Marquis, j'y ai rêvé déjà en ma présente retraite, ne serait-ce que pour ne pas rester oisif et me réconforter de ma perte.

— Je suis bien assuré, poursuivit mon père, que si vous réussissez à vous raccommoder avec ces nobles dames, elles sauront si bien remplir votre cœur que vous n'y sentirez plus le grand percement dont vous venez de faire état.

— Ah ! Marquis, vous vous gaussez !

— Que non point ! Tout ce que j'en dis, c'est pour vous pousser à revenir à la cour au plus tôt que vous pourrez. Vous ne sauriez croire à quel point votre pâleur et votre air dolent intéresseront le beau sexe en votre faveur. Et maintenant que j'y réfléchis, comme cela est étrange ! On vous plaint. On plaint Condé. Et on ne plaint pas le Roi.

— Serait-il le seul à plaindre ? dit Bassompierre avec un soupçon de jalousie.

— Assurément : il est le seul hameçonné. Vous ne l'êtes plus. Et du fait de ses mœurs, Condé ne le sera jamais, même s'il épouse.

— J'ai ouï dire qu'il faisait de grandes difficultés pour entrer dans ce mariage.

— Ah ! Comte ! Vous n'êtes pas si cloîtré que vous n'ayez encore des oreilles amies du côté du Louvre !

— Et qu'en est-il au juste ?

— Condé, si peu étalon qu'il soit, renâcle, en effet, piaffe, encense, cule, botte et mord ! On en fait des gageures à la cour ! Les uns parient qu'il cédera. Les autres, que non !

— Que ne suis-je à la cour ! dit Bassompierre, son naturel joueur revenant au galop. Je sais bien comment je gagerais !

— Et comment ?

— Pour son acceptation. Condé ne peut s'offrir le luxe de désobéir. Il n'a pas un seul sou vaillant. Tout ce qu'il a lui vient du Roi.

— La suite dira si vous avez gagné. Or sus ! Viendrez-vous demain au Louvre ?

— J'y vais rêver. Un grand merci, de toute manière, à vous pour m'avoir arraché à mes chagrins et dépits.

Dès qu'après les embrassades et les compliments nous fûmes remontés en carrosse, je me tournai vers mon père.

— Mon père, comment comprendre que ce comte allemand d'une petite principauté n'aspire pas à devenir par mariage duc et pair d'une puissante monarchie ?

— Bassompierre vous en a donné trois raisons. Il y en a deux autres. Notre ami n'a pas jugé sage, connaissant le Roi, de faire fond sur des promesses qui n'étaient peut-être que fumées. Mais surtout il n'a pas voulu que la cour dît de lui qu'il s'était fait payer son désistement par un duché.

— C'est un homme habile.

— Mieux ! dit mon père en riant. C'est un diplomate. Il dose tout. Même ce qu'il appelle ses « dépits et chagrins ». Vous ne les verrez jamais dépasser les bornes de la bienséance.

Je ris à mon tour, n'ayant aucun moyen de prévoir que les miens allaient bientôt passer lesdites bornes. Le lundi après dîner, un petit vas-y-dire me vint porter un mot de ma *Gräfin*, remettant ma leçon au mercredi suivant du fait d'une circonstance imprévue. Je fus bien marri de ce contretemps, mais le pris en patience, d'autant que le billet, quoique court, et écrit à la hâte, ne laissait pas de me montrer de l'affection. Je dormis après le dîner, ou plutôt, je tâchai, étendu sur ma couche, de mettre un terme à la ronde incessante de mes pensées, pendant laquelle mon corps, se tournant et se retournant sans cesse, rendait impossible tout ensommeillement.

Cette sieste-là était la cinquième que je passais sans Toinon. Je les avais comptées, comme le prisonnier compte les jours sur les murs de sa cellule, et je pris ce jour-là la résolution de mettre un terme à une comptabilité d'autant plus stupide qu'elle ne débouchait sur aucun espoir.

Toinon, dans la maison, était devenue invisible. Et m'en étant étonné auprès de La Surie, j'appris de lui qu'elle travaillait dans la journée à remettre en ordre les affaires de Maître Mérilhou, mais que par décence elle revenait chez nous à la nuit tombée pour y dormir, son mariage ne se devant célébrer qu'à la fin du mois.

Cela me causa une petite peine supplémentaire de ne plus même la voir, je le confiai à La Surie et toute la consolation que j'en eus fut un proverbe périgourdin qu'il me cita : « *Un renard prend plaisir à voir passer une poule, même quand il ne peut pas l'attraper.* » Cette sagesse paysanne ne me fut d'aucun secours et je le lui dis. « Mais qu'avez-vous à penser à Toinon ? reprit-il. Pensez plutôt à votre maîtresse d'allemand ! » Il va sans dire que je pensais aussi à elle, mais je ne laissais pas d'apercevoir qu'il y avait une différence entre le souvenir que la chair garde des enchériments qu'elle a vécus, et une aspiration qui se nourrit de regards, de sourires et de quelques mots caressants. Cette espérance, certes, m'occupait l'âme davantage, mais elle n'était point si concrète.

Je me gardai bien de confier ce sentiment à La Surie, il m'eût répondu par un autre proverbe qu'il affectionnait : « Certes, certes ! mon beau neveu ! Et n'est-ce pas bien naturel ! " *Un homme ne mange pas son rôt à la fumée !* " » Ce qui voulait dire, j'imagine, que la fumée du rôt ne remplace pas le rôt.

La Surie m'appelait « mon neveu » et non plus « mon mignon », et cela à ma demande. Car bien que le mot « mignon », depuis la mort d'Henri III, eût perdu son acception péjorative, je le trouvais minimisant pour la sorte de grand homme que j'étais en train de devenir : truchement secret de Sa Majesté, et *cavalier servente* d'une haute dame.

La mésaise et la mélancolie dont je pâtissais n'étaient rien encore : le mercredi, la foudre me frappa. Ce matin-là, révisant la leçon d'allemand que j'avais si mal apprise le vendredi de la semaine précédente, je fus interrompu par un petit vas-y-dire qui m'apporta, non pas un mot, mais une lettre de ma *Gräfin*. La voici :

« Monsieur,

« Quand vous recevrez cette lettre missive, je serai partie depuis quelques heures pour Heidelberg, étant rappelée dans le Palatinat par la santé de mon père, lequel est vieil et mal allant. Je reviendrai à coup sûr en Paris, ville à laquelle m'attachent les liens que vous n'êtes pas sans connaître, mais ne saurais, hélas, dire quand. On me laisse craindre une issue malheureuse à l'intempérie de mon père, et si ces craintes se réalisent, j'aurai à faire face à des difficultés familiales qui me retiendront dans le Palatinat tout le temps qui sera nécessaire pour les résoudre. Cela risque d'être long, bien trop long à mon goût, la raison en étant que j'ai acquis la conviction que je ne saurais jamais être heureuse ailleurs qu'en Paris. Continuez, je vous prie, à étudier l'allemand pour la beauté de la langue, mais aussi pour l'amour de moi, qui penserai souvent à vous dans ma docte et austère Heidelberg.

« Je suis, Monsieur, votre affectionnée servante,

Ulrike von Lichtenberg. »

Mon père entra comme j'achevai de lire cette lettre, et me vit dans les larmes.

— Mais qu'est cela ? Qu'est cela ? dit-il, fort étonné.

Je lui tendis la lettre, qu'il lut, relut et relut encore, s'attachant quasiment à chaque mot.

— J'entends bien, dit-il, que vous puissiez vous sentir fort dépit de cette longue absence, juste au moment où vous pensiez aborder heureusement aux rivages que vous convoitiez. Mais il y a des expressions qui, pour prudentes qu'elles soient, devraient vous ravir. Ulrike parle de Paris comme d'une ville à laquelle l'attachent « *des liens que vous n'êtes pas sans connaître* ». Ou encore : « *J'ai acquis la conviction que je ne saurais jamais être heureuse ailleurs qu'en Paris* » ; ou encore, elle vous prie d'étudier l'allemand « *pour l'amour d'elle* ».

— Mais ne sont-ce pas là, mon père, ces petites courtoisies dont on paye ses amis lorsqu'on les quitte ?

— Cela pourrait l'être sous la plume de nos coquettes de cour qui, en paroles du moins, vous adorent le monde entier. Mais point sous la plume d'Ulrike dont le verbe, bien au rebours, reste en deçà du sentiment.

— Et pourtant, il lui eût été facile de me voir avant que de partir, puisque déjà le lundi quand elle a remis ma leçon, elle devait savoir qu'elle allait quitter Paris !

— Rien n'est moins sûr. Le faux bond de lundi peut s'expliquer par une tout autre raison que la maladie de son père. Et de toute manière, vous imaginez les embarras et les incommodités que comporte un voyage aussi long en plein hiver : l'escorte, les relais, les étapes, les approvisionnements. Lourde tâche pour une femme seule. Et mobilisant toutes ses forces afin de la mener à bien, Ulrike a dû craindre de les amollir en vous rencontrant.

— Mais cette attente, Monsieur mon père ! Cette interminable attente ! A lire cette lettre, on dirait qu'elle va durer plusieurs mois !

— Plusieurs mois au moins, s'il y a une issue fatale, suivie d'une picoterie autour d'une succession, comme Ulrike le laisse entendre.

— Un an ! Un an et demi, peut-être ! criai-je. N'est-ce pas insufférable !

— Babillebabou, mon fils ! Il me fallut attendre bien plus longtemps pour marier mon Angelina !

— Ah ! Monsieur mon père ! Je n'eusse jamais cru que la possession d'une dame aimée, surtout quand elle vous aime elle-même — à tout le moins, c'est ce que vous supposez —, souffrirait d'aussi longs délais !

— Voilà qui est naïf, dit mon père, avec un regard à la fois gaussant et attendri. Votre expérience avec Toinon a nourri en vous une idée fausse. Soyez bien assuré qu'il n'est jamais facile de conquérir l'être qu'on aime. Voyez ce grand roi, redouté sur toutes ses frontières, et tout-puissant en son royaume ! On pourrait croire que tout va céder devant lui, et voyez le mal infini que par force il se donne et va se donner encore, ne serait-ce que pour approcher cette petite mijaurée !...

On voit par cette scène que le Marquis n'était pas seulement le meilleur, mais le plus tendre des pères. J'ai ouï dire, plus tard, que de tous ses enfants il n'aimait que moi et j'ai toujours corrigé avec la dernière énergie cette erreur regrettable. Elle est due au fait que, dans la dernière partie de ses Mémoires, il parle peu d'Angelina de Montcalm et pas du tout des fils et des filles qu'il avait eus avec elle. Mais il ne parle pas non plus de moi, alors qu'il n'acheva de rédiger ses souvenirs que dix-huit ans après ma naissance...

Sans doute estimait-il qu'il intéresserait davantage son lecteur en l'entretenant des deux rois qu'il avait si bien servis et des grandes affaires auxquelles, au milieu de tant de périls et de traverses, il s'était trouvé mêlé. Mais je puis témoigner ici qu'il s'occupa en fait avec beaucoup d'attention et de persévérance de ses enfants de Montfort-l'Amaury, n'épargnant ni temps, ni efforts, ni pécunes pour les établir. Cependant, je n'eus moi-même qu'assez peu de rapports avec eux, du fait qu'Angelina, après avoir fort généreusement accepté d'être ma mère sur le papier, fit néanmoins entendre au Marquis de Siorac qu'elle ne tenait pas à me voir trop souvent en son logis du Chêne Rogneux, qu'elle considérait comme le sien.

Mon père eut peut-être tort de prendre cette recommandation trop au pied de la lettre, car après sa mort, j'eus affaire à Madame de Montcalm pour démêler une succession embrouillée, et à ma grande et heureuse surprise, je découvris une vieille dame fort aimable et fort douce, ouverte, attentionnée aux autres, et qui versa des larmes en me voyant, tant, disait-elle, je ressemblais à mon père. Elle n'avait point la moindre âpreté dans sa nature, n'attachait aucune importance aux pécunes, et je dus défendre ses intérêts contre elle-même, tant elle était encline à me tout donner.

On trouve dans le monde, et en particulier à la cour, tant de personnes avaricieuses, mesquines, glorieuses et ne pensant qu'à soi, que je fus tout réconforté de rencontrer chez Madame de Montcalm tant de vertus inverses, et entretins dans la suite avec elle un commerce affectionné qui resta constant jusqu'à sa mort.

Quelque temps après la lettre de Madame de Lichtenberg, la Duchesse de Guise m'invita à dîner chez elle, et comme toujours je couchai cette nuit-là en son hôtel en ce même cabinet où, le soir du bal, j'avais surpris la très étonnante conversation entre Sully et la Reine, que j'ai plus haut relatée en ces Mémoires. Le petit duc sans nez assistait à ce dîner, et discourut sans discontinuer tout le temps de la repue, la Duchesse ne pouvant placer un mot devant un fils qu'elle aimait peu, mais que sa qualité de chef de famille plaçait au-dessus d'elle.

De reste, il fallait y aller à la prudence avec le Duc. Il se piquait de rien. La raison en étant qu'il se sentait très incertain de lui-même. Pourtant, il ne manquait ni d'esprit ni d'agrément dans les compagnies, mais c'étaient là l'alpha et l'oméga de toutes ses vertus. Il était tout aussi incapable de concevoir un grand dessein que de l'exécuter.

Je ne faillis pas de me montrer tout respect pour lui, lui donnai du « Votre Altesse » et parlai peu, si bien qu'il me trouva « fort plaisant ». Il n'eût pas failli de me trouver « fort impertinent », si j'avais dit plus que quelques mots.

Il était censé s'adresser à Madame sa mère, mais la Duchesse ne lui prêtant qu'une ouïe distraite, en fait il ne regardait que moi, tandis qu'il discourait, ayant besoin de mon attention pour se persuader qu'il était écouté. Le lecteur connaît sans doute cette espèce d'infatigables bavards qui contraignent, pour ainsi parler, leur vis-à-vis à perdre l'être et l'existence, le réduisant peu à peu à n'être qu'une paire d'oreilles.

On alla se coucher assez tard, et je gageai que ma bonne marraine, s'étant trouvée fort malheureuse de son silence forcé, allait pâtir pendant la nuit d'une de ses coutumières insomnies. La chose ne manqua pas. Et vers une heure du matin, Noémie de Sobole en ses robes de nuit vint me secouer sur ma couche dans le petit cabinet que j'ai dit, malengroin assez en apparence, mais jubilante assez en son for, pour une raison qui ne m'échappait pas. La nuit étant froide, la Duchesse nous admit dans son vaste lit, Noémie à sa gauche et moi-même à sa droite, les courtines couvertes et deux chandeliers nous éclairant de part et d'autre de la couche, brûlant des bougies parfumées, luxe fort coûteux, mais que la Duchesse aimait. Je la trouvai fort en beauté pour une femme de son âge, l'œil bleu, le teint frais et je ne sais quoi d'épanoui dans toute sa personne. Et certes, elle faisait des plaintes, mais de façon quasi joyeuse, sa native et inépuisable vigueur l'emportant toujours bien au-delà de ses soucis. A peine étions-nous installés qu'elle se haussa sur ses oreillers et commença la longue litanie de ses griefs.

— Mon Dieu ! Ce petit duc ! Comme il parle ! Et pour dire quoi ? Beaucoup de paille et peu de grain ! Sa faconde me tue ! Et quel grand fol ! Pas même assez de cervelle pour cesser de jouer avec Bassompierre, qui bon an mal an lui gagne cent mille livres ! Jésus ! Et pourquoi faut-il qu'il soit si petit, son père étant si grand, poursuivit-elle avec une petite moue comique, comme si elle feignait d'oublier qu'elle-même avait la taille courte. Quant à la beauté, assurément, c'est Joinville qui eût dû être l'aîné ! Mais quant aux mérangeoises, c'est tout un ! Joinville est tout aussi fol ! Plus peut-être ! S'aller jeter dans les tétins de la Moret ! De tous les tétins de la cour, les plus gros peut-être, mais les plus périlleux ! Et Henri qui se fâche ! Pour cette fille de néant ! Passe encore qu'il l'ait fourrée dans un couvent ! Mais pourquoi fallait-il au surplus mettre une frontière entre elle et mon pauvre Joinville ? Est-ce raison ? Et Henri a-t-il fait tant d'arias quand Bellegarde l'a cocué avec la Gabrielle ?

Elle disait « cocué » : c'était le vieux langage. Mais quant à nous, qui atteignons la vieillesse au milieu de ce siècle, nous disons : « cocufier ». Quoi qu'il en soit du verbe, le terme me parut aiguiser au plus vif la verve de ma duchesse.

— Le proverbe dit vrai, reprit-elle d'un ton joyeux : « Avant mariage, cocu en herbe ! après mariage, cocu en gerbes ! » Quel Grand en cette cour n'a pas senti un jour ou l'autre des cornes lui pousser au front ? Feu mon mari, le Duc de Guise, était de l'aveu général l'homme le plus séduisant du royaume. Et malgré cela, quelles belles gerbes je lui ai faites !

— Oh, Madame, dit Noémie, dire cela ! Devant votre filleul ! Et devant moi, qui suis pucelle !

— Babillebabou, ma fille, ne faites pas la chattemite ! Vous ne portez pas votre pucelage dans l'oreille !

— Mais, Madame, reprit Noémie, avez-vous vraiment trompé votre mari ?

— Tout le monde le dit, fit la Duchesse avec un petit rire. Il faut donc que cela soit vrai...

— Et comment le Duc l'a pris ?

— Comme un parfait gentilhomme. Un jour, un de ces fâcheux qui pullulent à la cour l'aborda et lui dit : « De grâce, Monseigneur, un conseil : j'ai un ami dont la femme est infidèle. Je brûle de le lui prouver, mais je crains sa réaction. Monseigneur, que feriez-vous à sa place ? — Ce que je ferais à sa place ? dit le Duc qui avait compris à mi-mot, c'est bien simple : je vous poignarderais ! »

— Le trait est admirable ! dit Noémie. Voilà qui est galant et qui sent son cavalier ! Que j'aimerais marier un homme de cet acabit !

— M'amie, ne vous y trompez pas ! dit la Duchesse en haussant quelque peu le bec. Il faut être une princesse du sang pour qu'un mari vous ménage ainsi ! Le vôtre vous étranglera tout sec au plus petit soupçon de corne !

— Madame, dis-je, je gage toutefois que le Duc vous aimait.

— Assurément, il m'aimait, et moi aussi ! Mais que voulez-vous, il n'était jamais là ! Toutefois, il m'honorait assez opportunément pour me faire un enfant par an pendant quatorze ans. A peine avais-je le temps de dégrossir que le ventre me gonflait déjà ! Oui-da, je lui ai fait quatorze enfants, et tous de lui ! J'y ai veillé !

— Tous, Madame ? dit Noémie en me jetant à la dérobée un œil très parlant.

— Ma fille, dit la Duchesse, vous connaissez mal l'histoire de ce royaume et vous vous embrouillez dans les dates. Le Duc a été assassiné à Blois en 1588, soit six ans avant l'événement dont vous faites état.

Sur ces mots, la Duchesse se pencha vers moi, me sourit et posant sa petite main à plat sur ma joue droite, elle attira ma tête à elle et me baisa sur l'autre joue. Dans la mélancolie où j'étais, mais dont son discours m'avait distrait, ce geste me fit grand bien. Je rougis de bonheur et remarquant mon émotion, Madame de Guise ajouta, mais à mi-voix et comme se parlant à soi :

— Et vous, Monsieur, vous êtes le joyau de ma couronne.

Ayant dit, elle ferma les yeux et Noémie de Sobole, croyant qu'elle s'assoupissait, retint son souffle, croyant le moment venu, après avoir attendu quelque peu, de souffler les bougies, de sortir de la chambre sur la pointe des pieds et de me raccompagner dans mon petit cabinet.

Ces espoirs furent trompés, car au bout d'un moment Madame de Guise, ouvrant tout grands les yeux et paraissant bien éveillée, laissa tomber de ses lèvres une de ces gemmes qu'elle était allée chercher dans les profondeurs de son expérience.

— A la vérité, tous les hommes, même les bougres, redoutent d'être cocués par leur femme !

— Madame, dis-je (au grand déplaisir de Noémie, qui n'eût pas voulu que je relançasse le dialogue), faites-vous allusion au Prince de Condé ? Mon père dit qu'il regimbe fort à épouser la fille du Connétable.

— Regimber n'est pas le mot, dit Madame de Guise. Il s'y refuse absolument. Il ne veut point du tout jouer le rôle de mari postiche que le Roi lui veut mettre sur le dos.

— Mais que lui chaut ? dit Noémie. Puisqu'il n'aime pas les femmes.

— Il lui importe beaucoup, au contraire ! dit Madame de Guise. Ma fille, vous raisonnez comme le Roi ; vous n'entendez rien aux bougres et vous n'entendez rien à Condé. Condé a toujours été un prince humilié. Et il le fut dès sa naissance. Le pauvret — mais comment le sauriez-vous, vous qui n'étiez pas encore de ce monde ? — le pauvret est né en prison, sa mère y ayant été serrée parce qu'on la soupçonnait d'avoir empoisonné son mari, lequel l'avait surprise avec un page. Des juges huguenots la condamnèrent à mort. Elle se convertit, et des juges catholiques la proclamèrent innocente. On la libéra. Oui-da ! Et le Prince ? Était-il le fils de Condé ou le fils de ce petit merdeux de page ? Dans le doute, tous les Bourbons, moi comprise, et ce n'est pas ce que j'ai fait de mieux, lui tournent le dos. Le pauvre petit prince consulte sa mère. Cette horrible femme est d'une malice noire : elle ricane et refuse de lui répondre. Il se jette alors aux pieds du Roi. Henri, lui aussi, a les doutes les plus sérieux sur son sang, connaissant bien ladite mère, mais par pitié et par bonté il le relève, il le reconnaît comme Bourbon et premier prince du sang. Il le pensionne, mais perd pour lui toute estime quand il découvre qu'il est bougre !

— Il n'est pas le seul à la cour ! dit Noémie avec un soupir. Que c'est pitié, tous ces beaux hommes gâchés et perdus pour nous, pauvres pucelles !

— Mais, dis-je, pensant à Fogacer, pourquoi cette mésestime ? Les hommes éminents ne manquent pas parmi cette sorte de gens.

— C'est que le Roi réagit comme la plupart des hommes, mon filleul : il est sans indulgence pour les vices qui ne le tentent pas.

— Oh ! Madame ! C'est fort galamment dit !

— Noémie, petite flatteresse, taisez-vous ! dit la Duchesse, qui cependant but le compliment comme petit-lait, se piquant d'être éloquente et l'étant, de reste, quand le débat en valait la peine et l'attirait hors du parler dru, vert et quasi populaire qui était à l'accoutumée le sien.

— Ce que je vous en dis, mon beau filleul, reprit-elle, c'est pour vous faire entendre que le nœud de l'affaire, c'est le mépris du Roi pour Condé. Un double mépris : il n'est pas du tout sûr que Condé soit de son sang, et par-dessus le marché, il est bougre.

— Mais Madame, dit Noémie, comment s'étonner en l'occurrence des sentiments du Roi ? L'Église condamne les bougres et les juges les brûlent.

— Babillebabou, ma fille ! On brûle les roturiers et quelques petits noblaillons de province assez sots pour se faire prendre ! Mais on ne touche pas aux grandes familles de la cour. Il y aurait trop de bûchers pour trop de gens !... On les tolère donc, mais le Roi les a en horreur, pour la raison que j'ai dite. Et aussi parce que pour le Roi, un gentilhomme doit d'abord penser à son sang et le perpétuer. Et comment le peut-il, s'il déteste les femmes ? Dois-je vous rappeler que la race des Valois s'est éteinte du fait de la bougrerie d'Henri III ?

— Madame, dis-je, vous tenez donc que Condé ressentit comme une offense la proposition du Roi de le marier à Mademoiselle de Montmorency, quand il comprit ce qu'elle cachait.

— Assurément, c'était pour lui une offense, et une offense grandissime ! Si vous couchez les choses en clair, voici ce que le Roi lui dit : Condé, vous allez à mon commandement épouser Charlotte, et comme vous n'aimez pas les femmes, vous ne la toucherez pas, et peu me chaut du reste que vous perpétuiez votre race, car vous n'êtes pas vraiment de mon sang. C'est moi qui aurai Charlotte quand le mariage l'aura émancipée, et vous serez mon paravent. Vous me devez bien cela : c'est moi qui vous ai reconnu comme Bourbon et prince, alors que vous n'êtes ni l'un ni l'autre.

— Ah ! Madame ! dit Noémie, quelle horreur ! Quelle méchantise ! Le Roi lui a vraiment dit cela ?

— Non, sotte caillette, il ne l'a pas dit ! Mais il a tenu à d'autres ces damnables propos. Et si Condé s'obstine à renâcler devant ce mariage, soyez sûr qu'il recevra un jour son paquet ! Le Roi est si furieusement amoureux qu'il ne se maîtrise plus, et se trouve tout à fait incapable de comprendre que pour Condé, se marier dans ces conditions, c'est admettre *urbi et orbi* qu'il n'est ni prince ni Bourbon, mais un petit maquereau au service du Roi.

Madame de Guise se tut après ce discours et ferma les yeux. C'était dit à sa manière, crûment, mais non sans compassion pour un prince qui n'avait rien pour lui, ni ses origines, ni son physique, ni son caractère, étant aigre, amer, agité et d'autant moins aimable qu'il se sentait si peu aimé. En y réfléchissant après coup, je me dis que ma bonne marraine avait corrigé heureusement sans le connaître le propos de mon père, qui dans cette affaire ne voyait que le Roi à plaindre, parce qu'il était hameçonné par « cette petite peste ». Mais à plaindre, Condé l'était aussi. Car quoi qu'il décidât, épouser ou ne pas épouser Charlotte, il ne pouvait qu'être malheureux, n'ayant le choix qu'entre le déshonneur et la persécution.

⁂

— Monsieur, que je vous parle enfin à la franche marguerite : je suis fort mécontente de vous.

— De moi, belle lectrice ? Et que vous ai-je fait ?

— Vous me faites languir : pourquoi ne pas me dire tout de gob ce que Condé décida ?

— C'est que l'affaire est plus compliquée qu'il ne semble. Les démêlés du Roi et de Condé au sujet de Charlotte ont toutes les apparences de la petite Histoire, et pourtant, par une coïncidence des plus singulières, cette intrigue de cour se trouva liée de façon indissociable à une crise diplomatique, et l'issue de cette crise — une des plus graves que ce siècle ait connues — n'était rien moins que la guerre ou la paix pour des millions de gens. Madame, avez-vous ouï parler de Clèves ?

— Le nom m'est familier.

— C'est une ville en Rhénanie, proche de la Hollande. Elle a donné son nom à un duché sur lequel régnait alors un aimable prince allemand, Jean-Guillaume le Bon.

— Cela commence comme un conte de fées.

— Mais aucune fée allemande ne présida aux destinées de ce prince. Si bon qu'il fût, Jean-Guillaume le Bon ne put réaliser son vœu le plus cher : assurer sa succession. Il mourut sans enfants le 31 mars 1609 ; soit vingt-neuf jours après les fiançailles du Prince de Condé et de Charlotte de Montmorency dans la grande galerie du Louvre.

— Les deux événements sont-ils liés ?

— Ils ne le sont pas encore, mais ils vont l'être. Plus exactement, les conséquences de l'un vont rejoindre les conséquences de l'autre et l'ensemble sera infiniment périlleux pour la paix de l'Europe.

— A votre air grave, je sens que nous allons revenir à Clèves. Clèves, le nom est fort joli ! Il me semble avoir ouï d'une princesse de Clèves...

— Oh ! Madame, des princesses de Clèves, il y en a eu plus d'une au cours des siècles ! Une, entre autres, dont Henri III fut, en ses jeunes années, amoureux, preuve qu'il n'était pas alors aussi bougrement bougre qu'il le devint ensuite. Revenons à Clèves, telle qu'elle fut au moment où Jean-Guillaume le Bon mourut sans enfants. L'Europe entière attendait depuis longtemps ce décès et l'aimable prince était encore chaud sur son lit de mort que déjà les prétendants s'abattaient sur sa succession, aussi nombreux que des mouches sur un morceau de sucre. Mais trois seulement étaient sérieux : l'Électeur de Brandebourg, l'Électeur du Neubourg, et l'Électeur de Saxe. Les deux premiers étaient luthériens, amis et alliés d'Henri IV, lequel ne pouvait qu'il ne soutînt leurs prétentions. Le troisième était ami et allié de la maison d'Autriche.

— Si je vous entends bien, deux grands royaumes allaient donc se couper la gorge pour un petit duché ?

— Petit, mais stratégiquement important, car il se trouvait proche de la Hollande, autre alliée protestante d'Henri IV, que la maison d'Autriche avait si longtemps et si âprement combattue. Raison pour laquelle Henri IV avait déclaré de longue date qu'il ne tolérerait pas qu'un prince allié de l'Autriche s'installât à Clèves. Et quant à l'Autriche, il allait sans dire qu'elle ne souffrirait pas davantage qu'un prince allié de la France prît possession de Clèves.

— C'est donc la guerre !

— Pas encore. Disons que les ambassadeurs des deux camps en sont encore à gronder et à se montrer les dents comme deux chiens qui, avant de se jeter l'un sur l'autre, tâchent de s'intimider. Mais il est de fait que le baril de poudre est maintenant fort proche d'une mèche allumée.

— Et Condé serait cette mèche ?

— Pas encore, Madame ! Clèves, la maison d'Autriche, les intrigues espagnoles sont alors loin, bien loin, de sa pensée. Le petit prince souffreteux, mal fait, dont le nez bizarrement en bec d'aigle n'évoque en rien le nez long et courbe des Bourbons, tâche de défendre son honneur de prince du sang, lui dont le sang est si douteux. Mais la pression quasi quotidienne d'Henri alternant menaces et promesses dans des scènes furieuses, et lui coupant les vivres, est si tyrannique qu'il cède. Il épouse Mademoiselle de Montmorency le 17 mai, à Chantilly.

— Il a donc capitulé ?

— Non, Madame. Il continue la lutte sous d'autres formes. Et en un sens, sa position est plus forte, maintenant qu'il a épousé Charlotte.

*
**

Le Roi dont la cour s'était transportée à Fontainebleau en mai pour échapper à la touffeur de l'air, si pénible à supporter en Paris, revint cependant un mardi au Louvre vers la mi-mai, à ce qu'on disait pour y régler une urgente affaire en rapport avec la succession de Clèves.

Et le lendemain, il me convoqua à huit heures du matin — vous avez bien lu, huit heures — par un de ses billets courts, cordiaux et impérieux dont il était coutumier. Je me rendis au Palais à peine désommeillé, et Vitry qui, d'évidence, m'attendait au guichet, me conduisit à travers le dédale que l'on sait en un petit cabinet où, m'ayant prié de ne point me formaliser de sa conduite, il me serra à double tour. Je me morfondis là une bonne heure et je commençais à me demander si on n'allait pas de là me transporter à la Bastille pour un crime que je ne savais pas avoir commis, quand la clef tourna dans la serrure, le Roi entra et reverrouilla la porte derrière lui.

— Mon petit cousin, dit-il d'un ton vif, cette fois il ne s'agit point d'écrire sous ma dictée une lettre dans une langue étrangère à un prince ami, mais en français à une dame qui demeure en Paris. La chose étant de la plus grande conséquence non seulement pour moi mais pour elle, je te saurai gré de porter toi-même la missive, non à ladite dame mais à sa chambrière, dans des conditions qui pourraient s'encontrer périlleuses. Mais si tu as, comme je crois, la vaillance et l'adresse de ton père, ton âge te désigne particulièrement pour cette mission. Personne, en effet, ne s'étonnera qu'un damoiseau de ta tournure accoste une accorte chambrière pour lui conter fleurette.

— Ah ! Sire ! dis-je, tout excité par cette tâche qui me retirait de la morne mésaise de ma vie, péril ou non, c'est avec joie que je servirai Votre Majesté ! Mais si vous me permettez, j'aimerais toucher un mot de cette mission à mon père, afin qu'il m'aide de ses conseils.

— Assurément, tu le peux. Or sus ! mon petit cousin, l'écritoire est là, prends la plume !

Le Roi ne m'ayant pas cette fois-là demandé le secret comme pour sa correspondance d'État, je me sens libre davantage de parler de cette lettre, toutefois dans les limites de la discrétion que je dois à sa mémoire. A la différence de ses missives habituelles, qui brillaient par leur concision et leur vigueur à l'emporte-pièce, celle-ci était fort longue ; elle était aussi fort littéraire, commençait par « Ma Dulcinée » — preuve qu'Henri avait lu le *Don Quichotte* de Cervantès — et elle était couchée de bout en bout dans le style moral, sentimental, pudique et ampoulé de *L'Astrée* où, comme on sait, les réalités de l'amour sont passées sous silence au profit des effusions du cœur. Henri me la dicta en marchant de long en large, le pas aussi élastique que celui d'un jeune homme, le visage illuminé et la voix émue, tant est que je me fis la réflexion qu'il était dommage que la passion si sincère qui l'animait ne passât pas davantage dans son expression, laquelle était toute de mode et de convention.

Cette lettre répondait sans nul doute à une lettre qu'il avait déjà reçue et dans laquelle la dame l'assurait d'un amour aussi effréné que le sien, puisqu'elle avait appelé Henri « *l'astre que j'adore* », expression qu'il relevait dans la lettre que j'écrivais sous sa dictée, pour lui dire la félicité et la gratitude qu'elle lui avait inspirées.

Henri terminait sa lettre par l'ardent souhait qu'il faisait que la dame revînt « charmer les lieux où il se trouvait » (sans nommer Fontainebleau), ce qui était au surplus exprimé par des vers, que je me permets de citer, on verra plus loin pourquoi :

Avecque sa beauté toutes beautés arrivent,
Les déserts sont jardins de l'un à l'autre bout,
Tant l'extrême pouvoir des grâces qui la suivent
Les pénètre partout.

— Eh bien, mon petit cousin, dit le Roi d'un air content en interrompant sa dictée, que penses-tu de ces vers ?

— Je les trouve fort beaux, Sire.

— Ils sont de Malherbe, à qui je les ai commandés. Je n'ai pas, hélas, ce génie-là.

Et il me dicta le reste du poème, qu'il savait par cœur, et qu'il récita d'une voix vibrante.

— Signerez-vous, Sire ? dis-je, quand il eut fini.

— Nenni, nenni. Mon écriture ne doit pas paraître. Tu signes « Per ».

— Père, Sire ? dis-je innocemment.

— Mais non ! dit le Roi d'un ton fâché, comme si j'avais voulu lui rappeler son âge. « Per ». C'est un langage convenu.

Il reprit sa marche de long en large, tandis que je pliais la lettre et coulais la cire sur le pli. Il n'y avait point de cachet sur l'écritoire, et Henri ne me dictant pas non plus d'adresse, j'en conclus que le pli devait demeurer anonyme.

— Cette lettre, dit Henri en reprenant le ton expéditif qui était d'ordinaire le sien, devra être remise demain après vêpres en l'église Saint-André-des-Arts à une chambrière du nom de Philippote. Elle se tiendra dans la travée de droite à la hauteur du confessionnal le plus proche du portail d'entrée.

— Comment être sûr que c'est elle ?

— Elle a les yeux vairons. Comme La Surie.

— Les verrai-je, Sire ? Il fait sombre dans une église, surtout après vêpres.

— Tu les verras. Elle sera à genoux à côté d'un bouquet de chandelles. C'est quand tu l'accosteras que tu pourras courir quelque danger. Il se peut qu'elle soit surveillée de fort près par des gens qui te pourraient assommer, ou pis, pour s'emparer du pli que tu portes.

— Je me garderai, Sire.

— Quand tu le lui auras remis, il convient de graisser le poignet de la garcelette. Une petite dizaine d'écus suffira.

Lesquels j'entendis bien que je devais puiser dans ma propre bourse, Henri ne faisant pas mine de me les donner.

— Si le temps ne t'est pas trop compté, enquiers-toi de la santé de sa maîtresse, de son humeur et de ses espérances et tâche surtout de savoir si son geôlier fait mine de fléchir et de l'amener à Fontainebleau.

Je rangeai le pli entre chemise et pourpoint, me levai et attendis que le Roi me donnât mon congé. Ce qu'il faisait à l'ordinaire sans tant languir, étant un homme si vif et qui faisait tout en un tournemain. Mais à rebours de son usage, il s'attardait, tournait et virait dans la pièce et tantôt paraissait perdu dans ses pensées, et tantôt me jetait des petits regards de côté, comme s'il balançait à me parler plus outre.

— Siorac, dit-il enfin, ne pouvant se tenir de parler de sa bien-aimée, fût-ce à un béjaune comme moi, connais-tu la Princesse ?

— Oui, Sire, je l'ai vue deux fois à votre chevet au Louvre, et auparavant, j'avais dansé la volte avec elle au bal de Madame de Guise.

— Qu'en es-tu apensé ?

— De l'avis général, Sire, il n'y a rien de plus beau que la Princesse, et qui ait plus de grâces.

— Et comment danse-t-elle ?

Il aurait pu répondre à ma place, ne l'ayant pas quittée de l'œil quand elle apparut dans le ballet des *Nymphes de Diane* devant la Reine. Mais j'entendis bien qu'il ne voulait de moi qu'un écho à sa propre pensée, afin que la Princesse lui devînt plus présente.

— Divinement, Sire. Avec une extrême légèreté. Un sylphe ne ferait pas mieux.

— Ah ! Siorac ! dit-il. Cet homme est un monstre ! A peine eut-il marié ce bel ange qu'au lieu de l'amener à la cour à Fontainebleau, comme je lui en avais fait commandement, il courut l'enfermer sous bonne garde dans son hôtel parisien, la retirant de tout commerce avec quiconque, y compris avec le Connétable et sa tante d'Angoulême ! Malherbe a raison : ce Fontainebleau n'est qu'un désert, puisqu'elle ne s'y trouve pas ! Quelle malheureuse vie je mène loin d'elle ! J'ai perdu appétit et sommeil, je n'ai plus que la peau sur les os, et je suis si fort dérangé de mes mérangeoises que je n'ai plus goût à rien.

Il resta coi un petit moment après cet éclat, la tête basse, les yeux fichés à terre, l'image même de la désolation. Et il était bien vrai qu'il avait maigri, son pourpoint ayant l'air de flotter autour de son torse. Tout soudain, il se redressa, comme ressentant quelque vergogne à s'être laissé aller, me fit un petit signe de la tête et me quitta si vite que j'eus le temps de me génuflexer, mais non de lui baiser la main.

Je me relevai, me faisant cette réflexion qu'il m'avait tenu le même langage du désespoir amoureux que Bassompierre, avec cette différence que chez lui il sonnait juste, accompagné de ce petit grelot de folie qui dépassait ces « bornes de la bienséance » que notre beau muguet, pour sa part, ne franchirait jamais.

J'écris ceci en mon âge mûr, et encore que je me persuade qu'il y a par essence quelque chose de déraisonnable dans le sentiment amoureux, puisqu'il agrandit de façon si démesurée l'image de l'être aimé qu'elle finit par occuper tout l'horizon de la vie, toutefois il faut bien convenir que dans les tourments même que ce sentiment apporte, il y a quelque chose de délicieux, puisqu'il vous fait vivre tous les moments de votre existence avec une intensité qu'elle ne possédait pas avant l'apparition de l'amour.

Le malheur, c'est que cette intensité balaye tout, et d'abord la clairvoyance. Le monde entier reconnaissait à Henri dans le ménage des affaires publiques une pénétration si rapide et si profonde des arrière-pensées de ses adversaires qu'il flairait et déjouait sans effort les pièges les mieux conçus qu'on lui pouvait tendre. Et pourtant ce génie politique avait pris pour argent comptant les grimaces, les simagrées et les déclarations d'amour de cette petite mijaurée, sans se rendre compte que le seul souci qui occupait sa jolie tête était celui de sa propre gloire, et son unique ambition, celle de monter sur le trône à ses côtés.

Quand, de retour au logis, je contai à mon père la mission que le Roi m'avait confiée, lui qui était d'ordinaire si maître de lui entra dans une épouvantable colère et La Surie dut lui recommander de baisser la voix pour que notre domestique n'en pût ouïr les éclats. Mais même à voix basse, on peut fulminer. Condé, dit-il, était un brutal. Fort de son bon droit, il était prêt à tout, et le danger n'était que trop réel. Et jour de Dieu, quel droit avait Henri de me le faire courir en me mêlant à une intrigue aussi subalterne ! Passe encore de me faire écrire son poulet ! Mais me le faire porter comme un valet de théâtre, au risque de me faire daguer dans l'ombre propice d'une église et pour une cause aussi peu respectable !

Un long débat suivit, qui dura bien deux heures d'horloge, au terme duquel il fut résolu que j'irai remettre le pli à Philippote (quel nom ridicule ! dit mon père. Et qui sent sa basse comédie !) fortement accompagné par mon père, La Surie, Poussevent et Pissebœuf, tous armés. Quant à moi, je porterai une cotte de mailles sous un froc de moine, et la mission remplie, on trouverait quelque prétexte pour prier le Roi de ne la point renouveler.

L'idée de la cotte de mailles et du froc de moine m'ébaudit beaucoup, tant je la trouvai romanesque, mais mon père et La Surie m'expliquèrent que le capuchon servirait à cacher mon visage et les larges manches du froc, à dissimuler deux dagues fixées sur mes avant-bras, lesquelles me permettraient de contre-attaquer mon assaillant éventuel en attendant que mon escorte volât à mon secours. Après ces explications, mon père et La Surie procédèrent à tous ces préparatifs avec un soin si méticuleux que j'entendis bien qu'ils s'amusaient aussi, quoique fort sérieusement, à retrouver avec moi les aventures de leur jeunesse.

A Saint-André-des-Arts, tout se passa le mieux du monde. Les vêpres étant finies, il y avait peu de monde dans l'église, et voyant une forme féminine agenouillée à l'endroit que le Roi m'avait dit, je m'approchai et je n'eus aucun mal à reconnaître les yeux vairons de Philippote, car en ses muettes prières la pécore les tournait non pas vers le ciel, mais vers un bouquet de cierges votifs qui se dressait à sa droite sur un trépied. Je m'agenouillai à son côté, je murmurai son nom, elle fit oui de la tête, mais je n'eus pas le temps d'engager l'entretien. Un quidam se dirigeait vers moi, descendant la travée, le sourire aux lèvres, et bien qu'il ne me parût pas armé, je tâtais déjà mes dagues dans mes vastes manches quand il me dit d'une voix polie :

— Mon père, pardonnez-moi de troubler vos méditations, mais avec votre permission, je voudrais voir votre visage.

Et d'un geste vif, mais non brutal, il rabattit mon capuchon en arrière et me considéra.

— Monsieur, dit-il, vous êtes bien jeune pour faire ce métier-là.

Il n'eut pas le temps d'en dire davantage. Poussevent, par-derrière, l'assomma d'une pichenette, et l'homme tomba avec une sorte de grâce comme une écharpe qui choit à terre.

— Que fais-je maintenant ? dit Poussevent. Le daguerai-je ?

Mais c'était dit plutôt par manière de gausserie.

— Fi donc, grosse brute ! dit Pissebœuf sur le même ton. Je gage que le drole [1] n'est même pas armé !

Ce qu'il vérifia d'une main rapide. Après quoi, aidé de

1. « Drole » ne prend pas d'accent circonflexe en occitan et veut dire « garçon » sans connotation péjorative.

Poussevent, il porta le quidam dans le confessionnal et je les entendis discuter à voix basse pour savoir s'il valait mieux le mettre à la place du confessé ou du confesseur. Mais celle-ci prévalut, Pissebœuf pensant qu'étant donné son inertie il serait plus facile d'asseoir l'homme que de l'agenouiller.

— Quand même ! dit Poussevent. A la place du prêtre ! C'est ton idée, et tu porteras seul le poids de ce péché-là.

— Bah ! dit Pissebœuf. Un de plus ! J'en ai déjà un bon petit paquet pour me tenir chaud cet hiver !

Les soldats m'ayant donné le champ libre, j'eus tout loisir d'envisager Philippote, qui me parut valoir tout à plein le dévisagement. Je ne lui trouvai rien que d'aimable, y compris son prénom qu'à la voir je jugeai plus fripon que ridicule.

— Vous n'êtes point moine, Dieu merci ! dit Philippote, cela se voit, et de reste, vous n'en avez pas l'odeur.

Je lui remis le pli, lequel elle fourra dans son corps de cotte d'un air gourmand, accepta sans façon les écus que je glissai dans sa menotte, et me donna le bel œil. Mais je n'étais point là pour lui conter fleurette, je la pressai de questions. Et sur sa maîtresse elle ne fut pas chiche de détails, lesquels je jetai aussitôt dans la gibecière de ma mémoire pour en repaître le Roi.

J'en vins enfin au chapitre des espoirs. Sa belle maîtresse s'apensait que son tourmenteur ne tarderait pas à baisser pavillon et à rejoindre avec elle Fontainebleau, pour ce qu'il n'avait plus un seul sol vaillant, Sully, sur le commandement du Roi, ne lui versant plus ses pécunes et de leur côté, les usuriers juifs ayant appris, Dieu sait comment, que cette source-là était tarie, ne lui voulaient plus rien prêter.

Outre ses yeux vifs, son petit nez retroussé et son joli cou, Philippote avait bon bec et elle aurait tenu le dé à jaser plus longtemps si mon père ne m'avait mis la main sur l'épaule pour me faire lever le camp, quelques soupirs et grognements s'échappant du confessionnal et indiquant que notre assommé revenait à soi.

— Dieu merci, dit mon père en franchissant d'un pas allègre le porche de l'église, l'homme de Condé vous a vu et bien vu, mon fils : vous voilà donc hors jeu et ce genre de mission est fini pour vous. J'en suis fort aise. Se mettre au hasard de sa vie pour servir le Roi en ses grandes affaires et pour le bien du royaume, cela est convenable à un gentilhomme, mais se faire le fourrier de ses plaisirs n'est pas digne de votre sang maternel, ni du mien.

*
**

Henri fut au comble de la joie quand je lui rapportai l'espoir de la Princesse de se retrouver bientôt à Fontainebleau avec la cour, son tourmenteur étant en train de fléchir. Il en fut à ce point transporté d'aise que j'eus l'impression qu'il rajeunissait en un clin d'œil. Il me donna une forte brassée et se mit à tourner et virer dans la pièce sans trop savoir ce qu'il faisait, son bonheur éclatant dans ses traits et dans tous ses gestes avec le naturel et la naïveté d'un enfant à qui on apporte un jouet auquel il a longtemps rêvé. J'avais peine à croire que j'avais devant moi le plus grand monarque, et assurément l'un des plus grands esprits, de la chrétienté.

Son exaltation quelque peu calmée, il me prit les mains, me fit asseoir sur un tabouret devant une chaire à bras où, s'asseyant à son tour, il me pressa de lui conter par le menu, et surtout sans rien omettre, ce que Philippote m'avait dit de la Princesse. Je lui rapportai ses propos mot à mot, ayant eu le temps de me les bien mettre en mémoire depuis la veille et, pour rendre la chose plus vivante, l'idée me vint d'utiliser mes dons de comédien et de retrouver les intonations et les expressions de Philippote. Cela le ravit. Il eut l'impression qu'en lui rendant au mieux le langage de la chambrière je le rapprochais de la maîtresse. Et ma récitation à peine finie, il me la fit recommencer deux fois, sous le prétexte d'éclaircir des points qu'il avait mal entendus.

Quand il eut épuisé tout le plaisir qu'il y pouvait trouver, il se leva et recommença ses voltes et virevoltes dans la pièce, mais en silence, et d'un air plus pensif, comme se réfléchissant à soi. A un moment, il s'approcha d'un miroir de Venise qui pendait au mur et s'envisagea avec attention, ce qui, à mon sentiment, n'avait pas dû lui arriver souvent, tant il était négligé dans son apparence.

— Ma barbe est grise, dit-il, ajoutant, mi-figue, mi-raisin : Le vent de mes adversités a passé dessus. Siorac, poursuivit-il après un silence, penses-tu que je me la devrais teindre ?

— Je ne sais, Sire, dis-je, très à la prudence. Mais peut-être la pourriez-vous faire tailler avec plus de soin.

— Et ce pourpoint ? reprit-il. Qu'en es-tu apensé ?

— Pas trop neuf, Sire. Et il y a des taches de sueur sous les bras.

— C'est ma foi vrai ! dit-il avec un air d'étonnement, après avoir levé le bras droit devant le miroir. La Reine dit que je suis le gentilhomme le plus mal vêtu de la cour. Qu'en penses-tu ?

— Sauf en vos cérémonies, Sire. Vous êtes superbe en votre pourpoint de satin blanc.

Il se mit à rire.

— Ce qui veut dire qu'en mon ordinaire je suis assez peu ragoûtant ! Siorac, tu es un cajoleur ! Tu me critiques, tout en me cajolant !

Et se mettant à rire de nouveau, il me jeta un bras sur l'épaule et me serra à soi.

— Or sus ! Il y a remède ! Je manderai Bassompierre et Roquelaure. Bassompierre, pour le conseil, et Roquelaure, pour la vêture. Ventre Saint-Gris ! Où vont toutes les pécunes que me coûte la garde-robe dont il est le grand maître, si je dois aller vêtu comme un valet de chien ?

Là-dessus, il me convia, ainsi que mon père et La Surie, à le venir voir courir la bague à Fontainebleau. Mon père se sentit fort médiocrement heureux de cette invitation, mais le Chevalier de La Surie fut aux anges, pour la raison que le Roi par deux fois s'était ressouvenu de son nom, la première fois pour me décrire les yeux vairons de Philippote, et la seconde fois, pour l'inclure dans notre invitation. Mon père, en revanche, n'ignorait pas qu'être invité à Fontainebleau ne voulait aucunement dire qu'on pourrait coucher et manger au château. Seuls les princes du sang, le Connétable, les ducs et pairs, et les officiers de la Couronne, avaient ce privilège. Quant à nous, il nous faudrait loger dans les auberges des alentours qui, dès que la cour arrivait à Fontainebleau, exigeaient d'exorbitantes pécunes pour le moindre galetas et autant pour la plus maigre chère. Il fallait vraiment avoir grande envie de se paonner d'être « de la cour », pour souffrir ces dépenses et ces incommodités. Néanmoins, y ayant peu de différence entre une invitation du Roi et un commandement, mon père se résigna à l'accepter, mais en nous assurant qu'on ne resterait à Fontainebleau que le temps de le voir courir la bague.

Là-dessus, survint une péripétie qui nous laissa béants. Je reçus un cartel de Monsieur le Prince de Condé m'appelant sur le pré pour avoir suborné une de ses domestiques et assommé un de ses gentilshommes, preuve que j'avais bien été reconnu par le souriant quidam qui m'avait décapuchonné. Je brûlais d'accepter, étant fort glorieux de mon adresse aux armes et possédant, de reste, à vue de nez, une allonge bien supérieure à celle de Monsieur le Prince. Mais mon père me calma d'un mot. « Vous êtes un aussi grand fol que lui, à ce que je vois ! Vous voyez-vous tuer un Bourbon, vous qui êtes Bourbon aussi par votre mère ? » Là-dessus, il écrivit à Monsieur le Prince une lettre fort respectueuse et fort adroite, dans laquelle il l'assurait que je n'avais ni suborné une de ses domestiques ni assommé son gentilhomme (ce qui était littéralement vrai), et qu'au cas où Son Altesse n'attacherait pas foi à cette assurance il tiendrait à très grand honneur de croiser le fer avec lui. Mais au lieu d'envoyer cette lettre directement à Condé, il la lui fit remettre par Bassompierre en lui demandant d'arranger la chose directement avec Monsieur le Prince, sans ennuyer Sa Majesté avec cette petite affaire. En réalité, il craignait que le Roi, pour les raisons qu'on devine, ne fît pas beaucoup d'efforts pour interdire ce duel.

Un courrier partit donc pour Fontainebleau porter ces deux missives, et revint avec un billet de Bassompierre nous annonçant qu'il serait en Paris dans deux jours, y ayant une affaire de dame.

Quarante-huit heures après, en effet, il nous vint visiter au début de l'après-midi, fort resplendissant dans un habit bleu, dont toutefois il était mécontent, son tailleur, à ce qu'il nous dit, l'air chagrin, ayant failli à lui bien couper l'emmanchure droite de son pourpoint. Toutefois, à mon sentiment, il n'y paraissait guère.

Bassompierre se lamenta là-dessus un bon quart d'heure, sans qu'on osât montrer quelque impatience. Et se calmant tout soudain, il nous dit d'une voix unie, et comme en passant, que mon affaire était arrangée.

On se récria, on voulut savoir les détails, et après s'être fait prier avec la dernière coquetterie, il nous les donna.

— Je demandai, aussitôt après avoir reçu votre paquet, d'être reçu moi-même par Monsieur le Prince. A peine, Marquis, lui avais-je lu votre lettre qu'il se récria : « Je ne peux accepter l'assurance que me donne Monsieur de Siorac que son fils n'a ni suborné ma domestique ni assommé mon gentilhomme, car je la tiens pour fausse ! — Monseigneur, dis-je, si Votre Altesse donne le démenti au Marquis de Siorac, celui-ci estimera que son honneur est offensé, et le duel aura lieu. — Eh bien, Monsieur, dit le Prince, pensez-vous m'épouvanter ? — Nullement, Votre Altesse ! Le monde entier connaît votre vaillance. Mais voulez-vous me permettre de soumettre à votre bon jugement les trois issues possibles à ce duel ? *Primo*, vous tuez le Marquis de Siorac : vous encourez alors la haine mortelle de Madame la Duchesse de Guise, qui va se jeter aux pieds du Roi et lui demander votre tête. *Secundo :* vous avez le dessus dans votre duel avec le Marquis de Siorac, et celui-ci, à toute extrémité, emploie avec vous cette fameuse botte de Jarnac qu'il est le seul à connaître dans ce royaume, et vous voilà estropié pour la vie. *Tertio :* le Marquis de Siorac vous tue, et croyez-vous, Monseigneur, que le Roi versera des larmes, quand on viendra lui apprendre que Madame la Princesse est veuve ? »

A cela, on ne laissa pas de rire, et Bassompierre dit, avec sa piaffe coutumière :

— C'était là ma botte à moi, et elle l'étendit raide sur le pré ! Monsieur le Prince dit qu'il allait y songer à loisir, mais je gage que c'est là une défaite et que l'affaire est close.

On lui fit de grands mercis et mon père, sachant comme il aimait parler de ses conquêtes, lui dit :

— Il faut que vous soyez fort attaché à la dame que vous dites pour revenir par ces chaleurs en cette puante Paris.

— Hélas, dit Bassompierre, et cette fois un vrai chagrin apparut sur ses traits, il ne s'agit pas que de la dame. Deux de mes amis, le Prince d'Épinoy et le Baron de Vigean, sont quasi au grabat et n'ont plus d'espoir que dans la grâce de Dieu.

— Et de quoi se meurent-ils ?

— D'une très insensée gageure qu'ils ont faite avec le Comte de Saux et le Comte de Flex, lesquels sont morts déjà. Et de la même maladie. Ils avaient gagé à qui des quatre honorerait sa dame le plus grand nombre de fois en une nuit, étant admis dans la gageure que pour aider à ces répétés assauts, ils prendraient de l'huile d'ambre.

— Mais ne savaient-ils pas, dit mon père avec stupéfaction, que c'était là une sorte de poison lent ?

— Ils savaient qu'il y avait danger, mais le danger faisait le piment de la chose. J'ai en vain essayé de les dissuader de cette sottise, mais ces fols n'en ont pas voulu démordre.

— Il fallut qu'ils tinssent bien peu à la vie pour se mettre au hasard de leur mort de façon si frivole, dit mon père. Pour moi, je ne les connaissais que de nom.

— C'est que vous n'allez guère à la cour, mon ami. Mais ils y étaient connus pour les plus galants seigneurs du royaume, si beaux et si bien faits qu'il n'était pas possible de plus.

Pour banale que fût cette phrase, elle résonna étrangement dans ma cervelle, y apportant je ne sais quelle tristesse. Je l'avais entendu prononcer par Toinon, au sujet des amis de Bassompierre, qui n'étaient pas alors ceux dont il venait de déplorer la perte, mais quatre autres grands muguets de cour : Bellegarde, Joinville, d'Auvergne et Sommerive. De ceux-là, chose singulière, seul Bellegarde, le plus âgé des quatre, fleurissait encore. Le Prince de Joinville végétait en exil, le Comte d'Auvergne moisissait à la Bastille, et le Comte de Sommerive était mort à Naples. Quant à celle qui avait prononcé cette phrase, je la voyais parfois par la fenêtre de sa boulangerie trôner derrière son comptoir, où elle faisait régner l'ordre, le sourire amène et les yeux froids.

— Et où en est le Roi dans la succession de Clèves ? dit mon père.

— Eh bien, comme vous savez, c'est une énorme affaire, et il en est tracassé à l'extrême. Il pousse avec la dernière ardeur ses préparatifs militaires et envoie des courriers partout pour se faire des alliances contre l'Autriche et l'Espagne ou consolider celles qu'il a déjà. C'est qu'il aura, comme vous vous en doutez, à combattre sur trois fronts :

en Italie, aux côtés du Duc de Savoie ; sur les Pyrénées contre Philippe III d'Espagne ; et en Allemagne, contre l'Empereur.

Belle lectrice, vous allez sans doute conclure de cet entretien que Bassompierre parlait beaucoup, et de tout, et avec une grande liberté. Il n'en était rien : et ce n'est que vingt ans plus tard que j'appris qu'au moment même où il ne paraissait avoir en tête que les intrigues de cour il s'était rendu en grand secret en Lorraine à la demande du Roi pour négocier avec le Duc de Lorraine le mariage de sa fille avec le Dauphin de France — ambassade politique de la plus grande conséquence, puisqu'elle faisait pièce aux mariages espagnols si fortement désirés par la Reine, Villeroi, le parti espagnol et les Jésuites. Ainsi, le Roi employait mon père à certaines missions et Bassompierre, à d'autres, sans que les missions de l'un fussent connues de l'autre. Même dans l'affaire de l'église de Saint-André-des-Arts, qui était pourtant fort mineure, Bassompierre n'aurait rien su du vrai rôle que j'y avais joué sans la lettre de mon père et sans une circonstance assez étonnante que je conte plus loin.

— En fait, reprit Bassompierre, si l'on ouvrait le cœur du Roi en ce moment, on y verrait deux noms gravés : Clèves et Charlotte.

— Mais d'après ce que j'ai ouï, remarqua mon père, ledit cœur doit être à l'heure qu'il est soulagé d'un grand poids.

— Assurément, dit Bassompierre, il bat plus allégrement depuis que Monsieur le Prince a ramené sa femme à Fontainebleau. Notre pauvre Henri a été si transporté d'aise qu'en moins de rien il a changé d'habits, de barbe et de contenance.

— De barbe ? dit La Surie. L'a-t-il coupée ?

— Nenni. Il l'a fait tailler. Et pour le cheveu, il l'a fait couper et laver. Et pour ses habits, vous ne sauriez y croire, je l'ai vu hier porter des manches de satin de Chine brodées de fleurs. Ma fé, vous eussiez dit une prairie au mois de mai !

Mais hélas ! bien qu'elle demeure à s'teure au château, il ne peut voir la Princesse qu'en public : le Prince la tient en laisse plus que jamais.

— Et de ce couple princier, qu'en est-il ? dit La Surie.

— Il est des plus touchants, tant il est visible que chacun d'eux éprouve pour l'autre le même sentiment : il la déteste et elle le hait. Outre qu'il la tyrannise, elle est pucelle comme devant.

— Ah ! Comte ! dit mon père en riant, comment pouvez-vous en être si sûr ?

— Elle me l'a dit.

— Elle vous l'a dit ! Vous la voyez donc de nouveau !

— En cachette et sur l'ordre du Roi. Maintenant qu'elle sait que je ne serai jamais son mari, elle me veut du bien.

— Comment l'entendez-vous ?

— Point comme vous pourriez l'entendre. La Princesse me considère avec une bonne grâce quasi royale comme l'un de ses plus dévoués sujets, depuis que j'ai sauvé Philippote.

— Vous avez sauvé Philippote ? dis-je vivement. Courait-elle un danger ?

Cette vivacité n'échappa pas à Bassompierre, qui échangea un regard avec mon père.

— Aucun ! Sauf de mourir de faim. Quand des gens de moi tout à plein déconnus l'ont en l'église Saint-André-des-Arts subornée en lui glissant dix écus et un pli, assommant en outre le gentilhomme espion qui la surveillait, la garcelette a couru hors d'haleine chez sa maîtresse, lui a remis le pli, mais, comme il est naturel, a gardé les écus, desquels, hélas, elle n'a pu expliquer la provenance quand Monsieur le Prince, l'ayant fait mettre nue, les a trouvés. Mon beau neveu (j'ai ouï dire que vous ne vouliez plus qu'on vous appelât « mon mignon »), vous allez sans doute me demander si Philippote, nue, était belle ?

— Non, Monsieur, dis-je en rougissant.

— Elle l'est. En outre, elle ne manque pas d'esprit, car

rhabillée et jetée à la rue sans ses écus, elle courut sonner à mon logis, où je lui donnai asile.

— Voilà, Comte, dit mon père, qui fait l'éloge de votre bon cœur !

— Je mérite à l'ordinaire cet éloge, mais point en l'occurrence, dit Bassompierre avec un sourire. Philippote a compté il y a peu au nombre de mes nièces. Et quand le Connétable me voulut comme gendre, ma sœur, Madame de Saint-Luc, la donna comme chambrière à Mademoiselle de Montmorency, qui venait de renvoyer la sienne.

— Madame de Saint-Luc, dit mon père en se tournant vers moi, est cette « beauté touchante » que vous admirâtes fort au bal de la Duchesse de Guise. Mais, Comte, ce que je n'entends pas, c'est pourquoi ce fut votre sœur, et non vous, qui présenta Philippote à Mademoiselle de Montmorency ?

— En la présentant moi-même, j'eusse éveillé sa méfiance. Et ce que je voulais savoir par Philippote, c'est si le choix que le Connétable avait fait de moi comme gendre agréait à sa fille.

— Et lui agréait-il ?

— Pas tout à fait. De ma personne je la ragoûtais assez. Mais elle ne me trouvait pas assez haut quant au rang. Charlotte est une de ces femmes chez qui le souci de la gloire l'emporte de beaucoup sur celui de l'amour.

— Ce qui, j'imagine, vous rendit plus facile le sacrifice que vous fîtes d'elle, quand le Roi vous en pria.

— Ah ! de grâce, Marquis ! dit Bassompierre. Ne rabaissez pas mon sacrifice ! Il fut immense ! Ne m'avez-vous pas vu pâle, défait, dolent, jeûnant et ne dormant plus ?

— Si fait, et je pourrai, s'il le faut, en témoigner. Et aussi, que vous êtes sans rancune, puisque vous servez ce jour d'hui Charlotte.

— Le Roi me l'a commandé. Et n'avais-je pas là aussi une occasion de regagner les bonnes grâces d'une dame qui est si proche de son cœur ?

— Et qui, un jour peut-être, sera la reine...

— Oh ! De cela je ne prendrais pas la gageure ! dit Bassompierre. Condé défend férocement sa femme, même si elle ne l'est que de nom ! Pour que le Roi puisse entretenir la belle au bec à bec, il faudrait embastiller le mari !

— Et Henri le fera-t-il ?

— J'en doute. Le scandale serait grand. Et d'autant que le Roi a eu l'imprudence de confier jadis à la Verneuil que Condé était son fils. Ce que ce jour d'hui elle va répétant partout dans les termes les plus venimeux.

— Est-ce vrai ? m'écriai-je. Et si ce l'était, ne serait-ce pas horrible ?

— Mais comment le savoir ? dit Bassompierre sans battre un cil. La Princesse douairière de Condé ne trompait pas seulement son mari avec son page, mais simultanément avec le monde entier. Avec le Roi aussi, sans doute. Comment savoir qui est le père ?

— Une chose m'étonne, Monsieur, dit La Surie. Si la Princesse de Condé est si bien gardée à Fontainebleau, comment avez-vous pu avoir accès à elle ?

— Pardonnez-moi, Chevalier, mais ce serait trop long à expliquer, dit Bassompierre avec un sourire évasif. En revanche, je puis vous dire ce que, sur l'ordre du Roi, je parvins à faire. Je recrutai un peintre, dont je tairai le nom [1], je réussis à l'introduire en catimini auprès de la Princesse, il fit son portrait avec une célérité merveilleuse, et les couleurs encore fraîches — je dus les enduire de beurre pour ne point les gâter — je roulai la toile avec soin, m'enfuis comme un voleur, et seul à seul avec le Roi, je la dépliai. Les larmes lui vinrent aux yeux, tant il fut transporté ! Mais toujours insatiable des délices que lui procurait la vue de sa bien-aimée, il voulut plus : la contempler à son balcon sur la

1. Il s'appelait Ferdinand, peintre fort goûté à l'époque (*Note de l'auteur*).

minuit entre deux flambeaux. Sur mes instances, elle y consentit, à condition qu'aucune parole ne sera échangée et que le Roi ne sera accompagné que de moi et de Bellegarde. Nous y fûmes donc tous trois, et nous trouvant fort en avance, le Roi étant si impatient, nous dûmes attendre à la brune un bon quart d'heure sous le balcon, sans piper mot. Enfin minuit sonna, la fenêtre s'ouvrit, et deux laquais s'avancèrent, portant chacun un flambeau ; la belle prit tout son temps pour apparaître, et tant qu'à faire les choses, elle avait voulu les bien faire. Car elle se présenta en ses robes de nuit, ses longs cheveux blonds dénoués sur ses épaules nues et elle resta là, sereine et immobile, l'ombre d'un sourire jouant sur ses lèvres. Ses yeux bleus, que la lueur des torches éclairait, regardaient droit devant elle, comme une déesse trop haute dans l'Olympe pour s'apercevoir que des hommes à ses pieds l'adoraient.

« Le Roi avait un bras passé par-dessus mon épaule : circonstance heureuse ! Sans cela, sous le choc que lui donna la beauté offerte à ses yeux, il serait tombé, se pâmant plus qu'à demi, lui qui avait vu tant de batailles et tant de sang. Bellegarde, à sa gauche, s'aperçut de sa faiblesse et, se rapprochant, lui saisit le bras pour le soutenir de ce côté. Je considérai le Roi. Il me parut fort pâle à la lumière des torches, les paupières cillantes. Quand je levai les yeux de nouveau, la belle avait disparu, les torches n'éclairaient plus que le vide. Puis après un temps elles disparurent à leur tour et la nuit se fit.

« Le lendemain, j'eus l'occasion de voir seul la Princesse et je lui demandai ce qu'elle pensait de cette muette entrevue. Elle eut un demi-sourire et dit avec un petit haussement d'épaules : « Mon Dieu, qu'il est fou ! »

***

— Elle, en revanche, n'est point folle, dit mon père quand Bassompierre fut parti.

— Mais, mon père, devons-nous croire tout ce que raconte notre ami ? Ce portrait peint en catimini, cette toile enduite de beurre, cette apparition sur le balcon entre deux torches sur le coup de minuit, la demi-pâmoison du Roi, ne sont-ce pas là autant d'inventions romanesques nées de sa féconde cervelle ?

— Nullement. Tout ce que Bassompierre a inventé, c'est un petit personnage appelé Bassompierre, qu'il fait trotter devant lui, et dont les affectations l'amusent en nous ébaudissant. Mais Bassompierre ne ment pas. Pas plus, de reste, qu'il ne triche au jeu.

— Mais d'un autre côté, dis-je, devons-nous croire la Princesse, quand elle affirme qu'après son mariage elle est pucelle comme devant ? N'est-ce pas un monde à avaler ? Il me semble que, si j'avais été Condé, je me serais rué sur elle dès le soir du mariage pour l'engrosser, fût-ce même de force, ne serait-ce que pour faire pièce au Roi.

— Testebleu, Monsieur, comme vous y allez ! dit mon père, mi-figue, mi-raisin.

Mais La Surie, lui, rit à grand éclat, ou comme il aimait mieux dire, « à gueule bec ».

— Mais vous n'êtes pas Condé, mon beau neveu ! dit-il. Tant s'en faut ! A huit ans, vous baisiez le bras nu d'une fille de bonne maison ! Et à douze ans, on se hâta de vous séparer de votre sœur de lait tant on craignait le pire !

Mon père haussa les épaules.

— De toute manière, quoi qu'en dît la Princesse, comment la croire ou la décroire en ce point ? Ce sont là secrets de femme. Nul ne peut y aller voir, sauf le mari, et celui-là y paraît peu intéressé. A mon sentiment, la Princesse eût fort déçu le Roi, si elle n'avait pas dit ce qu'elle a dit à Bassompierre, à seule fin qu'il le répétât à Sa Majesté.

Il fit cette remarque sur le ton de quelqu'un qui désirait mettre un terme au débat, pour ce qu'il jugeait qu'il tombait dans le frivole.

Je l'entendis ainsi et je gagnais ma chambre pour reprendre ma lettre à ma *Gräfin*, que j'avais laissée inachevée à l'arrivée de Bassompierre. Je lui eusse écrit tous les jours si mon père ne m'avait représenté que c'était là le plus sûr moyen de la compromettre. Sur son conseil, j'avais dû me contenter de deux lettres par mois. Et pour me donner l'impression qu'en les écrivant je ne dérobais pas trop de temps à mes études, je les rédigeais en allemand. Il me semblait aussi, me ressouvenant de ses derniers mots, que c'était là une façon de lui laisser entendre les sentiments que je ne pouvais lui dire en clair, mes missives, venant de France, courant quelque chance d'être ouvertes à Heidelberg avant de lui être remises. Ulrike me répondait lettre pour lettre. Les siennes étaient longues et minutieuses et après correction de mes fautes d'allemand, pleines de détails sur sa vie à Heidelberg, et si prudentes que je n'y pouvais trouver trace d'une affection tendre à mon endroit, sinon dans leur longueur même.

Superbement attifuré et un collier de senteur passé autour du cou, le Roi courut la bague à Fontainebleau et eut tout lieu d'en être satisfait, car encore qu'il portât lunettes en cet exercice, sur huit bagues il en gagna quatre, et le Prince de Condé, trois. Bassompierre ne participait jamais quand le Roi prenait le champ, de crainte d'obtenir un meilleur résultat que lui, et beaucoup suivaient son exemple.

La cour, réunie sur des gradins où nulle place n'était marquée — ce qui créa une indescriptible cohue —, applaudit à tout rompre le Roi, sous un soleil si brûlant que les fards coulaient sur le visage des dames, et que d'aucunes, ayant trop serré leur basquine, pâmèrent. Il fallut les emporter à l'ombre pour les ranimer, ce qui ajouta à la confusion. Tant est que dans la foule je perdis mon père et La Surie, ce qui ne me donna aucune inquiétude, car je savais les retrouver au souper à une auberge de Samois, où mon père avait réussi à louer fort cher pour la nuit une « chambrifime », comme il l'appela, et trois durs matelas de crin.

Peu intéressé par la bague, j'errai parmi la foule pour les retrouver, et je tombai sur un gentilhomme que j'avais souvent vu en compagnie de Monsieur de Bellegarde et que je reconnus pour être Monsieur de Malherbe. Avec l'impétuosité de mon âge et de mon caractère, je l'approchai, je lui dis qui j'étais et lui déclarai tout de gob l'admiration que m'inspirait sa poésie. Il me reçut d'abord assez mal, avec raideur et distance, tournant vers moi un visage qui eût été assez beau en sa virile symétrie s'il n'avait été gâté par des rides amères et une expression ombrageuse. Mais quand je lui récitai à mi-voix les vers que je savais de lui, et en particulier ceux que m'avait dictés le Roi, il fut heureusement surpris du sentiment que j'y mettais, et s'ouvrant aussi vite qu'il s'était fermé, il me dit en baissant la voix :

— Ah ! Monsieur ! Que je suis réconforté d'ouïr mes vers dans votre bouche, et dits avec tant de ferveur ! Étant noble, mais sans biens, ma poésie me nourrit, et elle me nourrit mal, car hélas ! il n'est pas en ce royaume de métier moins estimé, pour la raison qu'un bon poète n'est pas plus utile à l'État qu'un bon joueur de quilles.

— Mais j'ai toutefois ouï dire, Monsieur, que vous étiez pensionné par le Duc de Bellegarde.

— Je le fus. Je ne le suis plus. Monsieur de Bellegarde, ayant subi quelque perte d'argent, a dû rabattre de ses luxes, et je fus le premier rabattu. Toutefois, j'ai quelque espoir d'être un jour pensionné par la Reine. Non qu'elle soit tant raffolée des vers, mais cela se fait, en Italie, d'avoir un poète à soi.

— Et le Roi, pour qui vous écrivez de si beaux vers ?

— Il ne me pensionne pas : je lui coûterais trop cher. Il me rémunère à la pièce.

— Chichement ? dis-je à voix basse.

— Je ne peux dire cela. Il m'a baillé un jour cinq cents écus pour un sonnet. Monsieur, je vois à votre air que vous pensez que c'est beaucoup. Et c'est beaucoup, en effet, pour le temps que j'y ai passé. Mais c'est peu pour l'apprentissage de toute une vie. En outre, ce pactole, si pactole il y a, ne durera pas plus longtemps que la passion insatisfaite de l'intéressé. Du jour où il possédera l'objet de son désir, il n'aura plus guère envie de lui parler en vers.

— Monsieur, dis-je avec chaleur, vous avez du moins une consolation : votre poésie traversera les siècles.

— C'est ce que j'ai dit moi-même. Et je l'ai dit en vers, un jour que j'avais faim. Mais que me fera cette gloire éternelle quand je serai poussière en mon tombeau ?

A cet instant, un page s'approcha de Monsieur de Malherbe et lui parla à l'oreille et, à ce que j'imagine, lui transmit un ordre de Sa Majesté, car le poète se leva avec empressement, quit de moi son congé et entreprit de se dégager de la foule, ce qui ne fut pas facile, alors même qu'il était précédé d'un page aux couleurs du Roi qui tâchait de lui frayer passage. Je me ressouviens qu'en le regardant s'éloigner je me fis cette réflexion que bien des Grands de cette cour seraient oubliés quand le nom de ce pauvre Malherbe, qu'on payait « à la pièce », résonnerait encore sur terre. Je me dis aussi que l'ironie des choses voulait que ce poète qui célébrait en vers si touchants la souffrance de l'amour malheureux devait espérer en son for qu'il continuât à l'être, puisque le jour où il serait assouvi, il serait, comme il le prévoyait, désoccupé, et ne recevrait plus du Roi les commandes qui le faisaient vivre.

Si Monsieur de Malherbe et moi avions peu regardé les bagues au cours de notre entretien, nous n'étions assurément pas les seuls, la plupart des courtisans, et en particulier les dames, parlant au bec à bec de leurs petites affaires et se contentant d'applaudir quand le premier rang en donnait le signal. Resté seul, je cherchai derechef de l'œil mon père et La Surie, sans grand espoir de les trouver en cette foule, et à la vérité j'abandonnai sans vergogne cette quête quand j'aperçus un aimant combien plus attractif : Mademoiselle de Fonlebon, fille d'honneur de la Reine, que Roquelaure m'avait montrée au Louvre lors de la crise de goutte du Roi, et dont le petit dauphin, en ses huit ans, disait qu'il était amoureux, « l'ayant baisée quatre fois, deux fois sur chaque joue ».

Je me faufilai jusqu'à elle, non sans hardiesse, car il me fallut traverser pour l'atteindre l'escadron des filles d'honneur de Sa Majesté la Reine, lesquelles étaient rieuses et pépiantes et me dévisagèrent en se moquant, comme si j'eusse été une sorte de poisson qui n'avait pas le droit de nager dans leurs eaux. J'atteignis enfin Mademoiselle de Fonlebon, la saluai et me nommai.

— Siorac ? dit-elle d'une voix douce. Mais je connais ce nom. A ce que j'ai ouï dire, une de mes grand'tantes du Périgord, née Caumont, avait épousé un Siorac. Elle est morte en couches, m'a-t-on dit.

— C'était ma grand-mère, dis-je, fort heureux de me découvrir avec elle un lien de sang. Mon grand-père est le Baron de Mespech, et sa châtellenie se trouve à quelques lieues de Sarlat.

— Nous sommes donc cousins ! dit-elle avec gaîté. Mon cousin, touchez là !

Je ne me contentai pas de lui prendre la main. Je la baisai, ce qui fit rire et protester les filles d'honneur qui nous entouraient.

— Fi donc ! dirent-elles. L'impertinent n'a aucun usage ! Il baise la main des filles ! Il ne sait pas qu'on ne la baise qu'aux dames !

Ce tollé attira l'attention de la Marquise de Guercheville qui, l'éventail en main et le vertugadin tout gonflé d'indignation, bondit sur moi le bec en avant, comme une poule qui se prépare à défendre ses poussins.

— Qu'est cela ? Qu'est cela ? cria-t-elle, la voix caquetante. Un damoiseau parmi mes filles ! Or sus, Monsieur, décampez à l'instant ! Vous n'avez rien à faire céans !

— Madame ! Madame ! crièrent les filles d'honneur, qui après m'avoir houspillé prenaient maintenant ma défense, c'est le cousin de Fonlebon !

Et elles se mirent à chantonner en chœur :

— Son grand-père a épousé sa grand'tante !

Elles prononçaient ces mots de « grand-père et de grand' tante » comme s'ils leur paraissaient infiniment comiques.

— Mais je vous reconnais ! dit la Marquise, me dévisageant de ses yeux gentils et un peu niais (et je pris aussitôt l'air le plus innocent que je pus). Je vous ai vu dans la chambre du Roi, quand il était au lit avec sa goutte. Vous lui lisiez *L'Astrée*, et il vous appela son « petit cousin ».

A cet instant, la Reine, qui se trouvait assise devant nous, se retourna à demi et dit d'une voix qui, pour une fois, n'était point trop revêche :

— Il n'est point son *cugino*, mais son filleul, et aussi le filleul de Madame de Guise.

Madame de Guercheville, qui voyait tous les jours la Duchesse de Guise dans les appartements de la Reine, et qui, vivant depuis si longtemps à la cour, ne pouvait ignorer son véritable lien avec moi, se trouva fort embarrassée. Elle ne voulait ni enfreindre la règle ni déplaire à une aussi haute dame.

— Monsieur, dit-elle, puisque vous êtes le cousin de Mademoiselle de Fonlebon, vous pouvez vous asseoir un petit quart d'heure à son côté et vous entretenir en toute sagesse avec elle.

Je la saluai, et Mademoiselle de Fonlebon lui fit une gracieuse révérence.

— Merci, Madame, dit-elle.

— Merci, Madame ! reprirent en chœur les filles d'honneur, sur un ton qui trahissait à l'égard de Madame de Guercheville un mélange de moquerie et d'affection.

— Rien qu'un petit quart d'heure, Monsieur ! dit la Marquise de Guercheville en me menaçant du doigt.

Intimidé par la présence de la Reine, assise devant moi entre le Connétable et le Duc d'Épernon, tancé préventivement par Madame de Guercheville, et surveillé par les filles d'honneur dont il n'était pas à espérer qu'elles m'iraient quitter de l'œil ni de l'ouïe durant ce petit quart d'heure, je ne voyais pas comment j'eusse pu oser dire à Mademoiselle de Fonlebon à quel point sa beauté me ravissait. Elle était fort belle, en effet, et chose étrange, elle l'était à la manière de la Princesse de Condé, la dureté et les petites mines en moins. C'était même taille svelte et ronde, et même exquise joliesse de traits, mais là où chez l'une on sentait le calcul et la ruse, chez celle-ci tout était simple, les paroles et les regards venant du cœur, sans la moindre fausseté ni affectation. On y sentait aussi la vraie vertu, et non pas celle qui ne se refuse que pour se vendre au mieux.

Me voyant à peu près muet et pensant que c'était là gaucherie, Mademoiselle de Fonlebon entreprit avec beaucoup de bonne grâce de me mettre à l'aise en me parlant d'abondance du Périgord où, l'été précédent, elle avait séjourné deux mois en la châtellenie de Castelnau chez les Caumont. J'étais tout regard sans être tout ouïe, car penché que j'étais vers elle pour boire sa beauté plus que ses paroles, mon attention du coin de l'œil ne laissa pas d'être attirée par un événement surprenant, et à mon sens, tout à fait scandaleux, qui se passa devant moi. Le Connétable, ayant quis son congé de la Reine, et ayant quitté le siège qu'il occupait à ses côtés, il y fut aussitôt remplacé par Concino Concini. La rare impudence de ce bas aventurier florentin, osant s'asseoir en public à la droite de Sa Majesté, sans qu'elle protestât ni le rejetât aussitôt dans la boue dont il était issu, me laissa béant, et tout en continuant d'envisager Mademoiselle de Fonlebon, je cessai tout à trac de l'écouter.

Personne ne pouvait ignorer à la cour combien Concino Concini et sa funeste épouse, Leonora Galigaï — le premier se pavanant partout avec la plus odieuse assurance, la seconde cachée et recluse en son repaire du Louvre —, étaient honnis du Roi, lequel depuis neuf ans avait en vain essayé de convaincre la Reine de renvoyer en Florence ces deux sangsues qu'elle gorgeait quotidiennement d'écus arrachés au Trésor. Et ce Concini, qu'en Toscane le Grand-Duc avait dû jeter plusieurs fois en geôle pour ses dettes et ses méfaits, avait le front de s'asseoir à la place du Connétable à la droite de la Reine, et à ce que je vis à mon immense stupéfaction, de se pencher vers elle et de lui parler à l'oreille, se prévalant d'une intimité à laquelle ni son sang ni son rang ne lui donnaient le moindre droit.

Je n'eus d'abord pas l'intention d'écouter, mais je ne pus m'empêcher d'ouïr ce qui se disait là *sotto voce* en italien, entendant bien aux premiers mots que le faquin prononça, que pour se revancher du Roi qui l'avait voulu exiler, il entreprenait de verser de l'acide sur les plaies de la Reine. Celles-ci n'étaient que trop réelles, tant Marie, à observer l'amour forcené du Roi pour la Princesse de Condé, prenait des alarmes et des ombrages. Et voyant bien que le traître ne songeait qu'à les aggraver jusqu'à l'amener à craindre pour son trône et pour sa vie, je ne me fis plus le moindre scrupule de tendre l'oreille, tout en continuant à feindre au bec à bec le plus grand intérêt pour les récits de Mademoiselle de Fonlebon.

Je ne saisis pas tout, de prime parce que le faquin parlait fort bas, et ensuite parce qu'il employait des mots empruntés à un dialecte que je ne connaissais pas. Mais j'en entendis assez pour comprendre à quel point ce qu'il disait pouvait nuire au Roi dans l'esprit d'une femme à la fois obtuse et passionnée. Concini — ou, comme on disait à la cour, le

Conchine — avait dû recruter et placer au mieux d'habiles espions car, je m'en aperçus avec stupeur, il savait tout le détail d'une intrigue amoureuse dont la cour ne connaissait que les apparences. Il révéla ainsi à la Reine la correspondance secrète du Roi et de la Princesse, les vers commandés à Malherbe, le tableau exécuté et livré en cachette et l'apparition silencieuse de la belle sur son balcon entre deux flambeaux.

La simple récitation de ces faits ne pouvait qu'enflammer au plus haut point une épouse jalouse et de caractère si violent qu'elle osa un jour lever la main sur le Roi, comme je l'ai déjà conté. Mais le commentaire du traître fut bien plus insidieux et infiniment plus dangereux pour le Roi. Celui-ci, insinua Concini, en mariant la pécore à Condé avait fait d'une pierre deux coups. Il espérait que le Prince, n'aimant pas les femmes, ne laisserait pas un jour d'être complaisant. Mais surtout, en faisant de Charlotte une princesse du sang, il l'avait rapprochée du trône, où déjà il pensait la faire monter, ou s'il n'y rêvait pas encore, la *poutane* l'y pousserait de toutes ses forces et, faisant de son corps un irrésistible appât, ne se donnerait à lui qu'à cette condition...

Quant à la Reine, hélas, un divorce ferait l'affaire. Le Pape le pourrait-il refuser à un monarque assez puissant pour envahir ses États ? Sans doute, on pouvait être assuré que le Saint-Père ferait traîner les choses en longueur. Mais alors, ce serait bien pis. L'impatience du vieux muguet s'avérerait si vive à posséder la garcelette que d'autres moyens, plus expéditifs et plus subtils, pourraient être mis en œuvre pour se débarrasser d'une épouse gênante. A cela, il n'y avait remède dans le présent que dans la plus extrême prudence. Le Roi était accoutumé, quand il mangeait seul, à envoyer à la Reine les plus délicats morceaux, et lui, Concini, ne laissait pas de penser qu'il serait dangereux d'accepter à l'avenir ces dons...

D'autre part, le Roi se préparait à la guerre contre

l'Autriche et l'Espagne, et cette seule préparation lui valait chez les bons catholiques de son royaume de nombreux ennemis, et d'autant plus redoutables que le Roi se gardait fort mal, ayant échappé à seize assassinats par une suite de miracles où il fallait voir l'effet de la protection divine. Mais cette protection allait-elle continuer, alors que le Roi se préparait à faire la guerre aux catholiques, en s'alliant aux huguenots ? Et s'il devait arriver malheur au Roi, l'intérêt de Marie n'était-il pas de se faire sacrer reine avant que son époux partît pour la guerre, afin que ce sacre conférât à sa régence un surcroît de légitimité ?

Ces propos ne prirent pas plus de cinq minutes, après lesquelles Concini, ayant quis son congé de Sa Majesté, s'en alla, confiant dans l'habileté et la ténacité de Leonora Galigaï pour relayer ce discours de façon à l'imprimer fortement dans l'esprit de la Reine au cours de ces parlotes nocturnes en tête à tête, où celle qui depuis l'âge de cinq ans avait été sa confidente façonnait à sa guise l'esprit de la Reine.

La Reine parut, au départir de Concini, troublée au point d'omettre d'applaudir une course à la bague qui venait de se conclure à la satisfaction du champion. Cet oubli produisit un certain flottement dans la foule et ne fut réparé que par l'initiative du Roi, qui ayant encore une course à courir n'avait pas démonté et, se trouvant dans le champ, applaudit à tout rompre, tourné vers les gradins.

A la différence de sa femme, Concini ne couchait pas au Louvre, et depuis peu, il s'était vu refuser, sur le commandement du Roi, l'entrant des appartements de la Reine, tant est que, ne la pouvant entretenir en privé, l'audacieux coquin avait imaginé de le faire dans le brouhaha et le désordre de cette course, brièvement, à voix basse et dans sa langue, la supposant non sans raison tout à plein déconnue des demoiselles d'honneur qui entouraient la Reine, toutes filles françaises de bonne maison, mais élevées dans des couvents où l'on avait pris le plus grand soin de ne leur rien apprendre.

Je suivis Concini des yeux tandis qu'il s'éloignait. Le bellâtre ne manquait pas d'allure, et il eût même été assez bel homme s'il n'eut porté sur son visage cette impudence dévergognée qui le faisait haïr de tous à la cour, parce qu'on y pouvait lire en clair à quel point il méprisait la nation dont il était l'hôte et dont il suçait la moelle. Dès qu'elle fut seule, la Reine se tourna vers le Duc d'Épernon et lui parla longuement à voix basse. Par malheur, Mademoiselle de Fonlebon, ayant terminé son récit périgourdin, se tut à cet instant, attendant de moi que je lui fisse un récit de même farine, ne serait-ce que pour honorer le lien de sang que nous venions de nous découvrir. Contraint à mon tour de parler, je ne pus ouïr que peu de mots de ce que disait la Reine, mais assez pour conclure qu'elle répétait au Duc en son jargon les propos que Concini venait de lui tenir.

Ce faisant, elle avait tourné la tête vers le Duc, et le Duc ayant tourné la sienne vers elle, ils se trouvèrent au bec à bec, et je fus frappé du contraste entre leurs deux profils. Celui d'Épernon était de ceux dont on se dit qu'il ferait grand effet sur une médaille, les traits étant bien dessinés, et sa physionomie imperturbable annonçant tout ensemble esprit, ruse et dureté. Tandis que celui de Marie, avec un gros nez quasi bourgeonnant du bout, une lèvre inférieure sottement en saillie, et un menton prognathe, trahissait un mélange bien peu attirant de vulgarité, de balourdise et de morgue. Il était bien connu que la Reine, ayant peu d'idées, tenait d'autant plus à celles qu'elle s'était mises en cervelle et les suivait avec une opiniâtreté qui supplantait en elle la raison. Toutefois, elle n'était pas dénuée d'un certain flair ; elle avait bonne mémoire ; elle voyait les choses sans finesse, mais elle les voyait assez bien. Elle avait confiance en Épernon. Elle se sentait du même bord que lui, et ne se trompait pas. Il appartenait au parti espagnol, lié en secret à

Philippe III par un traité, catholique à « gros grain », comme on disait alors, fort avant dans l'amitié des Jésuites, et en outre animé contre le Roi d'une rancœur qui, due à d'autres causes, était au moins égale en intensité à celle d'une épouse trompée et délaissée.

Quand, le soir même de cette course de bague, je retrouvai mon père à Samois dans la « chambrifime » de l'auberge des Sept Fayards, je lui demandai quels étaient les sentiments qu'Épernon nourrissait à l'égard d'Henri. Il me répondit :

— Fiel et venin. Je vous l'ai déjà dit. Le Roi lui a imposé dans sa ville de Metz un lieutenant tout dévoué à la Couronne, lui rogne chaque jour ses prérogatives de colonel général de l'Infanterie française, et par-dessus tout a décidé d'ores et déjà de ne lui confier aucun commandement dans la campagne qui se prépare. En contrepartie, il l'a nommé au Conseil de régence qui doit éclairer la Reine et décider de tout quand il sera lui-même aux armées. Mais c'est là une compensation dérisoire et quasi insultante. Le Conseil de régence sera composé de quinze membres et Épernon n'y disposera que d'une seule voix : la sienne. J'eusse préféré quant à moi une disgrâce ouverte à cette demi-disgrâce, car Épernon est un redoutable félin, tout ensemble rusé, prudent et audacieux. Je suis persuadé que c'est lui qui a conseillé le premier à Henri III d'assassiner le Duc de Guise, mais par une sorte de hasard, trop heureux pour n'avoir pas été machiné, il n'était pas présent à Blois au Conseil secret qui décida de l'exécution. Je le puis affirmer sans ambages. J'y étais.

— Oh ! mon père ! dis-je. Vous avez juré le contraire à la Duchesse de Guise ! Et devant moi !

— Vous la connaissez. Comment aurais-je pu lui expliquer que j'assistais à ce Conseil à titre de témoin, mais sans voix délibérative ! Ces nuances lui eussent échappé !

— A titre de témoin, Monsieur mon père ? Et quel fut votre témoignage ?

— Vous le lirez dans mes Mémoires, dit-il avec impatience. Nous parlions d'Épernon : que dit-il quand la Reine redéversa dans son oreille les conchinades de cet odieux faquin ?

— D'abord, il jeta un regard vif aux alentours, derrière soi compris, et ne vit rien là que de normal, car penché sur Mademoiselle de Fonlebon, je lui parlais du Périgord. Après quoi, il demeura muet du bout en bout. Et quand, fort étonné de ce silence, je lui jetai quelques coups d'œil en tapinois, je le vis écouter la Reine avec la plus grande attention, et hochant parfois la tête comme s'il approuvait le discours qu'il oyait, mais toujours sans piper.

— Autrement dit, Épernon a endossé sans le dire les thèses infâmes de Concini...

Mon père échangea alors un regard avec La Surie, qui avait écouté cet entretien d'un air effrayé, et se tut, tout entier dans ses réflexions.

— Eh bien, dit La Surie au bout d'un moment, qu'en pensez-vous ? L'irez-vous dire au Roi ?

— L'indice est bien mince. Comment en toucher mot à Henri sans qu'il s'en gausse et me rie au nez ? Vous n'ignorez pas avec quel dédain il écarte tous les avertissements. Il a une bonne diplomatie secrète, mais comme vous savez, sa police est encore dans les limbes. Au rebours d'Henri III, qui s'était entouré de quarante-cinq épées, c'est à peine s'il permet à Vitry ou Praslin de le protéger.

— Toutefois, Monsieur mon père, les Quarante-Cinq d'Henri III ne l'ont pas empêché d'être assassiné par la Ligue.

— C'est qu'il avait un talon d'Achille : il adorait les moines. Les ligueux lui ont fabriqué un petit jacobin fanatique, par qui Henri III s'est laissé approcher sans même le faire fouiller.

— Mais pourquoi notre Henri se garde-t-il si mal ? dit La Surie. Le savez-vous ?

— Il est, dit-il, dans la main de Dieu, et si Dieu veut qu'il meure, il mourra.

— Je n'eusse pas attendu de lui ce langage.

— Aussi, n'est-ce qu'un langage, dit mon père. Le vrai, c'est qu'il est joueur. Le jeu, chez Bassompierre, est un métier. Mais chez le Roi, c'est un état d'esprit. Dans son existence aventureuse, il a dû remettre tant de choses au hasard que, même pour ce qui touche à sa propre vie, il s'en remet encore à lui.

CHAPITRE XI

Vers la fin juin, bien que la cour fût encore à Fontainebleau, Bassompierre revint à Paris pour son « affaire de dame », celle-ci paraissant lui tenir à cœur davantage que les trois autres qu'il avait déjà ès lieux qu'il venait de quitter. Et comme il faisait toujours en ses escapades, il vint souper en notre logis du Champ Fleuri. Pauvres rustres de Paris que nous étions, il eut à cœur de nous dégrossir, nous apportant les nouvelles de Fontainebleau, lesquelles, toutefois, furent bien loin de nous égayer.

Nous apprîmes ainsi que la Reine avait refusé tout à trac les morceaux les plus succulents que le Roi, à son dîner, lui avait envoyés, lui rétorquant qu'il ferait mieux de les faire porter à sa « *poutane* », désignant ainsi la Princesse de Condé. Le Roi ne fit d'abord qu'en rire, mais quand il apprit que la Reine faisait cuire ses viandes dans sa chambre par Leonora Galigaï et qu'il entendit mieux ce que signifiaient ces refus, il entra dans une épouvantable colère, jura ses « Ventre Saint-Gris ! » à la douzaine — d'aucuns courtisans murmurant même qu'il aurait été jusqu'à dire « cette folle me prend-elle pour un Médicis ? »

— Mais si peu prudent que soit Henri en ses saillies, ajouta Bassompierre, je décrois celle-là !

Et en effet, c'eût été là, m'expliqua mon père, un bien damnable propos car, d'après la rumeur, le père de Marie de

Médicis et sa belle maîtresse Bianca avaient été empoisonnés le même jour, d'aucuns disaient par le cardinal de Médicis, lequel, s'étant ensuite défroqué et marié, avait succédé à son frère à la tête du Grand-Duché de Toscane.

— Pis même, reprit Bassompierre, il n'est caquet à la cour que de la terrible scène entre le Roi et Monsieur le Prince. Celui-ci, étant excédé des attentions secrètes et publiques prodiguées par Sa Majesté à la Princesse, demanda au Roi son congé pour lui et pour sa femme, afin qu'ils se pussent retirer dans l'une de leurs maisons. Sa requête fut violemment rejetée et il reçut son paquet, quasiment dans les mêmes termes dont Madame de Guise s'était servie au cours de son insomnie.

— Votre femme est ma sujette ! cria Henri, les yeux étincelants. Je lui peux commander de demeurer céans ainsi qu'à vous.

— Et à quelle fin, Sire ? s'écria le Prince. N'est-ce pas bien méchant à vous de vouloir coucher avec la femme de votre neveu ?

— Que dites-vous là ? Je ne désire que son affection !

— Est-ce par affection, Sire, que vous entretenez avec elle une correspondance secrète ? La chose n'est que trop claire et toute la cour en jase : vous voulez me peindre la honte sur le visage.

— La honte, elle y est déjà ! dit le Roi très à la fureur, vous qui bougeronnez vos pages, bougre que vous êtes ! Si vous n'étiez prince, il y a beau temps que le parlement vous aurait déjà condamné et brûlé !

— Sire, est-ce une menace ? Que dirait la chrétienté, si le roi de France expédiait son neveu au bûcher pour pouvoir coqueliquer avec sa nièce ? A la parfin, c'est trop de tyrannie !

Ce mot de « tyrannie » mit le Roi tout à fait hors de ses gonds pour la raison que les théologiens jésuites avaient imaginé d'établir une distinction entre un roi dont les sujets devaient respecter la vie et un autre, qu'il devenait licite de tuer sans péché, quand il se changeait en tyran. Il appartenait de toute évidence aux seuls Jésuites de décider qui était tuable et qui ne l'était pas. Subtile casuistique qui avait armé le bras de leur élève Châtel contre Henri, et Henri ne l'avait pas oublié. Le Prince, sans le vouloir, avait touché là un point sensible.

— Jamais ! hurla Henri en levant les deux bras au ciel, jamais je n'ai fait acte de tyran dans ma vie, sauf quand je vous ai reconnu pour ce que vous n'étiez pas : pour le fils de votre père ! Votre vrai père, je vous le montrerai à Paris quand vous voudrez !

— A-t-il dit cela ? dit La Surie, atterré.

— On l'assure.

— C'est là une parole bien cruelle ! Elle étonne et détonne dans la bouche d'un homme aussi bon.

— Ah ! Bah ! dit Bassompierre imperturbable, qui dit amour, dit folie, chaos, monde à l'envers : le plus sot a soudain de l'esprit, l'homme d'esprit s'assote, le méchant perd son venin, et le tendre durcit...

— Et le Prince ? dit mon père.

— Fou de rage, il passa outre au refus du Roi et se donna à lui-même son congé en emmenant sa femme en son château de Vallery. Ah ! Marquis ! Ce fut pis ! Notre soleil s'était éclipsé ! Nous tombâmes en nos plus noires humeurs ! Fontainebleau ne fut plus que cailloux désertiques et Malherbe reçut commandement de faire pleurer sa muse. Elle pleura à merveille, l'ingrat Malherbe étant tout content en son for que, du fait de ses larmes, sa bourse se gonflât.

— Monsieur, dis-je, vous qui aimez la poésie, vous devriez pensionner Malherbe. J'ai ouï dire qu'il était pauvre.

— Hélas, mon beau neveu, je ne le peux : Bellegarde l'ayant pensionné avant moi, on dirait que je l'imite... mais quoique je doute qu'elle sache distinguer les vers de la prose, je le recommanderai à la Reine.

— Et le Roi ? dit La Surie, impatient de cette parenthèse.

— Il écrivit de nouveau à Sully de discontinuer les pensions du Prince et il écrivit au Prince dans les termes les plus comminatoires de se trouver sans faute à Fontainebleau avec la Princesse le sept juillet pour le mariage du Duc de Vendôme avec Mademoiselle de Mercœur. Vous saurez vous-mêmes de visu si le couple princier se rend à ce commandement.

— Comment cela « de visu » ? dit La Surie.

Bassompierre se leva et dit avec un salut des plus élégants : « Sa Majesté, par ma bouche, vous invite, Marquis, à assister au mariage du Duc de Vendôme[1], le sept juillet, ainsi que le Chevalier de Siorac et le Chevalier de La Surie. »

Sur ces mots, il nous donna à tous trois une nouvelle bonnetade et se tournant vers mon père, il reprit :

— Marquis, avec tous mes mercis pour ce succulent souper, je quiers de vous mon congé. Il se fait tard et on m'attend.

Mon père l'accompagna dans la cour jusqu'à son carrosse. Après quoi il nous rejoignit dans notre librairie où, les verrières grandes ouvertes à la fraîcheur du soir, La Surie et moi regardions un ciel qu'une lune pleine et un grand déploiement d'étoiles rendaient si lumineux que nous pouvions distinguer comme en plein jour les pignons, les bretèches, les tourelles et les flèches de notre grande ville.

— Ma fé, dit La Surie, peut-être me pourriez-vous expliquer ce mystère, car je n'y entends goutte. Le Roi aurait confié à la Verneuil que le Prince était son fils et d'après Bassompierre, le Roi aurait dit au même prince qu'il lui montrerait ledit père à Paris quand il voudrait.

— Ah ! dit mon père en se jetant dans une chaire à bras.

1. Fils d'Henri IV et de Gabrielle d'Estrées.

C'est ainsi qu'on écrit l'Histoire : sur des on-dit douteux. Il se peut que le premier on-dit soit faux, ou le second, ou peut-être les deux.

— Mais, dit La Surie, à supposer que tous les deux soient vrais, comment expliquer cette contradiction ?

— Elle n'est pas insoluble. La Princesse douairière de Condé a eu plus d'un amant. Il se peut que le Roi ait été l'un d'eux et se soit demandé, au moment de reconnaître Condé, s'il était le fils du Prince de Condé, ou le fils du page, ou le sien. Dans le doute, et du fait aussi de sa bonté naturelle, il décida de le reconnaître comme Bourbon et prince, mais sans véritablement choisir entre les trois hypothèses envisagées. Et c'est seulement dans le chaud du moment et pris de fureur contre Condé qui l'avait traité de tyran qu'il se laissa aller à faire état de l'hypothèse la plus désolante pour son neveu.

— C'est là néanmoins parole dure et fâcheuse, dit La Surie.

— Assurément, mais elle est de nulle conséquence, le Roi ne se pouvant déjuger, ni *débourbonner* Condé, qui restera ainsi Bourbon et prince jusqu'à sa mort, et ses fils et petits-fils après lui. S'il y eut une tache sur son blason, le temps l'effacera.

Le lendemain, comme j'entrai dans la salle à manger pour y dîner, je trouvai mon père debout, une lettre à la main et les larmes coulant sur ses joues. Il me tendit la missive sans un mot. Elle était de mon grand-père, le Baron de Mespech, et annonçait à mon père la mort de sa nourrice Barberine, laquelle l'avait nourri en ses maillots et enfances, non seulement de son lait, mais de son inépuisable tendresse, étant, à la vérité, beaucoup plus proche de lui que sa mère naturelle, laquelle l'aimait, mais sans le lui témoigner jamais, étant si glorieuse de son illustre sang.

— Lisez la lettre entière, dit mon père, elle en vaut la peine.

Ce que je fis et regrette bien qu'elle se soit égarée depuis, tant elle me frappa. Le Baron, qui entrait alors dans son grand âge, y parlait des mésaises et incommodités qu'il y trouvait et la façon dont il y faisait face. « La vieillesse, disait-il, est un long combat en retraite contre la mort. Et bien qu'on soit assuré, à la fin, d'être vaincu, on se doit à soi-même de combattre pied à pied avec une entière résolution et s'il se peut, en se tenant en joie. »

Le repas était à peine terminé qu'on vint nous dire que Toinon demandait à voir mon père. Tant le cœur me battit à cette annonce que je me levai à demi pour me retirer dans ma chambre, mais mon père me retint par le bras avec un regard qui m'enjoignait de ne me dérober point. Je me rassis, assez vergogné d'avoir voulu fuir ma soubrette et fis de mon mieux pour me composer un visage.

Toinon avait fait quelque toilette pour nous visiter, mais avec assez de finesse pour ne point paraître sortir de sa condition. Sans aller jusqu'au vertugadin, son cotillon ne s'arrêtait pas au genou comme celui de nos chambrières, mais descendait avec dignité jusqu'aux pieds, étant au surplus de bonne étoffe et orné de quelques broderies. Autour du cou elle portait une chaîne d'or, petite mais point mesquine, que selon Mariette, le maître boulanger Mérilhou lui avait offerte pour son mariage. A l'entrant, elle nous bailla à tous trois une révérence digne d'une fille de bon lieu, puis une seconde à mon père seulement, son regard passant sur moi sans se poser, mais point trop rapidement non plus.

— Eh bien, Toinon ! dit mon père du ton gaillard et enjoué dont il usait pour s'adresser à un de nos gens et qui, quand il s'agissait d'une femme, était nuancé d'une sorte de douceur et de complicité : Que nous vaut le plaisir de revoir céans ton joli visage ?

— Une aide que je désire quérir de vous, Monsieur le Marquis, dit-elle avec une humilité et un respect qu'elle n'avait jamais montrés à aucun d'entre nous du temps où elle était ma soubrette.

— Voyons cela !

— Comme vous le savez sans doute, Monsieur le Marquis, nous avons depuis peu en Paris un nouveau lieutenant civil, lequel a pris une ordonnance contre l'abus des boulangers quant au poids du pain et même du pain mollet.

— Pourquoi « et même du pain mollet » ?

— Parce que le pain mollet étant un pain pour les gens étoffés, il est de tradition, dans la boulange, de ne pas tant y regarder au poids.

— J'entends bien. Poursuis, je te prie.

— Il y a quinze jours, Monsieur le Marquis, les commissaires de Monsieur le lieutenant civil fondirent sur nous en notre boutique pour vérifier le poids de nos pains, y compris, ce qui est exorbitant, le poids du pain mollet.

— Et ils les ont trouvés inférieurs au poids qu'ils eussent dû avoir ?

— Oui, Monsieur le Marquis.

— Très inférieurs ?

— Moyennement inférieurs, Monsieur le Marquis.

— Et comment diantre cela peut-il se faire ? dit mon père en haussant le sourcil d'un air faussement naïf.

— Parce qu'on pèse le poids du pain avant de le cuire, et il réduit à la cuisson.

— Ne serait-il pas possible de se prémunir là contre en rajoutant du poids à la pâte avant de la cuire ?

— On le pourrait, mais alors on y perdrait prou.

— J'entends bien. Et que firent les commissaires ?

— Ils nous donnèrent le choix : payer l'amende ou cracher au bassin.

— Quelle est la différence ?

— L'amende va dans les caisses de Monsieur de Sully et le bassin coule dans les poches de Monsieur le lieutenant civil, lequel tâche ainsi de se rembourser des quatre-vingt mille écus que lui a coûtés sa charge.

— Lequel est le moins cher : l'amende ou le bassin ?

— Le bassin.

— En conséquence, vous y crachâtes.

— Oui, Monsieur le Marquis.

— Vous fîtes donc là une sérieuse épargne.

— Non, Monsieur le Marquis car, contrairement aux promesses faites par les commissaires, nous eûmes aussi l'amende.

— Damnable abus ! dit mon père en se tournant vers moi. Et le premier abus, d'évidence, fut de vendre sa charge au lieutenant civil. Que puis-je faire pour toi, Toinon ?

— Monsieur le Marquis, je vous aurais infiniment de gratitude si vous aviez l'occasion de dire à Monsieur le lieutenant civil que nous avons payé à la fois l'amende et le bassin, car il se pourrait bien que le bassin ne l'ait jamais atteint, s'étant égaré dans les poches des commissaires.

— Il se pourrait bien, en effet. Observe, mon fils, comment, d'un abus initial découle une cascade d'abus et comment la corruption gagne de proche en proche... Toinon, ma fille, va en paix. J'irai voir cette après-midi le lieutenant civil. Il saura que tu as payé deux fois. Il saura aussi que je suis un grand ami de Monsieur de Sully. Je n'aime guère les ordonnances qui, sous prétexte de vérifier les poids, pressurent l'artisan, qu'il soit d'échoppe ou de boutique.

— Avec votre permission, Monsieur le Marquis, dit Toinon avec un grand air de dignité, le Maître Mérilhou et moi-même, nous ne sommes pas d'échoppe, mais de boutique.

Je reconnus bien là ma Toinon qui, lorsqu'elle se gourmait, était aussi fière et haute à la main qu'une duchesse.

— Je m'en souviendrai, dit mon père.

Toinon lui fit alors mille mercis et après deux parfaites révérences se retira. Nous sûmes plus tard, par Mariette, qu'elle était venue chez nous masquée comme une personne de condition, et accompagnée d'une servante. Toutefois, cela nous fut conté sans le moindre venin, la bonne commère admirant maintenant Toinon autant qu'elle l'avait détestée quand elle vivait chez nous. « *Elle est chérieuse,* disait-elle, *et elle a bien fait ches jaffaires.* » En outre, Toinon dans sa boutique la traitait toujours avec honneur devant les autres chalands, lui donnait du « Madame », la baisait sur les deux joues, s'enquérait de nos santés et, outre le pain mollet que notre pourvoyeuse achetait pour nous, lui en donnait toujours un petit, aux noix ou aux raisins, pour son usage propre.

— Monsieur mon père, dis-je, quand elle fut partie. Y a-t-il donc une si grande différence entre une échoppe et une boutique ?

— Grandissime ! Une boutique comme celle de Mérilhou comporte une arrière-boutique, une cour avec un puits, des chambres à l'étage et un grenier. Une échoppe est une sorte de baraque en bois construite en appentis contre un mur et le plus souvent sans aucun droit ni titre. Je ne saurais vous en donner un plus bel exemple que celles qui se sont collées comme des arapèdes contre le mur d'enceinte du cimetière des Innocents et qui rétrécissent de la façon la plus incommode la rue de la Ferronnerie, laquelle rue, pourtant, est le chemin le plus direct et le plus fréquenté pour traverser la ville. Henri II, l'empruntant en carrosse un jour, s'y trouva immobilisé une grosse heure dans un embarras de chariots et en fut si vivement irrité que le lendemain il commanda par édit qu'on rasât ces échoppes. Mais comme souvent en ce royaume cet édit resta lettre morte et les échoppes de la rue de la Ferronnerie, loin de disparaître, se multiplièrent, grossirent comme des verrues, et empiètent à ce jour plus que jamais sur la largeur de la chaussée.

***

C'est avec le plus grand déplaisir que nous retrouvâmes, le six juillet, dans l'auberge des Sept Fayards à Samois notre « chambrifime », laquelle était si peu garnie de meubles que pour n'y point rester debout dans la journée, force nous était de nous étendre sur trois matelas de crin posés à même le sol. Ce luxe nous coûta un écu et mon père en grinça des dents. Mais mieux valait encore ce galetas, obtenu au surplus non sans prières, que de coucher recroquevillé dans son carrosse, comme faisaient tant de dames et seigneurs qui émergeaient le matin de ce gîte incommode, leurs beaux atours tout froissés après une nuit sans sommeil. Je compte quasi pour rien l'ennui et la sueur de l'interminable cheminement de Paris à Fontainebleau, où il nous fallut comme tout un chacun rouler au pas, nos chevaux butant du chanfrein sur l'arrière du carrosse qui les précédait.

— Mais le moyen de faire autrement ? dit mon père, tandis qu'allongés, chacun sur son matelas de crin, nous tâchions, dans le jour finissant, de reposer nos dos endoloris par les cahots de la route. Le Roi ne nous eût jamais pardonné notre absence. Il tient ce mariage pour la plus brillante réussite de sa diplomatie familiale et il est de fait qu'il lui fallut des années pour le mener à son terme.

— Des années, Monsieur mon père ?

— Oui-da ! Et quels efforts pour établir ce fils bâtard ! Henri est bon père, je n'en disconviens pas. Aussi bon père que mauvais époux, reprit-il après un silence où il me parut faire sur soi quelque retour. Mon fils, vous étiez encore un enfantelet fort vagissant dans les bras de Greta quand, après la prise de Paris, le Roi se présenta avec une armée devant la ville de Rennes : le Duc de Mercœur avait profité de nos guerres civiles pour ériger la Bretagne en duché indépendant au grand dam et dommage des Bretons qu'il avait volés, pillés et rançonnés. Henri, toutefois, n'eut qu'à paraître. Le Duc fit sa soumission, reçut, en compensation, un million de livres, mais s'engagea à marier sa fille, alors fillette, à l'aîné des bâtards du roi, le Duc de Vendôme.

— Habile *combinazione,* mon beau neveu ! dit La Surie. Le million de livres, et plus encore, ayant de grandes chances de revenir, sinon au Roi, du moins à son fils, Mademoiselle de Mercœur devant hériter d'une énorme fortune amassée par les moyens qu'on a dits.

— J'ajoute, dit mon père, qu'à l'issue de ce maquignonnage contrat fut dressé où tout fut prévu, y compris un dédit de cent mille écus au cas où Mercœur faillirait le moment venu à donner sa fille à Vendôme. En 1602, Mercœur mourut, mais six ans plus tard, sa fille devenue pucelle pucelante, et convoitée par le monde entier, refusa tout net Vendôme sans avoir jeté l'œil sur lui, se retira au couvent des Capucines et menaça de prendre le voile, si on voulait la contraindre à cette union.

— Et pourquoi cela ? dis-je.

— On ne sait. Se peut qu'elle ne voulait pas épouser un bâtard, fût-il royal. Mais Henri, lui, soupçonna une manœuvre de la Duchesse de Mercœur pour soustraire ses pécunes à son futur gendre, la dame étant, quoique archidévote, plus avaricieuse, chiche-face, pleure-pain et pincemaille qu'aucune fille de bonne mère en France.

— J'ai ouï sur son compte un conte affreux, dit La Surie, assez content de son *gioco.*

— Vous l'avez ouï de moi, dit mon père. Et moi, je l'ai ouï de la Duchesse de Guise qui fut témoin de cette vilenie. La pauvre Gabrielle d'Estrées étant à l'agonie, la Duchesse de Mercœur s'approcha de son lit et tout en faisant mine de lui prodiguer les consolations de la religion, elle enlevait en tapinois à la mourante les riches bagues qu'elle portait aux doigts. Par bonheur, on s'aperçut de son odieux manège et on lui fit dégorger son butin.

— Dans quel monde vivons-nous, mon Dieu ! dit La Surie, en contrefaisant le dévot.

— Où en étais-je ? dit mon père. J'ai une faim de loup et elle me trouble d'autant plus les méninges que je sais d'avance qu'elle ne sera pas satisfaite par cette hôtesse d'enfer.

— Vous disiez, mon père, que le Roi tempêta, quand Mademoiselle de Mercœur se retira au couvent.

— Je n'ai rien dit de ce genre mais, en fait, il le fit. Et il exigea de la Mercœur, en plus des cent mille écus de dédit, des dommages et intérêts de deux cent mille écus.

— Le bon d'être roi, dis-je, est de pouvoir tripler les dédits prévus dans les contrats.

— Et sais-tu, mon neveu, quel est, d'après le Prince des Sots, le mauvais d'être un roi ?

— Nenni.

— C'est de manger seul et de chier en public.

— Miroul, dit mon père, si la Marquise de Rambouillet se trouvait céans, sa délicatesse serait offensée par cette gaillardie.

— Si la Marquise de Rambouillet se trouvait céans, dit La Surie, son tendre derrière serait offensé par ce matelas de crin.

— Fi donc, Miroul ! dit mon père.

— Mais je ne fais que dire ce que je sens, dit La Surie, en plus d'un grand creux au gaster. J'ai tant faim que je mangerais l'hôtesse, tant mamelue, fessue et poilue qu'elle soit.

— Et comment, mon père, finit cette grande picoterie entre le Roi et la Mercœur ?

— Le Roi lui dépêcha le père Cotton. La Mercœur ne put résister à sa suavité jésuitique et sa fille pas davantage, surtout quand le père lui promit qu'elle aurait des fleurs de lys sur sa robe de mariée comme une fille de France. Grande ire chez les princes du sang ! En particulier chez le Comte de Soissons !

— Et pourquoi diantre ? dit La Surie.

— Je peux répondre à cela, dis-je, vu qu'au bal de la Duchesse de Guise j'ai ouï le Comte, à ce sujet, meugler et mugir à déboucher un sourd. Le Duc de Vendôme étant bâtard, le Comte trouvait exorbitant que sa future épouse portât, comme la sienne, des fleurs de lys sur sa robe.

— Le Comte fit mieux, dit mon père. Il alla trouver le Roi et, ne le pouvant décider à priver la petite Mercœur de ses fleurs de lys, il lui demanda, pour sa femme la Comtesse, une rangée supplémentaire desdits emblèmes... Le Roi ne fit qu'en rire et le Comte de Soissons, s'ôtant de la cour, s'alla bouder dans une de ses maisons.

— Nous ne le verrons donc pas au mariage, dit La Surie. Un rang supplémentaire de fleurs de lys ! Cornedebœuf, que ce Grand est donc petit !

— Mais nous verrons, se peut, la Princesse de Condé, dis-je, et je gage qu'elle y brillera de tous ses feux.

— Mon beau neveu, vous connaissez le proverbe périgourdin : « *La beauté se lèche, mais ne se mange pas.* » Et, jour de Dieu, que mon estomac se creuse !

Ce creux ne fut apaisé ni ce soir-là par un maigre souper ni le lendemain par un chiche déjeuner et, à dire le vrai, il se creusa davantage encore lors de cet illustre mariage et, chose extravagante, par la faute des dames. Que je les nomme en ces Mémoires afin que, si ces lignes un jour leur tombent sous les yeux, elles éprouvent, se peut, quelque petit remords d'avoir fait pâtir tant de leurs semblables de male faim. Les voici : la Reine ; la Duchesse de Mercœur ; sa fille, Françoise de Mercœur, la future épousée ; la Duchesse de Montpensier ; ma bonne et scintillante marraine, sa terne bru, la petite Duchesse de Guise, ma demi-sœur, la belle Princesse de Conti ; la Princesse douairière de Condé, celle qu'on avait accusée d'avoir empoisonné son mari ; la

Duchesse de Rohan ; la Duchesse d'Angoulême, belle-sœur du Connétable ; et enfin, que je la nomme en dernier, bien qu'elle ne fût pas la moindre, puisqu'en ce juillet torride elle bouleversa le Roi par sa seule présence : la Princesse de Condé.

Le lecteur a observé, sans doute, qu'en cette illustre compagnie on ne descend pas au-dessous de la couronne ducale ni du manteau, si lourd aux épaules, qui va de pair avec elle. Vramy, quand je vis enfin paraître les dames, ma rancune à leur égard fondit et je les plaignis de tout mon cœur : il faisait si chaud !

Leur faute demeure pourtant. Et ce fut grand'pitié, car tout avait été si bien prévu et pourvu. La messe de mariage avait été fixée à midi et un quart d'heure à l'avance, le Roi, plus étincelant de soie, de perles et de pierreries qu'aucun des Grands (mais il savait déjà, depuis la veille, que la Princesse serait là), arriva devant la chapelle, suivi du Prince de Condé, sombre et fermé, du Prince de Conti, sourd, bègue et à demi stupide, du Duc de Vendôme que son mariage était bien loin d'ébaudir, et des ducs et pairs avec couronne et manteau, mais je ne vais pas les énumérer tous, cette énumération serait sans objet puisqu'ils étaient là, ponctuels, polis et renfrognés, car lequel d'entre eux n'eût pas voulu marier son propre fils à Françoise de Mercœur ? Elle était si riche ! Et le Roi, comme à son ordinaire, raflait tout.

Précédé de je ne sais combien de clercs et coiffé de la mitre qui le faisait paraître plus grand que n'importe qui, et la crosse d'or en main, Monseigneur l'évêque de Paris, qui devait officier, apparut, suant en ses robes violettes et vint présenter ses respects à Sa Majesté et fut d'elle le très bienvenu. Il y avait, dans les alentours, bien d'autres prélats, parmi lesquels j'en vis un qui me souriait de loin et me faisait des signes, ce qui m'intrigua fort, jusqu'au moment où je reconnus le jeune et charmant archevêque de

Reims, mon demi-frère, Louis de Lorraine. Pourquoi Reims avait un archevêque et Paris, seulement un évêque, je ne saurais dire.

Cependant, comme même la puissance et la gloire, quels que soient leurs degrés, ne laissent pas d'avoir des ventres, un magnifique buffet déjà tout dressé sous des tentes de pourpre et d'or attendait la cour après la cérémonie. Et pour ce que j'étais macérant encore dans le demi-jeûne que j'avais subi la veille, mes yeux et mes narines ne laissaient pas de se tourner vers lui plus souvent que je n'eusse dû et, à parler à la franche marguerite, il me parut parader assez d'odorantes et succulentes viandes pour nourrir à lui seul la ville de Fontainebleau et les villages environnants pendant huit jours. J'échangeai avec mon père et La Surie regards et soupirs : une longuissime messe nous séparait encore de ces délices.

A le comparer à ceux qui se tenaient dans son ombre, Henri paraissait aussi florissant, gai, gaussant, rajeuni que Condé, Conti et le jeune Vendôme étaient mornes. Toutefois, une heure se passant sans qu'on vît les dames apparaître, Henri sembla s'impatienter et commanda à son premier valet de chambre, Monsieur de Beringhen, d'aller s'enquérir auprès de Sa Majesté la Reine des raisons de ce retard. Beringhen revint dix minutes plus tard, son long visage allongé encore par sa déconvenue.

— Sire, la Reine dit que les dames seront prêtes dans un petit moment.

— Un petit moment ! Ventre Saint-Gris ! dit le Roi, il y a déjà plus d'une heure qu'on les attend !

Et ne pouvant entrer dans la chapelle sans elles, il ordonna qu'on apportât des chaires et des tabourets pour accommoder les principaux de sa suite — dont nous n'étions pas — si bien que les jambes nous rentraient dans le corps à force d'être debout, ajoutant cette incommodité-là à celle qui nous tenaillait l'estomac.

Une autre heure se passa ainsi et le Roi dit :

— Bassompierre, toi dont les dames sont si raffolées, va donc voir si tu peux les persuader de hâter leur pimplochement.

— Ah ! Sire ! dit Bassompierre, il s'en faut que mes pouvoirs aillent jusque-là !

Néanmoins, il partit et fut un si long moment absent que l'on commença à s'en scandaliser. Toutefois, quand il revint, il avait la mine grave.

— Sire, dit-il, il n'y a guère espoir, je le crains. D'aucunes ne sont pas prêtes et d'autres le sont. Et celles qui le sont, en attendant les autres, font recommencer leur coiffure.

— Ventre Saint-Gris ! Nous serons encore là ce soir ! dit le Roi. Ne pourrions-nous au moins avoir la Reine, la Duchesse de Mercœur et l'épousée, afin que nous puissions commencer la cérémonie ?

— C'est ce que j'ai osé suggérer, Sire. Mais les dames ont poussé les hauts cris. Elles viendront toutes ensemble, ou pas du tout.

— Pas du tout ! dit le Roi. Ventre Saint-Gris, qui a dit « pas du tout » ?

— La Reine, Sire.

— Alors il n'y a pas remède ! dit Henri avec un soupir. Et il n'est que l'attendre.

Mais il dit cela sans se fâcher ni sourciller le moindre, la joie qui l'habitait de revoir la Princesse le mettant bien au-dessus des petites épines de la vie.

Après quoi, sans façon, il se leva et commanda à Monsieur de Beringhen de lui ôter couronne royale et manteau et, en pourpoint, laissant là le sombre trio des princes du sang, il se mêla aux courtisans, interpellant l'un, gaussant avec l'autre, et n'étant que rires et saillies.

— Le Roi est dans ses meilleures humeurs ! dit mon père

à mon oreille. Il est aussi rayonnant par sa face que resplendissant par sa vêture.

— C'est qu'avec le retour de qui vous savez, dit La Surie, le Roi croit enfin toucher au but. Je gage pourtant qu'il sera déçu. La belle lui fera voir du pays, Bassompierre *dixit*.

— Et qu'a dit Bassompierre ? dit Bassompierre, surgissant derrière nous et jetant un bras par-dessus l'épaule de mon père. Non, non, ne répétez point, j'ai ouï. Mes amis, je vous vois pâles et défaits. Comment vous en va ?

— Mal, dit La Surie. Si ma faim me creuse encore, je pense que je vais gloutir Monsieur de Paris avec ses robes, sa mitre et sa crosse.

— Vaudra-t-il l'hôtesse des Sept Fayards ? dis-je en riant.

— Oui-da ! Un chapon vaut mieux qu'une poule !

— S'agissant d'un prélat, voilà qui sent quelque peu la caque, dit Bassompierre.

— Et vous, Comte, n'avez-vous pas faim ? dit mon père.

— Nenni, les dames, à l'instant, m'ont nourri.

— Dieu du ciel ! Elles mangent !

— Je dirais qu'elles se gavent.

— Et de quoi ?

— De dragées, de massepains et de confitures. Leurs coiffeuses en sont encombrées. Rien ne creuse davantage le beau sexe que de se faire frisotter le cheveu.

— Les misérables ! dit mon père.

— Marquis, vous ne direz pas cela, quand vous saurez qu'on a pensé à vous.

— Et qui est ce « on » ?

— Ne le pouvez-vous deviner ?

Et sortant de l'emmanchure de son rutilant pourpoint un drageoir en or orné de rubis, il l'ouvrit en disant :

— Or sus ! Mettez-vous tous trois autour de moi afin d'échapper à la vue de ces affamés qui nous entourent. Nenni ! Nenni ! Point de vergogne ! Une blanche main a garni ce drageoir pour vous. Seulement pour vous. Raflez tout !

Ce que nous fîmes et, jour de Dieu, que ces dragées furent bonnes, craquantes sous la dent et fondantes sous la langue !

— Le drageoir est superbe, dit La Surie qui, quand le drageoir fut vide, demanda à le tenir en main et l'admira sous toutes ses faces.

— C'est le cadeau d'une dame, dit Bassompierre avec un sourire qui, comme certains pistolets, était à double détente : une détente pour paonner et une détente pour se moquer de ce paonnement.

— Voilà une belle qui avait de la gratitude, dit La Surie, rendant à regret le drageoir.

— Elles m'ont toutes de la gratitude, dit Bassompierre. Je suis si consciencieux...

On rit à cela, notre estomac étant moins tenaillant et notre humeur, de ce fait, plus légère.

— Comte, dit mon père, éclairez-moi. Il y a là un mystère. Le trio princier que le Roi a laissé en plan est sinistre. Et passe encore que le Prince de Condé soit sombre, mais le Prince de Conti !

Bassompierre baissa la voix.

— C'est qu'il a des éclairs de lucidité et s'aperçoit alors qu'il est stupide.

— La vraie raison ? dit mon père en riant.

— Il est perdu sans son frère. Le Comte de Soissons, comme vous savez, ne parle pas : il tonitrue et c'est le seul que Conti puisse ouïr.

— Et Vendôme ? Pourquoi le béjaune tire-t-il cette longue face ? La petite Mercœur n'est point sans grâces.

Bassompierre se pencha à l'oreille de mon père et nous rapprochâmes nos têtes.

— Ne savez-vous pas ? Il est insensible à ces grâces-là, étant de l'homme comme un bourdon.

— Juste ciel ! Lui aussi !

— A telle enseigne que notre Henri, craignant qu'il reste court la nuit de noces, lui dépêcha avant-hier une garce experte sur laquelle il pût aiguiser ses couteaux.

— Et les aiguisa-t-il ?

— A ce que l'on dit, tolérablement bien.

A ce moment, un petit page accourut, tout rouge et hors d'haleine, lequel, se jetant aux pieds du Roi, le faillit faire tomber tant il mit d'élan dans sa génuflexion.

— Sire, cria-t-il, les dames viennent !

— Beringhen ! dit le Roi.

Monsieur de Beringhen accourut et posa le lourd manteau d'hermine sur les épaules de Sa Majesté. Après quoi, prenant des mains du deuxième valet de chambre la couronne royale, il aida le Roi à la poser sur son chef. Henri fit une petite grimace. Il n'aimait pas qu'on lui touchât les cheveux.

— Ventre Saint-Gris, Messieurs ! dit-il en se tournant vers les courtisans, s'il est vrai que l'attente augmente le désir, le nôtre doit avoir des dents bien pointues...

Sans qu'il l'eût voulu, il y avait quelque ambiguïté dans ce propos et elle fit çà et là éclore quelques petits sourires. Henri, bien campé sur ses jambes courtes et musculeuses, rejoignit, devant la porte de la chapelle, les trois Princes à la triste figure. Sauf qu'elle mettait fin à une interminable attente, l'arrivée des dames ne leur faisait ni chaud ni froid, et pas plus au jeune Vendôme qu'aux deux autres. Condé haïssait sa femme. Les infirmités de Conti l'avaient éloigné de la sienne. Et le petit duc ne voyait dans son mariage qu'une pénible épreuve.

Les dames devaient sortir dans la cour pour gagner la chapelle et Henri se tourna vers la porte qu'elles devaient franchir avec un visage rayonnant. Il avait toujours aimé le *gentil sesso* à la folie et, encore que dans son commerce incessant avec lui, les souffrances et les écornes ne lui eussent pas manqué, les femmes lui étaient trop nécessaires pour qu'il pût s'en dégoûter jamais. Il aimait tout d'elles . leurs grâces comme leurs artifices. Avec ses sujets, à la seule exception de Biron, il avait fait preuve de clémence, mais cette vertu, avec ses sujettes, était allée véritablement dans l'excès. A ses maîtresses, il avait toujours tout pardonné : les mensonges les plus éhontés, les perfidies les plus venimeuses, les trahisons les plus cyniques, voire même les complots contre sa propre vie.

Ce qui me laissait béant, c'est que ce grand roi d'humeur si impatiente et ce jour-ci si préoccupé par l'affaire de Clèves et la perspective d'une guerre, comptât pour rien les cinq heures perdues à attendre les dames s'attardant à leurs coiffeuses. Il me parut, à observer sa physionomie frémissante, qu'il se promettait un grand plaisir, rien qu'à les revoir, comme si, pendant de si longs moments, il s'était senti orphelin de leurs charmes.

A ne compter que la Reine, les princesses et les duchesses, les dames, de reste, n'étaient pas plus de dix. Mais comme chacune se fût sentie déshonorée à n'être pas suivie par ses filles d'honneur au complet, toutes aussi jeunes que belles, cela fit une troupe d'une soixantaine de personnes qui, la porte franchie, s'avança dans la cour, dans un grand moutonnement d'étoffes chatoyantes. Marie de Médicis marchait en tête, parée de bijoux magnifiques, sa robe fleurdelisée semée de perles de haut en bas, et comme tout chez elle se trouvait plus grand que chez toute autre dame : la taille, la couronne, les joyaux, le col de dentelle relevé derrière la nuque, à cette distance, elle ne manquait pas de majesté. Princesses et duchesses ayant droit aussi à des couronnes, assurément moins imposantes, mais ornées de pierreries, celles-ci étincelaient de mille feux sous le clair soleil de juillet, lequel faisait briller aussi d'un éclat plus doux et plus tendre les couleurs vives, variées et florales de leurs vêtures. Quand la Reine fut assez proche de nous pour qu'on pût distinguer son visage, on s'aperçut qu'il portait cet air de morgue rechignée qu'elle prenait pour de la grandeur. Tant est que les regards rebutés se reportèrent aussitôt sur la Princesse de Conti et la Princesse de Condé qui, outre qu'elles étaient fort belles, faisaient derrière la Reine un très charmant tableau à cheminer côte à côte.

Marchant, sans s'être donné le mot, avec une lenteur calculée, elles avaient laissé la Reine prendre de l'avance sur elles, non point tant par respect que pour donner aux regards tout le temps de s'attarder sur leurs attraits. L'une blonde et la taille mignonne, l'autre grandette et brune, elles avaient le droit, elles aussi, en tant que princesses du sang, aux robes fleurdelisées des Enfants de France et leurs mains gantées reposant avec nonchalance sur les renflements jumeaux de leurs vertugadins, elles avançaient en ondulant avec une grâce acquise à danser dès l'âge le plus tendre les ballets de la cour. L'œil en fleur et comme innocent des désirs qu'elles suscitaient, elles inclinaient la tête de côté dans une attitude qui évoquait l'abandon. Au fur et à mesure de leur approche, elles ralentirent encore leur marche et quand elles furent à quelques pas du Roi, mais cela peut-être avait été concerté, elles se mirent à faire, en souriant à demi, quelques petites mines confuses, comme si elles eussent voulu compenser la hauteur de la Reine par une contrition muette. Le Roi n'y résista pas. Il applaudit. La cour aussitôt l'imita avec une chaleur qu'on n'eût pas espéré de courtisans aussi affamés.

— Comment comprendre les Français ? dit un gentilhomme roide et grave avec un fort accent espagnol. Les dames les font attendre cinq heures, et ils les applaudissent.

— *Señor* Don Inigo, dit Bassompierre en se retournant, ce n'est pas l'attente qu'ils applaudissent : c'est la beauté.

*
**

Les fêtes comptèrent parmi les plus magnifiques du règne et durèrent trois jours : on mangea, on but sans retenue, on dansa, on jasa et quant à la bague qu'une fois de plus on courut, l'opinion de Monsieur le Grand[1] fut qu'il n'y avait que le Roi et Condé qui « donnassent bien dedans » — expression qui, appliquée au Prince, fit sourire par sa naïveté.

Bien qu'elles ne sortissent pas de son escarcelle, mon père plaignait fort les dépenses de ces festivités et, plus encore, s'irritait de la perte de temps qu'elles entraînaient, alors que la guerre frappait à nos portes. Opinion qui eût senti fort la caque, s'il l'avait exprimée en public. N'y tenant plus, il demanda le deuxième jour son congé au Roi sous prétexte que les moissons de sa Seigneurie du Chêne Rogneux réclamaient sa présence. Nulle raison n'aurait pu toucher Henri davantage, car il répétait souvent que la place d'un gentilhomme était dans ses terres et qu'il ne devait venir à Paris que pour quelque procès ou pour faire service au Roi : précepte qui, s'il avait été respecté, aurait vidé le Louvre.

— Va, Barbu ! dit le Roi, j'aimerais être aux champs avec toi à manier la faucille et la fourche plutôt qu'à faire le galant avec les dames !

Pour une fois, son rêve campagnard n'était point trop sincère. Il considérait la Princesse, disait La Surie, avec l'avidité d'un miséreux qui regarde un beau pain doré à la fenêtre d'un boulanger. Et quant à elle, elle rayonnait de tous les feux dont il brûlait pour ses charmes, mais sans pour autant oublier ses petites stratégies : elle s'offrait au nom de l'amour et se dérobait au nom de la vertu. C'est tout juste si elle ne morguait pas la Reine et l'on eût dit qu'elle avait déjà posé son pied mignon sur la première marche du trône.

Ma bonne marraine prit fort mal que mon père quittât Fontainebleau alors qu'elle s'y trouvait, mais avec sa coutumière adresse mon père lui représenta qu'il n'aurait

1. Bellegarde.

jamais songé à partir, si elle avait pu partager avec lui le matelas de crin de sa chambre. Pour moi, si je ne fus guère marri de laisser là Samois et son auberge d'enfer, je tombai dans les mésaises et les mélancolies quand je vis mon père et le Chevalier partir et me laisser seul à Paris. On se ressouvient sans doute qu'Angelina de Montcalm n'accepta de devenir « ma mère » qu'à condition de ne me voir jamais.

Je repris mes études à la fureur et aussi non sans découragement mes amours de papier, écrivant sagement à ma *Gräfin* de longues lettres auxquelles elle répondait toujours, mais sans me cacher que la succession de son père la devrait retenir encore longtemps à Heidelberg. J'étais dans la désolation. N'ayant d'elle aucune remembrance proprement amoureuse pour nourrir mes rêves, et ma solitude commençant à peser prou à mon malheureux corps, j'éprouvais le sentiment déconfortant que mon inclination pour Ulrike perdait peu à peu force et substance.

Pendant l'absence de mon père qui dura quinze jours, Bassompierre avec la dernière gentillesse me vint visiter. Il donnait toujours l'impression de courir de femme à femme et de partie de cartes à jeu de dés. Toutefois, il était toujours très informé de tout et accompagnait les informations qu'il m'apportait de commentaires qui, bien qu'ils fussent prononcés gaîment et comme à la légère, ne laissaient pas d'être fort pertinents. Bien je me ressouviens qu'il m'apprit une nouvelle de grande conséquence pour le royaume : sur l'ordre de l'Empereur d'Autriche, l'Archiduc Léopold avait saisi par surprise le duché de Clèves et l'avait placé sous séquestre. Ma belle lectrice se ressouvient sans doute...

— Ah ! Monsieur ! Cessez, je vous prie, de répéter cette formule odieuse : « Ma belle lectrice se ressouvient sans doute... », elle me donne furieusement sur les nerfs...

— Mais, belle lectrice, quelle est l'offense ?

— Évidente. La pouvez-vous nier ? Quand vous employez cette damnable formule, c'est bien que vous doutez, en fait, que je me ressouvienne... Suis-je sotte, Monsieur ? Ma tête est-elle vide, parce qu'elle est jolie ? Dois-je ouïr deux fois vos explications ? Mon crâne est-il à ce point percé de trous que les faits qui y pénètrent ne peuvent qu'ils n'en ressortent dans la minute ? Suis-je si frivole que je ne puisse m'intéresser au sort de mon pays ? Combien de fois pensez-vous que vous me devrez rabâcher qu'à la mort du Duc de Clèves, mort sans enfants, Henri IV appuyait deux candidats à sa succession : les Électeurs du Neubourg et de Brandebourg qui étaient protestants, tandis que l'Empereur poussait en avant l'Électeur de Saxe, lequel était catholique.

— Madame, je vous demande mille fois pardon. Votre mémoire est excellente, sauf...

— Sauf ?

— Sauf que vous venez de dire, je crois, que l'Électeur de Saxe était catholique ?

— En effet, je l'ai dit.

— Et c'est ce que dirent aussi les ligueux, les ultramontains et tous les prêchaillons qui, du haut des chaires sacrées, s'en prirent violemment, quoique à mots couverts, au Roi, parce qu'il allait s'allier aux princes protestants contre les princes catholiques.

— Et c'était faux ?

— Oui, Madame, c'était faux. L'Électeur de Saxe était, lui aussi, protestant.

— Et malgré cela l'Empereur l'appuyait ?

— Parce qu'il était son allié, son ami et sa créature. A la tête du duché de Clèves, Saxe ne valait pas mieux que l'Archiduc Léopold qui, ayant saisi le duché, le réchauffait pour Saxe sous ses ailes. Le prétendu séquestre n'avait pas d'autre sens.

— On courait donc à la guerre ?

— Non, Madame, on cheminait vers elle sans se hâter.

Henri ramena sur la frontière les troupes qu'il avait envoyées au secours des Hollandais en lutte contre les Espagnols, et ne fit rien pour ressaisir aussitôt le duché.

— Et pourquoi donc ?

— Il cherchait des alliés.

— Lesquels ?

— La Hollande, l'Angleterre et les princes luthériens d'Allemagne...

— Tous protestants !

— Ha ! Madame ! Que fine et futée vous êtes ! En effet, qui pouvait s'allier avec notre Henri sinon les États qui avaient de bonnes raisons de craindre la tyrannie de l'Empire, de l'Espagne et du Pape ?

— Et ils volèrent dans ses bras ?

— Tout le rebours. Ils étaient fort réticents, craignant qu'à ladite tyrannie Henri substituât la sienne. Le seul allié d'Henri qui brûlait d'en découdre était le Duc de Savoie et il était catholique.

— Et qu'allait-il faire en cette aventure ?

— Il convoitait Milan, alors aux mains des Espagnols.

— Il n'empêche, Monsieur, que si Henri avait gagné cette guerre, les États catholiques en seraient sortis affaiblis, et les États protestants, renforcés.

— Dire cela, Madame, c'est oublier que la France était un pays profondément catholique, que le Roi s'était converti, qu'il avait rappelé les Jésuites et leur avait confié la jeunesse, et qu'il faisait élever ses fils et ses filles dans la plus pure orthodoxie romaine.

— J'ai ouï dire, pourtant, que le Pape ne cachait pas son hostilité à cette guerre.

— Madame, le souhait le plus ardent du Pape était l'éradication totale du protestantisme en Europe, au besoin par le fer et le feu, et d'évidence, le moins qu'on puisse dire, c'est qu'une victoire d'Henri IV n'eût pas servi cette fin.

*
**

A vrai dire, je trouvais, moi aussi, du haut de ma jeune jugeote que le Roi n'était guère prompt à venger l'écorne que l'Empereur lui avait faite en se saisissant de Clèves. Je le dis à Bassompierre.

— C'est qu'en effet, dit-il, le Roi n'y va que d'une fesse, ou semble n'y aller que d'une fesse. Ce sera, dit-il, avec le roi d'Espagne, une guerre longue, sanglante et douteuse. Et après avoir beaucoup consumé de temps, d'argent et d'hommes et ravagé nos frontières réciproques, qu'espérer sinon une paix boiteuse et une restitution de ce que chacun aura pris à l'autre ? Mais il se peut aussi, mon beau neveu, que ce ne soit là que le doute d'un moment, ou qu'Henri ne tienne ce discours que pour qu'il soit répété et endorme l'adversaire.

Ayant dit, Bassompierre se tut, me considéra en silence et reprit :

— Eh bien qu'est-ce ? Comment vous en va, mon beau neveu ? Où est votre gaîté en allée ? Qu'est devenue votre pétillante humeur ? Vous que je voyais parcourir sur la pointe des pieds les sommets de la terre ?

— Monsieur, dis-je, je n'aime pas le train du monde comme il va. Ce ne sont que tromperies et méchantises.

— Diantre ! Misanthrope déjà ! En votre fraîche fleur ! Sachez, mon beau neveu, qu'il n'est tristesse qui ne se puisse guérir dans le sein d'une femme.

— C'est un sein trompeur !

— Mon neveu ! Mon neveu ! Je vous prie ! Laissez ce langage-là à *L'Astrée* ! Donnez-moi du pied, je vous prie, dans cette pleurade rhétorique ! Ne demandez à une femme que de vous rendre ce que vous lui donnez et vous serez heureux. Pouviez-vous faire de Mademoiselle de Saint-Hubert votre amante ? Vous établir boulanger avec Toinon ? Marier Noémie de Sobole dont l'humeur est si griffue ? Ou suivre votre maîtresse d'allemand à Heidelberg ? Et toutes, cependant, ne vous voulaient que du bien...

Je fus surpris qu'il en sût tant sur moi et surtout qu'il eût nommé Ulrike. Toutefois, ne voulant pas répondre là-dessus, je secouai les épaules et je dis :

— Je ne sais quel est cet état où je suis. Je me trouve plongé dans une mélancolie dont je ne veux ni ne peux sortir.

— Non neveu, vous appelez « mélancolie » un état que je nomme « veuvage ». Et il serait grand temps de vous en retirer, si vous ne voulez pas qu'il affecte votre santé après avoir affecté votre humeur. Tenez, mon beau neveu, gageons !

— Moi, gager ? dis-je avec horreur.

— La caque ! dit-il en riant. La tenace caque ! Et elle se transmet de père en fils ! Rassurez-vous, fils de huguenot, nous ne gagerons pas de pécune ! Prenez cette bague et passez-la à votre doigt ! Si dans deux jours vous n'avez pas trouvé soubrette qui fasse et défasse votre lit, vous me la rendrez. Je parle de la bague. Et vous me composerez un beau sonnet pour une dame de mes amies.

— Mais c'est la bague de votre fée ! dis-je, béant.

— Aussi me la rendrez-vous, même si vous gagnez. Et comme gage, je vous en baillerai une copie. Le contrat est-il clair ? Si vous perdez, je gagne un sonnet de votre plume experte. Si je perds, vous gagnez une copie de ma bague magique.

— Que voilà une étrange gageure ! Et combien imprudente ! Êtes-vous sûr que mon sonnet vaudra votre bague ?

— J'en prends le risque. Tope ?

— Tope !

Et après m'avoir donné une forte brassée et deux baisers sur chaque joue, il s'en alla gaîment. Dès que je lui vis les talons, je regardai non sans un sentiment d'émerveillement et d'effroi la bague de la fée, croyant et décroyant tout ensemble que Bassompierre lui dut tant de succès auprès des dames, lesquels se pouvaient plus naturellement expliquer par son apparence, son esprit et la connaissance qu'il avait d'elles. Mais d'un autre côté, dès l'instant où cette bague encercla l'annulaire de ma main gauche, je dois à la vérité de dire que je me sentis, ou crus me sentir, autre, comme si une sève nouvelle montait en moi.

A mon ordinaire, je ne me sens pas fort content lorsque je dîne seul, ayant l'impression que même mon assiette s'ennuie. Et bien le savait Mariette qui avait repris le service de table, Caboche étant rebiscoulé de sa maladie et retourné à ses fourneaux. Elle s'attardait devant moi entre chaque plat et donnait libre carrière à sa langue parleresse.

Petite, l'œil de jais, brune de poil et quasiment crépue, précédée en tout lieu de ses formidables tétins, faisant dix pas où il en aurait fallu deux, prononçant dix paroles quand une seule eût suffi, se plaignant de maux imaginaires et la santé aussi solide que le basalte de sa province d'Auvergne, bon bec avec tout le domestique, forte en gueule avec les fruitières, herbières [1] et haranguières, portant le haut-de-chausses avec son mari Caboche, traitant mon père avec à peine le respect qu'elle lui devait, ayant des certitudes sur tout et y crochant comme dogue de ses mâchoires carrées, telle était mon admirable Mariette. Et dès qu'elle se fut campée devant ma table sur ses fortes et courtes jambes, elle commença à déverser sur moi des montagnes de jaseries où il y avait de tout, même du vrai, et que j'eusse, à la longue, trouvé insufférables, si je n'avais su que son cœur était d'or et à moi si affectionné.

Elle fut prompte à remarquer la bague qui brillait à mon doigt, à laquelle je ne laissais pas, en tapinois, de jeter un œil

1. Marchandes de légumes.

de temps à autre, tant je me posais de questions sur son pouvoir.

— Mais *ch'est* la bague, cria Mariette, de *Meuchieu* le Comte ! (car pour elle, comme pour notre féminin domestique, le seul comte qu'il y eût au monde était Monsieur de Bassompierre) que bien je la reconnais avec *chez* rubis, émeraudes et *cha*phirs, si bellement *cher*tie, *chi* an*chienne* ! Et comment *chela che* fait que vous la portiez à votre doigt, *Meuchieu* ? Toinon faisait fort la *mychtérieuge* et la renchérie *chur chette* bague, disant qu'elle pourrait en conter des choses, que *Meuchieu* le Comte lui avait confiées, du temps où elle était *cha nièche*, mais que *cha* bouche là-de*chus* resterait close comme cul de chatte !

— Ha ! Bah ! dis-je, feignant de prendre les choses très à la légère, alors que le cœur me battait d'espoir depuis que cet anneau pesait d'un étrange poids sur le dessus de ma main. Ce n'est rien ! Une petite gageure de néant entre le Comte et moi ! Je fais peu de cas de ces fadaises, Mariette, comme bien tu sais. Ce n'est là qu'un jeu ! Le Comte m'a voulu prêter sa bague pour deux jours. Je l'eusse désobligé en n'acceptant pas.

— Et quelle est la gageure ? dit Mariette en me scrutant de ses yeux aussi noirs, fureteurs et curieux que ceux d'une belette.

— Une petite sottise de nulle conséquence ! dis-je en riant.

Mais ne pouvant toutefois me retenir d'en parler, je poursuivis :

— Le Comte prétend que si je porte deux jours de suite sa bague magique au doigt, je ne peux que je ne retrouve soubrette qui fasse et défasse mon lit.

— Plût à Dieu et à la Vierge Marie et au *Chain-Ech*prit ! cria Mariette avec la plus vive allégresse, en se signant (et mêlant ainsi sans le savoir christianisme et paganisme), je *che*rais, moi, au comble de la joie pour vous, *Meuchieu*, que *che*la *che fache* ! Que je vous trouvais bien *trichte* mine depuis le départ de qui vous *cha*vez, bien dolent et déconforté et, révérence parlée, tout déchaussé de votre belle *chou*brette. Et que je n'ai pas dormi une *cheule* nuit depuis *chans* me réfléchir qu'il était tout à plein *dich*convenable à votre beau *chang* rouge, de vivre *ech*couillé comme moine en *chel*lule et que *che*la, conclut-elle avec force, va finir enfin *grâche* à la bague, je le prédis !

— Et moi, je le décrois, dis-je, faisant encore le sceptique alors que sa prédiction me remplissait de joie. Comment peux-tu être si crédule, ma pauvre Mariette ? Ce ne sont là que superstitions et sornettes !

— Oh que nenni, *Meuchieu* ! cria-t-elle. Que je crois dur comme fer aux miracles et qu'on m'en a conté beaucoup qui sont vrais comme Évangile et, entre autres, *che*lui-*chi* qui tant m'a tordu le cœur et qui est *chur*venu du temps du roi Henri II en l'égli*ge* *Chaint*-Germain-des-Prés. Le curé chantait un jour l'of*fiche* des Trépa*chés* pour le *cha*lut de l'âme d'un quidam devant une nombreu*ge* *achichtanche* quand, tout *chou*dain, le Christ, au-de*chus* de l'autel, retira ses deux bras de la croix et de *ches* doigts *che* boucha les oreilles. « *Meuchieu* le curé, *Meuchieu* le curé ! cria l'*achichtanche,* que veut dire *che* prodige ? — *Ch'est chans* doute, dit le curé, que le *Chei*gneur Dieu ne veut pas que l'on prie pour cet homme-là vu que, *chans* doute, il est déjà damné. » Alors, un homme vêtu de blanc se leva du milieu du peuple et cria : « *Che*la est vrai ! Je tiens pour *chur* que *chet* homme est un méchant huguenot fau*che*ment converti qui en cachette priait Dieu à sa mode diabolique ! »

Cette fin me gâta l'histoire qui m'eût sans cela ébaudi. Je n'aimais guère qu'on y fît jouer au protestant le rôle du méchant.

— Et le Christ, dis-je avec une ironique aigreur, remit alors ses paumes dans les clous de la croix, car c'est ainsi que je le vis la semaine dernière à Saint-Germain-des-Prés.

— A*chu*rément, dit Mariette, nullement déconcertée. Le Christ n'en est pas à un miracle près ! Et *cha*vez-vous, *Meuchieu, che* que *che* même Christ a chuchoté dimanche à l'oreille du *cha*cristain tan*dich* qu'il mouchait les chandelles après *mèche* ?

— Je vais l'ouïr de toi, je pense, dis-je sèchement.

— Oui-da ! Voilà l'histoire ! Les huguenots qui ont beaucoup repris du poil de la bête en ce royaume, depuis que le Roi *ch'arme* pour faire la guerre au Pape, préparent pour Noël une grande *Chaint*-Barthélemy des catholiques. Nous y pa*che*rons tous ! *Che*la est *chur* !

Je n'en crus pas mes oreilles de cette infâme perfidie que les bigots, cagots et dévots du parti espagnol faisaient chuchoter par leurs sacristains à l'oreille des crédules bonnes gens pour les dresser contre le Roi. La damnable impudence ! On transformait les fils des milliers de victimes de la Saint-Barthélemy en imaginaires bourreaux du peuple parisien afin de les faire haïr du populaire et produire derechef, s'il se pouvait, un massacre, celui-là bien réel, et qui pût dégénérer en une guerre civile jetée à la traverse des desseins du Roi, lequel, par-dessus le marché, ne voulait faire la guerre, ni au roi d'Espagne ni à l'Empereur, mais au Pape ! Et pourquoi pas à Dieu le Père lui-même, pendant qu'on y était !

— Mariette ! dis-je très à la fureur, je répéterai ces paroles sales, sottes et fâcheuses à mon père qui te dira lui-même ce qu'il en pense. En attendant, sache bien que je ne veux plus t'ouïr répéter ces dégoûtants propos. Ce sont les ennemis du Roi qui ont inventé cette fable odieuse et ceux qui sont les ennemis du Roi ne sont pas les amis des gens de ce logis.

— Mais *Meuchieu* ! *Meuchieu* ! cria-t-elle en son désarroi, il n'y a pas o*ffenche* ! Je n'ai fait que répéter *che* que le bon *cha*cristain a dit !

— Ce bon sacristain est un fol et toi, une enragée commère !

Fort rouge et la poitrine haletante, elle retourna dans sa cuisine, marrie de mon déplaisir, mais point convaincue le moindre et marmonnant dans ses dents en s'en allant :

— Le Noël n'est point *chi* loin ! Et on verra bien *che* qu'il en *che*ra !

Le lendemain matin, j'étais à mes études dans la librairie, où pendant l'absence de mon père j'avais transporté mon ouvrage, aimant fort cette pièce pour ses livres, ses boiseries et ses belles verrières, quand Franz vint me dire qu'une garcelette avec un petit baluchon demandait à me voir.

— Ce sera, dis-je, quelque mendiante ou quelque diseuse de fortune. Éconduis-la, Franz.

— Eh, je ne le pense pas, Monsieur ! dit Franz : Elle est trop jeunette pour une diseuse et trop proprette pour mendier. Qui lui donnerait un sol à la voir attifurée comme elle est ?

— Me vas-tu dire que c'est une personne de condition ?

— Non plus, Monsieur. Elle est seulette et non masquée. Et elle a marché jusqu'ici à pied et en galoches, lesquelles elle a laissées devant l'office à l'entrant. Toutefois, elle s'est frottée à du très beau monde, cela se voit. Elle parle joliment et, si vous la recevez, Monsieur, vous serez content de ses façons.

Franz dut dire cela avec un retour sur lui-même, s'étant frotté lui aussi aux Grands, ayant été dans l'emploi de la Duchesse de Montpensier avant de venir en le nôtre après la prise de Paris.

— Eh bien ! Fais-la monter, Franz, nous verrons bien !

Je la reconnus dès que j'eus jeté l'œil sur elle. Ah ! Bassompierre ! Gentil Bassompierre ! pensai-je, tu triches ! Et pour me faire gagner !

— Philippote ! dis-je en me levant dès que Franz eut fermé l'huis derrière elle, Philippote, M'amie, comment t'en va après notre trop courte entrevue en l'église de Saint-André-des-Arts ?

— Je vous demande mille pardons, Monsieur le Chevalier, dit la fille avec une fort gracieuse révérence, je ne suis pas Philippote. Mais sa sœur Louison.

— Tu n'es pas Philippote ? dis-je n'en croyant ni mes oreilles ni mes yeux.

— Non, Monsieur. Il est vrai que je lui ressemble, ayant comme elle le teint clair, le cheveu blond et le nez retroussé, mais je n'ai pas, moi, les yeux vairons. Ils sont bleus.

— C'est ma fé vrai ! dis-je en m'approchant d'elle afin de la mieux considérer. Mais du moins est-ce Monsieur de Bassompierre qui t'envoie à moi, Louison ?

Elle ouvrit tout grands à cette question ses yeux azuréens.

— Mais que nenni, Monsieur ! dit-elle, j'ai vu Monsieur de Bassompierre deux fois dans ma vie, alors qu'il dînait chez Monsieur le Connétable, vu que j'étais alors dans l'emploi de Madame la Duchesse d'Angoulême, mais je ne lui ai jamais parlé.

— Mais qui donc alors t'a envoyée à moi ?

— Mais Philippote, Monsieur, pour vous servir.

— M'amie, dis-je avec un sourire, où aurais-tu vu Philippote sinon chez Monsieur de Bassompierre ?

— Mais elle n'y était plus quand je l'ai vue, Monsieur, mais à la cour, à Fontainebleau, chez Madame la Princesse de Condé qui l'avait reprise à son service !

— Quoi ! Malgré que Monsieur le Prince l'eût renvoyée ?

— Madame la Princesse a menacé Monsieur le Prince de se jeter par la fenêtre s'il ne lui rendait pas sa chambrière et il a cédé.

— Se serait-elle jetée ?

— Non, Monsieur. Mais Monsieur le Prince l'a cru, ne connaissant guère les femmes.

Cela fut dit avec un petit brillement de son œil bleu qui me donna à penser que la caillette ne faillait pas en finesse.

— Et toi, Louison, qu'allais-tu faire à Fontainebleau ?

— Crier secours à Philippote vu que Madame la Duchesse d'Angoulême venait de me désoccuper.

— Quel méfait avais-tu donc commis ?

— Excusez-moi, Monsieur, dit Louison joliment, mais le méfait n'était pas de mon fait. Avec Madame la Duchesse d'Angoulême, tout un chacun recevait plus de soufflets que de caresses. Et dans les derniers temps, il lui prenait fantaisie, quand elle était à sa toilette, de me pincer jusqu'au sang pour un oui pour un non. A la fin, je me suis plainte. Elle a trouvé mes plaintes bien impertinentes et m'a chassée.

— Testebleu ! Que douce est donc la Duchesse ! Et c'est alors, si je comprends bien, que tu fus à Fontainebleau demander à Philippote de te trouver un emploi.

— Et qu'elle m'a parlé de vous, Monsieur le Chevalier.

— Comment savait-elle mon nom ?

— Le gentilhomme qui l'espionnait en l'église de Saint-André-des-Arts vous a nommé à Monsieur le Prince devant elle.

— Et mon adresse ?

— Elle l'a demandée au page qui, à Fontainebleau, servait de messager entre Sa Majesté et la Princesse.

— Et qui s'appelait ?

— Romorantin, pour vous servir, Monsieur.

Romorantin ! Mon *amirable* et *aourable* muguet qui n'aimait ni les « d » ni les « o » ! Assurément, il savait où je gîtais en Paris, m'ayant porté, par deux fois, des messages du Roi... Les réponses si claires et si franches de Louison ne me laissaient plus de doute. Tout s'enchaînait à la perfection en cette affaire et Bassompierre n'y était pour rien.

Je me sentis fort troublé, le cœur me battant à rompre et, me reculant quelque peu de Louison, je dus m'asseoir sur ma table, mes jambes ne me portant plus. Pour éviter que Louison ne les vît trembler, je serrai avec force ma main gauche dans ma main droite et sentis alors la bague de la fée blesser ma paume par les vives arêtes de ses pierreries. Il me sembla qu'elle me brûlait.

— D'où vient, poursuivis-je au hasard, car le silence, en se prolongeant, me devenait gênant, que Madame la Princesse soit si fort attachée à Philippote ?

— Oh, Monsieur, il n'y a pas mystère ! Outre que Philippote coiffe et frisotte la Princesse à la perfection, elle a, en outre, une langue de miel. Elle lui répète du matin au soir qu'il n'y a rien de plus beau au monde que sa personne et qu'elle sera reine de France. Et de reste, elle le pense, l'ayant vue nue et la trouvant si bien faite que c'est une merveille à laquelle il n'y a rien à reprendre. Philippote dit que si le Roi, qui adore la Princesse tout habillée, la pouvait voir en sa naturité, il se mettrait à croupetons devant elle pour lui baiser les pieds.

— Ah ! Louison ! dis-je, troublé, comme tu dis cela ! N'aimerais-tu pas être à sa place ?

— Si fait ! dit-elle, mais pour mon fait, il ne serait pas nécessaire de me lécher si bas !

Ce petit trait partit tout à trac et sans qu'elle y vît malice. Mais à la réflexion, elle fut prise de vergogne, la rougeur envahit son front, ses joues, son cou mollet et le haut de ses tétins. Toutefois, ne me voyant pas sourciller, bien au rebours, elle me fit un sourire connivent et ondula de la tête aux pieds comme si elle était habitée par un petit serpent. Tentée ou tentatrice, je ne saurais dire, je n'en étais plus à faire cette distinction. Ce fut chez moi une décision prise en un éclair. Je décidai d'aider ce tendre piège de chair à se refermer sur moi et, ma bague se peut me donnant plus d'assurance que je n'en aurais eu sans elle, je m'avançai vers Louison et lui prenant sans mot dire une de ses menottes, je la serrai entre mes mains brûlantes — dans lesquelles elle me parut se fondre, tant elle était petite et douce.

— Ha ! Monsieur ! dit-elle, vous êtes bien tel que ma sœur vous a décrit à moi.

— Et comment m'a-t-elle décrit à toi ? dis-je, goûtant fort ce possessif.

— Comme un jeune gentilhomme fort aimable et qui aime à donner le bel œil aux filles.

— Et cela te déplaît ?

— Non, Monsieur, pas quand on est fait comme vous l'êtes !

Je fus ravi qu'elle fît vers moi plus de la moitié du chemin et quand je parlai de nouveau, ce fut d'une voix qui me venait du fond de la gorge et que j'avais quelque mal à articuler.

— Louison, dis-je, revenons à nos moutons. Je ne peux t'engager ferme avant le retour de mon père.

— Oui, Monsieur.

— Il décidera après t'avoir vue, mais, pour ma part, j'aime fort tes façons et je plaiderai ta cause avec chaleur.

— Oui, Monsieur.

— Et, il fixera aussi tes gages.

— Oui, Monsieur.

— Est-ce que ce petit baluchon à tes pieds contient toutes tes possessions terrestres ?

— Oui, Monsieur.

— Dans ce cas, en attendant le retour de mon père, veux-tu prendre chambrette en ce logis ?

— Oui, Monsieur.

J'avais tout dit de ce qu'il y avait à dire : je me tus et lâchai sa main. J'eusse pourtant écouté avec délices ses « *oui, Monsieur* » jusqu'à la fin des siècles, tant la douceur de ses acquiescements me résonnait dans le cœur.

Me voyant transi et muet, Louison dit, parlant à voix basse comme si elle ne voulait pas me réveiller :

— Et que fais-je maintenant, Monsieur ?

— Tu vas trouver le majordome pour qu'il te loge céans.

— Oui, Monsieur.

En prononçant ces derniers mots en un murmure, Louison me fit une plongeante révérence qui me donna fort à voir et se relevant avec grâce, elle me bailla un autre demi-sourire, et pour faire bonne mesure, un autre petit brillement de son œil bleu. Après quoi, ramassant son petit baluchon, elle sortit.

Il était temps qu'elle quittât la pièce : je serais tombé, je crois.

***

Si fraîches qu'elles m'apparurent après l'aridité de mon « veuvage », j'ai quelque peu balancé avant d'évoquer ici « les roses de ma vie », alors qu'étaient en jeu en France et hors de France de si grands intérêts, lesquels pouvaient, en se choquant, embraser l'Univers. Mais après tout, je ne comptais pas encore dix-huit ans, mes études m'occupaient tout entier, je n'avais pas, de reste, à répondre à d'autres obligations que celles auxquelles un gentilhomme de mon âge est soumis. Et un illustre exemple se présentait à moi à point nommé pour excuser, sinon pour absoudre, la frivolité qu'on eût pu reprocher à mes propos, puisqu'il me présentait l'image d'un grand homme, à qui Dieu avait confié un royaume et qui, sans avoir l'excuse de la jeunesse, ni celle d'un amour du *gentil sesso* qui jetait son premier feu, ne craignait pas, au milieu des terribles dangers qu'il allait affronter, de faire de sa vie deux parts : l'une vouée aux grandes affaires dont il avait la charge et qu'il ménageait avec une habileté consommée, et l'autre consacrée à ses amours, qu'il poursuivait avec une outrance, une imprudence, une naïveté, et, j'oserais dire, une puérilité qui laissaient pantois ceux qui l'aimaient. Avec quelle stupeur mon père avait appris que Condé ayant de nouveau ôté la Princesse de la cour et l'ayant reléguée dans l'une de ses maisons, Henri était allé jusqu'à se déguiser en valet de chien, avec un emplâtre sur l'œil, afin de pouvoir l'approcher !

Ce fut un risible et pathétique échec : il la vit, mais ne put l'approcher. Condé, outré, enleva de nouveau sa femme, et l'alla clôturer plus loin encore au château de Muret, près de Soissons.

Le Roi le convoqua au Louvre ainsi que la Princesse. Condé vint, mais il vint seul. « Je vais vous démarier ! » cria le Roi très à la fureur. « Rien ne me contenterait davantage, dit Condé, mais tant que la Princesse portera mon nom, elle ne sortira pas de ma maison. »

Le Roi ne se connaissait plus. Condé se retira en hâte, courut se plaindre à Sully et, en termes voilés, menaça de quitter le royaume. Ces menaces ne furent faites qu'à seule fin qu'elles fussent répétées et elles le furent dans l'heure, tant elles effrayèrent Sully. Le premier prince du sang, s'il franchissait une frontière, où pourrait-il se mettre à l'abri de la colère d'Henri ? — où, sinon dans les mains du roi d'Espagne, qui ferait de lui un outil contre le roi de France ?

Sully conseilla au Roi d'embastiller incontinent le Prince. « Voilà bien encore de vos fantaisies ! grommela le Roi. Quelle apparence y a-t-il qu'il s'en aille, lui qui ne peut vivre sans mon aide ? » Il ne vint pas à l'esprit du Roi, plongé en ses folies, que l'Espagne, si elle estimait Condé utile à ses desseins, pourrait prendre le relais de ses pensions.

Le péril n'était pourtant que trop réel. Le premier prince du sang, que son rang plaçait immédiatement après le Roi, était un personnage de grande conséquence dans l'État et qui — comme autrefois le Duc de Guise — pourrait prendre la tête d'une rébellion intérieure qui serait, pour l'Espagne, une aide des plus précieuses dans la guerre qui se préparait. Ce fut alors que, pour la première fois, mon père et moi eûmes le sentiment que cette intrigue avec la Princesse pouvait véritablement déboucher sur une affaire d'État.

Pierre de l'Estoile, qui vint dîner avec nous par une

froidure trop vive, nous apporta un autre sujet de préoccupation.

Notre ami nous parut bien vieilli, et tout déconsolé de l'être, courbé, cassé, la lippe amère, tout ensemble paillard et moralisateur, grand dénonciateur, en bon gaulois, des abus du temps, mais en même temps, fort curieux de ces abus mêmes et promenant partout, comme un chat, ses moustaches sensibles et ses yeux épiants. Il nous apprit le décès en couches de la jeune Baronne de Saint-Luc, la « beauté touchante » qui avait eu la gentillesse de m'accorder une danse lors du bal de la Duchesse de Guise. Elle était la sœur cadette de Bassompierre et il fut au désespoir de sa disparition, nourrissant pour elle, depuis l'enfance, la plus tendre amour. A cette occasion, j'allai le visiter en son hôtel avec mon père, et je trouvai un monde de différences entre le pâtiment muet dont il était saisi et la douleur rhétorique qu'il avait manifestée quand Charlotte de Montmorency l'avait quitté « sur un haussement d'épaules ».

Cette mort lui ayant fait penser à la sienne, qu'il croyait proche, étant âgé de soixante-trois ans, Pierre de l'Estoile répéta d'un air funèbre son propos coutumier : « Il était si fort travaillé de ses péchés qu'il redoutait de mourir à la mort et craignait de vivre à la vie. »

— De reste, ajouta-t-il, je ne serais pas fâché de quitter ce monde d'iniquités où d'aucuns, réclamant bien haut la mort de leurs frères au nom du Dieu de pardon et d'amour, travaillent à nous replonger dans nos guerres civiles.

— Mon ami, dit mon père, tenez-vous pour sûr qu'il y ait à s'teure, contre les huguenots, une recrudescence des persécutions ?

— Assurément. Les prêtres ne peuvent pas supporter que le Roi s'allie à des États protestants pour faire la guerre à des États catholiques : l'intérêt de l'Église leur cache à plein l'intérêt du royaume. En conséquence, les criailleries des prêchaillons se multiplient et plus elles deviennent stridentes, plus elles agitent les fidèles et, parmi ceux-ci, en premier lieu les cervelles faibles, folles et fanatiques. En voulez-vous un exemple ? Le Comte de Saint-Pol, qui se croit tout-puissant à Caumont, parce que c'est sa ville et qu'il est le cousin du Roi [1], vient de chasser les protestants de leur temple, a occupé ledit temple, mis en morceaux la chaire du ministre et fait de ce lieu de culte une écurie pour ses chevaux. A Orléans, les messieurs du parlement, l'évêque n'y étant que trop consentant, ont donné l'ordre au prévôt des maréchaux [2] de déterrer une demoiselle de la religion réformée, parce que, selon eux, on l'avait inhumée trop près des catholiques... Quant au cardinal de Sourdis, il multiplie à Bordeaux les exactions contre la religion réformée, fait battre comme plâtre des huguenots, qu'ils soient ministres ou gentilshommes, et lui aussi viole les sépultures.

— Sans doute cela ne laisse pas d'être fort inquiétant pour la paix civile, dit mon père. Toutefois ce ne sont là que des excès dus, comme vous avez si bien dit, à de faibles cervelles. Il est bien connu que le Comte de Saint-Pol a l'esprit aussi bouché que les oreilles. Quant au cardinal de Sourdis, il a les méninges si déréglées qu'on n'a pas craint de dire de lui en cour de justice qu'au lieu de la calotte rouge du cardinal on devrait lui mettre sur le chef le chapeau vert des fous.

— Toutefois, reprit Pierre de l'Estoile, ces fols, quand ils sont en autorité, peuvent mettre toute une province à feu et à sang. A Orléans, deux cents gentilshommes huguenots étaient déjà montés à cheval pour empêcher le prévôt des maréchaux de déterrer la huguenote dont les os menaçaient de souiller la glèbe catholique. Et si le Roi n'avait pas envoyé, à la dernière minute, des troupes pour empêcher la rencontre, un certain nombre de combattants, tant protes-

---

1. Par sa mère, Marie de Bourbon-Vendôme.
2. Le chef de la maréchaussée.

tants que catholiques, auraient rejoint ce jour-là sous terre l'infortunée demoiselle. La haine est une folie contagieuse. Et plus les mensonges qu'elle inspire sont énormes, plus ils ont de la chance d'être crus. Le sermon savant qu'un père jésuite va prononcer en chaire va trouver un prolongement insidieux dans les fables grossières dont les sacristains se chargent de nourrir les oreilles du peuple. Mes chambrières et valets croient dur comme fer que les huguenots, à Noël, vont se livrer à Paris à une grande Saint-Barthélemy des catholiques.

— Nos gens le croient aussi, dit mon père. J'ai arrêté céans la propagation de cette fable inepte, mais la fable elle-même couve toujours dans les esprits et continue de les empoisonner.

— Quant à moi, dit La Surie, ce qui m'afflige le plus, c'est qu'on n'ait jamais si mal parlé du Roi, que ce soit dans les chaumières, les boutiques ou les hôtels de la noblesse.

— Mais à cela, dit Pierre de l'Estoile qui, tout soudain, se souvint qu'il était un bourgeois étoffé de Paris, s'il y a de mauvaises raisons, il y en a aussi de bonnes. Et parmi celles-ci, outre la paillardise de sa vie privée, je nommerais la principale : afin de racler des pécunes pour sa guerre future, le trésor de la Bastille ne lui suffisant pas, le Roi multiplie les édits et ces édits pèsent lourd, très lourd sur les marchands et les rentiers.

De cette même cloche, j'eus un écho vibrant, dès le lendemain, quand Toinon vint derechef nous visiter.

Mon père et La Surie n'étaient point au logis. Et ma sieste étant juste achevée, Louison retournée en sa chambre, je remettais haut-de-chausses et pourpoint quand Franz toqua à mon huis et me dit qu'à défaut de mon père Toinon me voulait voir, l'affaire étant urgente.

Au premier regard, j'entendis bien sur quel pied elle s'allait tenir avec moi, car elle était toute révérence et réserve et me donnait du « Monsieur le Chevalier » à chaque phrase, me glaçant par son respect. D'évidence, bien révolus étaient les temps où elle m'appelait « mon beau mignon » en ocoucoulant sa tête dans le creux de mon épaule.

Sot que je suis, j'en eus d'abord le cœur serré. Mais me réfléchissant qu'elle montrait là plus de sagesse que moi, je me résignai à vider mon cœur et mon corps de leurs plus chères remembrances et à regarder Toinon d'un autre œil, si je pouvais.

— Monsieur le Chevalier, dit-elle après qu'à ma prière elle se fut assise, j'eusse voulu donner un million de mercis à Monsieur le Marquis pour avoir pris langue à mon sujet avec Monsieur le lieutenant civil, car son intervention fit merveille. Monsieur le lieutenant civil fit dégorger le bassin à ses commissaires et me rendit le montant de l'amende.

— J'en suis fort aise pour toi, Toinon, dis-je d'une voix ferme, et je ne faillirai pas à transmettre tes mercis à mon père.

Mais trouvant que j'avais mis, se peut, un peu trop de froideur dans cette phrase, j'ajoutai plus doucement :

— Te voilà contente, j'imagine ?

— Hélas, Monsieur le Chevalier, dit-elle en secouant sa jolie tête, quand notre bourse se remplit d'un côté, elle se vide de l'autre. C'est tout juste l'histoire de ce tonneau dont vous m'aviez parlé du temps où je vivais céans.

Sur ce « céans », il me sembla que, sans le vouloir, elle battit un peu du cil, mais cela se fit si vite que je doutai, après coup, avoir discerné ce battement.

— Monsieur le Chevalier, reprit-elle, vous avez sans doute ouï parler de tous les édits dont le Roi, à s'teure, nous accable, lesquels sont mauvais en eux-mêmes et plus mauvais encore en leur application, car le Roi, pour avoir ses argents tout de gob, les afferme à des partisans, lesquels nous plument ensuite comme volailles. Mais le pire, Monsieur le Chevalier, le pire, c'est que le Roi s'est mis en tête de décrier les monnaies du royaume...

— Les décrier ? dis-je en haussant le sourcil. Qu'est-ce que cela veut dire ?

— Comment, Monsieur le Chevalier ? dit Toinon, surprise de se trouver en l'occurrence plus savante que moi, vous ne le savez pas ? Décrier les monnaies, c'est leur donner un nouveau pied, c'est-à-dire les affaiblir. Si l'écu d'or au soleil de France qui vaut ce jour soixante-cinq sols est rabaissé à cinquante-cinq sols, nous perdrons dix sols par écu. Et c'est une grandissime perte pour ceux qui ont de l'argent dans leurs coffres ! Ah ! Monsieur le Chevalier ! reprit-elle en s'animant. C'est pitié que de ruiner ainsi d'un coup de plume l'honnête artisan qui travaille à son four dès potron-minet ! Qu'adviendra-t-il de nous, si la guerre nous dévaste ? Où sera en allée la poule au pot tous les dimanches ? Le père de mon Mérilhou, pendant le siège de Paris, en était réduit à ronger les os de son dernier canard, et pas une livre de farine pour se faire son propre pain ! Si le Roi ne nous donne rien, au moins qu'il ne nous ôte rien ! C'est trop nous mettre sus, à la fin !

Ce disant, les larmes lui coulaient sur les joues, et sans que son visage grimaçât le moindre, la désolation s'y peignait si fort que mon cœur se serra de pitié et que je dus résister à l'envie de la prendre dans mes bras pour la consoler. Mais cette impulsion me venait de nos douceurs anciennes. Et je le sentis bien, l'heure n'était plus à ces tendresses-là. Et sans bouger le moindre, je la considérais en silence, tâchant de lui faire entendre, par mon seul regard, ce que ma brassée lui eût dit beaucoup mieux.

Elle reprit plus vite que je ne l'aurais pensé la capitainerie de son âme et tirant un mouchoir de sa manche, elle s'en tamponna les joues. Ce qu'elle fit comme elle faisait tout : avec grâce. C'est vrai que « nièce » chez Bassompierre et « soubrette » chez nous, elle avait toujours vécu au-dessus de sa condition. Mais n'ayant jamais été, comme Louison, la chambrière d'une haute dame, il lui avait fallu se passer de modèle, et ces petites élégances, elle avait dû les tirer de son propre fonds.

Cependant, je ne laissai pas d'être étonné que ni mon père ni La Surie ne m'eussent touché mot de cet édit des monnaies qui devait les atteindre aussi, leurs coffres, à ce que j'imaginais, étant loin d'être vides.

— Toinon, dis-je, quand je la vis quelque peu remise de son émeuvement, ce décriement de l'écu est-il ce jour d'hui chose faite ?

— Nenni, Monsieur, pas encore ! Dieu merci, le parlement a refusé d'enregistrer l'édit, mais c'est tout justement la lutte du pot de terre contre le pot de fer. Si le Roi s'obstine, il l'emportera et le parlement devra céder. Ah ! Monsieur le Chevalier, cette guerre où le Roi nous veut jeter ne nous vaut rien qui vaille ! C'est la ruine du commerce !

— Mais point de tout commerce, Toinon, dis-je vivement, et sûrement pas du tien. On mangera toujours du pain.

— A condition d'avoir du blé, Monsieur. Vous savez comme moi qu'en temps de guerre le blé se raréfie et qu'en outre le populaire est si assoté qu'il s'en prend toujours au boulanger de la disette dont il pâtit.

A cela je ne dis rien, le fait n'étant que trop avéré, le père de Mérilhou ayant été tué pendant le siège de Paris, et sa boutique, éventrée par les émeutiers sans qu'ils y pussent trouver une poignée de farine.

— Mais, qu'y pouvons-nous faire ? dis-je au bout d'un moment.

— Nous, rien, assurément, dit Toinon, mais vous peut-être, Monsieur le Chevalier.

— Moi, Toinon ? dis-je, béant.

— J'ai ouï dire, Monsieur le Chevalier, que vous aviez le privilège de voir le Roi, de lui parler au bec à bec, vu que vous lui faites la lecture et qu'il vous aime prou, vous appelant son « petit cousin » !

— Mais, Toinon, où as-tu pris cela? dis-je, stupide d'étonnement.

— Madame la Duchesse de Guise l'a dit devant Mariette et celle-ci, glorieuse comme elle l'est de vous, ne s'est pas fait faute de me le répéter.

Maudite langue de Mariette ! Mais que penser de Madame de Guise, assez peu prudente pour se vanter à portée d'ouïe de nos gens de la faveur de son filleul ?

— Mais Toinon, dis-je, crois-tu que j'oserais critiquer à sa face les monnaies du Roi ? Ce serait bien de l'impertinence ! Et il me rirait au nez !

— Cela dépend, Monsieur le Chevalier, de la façon de l'approcher. Si vous lui dites que le commerce de Paris est grandement effrayé pour ce qu'il redoute sa ruine, le Roi n'étant pas impiteux, cela le touchera peut-être. De grâce, Monsieur le Chevalier, touchez-lui mot !

— J'y vais songer, dis-je en me levant et demander, de prime, l'avis de mon père et, s'il n'y est pas opposé, je le ferai.

Elle me fit là-dessus de grands mercis et une gracieuse révérence, mais au moment de me quitter, et la main déjà sur la poignée de l'huis, elle se retourna et me dit, baissant la voix et sa langue touchant à peine les mots, comme si elle mettait entre parenthèses ce qu'elle allait dire :

— On me dit, Monsieur, que vous avez une nouvelle soubrette...

— En effet, dis-je sur le même ton.

— Et en êtes-vous content, Monsieur ? reprit-elle après un silence.

— Je le suis, mais je ne t'ai pas pour autant oubliée, si c'est là ce que tu veux savoir.

— Je vous remercie de me le dire, dit-elle avec gravité.

Et elle s'en fut.

Dès que mon père fut de retour, je lui contai cet entretien et, son clair visage se rembrunissant, il me dit :

— Comment donner tort à Toinon ? Cet édit sur les monnaies, personne n'en veut dans le royaume. Il est injuste, pernicieux, onéreux au peuple et ruineux pour tous.

— Pour vos coffres aussi, Monsieur mon père ?

— S'il ne s'agissait que d'eux ! Mais les sommes que j'ai confiées à mon honnête Juif pour qu'il leur donne du ventre vont maigrir d'autant. Et aussi mes loyers de ville et mes fermages des champs. Pour ceux-ci, par bonheur, j'en ai peu, ménageant mes terres moi-même avec mes gens et il se peut que la guerre venant, mes blés renchérissent, ce qui sera compensation, mais petite et incertaine, vu les difficultés et les dangers qu'il y aura à les transporter.

— Et mon bon oncle de La Surie ? dis-je.

— Votre bon oncle de La Surie, dit La Surie en entrant dans la salle, subira le même prédicament, mais à moindre échelle. Toutefois ne vous effrayez pas, mon beau neveu, nous ne sommes pas encore réduits à aller pêcher des bûches chez nos voisins !

Cette allusion à notre petite couseuse de soie ne fut guère du goût de mon père et le voyant sourciller, je changeai de sujet.

— Monsieur mon père, dis-je, pensez-vous que je doive approcher le Roi, comme me le demande Toinon ?

La question était heureuse, puisqu'elle le fit rire.

— Toinon, dit-il, toute futée qu'elle soit et adroite boutiquière, est naïve de croire que votre démarche y pourrait rien changer ! D'autant qu'elle fut faite déjà. Et par quelqu'un, à qui son âge, son caractère et ses services donnaient infiniment plus de poids que vous n'en pourriez avoir !

— Et par qui donc ? dit La Surie.

— Le Maréchal d'Ornano.

— Ah ! dis-je, je m'en ressouviens, vous me l'avez montré lors du mariage du Duc de Vendôme ! C'est ce gentilhomme vieil et le cheveu neigeux, mais si noir de sourcil et de peau qu'on le croirait maure !

— D'Ornano est un Corse, et plus vaillant et fidèle soldat, vous n'en pourrez trouver. Il a servi Henri II, Charles IX, Henri III et notre Henri avec une adamantine loyauté et seul en la cour il a osé parler au Roi à la franche marguerite, lui représentant comment, du fait des édits qu'on lui mettait sus, le peuple endurait beaucoup et n'en pouvait plus. « Sire, a-t-il osé dire, vous n'êtes plus aimé de votre peuple, telle est la vérité ! On n'a jamais autant médit et détracté d'Henri III qu'à s'teure de Votre Majesté. Et je craindrais fort, à la parfin, un désespoir et une révolte. »

— Et que dit le Roi ?

— Le Roi se mit de prime très en colère mais, ayant réfléchi quelque peu là-dessus, il remercia d'Ornano, lui donna une forte brassée, le caressa, et le loua devant toute la cour de sa franchise.

— Et, dis-je, tint-il compte de sa remontrance ?

— Assez peu. Toutefois, il révoqua les édits les plus méchants.

— Et l'édit des monnaies ?

— Celui-là, par malheur, il n'est pas près de le retirer, tant Sully et lui-même paraissent y tenir.

***

Bassompierre fut fort discret au sujet de notre gageure et comme de mon côté, je n'en pipai mot à personne, mon père l'eût ignoré jusqu'à la fin des temps si Mariette, à la longue, ne lui en eut touché mot. Il ne laissa pas, alors, de me questionner et je lui fis le conte qu'on a lu.

— Ah bien ! dit-il en me jetant un regard pénétrant, croyez-vous qu'il y eût là magie ?

— Je le crois et le décrois, dis-je, quelque peu vergogné de m'avouer crédule.

— Fi donc ! dit mon père en riant, décroyez-le tout à plein ! Et dites-vous que le hasard, qui fait parfois si mal les choses, les fait parfois assez bien. Observez, je vous prie, l'enchaînement des faits : vous voyez Philippote cinq minutes en l'église Saint-André-des-Arts. Vous lui donnez le bel œil. Fille se souvient de ces rencontres. Et sa sœur étant désoccupée, elle vous l'envoie. Où est le miracle ? Je ne vois là que coïncidence.

— Toutefois, Monsieur mon père, Bassompierre croit à la vertu de la bague et à sa fée allemande.

— Il y croit, parce qu'il est joueur et que le hasard est son dieu. Il y croit aussi, parce que la légende est pour lui flatteuse et qu'il la conte avec esprit. Il y croit enfin pour ancrer dans l'esprit des dames de la cour son irrésistibilité... Et tant mieux que vous y ayez cru vous-même dans le chaud du moment, puisque la bague vous a donné l'audace de prendre tout de gob la main de Louison.

— Jour du ciel ! Comment savez-vous cela ?

— Louison l'a dit à Mariette. Mariette me l'a répété.

— Et qu'est-ce que Louison a pensé de cette effronterie ?

— Que voulez-vous qu'elle en pensât ? Les femmes pardonnent toutes les audaces à un homme dès lors qu'il leur plaît.

La fin novembre vit deux événements survenir dont le premier était prévu et aurait dû être estimé heureux, si la cour de France n'avait pas été imbue, depuis deux siècles, d'un préjugé salique : la Reine accoucha en son Louvre d'une fille qui fut prénommée Henriette-Marie et à qui on ne fit pas grand accueil, car le Roi, la Reine, la cour et le peuple eussent voulu un garçon. Henriette-Marie, sur la seule vue de son sexe, ne parut pas valoir la grosse cloche du Louvre, ni la poudre d'un seul coup de canon, ni un seul feu de joie sur les places publiques, ni la plus mesquine fête de cour et la sage-femme fut bien punie d'avoir osé mettre au monde une pisseuse : on ne lui donna pas les huit mille écus qu'elle avait reçus pour chacun des frères de la pauvrette. Henriette devenue femme, on eût pu croire que le destin allait lui sourire enfin, puisqu'elle maria le Prince de Galles et, peu après, devint reine. Mais elle perdit roi et trône en 1649, quand son mari, le roi Charles Ier, périt sur l'échafaud.

Le surlendemain de cette naissance, en début d'après-midi, le Roi me manda au Louvre et, s'étant enfermé au bec à bec avec moi en un petit cabinet, me dicta une lettre à Jacques Ier d'Angleterre, à charge pour moi de la traduire en anglais. Cette missive, où — ce n'est aujourd'hui un secret pour personne — le Roi demandait à Jacques de le soutenir en hommes et en pécunes dans la grande guerre que notre Henri préparait contre les Habsbourg d'Autriche et les Habsbourg d'Espagne, était rédigée dans les termes les plus aimables, mais avant que de me la dicter, le Roi soulagea oralement sa bile contre le souverain anglais dont on lui avait rapporté, le concernant, de fort méchants propos.

— Sais-tu, mon petit cousin, ce que ce gros balourd a osé dire de moi ? « Ce n'est pas amour, mais vilenie de vouloir débaucher la femme d'autrui. » Ventre Saint-Gris ! Ce malitorne[1], qui n'a pas même la puissance de débaucher sa propre femme, est bien avisé de me faire la morale ! Sa mère, après avoir laissé assassiner son mari, épousa l'assassin ! Quand je veux une leçon de morale, je me confesse au père Cotton et n'ai que faire des homélies de ce Godon ! Pourquoi diantre souris-tu, mon petit cousin ?

— Pour ce que, Sire, vous dites « Godon » comme Jeanne d'Arc pour désigner un Anglais. Or Jacques Ier n'est pas anglais, mais écossais.

— Bien le sais-je, mais depuis qu'il a assis son gros cul sur le trône d'Angleterre, ce lourdaud a contracté l'antique manie anglaise de ne penser qu'à soi ! Il a été bien aise que

1. Malbâti.

j'envoie des troupes pour aider les vaillants Hollandais à repousser l'Espagnol ! L'Espagnol installé en Hollande, c'eût été la mort de son royaume et bien le savait-il ! Mais maintenant qu'il est sain et sauf dans son île, il ne mouillera pas le petit doigt pour m'aider à défaire les Habsbourg. Tout le contraire ! Il se voudrait ami avec eux, le fol ! Il verra bien !

— Toutefois, vous lui écrivez, Sire.

— En termes amicaux pour lui réclamer soldats et subsides.

— Mais, Sire, il vous les refusera.

— Assurément. Mais il sera trop vergogné d'avoir à me les refuser pour oser me réclamer le million de livres que je lui dois.

Je me pensai, à ouïr ces propos, que pour « l'antique manie de ne penser qu'à soi » le royaume de France n'avait rien à envier au royaume d'Angleterre. Réflexion qui donna à rire à mon père quand je la lui confiai. « En ces affaires, dit-il, Jacques Ier est loin d'être fol : il est prudent. Et bien semblable en cela aux princes allemands, les grands amas d'hommes, de canons et d'argent de notre roi lui donnent furieusement à penser. A aider notre Henri, il craindrait qu'il ne devienne trop fort et que l'appétit lui vienne en mangeant. »

S'étant déchargé la rate dans les termes que je rapportai, Henri me dicta sa lettre, laquelle était d'une courtoisie parfaite, puis m'enfermant dans le cabinet le temps que je la pusse traduire, il me revint délivrer au bout d'une heure et serrant dans son pourpoint les deux textes, le français et l'anglais, il me dit que Bassompierre devait me ramener chez moi, mais qu'il me faudrait patienter une grosse heure, car ils étaient quelques-uns à l'attendre avec lui dans son cabinet pour jouer au reversis. Je lui demandai alors la permission d'employer ce moment à aller visiter Monsieur le Dauphin et, aussitôt acquiesçant, il me confia à un huissier pour me mener en les appartements de son fils.

Comme j'y entrais, je me heurtai presque au Dauphin qui était sur le point d'en sortir. Dès qu'il m'eut reconnu, il rougit de plaisir, me sauta au cou, me baisa sur les deux joues et, se retournant, dit à Monsieur de Souvré :

— *Mousseu* de Souvré, vous plaît-il que *Mousseu* de Siorac vienne avec moi voir ma petite sœur ?

J'observai que sa parole avait fait de grands progrès depuis la dernière fois que je l'avais vu. Il prononçait maintenant tous les « r ». Je calculai en mon for qu'il devait avoir huit ans et deux mois et je fus content de ses progrès. Toutefois, il lui arrivait encore de bégayer.

— Bien volontiers, dit Monsieur de Souvré que je saluai incontinent, ainsi que le docteur Héroard qui marchait derrière lui.

J'aperçus aussi le petit La Barge sur ses talons et je ne faillis pas à lui adresser un sourire.

Toutefois, comme on allait se remettre en branle, Louis se brida net et dit :

— Avant d'aller, il faut que je dise adieu à mon chien.

Il courut à lui, le baisa sur le museau et, se reculant, dit gravement en lui faisant un grand salut de son chapeau empanaché :

— Adieu, mon chien.

Puis me jetant un œil, il dit :

— Siorac, vous plaît-il de le baiser aussi ?

Ce que je fis, mais non sans appréhension, car bien que ce fût un petit chien, il ne m'avait jamais vu. Toutefois, à mon approche, il ne broncha pas.

— Vous voyez, *Mousseu* de Souvré, dit Louis, que Vaillant ne grogne pas contre *Mousseu* de Siorac.

Il dit cela en raillerie, comme si Vaillant n'avait pas été aussi accueillant avec Monsieur de Souvré. J'eus le sentiment qu'il aimait bien son gouverneur, mais qu'il aimait aussi le taquiner, se peut parce que le bon gentilhomme avait sur lui « la puissance du fouet », dont pourtant il usait peu, à la différence de Madame de Montglat. Le docteur Héroard me dit que chaque fois qu'il était bouleversé, ou simplement troublé par un événement familial, comme par exemple la naissance de sa petite sœur, il demandait à dormir avec Monsieur de Souvré.

Quand il pénétra dans le cabinet où Henriette-Marie reposait, les trois dames qui entouraient le berceau lui firent une révérence si profonde que leurs vertugadins s'arrondirent en corolles sur le parquet. Le Dauphin leur ôta son chapeau et, le tenant au bout de son bras, s'approcha du berceau, prit la main d'Henriette et, se penchant, dit d'une voix douce :

— Riez, riez, petite sœur ! Riez, riez, petite enfant !

Henriette, qui avait encore les yeux clos, eût été bien empêchée de rire, mais sa main rencontrant par hasard l'index droit de son grand frère, elle le serra. Il en fut ravi comme d'une grande marque d'affection et se tournant vers son gouverneur, il lui dit :

— *Mousseu* de Souvré, voyez, elle me serre la main !

A ce moment, la Marquise de Guercheville entra dans le cabinet, suivie de Mademoiselle de Fonlebon, laquelle, comme chaque fois que je la voyais, me parut fort embellie. Louis échangea avec elle révérences et saluts et dit en rosissant :

— Mademoiselle de Fonlebon, vous plaît-il que je vous baise ?

— Volontiers, Monsieur, dit Mademoiselle de Fonlebon, qui fléchit avec grâce pour se mettre à sa hauteur.

Madame de Guercheville voulut bien se rappeler qui j'étais et me tendit le bout de ses doigts. Quant à Mademoiselle de Fonlebon, elle sourit, s'approcha, m'appela « son cousin » et me tendit sa joue.

— Quoi, Siorac ! s'écria le Dauphin, comme piqué de

jalousie, vous baisez Mademoiselle de Fonlebon ? Vous ai-je prié de le faire ?

Cela fit sourire Monsieur de Souvré et le docteur Héroard qui se ressouvenaient de mon adieu au chien.

— Monsieur, dis-je, excusez-moi, mais elle est ma cousine, étant née Caumont comme ma mère.

— Ah ! Cela est différent ! dit le Dauphin.

— Monsieur, lui dit la Marquise de Guercheville, la Reine désire vous voir et je suis céans pour vous ramener chez elle.

La contrariété la plus vive se peignit alors sur le visage de Louis et il y eut chez tous ceux qui étaient là un moment de gêne. Nul n'ignorait qu'il y avait fort peu d'amour entre la Reine et ce fils, par ailleurs si aimant. Je ne sais où j'ai lu que le seul moment où il se sentit proche d'elle fut le moment où elle le porta dans son sein. Tout est dans cette phrase-là. Il n'y a rien à y ajouter.

Le Dauphin parut si dépité qu'on put craindre une de ces scènes où son opiniâtreté provoquait des pleurs, des cris et des grincements de dents. Car une fois qu'il avait dit « non », il se nouait autour de ce « non » et il devenait fort difficile de l'en déloger.

Avec beaucoup d'à-propos, Mademoiselle de Fonlebon s'approcha de lui, fléchit le genou et lui dit doucement :

— Monsieur, vous plaît-il de prendre ma main pour aller chez la Reine ? Nous passerons par la galerie des Feuillants.

Cette douceur fit fondre le Dauphin et il inclina la tête sans dire un mot. Toutefois, avant de prendre la main de Mademoiselle de Fonlebon, il voulut me dire adieu, sachant bien que je n'étais là qu'en passant. Monsieur de Souvré suivit le Dauphin et la Marquise de Guercheville qui, pour être une vertu renommée, n'en était pas moins coquette, lui demanda son bras et, à ce que je vis, lui fit mille grâces, lesquelles parurent ébaudir fort le petit La Barge qui fermait la marche et qui, se retournant, m'adressa un sourire connivent. Quant au docteur Héroard, me prenant par le bras, il m'emmena dans sa chambre.

— Mon neveu, dit-il, si vous voulez attendre que Bassompierre ait fini de jouer pour rentrer au logis, vous êtes au hasard d'attendre longtemps et de mourir de faim. Je vais vous garnir d'un petit en-cas pour que patiente votre gaster.

Et il me bailla, sur sa réserve, pain, pâté et verre de vin. Je lui dis mille mercis et fis honneur à sa collation.

Le docteur Héroard me raconta comment, trois ou quatre jours avant la naissance d'Henriette, Louis vit apporter un berceau dans le cabinet qu'on destinait au nouveau-né. Aussitôt, il accommoda lui-même le berceau, mit le matelas et fit le lit. Après quoi il se coucha dedans, son petit chien Vaillant avec lui et commanda qu'on le berçât. Quand Héroard eut fini ce récit, je lui demandai de qu'il en opinait, trouvant que c'était là un jeu étonnant pour un garçon qui avait passé huit ans. Mais Héroard me fit une réponse évasive, ce qui faisait honneur à sa prudence, mais ne voulait absolument pas dire qu'il n'en pensait rien. Pour moi, la chose me toucha fort, sans que je pusse expliquer pourquoi.

Le page à qui me confia Héroard, quand je pris congé de lui, m'amena par le dédale que l'on sait au cabinet où le Roi était accoutumé à se livrer à sa passion du jeu. C'était une pièce plus grande que son appellation ne le laisserait supposer, éclairée le jour par deux grandes fenêtres devant lesquelles on avait tiré des rideaux de velours cramoisi gansés d'or. Les chandelles des lustres étaient allumées et aussi les bras de lumière qui saillaient du mur et comme la pièce se trouvait sans cheminée, on y avait apporté un brasero qui, en cette soirée de novembre, dispensait une chaleur qui eût été agréable, si elle n'avait pas été prodiguée au détriment de la pureté de l'air. Cependant, à y pénétrer de prime, la pièce, tendue tout entière de tapisseries des Flandres, donnait l'impression d'être douillette assez, étant occupée en outre par une grande table ronde garnie d'un tapis de Turquie dont les chaudes couleurs, surtout par ce temps gris et froid, ne laissaient pas d'être plaisantes. Mais je ne sais si les joueurs, assis autour de la table, avaient tant besoin d'être réchauffés, tant ils jouaient furieusement.

Ils étaient six : le Roi, Bassompierre, le Duc de Guise, le Duc d'Épernon, le Marquis de Créqui, et ne l'aimant pas, j'oserai le citer en dernier, tout prince du sang qu'il fût : le Comte de Soissons qui, ayant fini de cuver dans l'un de ses châteaux sa bouderie fleurdelisée, était revenu la veille au Louvre.

Après m'être génuflexé aux pieds du Roi et lui avoir baisé la main qu'il m'abandonna gracieusement le quart d'une seconde, je saluai chacun des assistants, salut qui fut très diversement rendu : Bassompierre par un large sourire, mon demi-frère Guise par un demi-sourire, le Marquis de Créqui par un signe de tête, le Duc d'Épernon en fermant à demi un œil, et le Comte de Soissons, pas du tout.

D'évidence, la partie était bien loin de toucher à sa fin et je me serais senti fort embarrassé de ma personne, si le Roi ne m'avait dit :

— Joues-tu, Siorac ?

— Il ne joue ni ne gage, dit Bassompierre. C'est une âme pure.

— Si c'est une âme pure, dit le Roi avec le dernier sérieux, elle est la seule ici et elle va me porter chance ! Vite, qu'on apporte un tabouret ! A ma droite, céans, pour le Chevalier de Siorac !

Je m'assis, moins flatté que je n'aurais dû l'être, car il me vint à l'esprit que j'allais demeurer immobile et muet sur ce tabouret pendant un temps infini sans rien ouïr d'intéressant et sans rien entendre à ce jeu où je les voyais tous si passionnés, tantôt transportés d'aise et tantôt la crête fort rabattue, selon les coups heureux, ou malheureux, du sort. Mais si peu content que je fusse en mon for, le Roi, lui, rayonnait. Depuis que j'étais là, le petit tas d'écus devant lui avait triplé et il l'attribuait, sans en rire le moindre, à la présence d'une « âme pure » à ses côtés.

Le Chevalier du Gué vint troubler la fête. Il survint hors d'haleine, rouge, tremblant et cria d'une voix bégayante :

— Sire, le Prince de Condé a enlevé la Princesse sa femme ce matin : ils ont quitté Muret sur les quatre heures et se dirigent vers le nord.

Dans le silence qui suivit cette annonce, le Roi se leva, le visage cireux, et si chancelant qu'il dut s'appuyer avec force sur mon épaule pour conserver son équilibre. La face défaite par l'angoisse, il fut un moment avant de pouvoir parler et ce qui me frappa le plus à cet instant, c'est qu'il avait gardé ses cartes en main, lesquelles par un mouvement dont il n'avait sûrement pas conscience, il appuyait sur son pourpoint comme s'il eût voulu qu'on ne vît pas son jeu. Enfin, la parole lui revenant et le sentiment de sa dignité, il remit ses cartes à Bassompierre en lui disant de prendre la suite et de veiller sur son argent. Puis, commandant au Chevalier du Gué de le suivre et toujours appuyé sur mon épaule (de sorte que je n'eus pas d'autre choix que de marcher à son côté), il quitta le cabinet et se dirigea d'un pas hésitant vers la chambre de la Reine.

Le choix de cette retraite me laissa béant, car outre que la Reine, qui avait accouché quatre jours plus tôt, était étendue, dolente et pâle, sous son baldaquin, le Roi ne pouvait imaginer que s'agissant de la Princesse il pourrait trouver chez elle la plus petite once de sympathie pour son désarroi. J'ai souvent pensé depuis ce jour-là à cette démarche insolite d'Henri et la seule raison que j'aie pu lui trouver c'est qu'à cet instant il avait besoin d'une présence féminine, fût-elle muette, fût-elle même hostile.

Éclairée à dextre et à senestre par de grands chandeliers garnis de bougies parfumées, Marie de Médicis n'était pas étendue, mais soulevée sur de grands oreillers de soie dont la couleur bleu pâle avait été choisie pour mettre en valeur ses abondants cheveux blonds, la seule chose qui fût remarquable en elle, car au sentiment général, mais généralement fort peu exprimé, sauf en privé, les irrégularités de son visage lui refusaient cette beauté qu'à son avènement les peintres et les poètes de cour avaient à l'envi célébrée. L'expression habituelle de ses traits — rechignée, et pleine de morgue — ne faisait rien pour corriger cette impression. Tout au plus pouvait-on dire en sa faveur qu'elle était grande, saine, robuste, abondante en appas, et à tout coup féconde — ces deux dernières qualités lui ayant valu la considération du Roi, lequel toutefois avait la plus pauvre opinion de son jugement.

Mais il faut bien confesser qu'il ne fallait pas à la Reine beaucoup d'esprit pour entendre ce qui se disait en sa présence entre le Roi et le Chevalier du Gué, puis entre le Roi et Delbène : la *poutane* avait été enlevée aux petites heures de l'aube par son mari et en toute probabilité, le couple était, à s'teure, proche de la frontière des Pays-Bas.

Le Roi paraissait hors de ses sens. Mais pour Marie, pour peu qu'on se mît à sa place, c'était là une nouvelle qui compensait à merveille la déception d'avoir donné naissance à une fille. Si elle l'eût osé, et si l'état de son ventre l'eût permis, elle eût ri aux éclats. Qu'était la *poutane*, sinon une misérable petite mijaurée qui par ses grimaces avait conquis l'amour du Roi à seule fin de se faire épouser ? Et comme Sa Sainteté le Pape, avec tous les enfants qu'elle-même avait donnés à son époux, ne consentirait jamais à un divorce, Marie n'avait qu'à puiser dans l'histoire de sa famille paternelle pour savoir ce qui, à la longue, serait advenu d'elle, si Condé n'avait pas mis une frontière entre le Roi et la Princesse. C'était là un miracle et elle s'en souviendrait dans ses prières.

Pendant que le Roi, d'une voix blanche, interrogeait Delbène et le Chevalier du Gué, j'avais profité du fait que la Reine ne faisait pas plus de cas de moi que d'un meuble pour lui jeter quelques petits coups d'œil. Elle ne pipait pas, elle écoutait sans qu'un muscle bougeât dans sa physionomie renfrognée et hautaine. A un moment, je crus l'entendre murmurer entre ses dents : « *Che sollievo*[1] ! » et ce qui me donna à penser que je ne m'étais peut-être pas trompé, c'est qu'à ce moment précis Delbène, qui était florentin, tourna les yeux vers elle et la regarda. Ce ne fut qu'un éclair. Delbène détourna la tête. Il avait fort à faire à répondre aux questions angoissées du Roi, lequel le contraignait à ressasser sans cesse le peu d'informations qu'il possédait.

Cette scène se passa dans la dernière confusion, Bassompierre survenant et disant que la partie de cartes par la décision unanime des joueurs avait été interrompue et qu'il rapportait son argent au Roi. Celui-ci, sans lâcher mon épaule, se tournant vers Bassompierre, et le regardant avec des yeux désespérés dit d'une voix sans timbre :

— Bassompierre, mon ami, je suis perdu ! Cet homme a conduit sa femme dans un bois ! Je ne sais si c'est pour la tuer ou pour la conduire hors de France !

— Ce n'est assurément pas pour la tuer, Sire, dit Bassompierre, qui trouvait la supposition insensée et qui, de toute façon, ne pouvait entendre qu'un homme pût faire assez de cas d'une femme pour perdre la raison quand elle s'éloignait de lui.

Et que le Roi l'eût quelque peu perdue, il en fut persuadé quand il l'ouït convoquer son Conseil — à sept heures du soir ! — pour discuter des mesures à prendre. Et ce qui était au surplus fort inhabituel, il lui demanda d'être présent.

Il ne me fit pas, à moi, la même demande, mais je demeurai néanmoins, tant il paraissait tenir à ma présence, soit que ma jeunesse le réconfortât, soit qu'il continuât à me considérer comme son porte-bonheur. Ce qui se jouait là,

1. Bon débarras ! (ital.).

pourtant, était une partie pour laquelle il n'était sûr ni de ses cartes ni de la façon de les jouer.

Renforcé par les princes, les ducs et pairs et quelques conseillers d'État, le Conseil se réunit dans la salle qui lui était dévolue et où pourtant, en été du moins, il délibérait si peu souvent, le Roi préférant traiter les affaires en marchant dans son jardin, de son pas nerveux et infatigable.

Sa Majesté, qui avait recouvré quelque peu son sang-froid, exposa les faits avec sa brièveté coutumière et demanda à chacun d'opiner. Ce que chacun fit, non point tant en donnant son avis propre, mais en tâchant de deviner ce que le Roi désirait ouïr. Il me sembla toutefois qu'il y avait des nuances dans ces propos et que Jeannin, conseiller d'État, était celui qui l'emporta par sa netteté et sans doute aussi par sa sincérité, car on ne pouvait soupçonner le président Jeannin de courtisanerie : il s'était élevé, devant le parlement, contre les édits ruineux et en particulier contre l'édit des monnaies.

Pour Jeannin, il fallait poursuivre le Prince, fût-ce au-delà des frontières, et lui enjoindre de rentrer au royaume. S'il refusait, il fallait inviter le gouvernement des Pays-Bas à ne pas donner asile aux fugitifs.

***

— Belle lectrice, puis-je vous expliquer céans...

— Monsieur, je vous ois comme à messe, mais une fois ! De grâce, pas de répétition offensante !

— C'est que, Madame, je vous nourris céans de tant de faits...

— Ne craignez rien, ils n'excèdent pas les capacités de ma cervelle, pour peu que vous conserviez ce ton vif et méchant qui est le vôtre.

— Méchant, Madame ?

— Vous ne faillez jamais à dauber sur la Reine.

— Et vous, Madame, à la défendre, si peu défendable qu'elle soit.

— Ne nous gourmons pas, de grâce ! Poursuivez, Monsieur ! Vous m'alliez parler du gouvernement des Pays-Bas.

— On les appelait, en France, les Archiducs, et ce pluriel était des plus plaisants...

— Pour ce qu'il n'était qu'un ?

— Parce que le second était une femme. Ce gouvernement était, en Europe, le symbole le plus éclatant de la monarchie bicéphale des Habsbourg : l'Archiduc Albert était autrichien et son épouse, Isabelle, une infante espagnole, fille de Philippe II. Tous deux Habsbourg, elle de la branche aînée et lui, de la branche cadette.

— Avait-elle son mot à dire dans la conduite des affaires ?

— Assurément, étant la demi-sœur de Philippe III d'Espagne. Sans l'armée espagnole et le Marquis de Spinola, l'Archiduc Albert n'aurait pu tenir tête aux Hollandais.

— Et comment étaient de leur personne ces fameux Archiducs ?

— L'Archiduc Albert avait été cardinal-archevêque avant de se défroquer, non par amour, mais par raison d'État, pour régner sur les Pays-Bas. Et son épouse, la Sérénissime Infante Isabelle, avait été élevée à l'Escurial dans l'ombre glaciale de Philippe II...

— Si je vous entends bien...

— Oui, Madame. Ils étaient vertueux, rigides, moroses et furieusement ennuyeux.

— Je gage que la petite Princesse de Condé va pleurer amèrement la joyeuse cour de France. Monsieur, comment se fait-il qu'au Conseil inopiné du Roi Sully n'ait pas encore opiné ?

— Parce qu'il n'est pas encore là, Madame. Il vient et il vient lentement. Quoique la distance qui sépare le Louvre de l'Arsenal (où il couve ses canons), ou de la Bastille (où il couve ses millions), ne soit pas grande, surtout la nuit en ce

Paris désert où, dès que la nuit tombe, les Parisiens, par peur des brigands, se claquemurent. Mais vous connaissez Sully : il est glorieux et paonnant à n'y pas croire et veut se faire attendre de tous, du Roi compris, lequel, quand il arrive, l'accueille froidement assez pour lui rabattre quelque peu sa damnable arrogance. Peine perdue ! Sully savait tout ! Il avait tout prévu ! Et ne vous le laissait jamais oublier ! « Je vous l'avais bien dit, Sire, que Condé, travaillé par les émissaires espagnols, allait quitter le royaume, et qu'il fallait l'embastiller ! Si nous l'avions fait, nous n'en serions pas là ce jour d'hui ! — Ventre Saint-Gris, Rosny ! cria le Roi, tu ne vas pas me corner aux oreilles tes " je vous l'avais bien dit " toute la nuit ! Le vin est tiré. Il faut le boire. Dis-moi ce que, ce jour d'hui, tu proposes. » Soit dit en passant, Madame, permettez-moi de vous faire compliment de votre *gioco* La Surien sur Sully « opinant » en ce conseil « inopiné »...

— Je vous remercie, Monsieur. Je suis moi-même assez satisfaite de ma petite gentillesse. Je l'ai trouvée sans y penser. Mais poursuivez, de grâce.

— Sully demanda au Roi un peu de temps pour y songer. Le Roi acquiesçant, il se retira pour ce faire dans une embrasure de fenêtre, tourna le dos à demi et plaça devant ses yeux sa large patte.

— Que de façons ! Et on dit que les femmes sont façonnières ! Mon Dieu ! Que d'airs il se donne !

— Toutefois, Madame, quand Sully parla, ce fut pour dire des choses sensées. Mais encore fallut-il les lui arracher du bec. Au bout d'un moment le Roi s'impatientant l'interpella : « Eh bien, Rosny, y avez-vous songé ? — Oui, Sire. — Et que faut-il faire ? — Rien, Sire. — Comment, rien ! — Oui, Sire, rien. Si vous ne faites rien du tout et montrez de ne vous en pas soucier, on méprisera Condé. Personne ne l'aidera. Non pas même les amis et les serviteurs qu'il a de par-delà les frontières. Et dans trois mois, pressé par la nécessité et du peu de compte qu'on aura fait de lui, vous pourrez ravoir le Prince à la condition que vous voudrez — là où, si vous montrez d'être en peine et d'avoir désir de le ravoir, on le tiendra en considération. Il sera secouru d'argent par ceux d'au-delà et plusieurs, croyant vous faire déplaisir, le conserveront, qui l'eussent laissé là si vous ne vous en fussiez pas soucié. »

« Eh bien ! Belle lectrice qu'en pensez-vous ?

— Avant que de vous répondre, Monsieur, je voudrais question poser.

— De grâce, faites.

— Sully était-il marié ?

— Oui, Madame.

— Heureusement ?

— Non, Madame. Tout aux canons de l'arsenal et au trésor de la Bastille, il délaissait son épouse qui le trompait avec Monsieur de Schomberg, lequel était un des galants de la cour et fort des amis de Monsieur de Bassompierre.

— Je ne puis dire que j'en suis chagrinée. Lui qui avait la crête si haute, la voilà un peu rabattue.

— Nous ne parlions pas de sa crête, mais de son plan, Madame.

— Les deux ne sont pas sans lien. Ledit plan, Monsieur, présentait une faille énorme. Il était excellent contre le Prince, mais il oubliait la Princesse. Et je serais étonnée que le Roi l'accepte.

— Il ne l'accepta pas. Il se rallia au plan périlleux du Président Jeannin, au risque de se casser le nez sur des refus et de se donner des ridicules à la face de la chrétienté.

— Des ridicules ? Mais comment cela ?

— Madame, ne va-t-on pas dire maintenant que ce vieux Ménélas est prêt, pour avoir sa belle Hélène, à déclarer la guerre de Troie...

CHAPITRE XII

— Ménélas, dit mon père, quand je lui eus fait le conte de ma soirée, pâtit devant l'Histoire du ridicule d'être cocu. Mais en revanche, la belle Hélène étant sa légitime épouse, il avait le droit et les Dieux pour lui. On n'en dira pas autant de notre Henri qui, comme l'a si bien remarqué Jacques Ier d'Angleterre, « tâchait de débaucher la femme d'autrui ». En poussant Condé à se réfugier aux Pays-Bas sous la garde des Archiducs, le roi d'Espagne a réussi un coup de maître, car le voilà qui peut aujourd'hui se poser à la face de la chrétienté non seulement comme le champion de l'Église catholique, mais comme le protecteur de l'opprimé et le défenseur des bonnes mœurs. Et qu'a-t-il, maintenant, face à lui, sinon, dira-t-il, un huguenot faussement converti, allié des hérétiques, cruel envers sa vertueuse épouse, tyran à l'égard de son neveu et, au surplus, infâme fornicateur et rendu fol par une passion sénile... C'est toujours fort mauvais, Monsieur mon fils, quand on commence une guerre, de voir se dresser contre soi dans l'autre camp, à la fois la morale et la religion.

— Et maintenant, Monsieur, qu'augurez-vous qui se va passer ?

— D'interminables négociations entre le Roi d'une part et d'autre part Pecquius, l'ambassadeur des Archiducs, Don Inigo de Cardenas, l'ambassadeur d'Espagne et Ubaldini, le nonce du Pape. Interminables et inutiles. Prières, pressions, adjurations, menaces et médiation papales, rien n'y fera. L'Espagne ne lâchera pas ses otages et le Roi n'abandonnera pas la Princesse.

— C'est donc bien la guerre, cette fois ?

— Elle eût eu lieu de toute façon, le Roi s'y préparant depuis dix ans, mais cette fois-ci, elle va nous tomber sus plus vite.

De ces deux prédictions de mon père, la première seule s'accomplit car, avant que la guerre n'éclatât, ou fût sur le point d'éclater, cinq longs mois s'écoulèrent encore. Preuve que le Roi, point si fol qu'on voulait le croire, n'avait pas l'intention d'attaquer l'ennemi à la volée, ni de se départir de sa coutumière prudence. Preuve aussi que le désir de ravoir la Princesse n'était en lui qu'une raison supplémentaire d'en découdre et non point la principale, comme on l'a dit.

En attendant Noël où, comme on sait, les méchants huguenots allaient, selon la sacristaine rumeur, faire une Saint-Barthélemy des catholiques, les prêchaillons se déchaînèrent. Fogacer, soupant avec nous quelques jours avant la Nativité, nous offrit de retenir trois places pour nous en l'église de Saint-Gervais, laquelle serait pleine à craquer pour le jour de Noël, pour ce que le Roi et la cour y devaient ouïr un prêche du père Gontier, jésuite célèbre pour son éloquence, et qui se disait mandé par le Saint-Siège pour porter la bonne parole au Roi.

— Ce père Gontier, dit le Révérend abbé Fogacer qui, comme notre curé Courtil, abhorrait les Jésuites, n'est que griffes, crocs et venin. C'est la face dure de la Compagnie de Jésus dont le père Cotton est la face douce et suave. Croyez bien qu'il ne va pas ménager le Roi, ni la guerre qu'il veut faire à l'Espagne et qu'ayant beaucoup d'esprit il trouvera un bon biais pour l'attaquer. Après quoi, le père Cotton ira consoler le Roi de ces duretés, versera sur elles des larmes, s'en dira désolé et désapprobateur et, pour finir, fera ressouvenir au Roi qu'il a promis de longue date cent mille écus pour l'achèvement de la chapelle du collège des Jésuites à La Flèche.

— Et le Roi les lui baillera ? dit mon père, béant : Alors qu'il racle à s'teure toutes les pécunes qu'il peut trouver ?

— Assurément. Le Roi croira par là désarmer les Jésuites et le père Cotton, sachant bien que c'est là son calcul, en rira sous cape. Car il n'ignore pas, lui qui vit dans les entrailles du monstre, que ceux de la Compagnie ne désarment jamais et n'ont aucun scrupule à mordre la main qui les nourrit, pour peu que leurs intentions, ce faisant, demeurent pures. Et quelle intention peut-elle être plus pure que la leur, eux qui, obéissant *perinde ac cadaver* [1], servent aveuglément les visées du Saint-Siège.

Nous fûmes à ce prêche en Saint-Gervais, mon père, La Surie et moi, et nous en revînmes fort édifiés, mais point tout à fait comme le père Gontier l'eût souhaité.

Je le regardai fort curieusement, quand il apparut, dominant l'assistance du haut de la chaire et se disant de prime « envoyé ici — *quoique indigne* — par notre Saint-Père le Pape, les prélats et les dignitaires de son Église, afin, Sire, que je vous fasse voir et entendre les justes cris de votre peuple qui ne peut souffrir que l'ennemi lui présente la guerre lorsque l'Église lui chante la paix ».

A le voir, ses deux fortes mains empoignant la chaire, le père Gontier n'avait rien d'un moine étiolé par les jeûnes ou assoté par les macérations. C'était, bien le rebours, un vigoureux gaillard, la membrature carrée, la poitrine profonde, le cou épais et là-dessus, une tête lourde et violente, le poil dru et coupé court, des yeux de braise, le nez fort, la mâchoire carnassière.

Ses puissantes narines paraissaient humer l'odeur du

1. Comme un cadavre (lat.).

combat. Sa voix était si sonore et son verbe si impérieux que vous lui auriez vu sur le dos davantage une cuirasse qu'un cilice, dans sa puissante main davantage une épée qu'un ciboire, et entre ses cuisses, que la chaire me dérobait, mais que je devinais musculeuses, un cheval de bataille qu'il eût poussé de l'éperon pour courir sus à l'ennemi « *quoique indigne* ». Car d'évidence, bien qu'il fût parti au galop pour donner une bonne leçon au Roi du haut de la chaire sacrée, le père Gontier était humble, très humble, je dirais même humblissime — je ne mettrais jamais assez de « h » ni assez d'aspirés à « Humble » pour faire sentir à quel point il l'était.

Je fus tout d'abord en doute sur « l'ennemi » dont il parlait et qui « *présentait la guerre au peuple de France lorsque l'Église lui chantait la paix* ». Était-ce l'Archiduc Albert, alors cardinal, qui avait, en pleine paix, saisi la ville d'Amiens, laquelle notre Henri avait dû reprendre après un siège long et coûteux ? Ou l'Empereur, qui venait de mettre la main sur le duché de Clèves ? Ou l'Espagnol qui, du temps de la Ligue, avait entrepris sur Marseille, suscité ensuite contre la vie d'Henri les complots du Maréchal de Biron et du Comte d'Auvergne, et attiré ce jour d'hui le Prince de Condé sur ses territoires pour le dresser contre son oncle ?

Je n'y étais point du tout. « L'ennemi », c'était les huguenots français et il convenait « de châtier ces mutins » et « d'extirper toute cette race de mutins de votre cour, Sire, et de les exiler ». Le père Gontier prononçait ces paroles avec une superbe assurance, non seulement devant le Roi à qui il paraissait donner des instructions venues du ciel, envoyé qu'il était, *quoique indigne,* par le Saint-Siège, mais aussi devant Sully, le Duc de Bouillon, le Maréchal de Lesdiguières et bien d'autres seigneurs grands et petits de la cour, tous protestants.

Le prétexte de ces propos témoignait, chez le père

Gontier, d'une certaine astuce, puisqu'il retournait contre les huguenots une arme qu'un d'entre eux bien imprudemment lui avait fournie. Celui-là était un ministre de la religion réformée nommé Vignier. Il avait écrit un plaisant pamphlet sur l'excommunication des Vénitiens, puis une *Histoire de l'Église* qui n'était point fort tendre pour la papauté et venait juste de publier *Le Théâtre de l'Antéchrist* où, emporté par sa verve et l'esprit de parti, il disait du Pape qu'il était l'Antéchrist.

D'après l'Apocalypse, dernier livre du Nouveau Testament, dû à saint Jean et qui traite des destinées ultimes de notre monde, l'Antéchrist est un personnage maléfique et fabuleux qui, apparaissant peu avant la fin du monde, remplira la terre de ses crimes et de ses impiétés, avant d'être vaincu par le Christ, lequel, une deuxième fois, sauvera l'Humanité.

De la part de Vignier, m'expliqua plus tard Fogacer, coudre Paul V dans la peau de ce prince du mal était aussi injuste qu'inconsidéré. Vignier eût mieux fait de résister à la tentation de rendre coup pour coup, car le Saint-Siège, par malheur, n'avait pas hésité, pour sa part, à flétrir du nom d'Antéchrist absolument tous les réformateurs qui, depuis deux siècles, avaient tâché de rhabiller les abus et les scandales de l'Église catholique : Jan Hus, en Bohême, Luther en Allemagne, Calvin en France. Mais « l'œil pour œil » de Vignier tombait fort mal car, à la différence de certains de ses prédécesseurs, Paul V édifiait toute la chrétienté par l'odeur de ses vertus. « A part la tolérance, dit Fogacer, il les possède toutes. — C'est toutefois la principale », fit remarquer mon père. Mais Fogacer n'en voulut pas tomber d'accord. Il avait pourtant, quant à lui, une fort bonne raison de souhaiter qu'on vît régner sur terre un peu plus de cette vertu-là.

Pour en revenir au père Gontier, il aimait, comme souvent les Jésuites, démontrer sa thèse par le moyen du syllogisme.

Et celui-là était d'or : les huguenots prétendent que le Pape est l'Antéchrist. Si le Pape est l'Antéchrist, les légats et les évêques mandatés pour célébrer le mariage du Roi sont des faussaires. Donc, ce mariage est nul et le Dauphin est bâtard. Donc, « l'ennemi s'en prenant, Sire, à votre famille et succession royale, choque sur votre sceptre et foudroie votre couronne ».

Que ce discours fût captieux, cela sautait aux yeux. Vignier avait parlé en son nom seul et son opinion ne pouvait être imputée à l'ensemble des huguenots. Ceux-ci, de reste, n'avaient jamais attaqué la légitimité des mariages catholiques pour la raison que, s'ils l'avaient fait, la plupart des Français eussent été des bâtards, proposition aussi absurde qu'injurieuse. En réalité, la cible de ce discours n'osait pas se nommer. L'ennemi, c'était le Roi, puisqu'il « présentait, selon Gontier, la guerre au peuple de France lorsque l'Église lui chantait la paix... Que s'il chantait avec elle cette paix, le Roi conserverait ses sujets sains et sauvés, tant qu'il plaira à la divine bonté de le maintenir en heureuse santé et vie ». N'était-ce pas suggérer là et suggérer fortement, que si le Roi s'obstinait en ses alliances protestantes et sa politique de guerre, Dieu pourrait peut-être cesser de le garder en vie...

Quelques jours plus tard, nous sûmes, par Fogacer, qu'un autre père jésuite, le père Hardy, avait articulé, contre Sa Majesté, une menace encore moins voilée. Faisant allusion aux millions de la Bastille, il avait dit que « les rois amassaient des trésors pour se rendre redoutables, mais *il ne fallait qu'un pion pour mater un roi* ».

Mon père, à ouïr ce damnable propos, fut atterré.

— Mais c'est bel et bien, dit-il, un appel à l'assassinat ! Et cela me ramentoit sinistrement tout ce qui s'est crié en chaire et murmuré dans les sacristies contre Henri III au moment du siège de Paris : autant d'hameçons pour accrocher çà et là un quidam de faible et déréglée cervelle et lui mettre le couteau à la main.

— Ah certes ! dit La Surie, ces gens-là s'entendent à pousser les pions sur l'échiquier. Notre reine leur est déjà acquise.

— Et les deux chevaliers, dis-je.

— Qu'entendez-vous par là ? dit mon père.

— Condé et d'Épernon.

— Le Roi, dit mon père, a commis une erreur en n'embastillant pas Condé, dès lors qu'il avait parlé de quitter le royaume. Et il n'a que trop attendu pour abattre d'Épernon. C'est le plus dangereux de tous.

⁂

Au début janvier, le Roi me manda au Louvre et, de but en blanc, me demanda si je me sentais maintenant capable de traduire une lettre du français en allemand. Je lui répondis « oui », d'une voix assez assurée, mais tremblais toutefois en mon for, car bien que j'eusse été diligent à étudier la langue d'Ulrike et que je lui eusse écrit deux longues lettres par mois, je craignais de rencontrer, dans cette lettre qu'il allait me dicter, deux ou trois mots français du langage diplomatique ou militaire dont je ne connaîtrais pas la traduction. Mais comme cette lettre était adressée à l'Électeur du Palatinat, dont je savais, par Ulrike, qu'il parlait fort bien le français, je ne laissais de me rassurer, me disant que si une expression me faillait en allemand, je pourrais toujours l'écrire dans ma langue.

Je jouai de bonheur. Le seul mot dans cette longue lettre qui me prit de court fut « contrat ». Après avoir hésité, je décidai de le germaniser, du moins par l'orthographe, en l'écrivant *Kontrat*. Revenu en mon logis, je me ruai sur mon dictionnaire : il ne s'en fallait que d'une lettre : le mot s'écrivait *Kontrakt*, ce que j'eusse dû deviner, puisque le latin dont il était dérivé était *contractus*. Et pourquoi diantre a-t-il fallu que les Français, par négligence, aient laissé tomber le second « k » qui, à mon sentiment, donnait quelque chose de plus sérieux, de plus austère et de plus contraignant au mot *Kontrakt* ?

Je n'en étais encore qu'au milieu de la dictée française quand on frappa à la porte du petit cabinet où Sa Majesté et moi étions occupés et Beringhen (apparemment le seul au Louvre qui sût où le Roi s'était retiré) vint lui dire que le nonce Ubaldini, répondant à sa convocation, était arrivé dans nos murs.

— Introduis-le céans, dit le Roi d'un air peu amène.

— Céans, Sire ? dit Beringhen qui pensait sans doute qu'une audience au nonce du Pape ne se devait pas donner dans un petit cabinet aussi dénué de meubles.

— Tu m'as ouï !

— Sire, à part le tabouret sur lequel votre truchement a pris place, il n'est rien céans où s'asseoir.

— Fais apporter une chaire à bras avant d'introduire le nonce.

— Et vous, Sire ?

— Je resterai debout.

Beringhen me jeta un œil et regarda le Roi.

— Qu'est cela qui te soucie, Beringhen ? dit Henri d'une voix sèche.

— D'ordinaire, Sire, vous recevez le nonce assisté de vos conseillers.

— Je m'en passerai ce jour d'hui.

— Et le nonce, Sire, est lui-même venu avec ses clercs.

— Qu'il vienne seul !

— Oui, Sire.

Beringhen, après un dernier coup d'œil dans ma direction, fit une profonde révérence et se retira. Son regard avait été si éloquent que je crus bon de dire :

— Sire, dois-je me retirer ?

— Te l'ai-je demandé ? dit le Roi avec brusquerie.

Il se mit à marcher qui-ci qui-là d'un pas rageur, les mains derrière le dos. Il paraissait avoir du mal à maîtriser la colère que l'arrivée de son visiteur avait fait naître en lui.

— Siorac, dit-il d'une voix brève, tourne le dos, le nez sur la fenêtre. Et sur une autre feuille que celle-ci, écris tout ce que tu vas ouïr.

— Oui, Sire.

Deux valets apportèrent une chaire à bras, et à mon grand contentement, je m'aperçus qu'en déplaçant quelque peu mon tabouret je pourrais avoir des vues sur elle grâce à un miroir florentin qui pendait au mur. Toutefois, comme j'allais avoir à tâche de transcrire les propos du visiteur, je n'aurais guère le temps de jeter un œil sur lui.

J'ouïs sa voix avant de l'apercevoir, car le Roi ne lui ayant pas encore dit de s'asseoir, il n'était pas encore dans le champ de ma vision. Il présentait ses compliments, et les compliments de Sa Sainteté au Roi et ni son naturel ni son emploi ne le portant à les abréger, il prit tout son temps. Son timbre de voix qui demeurait dans les notes basses me parut des plus plaisants, et son accent italien ajoutait encore à son agrément. Je ne saurais mieux décrire sa voix qu'en disant qu'elle évoquait l'idée de boules de billard qui eussent roulé dans l'huile d'une poêle à frire. Quand elles s'entrechoquaient, on sentait bien qu'elles étaient dures, mais cette dureté même, en raison de l'huile dans laquelle elles baignaient, avait quelque chose de suave.

Quand enfin le cardinal-nonce s'assit, comme je ne transcrivais pas encore ses propos, ses compliments étant tout de cérémonie, je lui jetai plus d'un regard dans le miroir. Il me parut plus petit que le souvenir qu'il m'avait laissé de lui au mariage du Duc de Vendôme, entouré qu'il était de tout un parterre brillant de robes pourpres et violettes. Mais ce qui surtout me frappa, c'est que tout chez lui était rond, ou à tout le moins arrondi : son crâne, son visage, ses yeux, son nez, son menton, ses épaules et son ventre. On aurait dit un galet de granit rose qui se serait poli à force de se frotter à d'autres galets au Vatican. Je dis rose à cause de son teint, qui était éclatant de fraîcheur et aussi en raison de l'expression enjouée de ses traits, alors même qu'en face des difficultés qu'il rencontrait dans sa tâche il allait se dire, comme je n'allais pas tarder à m'en apercevoir, le plus souvent « attristé, chagriné et désolé ». Mais c'était là des désolations ecclésiastiques : elles n'entamaient en rien, ce me semble, le plaisir douillet qu'il prenait à vivre.

Henri, quant à lui, abrégea le compliment et, se campant devant le nonce, vint droit au fait.

— Monsieur le nonce, dit-il, je suis fort mécontent touchant l'édit que Sa Sainteté a pris au sujet de l'*Histoire universelle* du Président de Thou.

— Pourtant, Sire, la condamnation de ce livre par Sa Sainteté ne devrait point vous étonner. Car, bien qu'il soit plein d'esprit, exquisement rédigé en latin, et qu'on y voie partout une érudition merveilleuse, sa relation des événements, surtout de ceux qui se sont passés en France depuis 1543, n'est pas de nature à contenter le Saint-Siège. En outre, comment le Saint-Office pourrait-il oublier que Monsieur le Président de Thou fut de ceux qui rédigèrent l'édit de Nantes que, pour notre part, nous abhorrons, puisqu'il établit en ce royaume cette chose néfaste : la liberté de conscience.

— Sans laquelle, dit le Roi, mes sujets catholiques et mes sujets huguenots seraient encore en train de se trancher la gorge... Mais passe encore pour l'*Histoire* du Président de Thou. Comment pourrais-je attendre du Saint-Père qu'il renonçât à ses principes ? Plus surprenante me paraît, en revanche, la condamnation du réquisitoire prononcé par Antoine Arnauld dans le procès des jésuites qui suivit la tentative de meurtre de Jean Châtel sur ma personne.

— Ah ! Sire ! dit le nonce que le nom de Jean Châtel parut quelque peu troubler, le souhait du Saint-Père, c'est que le passé enterre le passé. Vous avez vous-même pardonné aux imprudences des Jésuites puisque, après les avoir bannis de France, vous les y avez rappelés. On peut même dire que vous êtes, ce jour d'hui, leur bienfaiteur puisque sans votre aide ils n'eussent pu reprendre en main l'enseignement de la jeunesse, ni installer le magnifique collège de La Flèche. Ils vous en ont, soyez-en assuré, Sire, une infinie gratitude.

— Je ne m'en aperçois pas à leurs prêches, dit Henri d'un ton amer. Mais passons encore là-dessus, s'il vous plaît. Il y a pis ! L'édit de Sa Sainteté ne se contente pas de condamner le discours d'Arnauld. Il condamne aussi ses pièces annexes, parmi lesquelles se trouve la sentence de mort prononcée par le parlement de Paris contre Jean Châtel, reconnu coupable de tentative de meurtre sur ma personne.

Son interlocuteur persistant à se taire, le Roi reprit d'un ton mordant :

— Monseigneur, puis-je vous ramentevoir qu'à mon retour de Picardie Jean Châtel se glissa parmi la foule des courtisans au Louvre et, me croyant revêtu d'une cotte de mailles, me voulut frapper au cou avec son couteau. Fort heureusement, la Providence voulut que, juste au moment où il me frappa, je me baissai pour relever Monsieur de Montigny qui s'était agenouillé devant moi et la lame, n'atteignant que ma lèvre supérieure, s'arrêta sur une de mes dents qu'elle coupa à moitié. Vous imaginez le dommage que ladite lame eût fait dans mon cou si elle l'eût pénétré. Or sus ! Que se passa-t-il ? Le parlement de Paris jugea Châtel et le condamna à mort. Qu'eût voulu le Saint-Siège que nous fissions ? Que Châtel fût innocenté ? Et libéré, pour qu'il pût recommencer, avec plus de succès cette fois, à me bailler de son couteau ? Que veut dire cette suppression de l'arrêt de mort contre Châtel ? Le Saint-Siège regrette-t-il la mansuétude à mon endroit dont avait fait preuve alors la Providence, quand elle me fit me baisser pour échapper au couteau de l'assassin ?

Comme le nonce fut un moment avant de répondre à cette

question irritée, je lui jetai un œil dans le miroir. Son teint rose, en rougissant, s'était rapproché quelque peu de la teinte de sa soutane pourpre, son visage avait pris un air plaintif et douloureux et quand il parla, on eût dit qu'une viole sanglotait dans sa voix.

— Sire, dit-il, je serais infiniment désolé que vous puissiez penser que le Saint-Père ait pu faillir un seul instant à l'affection qu'il vous porte. Il se peut, bien entendu, que les prélats du Saint-Office qui lui ont conseillé cette condamnation, aient pensé que, puisqu'on supprimait le discours d'Arnauld, il y avait quelque logique à supprimer ses annexes.

— Le procès de Jean Châtel, dit le Roi, et le procès des Jésuites sont deux choses différentes. On peut déplorer l'éviction des Jésuites sans pour cela regretter la condamnation de l'homme qui a voulu m'assassiner. J'honore et vénère le pape Paul V et me réjouis grandement que vous me disiez qu'il a de l'affection pour moi, mais j'aimerais mieux qu'il m'affectionne vivant plutôt que mort !

— Ah ! Sire ! dit le nonce, je serais dans le plus grand chagrin si cette idée vous pouvait traverser la cervelle. Je puis vous assurer que Sa Sainteté prie tous les jours pour votre conservation.

— Je lui en sais le plus grand gré. Considérez, cependant, le désordre que l'édit pontifical a introduit dans mon royaume. Le parlement, excessivement indigné qu'on ait pu supprimer la juste sentence qu'il a prononcée et qui punissait de mort un régicide, a déclaré l'édit pontifical entaché d'abus et a ordonné qu'on le brûle.

— Ah ! Sire ! Cela va dans l'excès !

— Ni plus ni moins que l'édit qui est ainsi sanctionné ! Mais Monseigneur, ne craignez pas : j'ai interdit au parle ment d'exécuter sa sentence, non seulement en raison du scandale qui en rejaillirait sur toute la chrétienté, mais aussi parce que commencerait aussitôt en Paris une guerre de libelles, les uns opinant pour, les autres contre et qui sait si quelques fols n'iraient pas conclure que, puisque l'édit pontifical a absous Jean Châtel, il est devenu à s'teure loisible de me tuer...

— Ah ! Sire ! Ce propos me déchire le cœur ! J'en suis meurtri jusqu'au tréfonds. Je pâmerais, je crois, si je devais en ouïr davantage. Sire, je vous supplie de me permettre de me retirer.

— Monsieur le nonce, dit le Roi non sans quelque sarcasme, de grâce, ne pâmez point, avant d'avoir ouï la conclusion que je tire de l'examen de l'édit pontifical. Je n'ai rien à redire à la condamnation de l'*Histoire universelle* du Président de Thou. C'est l'affaire du Saint-Office. En revanche, je sourcille à la condamnation d'Arnauld contre les Jésuites qui, à l'époque, ne se justifiait que trop. Et quant à la suppression du jugement condamnant Châtel, poursuivit le Roi en haussant la voix, je la considère non seulement comme entachée d'abus, mais comme une attaque contre mes sûretés et un affront contre ma personne !... En conséquence, je prie instamment Sa Sainteté de me libérer de cette écorne en révoquant ledit édit.

— Le Pape révoquer son édit ! s'écria le nonce dans la voix duquel des pleureuses se mirent à gémir toutes ensemble. Le Pape révoquer son édit ! Mais le Pape, Sire, parle au nom de Dieu ! Et comment, Sire, pourrions-nous admettre *urbi et orbi* que le Pape, inspiré qu'il est par le Saint-Esprit, puisse jamais s'être trompé ? Ce serait infiniment préjudiciable à la dignité du Saint-Siège !

— Vous trouverez bien le moyen de révoquer cet édit, Monsieur le nonce, sans attenter à la dignité du Pape : le Saint-Siège est si subtil. Jusque-là, Monseigneur, je serais, pour parler comme vous, dans une affliction telle et si grande qu'à cause de cet édit je ne pourrais vous donner audience, si fort que soient mon désir de m'entretenir avec vous et le plaisir que je prends à vous voir.

— Ah ! Sire ! Je ne manquerai pas de dire à Sa Sainteté la mésaise où vous jette cet édit et je suis bien assuré que Sa Sainteté ne faillira pas à consoler Votre Majesté.

— Le mot « consoler » me paraît étrange, dit le Roi, mais, si consolation il y a, je l'attendrai avec impatience.

Et il lui donna son congé. La « consolation » que le nonce avait promise au Roi se fit attendre quelques semaines et quand elle vint, elle ne manqua pas de finesse, comme Henri l'avait prévu. La cour de Rome ne révoqua pas l'édit inqualifiable, elle se borna à publier une nouvelle liste d'ouvrages condamnés sur laquelle fut maintenue l'*Histoire universelle* du Président de Thou, mais de laquelle disparut la condamnation de l'arrêt de mort contre Châtel.

— Peu leur chaut ! dit mon père, quand je lui contai l'affaire, le mal est fait ! Le message est passé ! Et croyez bien qu'il sera relayé de clocher en clocher, de sacristie en sacristie et de couvent en couvent. Seul le premier mouvement du Saint-Siège sera réputé le bon. Son « repentir » sera mis sur le compte de l'opportunité. Et c'est ainsi que, de nos jours, on suscite un assassin tout en gardant les mains blanches et une soutane immaculée.

*
**

Comme mon père l'avait prévu, les négociations pour ravoir la Princesse n'aboutirent pas et une tentative pour l'enlever en plein cœur de Bruxelles et la ramener en France échoua tout du même, en grande partie par la faute du Roi lui-même, qui cria victoire trop tôt. Quant au Prince de Condé, cette tentative l'effraya tant que, confiant la Princesse à la garde des vertueux Archiducs, il gagna Milan par des chemins détournés et il se mit dans les mains du Comte de Fuentes, l'ennemi juré de la France. Il faut dire que le Premier prince du sang était, pour l'Espagne et Fuentes, un atout d'autant plus merveilleux que le Prince n'avait pas un seul sol vaillant et dépendait, pour vivre, de l'argent étranger. Il fut donc facile à Fuentes de lui faire rédiger une proclamation dans laquelle il dénonçait la « tyrannie » d'Henri IV à son endroit (ce mot « tyrannie », je le souligne encore, était de la dernière conséquence puisque, selon la casuistique des Jésuites, s'il était défendu de tuer un roi, il devenait, au contraire, licite de tuer un tyran). Le Prince contestait, en outre, comme étant illégitime, le divorce du Roi et de la reine Margot, considérait, en conséquence, que Marie de Médicis n'était point légitimement mariée avec Henri et que le dauphin Louis était un bâtard.

Tant mon père fut troublé qu'il consulta, là-dessus, Fogacer, quand il vint souper avec nous. Le Révérend abbé eut son long, lent et sinueux sourire que je n'ose plus dire sodomite, ne sachant où il en est de ses mœurs. Mais il dit ceci :

— C'est peu sérieux. Il est infiniment peu probable que Paul V accepte un jour d'annuler le divorce d'Henri et de la reine Margot. D'abord, l'intéressée y était consentante; ensuite, elle n'a jamais eu d'enfant et fut si notoirement légère de la cuisse que, si elle n'eût pas été princesse, on l'eût appelée putain. Et pourquoi diable Paul V ferait-il cette écorne à Marie, au risque de se brouiller mortellement avec les Médicis ? La proclamation du Prince n'a d'autre intérêt que d'opposer le Premier prince du sang à Henri IV comme successeur au trône de France, au cas où le Roi viendrait à disparaître... Mais même alors je ne sais si le Prince lui-même aimerait poursuivre ce périlleux petit jeu jusqu'au bout. Il serait trop facile de lui jeter au nez sa propre naissance dont la légitimité est elle-même plus que douteuse. Il n'empêche que, pour l'instant, le Prince fait un excellent pion aux mains des Espagnols et qu'ils vont s'en servir comme Philippe II s'est servi du Duc de Guise contre Henri III : comme d'un fanion pour rallier les ligueux, les mécontents et les traîtres.

— Oui, vous avez raison, Fogacer, dit mon père, et la guerre, alors même qu'elle n'a pas encore éclaté, commence fort bien pour les Espagnols. Ils détiennent un gage précieux à Milan dans la personne du Prince et un autre gage encore plus précieux dans la personne de la Princesse à Bruxelles. Celle-là, vous pouvez être assuré qu'ils en demanderont un bon prix — en place forte, en territoire, en honneur, en prestige — quand le moment sera venu pour eux de la monnayer.

L'échec de l'enlèvement de la Princesse à Bruxelles et la proclamation du Prince à Milan eurent lieu, si je ne me trompe, fin mars 1610 et c'est au début avril que je fus mandé au Louvre par Henri pour écrire et traduire une lettre à un prince allemand. Je trouvai le Roi bien plus calme et résolu que je ne l'avais jamais vu depuis cette soirée fatale où il perdit sa bien-aimée. Il expédia sa lettre avec une rapidité exemplaire, les mots coulant de source comme s'il les avait déjà médités. Et quant à moi, à mon humblissime échelle, je me sentis aussi bien plus sûr de moi pour la raison que j'avais emporté, dans l'emmanchure de mon pourpoint, un petit dictionnaire d'allemand dont je comptais me servir, si besoin en était. Bref, dictée et traduction, tout se fit dans un battement de cil et, ma tâche terminée, Henri me parla avec entrain de ses préparatifs de guerre, mais sans mentionner la Princesse, comme il l'avait fait si souvent à ceux de son entourage, depuis qu'elle avait passé les frontières, en se plaignant de la douleur qu'il éprouvait de se voir ainsi privé d'elle, en termes touchants et quasi naïfs.

Ma tâche de truchement achevée, je demandai au Roi la permission d'aller voir le Dauphin. Il acquiesça, étant content de l'attachement que je montrais à son fils aîné, lequel était sincère, assurément. Toutefois, sachant que Mademoiselle de Fonlebon, sur les six heures, allait dire bonsoir au Dauphin, et se faire baiser par lui sur les deux joues, j'espérais la trouver chez lui. Le hasard fit les choses autrement. J'appris du page que le Dauphin se trouvait chez la Reine, mais comme je m'en retournais, je rencontrai sur le seuil de son appartement Mademoiselle de Fonlebon qui, comme moi-même, le venait visiter. Je fus d'abord enchanté de lui parler au bec à bec sans que la Marquise de Guercheville projetât son ombre sur nous. Mais quand je la vis pâle, tremblante et les yeux rougis, je m'en émus fort et lui demandai la cause de son chagrin. Elle ne voulut pas me la confier de prime, mais à force de la presser avec toute la tendresse que je pus mettre dans mon propos, elle finit par tout me dire.

— Ah ! Monsieur mon cousin ! dit-elle en me prenant les deux mains, que j'eusse mille fois préféré être laide et que pareil prédicament ne me fût jamais tombé sus ! Hélas ! Le peu de beauté qu'on me trouve aura causé ma perte !

— Votre peu de beauté ? dis-je en me saisissant à mon tour de ses mains et en les portant à mes lèvres. Ma cousine, c'est blasphémer !

— Mais le pis, dit-elle en m'abandonnant ses mains, le pis, ce fut ma fatale ressemblance avec la Princesse de Condé ! Ah ! que j'eusse préféré ressembler à force forcée à la Galigaï plutôt que d'être exposée, comme ce fut le cas depuis plus d'un mois, aux assiduités du Roi ! Encore, si c'eût été de sa part un doigt de cour discret mais, vramy ! on n'aurait pas dit qu'il admirait tant *L'Astrée* ! Car, en fait d'amour courtois, il y allait à la soldate ! Enfin, n'y pouvant plus, je me suis jetée aux pieds de la Reine et je lui ai tout dit, n'ayant que ce seul moyen de remparer ma vertu contre de tels assauts. La Reine fut fort bonne. Elle me releva, me baisa sur les deux joues, me promit une dot quand je me marierai, mais son commandement fut sans appel ; dès demain, il me faudra partir, sous bonne escorte, pour le Périgord et la maison de mes parents. Assurément, je les aime, mais, Monsieur mon cousin, après les fastes de la cour, après cette belle Paris, c'est un désert que le Périgord !

Qui, je vous le demande, qui me viendra voir, quand je serai si loin ?

— Mais moi, ma cousine, moi ! Je passe tous mes étés à Mespech. Et Mespech n'est pas si loin du Castelnau des Caumont que je ne puisse, en quelques heures de cheval, galoper jusqu'à vous !

Elle s'est alors jetée à mon cou, m'a embrassé sur les deux joues, puis, d'une façon charmante, a rougi et s'est excusée de sa vivacité.

— Chevalier, dit-elle d'une voix pétulante, est-ce vrai ? Est-ce vrai ? Me viendrez-vous voir ? Vous le jurez ?

— Tant promis, tant tenu ! dis-je en levant la main.

Quand le soir je contai la rencontre à mon père, il se rembrunit.

— Ne vous avancez donc pas tant avec Mademoiselle de Fonlebon ! Sa famille est fort haute, et si après vos avances, vous décidez de vous retirer, ses parents pourraient s'en piquer.

— C'est que je l'ai trouvée si charmante et si primesautière quand dans son désarroi elle s'est jetée à mon cou...

— Primesautière ? Ces manières chez les filles sont toujours un peu calculées, mais le calcul est si rapide que le mouvement a toutes les apparences de la spontanéité.

— Je trouve comique chez le Roi, dit La Surie, cette passion subite née d'une simple ressemblance.

— Je ne la trouve pas comique, dit mon père. Elle m'inspire, au contraire, quelque pitié pour cet amant quasi sexagénaire qui, au désespoir d'avoir perdu sa maîtresse, se jette sur son sosie, lequel aussitôt le rebute.

Mon père, comme j'ai dit, je crois, allait fort peu au Louvre, et seulement pour faire service au Roi qui l'employait aux missions que l'on sait. Toutefois, il aimait être informé de tout et dit devant moi un jour à La Surie que Monsieur de La Force, huguenot et vieux serviteur d'Henri, venait de faire nommer lieutenant dans la compagnie des gardes qu'il commandait son fils, Monsieur de Castelnau. Comme peut-être bien mon père y comptait (si sobre de détails que j'eusse été sur ma rencontre avec Mademoiselle de Fonlebon), je dressai fort l'oreille à ce nom de Castelnau et dis :

— Monsieur, est-ce un Castelnau du Périgord ?

— Assurément, dit mon père.

— Ce serait donc un Caumont ?

— Comme son père, Monsieur de La Force.

— Nous serions donc quelque peu parents ?

— Nous sommes cousins, en effet, dit mon père en jetant un œil à La Surie.

— Et comment est ce Monsieur de Castelnau ?

— Il a votre âge et aurait assez votre tournure, sauf qu'il est fort brun avec des yeux noirs. Vous le pourrez voir au guichet du Louvre où il est souvent de garde en remplacement de son père, en vertu de l'adage militaire qui veut que le lieutenant fasse le travail du capitaine.

— Passe-t-il l'été à Castelnau ?

— Je ne sais, dit mon père avec un sourire. Vous pourriez peut-être le lui demander en vous nommant à lui ? A ce que j'ai ouï dire, c'est un jeune homme fort aimable.

— Est-il lui aussi huguenot ?

— Oui-da, comme son père. Monsieur de La Force échappa par miracle à la Saint-Barthélemy. Il était alors fort jeune lorsque son frère et son père furent dagués le 24 août, en Paris, par de bons chrétiens. Et il eut l'émerveillable présence d'esprit de se laisser choir entre son père et son frère en criant : « Je suis mort ! » La nuit venue, il fut sauvé par un *naquet*[1] qui le mena à l'Arsenal, chez Biron.

Quelques jours plus tard, mon père étant mandé au Louvre, je lui demandai, non sans arrière-pensée, de

---

1. Un *naquet* est employé à marquer les jeux à la paume sur un tableau noir.

l'accompagner, ce qui ne laissa pas de l'étonner quelque peu, car il devait s'y rendre à l'heure de ma sieste, ce qui voulait dire que je l'allais sacrifier. Néanmoins, sans dire mot ni sourire le moindre, il acquiesça.

Je jouai de bonheur car, arrivé au guichet du Louvre, mon père me dit sans y toucher :

— Voilà justement Monsieur de Castelnau de garde. Je vais vous présenter à lui, puisque tel est votre désir.

A jeter l'œil sur Monsieur de Castelnau, je conçus quelque envie de son habit bleu à parements rouges de lieutenant des gardes-françaises, lequel, pensai-je toutefois, me serait allé tout aussi bien qu'à lui. Mais c'était une envie qui me passa comme elle était venue, car je savais bien que je n'aurais trouvé que routine et oisiveté dans le métier des armes, encore qu'aucun métier ne soit sot, s'il est fait avec conscience. Et il n'y avait qu'à voir Monsieur de Castelnau et l'air de rigueur huguenote que portait son beau visage pour deviner qu'il ne prenait pas sa garde à la légère, comme ces fats arrogants qui plastronnent devant le guichet du Louvre en prenant des airs de mangeurs de charrettes ferrées.

Monsieur de Castelnau, d'évidence, n'était pas de ces façonniers. Le sérieux de sa physionomie ne l'empêchait pas d'être avenante et ouverte. Il est vrai que je ne connaissais pour ainsi dire pas de garçon de mon âge, n'ayant pour amis que les amis de mon père qui, à part Bassompierre, étaient ses contemporains. Et pour tout dire, dès que je vis le lieutenant des gardes, j'oubliai sur l'heure qu'il n'avait été de prime dans mon esprit qu'un chaînon commode pour rattacher Mespech à Castelnau : je me pris à lui d'une amitié singulière et lui à moi, au premier coup d'œil.

Notre degré de cousinage fut notre premier sujet d'entretien et, en énumérant les Caumont du côté de ma grand-mère et les Caumont du côté de son père, j'appris que nous étions cousins au troisième degré et aussi que Mademoiselle de Fonlebon était sa cousine germaine. Cela ne laissa pas que de me donner des ombrages, car je ne pouvais concevoir qu'un gentilhomme aussi beau et bien fait que Castelnau pût résister aux charmes de sa cousine, et elle aux siens. Mais la minute d'après, et sans que lui eusse question posée, il me retira de dessus le cœur un grand poids. Il raffolait, me dit-il, du Périgord et y passait tous ses étés, étant furieusement épris de Mademoiselle de Puymartin. Tout me parut alors se mettre en place par une sorte de miracle, car mon grand-père était fort ami des Puymartin dont la châtellenie se trouvait voisine de Mespech. Le cœur me battit que mon nouvel ami fût si proche de moi par le sang et le lieu, sans être pour autant mon rival.

— Comment ? dis-je, vous passez tous vos étés en Périgord ! Mais moi aussi ! (Oh ! ma franche marguerite, que devenait ton orient ?)

Il en fut fort joyeux. Et que pensez-vous que nous fîmes, sinon nous projeter dans ces juillets futurs, joignant nos escortes sous le clair soleil, trottant au botte à botte sur les chemins fleuris de France, festoyant à dents aiguës aux fraîches auberges des étapes, et oubliant tout à plein que nous étions debout devant le guichet du Louvre, battant le pavé qui, en ce torride début de mai, était poussiéreux et brûlant.

— Ah certes ! dit-il, (ce « certes » trahissait le huguenot) j'aimerais mieux, ce jour d'hui, tant il fait chaud, m'ébattre à Castelnau que transpirer céans.

— Castelnau est-il à vous ?

— Non point. Mon père m'a conféré le titre, le nom et les revenus. Mais je n'ai que l'usance de la maison.

Ce mot « maison » me toucha fort, appliqué à cette belle et formidable forteresse qui domine la Dordogne. Nos grandes familles des provinces ont la pudeur de ne se paonner point de leurs merveilleux châteaux, sinon dans le clos de leur cœur, et c'est alors davantage de l'amour que de la vanité.

Nous en étions à deviser ainsi quand un géantin quidam dont le chapeau vert laissait échapper des touffes de cheveux rouge sang, lesquelles se mêlaient à une barbe hirsute de la même couleur, traversa la place du Louvre en tirant dans notre direction mais, s'arrêtant à mi-chemin, mit les poings sur les hanches et nous dévisagea de loin, Castelnau et moi. Non qu'il parût hésitant le moindre. Ses yeux bleus étaient fixés sur nous avec une expression qui n'avait rien de rassurant. Outre sa taille élevée et ses larges épaules, ce qui achevait de rendre ce personnage singulier, c'est qu'en contraste avec sa chevelure et sa barbe rousses, mais d'un roux très foncé, il était vêtu de vert, son habit, par surcroît d'originalité, étant taillé à la mode flamande.

— Dalbavie, dit Castelnau à un sergent des gardes, sais-tu ce que nous veut ce faquin ?

— Ah ! celui-là ! dit Dalbavie avec un fort accent périgourdin, c'est la troisième fois qu'il se présente au guichet du Louvre, et deux fois je l'ai déjà rebuté. Je n'aime ni son poil ni ses yeux. Et je le cuide fol *coma la luna de mars* [1].

— Vramy, dit un petit garde qui avait l'œil pétillant et futé, n'a-t-il pas déjà sur la tête un chapeau vert ? Quand même, c'est pitié que sa cervelle trébuche ! Autrement, fort qu'il est comme un bœuf, on en ferait un beau soldat.

— Vous a-t-il parlé ? dit Castelnau.

— Oui-da, dit Dalbavie. Il a la parladure facile. M'est avis que si vous le mettiez dans une soutane, il vous dégoiserait un prêche tout aussi bien qu'un autre.

— Que vous a-t-il dit ?

— A moi rien, dit Dalbavie, mais il a parlé à Cadejac.

1. Comme la lune de Mars (occitan).

C'était le garde aux yeux rieurs et dès que Castelnau lui adressa la parole, ses yeux rirent de plus belle.

— Il m'a demandé s'il était constant que le Roi allait faire la guerre au Pape.

— Et que lui as-tu répondu ?

— Qu'il y avait longtemps que le Roi ne m'avait convié à sa table pour me confier ses projets, mais que s'il avait le projet qu'il disait, je lui donnerais bien volontiers un coup de main.

Cadejac rit le premier au souvenir de cette petite gausserie et les gardes l'imitèrent.

— Et qu'a-t-il répondu ?

— Jour de Dieu ! Il n'a pas pris l'affaire en riant ! Il m'a jeté un regard à geler la Seine en été et a grondé entre ses dents : « Blasphème ! Blasphème ! Faire la guerre au Pape, c'est la faire à Dieu ! Car le Pape est Dieu et Dieu est le Pape ! »

— Et à cela qu'as-tu répliqué ?

— Ma fé, que j'ai dit, si c'est la même personne, pourquoi sont-ils deux ?

Mais je vis bien que cette gausserie-là ne plaisait qu'à demi à Castelnau, pour ce qu'elle ne témoignait pas assez de révérence à l'égard du Créateur. Dalbavie le sentit aussi car il dit, croyant arranger les choses :

— Justement, Monsieur le lieutenant, c'est bien ce qui m'a fait penser que le drole était fol *coma la luna de mars*, vu que confondre le Pape et Dieu, c'est quasiment confondre Monsieur votre père et vous-même.

Cela me fit sourire, mais non Castelnau qui, fichant ses yeux noirs sur le rouquin géantin qui le considérait de loin, les deux poings sur les hanches, lui fit signe d'approcher. Le rouquin se mit en branle d'un pas résolu et sans la moindre appréhension.

— Demeurez devant le guichet, dit Castelnau aux gardes.

Quand l'homme fut à cinq pas de lui, Castelnau l'interpella d'une voix forte :

— Halte ! Que voulez-vous ? Pourquoi demandez-vous l'entrant ?

— Pour voir le Roi, Monsieur. J'ai à lui parler.

— Que lui direz-vous ?

— Je ne le dirai qu'à lui, dit l'homme.

Il s'était exprimé avec assez de calme et sa façon de parler n'était pas celle d'un ignare.

— Vous devez entendre, dit Castelnau d'un ton poli, que le Roi ne peut donner audience à tous ses sujets. Il en a trop.

— Monsieur, dit l'homme en s'exaltant tout soudain et ses yeux bleus jetant des flammes, je vous supplie au nom de Notre-Seigneur Jésus-Christ et de la Vierge Marie, que je voie le Roi !

Je me fis cette réflexion que supplier un huguenot au nom de la Vierge Marie n'était peut-être pas la meilleure façon de faire aboutir la supplique. Toutefois, Castelnau ne se départit pas de son ton calme et poli.

— Je vais quérir le capitaine. Lui seul peut vous mener au Roi, s'il le juge bon.

Et s'adressant aux gardes gascons, il leur dit à mi-voix :

— *Mefia-te. Diu te garde d'aquel qu'a lo pial roje*[1].

Je ne pense pas que Castelnau eût une quelconque aversion envers les rouquins : c'était là une façon indirecte de mettre les gardes en alerte. De reste, dès qu'ayant franchi le guichet du Louvre d'un pas rapide il fut entré dans le Louvre, Dalbavie fit signe aux soldats qui se trouvaient là au nombre d'une demi-douzaine, lesquels sans piper, ni faire mine ni semblant, entourèrent le quidam. Le sergent pensait sans doute que l'homme pourrait tenter de forcer l'entrant et que, dans ce cas, ils ne seraient pas trop de six pour se saisir

1 Méfiance. Dieu te garde de qui a le poil rouge (occitan).

de lui. Celui-ci me parut ne craindre point, et se soucier moins encore, d'être ainsi entouré. Dominant d'une bonne tête les gardes gascons, il se tenait campé sur ses deux jambes, la tête haute et les bras ballants. Sa carrure annonçait beaucoup de vigueur. Fort brillants dans le poil rouge qui couvrait son visage, ses yeux bleus avaient une façon de se ficher dans les vôtres sans ciller qui vous mettait mal à l'aise. Il ne me parut pas à proprement parler atteint de folie, mais farouche, exalté et excessivement sûr de lui et de ses opinions. Comme Castelnau tardait à revenir avec Monsieur de La Force, je lui dis :

— Que pensez-vous de la guerre qui se prépare ?

Il me répondit sans hésitation et sur le ton de la plus absolue certitude :

— C'est à faire la guerre aux huguenots que le cœur du Roi doit être porté.

Voilà un gautier, pensai-je, qu'on a bien catéchisé. Et s'il n'a pas ouï le père Gontier à Saint-Gervais le jour de Noël, du moins a-t-il eu les oreilles rebattues par le même son de cloche. Mais qui diantre lui a enseigné que « Dieu était le Pape et le Pape était Dieu » ? A-t-il sorti seul de son chapeau vert cette étrange théologie ? Et s'il veut voir le Roi, est-ce pour « porter son cœur » à faire la guerre aux huguenots, comme Jeanne d'Arc, jadis, a incité le Dauphin à « bouter les Anglais hors de France » ?

Enfin, Monsieur de La Force apparut, suivi de son fils. Si je rencontrai ce jour-là Castelnau pour la première fois — sans doute parce qu'il ne fut présenté au Roi et à la cour que lorsque son père obtint pour lui la lieutenance de la troisième compagnie des gardes —, en revanche, je connaissais fort bien Monsieur de La Force qui, avec mon père, d'Ornano, Roquelaure, Bellegarde et Vitry, était un des plus vieux serviteurs d'Henri IV et, s'étant illustré à ses côtés dans toutes les dures batailles que le roi de Navarre avait dû livrer pour conquérir le trône de France, était couvert de titres, de gloire et de possessions. Né Caumont, il était gouverneur et lieutenant général de Navarre et Béarn, Duc de La Force, Marquis de Castelnau et des Milandes, sans compter d'autres biens dans le Sarladais. Son titre de Duc n'était point babiole, ayant été accompagné d'un don de deux cent mille écus grâce auquel il put reconstruire le manoir de La Force qui, cependant, était une petite chose, comparée à Castelnau. Lecteur, si un jour vous passez par le Périgord, de grâce, allez jeter un œil à ce rocher construit par la main de l'homme sur une roche naturelle et vous aurez une idée de la solidité tant morale que physique du Duc de La Force.

Aucun nom ne lui eût mieux convenu que celui-là. C'était un roc, inébranlable en sa santé, en ses entreprises, en sa foi protestante. Depuis cette nuit de la Saint-Barthélemy où, couvert du sang de son père et de son frère aîné, il feignit d'avoir été lui aussi poignardé, il eut cent fois l'occasion d'être tué et échappa à toutes. Et ne croyez surtout pas, lecteur, que ce roc huguenot ne savait pas, à l'occasion, avoir quelque tendresse pour le *gentil sesso*. Il se maria trois fois et la troisième fois, à quatre-vingt-neuf ans.

Dès qu'il me vit, Monsieur de La Force prit le temps de me bailler une forte brassée et de s'enquérir de la santé de mon père et de celle de La Surie, mais tout en me parlant, son œil gris pénétrant s'attachait à l'herculéen rouquin vêtu de vert. Il ne me sembla pas qu'il aimait beaucoup ce qu'il voyait. Toutefois, quand il lui adressa la parole, ce fut lui aussi d'un ton poli.

— Est-ce vous qui quérez de voir Sa Majesté ?

— Oui, Monsieur le capitaine.

— Comment vous nomme-t-on ?

— Jean-François Ravaillac.

— Quel âge avez-vous ?

— Trente et un ans.

— Quel est votre état ?

— J'ai été maître d'école et valet de chambre. J'ai aussi sollicité des procès à Paris pour un juge.

— Et à s'teure, quel est votre métier ?

— Je suis désoccupé.

— De quoi vivez-vous ?

— D'aumônes que de bonnes gens me font.

— N'avez-vous pas vergogne, à votre âge et bâti comme vous l'êtes, de ne travailler point ?

— Je ne perds pas mon temps.

— Que faites-vous ?

Ravaillac se redressa et dit avec emphase, et sur un ton quasi prophétique :

— Je m'attache à la contemplation des secrets de la Providence éternelle.

— N'est-ce pas bien outrecuidant ? Espérez-vous pouvoir les percer ?

— Je lis de bons livres pour m'éclairer.

— Écrits par qui ?

— Le curé Jean Boucher, le père Mariana, le père Emmanuel Sâ.

Lectures inquiétantes : deux jésuites et un curé qui avait été banni de Paris en raison de l'extrême violence de ses prêches. Toutefois, Monsieur de La Force ne broncha pas.

— Où demeurez-vous à Paris ?

— Je demeure en Angoulême.

Quelle que fût son impassibilité, Monsieur de La Force trahit ici un peu d'émotion. Angoulême, ville archiligueuse, était au Duc d'Épernon et il ne s'y passait rien qu'il ne sût.

— Connaissez-vous le Duc d'Épernon ?

— Oui.

Et il ajouta :

— C'est un catholique à gros grain.

Ce commentaire et l'air révérenciel avec lequel Ravaillac l'articula finirent d'édifier Monsieur de La Force sur le genre d'acharné papiste auquel il avait affaire.

— Que voulez-vous dire au Roi ?

— Je ne peux le dire qu'à lui.

Monsieur de La Force se tut un instant, l'œil fixé sur le quidam et reprit, sur le même ton de politesse scrupuleuse :

— Avant de vous mener à Sa Majesté, je dois vous faire fouiller.

— Je m'y attendais, dit Ravaillac.

Sur un signe de Castelnau, Dalbavie s'approcha du rouquin et, des deux mains, tâta successivement sa poitrine, son dos, ses bras, ses hanches et ses cuisses, puis se tournant vers Monsieur de La Force, il dit :

— Il est sans arme, Monsieur le capitaine, pas même un couteau.

Ce qui amena au centre du visage hirsute de Ravaillac une sorte de remous qui eût pu passer pour un sourire, s'il avait en quoi que ce soit modifié la fixité de son regard.

— Je vais trouver Sa Majesté, dit Monsieur de La Force. En m'attendant, gardez l'œil sur lui.

Ce qui se dit entre lui et le Roi, je ne le sus que plus tard et par ce que Monsieur de La Force en dit à mon père.

— Fouillez-le encore une fois, dit le Roi, et si vous ne trouvez rien sur lui, chassez-le ! Et défendez-lui, sous peine d'étrivières, d'approcher du Louvre et de ma personne.

— C'est un fanatique et un furieux, dit La Force. Il connaît d'Épernon. C'est gibier de jésuite et d'archiligueux ! Et, vu sa force, je le crois très dangereux ! M'est avis de le serrer en geôle.

— Faites ce que je dis, dit le Roi.

Quand Monsieur de La Force revint nous rejoindre devant le guichet, je lui trouvai la crête assez rabattue.

— Fouillez-le, dit-il plutôt sèchement à Dalbavie.

— Mais, Monsieur le capitaine, je l'ai déjà fouillé ! dit Dalbavie qui laissa paraître une certaine pique d'être ainsi repris devant ses hommes.

— Fouillez-le de nouveau, dit Monsieur de La Force en sourcillant.

Dalbavie s'approcha de Ravaillac et obéit d'un air assez malengroin. De nouveau, il tâta la poitrine, le dos, les bras, les hanches et les cuisses du quidam, mais par routine et comme négligemment, comme s'il était convaincu par avance que cette deuxième fouille était inutile.

— Il n'a rien sur lui, dit-il.

— C'est bien, laissez-le partir, dit La Force avec mauvaise humeur. Et s'il revient rôder autour du guichet, donnez-lui les étrivières.

Cette fouille fut mal conduite : on ne le sut que plus tard. Si les mains de Dalbavie étaient descendues plus bas que les genoux, elles auraient trouvé, le long du mollet gauche, et la jarretière en dissimulant le manche, le couteau de Ravaillac.

*
**

Nous eûmes Bassompierre à dîner le douze mai, la veille du sacre de la Reine, lequel devait être célébré selon la tradition en l'abbaye de Saint-Denis : ce qui fit dire à La Surie, avec un sourire d'un seul côté de la lèvre, que Marie serait, en conséquence, plus « royale que le roi », vu qu'Henri, pour son couronnement, qui eut lieu en pleine guerre civile, avait dû se contenter de Chartres, Saint-Denis étant alors aux mains des ligueux.

Bassompierre avait beaucoup de choses à dire sur ce sacre tant débattu, car l'amitié dont l'honoraient à la fois le Roi et la Reine le mettait en situation, sinon d'assister toujours aux confrontations conjugales à ce sujet, à tout le moins d'en ouïr les échos de l'une ou l'autre bouche. Mais il ne commença à nous les confier que lorsque mon père m'eut autorisé à lui rapporter la conversation en italien que j'avais surprise entre la Reine et Concini lors de la course de bague à Fontainebleau.

— Oh ! Il n'y a aucun doute là-dessus ! dit Bassompierre en se passant le doigt sur la moustache. C'est bien Concini qui lui a fourré cette idée du sacre en cervelle ! Et c'est la Galigaï qui l'y a ancrée ! Coiffant quotidiennement la Reine et prenant tant soin de son crâne, elle prend soin aussi du contenu. Mais, à mon sentiment, la Reine a dû prendre aussi conseil et avis de ces ministres que vous dites du parti espagnol, Marquis, et que je dis plus prudemment du parti de la paix.

— Ce qui, ajouta mon père, ne vous empêchera nullement, si le Roi déclare la guerre, d'accepter un commandement dans son armée.

— C'est l'évidence. Ne suis-je pas le paroissier de qui est le curé ?

— Et comment ont opiné Villeroi et Sillery ? dit La Surie.

— Favorablement tous deux. Et pour de fort bonnes raisons — tirées de l'Histoire, du Droit et de la Tradition — desquelles ils ont méthodiquement nourri les oreilles de la Reine.

— Et elle les a retenues ? dit La Surie.

— La Reine, dit Bassompierre, a beaucoup de mémoire, quand il s'agit de ses intérêts. Et ainsi lestée et fortifiée d'arguments de poids, elle attaqua Sa Majesté.

— J'augure, dit mon père, que cette attaque donna lieu à une scène frénétique.

— Nenni. Il y eut plusieurs scènes assez vives échelonnées sur plusieurs mois.

— Que disait le Roi ?

— Sacrer la Reine, c'était consacrer à la cérémonie des sommes énormes, au moment où il avait besoin d'argent pour former et nourrir ses armées. « Monsieur, disait alors la Reine, nos enfants sont encore bien petits. Ne vaut-il pas mieux vivre en paix en attendant qu'ils soient plus âgés ? — M'amie, répondait le Roi, la guerre est résolue », et lui tournait le dos.

— Double non, dit La Surie : non pour la paix et non pour le couronnement.

— Cependant, dit Bassompierre, le Roi se rendait bien compte que l'argument des pécunes était faible. Lui-même venait de dépenser beaucoup d'argent pour le mariage du Duc de Vendôme.

— Dans un débat conjugal, dit mon père, les fausses raisons cachent souvent les vraies. Et sur celles du Roi, j'ai ma petite idée. Sachant la Reine inapte à gouverner, ayant peu de jugement et se laissant mener par le bout du cheveu par la Galigaï, il se soucie peu d'augmenter son prestige et son autorité. Ressouvenez-vous qu'il ne l'a nommée Régente que dans la perspective de son propre départ aux armées et même alors, au Conseil de régence qui devait tout décider en son absence, il ne lui a donné qu'une voix.

— Il n'empêche, dit Bassompierre, que lors de l'escarmouche suivante, la Reine, chapitrée par Villeroi et Sillery, avança un argument fort valable : la coutume voulait qu'en France une princesse qui mariait un roi régnant et déjà couronné fût sacrée à son tour. Ainsi fut-il fait pour Élisabeth d'Autriche quand elle épousa Charles IX.

— Et ce précédent ébranla le Roi ? dit La Surie.

— Pas le moindre. Il ne voyait pas pourquoi un Bourbon devrait imiter un Valois.

— J'attends, dit mon père, l'escarmouche décisive : celle qui lui fit rendre les armes.

— La voici : « Monsieur, lui dit un jour la Reine, au cas où il vous arriverait malheur à la guerre, que deviendrait le Dauphin ? Je ne le pourrais protéger, n'étant qu'une régente sans pouvoir et une reine sans couronne. » Cet argument bouleversa le Roi. Et il finit par comprendre que la demande du sacre ne lui était faite que dans la perspective de sa mort... Car c'est à ce moment-là que le problème de sa succession se posant, le sacre de la Reine pourrait être utile. Il conférait à la Reine ce surcroît de légitimité qui lui permettrait d'être confortée dans sa régence et d'assurer les droits dynastiques du Dauphin. Je sais bien, poursuivit Bassompierre, que certains à la cour vont déjà racontant que le Roi accepta le sacre par lassitude et parce que le harcèlement de la Reine avait usé sa volonté, mais ce sont là sornettes et billevesées ! Le Roi accepta le sacre pour le Dauphin et dans la perspective de sa propre mort. Et c'est en cela qu'il montra, je pense, une véritable grandeur d'âme.

Toutefois, en prononçant ces derniers mots, Bassompierre se prit à sourire.

— Comte, dit mon père, vous souriez. N'êtes-vous pas d'accord avec ce que vous venez de dire ?

— Assurément, je le suis. Si je souris, c'est que je viens de me faire cette réflexion que la grandeur d'âme chez un homme peut être mêlée de sentiments moins nobles, comme par exemple le cynisme ou une naïveté presque comique.

— Éclairez-moi, de grâce, dit mon père.

— Eh bien, ayant dit à la Reine qu'il acceptait le sacre, le jour suivant, le Roi me tira à part et me dit : « Bassompierre, tu sais combien les Archiducs des Pays-Bas sont férus d'étiquette. Je voudrais que tu ailles dire à ma femme de leur écrire une lettre pour exiger la présence de la Princesse de Condé à son sacre… »

— Ma fé, la délicatesse est rare ! dit mon père. J'en rirais, s'il ne s'agissait pas du Roi. Et vous acceptâtes cette mission ?

— L'eussé-je refusée qu'il m'en aurait haï ! Mais laissez-moi vous dire, Marquis, que parvenu chez la Reine, je tournai sept fois ma langue dans ma bouche avant de lui transmettre cette effarante demande. Jour de Dieu ! Si elle avait eu dix yeux, elle n'eût pas eu assez de ces dix yeux pour me foudroyer. « Comte ! dit-elle, pour qui me prenez-vous ? Et pour qui le Roi me prend-il ? Pour une *rouffiana* [1] ? »

Quand Bassompierre fut parti, et tout ce que je venais d'entendre me tracassant fort, je dis :

— Je ne comprends pas pourquoi Henri montra une véritable grandeur d'âme en acceptant le sacre de la Reine pour assurer les droits dynastiques de son fils. N'était-ce pas naturel qu'il agît ainsi ?

— Ce serait naturel, si la Reine n'était pas (non sans raisons assurément) pleine de fiel et de rancœur à son égard, et qui pis est le chef du parti espagnol, qu'elle renseigne par le nonce Ubaldini, à qui elle fait dire tout ce qu'elle sait et elle sait beaucoup, le Roi ne se gardant pas assez. Or, vous devez savoir, mon fils, que le fort parti qui en France souhaite ou complote la mort du Roi ne veut pas pour autant plonger la France dans une guerre civile. Le sacre de la Reine, en assurant la succession du Roi, supprime cette crainte. Dès lors, la voie est libre et les risques que court le Roi d'être assassiné sont multipliés d'autant.

— Le Roi en est-il conscient ?

— Tout à plein. Je l'ai ouï dire à Sully en ma présence : « Maudit sacre ! Tu seras cause de ma mort ! »

J'assistai à Saint-Denis le treize mai avec mon père et La Surie à ce sacre qui fut aussi splendide qu'il devait l'être, et qui aurait dû être joyeux, s'il n'avait pas été accompagné, dans l'esprit du Roi et de ses proches, d'appréhensions sinistres.

Henri avait réglé par le menu tous les détails de la cérémonie. Et sachant cela, deux choses, entre toutes, me frappèrent. Le Roi se voulut sinon absent, du moins distant du sacre de sa femme. Il eût pu placer son trône dans le

1. *Ruffiana* : maquerelle (ital.).

chœur. Il se contenta d'assister à la cérémonie de loin et de haut, en spectateur, dans une loge vitrée.

Le cardinal de Joyeuse, selon l'usage, devait poser la couronne royale sur le chef de la Reine. Mais, de par la volonté du Roi, il reçut dans cette tâche deux aides inattendus : placés des deux côtés de Marie, le dauphin Louis et Madame, sœur de Louis, soutinrent la couronne avant qu'elle touchât le front de leur mère. Les dames trouvèrent charmante cette innovation, mais d'aucuns, au nombre desquels compta mon père, estimèrent qu'elle voulait dire que Marie de Médicis n'était reine couronnée que par la grâce des enfants qu'Henri lui avait faits.

Ce qui conforta mon père dans cette idée, ce furent deux incidents, l'un empreint de légèreté, l'autre de sérieux, qui se passèrent sous ses yeux après la cérémonie. Dès qu'elle fut achevée, le Roi, sans attendre la sortie du cortège, descendit de la loge vitrée où il se tenait et gagna une chambre dont la fenêtre surplombait la chapelle, et jeta à la Reine, comme elle en sortait, quelques gouttes d'eau. Cette petite gausserie troubla les assistants pour la raison qu'on n'osait interpréter cette sorte de baptême comme une dérision du sacre que la Reine venait de recevoir. Mais comme étant descendu à sa rencontre, le Roi recevait sa femme selon les formes les plus courtoises, il aperçut, venant à lui, le dauphin Louis. Son visage s'éclaira et, se tournant vers les assistants, il leur dit, d'une voix forte et avec la dernière gravité :

— Messieurs, voilà votre roi !

Ces paroles, et le ton dont il les prononça, eurent sur les courtisans un effet saisissant. Il leur sembla que le Roi, se plaçant déjà de l'autre côté de la vie, leur parlait d'outre-tombe, pour leur rappeler que leur vrai souverain n'était pas cette femme qu'on venait de couronner, mais cet enfant qui n'avait pas neuf ans.

*
**

Du moins en sa première moitié, ce vendredi quatorze mai fut dans ma vie un jour fort semblable aux autres. Monsieur Philipponeau, l'ancien jésuite aux yeux ardents, me demanda d'improviser, non sans qu'il m'aidât quelque peu, une traduction latine d'un sonnet de Malherbe. Après quoi il me questionna, toujours en latin, sur la conquête des Gaules. Et il termina ces deux heures de leçon par un exposé sur l'*Apologie* de Raymond de Sebonde, pour laquelle je le soupçonnais de nourrir quelque tendresse en raison du scepticisme dont elle est empreinte.

Avec une exactitude militaire, l'ex-artificier Martial surgit comme l'ex-jésuite s'en allait, et me donna une leçon de mathématiques, où je trouvai les certitudes qui manquaient à l'*Apologie,* mais qui, par malheur, m'étaient peu utiles pour résoudre les problèmes philosophiques soulevés par Raymond de Sebonde.

En dernier, Mademoiselle de Saint-Hubert parut. Elle avait alors trente et un ans, charmante, vive, sensible, mais par malheur vouée au célibat comme j'ai dit déjà par la conjonction de sa noblesse et de sa pauvreté. Comme si la nature, constatant leur désemploi, eût décidé d'en faire l'économie, elle avait perdu une partie de ses féminins contours et avec eux, les regards masculins qui s'égaraient si volontiers sur eux, ceux de mon père, de La Surie, de mon jésuite, de Franz et de moi-même. Toutefois, ses yeux, ses lèvres, ses longs cheveux, sa taille flexible, la grâce de ses gestes, sa voix basse et musicale, lui donnaient encore des charmes, mais qui évoquaient la lassitude d'une fleur qui s'étiole dans un vase. Elle me bailla une leçon dans la langue de Dante avec sa conscience coutumière, ne me faisant grâce d'aucune des traîtrises des verbes italiens, qui valent bien celles des nôtres. J'observai que lorsque ma main touchait par aventure la sienne, elle la retirait avec une vivacité quasi offensante, comme si après avoir tant attendu d'être aimée par l'autre sexe, elle ne supportait plus son contact.

L'injustice de son sort m'attristait d'autant plus que je n'y pouvais porter remède, tout geste un peu chaleureux de ma part lui étant devenu suspect : on eût dit qu'elle en ressentait de l'aigreur et qu'elle se sentait rejetée par tous, et par tout, y compris par les attentions que j'avais pour elle.

Après son partement, le maître en faits d'armes Sabatini, petit homme sec et pète-feu en diable, me mit de la tête aux pieds en sueur par un de ces assauts à l'épée dont il sortait, quant à lui, frais comme un gardon. Mais si ce violent exercice m'amusa et m'agita le corps, le pensement de Mademoiselle de Saint-Hubert me laissa comme un arrière-goût de chagrin quand je me mis à table avec mon père et La Surie.

Leur entretien fut loin de le dissiper : mon père revenait du Louvre où il avait appris quelques détails sur le dernier entretien du Roi avec le nonce Ubaldini. Henri ne s'en était jamais laissé conter par personne, et encore moins par l'habileté du pape Paul V qui, tout en se présentant dans l'affaire de Clèves en arbitre et en médiateur, prenait, en réalité, fait et cause pour les Habsbourg. La nouveauté, c'était que, cette fois, le Roi le dit haut, net et sec au nonce : « Le Pape voudrait tout obtenir de moi et rien des Espagnols — Sire, dit Ubaldini, se réfugiant dans le flou des principes, la paix de la chrétienté est entre vos mains. — Si vous voulez la paix, faites que les Espagnols me donnent quelques signes de bonne volonté. — Sire, laissez le temps à Sa Sainteté de l'obtenir. — J'ai assez attendu ! Je suis résolu d'aller à l'armée le quinze mai. »

— Derrière ces paroles du Roi, dit mon père, il y a la mort de centaines de milliers de gens.

— Et peut-être aussi la sienne, dit La Surie.

— Le Roi, dis-je, escompte-t-il vraiment partir aux armées demain ?

— En fait, non. Depuis cet entretien avec Ubaldini, il a

modifié son emploi du temps. Ce jour d'hui vendredi quatorze, il compte mettre en ordre ses affaires. Samedi, il courra un cerf. Dimanche, il assistera à l'entrée triomphale de la Reine en Paris.

— Mais, elle y est déjà ! dit La Surie, avec un petit brillement de son œil marron, son œil bleu restant froid. Va-t-elle en ressortir pour y rentrer ?

— Vous vous gaussez, je pense. C'est la coutume après un sacre de faire une entrée triomphale dans la ville dont on est le prince ou la princesse. Je poursuis : le Roi mariera sa fille Vendôme lundi. Mardi, il prendra part aux festins qui célébreront ce mariage. Et enfin, mercredi dix-neuf mai, il montera à cheval pour rejoindre ses armées.

Comme mon père achevait, Mariette fit une entrée elle-même triomphale, portant une énorme tarte aux cerises entières, dénoyautées et confiturées par ses soins, et précédemment cueillies en notre Seigneurie du Chêne Rogneux, juste avant qu'elles devinssent mûres : sans cette précaution, les oiseaux, en une seule journée, n'en eussent pas laissé une seule.

C'est par la pâte et l'ingéniosité à la travailler, et à la tourner en ornements divers, que Caboche brillait, et aussi par les dimensions de ce monument, astucieusement conçu pour faire honneur à ses maîtres et faire, du même coup, plaisir à ceux qui, à la grande table de la cuisine, finiraient après nous de le démanteler.

Tarte gloutie, je passai alors dans ma chambre. Avec ma nouvelle soubrette, ma sieste me laissait même du temps pour dormir. Non que Louison y mît moins de cœur que Toinon, mais aux lentes approches de ma boulangère et à ses subtiles complaisances, elle avait substitué un style plus rustique. Je tâchai de prime de le raffiner et je perdis ma peine : Louison voyait du péché partout. Et préférant, en fin de compte, changer mes désirs plutôt que sa théologie, je me contentai de sa simpliste procédure, où tout se passait à la bonne franquette. Après quoi, bonne et gentille garcelette qu'elle était, elle s'endormait comme un agneau, la conscience tranquille, me laissant moi-même à mon sommeil ou à mes songes. J'ai quelque vergogne à avouer ici que je rêvais, quand je rêvais, à d'autres visages que le sien, si avenant qu'il fût.

Franz vint me tirer, ce jour-là, de mon ensommeillement en me disant à travers l'huis que Son Altesse la Duchesse de Guise venait d'arriver et qu'elle me commandait de me lever et de me vêtir au mieux, pour ce qu'elle comptait m'emmener avec elle dans son carrosse.

— Mais Franz, dis-je béant, qu'en a décidé mon père ?

— Rien, Monsieur, vu qu'il n'est point au logis.

— Et le Chevalier ?

— Le Chevalier non plus.

Je me jetai alors de l'eau au visage et me lavai les mains et, avec l'aide de Louison, me vêtis en un tournemain de mon habit bleu en hommage aux yeux de ma bonne marraine, lesquels, à dire le vrai, scintillèrent de plaisir à me voir, mais sans que son verbe prît le relais de ses affectionnés regards.

— Jour de Dieu ! dit-elle, du train où vont les choses, à peu que j'aie failli vous attendre ! Or sus ! Ne languissons pas davantage ! J'ai autre chose à faire que m'apparesser au lit, comme vous faites après dîner ! Allez ! Allez ! dit-elle en me prenant par le bras et avec force m'entraînant, toute trottante menue qu'elle fût, vers son carrosse dont les chevaux piaffaient pour le moins autant que leur maîtresse. Montez ! Montez, que diantre !

— Mais, Madame, où allons-nous ?

— Si vous étiez seul, je dirais en enfer : c'est là qu'est votre place, mais Dieu merci, j'ai pour moi d'autres espoirs...

— Madame ! Madame ! dit Franz, accourant alors que le laquais aux couleurs des Guise remontait déjà le marchepied et fermait la portière, je supplie très humblement Votre Altesse de me dire où elle emmène le Chevalier, car je me ferais gronder par mon maître au retour à son logis, si je ne peux lui dire.

— Au Louvre, Franz ! Rien qu'au Louvre ! Pensiez-vous que ce fût au bordeau ?

Sur cette gaillardie de grande dame (qui dès ce moment allait être répétée de porte en porte sur toute la longueur de notre rue), elle rit « à gueule bec », comme elle disait dans son langage.

— Au Louvre, Madame ? dis-je en me rencognant contre les capitons de soie bleu pâle du plus ostentatoire des carrosses de la maison de Guise, et pour quoi faire au Louvre, Madame, peux-je vous le demander ?

— Je vous le dirai quand il me plaira ! dit-elle avec pétulance. Et pas avant ! Ma fé ! Cela empeste ici, mon filleul ! Il flotte autour de vous une *odor di femina* des plus insufférables ! Jour de ma vie ! N'avez-vous pas honte, à votre âge, de vous baigner dans la luxure tous les jours que Dieu fait ?

— Mon Dieu, Madame, dans cette rivière-là, il n'est pas d'âge pour se baigner...

— La peste soit du petit impertinent ! Dites-vous cela pour moi ?

— Non, Madame, la remarque était générale.

— Comment cela ? dit-elle en riant. Monstre que vous êtes, ai-je passé l'âge de plaire ?

— Vous savez bien que non, Madame. Mon père, de reste, vous le doit dire tous les jours.

— Mais il s'en faut que je voie maintenant ce méchant tous les jours ! dit-elle avec un soupir.

A ces mots, un voile de tristesse passa sur son visage mais, se redressant aussitôt, elle s'ébroua et reprit tout soudain son entrain, me laissant deviner en ce bref instant quel courage parfois il lui fallait pour garder la joyeuseté de son déportement. Sans doute ne savait-elle rien de la présence, dans nos murs, de notre petite couseuse de soie, mais elle en devait subir les effets.

— Or sus ! dit-elle, en deux mots comme en mille, voici l'affaire : je vous emmène chez la Reine.

— Chez la Reine, Madame ! Mais qu'y ferai-je ?

— Mais rien. Elle vous verra, c'est tout, tandis que je considérerai avec elle, la Maréchale de La Châtre et quelques autres, divers petits points d'étiquette de grande conséquence au regard de son entrée triomphale en Paris.

— Et moi, que ferai-je pendant ce temps ?

— Mais rien ! rien ! vous dis-je. Assis ou debout, selon le cas, vous garderez une attitude de courtoise immobilité, vos yeux fichés sur la Reine avec autant de dévotion que sur la Vierge Marie et vous n'articulerez pas un traître mot, sauf si elle vous adresse la parole. Et surtout, Monsieur, surtout, s'il se trouve, dans le cabinet où j'aurai cet entretien avec la Reine, quelques-unes de ses jolies filles d'honneur, vous rengainerez une fois pour toutes les gloutons regards dont vous couvrez d'ordinaire les personnes du sexe, et pas une fois — oyez-moi bien ! —, pas une fois, vous ne jetterez l'œil de ce côté-là.

— Et pourquoi, Madame, peux-je vous le demander, devrais-je me condamner à l'immobilité, au mutisme et à la cécité ? Y a-t-il un sens à cela ?

— Assurément, il y en a un. Oyez-moi bien. Le Roi s'en va-t-en guerre, ne laissant place qu'à deux possibilités : ou bien il est tué, ou bien il nous revient, et vainqueur et vivant. S'il est tué, on lui ouvre la poitrine et, selon la promesse qu'il leur fit de son vivant, on se saisit de son cœur et on le donne aux Jésuites qui sont doublement contents : d'abord qu'il soit mort, ensuite d'avoir son cœur.

— Mais, juste ciel, Madame ! m'écriai-je, qu'en feront-ils ?

— Ils le mettront dans une cassette en or, et la cassette en la chapelle de leur collège de La Flèche, où le monde entier viendra vénérer cette relique d'un grand roi et au départir, laissera pécunes aux mains de ses gardiens.

— Mon Dieu ! dis-je, horrifié. Est-ce ainsi que va le monde ?

— Mon beau filleul, vous êtes bien jeune, si vous venez de le découvrir. Mais, oyez-moi bien. Si le Roi revient de cette sotte guerre sain et sauf, comme je l'espère, pour ce que je l'aime bien, quoiqu'il soit un grand fol à jouer les héros à son âge, je me fais fort d'obtenir de lui qu'il vous marie à Mademoiselle d'Aumale.

— Mademoiselle d'Aumale, mais je ne l'ai jamais vue !

— Mais que diantre, Monsieur, cela n'est en rien nécessaire ! Outre qu'elle ne manque pas de grâces, la principale d'entre elles est d'être, après la Mercœur, une des plus riches héritières de France. Et qui mieux est, le Roi, s'il vous marie à elle, relèvera pour vous le titre de Duc qu'il a enlevé à son père.

— Mais le Roi a déjà proposé Mademoiselle d'Aumale à Bassompierre !

— Et Bassompierre l'a refusée, sentant bien que c'était là une offre de Gascon : le Roi ne fera pas volontiers un duc d'un étranger, tout au plus le fera-t-il maréchal de France.

— Bassompierre le pourrait-il devenir ?

— Mais oui, étant déjà colonel général des chevau-légers. Or, oyez-moi bien ! A supposer maintenant qu'il arrive malheur au Roi, la Reine est régente et règne seule, et vous avez alors de bonnes chances d'épouser Mademoiselle de Fonlebon...

Tant cette phrase me prit sans vert que je regardai Madame de Guise, le souffle coupé et les yeux me sortant quasiment de la tête. Madame de Guise se mit à rire :

— Vous voilà médusé ! Mais tout se sait à la cour, mon beau mignon ! Vous avez promis à Mademoiselle de Fonlebon de l'aller voir en Périgord. Vous avez arrangé avec Monsieur de Castelnau de faire ce voyage en sa compagnie.

Est-ce que cela ne suffit pas pour qu'on vous dise dans les ronds et les ruelles épris d'elle à la folie ? Sans compter que la garcelette, à son partement, a dû parler de vous à la Reine, puisque la Reine m'a demandé de vous amener chez elle

— Mais, dis-je éperdu, ne puis-je épouser Mademoiselle de Fonlebon du vivant du Roi ?

— Êtes-vous fol ? s'écria Madame de Guise en me regardant à son tour avec de grands yeux. Voudriez-vous faire au Roi cette mortelle écorne, vous qu'il appelle « son petit cousin » ? Avez-vous oublié qu'il a fait à cette noble fille une cour à la soldate, et voudriez-vous, une fois marié, qu'il vous traite comme le Prince de Condé ?

— Mais, dis-je, je ne veux pas épouser Mademoiselle d'Aumale !

— Vous ne l'avez jamais vue !

— Et je ne veux pas changer de nom : Siorac est assez bon pour moi.

— Chansons ! Sornettes ! Fariboles ! On ne change pas de nom en devenant duc ! On ajoute à son nom un titre. Le père de votre nouvel ami, Castelnau, est Jacques Nompar de Caumont, Duc de La Force et vous serez, vous, Pierre-Emmanuel de Siorac, Duc d'Aumale ! Est-ce rien, dites-moi, de se remparer derrière un beau titre de Duc quand on est illégitime ? Qui osera, alors, vous faire la mine ?

— Pour ceux qui me feront la mine, j'ai mon épée.

— Vous ne la tirerez pas. Le Roi vient de faire un édit contre les duels...

— ... que vos fils, Madame, ont déjà violé.

— Preuve que je ne ferai jamais rien de ces insolents muguets ! Quant à vous, Monsieur, vous me décevez. Je vous croyais plus raisonnable.

Comme elle semblait s'attrister sur ces mots, je lui pris les mains et les baisai.

— Je serai raisonnable, pour autant que je le peux, Madame, pour vous plaire, mais vous me demandez d'épouser Mademoiselle d'Aumale et vous me parlez, en même temps, d'épouser Mademoiselle de Fonlebon. Il y a de quoi s'y perdre !

— Et pouvez-vous savoir d'avance si vous n'allez pas vous éprendre de Mademoiselle d'Aumale ? Vous n'avez que dix-huit ans et déjà tant de filles et tant de femmes vous ont plu : votre sœur de lait Frédérique, cette mijaurée de Saint-Hubert, Toinon, Louison, ma scélérate Noémie et j'en passe. Quand on a le cœur aussi ouvert que le vôtre, mon filleul, on ne peut guère se targuer de sa fidélité. Mais, ajouta-t-elle après un silence, ne nous gourmons pas, de grâce, puisque tous ces beaux raisonnements ne sont bâtis que sur des hypothèses. Baisez-moi là, sur la joue, mon mignon. Faisons la paix et plus un mot ! De toute façon, cette entrevue va être pour vous de la plus grande conséquence. Tenez-vous à carreau. Aucune des femmes présentes, la Reine comprise, ne vous jettera le moindre coup d'œil, mais toutes vous épieront.

— Mais Madame, dis-je en jetant un œil par la portière, nous ne sommes pas au Louvre, mais quasi à l'Arsenal... Irons-nous voir Sully ? ajoutai-je en gaussant.

— Vous ne le pourriez, dit-elle sur le même ton. Une de ses blessures de guerre — il en a des tas, à ce qu'il dit — s'est rouverte. Il en pâtit fort. On murmure même au Louvre qu'il a pris un bain : jugez par là s'il est malade ! J'ai demandé à mon cocher de nous promener dans Paris, désirant m'entretenir avec vous au bec à bec, craignant l'indiscrétion de vos gens et en particulier de votre maudite Mariette dont les oreilles traînent partout. On marcherait sus, si on n'y prenait garde !

Ma bonne marraine donnant des leçons de discrétion après ce qu'elle avait dit à Franz à notre départir de notre logis du Champ Fleuri, voilà qui était nouveau ! Mais bien qu'elle ne fût pas à une billevesée près, bravant l'honnêteté en ses saillies sans même battre un cil, je me sentis heureux de la voir revenue à sa pétulance coutumière, étant, quant à moi, résigné à périr noblement d'ennui chez la Reine, comme elle me l'avait ordonné.

Le grave entretien des dames sur des points d'étiquette de grande conséquence pour l'entrée triomphale de la Reine dans Paris se déroulait non point dans le petit cabinet de la Reine, mais dans la chambre de Sa Majesté où j'avais mis le pied pour la première fois en novembre 1609, trois jours après la naissance d'Henriette-Marie, la Reine étant dolente et couchée, et le Roi, appuyé avec force sur mon épaule, et quasi hagard de douleur à la nouvelle que Condé avait emmené la Princesse au-delà des frontières.

Marie de Médicis n'était encore ni habillée ni coiffée, et je la trouvais plus agréable à voir ainsi, avec ses longs cheveux blonds tombant sur ses épaules rondes (que cachait à peine son déshabillé mauve) plutôt qu'armée de pied en cap, serrée dans sa basquine et bardée de tant de pierreries, et si lourdes, qu'à peu qu'elle pût marcher.

— Votre Majesté, dit Madame de Guise, voici mon filleul : le Chevalier de Siorac, que le Roi vous a présenté lors de mon bal.

Ayant fait les génuflexions d'usage, j'étais déjà à ses pieds et baisant le bas de sa robe, attendant ses premières paroles — de bienvenue ou de malvenue, comment le savoir d'avance avec elle ? Ses choix défiaient toute logique et si la raison eût dû l'incliner à m'accueillir bien, puisque la Duchesse de Guise était son intime amie, d'un autre côté, le poids de la morgue qu'elle tenait des Habsbourg (en même temps que son menton prognathe) était si lourd et si peu éclairé qu'il pouvait tomber sur n'importe qui.

— Ah ! dit-elle, *il figlioccio famoso*[1] ! Eh bien, qu'il s'assoie ! Caterina ! Un tabouret, là, contre le mur !

---

1. Le fameux filleul ! (ital.).

En me relevant de ma prosternation, et m'éloignant d'elle en révérences successives, je jetai un œil à ma marraine. Elle haussa les sourcils, sans doute pour me faire entendre que l'accueil n'était point si mauvais. En tout cas, à mon endroit, il valait mieux que « *il cugino de la mano sinistra* » dont elle m'avait adoubé au bal de la Duchesse de Guise. Il y avait bien encore quelque trace de venin dans le « *famoso* » (en quoi étais-je fameux, sinon par ma naissance illégitime ?) mais, d'un autre côté, elle condescendait à me faire asseoir en sa présence. Faveur qui, comme disait mon père, « avait protocolairement son prix et fessièrement sa commodité ».

La raison pour laquelle l'entretien eut lieu dans la chambre, et non dans le cabinet de la Reine, me devint claire au premier coup d'œil, car sur son lit était étalé en toute sa magnificence le manteau qu'elle allait porter à l'occasion de son entrée triomphale en Paris, lequel était de velours semé de fleurs de lys d'or, fourré d'hermine et ayant une queue longue de sept aunes [1], laquelle, pour qu'elle ne traînât point sur le tapis de Turquie, avait été arrangée en anneaux de serpent sur le couvre-lit de satin.

Il y avait là, outre la Reine et ma bonne marraine, la Duchesse douairière de Montpensier, la Princesse de Conti, la Maréchale de La Châtre et la Marquise de Guercheville. Je les saluai toutes avec un respect sans faille, dans l'ordre imposé par leur rang, et m'assis sur le tabouret que Caterina avait placé pour moi le long du mur, non loin des filles d'honneur de la Reine qui, elles, restaient debout devant la tapisserie, muettes et, à ce que j'imaginais, décoratives, puisque c'était là leur seul emploi. Muet comme elles, je gardais les yeux fichés avec la dernière révérence et la plus cléricale humilité sur Sa Majesté, laquelle, toutefois, par sa stature, sa voix forte, son épaisseur charnelle et sa visible

1. Environ treize mètres.

absence de suavité, je trouvais difficile de confondre avec la Vierge Marie. Ah certes ! le Comte de Soissons eût été mieux à sa place que moi en cet entretien où il allait être question d'étiquette. Il est vrai qu'il en était si féru que, les préséances à l'égard de sa femme et de lui-même n'ayant pas été respectées, il avait de nouveau boudé le sacre de la Reine après avoir boudé, comme on sait, le mariage du Duc de Vendôme et venait juste de faire savoir au Roi, dans une lettre indignée, qu'il bouderait aussi l'entrée triomphale de la Reine à Paris.

A force de regarder la Reine et de ne regarder qu'elle, je ne la voyais plus. Et ma vue devenant aussi inutile que ma langue, il ne me restait plus que mon ouïe, laquelle, cependant, se trouva vite découragée à suivre les points de protocole furieusement soulevés par les dames en cet entretien. Je ne manquai pas, toutefois, de remarquer que, si agité que fût leur débat, les dames ne laissaient pas de me jeter, en catimini, de petits regards vifs qui me pesaient, me soupesaient, m'appréciaient ou me dépréciaient en de subtiles balances. Et rapprochant ces regards de ce que Madame de Guise m'avait dit, je compris enfin que cet intérêt nouveau pour ma personne (car j'avais vu déjà une bonne dizaine de fois les dames qui étaient là) provenait de ce qu'elles avaient formé toutes ensemble le projet de m'accoupler à Mademoiselle de Fonlebon. Or, j'en savais assez sur elles, notamment sur la Princesse de Conti et Madame de Montpensier, unies à des époux infirmes, ou sur la Reine et la Duchesse de Guise, unies à des maris volages, pour savoir quel pâtiment le mariage leur avait apporté. Et cependant, ce malheur ne leur suffisait pas : elles le voulaient répandre.

Je ne laissai pas, assurément, d'apercevoir le cheminement de leur esprit. Mademoiselle de Fonlebon était fille de bon lieu. Son illustre famille avait du bien. La Reine lui avait de surcroît promis une dot. Elle était belle et vertueuse. Quant à moi, j'étais illégitime, assurément, mais cette illégitimité même était glorieuse, puisqu'elle m'apparentait aux Bourbons. Le Roi m'appelait son « petit cousin ». La Duchesse de Guise raffolait de moi plus que de ses fils et enfin j'avais « l'air cavalier », bien que chargé de « science et de talents », lesquels, en leur ignorance, ces dames exagéraient.

Belle lectrice, puis-je dire ici, sans encourir votre inimitié, que ces marieuses me refroidirent quelque peu à l'égard de Mademoiselle de Fonlebon, pour la raison que m'éprenant d'elle à la volée, sur un naïf battement de cœur, je me sentais tout soudain saisi et enveloppé dans les filets d'un mariage que je n'avais ni prévu, ni décidé, ni même désiré ? Je l'aimais — ou je croyais l'aimer, ce qui revient au même. Mais bien que mes « folies de jeunesse » ne fussent pas aussi folles et hautes que celles de Bassompierre, j'eusse eu l'impression de perdre l'infinie variété du monde des femmes en en épousant une seule, et d'autant que mon sentiment naissant pour Mademoiselle de Fonlebon n'avait en aucune façon chassé mon amour insatisfait pour Madame de Lichtenberg, ni diminué mon regret d'avoir perdu Toinon.

En outre, comment aurais-je pu le moindrement désiré épouser Mademoiselle de Fonlebon, maintenant que je savais que je ne pourrais le faire tant que le Roi demeurerait en vie, et de vies, à mon Roi, j'en souhaitais cent pour lui seul, tant je l'aimais, malgré ses faiblesses et ses fautes, et tant je le croyais nécessaire au bonheur de son peuple.

Comme si l'objet de tant d'admiration avait été appelé par l'ardeur de mon souhait, le Roi surgit à cet instant, fort élégant dans un pourpoint de satin noir et portant sur les épaules un petit manteau « à la clystérique », ainsi appelé par nos muguets parce qu'il dégageait les fesses et eût à la rigueur permis sans qu'on le quittât (à condition de baisser le haut-de-chausses) cette médication dont nos médecins sont si friands.

Un grand tohu-bohu se fit à la vue de Sa Majesté, toutes les dames se levant à la fois dans un grand froissement de leurs vertugadins, lesquels s'évasèrent sur le tapis comme autant de cloches tandis que le Roi baisait, qui les joues, qui les mains, après avoir galamment posé ses lèvres sur celles de la Reine en promenant sa maigre main sur ses grasses épaules.

Il paraissait animé de l'humeur la plus charmante et comme Madame de Guise, au bout d'un moment, quit de lui son congé, ayant un procès à solliciter au palais, il lui dit : « Ma bonne cousine, ne bougez d'ici : nous rirons ! »

Outre qu'elle lui était fort proche par le sang, étant sa cousine germaine, il l'aimait fort, trouvant sa compagnie « douce et agréable ». Je me permettrai de corriger ici ce jugement royal, le trouvant trop édulcoré, car une des choses qu'Henri appréciait le plus chez ma bonne marraine, n'était pas tellement sa « douceur » mais qu'elle parlât dru et sans fard comme lui-même.

Et bien je me ressouviens qu'en cette petite heure qu'il passa avec nous les gausseries dont les cousins se lançaient et se relançaient la balle eussent fait rougir la Marquise de Rambouillet par leur verdeur et grandement offensé la pudibonderie de la Reine, si elle avait pu en comprendre le quart. Mais le dialogue était trop rapide pour elle et d'ailleurs, au bout d'un moment, rechignée et malengroin, elle cessa d'écouter. Henri le sentit, et avec sa coutumière gentillesse, il entreprit de la remettre en bonne humeur en lui faisant de grands compliments sur le splendide manteau fleurdelisé qu'elle devait porter pour son entrée triomphale.

— Ventre Saint-Gris ! dit-il, que j'aimerais avoir une casaque de ce modèle pour porter par-dessus mon armure à la guerre !

— Mais alors, il n'y faudrait pas de queue ! dit Madame de Guise.

— Mais que dites-vous là, ma cousine ? dit Henri en riant.

Puis changeant de ton et de visage, il dit :

— C'est vrai qu'une casaque ne me serait peut-être pas utile, puisqu'on ensevelit les rois dans le manteau de leur propre sacre.

Les familiers d'Henri IV ont discerné, après coup, dans cette remarque et dans bien d'autres que le Roi articula en cette journée du quatorze mai, le pressentiment qu'il aurait eu que sa mort était proche. J'ai souvent débattu de ce point avec mon père qui ne voyait que superstition dans cette façon de conter l'Histoire à reculons. Si Henri, disait-il, n'avait pas été assassiné le quatorze mai, eût-on fait un tel sort à des réflexions qui, dans le prédicament qui était le sien, eussent paru bien naturelles : la casaque fleurdelisée l'avait fait penser à son armure, l'armure à la guerre, la guerre à son tombeau. Qui ne pense être tué au moment de partir au combat ?

A Bassompierre qui lui avait rappelé ce matin les bonheurs dont il avait joui depuis la reprise d'Amiens en 1597, Henri avait répondu : « Mon ami, il faut quitter tout cela. » Mais quitter quoi ? La félicité de la paix ? Ou la vie ? C'est pour nous qui en jugeons après l'événement que cette phrase est prémonitoire. Comment affirmer qu'elle le fût pour celui qui la prononça ? C'est vrai qu'en cette après-midi du quatorze mai il parut inquiet, agité, mal à l'aise, mais comment ne l'eût-il pas été, s'apprêtant à tout jouer sur un coup de dés : son royaume, son trône, sa dynastie, sa vie ?

Avant les combats qu'il livra pour conquérir son trône, ajouta mon père, je l'ai toujours vu fébrile, pensant à l'extrême précarité de sa situation, à la défaite toujours possible, à la mort aussi, et en parlant. Tout autre que lui eût caché ces alarmes sous un masque imperscrutable, mais Henri était un Gascon imaginatif, mobile, sensible, exubérant, enclin au rire, et aussi aux larmes, aimant gausser, mais porté aussi à dramatiser. Et surtout, il ne cachait rien. Atteint de diarrhée avant chaque combat, il prenait le parti d'en rire tout haut. Et allant aux feuillées, il criait à la cantonade, parlant des ennemis qu'il allait combattre : « Je vais faire bon pour eux ! » Après quoi, oubliant toute faiblesse, il se battait comme un lion.

La Surie voulut, à son tour, en dire son mot que je trouvai pertinent.

— Il faut se rappeler qu'Henri, dans la mélancolie, avait une tendance à l'hyperbole (La Surie aimait ce mot, qu'il trouvait savant). Ramentez-vous, dit-il en se tournant vers mon père, ce qu'il dit, quand après la mort d'Henri III, une bonne partie des troupes royales l'abandonna : « Je suis un général sans armée, un roi sans couronne et un mari sans femme. » C'était pousser les choses très au noir ! Il lui restait une armée, petite, certes, mais ardente, vaillante, aguerrie...

— Et invaincue, dit mon père.

— Et il était sans couronne, assurément, reprit La Surie, parce que la Ligue était à Paris, mais il avait pour lui la légitimité, et par le sang, et parce qu'Henri III l'avait solennellement reconnu sur son lit de mort. Et enfin, s'il était sans épouse, il n'était diantre pas sans femme, courant, à brides avalées, en pleine guerre de la haute dame à la meunière et de la meunière à la nonne...

A mon sentiment, Henri pâtissait aussi, en cette après-midi du quatorze mai, de n'avoir rien à faire. Et cette inaction ajoutait à sa fébrilité. Il devait consacrer sa journée à « mettre de l'ordre dans ses affaires », mais quelles affaires ? Et quel ordre ? Lui qui était toujours debout, allant, venant, incapable de s'asseoir devant une table, ou même de lire, griffonnant à la diable de courts billets, le seul ordre qui l'intéressât étant, pour lors, celui de ses armées. Celles-là, il les savait prêtes.

Madame de Guise, après la joute de gaillardies qu'elle venait de soutenir avec lui, redemanda son congé à Henri qui voulut bien, cette fois, quoique à regret, le lui donner. Mais il me garda auprès de lui puis, au bout d'un moment, ne sachant que faire de moi, il déclara qu'il allait s'ensommeiller, m'embrassa, gagna sa chambre et me commanda d'aller voir le Dauphin. Je le regardai s'éloigner de son pas vif, la tête penchée en avant. Ce fut la dernière fois que je le vis vivant. Peu après, ne pouvant trouver le sommeil, Henri pensa que l'air lui ferait du bien et il ordonna son carrosse.

Je ne pus voir de prime le Dauphin, car il était à ses dessins, mais fus fort bien accueilli par le docteur Héroard et Monsieur de Souvré qui, de tout le temps que je fus avec eux, ne parlèrent que de Louis. Héroard me conta comment Henri, quelques mois plus tôt, avait taquiné le Dauphin en disant : « Je prie Dieu que d'ici à vingt ans, je vous puisse encore donner le fouet ! » A quoi le Dauphin répondit : « Pas, s'il vous plaît ! — Comment, repartit le Roi, vous ne voudriez pas que je vous le puisse donner ? — Pas, s'il vous plaît ! » répondit Louis.

— N'est-ce pas étrange, reprit Monsieur de Souvré. Un enfant n'imagine pas qu'il puisse cesser d'être un enfant. Louis n'a pas pensé un seul instant que dans vingt ans, il aurait vingt-huit ans, et qu'à cet âge il y aurait beau temps qu'il ne serait plus fouetté.

Je trouvai, pour ma part, plus étrange encore la question du Roi, à tout le moins posée sous cette forme. Mais je me gardai d'en rien dire. Quant à Héroard, je l'avais déjà observé : s'il aimait raconter des anecdotes à propos du Dauphin, il ne les commentait jamais. Huguenot, et n'étant pas sans ennemi à la cour, en particulier dans l'entourage de la Reine, il se montrait fort prudent en ses paroles et en son attitude, allant même jusqu'à dissimuler la grande amour qu'il portait à Louis.

Le petit chien Vaillant entra le premier dans la pièce et me fit fête, preuve qu'il se ressouvenait que je lui avais dit si poliment adieu. Et le Dauphin, apparaissant derrière lui, me sauta au cou, et pria Monsieur de Souvré de m'emmener en promenade, laquelle je pensais se devoir faire à pied au jardin, ce qui, par la chaleur extrême qui régnait en ce mai, ne me paraissait pas si plaisant. Mais en réalité, il ne s'agissait que d'aller de par la ville en carrosse pour admirer les arcs de triomphe que les charpentiers achevaient de dresser sur le parcours que devait le lendemain emprunter la Reine en son entrée triomphale. Ces arcs, à ce qu'on disait, ne laissaient pas d'être très élaborés et les jardiniers les décoraient de feuillages et de fleurs.

Dans le carrosse, Monsieur de Souvré fut assez bon pour me faire asseoir à côté du Dauphin et s'assit lui-même en face de nous, le docteur Héroard à côté de lui. Sur le commandement qu'on lui fit, le cocher prit par la rue des Poullies, puis tourna à droite dans la grand'rue Saint-Honoré, et se dirigea vers la Croix du Tiroy. Sans le savoir, nous prenions le même chemin que le carrosse du Roi avait pris quelques minutes plus tôt. Je ne saurais préciser l'heure qu'il était, n'ayant pas sur moi ma montre-horloge. De reste, l'eussé-je eue que je n'aurais jamais osé la tirer en présence du Dauphin.

Le carrosse allait fort lentement en raison du grand mouvement de charrois qui se faisait à cette heure et aussi de la grande quantité de peuple qui se trouvait de par les rues à admirer les arcs de triomphe dont nous vîmes trois : celui de la rue des Poullies, celui de la grand'rue Saint-Honoré et celui de la Croix du Tiroy. Mais celui-là, qui était le plus grand, nous n'eûmes guère le loisir de l'admirer, bien que le Dauphin eût demandé à Monsieur de Souvré d'arrêter le carrosse afin d'en discerner mieux les détails. Car au moment où le cocher bridait les chevaux, je vis accourir à toutes jambes vers nous un page aux couleurs de la Reine. Le docteur Héroard l'ayant aperçu aussi se pencha au-dehors, ce qu'il fit sans bouger de sa place, les mantelets de cuir du carrosse ayant été relevés en raison de la chaleur.

Mais le page, qui sans doute ne voulait pas crier son message en pleine rue, mit un pied sur un des rayons de la roue et, saisissant un des portants des mantelets, s'éleva jusqu'à se trouver au niveau du docteur Héroard. Tant est que ce dernier, comprenant son intention, approcha son oreille. Je n'ouïs pas ce que le page murmura, mais j'en compris la gravité : le docteur Héroard devint blême et comme Monsieur de Souvré le questionnait en levant les sourcils, il lui dit en latin :

— *Rex vulneratus est.*

— *Leviter ?*

— *Pagius nescit*[1].

Monsieur de Souvré pâlit à son tour et resta un instant sans pouvoir parler, tandis que le regard du Dauphin se fichait alternativement sur lui et sur son médecin.

— Qu'est cela ? dit-il enfin d'une voix grêle.

— Le Roi votre père est blessé, Monsieur, dit Monsieur de Souvré d'une voix blanche. Il faut retourner au Louvre sans tant languir.

Mon cœur se mit à battre avant même que le désarroi de Souvré et d'Héroard m'eût convaincu que le pire était arrivé et que le page en savait plus et en avait dit plus qu'Héroard ne l'avait d'abord prétendu. Je dis à voix basse :

— *Relinquit vita corpus*[2] ?

Héroard ne me répondit rien, pas même un signe de tête. Louis ayant commencé le latin à l'âge de cinq ans, il eût dû entendre ma phrase. Mais outre qu'il avait un fort mauvais maître qui savait lui-même assez mal ce qu'il lui enseignait, Louis avait apporté peu de zèle à cette étude. Sans saisir le sens de ma question, il dut comprendre pourtant que se

---

1. — Le Roi est blessé.
   — Légèrement ?
   — Le page ne le sait pas (lat.).
2. La vie a-t-elle quitté son corps ? (lat.).

disaient au-dessus de sa tête des choses graves, et bien dans sa façon, il prit le parti de se taire. La première question qu'il avait posée lui ayant appris la blessure du Roi, il me sembla que, par superstition, il craignait d'en poser une seconde. De toute façon, dans ses moments d'émotion, il bégayait si fort qu'il aimait mieux se taire. En lui jetant un coup d'œil de côté, je vis qu'il avait l'air pâle et contracté, alors même qu'il tâchait de donner le change en regardant le spectacle de la rue. Mais sa main sur la banquette du carrosse cherchant la mienne, je la saisis. Elle me parut froide malgré la chaleur torride de ce mai et aussi — je ne sais ce qui me donna cette impression — plus menue qu'à l'ordinaire.

Le Louvre était hérissé de gardes-françaises et de Suisses qui avaient dressé chaînes et barrières, et qui gardaient les piques basses, comme s'ils s'attendaient à un assaut. Quant au guichet, il était si bien défendu que l'exempt, ne reconnaissant pas dans son effarement qu'il avait affaire à un carrosse royal, nous refusa d'abord l'entrant, Monsieur de Souvré devant mettre la tête à la portière pour se faire reconnaître.

La vue de tant de soldats parut ranimer Louis, ce que je mis d'abord sur le compte de sa grande amour pour le métier des armes. Mais j'entendis plus tard que ce déploiement de forces l'avait aussi rassuré : il commençait à craindre pour sa propre vie, comme il le laissa apparaître le lendemain quand, allant en carrosse par la rue Saint-Honoré, il commanda tout soudain à l'exempt de faire mettre ses gardes « *en haies des deux côtés de son carrosse* ».

Dès que le Dauphin atteignit ses appartements, il prit son petit chien dans ses bras et, s'asseyant sur un tabouret, se mit à l'embrasser et à le caresser, sans pleurer, mais sans non plus vouloir regarder les adultes qui l'entouraient, comme s'il voulait se réfugier dans son monde à lui, loin des horreurs du nôtre. Monsieur de Souvré et le docteur

Héroard à quelques pas de lui se demandaient, à voix très basse, s'il valait mieux lui apprendre tout de gob ce qu'il en était ou attendre que la Reine le fît. Je leur soufflai à l'oreille que j'allais aux nouvelles et courus comme fol jusqu'à l'appartement du Roi, espérant encore, contre tout espoir, que le page avait exagéré l'état du blessé.

Tout un monde s'écroula en moi, quand je vis Henri étendu sur son lit, son pourpoint de satin noir ouvert et ensanglanté, le visage cireux, mais étrangement serein. Monsieur de Vic, assis sur le lit, lui mettait, bien en vain, me sembla-t-il, sa croix de l'ordre sur la bouche et lui faisait ressouvenir de Dieu. Et deux chirurgiens, des bandes à la main, se préparaient à le panser, quand Milon, le premier médecin, debout dans la ruelle, dit en pleurant : « Eh ! Que croyez-vous faire ? C'en est fini ! Il est passé ! »

Sur ces paroles, je me jetai à genoux et appuyai ma tête sur le lit, car je me sentais prêt à pâmer. Et je pâmai peut-être quelques secondes car, relevant la tête, tout me parut flou. Mais peu à peu, ma vue se précisa ; je vis Monsieur de Bellegarde à genoux dans la ruelle, tenant une main d'Henri dans la sienne et la baisant. C'est le deuxième roi de France que Bellegarde voyait assassiné, ayant été présent quand Jacques Clément donna de son couteau dans le ventre d'Henri III. Bassompierre, à genoux au bout du lit, tenait étroitement embrassés les pieds du Roi dans ses mains. Monsieur de Guise était à ses côtés, pleurant aussi.

Je demeurai là un moment, tâchant de prier sans y réussir tout à plein et apercevant le Duc de La Force et Castelnau dans une embrasure de fenêtre, père et fils sanglotant dans les bras l'un de l'autre, je me levai, les genoux tremblants et, le pas incertain, me dirigeai vers eux. Ils furent un moment avant de me reconnaître, tant les larmes obscurcissaient leurs yeux. Mais m'étant nommé, Monsieur de La Force me donna une forte brassée et me dit à l'oreille : « Ah ! Si le Roi m'avait permis de serrer en geôle ce misérable ! — Quoi ?

dis-je, est-ce ce même Ravaillac ?... » La Force me conta alors, à paroles basses et entrecoupées, ce qui s'était passé rue de la Ferronnerie, l'embarras de charrois qui avait immobilisé le carrosse du Roi, et ce misérable, le pied sur une borne, l'autre sur le rayon d'une roue, et le couteau dans la main gauche, « donnant dans le corps du Roi comme dans une botte de foin ». La Force était dans le carrosse du Roi avec Montbazon, Roquelaure, Liancourt et d'Épernon. L'attentat fut si prompt que personne, sauf d'Épernon, ne vit les coups de couteau, mais seulement le sang qui jaillissait de la bouche du Roi.

Monsieur de La Force n'en dit pas plus, sa voix lui manquant. Et Castelnau, me jetant le bras autour du cou, me serra à lui et me dit à l'oreille : « Après ce coup-là, que peuvent-ils faire de pis, sinon révoquer l'édit [1] et recommencer contre nous les persécutions ? »

Je refis tout le chemin des appartements du Roi à celui du Dauphin, lequel, à mon entrant, leva la tête. Son visage ne me parut pas tant triste que fermé et c'est seulement quand il parla qu'il se trahit. Sa voix était plus enfantine qu'à l'accoutumée et il bégayait beaucoup : « Siorac, dit-il, vous plaît-il de dire bonjour à mon chien ? » Je me vins mettre à genoux à côté de son tabouret et je caressai Vaillant en même temps que lui. Louis me parut trouver quelque soulagement en ma présence, comme s'il se fût senti plus proche de moi en raison de mon âge. Le docteur Héroard et Monsieur de Souvré avaient dû se mettre d'accord pour ne rien lui dire de plus que ce qui avait été dit dans le carrosse et se tenaient debout, muets à côté de lui, sans qu'il osât les envisager ni leur poser question.

La Duchesse douairière de Montpensier troubla ce

1. L'édit de Nantes.

silence. Elle entra en trombe dans la pièce et cria, tout à l'étourdie et d'une voix aigre :

— Où est le Dauphin ? Où est le Dauphin ? Or sus ! La Reine le veut voir sur l'heure !

Le Dauphin ne leva pas la tête, ne la regarda pas et, le visage penché sur son chien, continua à le caresser. La Duchesse, ne sachant que faire, s'approcha de Monsieur de Souvré qui lui parla assez longuement à l'oreille.

— Monsieur, reprit-elle, en s'adressant au Dauphin d'un ton plus doux et en lui faisant une grande révérence, plaise à vous de venir voir Sa Majesté la Reine. Le Chevalier de Siorac peut vous accompagner, si tel est votre plaisir.

— Siorac, vous plaît-il de venir ? dit Louis.

— Assurément, Monsieur.

J'articulai ce « Monsieur » avec la certitude, faite de regrets poignants, mais aussi d'amour et d'allégeance, que je lui devrai dire « Sire » la prochaine fois que je m'adresserai à lui.

La Reine, qui n'était encore ni coiffée ni habillée, jouait dans sa chambre une tragédie à l'italienne, avec pleurs, cris, exclamations, torsions pathétiques de mains et de bras, mais, à observer ses yeux, il me parut qu'elle n'était ni aussi surprise ni aussi effrayée qu'elle aurait dû l'être.

A l'entrant de Louis, elle s'écria :

— *L'hanno ammazzato*[1] !

A y songer plus tard, ce pluriel me surprit, la fiction à laquelle le pouvoir tâcha à donner crédit par la suite étant que Ravaillac avait agi seul. Mais sur l'instant, ce que je trouvai offensant à l'extrême fut que la Reine eût annoncé en italien à son fils la mort du roi de France.

Ayant prononcé ces mots que peut-être Louis n'entendit pas, elle se jeta sur lui, l'enlaça et écrasa ses lèvres sur sa

1. Ils l'ont assassiné ! (ital.).

joue. Le Dauphin me parut excessivement gêné et surpris par ces démonstrations et il avait bien, en effet, quelques raisons de l'être, et en eut davantage au fur et à mesure que passèrent les années ce fut là, en effet, le seul baiser qu'il reçut de sa mère pendant les sept ans que dura sa régence.

Le Chancelier de Sillery, après en avoir demandé la permission à la Reine, prit le relais et fit alors au Dauphin un récit succinct de l'assassinat de son père, récit qu'il tenait sans doute du Duc d'Épernon présent dans la chambre.

Depuis le début de cette scène, je m'étais tenu à côté de la porte, debout contre la tapisserie et mon insignifiance me faisant tout à plein oublier, j'eus tout le loisir de l'observer. Dans la chambre du Roi, on pleurait le passé. Mais dans la chambre de la Reine, je ne tardai pas à constater qu'on préparait l'avenir. Ce n'était sûrement pas un hasard s'il y avait là tout le parti espagnol : la Reine, Villeroi, Sillery, d'Épernon. Il n'y manquait personne, pas même Concini, mais pour une fois modeste et muet, il s'était retiré dans une embrasure de fenêtre et oyait tout sans piper mot.

Quand le Chancelier de Sillery eut terminé son récit, Louis dit :

— Ah ! Si j'eusse été là avec mon épée ! J'eusse tué ce méchant !

Cette naïveté ne parut émouvoir personne et dans le silence qui suivit, la Reine recommença ses lamentations et ses agitations, répétant cent fois : « Le Roi est mort ! Le Roi est mort ! » Soit que le Chancelier de Sillery pensât qu'elle en faisait plus qu'il n'était utile, soit qu'il estimât que le moment était venu d'agir, il fit cesser cette antienne en disant d'une voix forte :

— Les rois ne meurent pas en France, Madame !

Et désignant le Dauphin, il reprit :

— Voici le roi vivant !

A ce moment, Louis eut un mouvement qui eût bouleversé les assistants s'ils n'avaient pas eu leurs têtes pleines de leurs propres calculs. Oyant parler du « roi vivant », il se retourna avec vivacité comme s'il se fût attendu que son père surgît derrière lui sain et sauf. Et ce n'est que quand d'Épernon, Sillery, Villeroi et Concini vinrent tour à tour s'agenouiller devant lui en l'appelant « Sire » et « en se donnant à lui », qu'il se convainquit qu'il n'en était rien. Encore n'accepta-t-il pas entièrement les faits, car lorsqu'il alla le lendemain tenir un lict de justice au parlement, le peuple se mettant à crier sur son passage : « Vive le Roi ! » il se retourna et dit : « Qui est le Roi ? » Concini étant de par la grossièreté de sa nature incapable de sentir que pour Louis, admettre qu'il était le roi, c'était admettre que son père fût mort, conclut de cette anecdote que Louis était « idiot ». Erreur qui, dans la suite, devait lui être fatale.

Villeroi et Sillery — ceux que mon père appelait les « ministres espagnols » et Bassompierre, plus flatteusement, « les ministres de la paix » — étaient deux barbons septuagénaires, blanchis sous le harnais des affaires politiques, l'un et l'autre pleins d'expérience et d'habileté. Raison pour laquelle Henri les avait conservés dans leur poste, mais dans une demi-disgrâce, pensant les brider en suspendant leur renvoi au-dessus de leur tête. J'eus l'impression qu'après la mort du Roi ils sentaient un sang neuf leur courir dans les veines, car sous la forme de sages conseils donnés à la Reine, ils procédèrent aussitôt à la distribution des tâches et au partage des rôles.

Bassompierre, à la tête de ses chevau-légers, devait parcourir les rues pour éviter l'émeute et le pillage ; Guise, rassembler le corps de ville ; et d'Épernon, qu'on savait énergique et résolu, devait pousser sans ménagement le parlement à déclarer la Reine Régente.

C'était là, m'expliqua mon père, donner au parlement une prérogative qu'il n'avait jamais eue et qui revenait à l'assemblée des pairs laïcs et ecclésiastiques et aux princes du sang. Mais Conti, le seul Bourbon présent à Paris, était sourd, bègue et stupide, Soissons boudait dans son château lointain et Condé se trouvait à Milan. Fallait-il les attendre, arguaient nos deux compères, et laisser le trône en quenouille ?

Le parlement se laissa faire par d'Épernon la plus douce violence. Il était, en fait, enchanté de se donner un droit nouveau, et déclara sans ambages la Reine, mère du Roi, Régente de France pour l'administration des affaires du royaume « *avec toute-puissance et autorité* ».

Cette seule phrase supprimait sans le dire et sans qu'on en ait débattu, le Conseil de régence établi tout exprès par le Roi pour que Marie n'y eût qu'une voix. Elle était d'ores en avant, sous le nom de Régente, reine régnante aussi absolue que l'avait été son mari.

Nos deux barbons, sachant ce qu'il en était de ses capacités, pensaient bien qu'ils auraient la réalité du pouvoir et qu'ils s'y perpétueraient. D'Épernon, partant poigner le parlement, jugeait de son côté que la Reine aurait besoin d'une épée et que cette épée serait la sienne. Dans son embrasure de fenêtre, Concini considérait cette scène sans se permettre un sourire, n'ignorant pas que l'opiniâtreté invincible de Marie était un bloc de pierre que nul ne savait bouger, sauf lui-même et la Galigaï. Peut-être rêvait-il déjà, à cette minute même, à pousser sa fortune aussi loin qu'elle pourrait aller, et à hériter d'un royaume.

La Reine, s'apercevant que son fils était toujours là, immobile et contraint, me demanda de le ramener dans ses appartements, où il mangea peu et à contrecœur. Les larmes lui venaient par instants, mais il les refoulait. On le coucha à neuf heures et peu après il demanda à coucher avec Monsieur de Souvré, « *pour ce qu'il lui venait des songes* ». Cependant, il fut réveillé brusquement sur le coup de minuit, la Reine l'envoyant quérir pour qu'il reposât dans sa chambre. Je dis dans sa chambre, et non avec elle, car ne voulant pas pousser la sollicitude maternelle jusqu'à l'avoir dans son lit, elle le fit coucher dans un lit à part avec son demi-frère Verneuil. Il dormit fort mal et se réveilla à six heures et demie du matin.

Pour ma part, Héroard me fit manger et coucher dans son appartement, pensant que Louis serait heureux de me retrouver au matin. Mais je ne pus le voir alors, car il était parti — premier acte de sa vie de roi — tenir un lict de justice, comme j'ai dit, au parlement, pour confirmer la régence de sa mère. C'est là où, cheminant par les rues sur une haquenée blanche, il fut fort troublé, par les cris de : « Vive le Roi ! » qui furent poussés par le peuple comme il passait.

Cependant, je l'allai visiter l'après-midi ; et comme j'entrais dans ses appartements, je fus ébahi de les voir tout soudain envahis par une douzaine de soutanes noires. Elles appartenaient à des jésuites, qui, sous la houlette du père Cotton, venaient réclamer, comme leur ayant été promis, le cœur du feu roi. Cela fut dit avec beaucoup d'encens, de larmes verbales, de regrets douloureux et de serments de fidélité au nouveau souverain. Pendant que le père Cotton parlait, je détaillai les physionomies des jésuites qui l'accompagnaient, mais je ne trouvai parmi eux ni le père Gontier, qui avait laissé entendre que Dieu pourrait cesser de maintenir le Roi en vie s'il ne changeait pas de politique, ni le père Hardy, qui avait observé plus crûment qu' « il suffisait d'un pion pour mater un roi ».

Quand Louis, sur le conseil de Monsieur de Souvré, eut accepté leur requête, j'eus la curiosité de les suivre dans la chambre du Roi, où le premier médecin, Milon, leur remit le cœur royal qu'il venait d'extraire en pratiquant l'autopsie. Le père Cotton le plaça dans une urne en plomb, et celle-ci, dans un reliquaire qui avait lui-même la forme d'un cœur. Le reliquaire était en argent et non en or, comme la Duchesse de Guise l'avait imaginé.

Mais il fallait une personne du sang pour dire une dernière

prière avec le père Cotton avant qu'il emportât le reliquaire. On n'osa pas demander à Louis ce service, et on courut chercher le seul prince royal qu'il y eût encore en Paris : le Prince de Conti qui, à dire vrai, n'ouït pas bien et entendit moins encore ce qu'on attendait de lui. Toutefois, impressionné par la soutane et la gravité du père Cotton, il fit tout ce qu'on voulut. Il récita à genoux, aux côtés du père Cotton, devant le reliquaire, les prières qu'on lui indiquait en lui en cornant les premiers mots aux oreilles. Cependant, au bout d'un moment, le père Cotton prit sur lui d'écourter les oraisons : elles prenaient trop de temps, le Prince de Conti bégayant plus qu'à l'accoutumée.

Les pères n'étaient pas au bout de leurs peines. Il fallait ramener le cœur à La Flèche par un très long chemin et au milieu d'un peuple qui de nouveau était hostile à leur Compagnie, n'ayant pas assez de larmes pour pleurer Henri.

En fin de compte, on imagina une suite d'une douzaine de carrosses escortés par le Duc de Montbazon et quatre cents cavaliers armés, tous volontaires. D'après ce que j'ai ouï dire par Montbazon, ces jésuites de La Flèche étaient bien différents des jésuites politiques et parisiens qui avaient tant prêché contre le Roi. C'étaient de bons enseignants qui aimaient leurs élèves, révéraient le Pape et adoraient Dieu. Ils ne voyaient dans le cœur du roi assassiné qu'une relique dont la gloire rejaillirait sur la chapelle qu'ils avaient construite à l'aide de ses dons.

A la prière de Monsieur de Souvré, qui espérait que ma vue, le lendemain, distrairait Louis d'une douleur d'autant plus violente qu'il la renfermait en soi, muet, pâle, et bégayant dès qu'il ouvrait la bouche, je couchai une seconde fois au Louvre dans la chambre d'Héroard. Auparavant, j'envoyai le petit La Barge dire à Madame de Guise, qui ne quittait plus les appartements de la Reine, d'avoir à prévenir mon père du lieu où je m'encontrais. Je ne sais comment elle fit, mais quand une heure plus tard, je me retirai dans l'appartement d'Héroard, j'y trouvai le Marquis de Siorac debout, seul, m'attendant, le visage tout chaffourré de pleurs. Je me jetai dans ses bras, les larmes jaillissant de mes yeux, mi du bonheur d'avoir encore à moi le meilleur des pères, mi du chagrin que me donnait le désespoir de Louis d'avoir perdu le sien.

Mon père me bailla une longue brassée et me dit à l'oreille : « Tout va changer de face. Soyez la prudence même. Surveillez vos paroles, et même vos regards. Madame de Guise vous protégera, mais cette protection elle-même aura besoin d'être guidée, tant votre bonne marraine fait tout à la volée. »

Pour ma part, je dormis fort peu et fort mal, et aux mouvements incessants que faisait Héroard sur sa propre couche, et aux soupirs qui lui échappaient, j'entendis bien que le bon docteur, attaché à Louis par le zèle le plus sincère, était agité d'une frayeur mortelle à la pensée que la Régente, par hostilité à l'égard de la religion qui avait été la sienne, le pourrait éloigner du jeune roi, le remplaçant par un médecin mieux pensant, mais à coup sûr moins dévoué.

Le lendemain, Héroard m'en toucha un mot, et quand je répétai un peu plus tard à mon père ses propos, il me dit avec tristesse : « Ce serait un crime à l'égard du jeune roi ! Mais on peut tout attendre de la stupidité, quand elle se trouve investie de la toute-puissance. »

Pourquoi aurais-je vergogne à confesser que, cette nuit, comme celle qui avait suivi l'assassinat de mon maître bien-aimé, fut pour moi partagée entre les cauchemars et les larmes. Bien que je n'eusse pas assisté au meurtre, le récit de La Force, en sa terrible brièveté, me l'avait rendu présent. « Ravaillac, avait dit La Force, donna dans le corps du Roi comme dans une botte de foin. » Cette phrase revenait sans cesse dans mes sommeils et mes demi-sommeils et, chose étrange, sa répétition n'en atténuait pas l'horreur, bien le rebours ! A chaque fois, il me semblait que c'était moi qui recevais le coup : il me poignait jusque dans les tripes ! Et aussitôt, je voyais, penché au-dessus de moi, le géant roux et ses insoutenables yeux bleus. Quel abject instrument avait mis fin à une si belle vie ! Ce fol, qui n'était que haine ! Cet extravagant, qui prétendait méditer sur les secrets de la Providence ! Cette pauvre, faible, détraquée et fanatisée cervelle ! Cette sanguinaire marionnette, dont on avait si bien tiré les fils ! Je le revoyais tout entier, ses cheveux roux, son habit vert taillé à la flamande, son regard fixe, et ce que nul alors n'avait perçu : le couteau attaché le long de son mollet. En même temps, revenait en mon esprit, en une hideuse itération, le même regret poignant et futile : si Henri avait écouté La Force et consenti qu'on l'emprisonnât ! Ou si Dalbavie l'avait fouillé de haut en bas, au lieu de s'arrêter au genou !

D'après tous les échos qui à travers les murs épais du Louvre nous étaient parvenus, le peuple unanime pleurait Henri. En vain avait-on criaillé, prêchaillé, médit et détracté de lui. L'impopularité des derniers mois, qui n'était cependant pas sans causes, se dissipa en un instant. Les édits, les impôts, le décriement de la monnaie, le scandale de sa vie privée, out fut oublié. La France se sentit orpheline de ce grand roi qui avait mis fin à un demi-siècle de guerre civile en ramenant huguenots et catholiques dans les bornes de la raison.

J'avais trop chaud, je rejetai mes draps, je me tournai et retournai sur ma couche ; je pouvais ouïr les mouvements du pauvre Héroard sur la sienne, ses soupirs, ses sanglots étouffés. Mais son chagrin, le mien, le désarroi des fidèles d'Henri et celui du peuple, n'étaient qu'une bien impuissante consolation dans notre prédicament. Dans la chambre de la Reine, j'avais pu voir avec quelle alacrité les nouveaux seigneurs se partageaient les rôles et quelle satisfaction perçait sous leur tristesse chattemite. Tout ce que mon père m'avait dit et tout ce que j'avais vu moi-même me le confirmait : le pouvoir allait échoir à de bien étranges mains...

Je revoyais cette scène qui d'un bout à l'autre m'avait semblé si fausse : la Reine se tordant les mains en répétant : « Le Roi est mort ! Le Roi est mort ! », sans la moindre douleur vraie dans les yeux. Et elle était maintenant, cette balourde, la souveraine absolue d'un peuple qu'elle n'aimait pas ; Concino, muet dans son embrasure de fenêtre, mais l'œil brillant de cupidité ; le petit duc sans cœur et partant, sans remords, qui se voyait déjà Connétable. Et les deux barbons qui, pour toute philosophie, n'aspiraient qu'à vieillir dans les privilèges de leurs fonctions. Quelles petites et médiocres gens c'étaient là, ne soufflant, ne pensant, ne parlant, ne priant qu'à la mode espagnole ! Où serait chez eux le sens des grands intérêts du royaume ?

Bien que ce qui toucha à ma personne me parût de nulle conséquence en ce désastre, la pensée désolante, toutefois, me vint que j'étais d'ores en avant désoccupé, n'étant plus le truchement du Roi : tâche qui eût semblé subalterne à la noblesse si elle l'avait connue, mais qui m'avait mûri à proportion du service que je rendais à mon roi et aussi parce que je tirais en mon for une gloire immense du fait qu'Henri partageât avec moi, malgré mon âge, des desseins qu'il cachait à ses ministres. C'en était bien fini de ce rôle exaltant ! Assurément, ni l'amour ni le désir ne me faillaient de servir Louis comme j'avais servi son père. Mais le pourrais-je ? En aurais-je seulement l'occasion ? Me le laisserait-on approcher ?

Dès que j'ouïs Héroard se mettre sur pied, je me levai à mon tour, et m'habillai en même temps que lui sans qu'un mot fût échangé de part et d'autre, tant nous nous sentions accablés d'une douleur qui passait les paroles. Mais au moment d'entrer dans l'appartement de Louis, Héroard me prit le bras et le serra avec force. J'entendis bien ce que ce serrement voulait dire. Combien, parmi les amis d'Henri, allaient devenir, dans les mois qui suivraient, des inconnus pour Louis, ce pauvre petit roi sans sceptre, et si peu aimé par celle qui le détenait ?

Sans qu'on ait fait le moindre bruit, Louis se réveilla à notre entrant. Pâle, les yeux battus et embrumés, il ne vit de prime personne, et pas même sa nourrice, Doundoun, qu'on avait rappelée en service pour lui apporter une présence féminine, et qu'on avait fait coucher à côté de son lit. Il s'assit sur le bord du sien, la tête penchée et demeura là un long moment, immobile, perdu dans ses réflexions.

— A quoi rêvez-vous ? dit la nourrice, qui n'avait pas encore appris à dire « Sire » à son ancien nourrisson.

— Je songeais, dit Louis.

— Et à quoi songiez-vous ?

— Je songeais que je voudrais bien que le Roi mon père eût vécu encore vingt ans.

Cette naïveté me serra la gorge. Louis se souvenait donc de la question gaussante que, quelques mois plus tôt, lui avait posée le Roi, et à laquelle il avait répondu par deux fois avec la dernière véhémence : « Pas, s'il vous plaît ! » Je m'attendis à ce que Louis ajoutât qu'il regrettait cette réponse. Mais il ne dit plus rien. Deux larmes, grosses comme des pois, roulaient sur ses joues.

Cet ouvrage a été composé
par l'Imprimerie BUSSIÈRE
et imprimé sur presse CAMERON
dans les ateliers de B.C.A.
à Saint-Amand-Montrond (Cher)
en janvier 1993
pour France Loisirs,
123, boulevard de Grenelle, Paris

N° d'édition : 22020. N° d'impression : 93/052
Dépôt légal : février 1993.
Imprimé en France